ブラスト公論

誰もが豪邸に住みたがってるわけじゃない

2018

2010

2006

公論クルー最新
「3枚のカード」

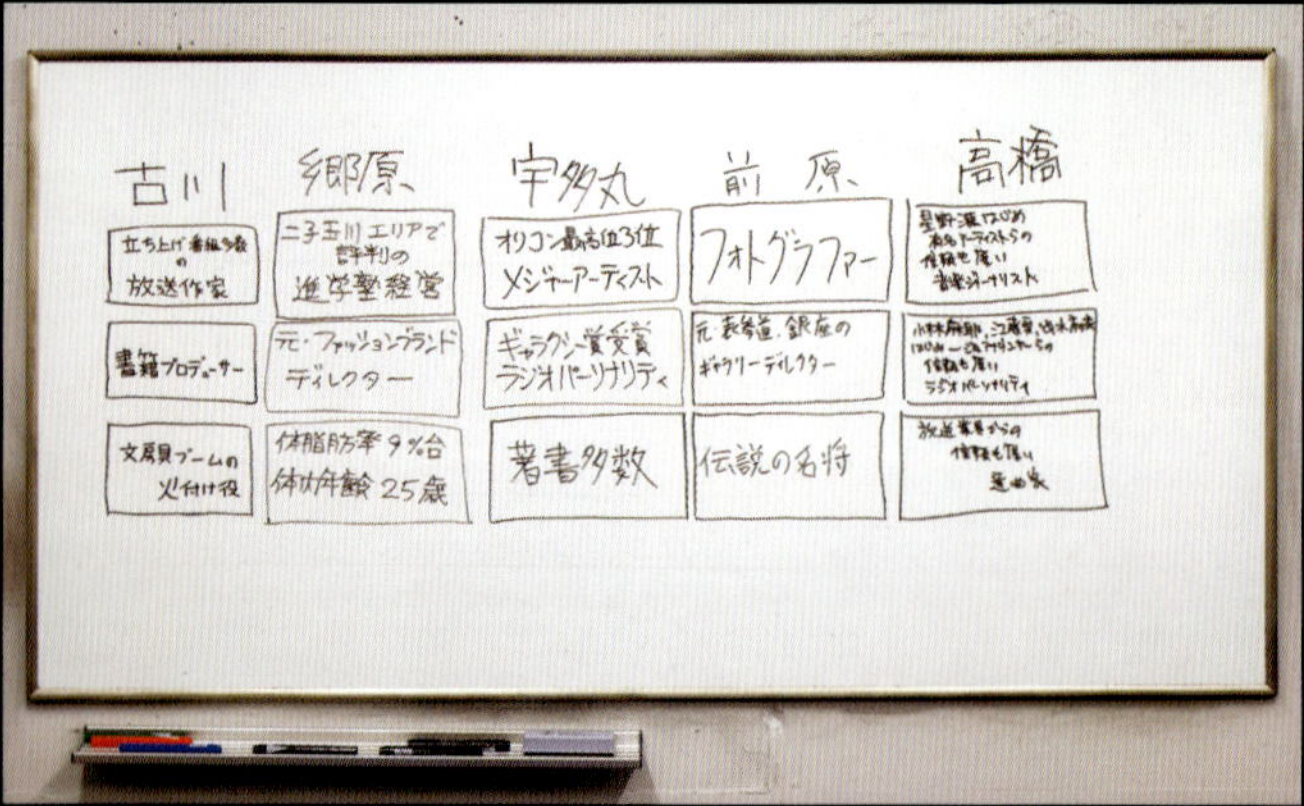

徳 間 文 庫

ブラスト公論 増補文庫版

誰もが豪邸に住みたがってるわけじゃない

宇 多 丸
前 原 猛 高 橋 芳 朗
古 川 耕 郷 原 紀 幸

徳 間 書 店

はじめに　～「ブラスト公論」とは？

今はなきヒップホップ専門誌『BLAST』（旧『FRONT』）で2000年から2004年まで行なわれていた座談会連載、それが「ブラスト公論」です。

連載立ち上げ時のコンセプトは「さまざまな論者が入れ替わり立ち替わりヒップホップにまつわるトピックスを語る」というものでした。が、開始3ヵ月で早くも路線変更。メンバーは固定され、テーマはいつしか時事問題から芸能ゴシップ、自意識にまつわる考察や日々の暮らしの中で感じたよしなし事など、ヒップホップの枠を超えて自由に語らう場となっていきました。

参加メンバーは、日本語ラップグループ「ライムスター」のラッパー宇多丸、当時『BLAST』編集部員だった高橋芳朗、同じく『BLAST』で日本語ラップの記事を手がけていたライター古川耕、ミュージシャンの撮影をしていたカメラマンの前原猛、ショップ「bordermade」のディレクターで連載途中から合流した郷原紀幸。この面々——いわゆる「公論クルー」——が生み出すケミストリーこそ、公論の顔ぶれが固定したことの最大の理由です。それぞれヒップホップに関わっており、個々の交流はありましたが、ここまで息の長い付き合いになるとは当初誰も想像していませんでした。

毎月、ざっくりしたテーマを用意して集まります。何時間も、ときには一晩かけて、あでもないこうでもないと語り明かします。高橋芳朗が文字起こしをし、古川耕がそれをまとめます。テンポの良さと切れ味をモットーに、社会への怒りや異議申し立て、フレッシュなものの見方や思考を止めない大切さを提示します。この連載で培《つちか》われたものが自分の大きな財産になっていると、少なくとも我々は今も思っています。

連載終了後、2006年にシンコーミュージックから単行本として発売されました。2010年には4年ぶりの同窓会を含む「増補新装版」も出版されました。おかげさまで連載時からのファンはもちろん、評判を聞いた一般読者にも支持され、コツコツと版を重ねてきました。そしてこのたび、徳間書店の野間氏から声をかけてもらい、ついに文庫化の運びとなりました。15年以上前の連載が今なおこうして愛され続けていることに望外の喜びを感じます。

当初、文庫化にあたっては収録回の選別も考えました。さすがに古くなった話題もあるし、考えが変わったこと、今の基準ではアウトな物言いもいくつかあります。しかし、文庫というのは決定版です。著者と新たな読者との出会いの場でもあります。ここでいい格好をして、行儀良く見せようとしてどうする……？

ということで、この文庫にはこれまでの単行本に掲載されていたすべての原稿を詰め込みました。その結果、本というより「箱」に近い一冊が誕生しました。最初に見本誌を見たとき思わず大笑いしてしまいました。凶器や重しにも重宝しそうです。

これまで公論を愛して下さった方。はじめて公論に触れる方。その分厚さに辟易《へきえき》しつつ、楽しんで頂ければ幸いです。

２０１７年12月　「ブラスト公論」クルー　古川耕

ブラスト公論 増補文庫版 目次

2001

2004

文庫本未収録回について

2000年5月号「I think very deeplyの巻」、2000年6月号「Don't believe the hypeの巻」、2000年11月号「ヴァンダリズム〔公共物、芸術作品に対する破壊行為〕の巻」、2001年11月号「アメリカ軍もシャバダバじゃん？の巻」、2003年12月号「ケネディはオズワルドに殺されたんじゃないんだよ！の巻」、2004年8月号「愚民作戦の巻」、2004年10月号「Ultimate Love Songの巻」は、今回の文庫版には不向きの内容と判断して（＋大人の事情で）カット。気になる人はバックナンバーを探してね！

制作: 古川 耕／高橋芳朗／前原 猛
デザイン: 木庭貴信＋川名亜実（オクターヴ）
写真（口絵・本文）: 前原 猛
文字起こし: みやーん
写真撮影協力: 庄眞 優さん／山崎光璃さん
二宮拓太さん／神田 オマチ堂
Special Thanks: ジェーン・スー／細田 守
スタープレイヤーズ／Ki/oon Records
BLAST編集部／平沢郁子／伊藤雄介／辻口稔之
桐田 茂／小林雅明／東京ブロンクス
荏開津 広／枚田篤規／坂間広平／栗原 聰

公論CREW紹介

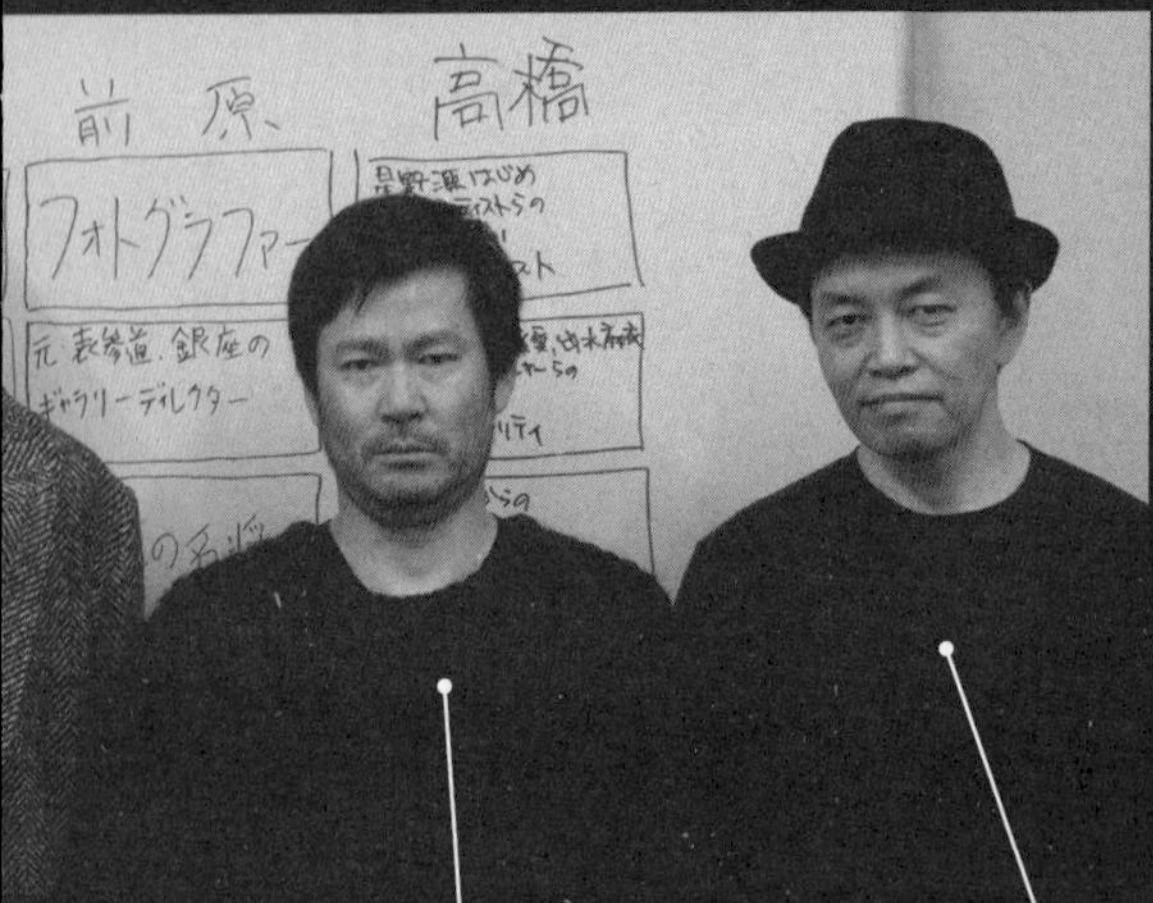

前原 猛《まえはらたけし》

1969年東京都目黒区出身。カメラマンとして数百人のミュージシャンを撮影する。2009年より友人と表参道、銀座にてフォトギャリーの運営に携わるが、いくつかのトラブルが重なりあっさり頓挫する。

高橋芳朗《たかはしよしあき》

1969年生まれ。東京都港区出身。音楽ジャーナリスト。マイケル・ジャクソンから星野源まで数々のアーティストのライナーノーツを手掛ける一方、TBSラジオ『高橋芳朗 HAPPY SAD』『高橋芳朗 星影JUKEBOX』『ザ・トップ5』でパーソナリティーを務める。現在はTBSラジオ『ジェーン・スー 生活は踊る』などで選曲家としても活動。共著は『R&B馬鹿リリック大行進～本当はウットリできない海外R&B歌詞の世界～』ほか。

宇多丸《うたまる》

1969年生まれ。東京都出身。ヒップホップ・グループ「ライムスター」のMC。レギュラー番組、連載多数。TBSラジオ『ライムスター宇多丸のウィークエンド・シャッフル』(通称タマフル)で第46回ギャラクシー賞ラジオ部門DJパーソナリティ賞を受賞。著書にアイドルソング時評『マブ論CLASSICS』、タマフル内の映画評論コーナーを活字化した『ザ・シネマハスラー』(共に白夜書房刊)、『ライムスター宇多丸の映画カウンセリング』(新潮社)など。本書では本名の「士郎」で呼ばれていることも多い。

古川 耕《ふるかわこう》

1973年生まれ。横浜市出身。ライター・編集者・放送作家。TBSラジオ『ライムスター宇多丸の宇多丸』『ジェーン・スー 生活は踊る』などの構成を担当。また『ライムスター宇多丸のウィークエンド・シャッフル"神回"傑作選 Vol.1』『スクリプトドクターのプレゼン術』(三宅隆太)などの書籍編集も担当。詩人「小林大吾」のプロデュースや文房具関連の執筆・イベント主催も行う。

郷原紀幸《ごうはらのりゆき》

1974年生まれ。愛知県出身。大学時代は宇多丸の後輩で同じ音楽サークルに所属していた。ショップ『bordermade』のディレクターを務める傍ら『BLAST』誌上にコラムを寄稿していた縁で「ブラスト公論」にゲスト参加し、その後5人目の公論クルーとなる。現在は転身し、進学塾を経営。前原猛率いる強豪軟式野球チーム所属。体内年齢25歳(2017年時)。ペットは黒猫。独身

公論同窓会 2018

ノミを入れてハンマーでボカーン!の巻

前回、公論同窓会のために集まったのが2009年12月27日。
そして今回、文庫版のために公論クルーが再集結したのは
2017年10月15日。およそ8年ぶりの再会となります。
歳をとると時間が過ぎるのが早いと言いますが、
もうそんなに……と驚いたのは他の誰でもない、我々自身です。
8年の歳月が中年5人組にどんな変化をもたらしたのか
あるいはもたらさなかったのか?
その詳細な報告をどうぞご覧ください。

【本邦初公開】これが表紙撮影時の雑談だ！

古川　先に写真を撮りましょう。

前原　**カメラの電池があんまりないんだよ。**

古川　なんでだよ！　充電してこいよ！

宇多丸　（新装版の表紙を眺めながら）この女の子たちは今どうしてるんですかねぇ……もう大きいんじゃない？

前原　**もう社会人だって言ってたよ。**

宇多丸　ウソでしょ!?　え、本当にもう社会人なの？

郷原　ああ、男の子はそうですね。**国立大学を卒業してもう就職です。女子のうちひとりは銀行に就職、もうひとりは現役大学生です。**

一同　え～～……。

高橋　すごいなぁ……。

宇多丸　ヤバいねぇ……。

郷原　**前回から8年経《た》ってますからね。**

高橋　そっか。

古川　じゃあ写真撮りましょう。
郷原　僕が真ん中でいいんですかね？
前原　前回と同じ並びでいいんじゃん？　**オレはちなみに前と同じセーターなんで。**
宇多丸　マジで？　そのこだわりがよくわかんないよ。
古川　だったらバッテリーぐらい充電してこいよ。
前原　じゃあ、撮りまーす。
宇多丸　はーい。
古川　士郎さん（宇多丸の本名）、上着は着たままでいいの？
宇多丸　えっ？
古川　**上着は着たままでいいの？**
宇多丸　これはもう、そういうコーディネートですから。
古川　ああ、すいやせん。
宇多丸　やるぞ、おい……**そういうこと言ってると、やるぞ！**　前と同じの（P１１２３参照）。
古川　いくつになってもやられるのか……。
宇多丸　オレはもう、服はひとつひとつ説明できるからね。

前原　じゃあ撮りますよ……（カシャッカシャッ）。

郷原　だいぶ乾いてきたね……**寿司が**（P21参照）。

前原　（シャッターを切り終わって）こんぐらいかね？　**ぶっちゃけオレとかはもう、そんなにはっきり写らなくてもいいっちゃいいよね？**

宇多丸　心霊写真じゃないんだから。それは普通にお願いしますよ。

前原　はい、じゃあ最後撮ります。（カシャッカシャッ）うん、OKです。

公論クルー近況報告、その1
～郷原紀幸の塾、その後 編

古川　じゃあそろそろ始めましょうか。前までこれ、別に司会とかいなかったよね？

宇多丸　古川さんが回してたんじゃない？　まあ仕切るもなにも、効率性を考えたしゃべり方なんか別にしてなかったじゃん。

古川　そうなんだよ。

宇多丸　連載のころは8時間とか話してたよね。

高橋　ひどかったよ。文字起こしが地獄だったもん。

古川　文字起こしが10万字とかあったからね。バカじゃないのかっていう**（古川註：今回は**

17万字ありました）。

高橋　フハハハ！

古川　まずはやっぱり、恒例で言うと郷くんの話から聞いていかないとね。

宇多丸　オレら（宇多丸・高橋・古川）はなんだかんだで仕事で会ってるから、お互いの近況はなんとなくわかってるけど。いちばんわかんないのは郷原だからさ。

郷原　そうですか……。でもまあ、前回は仕事自体が変わったから僕の状況がいちばん激変してましたけど、今回は特にそれほど……。

宇多丸　塾経営を順調に？

郷原　そうですね。カードが増えたというよりは、**カードの精度を高めた感じですかね。**

宇多丸　もうひとつ校舎を増やしたんだっけ？

郷原　いや、いま増やそうとしているところです。隣駅につくろうとしてるんですけど。

宇多丸　だってさっきさ、スーパーで買い出ししてるときに、なんだっけ？　すごい名言が出たじゃない？

高橋　「**地元では結構な地位になっている**」って。

宇多丸　「結構な地位」って！

郷原　地位というか、それなりに実績を積んだので、この界隈《かいわい》ではわりと評判になっているらしく。

古川　どういう評判？

郷原　要するに合格実績ですね。あと、うちは中学と高校と大学の受験を全部やってるんですよ。つまり1回入ると長いんです。今年で10年になるんですけど——そうそう、節目の10年なんですけど——オープンしたときに小3で入ってきた女の子がもう高3で今年大学受験っていう。

高橋　へぇ、10年！　すごいなー。

宇多丸　うんうん。っていうか、10年おめでとうございます。

郷原　ありがとうございます。で、まあ、一応10年やっているとそれなりに評判も浸透するじゃないですか。当然、教える側のスキルも上がっているので、ますます実績も出せるようになってきて、みたいな。

前原　もう、学校つくるしかないね。最終的には。

宇多丸　全然違うよ！　前回の話、聞いてないでしょう。

郷原　「**学校と塾は違う。教師と講師は違う**」ってずっと言ってたじゃないですか。

宇多丸　でもさ、小3から高3まで見てきたらさすがに親心が湧くというか、思い入れが出てこない？　情が移るっていうか……。

郷原　**情？　それは全然ないです（きっぱり）。**

一同　ハハハハハハ！

宇多丸　郷原はこの距離感だし、もうひとりの経営者のKくん。Kくんははっきり子供がきらいなんだもんね。

古川　よくやってるな、塾。

宇多丸　子供が勉強していた席の後ろからシュッシュシュッシュッシュとファブリーズを振りかけて……。

郷原　**ファブリーズっていうか除菌のアルコールですね。教室の無菌室化を目指してるんです。**

宇多丸・古川・高橋　フハハハハハハ！

古川　ひでえ！

宇多丸　いや、そんなんでも繁盛してるんだから、これはもう大したもんだとしか言いようがないですよね。

高橋　本当にすごい。

古川　塾関連でなにか大きな出来事ってありました？

宇多丸　**生徒の中から逮捕者が出るとかさ。**

古川　やめなよ！

郷原　いまんところは聞いてないですね。

古川　でも、あと何年か経ったらさ、生徒同士でお付き合いとか、そういうこともあるんじゃない？

郷原　**あるに決まってるじゃん。**

古川・高橋　フフフフ……。

郷原　いや、すでに起きてるから。

古川　でしょう？　それが行き着く先にはさ、「**結婚式に来てください**」的な話も、これ、なりかねなくね？

郷原　その話はね、Kさんともしているんですけど……。

古川　シミュレーションしてるんだ。その結果は？

郷原　塾で付き合い始めたふたりがもし将来結婚するとして、式で仲人を頼まれるとするじゃないですか。そんときどうするよ？って。

古川　どうするの？

郷原　「**断るだろう**」と。

宇多丸　フハハハ!!　行けよ！

古川　行けよ！

宇多丸　でもさ、生徒同士でくっついたり離れたり、そういう模様も透けては見えているわけだよね？

郷原　そうですね。見えるというより情報として入ってくるんですよ。**生徒のなかに諜報員がおりまして**。地元の区民祭とか花火大会があって、毎年そのイベント前後がなにかが起こるタイミングで。

宇多丸　それはもう、最高のアレじゃん！　**ココナッツ・ラウンジ**（P1046参照）**はもう必要ないってことだよね？　だってアリの飼育箱が目の前にあるってことなんだからさ**。

郷原　**趣味はアリの生態観察です**。

高橋　ハハハハハハ！

古川　毎日マスクの下で笑いをかみ殺してるんだ。

郷原　特に女子がもう、顔が変わるんですよ。昨日までと。Kさんも瞬時に気付きます。「**これ来たね**」って。フフフ……。

古川　そんなにはっきり分かるものなのか。

郷原　「**はじまりました**」っていうのがわかるんですよ、女子は。で、案の定、諜報員から情報が……近くに多摩川があるじゃないですか。「土手のところで○○さんと△△さんが一緒にいた」と。で、注視してると確かにそのふたりが一緒に来て一緒に帰ったりしていて……「**ああ、はじまったんだ**」っていう。フフフ……。

宇多丸　はじまったはいいけどさ。じゃあ「**終わった**」は？

郷原　「**終わった**」**はいまのところ聞いてないですね。**まあでも、卒業で進路が別々になるってのがひとつの試練なんじゃないですかね？

宇多丸　あと、ほら。いい感じに変わった子もいれば、**なんか知らないけど教室の隅で泣いているとか……。**

郷原　ああ、いまのところそれはないですね。教室の中では。

宇多丸　「**泣いていい!?　泣いていい!?**」はないんだ。

古川　なにそれ？

宇多丸　昔、神保町でバレンタインの夜に見かけたんだよ。女の子が男の肩に顔を埋《うず》めて、「**今日は泣いていい!?　泣いていい!?**」って。

古川・高橋　ハハハハハハハ！

前原　「**カシャ、カシャ、カシャ！**」

郷原　「泣いていい？」はすごいですね……「**もう泣かない！**」ならいましたよ。

古川　それもすげえな。

宇多丸　生徒ってのべで何人ぐらいいるの？

郷原　うちのやり方だと在籍できる生徒数は60人ぐらいが限界で、それを超えたらちょっと待ってもらう形になります。ひとりで週12時間受講してる生徒もいるので。で、受験が終わったり推薦が決まって抜ける生徒が出たら、次の生徒が入ってくるっていう感じです。

宇多丸　予約待ちなんだ。

郷原　ええ、一応そうなんですよね。

宇多丸　すごいねぇ……**仕事もエンターテイメントも充実してさ。**

郷原　そうそう。ふたつが直結しています。……エンターテイメント？

スポーツジムで男と女が出会うとき

宇多丸　それは大変結構な限りだけどさ。プライベートライフはどうなんですか？

郷原　プライベートライフ……出会いとかそういうことですか？

宇多丸　まず、なんでそんな日焼けしてんの？

郷原　**川に毎日いるからです。**

古川　「川に毎日」？

郷原　はい。多摩川に毎日いるからです。

宇多丸　行ってなにをしてるの？　素振り？

郷原　多摩川で走ったり、ボール投げたり、勉強したり、本を読んだり、音楽を聞いたり。そういう感じです。

高橋　へーー！

古川　本格的に遊民感あるな。

宇多丸　野球チームはまだやってるんだよね？

郷原　はい、まあボチボチ。強豪の部類にはまだ入っていると思いますけども。

前原　強豪の下ぐらいかな？　一部の下とか二部の上とか、そんな感じ。

宇多丸　まだ四番なの？

郷原　僕は四番じゃないですよ。もともと。

宇多丸　あれ？　四番とか言ってなかったっけ？

郷原　**首位打者です**。四番になったことはないです。でも首位打者ではなくなりました。やはりちょっとずつ衰えてるんですかね。普段はずっとトレーニングしてるんですけど。

古川　へぇ。

郷原　ダイエット目的とかじゃなく、純粋に野球のパフォーマンス向上のためにしているんですよ。なるべく長く現役を続けたいから。僕は仕事が夕方からなので、午前中に川に行って走ったり勉強したりして。で、それからジムに入ってトレーニングして、その後にサウナに入って、そこから食事して16時から仕事っていう感じです。で、22時に仕事上がって、またサウナに行って……だいたい毎日そういう感じ。

高橋　以前、**「週30時間しか働いてない」**って言っていたけど、それも変わらず？

郷原　うん、変わらない。正直、生徒も増えて空き待ちの子もいるわけだから、休講日を減らして週6週7って開けなきゃいけないんでしょうけど……休みたいからこれ以上働かない。

古川　すごいねぇ！

宇多丸　自分がなにをしたいかを正確にわかって、完全にコントロールして……。

郷原　**最高でーす。**

宇多丸　これはすごいですよ。ただ、オレが聞きたいのは、**そこに「他者」というファクターは入ったりしていないんですか？**っていうことだよ。

郷原　はい？

宇多丸　君だけで自己完結するのはよく知ってるんだけど、なんかこう、波風が立つ要素はないの？っていう。

郷原　なくはないですよ。出会いがあるとすれば、いまの僕の生活のサイクルだと、仕事以外ではジムのシーンがいちばん占有率が大きいので。

宇多丸　そしてジムがいちばん外界と接している場面でもある。

郷原　そうですね。**で、あのう……**。

古川　急に言いよどんだ。

郷原　いや、ジムで声をかけてくれた人と食事に行ったりとかは全然してますけどね。

前原　えっ！　それはどういう順番で食事に誘うの？　向こうから？

郷原　まあ、そうですね。で、食事に行ったら、**向こうは全然結婚してる人だったりして。**ときにはそういう危険もあったり。

古川　おおう。

郷原　「お友達でどうですか？」みたいなことを言われて。

宇多丸　まあでも、そういうこともあるんじゃない？

前原　ちょっと遊びたい、みたいな感じなのかな？

宇多丸　年齢的にもまあ、完全なフリーも減ってくるからね。

郷原　平日の昼間にジムに行くと、自分くらいの年齢の男性ってほとんどいないんですよ。普通は会社に行っているから。で、20代から30代くらいの女性もまた謎めいてて。遊民なのか？　既婚者なのか？　しかもジムって、なんて言うの？　**「素材」を隠せないじゃないですか。**

古川　ああ、肉体のまんまで。

郷原　そうそう。厚盛りメイクとか過度な装飾も場違いだし、それこそプールなんて男女とも水着だから。だから、あれかな？　**狩り場なんじゃないですか？**

宇多丸・高橋・古川　フフフフ……。

郷原　**「この器具はどうやって使うんですか？」**みたいなことを聞いてくる人とか。そんなの、スタッフに聞けばいいじゃんって思うんですけど。

前原　**1回さ、一緒に健康ランドに行ったとき、なんか女に誘われたよね？**

古川　え、なにその話？

前原　いや、なんかね、前に野球終わりによく健康ランドに行っていて。で、大広間でご飯を食べていたら……。

郷原　**あれは、ひどい！**

前原 なんか横にいた……。

郷原 あれはもう場末のスナックの人ですよ。

前原 場末のスナックかなんか知らないけど、女のふたり組が酔っ払って話しかけてきて。「一緒に飲みませんか?」って言われて。で、こっちは車だし、飲めないし。なんか別に付き合ってもしょうがないかなと思って、「あ、ごめんなさい。車なんで」って言ったら、「はあ」つって、サーッといなくなっちゃってさ。

宇多丸 **なに、この話?**

前原 健康ランドでナンパされたのはあれが最初で最後だな。

郷原 話しかけてもらうっていうのは、20代の頃より逆にいまのほうがあるかもしれない。

宇多丸 そういうもんなのかもね。だって塾経営で成功して、スペックだけ言っても相当なもんだしな。

郷原 ジムでは素性はまったく出してないはずなんですけどね。

宇多丸 でもほら、「**この時間にいるってことは……?**」って。

古川 いい意味で普通の仕事じゃないのか、悪い意味で普通の仕事じゃないのかって言ったら、**いい意味で普通の仕事じゃない風に見えてるんでしょうよ。**

郷原 家庭を持っている感がまったくないのもあるんじゃないですかね。自分で言うのも

宇多丸　あれですけども。たしかに。

塾生徒関係者における「ブラスト公論」バレ率

高橋　交友関係も全然変わってないの？

郷原　そうですね。保護者の方から食事や飲み会に誘われることはありますよ。付き合い程度には行ってますけど。そこから能動的にシーンを広げることはないですね。

宇多丸　問題は「**ブラスト公論**」**バレ**だよね。

前原　**さっきまでいた女の子の生徒さんたち、Amazonのレビュー見てたよ。**

郷原　えっ⁉

前原　「郷原先生が本を出すんですか？」って言われたから、「いや、今度これを文庫で出すんだよ」って昔の単行本見せたら、なんかその場で調べはじめて。

宇多丸　レビュー見てたかな？「**すげー高評価じゃん！**」**って**。たぶんもうLINE回してると思うよ。

郷原　前も小学生からスマホの画面見せられて、「**これ、先生ですよね？**」って言われて。

一同　「ここの教室で、これ先生ですよね？」って。「**違うと思うよ**」って答えたんだけど。

高橋　アハハハハハ！

古川　表紙に名前、書いてあんじゃん！

郷原　どう見ても郷くんだし、どう見ても場所はここだし。

宇多丸　「**違う**」**って言いました。**

郷原　納得しないでしょ？　だって。

古川　**納得はしてなかったですね。**はい。

宇多丸　まあでも、「**なんかあるんだな**」ぐらいは察したでしょうね。小学生なりに。

郷原　バレ率はどのぐらい？

宇多丸　保護者にはチラホラ……。こういう世界との接点が一切ない方が大半なんですけど、30代の親御さんも全然いるんで、それこそ「ライムスター聴いてます！」なんて方もいたり。そうなると「ブラスト公論」にはすぐに辿《たど》り着きます。

古川　そうしたらどうするの？　「**ココナッツ・ラウンジをやっていた人間がやっている塾だ**」（P1046参照）っていうのを知っててくるわけでしょう？

高橋　「**生徒の服装を見てマスクの下で笑いをこらえてます**」とか。「**タオルを噛んでいる**」とか。

郷原　だからまあ、「**広めないでください**」とは言ってます。

一同　ククククク……！

郷原　**だから、この本もあんまり売れてもらったら困るっていう。**

古川　今回集まってるのはじゃあなんのためなんだ。

郷原　やっぱり高校を卒業してから読んでほしいですよ。ここにいる間は、ねえ。

宇多丸　今回、名前変えたほうがいいんじゃないの？

古川　もう遅いだろ。

郷原　だったらいっそ、塾の講師も募集しちゃおうかと思って。（編註：P820のコラムを参照）

宇多丸　どっちなんだよ。知られたいのか知られたくないのか。

「ウヒヒかどうかで言えばウヒヒです」

郷原　優秀な人をいっぱい集めて、自分は早めにリタイアしたい願望があるんですよ。

古川　マジか。そしたら本当に高等遊民じゃないのさ。

宇多丸　ちょっとだけ塾に顔出して、あとは土手でボーッとして。

郷原　そうそう。で、**あとは面白いところだけ見に来て。**

古川・高橋　あははは！

郷原　**「面白いことが起きたらすぐ連絡して、飛んでくるから」**って事前に伝えといて。

古川　ＬＩＮＥでピコーン！って。そしたらマスク装着して出かけてって……フフフ……。

宇多丸　でもさ、もともと描いていたビジョンを本当に具現化して、すごいですよ。**ちょっとマジでヒュー・グラントに近づいているよ。**リタイアまで行けばもう完全にヒュー・グラントですよ。『アバウト・ア・ボーイ』（２００２年）のね。

郷原　ヒュー・グラントまではまだまだ遠いですけど、まあ、**ウヒヒかどうかって言ったら、この仕事はかなりウヒヒだと思います。**やはり。

古川　ウヒヒってなんなんだって話だけどね。

郷原　**人を小中高と観察していたら、普通ウヒヒになりますよ。**

宇多丸　でもほら、学校の先生とか、全然ウヒヒになっていない人もいるわけだから。そこはやっぱり生徒たちとの距離感ですよね。**「子供は別に好きじゃない」**っていう。普通は気持ちが移っちゃいそうだけどね。生徒が受験に合格したらついもらい泣きとかさ。

郷原　いやあ……感情移入する以前に、たとえば小学生の低学年の子とか、本当に純粋無垢な目というか、**子鹿みたいな目している子**とかいるんですよ。

古川　子鹿みたいな眼……。

郷原　その目を見たら、**「この子、今までイヤなものとか見たことないんだろうな」**って思うんですよ。

古川　それはそうでしょうね。

郷原　**「自分が面白いと思っていることを喋っても、たぶんなんにも理解できないんだろうな」**って思いながら淡々と教えてるんです。フフフフ……。

宇多丸・古川・高橋　ククククク……！

郷原　**中学生男子なんて人生の黒歴史真っ只中ですから。**

宇多丸　あと、あれでしょう？　中高生の最新ファッションも間近で見られて。

郷原　そうそう。いまはもう、女子はとりあえずガウチョパンツ。1本は持ってないとはじまらない、みたいな感じで。みんな穿《は》いてますね。

宇多丸　男は？

郷原　**男子のレベルがちょっと絶望的で……**女子は私立に行ってる子とか、結構お金をかけている子とかいるんですけど。ブランド物とか入れてきても、こっちは全部わかってますからね。**「あ、それ○○でしょ？」**みたいな。

宇多丸　あ、そうすると向こうも**「わかります？」**みたいな。

郷原　そうそう。そこは言ってあげたほうがいいのかなと思って。

古川　**で、それをエクセルにまとめて……。**

高橋　アハハハ！

古川　**「誰と誰が付き合い始めた」とかも全部エクセルでまとめて……。**

郷原　保護者のお母さんでも、たまにやっぱりファッショニスタの人がいるんですよ。そのへんは言ってあげたほうが喜ばれるかと思って。レディースも詳しいんで。

宇多丸　もともと本業だし、接客業だからね。

郷原　**「靴、レペットをお買いになったんですね」**とか。フフフ……。

古川　塾ってすげえな。

郷原　やっぱりお財布を握っている方もいい気持ちにさせてあげたいじゃないですか。

古川　そう考えると、これまでやってきた経験が無駄になってないんだね。

郷原　そうそう。

宇多丸　いやー、すごいね！

公論クルー近況報告、その2
～高橋芳朗と星野源 編

古川　じゃあ、郷くんは順調ということで、次行こうか。前回で言うと、このあとはヨシくんだっけ。こないだ**「いちばん変わったのはオレかもしれない」**って言ってたけど。

高橋　前回やったときは、結婚した直後ぐらいだったのかな。で、そのあと子供が生まれまして。

郷原　いま子供いくつになったの？

高橋　3歳半。

前原　3・5歳。

宇多丸　どうですか？　お子ができて。

高橋　いや、かわいいですね。月並みですけども。

宇多丸　**「かわいいですね」？　なんだよそれ！　やめちまえ！**

高橋　ふふふふ……。

古川　仕事もだいぶ変わったでしょう。

高橋　そうなのよ。前回（2009年12月末）集まったときにはすでにタマフル（TBSラジオ「ライムスター宇多丸のウィークエンド・シャッフル」）に一度は出てたのかな？確か「馬鹿リリック特集」だね（２００９年10月放送）。で、翌年に同じタマフルで「真夏のア↑コガレ自慢大会」っていう妄想企画をやらせてもらったらわりと好評で。そのあと２０１１年にはＴＢＳラジオで冠番組（「高橋芳朗ＨＡＰＰＹ　ＳＡＤ」。現在は終了）がスタートして、それ以降ずっとラジオの仕事は続いてる。

宇多丸 フックアップだよ、フックアップ。

高橋 そこから出演もそうだし、選曲もやるようになって。もう士郎くんと古川くんには足を向けて寝られないって感じ。

宇多丸 **今さら文字のマス目を埋めていく仕事はねぇ……。**いや、仕事として悪いわけじゃないけど、率が悪すぎる！

古川 音楽は特にね。

高橋 ギャラが下がってるところもありますからね。

宇多丸 ライナーノーツとかも減っているし。

高橋 そうね。そもそも日本盤が出るＣＤも減ってるから。なので、ラジオ関連の仕事が占めるウェイトが大きくなってきてる。

宇多丸 **あと星野源ですよ。**

古川　フフフ……それ、説明しないと全然わからないでしょ。

高橋　星野さんとお仕事するようになったのはここ2年ぐらいかな？　星野さんの『YELLOW DANCER』に感銘を受けて、TBSラジオの『ザ・トップ5』って番組で現行のブラックミュージックと照らし合わせて解説したのがひとつのきっかけになってる。

古川　星野くんの「恋」（2016年10月）が出たころからオフィシャルライターみたいな感じでインタビューをやったり、公式サイトに寄稿してたりさ。もともと気が合うだろうなとは思ってたけど。

高橋　それ、古川くんは前から言ってたよね。

古川　そうそう。オレも何度か仕事させてもらったんだけど。で、ヨシくんはその後、星野源くんのオールナイトニッポンに出て、**星野くんのファンからものすごいキャーキャー言われてる。**

宇多丸　マジで⁉　ヨシくんファンが⁉

高橋　「ヨシくんファン」っていうか、もともと星野さんのファンだった方がラジオを聴いてくれたりして。

宇多丸　ちょっと待って……**それ、エクスタシーじゃない？**

高橋　うれしいよね。

宇多丸　いろいろ達成してるじゃないの！　いや、実際この立場って本当に珍しくてさ。いくらアーティストの近しいところにいるライターでも、顔まで認識されてる人なんかなかなかいないですよ、そんなの。

高橋　オールナイトニッポンに2回、立て続けに出たから余計にちゃんと認識されて。オールナイトニッポンに出たあとは数週間で「Twitter のフォロワーが1000人ぐらい一気に増えた。ほとんど星野さんのファンで。

宇多丸　すごいですよ、これは。

郷原　すごいですね。

「フックアップに次ぐフックアップ……」

宇多丸　それも星野くんのここ数年の急激な人気振りがさ。だってもともと人気ある人だったけど、今はスーパースター化がちょっとシャレにならなくなってきたもんね。ちょっと前までは「福山雅治みたいになってきてるじゃん！」っつったら、「やめてくださいよ～」なんてじゃれ合ってたのが、全然いまそれ冗談じゃないじゃん。

古川　現実になってきた。

宇多丸　だって前のアルバム（『YELLOW DANCER』２０１５年12月）が出た直後ぐらいに、赤坂にいるからって言うんでラジオ終わりに会いに行ってさ。「**あなた、チャリンチャリン入ってきて大変でしょう！**」なんつってたのがさ。

高橋　星野さんと赤坂でご飯食べていて士郎くんが途中から合流したんだよね。確かに、いまに比べたらあのころはまだ呑気《のんき》だったかも。

宇多丸　あの時点でさえオリコン1位とかだったのに。そしてヨシくんはその上昇気流に一緒に乗って……いやあ、だから「**セレブにフックアップ**」**みたいな寝ごと言ってたじゃん？**（P293「エディター」「金髪」「俳優志望」の回参照）意外とそれ、達成してるわけよ。**だからこれ、下手すりゃあ星野くんのドラマに出演もあるなと……**。

古川　あ！　あるね！

郷原　「**俳優志望**」**……**。

高橋　フフフフ……。

宇多丸　脳裏をかすめなかったとは言わせない。『逃げるは恥だが役に立つ』みたいなドラマに音楽ライター役でさ。もう自分役でいいからさ。

郷原　もう芸能界じゃないですか。芸能人。

宇多丸　**フックアップに次ぐフックアップ……。**

古川　**フックアップに次ぐフックアップ……。**

宇多丸　**フックアップに次ぐフックアップ……**で、しかも打ち上げとかに混じっているでしょう？　現に、いま。

高橋　さすがに打ち上げには参加したことないよ。

宇多丸　本当？

高橋　でも、スタッフの皆さんナイスな方ばかりで本当によくしていただいてます。コンサートでもいい席を用意してもらったり。

宇多丸　そしたら周りの目ざといファンが（小声で）**「あれ、高橋芳朗さんじゃない……？」**

古川　（小声で）**「高橋芳朗よ」「高橋芳朗よ……」**

宇多丸・古川　フフフフフ……。

宇多丸　それを背後に聞きながらね……**エクスタシーじゃん！**

郷原　手に入れてますね！

高橋　フフフフ……。

宇多丸　**フックアップに次ぐフックアップ。**そうだよ。それから（TBSラジオ）橋本Pによるフックアップ、その橋Pの友だちの星野源によるフックアップ。

高橋　フックアップ人生だ。

宇多丸　星野くんに、「**オレもフックアップしろ**」**つっといて。**

高橋　あははは！

宇多丸　「**フックアップの順番ってものがあるだろう？**」って。

古川　フフフ……聞きたくなかった。

宇多丸　**フックアップされたい。**

高橋　前回の座談会のときに「**フックアップもっとがんばってよ**」って士郎くんに言われてるんだけど、その後も順調にフックアップされてるんですよ。

宇多丸　**そうやって研ぎ澄まされたフックアップ乞食根性を生かして……。**

古川　（遮《さえぎ》って）やめなよ。まあ、ヨシくんはそれだけの仕事をしてるからなんだけどね。どこに行っても間違いない仕事をするからさ。

高橋　ありがとうございます。

宇多丸　それで、お子も出来てね。もう絶好調じゃないですか。

古川　七五三やってるもんね。そうだよ、あの件もちゃんと記録しておいたほうがいいんじゃないの？

高橋　ああ、あれね。

古川　三宿のWEBってクラブで、「80'sナイト」っていうオールナイトのDJイベントをやってるんですよね。宇多丸さんとかNONA REEVESの西寺郷太くん、あとDJフクタケさんとかと。で、ヨシくんもレギュラーメンバーなんだけど……。

宇多丸　「七五三だから行けない」って、**考え得る限り最高にクソな理由で断られて。**

古川　その日のゲストDJだったジェーン・スーも、「**なに？　七五三って夜やんの？**」っていうエグイ詰め方をしてきて。

高橋　**殺してやろうかと思ったけどね。**

古川　士郎さん、しかもそれをラジオで喋ったんだよ。「**高橋芳朗は今回、七五三というクソな理由で来られません**」って。

宇多丸　それを聞いたヨシくんの奥さんが本気で怒ったっていう……さすがにそれを知って顔が青ざめました。翌週ラジオで「**七五三、大事だと思います**」って謝ったから。

古川　当たり前だよ。

宇多丸　でも、実際はWEBでジェーン・スーと、「**あいつ、星野源の誘いだったら断らねえんだろうな！**」って。

高橋　そういうこと言う？

古川　フフフ……。

郷原　まあ、ヨシくんも「苦しゅうない」感は出てますね。ヨシくん、さすがだな。

宇多丸　**ということは当然収入も一桁二桁……？**

高橋　それが残念ながらそんなに変わらないのよ。

古川　とにかく以前より仕事でしょっちゅう会うようになりましたね。

宇多丸　結局このメンツで仕事回してやがるっていう。

高橋　だって今年6月のタマフルなんて、ブースにいたのが士郎くんとジェーン・スーと古川くんとオレの4人だからね。すごい状況だったよ。

宇多丸　オレはほら、フックアップ魔だから。**フックアップに次ぐフックアップ**。だからフックアップされたらし返せよっていう話なんだよ。

公論クルー近況報告、その3 ～古川耕、ラジオ番組立ち上げおじさんに 編

宇多丸　じゃあ、ヨシくん終わって、ふるきゃん。

古川　子供がふたり生まれましたね。

前原　前のときにはまだ、生まれてなかったんだっけ？

古川　最初の子の出産直前です。あの数日後に生まれました。**1月1日**。

前原　元日生まれ？

古川　元日生まれ。

前原　2人とも女？

古川　2人とも女の子。上が小2で下は幼稚園の年長。

宇多丸　昔、「**俺フィギュア**」とか言ってたじゃないですか（P1083参照）。「俺フィギュアに子供がついたところが見たい」みたいなさ。例の古川論法というか、「**その事象はオレ、引いたところから見ています**」みたいな……。

古川　いまはもう、よくわからないね。**自分でなにを言ってるのか全然ピンと来ない。**

宇多丸　ああ、そうなの？

古川　はい。

宇多丸　どうですか？　お子は。

古川　お子はねえ……赤ちゃんのときって正直わけわかんなかったからね。会話ができるようになってようやくはじまった気がします。でも最初の数年は結構しんどかったな。

宇多丸　仕事の出力が減るって言ってましたね。

古川　体感的に4割ぐらいまで落ちてた気がする。マズい！って思ったもん。

宇多丸　それはやっぱり寝れないとか集中できないとか？

古川　というよりは、家で仕事してたから。そばで泣いていたりすると気も散るし。かといって妻に任せきりにするのも気が引けるしで、引き裂かれるような感じはあったな。

宇多丸　仕事はでも、それこそラジオ比率はさらに高まったじゃないですか。

古川　高まりましたね。しかもこのあとからすごく番組を立ち上げているんですよ。全部TBSラジオですけど。『ザ・トップ5』『(ジェーン・スー) 生活は踊る』とか『相談は踊る』『興味R』とか……。**たぶんオレ、立ち上げは向いてますね。**

宇多丸　ほう、それはどんな部分で？

古川　番組の立ち上げって、やればやるほど編集者の仕事とすごい似てて。オレは雑誌編集というよりムックとか書籍とか単発系の編集者なので。一冊一冊、「このテーマだったらこういう本がいいんじゃないか」「この作品だったらこういうムックがいいんじゃないか」とかを考えてたのが、番組の立ち上げとまったく同じ感覚なんですよね。「この人が喋るんだったらこういう内容がいい」とか、「この時間帯だったら構成はこれ」とか。

宇多丸　ほうほう。

古川　そもそもそれってプロデューサーの仕事だったりするんですけどね。けど、編集の経験がいまも案外生きてるなって。そういう感じかな。

前原　**川口は？**

古川　ああ、川口に引っ越しもしました。

宇多丸　前回収録のときはまだ階段ですから。タンタンターン！って言ってましたよ。

古川　メゾネットでしたからね。今は普通の賃貸マンション。

宇多丸　どうですか、川口は。**サイプレス・ヒルのファーストのジャケみたいなさ、橋の下のドラム缶で火を焚《た》いてるイメージがありますけど……。**

古川　フフフ……野良犬が手首をくわえてウロチョロしたりね。

郷原　ちょっと前に野球で行きましたよ、川口。「このへんに古川さんいるんだ〜」って話になって。「**歩いてねえかな？**」って。

古川　適当すぎんだろ。

郷原　でも川口も全然、そんなサイプレス・ヒルみたいじゃなかったよ。

古川　サイプレス・ヒルみたいじゃないです。そうそう、当時は東京に定期的に出る用事がタマフルしかなくて、だったらちょっと遠くに離れるのもいいかな？　ぐらいの気持ちで引っ越したら、そのあとからすごいラジオの仕事が増えちゃって。

宇多丸　だっていま、よくTBSに泊まってますもんね？

古川　週1回ぐらい。

前原　へー。じゃあまた引っ越せばいいじゃん。

古川　いま考え中です。

宇多丸　まだなんか忘れてねえかな……古川さん、ハットかぶってますよね？　最近。前はほら、キャスケットをかぶってさ、**「キャスケットとジャケットの色を合わせている」って……**。

郷原　古川さんの服は一回は突っ込まれるのが定番だから。

前原　なんかユニクロのスーツみたいなの、今日は着てないの？

古川　フフフ……。

宇多丸　ユニクロのスーツ、ちゃんとパンツの裾《すそ》を短くしてさ。

古川　去年の夏にちゃんたけの個展に行ったとき、ユニクロのセットアップを着ていったんですよ。そうしたらずっと絡まれたんですよ。

前原　いやいやいや、おしゃれだなーって。

宇多丸　**やっぱりそれは、くるぶしを出すためですか？**

古川　「くるぶしを出すためですか」？

前原　**あんな寒いのに、おしゃれだなーって。**

古川　**夏だったろうがよ。**

高橋　やっぱり服のことを言い合うのはピリッとしていいね。

古川　でも実際、服は安いやつを頻繁に買い替えるようになった。前に士郎さんとも話したけど、歳《とし》とっていくと清潔感がなくなっていくじゃん？　**だからせめて安い服をこまめに替えたほうがいいんじゃないかと思ってね。**

前原　まあね。オレも下着は最近そうしてるね。半年ぐらいで全部買い替えてるよ。H&Mとかだとほら、3つで1500円ぐらいじゃん？　それを6個か9個ぐらい……。

宇多丸　わかるわかる。ガバッとね。

前原　うん。まあそれもきっかけがあるんだけどさ。

宇多丸　ほう、きっかけ？

前原　**いや、その話はあとで……。**

古川　なんだよ。

公論クルー近況報告、その4 ～宇多丸、部屋のポテンシャルを解放する 編

古川 じゃあこの流れで士郎さんはどうよ。

宇多丸 僕ですか？　僕はまあそんなに……。前回の流れの延長ではありますよね。

高橋 ギャラクシー賞をとった年にやったんだよね、前回。

宇多丸 前回ってライムスターの「マニフェスト」が出てるのか出てないのかわからないけど（註・増補新装版は2010年3月。「マニフェスト」は2010年2月発売）、そのあとに4枚アルバム出しているし。ライムスターも前よりペース上がって調子も良くて。レギュラー番組も終わったり増えたりはあったけど、おおむね順調にやらせていただいていますって感じかな……。**あ、あとオレはこの後に結婚したんだよね。**

古川 ライブのオチで発表してね。

宇多丸 だからまあ、いろいろとね。だんだん大人になっちゃって。あとあえて言えば喉を切ったこととか……。

前原 喉を切った？

宇多丸 うん。喉のポリープの手術をしたんだよ。2010年明けてすぐに。で、1ヵ月間、声を出しちゃダメって言われてさ。だからずっと筆談していて、そのときがいちば

ん女の人にチヤホヤされてた。

前原　なんで？

宇多丸　**黙ってたほうがいいっていうことだよね。**

一同　ククククク……！

宇多丸　あと、あれですね、前は「**汚部屋在住というマイナスカード**」とか言ってたけど、引っ越してからはオレの人生史上、**最もリビングの精度は高まっている。**

前原　リビングの精度って何？

宇多丸　要するにきれいにしてるってことなんだけどさ。暮らし全体を見直して、モノも減らして。ＣＤも大量に整理したよ。「はい雑魚！　はい雑魚！」ってゴミ袋にどんどん放り込んで……。

古川　やめなよ。自分でもＣＤつくってるんだから。

宇多丸　実際のところは「**ごめんなさい、ごめんなさい……**」っていう感じなんだけど。まあ、そんなこんなで部屋がすっかりきれいになりました。寝室なんかいま、白い部屋に白い洋服を入れるタンスがあって、それだけだから。

古川　マジかよ。

郷原　趣味空間はどこですか？

宇多丸　リビングがいちばんの趣味空間なんだけど、そこもすごいきれいにちゃんとしてる。テーブルに『ブレードランナー』の銃と『マッドマックス』の銃がシンメトリーに飾ってあって、真っ白な壁に『の・ようなもの』のポスターがかかっててさ。とにかく部屋は「**ついに来たな！**」っていうか……。まあ、毎回同じようなことを言ってるけど。

古川　最初の単行本のときから「**オレはこれからが本番だ**」みたいなこと言ってる。

宇多丸　あと最近はフィギュアもはじめちゃって。それもちゃんとディスプレイして。

前原　何系のフィギュア？

宇多丸　映画のフィギュア。『エクスペンダブルズ』のスタローンとか『イングロリアス・バスターズ』のブラピとか、**とにかく顔が似てるやつ中心に集めてる。**で、ちゃんと照明とかも調整して、もう……。

古川　**サイコパス？**

宇多丸　違うよ！　要するにオレはきれい好きだったんだっていう。むしろ潔癖に近い。洗面台の周りとかも白い物だけで統一してて。

古川　もともとそっち側の人ですよね、絶対。

宇多丸　雑誌の「お部屋拝見」みたいな取材ならいつでもどうぞ、ぐらいにはなったね。ただ、本とかを詰め込んで倉庫化している部屋があって、そこはもう収拾がつかなくなってるけど。

古川　アパルトヘイトだ。

前原　基本はもう、白、白、白、白、みたいな感じなの？

宇多丸　そうね。もとは普通のマンションなんだけど、大家さんが住んでいた部屋で、ペントハウスっぽいというか。リビングも吹き抜けになってて天窓がついてて……だからもともとのポテンシャルをようやくちゃんといかしたっていう感じかな。

高橋　じゃあ今、結構人を呼びたい感じだ。

宇多丸　まあね。**でも、いまさら誰も来てくれないよね。**あんな人を遠ざける暮らしを何十年も続けてたらさ……フフフ……いまさら誰も来てくれないよ。

前原　じゃあ今度士郎んちで飲もうよ。

宇多丸　ああ、全然いいですよ。

高橋　行きたいね。みんなで行きたい。

古川　そこで今度公論やろうぜ。

宇多丸　全然ありですよ。まあ、僕はそんな感じですかね。

公論クルー近況報告、その5 ～前原猛、波瀾万丈で大変だった編

高橋 さあ、トリですよ。

古川 トリですよ。

前原 **ちょっとトイレ行ってきていいですか？**（席を離れる）

宇多丸 フフフ……。

高橋 もったいぶるなー。

郷原 「**なにも話すことはない**」って言ってましたよ、さっき。

宇多丸 （席に戻った前原猛に向かって）じゃあ、ちゃんたけはどうなの？

前原 ええとね、まずね、すいません。前回のプロフィールに書いた「2009年よりフォトギャラリーの運営にも携わる」っていうのは、このすぐあとに辞めたんです。

その話ってしたっけ？

宇多丸 いや、あんまり聞いてない。

高橋 辞めたのはなんとなくわかってたけど。

前原 その「辞めた」っていうのがね、もともと友達と一緒に始めたんだけど。その友達の知り合いが紹介してくれた物件だったの。いろいろ事情があって、2年ぐらいや

っていいよって、契約もせずに口約束で借りていたの。すごい安く。

古川　表参道というか裏原宿というか、めちゃくちゃいい場所だったよね。

前原　半年ぐらいたって、やっとお客さんも付き始めたときに、急に「**新しく人を入れることになったから今月いっぱいで出て行って**」みたいに言われて。契約書もないし、そういう借り方だったから出て行かざるを得なくなって。で、次に銀座一丁目に移ったのよ。

古川　またすごいところに行ったな。

前原　そこはね、友達のお父さんがカメラマンで、そのアシスタントを昔やってたっていう人がずっと借りているところだったの。銀座一丁目のビルの地下だったんだけど。

古川　あ、たぶんあそこだ。はいはい、わかります。

前原　で、そこでしばらくやっていたんだけど、そのうち隣の建物を取り壊してビルにする工事が始まって。そしたら、その工事の影響でこっちに水があふれてきたのよ。**で、全部水浸しになっちゃって……**。

一同　ええ～！

前原　で、損害賠償みたいな話になったときにさ、**もともとそこを借りていた人がもう長いこと家賃を払ってないっていうことが発覚して……**。

一同　えぇーっ!?

前原　だからオレらは文句言えなくなっちゃって。で、その人もいつの間にか連絡が取れなくなっちゃって……。

宇多丸　うわ～……。

前原　結局そこも出て行かざるを得ないことになって。っていうことで、フォトギャラリーはそういうことになっちゃったんだよ。それが2011年の話かな？　で、2012年ぐらいから仙台に行き始めて。

宇多丸　海岸のほうとか、要は2011年の震災の被災地で撮影したり、個展やるようになったんですよね。

前原　そうそう。来年もまた仙台でやるんだけど。あとは最近、家を売ってさ。

宇多丸　ご実家を？

前原　そう。というのも今年の3月、**父親が死んだのよ。**

宇多丸　それは……ご愁傷様でした。大変でしたね。

前原　まあ、2年前ぐらい前から要介護になっちゃってて、その前に母親も出て行っちゃってて。だからオレはいま、去年来てくれたギャラリーの上に住んでいるのよ。それで、**なんで下着を買い替えるようになったかっていうと……。**

宇多丸　そこでつながるんだ。

前原　もともと父親が死んだら家を手放す話にはなってたんだけど、死んだのが急だったからさ。オレもすぐに家を出なくちゃいけなくなって。で、母親も出て行くとき、本当に身ひとつでいきなり出て行ってさ。それを目《ま》の当たりにして、身の回りのものを結構捨てちゃったのよ。

宇多丸　ああ、なるほど。

前原　「**モノってこうやって突然、離れなきゃいけなくなるんだ**」って。で、昔着てた服とか布団とか全部捨てて。それで、下着とかも大事に着ててもしょうがねえやと思って、安いのを買って半年ぐらいで全部替えるようにしようって。

宇多丸　そういうことね。

前原　まあそんな感じで、今はまだいろいろと落ち着かないっていうか。手続きとかまだ残ってるからさ。仮住まいだし。**たぶん来年になればバリバリだと思うんだけど**……。

古川　バリバリ……フフフ……。

「ノミを入れてハンマーでボカーン！」

高橋　前原さん、仕事はいまどんな感じなの？

前原　WEBだよね。音楽系もあんまやってないし。企業が宣伝のためにやっているサイトみたいなの、あんじゃん？　なんか情報サイトに見えるんだけど実は宣伝みたいなの、あんじゃん？　そういうのとか。

高橋　あんまりタレントとかミュージシャンは撮ったりはしていないんだ。

前原　たまーに。

高橋　前回の頃だったら矢沢永吉さんとかジャニーズの仕事もやってたよね。たしか。

前原　永ちゃんはもう2年ぐらいやってない。ジャニーズも一回やっただけだから。

高橋　じゃあ、写真の仕事は続けてるけど、内容はだいぶ変わってきた？

前原　そうね。永ちゃんとは十何年やってたけど、もうやっていないね。友達はみんなミュージシャンだけど、友達とはあんまり仕事しないからね。

高橋　前に1回、もう写真を辞めようか、みたいな話をしていたこともあったよね。

古川　最初の公論の単行本のときだ。

前原　**まあ、辞めても他にできることがないっていうのに気づいてさ。**

宇多丸　まあ、そりゃそうですよ。だってアラフィフですよ、我々。

古川　前原さん、いまいくつ？

前原　48。

高橋　前原さんと士郎くんとオレ、3人が同い年。

古川　ああ、そうかそうか。

前原　そういや一回だけ、**廃品回収っていうのかな**。そういうのの手伝いをしたことがあるんだけどさ。

宇多丸　ほう。

前原　使えなくなった電気機器を引き取って、それをゴミにするっていうやつだったのよ。アルミニウムとかステンレスを分別してさ。で、あのね、分解の仕方がね、オレは最初、1個1個ドライバーでネジを外したりしてたんだけど、現場の人に「**おまえ、そんなことやってたらいつまで経っても終わんねえぞ！**」って怒られて。要するにさ、「**ノミを入れてハンマーでボカーン！　だ**」って言われたんだけど、なんかそれが性格的にできなくて……。

一同　フフフフフフ……。

宇多丸　いや、わかるよ。乱暴だもんね。

前原　あぁいうのって普通は隠しネジみたいなのがあるわけ。で、それをずっと探してるとさ、「そんなことやってたら明日になっても終わんねぇぞ！」って怒られて……。

古川・高橋　フフフ……。

前原　そういうときはもう、「**ノミを入れてハンマーでボカーン！**」みたいな感じなんだけどさ。

古川　前原さん、たぶんそういう作業向いてないよ。

前原　だってステンレスとアルミニウムの違いなんてわかんねえよ！

古川・高橋　フフフフフフ……。

宇多丸　でも、いきなりガチャーン！ってできないの、なんかわかるよ。

前原　**ノミを入れてボカーン！**　みたいなことは、やっぱりなかなか……。

宇多丸　**ノミを入れてボカーン！**　が悪いわけじゃないんだけどね。

高橋　前原さんの話ってなんか不思議に引きつけられるね。

モノはいつかはなくなるし、来年はバリバリ

宇多丸　郷原みたいに適性を見極めたうえで、自分で環境をつくってそこに着地していくの

は本当、いちばん賢明なことなんだけどさ。でも、そもそもの適性問題って考えちゃいますよね。やっぱりちゃんたけもさ、カメラマンでここまでやって来れてるんだから、まあ人よりは向いてるだろってことなんじゃん？

古川　そりゃそうだよね。

宇多丸　だったらこっちの精度を高めたほうが効率がいいというか。

前原　向いているかどうかはわかんないけど、他のことができないんだなとは思った。

宇多丸　まあだから、どうにか適性と現状を擦り合わせていくしかないよね。

前原　それができりゃあいいけどね。

郷原　無理してストレス溜めるのがいちばん嫌ですからね……**基本は陽気暮らしで。**

宇多丸　でもさ、郷原だって中には苦手な親御さんもいるでしょ？　それでもどうしても付き合わざるを得ない人とか、どうしてるの？

郷原　もちろん合わない人もいますけど、そこは結果さえ出しちゃえば、っていうことですね。でも、長く通ってくれてる人は全面的にこちらを信頼してくれているということか。仮に受験に落ちたとしても絶対にこっちのせいにしないってくらい。**信頼してくれる人とのお付き合いを優先するほうが精神衛生的にはいいですよね。**やっぱり受験って大ごとじゃないですか？　親が注いでいる熱量もハンパないし。だからといって、簡単にこちらの責任を追及するような人とは信頼関係も築けないから。**ならば目先の利益を捨ててでも、信頼してくれる人を選びますね。**

宇多丸　じゃあ今はストレスレス？

郷原　「なし」という意味での「レス」は難しいですけど、「より少なく」という意味で。**だから「ストレスレス」というより「レスストレス」ですね。**

古川　賢明だなあ。

前原　オレもでも、いろんな問題がなくなったんで。

古川　そうか。身軽になったと言えば身軽になったんだもんね。

宇多丸　その象徴としてパンツを替えたと。

前原　それにほら、津波があったとことか行くとさ、**モノってやっぱりいつかなくなるし、人間は身体ひとつなんだなって思ったからさ。**まあでも、今年からちょっとずつマシになって、だから来年はバリバリだと思うんだよね。

古川　**バリバリ！**

我々はどうやって稼ぎ、そしてどう歳をとるべきか

郷原　たとえば仕事でストレスを感じるような相手がいて、その人との付き合いを止めたら目先の収入が減るかもしれないけど、そのほうがいいと思えば僕の場合すぐに止められるじゃないですか。でも、家庭があるとそうもいかなくなるのかなって思うけど、どうですか？

古川　幸いオレはほとんどそういう経験ないな。

高橋　僕もない。

郷原　じゃあ全然いいですね。

古川　仕事でそういうストレスはほとんどない。それは本当、恵まれてると思う。

宇多丸　**そんなねえ……金のために転ぶほどの金額が提示される仕事は来ないよ！**

古川・高橋　フハハハハハハ！

古川　まあ、ぶっちゃけそうだね。

宇多丸　転べるもんなら転びたいけどさ。そんな仕事、べつに来ねえんだもん。だからまあ、我々ももうちょっとがんばらないと。

古川　もうひと伸び、行きたいよね。

前原　もっと上って具体的にどういうこと？

宇多丸　**やっぱりお金かな？**　別にもう「知られたい」とかじゃない。金、金。

前原　それは音楽で？

宇多丸　うーん、いや、なんでもいい。**残高が増えていればそれでいい。**

古川・高橋・郷原　ハハハハ。

高橋　たしかに金は欲しいな。

宇多丸　やっていることに不満があるわけじゃないからさ。

郷原　じゃあ、基本はスケジュールを過密にするか、単価を上げるかですね。

宇多丸　単価ねえ。

古川　スケジュールはもう限界でしょう？　士郎さんは。

宇多丸　スケジュールはもう難しいね。

郷原　ああ、もうそこまで来ているんですね。

宇多丸　だから単価を……でも上がんないね。**あとはもう株とかやったほうがいいのか？**

郷原　アハハハハッ！

宇多丸　絶対ダメやつ。慣れないことを急にやりだしたりしてね。でも、たとえば本だったら印税でさ、1冊まるごとひとりで書いて、当たれば大きいわけじゃん。元手だってそんなかかんないでしょ？　ノンフィクション作家みたいに、何年も取材して参考文献を山ほど、とかじゃなくてさ。「**道端にタンポポが咲いてました……**」みたいな。

高橋　絶対に言うよね。「**道端にタンポポが……**」って。

古川　昔から言ってるからね（P378参照）。この人のエッセイのイメージ。

宇多丸　「**道端にタンポポが咲いていたのを取って鍋にしたら美味《うま》かった**」とか。

古川　それはもう情報がひとつ入ってる。

宇多丸　それだって売れりゃあ、もう。

高橋　士郎くんはなんか、勝手にライターさんがまとめてくれるような喋りの連載をいっぱいやればいいじゃん。

宇多丸　いや、結局そのほうが手間が増えちゃうんだよ。まず、文字起こしの時点で、「**あ〜これ、どこから直し入れてきゃいいんだろ……**」ってなっちゃうことが多いしさ。それこそ普段、ヨシくんとか古川さんのレベルと仕事をしていると、たまによそで受けたインタビュー原稿とか見て愕然《がくぜん》とすることがあるよ。「**話、聞いてた？**」みたいな。

古川・高橋　フフフフ……。

宇多丸　これだったら最初から自分で文章を書いてたほうが早かったな、みたいなことも多いからさ。だからやっぱり、そう簡単に効率は上がらない。どうしたらいいのかな？　ちゃんたけはお金は欲しい？　ほどほど？

前原　そんなに持ったことないからね……まあでも、欲しいですよ。当たり前じゃん、そんなの。（急に大声で）**金がいらない人がいるんかい!?**

宇多丸　オレも、がっつり大金を使いたいというよりは、いい加減、貯蓄をそれなりの額にしておかないとっていうことなんだけどね……。

前原　老後がね。

宇多丸　そうそう。それも込みでの、「**金がほしい**」です。別にいま金に困っているわけじゃないんだけど。

前原　うちも父親は2年で1000万の生命保険、全部切り崩したからね。介護レベル5で自己負担が1割とかなんだけど、それでも保険が全部なくなったって。大変ですよ。

高橋　それはキツいな……。

古川　オレらは子育てもあるからねぇ。大変ですよ。

宇多丸　そうだよ。オレらなんか別にいいんだよ。よく考えたらこっち、子供ですよ。

古川　ねえ。それ真剣に考えだしたらたぶん病みます。

郷原　**死ねないもんね。**

高橋　そう。死ねないっていうのはある。

宇多丸　教育費にいくらかかるから貯金はこうでって、そういう計画は立ててるもの？

古川　うちは全然やっていないほうだと思いますね。学資保険は一応入ってるけど。

宇多丸　子供もまだ贅沢言わないし。うまい棒とガリガリ君を渡しておけばべつに……。

高橋　フフフフ……。

郷原　高校からお金がかかるからね。

古川　そうらしいね。

前原　**高校、行かせなきゃいいじゃん？**

古川　本人がそれを望むなら、まあいいけどさ。

前原　**もうビッグダディでしょ。**

古川　**ビッグダディではないよ。**

郷原　たしかにいちばん子供が大変なのが15年後ぐらいって考えたらね、そのときの自分の年齢を考えると、結構ビビりますよね。

前原　古川くん、いまいくつ？

古川　44。

前原　15年後っつったら、60じゃん。

古川　ねえ。こわいこわい……。

宇多丸　**なんか世知辛くなってきたな。**

前原　すいません、オレのせいで。いや、だからね。**お金もそうだけど、精神的な質が大事だなと思いましたよ。**親を見ててそう思った。お金も大事だけど、精神的になんかこう……。やることがあるとか、友達とかが大事だなと思いましたけども。

古川　うん。そうね。

前原　そんな話じゃダメだよね？

宇多丸　いや、いいと思いますよ。常にそこは考えていかないと。

郷原　でも、前の時にも話したけど、みなさんはあれですよね。**基本的には好きなことをやれているっていうことですよね？**

古川　それはそうなのかな。大きな目で見たらそうですよね。

郷原　だって同年代の、サラリーマンの人とかと比べたらずいぶん違うわけでしょう？

古川　そうそう。地元の友達の飲み会みたいなのが年1回ぐらい開かれていて、よく声がかかるんですけど、横浜だからなかなか行けないんですよ。で、「**ふるきゃんどう!?**」みたいなＬＩＮＥが飲み会の席から送られて来て。

郷原　ああ、ふるきゃんクルーから。

古川　**「楽しくやってまーす！」**みたいなLINEが写真付きで来るんですけど、女の子のいるバーみたいなところで、おっぱい揉んで**「ウェーイ！」**みたいな感じで……

宇多丸　「もうだいぶ離れたな、こことは」って思うもんね。

古川　それはそうでしょうね。

郷原　**「もうフッドには戻れない」**って……そんなフッドもともとなかったんだけど。

フフフフ。

これまでと変わったこと、変わらないこと

宇多丸　でもオレも玉袋筋太郎さんと一緒に番組をやるようになって、飲み友達になってさ。玉さんが女性のいるようなお店に連れて行ってくれて。**オレ、全然そういうところでも楽しくやれてますよ。**歌とかうたっちゃったりして。

前原　普通のスナック？

宇多丸　スナックもあるし、バーみたいなところとか。そこで**「あ〜らウタさん、いらっしゃ〜い」**なんて、全然そういうのもありますよ。普段はあんまり飲まない水割りとか飲んだりしてね。なんというか、**「慣れない場に適応できている自分」**みたいな

のも、たまには悪くないなと思えるようになった。だから、**ふるきゃんもおっぱい揉むところに行ってみたほうがいいよ。**

古川　そうですか？

宇多丸　だって行かず嫌いかもしれないもん。

古川　たしかに。

郷原　それなら怒られないんじゃないですか？　奥さんに。

古川　妻に？　**おっぱい揉んでも？**

宇多丸　まあでも、それこそお子さんがいたりするとなかなかね。さっきのイベントの話もそうだけど、みんな子供ができて夜遊びとかしなくなっちゃって、今までずっとやっていた人が**「子供がいるんで」「朝型なんで」みたいなことを言い出しやがって。**

古川　フフフ……悪いかよ。

前原　あと、飲みに行くのも、なんか歩いて行けるような距離じゃないとあんまり行きたくなくなってきてるよね。いまは上野毛に住んでいるんだけど、わざわざ新宿まで飲みに行くとか、そういうことは別にいいよ、みたいな。

宇多丸　ええ〜。やりましょうよ。パーッと行きましょうよ。

前原　**行くよ。全然行くよ！**

宇多丸　バーッと行こうよ、んなもん。全然やってますよ。**朝9時まで飲むとか、全然やってるよ！**

古川　そこはタフだよな、本当に。

宇多丸　**「もう店も開いてねえし、ファミレスでいいか！」っていまも余裕でやってる。**

高橋　本当タフだよねえ。で、普通に昼から仕事していたりするもんな。

宇多丸　だから行きましょうよ。

郷原　そう言えば体型とかみんなそんな変わらないですよね。

高橋　あ、それは思った。

宇多丸　2006のときがいちばんオレ、太かったな。

前原　そういえばさっき、古川くんを最初にパッと見たとき、**ちょっと清原っぽかったんだよな。**

宇多丸・高橋・郷原　フハハハハハ！

前原　モミアゲが白髪なのを見て、**「おっ、清原かな？」**って。

古川　フフフ……。

宇多丸　そんだけじゃん！　でも郷原は全然白髪とかないね。

郷原　僕、この間、体組成を全部測って。筋肉量、体脂肪とか内臓脂肪、骨密度やら身体の水分量も全部。血液検査もして。**そうしたら、身体年齢25歳でした。**

高橋　ええ〜！

古川　ヤバい！

前原　マジで⁉

宇多丸　アハハハハハ！

郷原　**25歳です。**

古川　すごいな。アスリートかよ。

宇多丸　それはやっぱ日々の鍛錬？

郷原　はい。身体能力をまだ維持しています。

高橋　すげーな！

前原　それで死んだときに身元がわからなかったら、「**年齢は20代**」**ってでるかもよ？**

一同　ククク……。

古川　「**20代と見られる死体が見つかって……**」

宇多丸　まあね、服装とかもこんなだからさ。

前原　「**犯人の特徴は20代……**」

郷原　たぶん生徒は年齢がわかっていないと思いますよ。

宇多丸　そもそも若いやつは年上の年齢がわかってない問題ってあるじゃん？　オレも20代後半のころに、「**40代ですか？**」って言われたことあるもん。

前原　ある程度から上はもうみんな一緒みたいな感じがあるよ。

古川　いまはさらにわかんないよね。

宇多丸　それにしても25歳はすごいね。

古川　ヤバいね。

前原　**だからと言ってあと65年ぐらい生きるわけじゃないんでしょ？**

郷原　ねえ。だからどこかで一気に衰えるんじゃないですか？

宇多丸　いや、どうだろう。

古川　70代でもスリムでスラッとしている人はいますよ。

宇多丸　だし、オレらの世代でどこまで行くかは誰もわからないじゃん？　栄養状態とか医学の進歩もあるし。いまの平均寿命よりも全然延びる可能性だって高いじゃん。ただ、**延びても……？**

前原　そう。延びても、だよ。

宇多丸　そう。シャキッとしたまま延びりゃいいんだけどさ。

前原　お金もなくて精神的にも満たされてなかったら、生きててもしょうがないよ。

宇多丸　**うーん……暗くなってきた……。**

一同　…………………。

宇多丸　**でもまあ、気を確かに持っていればいいじゃん？**　お金がなくても。

郷原　ああ、そのレベルまで来たか。

高橋　**「気を確かに」**って……ククククク……。

宇多丸　なんかさ、常に頭をちゃんと使うとか、刺激を絶えず受けるみたいな、それができてるうちはまだ大丈夫なんじゃないか、って一応信じてますけどね。**公開が楽しみな映画が、ちゃんと次から次へとある、**みたいなことでもいいんだけどさ。

古川　あと、喋り相手がいたり世話する存在がいるっていうのは、老いたときには本当にいいらしいですよ。

前原　**だから70になってもラップですよ。**

宇多丸　よし！

そして、次世代へ

郷原　（追加の買い出しから帰ってきた青年に向かって）あ、ありがとう。紹介します。**うちで**

二宮　**講師のアルバイトをしている二宮くんです。**
前原　（コンビニ袋から中身を出しながら）スプライトとコーラと、あとは……。
古川　**1本でいいって言ったけどね。**
郷原　**ちょっとおい！**　本当にゴメンね。
古川　**二宮くんはもともと公論読者だったんですよ。**
郷原　ウソ……!?
二宮　彼は今年公論を読んで、それでうちを知って申し込んできてくれたんです。
一同　そうです。
郷原　え～～～!!
二宮　もともと tofubeats さんのファンで、YouTube かなんかで知ったんだよね？
宇多丸　「オタク in THA HOOD」っていう tofubeats さんのお宅にお邪魔する番組で、「これが僕のバイブルです」って紹介しているのを見て知ったんです。
二宮　トーフの野郎、そういうことは直接オレに言えよな。
宇多丸　「宇多丸さんには言った」みたいなことを話してましたよ。
古川　**あ、じゃあオレ聞いてなかったんだ。**
　ひでえな。

二宮　そこで**「この本のせいで僕はこんな変態になってしまったんですよ」**みたいなことを言っていて……。
前原　人のせいにすんなって！
郷原　それでうちの塾にも興味を持ち……。
二宮　もともと塾講師をやりたいと思っていたんで。
郷原　で、うち、塾名も連絡先もまったく載せなかったじゃないですか。だから彼には直接連絡を取る手段がなくて。**うちの野球チームを通じてまず前原さんにコンタクトしてきて。**
古川　えーー!?
郷原　それが今年の秋ぐらい。**「僕は大学4年生で塾講師に興味があって……」**みたいなことが書いてあって。**でもだいたいそういう人って半分ぐらい嘘だから。**
古川　フフフフフ……。
二宮　なかなか返事がこなかったからもうダメだと思ってて。なので返事があってすごいびっくりしました。
前原　メールに気付いてなかっただけです。
古川　**公論読者からこの塾の講師って、すげえな！**

郷原　そうそう。だからもう、**いっそここに募集文を載せられるんだったら、ナイスな人材が集まるのかな?**って思って。

古川　二宮くんはいま、おいくつなんですか?

二宮　大学4年生です。22歳です。

古川　へえ。

郷原　このあと彼は大学院に進むんで、あと2年うちで働けるんですよ。

宇多丸　勉強はなにをされているんですか?

二宮　一応、農学部です。

郷原　**あと、ちなみに東大なんで。**

古川　いやあ……来たね!　すごーい。

前原　だって、あれでしょう?　農学部の大学院に行くんでしょう?

二宮　はいそうです。

前原　**たぶん人間に興味ない人ばっかりだよ。**

宇多丸　そんなことないよ。

前原　**じゃあ人間大好き?**

古川　どっちかしかねえのかよ。

二宮　**人間大好きかどうかはちょっと……。**

宇多丸　でも勉強これからもがんばってね。

古川　ちゃんと若い世代に受け継がれてるんですね。すごーい。

㊧

2018年の公論クルー「3枚のカード」最新報告

宇多丸編

古川　よし、じゃあラスト。3枚のカードやるか。

郷原　なんか増えたカード、あるかな？

前原　**オレ、前からふたつなくなってるんだけど。**

宇多丸　これは変化がある人のほうが面白いよね。

前原　（前回の古川のカードを読み上げる）「**放送作家**」「**小説家**」「**音楽プロデューサー**」

……。

古川　ああ、オレもふたつなくなってるな。音楽プロデュースもやってないし、小説はま

前原　ったく書いてないからね。

（郷原のカードを見て）「**学習塾経営**」「**元ファッションブランドディレクター**」「**強豪草野球チームの首位打者**」……。

宇多丸　1個消えたね。首位打者じゃなくなった。

前原　（宇多丸のカードを見て）「**武道館アーティスト**」「**ギャラクシー賞受賞ラジオパーソナリティ**」「**早大卒**」……これ、変わってないじゃん。

宇多丸　いや、でも「武道館アーティスト」はちょっと古いから変えますよ。

古川　ヨシくんは「**独禁法に引っかかるほどの売れっ子音楽ジャーナリスト**」「**セレブとの会見多数（フックアップの可能性大）**」「**高卒**」……。

郷原　フフフフ……ヨシくんは最初「**金髪**」「**エディター**」「**俳優志望**」だったもんね。

宇多丸　最初は本当にひどいよ。古川さんはなんだっけ？

古川　「**原付所有**」

一同　ギャハハハハハハハ！

高橋　そこから考えたらすごいよね。

古川　大出世でしょう。褒められて然《しか》るべき。

宇多丸　じゃあまずは自分でそれぞれ書いてけばいいのね。

前原　（独り言）ヤバいな、どうしようかな……。

古川　前原さんは前回、**「フォトグラファー」「表参道のギャラリーディレクター」「名将」**。これ、毎回言ってますけど、客観的事実に基づくものだけですからね。**「おしゃれ」とか「やさしい」とかはダメ。**

郷原　**「おしゃれに絶対の自信あり」はダメ？**

古川　主観だからダメ。

宇多丸　オレ、本業のところをどうアピールするかだな……武道館にすがっている感じは止めたい。

古川　アップデート感は欲しいよね。

宇多丸　なんかないかな？　前は「早大卒」とか入れてるんだよな。**「ユーミンにも認められる級の」**とかどうかな……フフフフフ……。

古川　結局なにかにすがっている感は出ちゃってるよ。

宇多丸　じゃあレギュラーの数を並べてみるか……あ！　**「オリコン最高3位」**はどう？

古川　あ、出た。それは強いね。

宇多丸　**「デイリー3位」**

古川　「デイリー」は言わなくていいんじゃない？

宇多丸　あと、前回から本も結構出してるんだよな。番組本とかも含めてだけど。だから**「著書多数」**。どう？　これはもう堂々たる感じでしょう。

古川　ヤバいね。短い言葉でいけてる。言葉数を足さなくてもいいのは強いね。

宇多丸　じゃあオレはこれで。

郷原紀幸編

郷原　「進学塾経営」のカードに**「地元で評判の」**って足すのはアリ？

宇多丸　それはありなんじゃない？　いや、もっと絞って**「二子玉エリアで」**にすれば？

古川　土地のイメージも上乗せできる。

郷原　（ホワイトボードの前で考え込みながら）さすがに**「身体年齢25歳」**はイヤだな……。

宇多丸　え？　「身体年齢25歳」はかなりいいと思うよ。驚異的だもん。誰もがおいそれと真似できるものじゃないしさ。

郷原　そうですかね？

古川　体脂肪も書いちゃいなよ。

高橋　このカードってもともと**「お見合いパーティーで出すとしたら」**って設定だよね。

郷原　だったらすごい強いでしょ！

古川　（カードを書いてみて）こんなのカードになるんすか？

高橋　なるでしょうよ。

郷原　ここで「**塾経営**」が効いてくるよね。

宇多丸　あとはじゃあファッションも残したほうがいいですよね。**文武両道感を出すということで……**。

古川　でも別の方向もあるよね。「**趣味と実益を兼ねた完全な人生を完成**」みたいな。

郷原　話しかけづらいよ。

一同　「**完成**」**って書くのは？**

宇多丸　フフフフフフ……。

（郷原のカードを眺めながら）やっぱりいいね……っていうかヤバい。**マジでヤバい。**

だって上の2枚だけだったらまだ成金のぼんやりしたオジサンぐらいの感じだけどさ。でも、「元ファッションブランドディレクター」で「あ、これは結構おしゃれな感じなのかな？」からの、「**ええ～っ!?**」って……。

古川　フフフ……。「**に、25歳～!?**」**って**。

郷原　「ええっ～!?」ってなります？

宇多丸　そんなもん、「**キャーッ！**」だよ。相当イケてるって。

古川　若さが伝わってくるよね。実年齢を書かずとも、「体内年齢25歳」がカードになると思ってる時点で、そこそこの歳だなっていうのが透けて見えるからね。

宇多丸　**なんかちょっとエロ感すら感じるよね。**

古川　現役のオス感。

郷原　全体のバランスの中としてはありですよね。５人の中での１コマとして。

宇多丸　ありあり！

高橋　フィジカルのことを押し出している人は他にいないからね。

宇多丸　確かに。**『カンブリア宮殿』とかそういう感じですよ。**

郷原　ギラついている感がある。

宇多丸　**『カンブリア宮殿』ですよ。**

高橋芳朗 編

宇多丸　（高橋芳朗が書いているカードを見て）「**音楽ジャーナリスト**」**……？** ちょっと待って。だって前は「**独禁法に引っかかるほどの売れ**

っ子音楽ジャーナリスト」って書いてあるよ。

高橋　いやいや、これから足していくから。あせらないあせらない。

宇多丸　「**フックアップに次ぐフックアップ**」って書きなよ。

高橋　フフフ……うるせーな……これ、僕も「ラジオパーソナリティ」って入れてもいいですか？

宇多丸　いいけど、ちょっと待って。オレがさ、「**ギャラクシー賞受賞ラジオパーソナリティ**」なんだよ。**その横にただのラジオパーソナリティっていうのは、ちょっとあれじゃないかな……？**

古川　食われるぞこれ。

宇多丸　選曲とかもやってるんだから、もっとトータルな……まあでも、それも含めて「音楽ジャーナリスト」か。

高橋　**え～。それは1枚のカードに使わせてよ～**。

宇多丸　でも選曲も引っくるめて「音楽ジャーナリスト」でしょ？

高橋　いや、違うよ。

古川　「**星野源**」**っていうカードは切ったほうがいいんじゃないの？**

宇多丸　オレもそう思うね。「星野源のオールナイトニッポン2回出演」。

一同　ハハハハハ！

高橋　なんか貧乏くせえな～。

古川　とことんしゃぶりつくそうっていう感じが伝わってくるな。

高橋　士郎くんは「ラジオパーソナリティ」は残すんだ。

宇多丸　ここは残すでしょう、絶対。それはそうでしょう。**だってこんだけ客観的に見て権威があるもの、お前らのカードにあるか？っていうことじゃん。**

古川　やめようよ。他人のカードをディスるのはやめようよ。

宇多丸　だから、いいじゃん？「**星野源の音楽的ブレーン**」って言い切って。

高橋　**それ、星野さんが見たらどう思うかな……？**

古川　そこも挑戦ですよ。

高橋　**もう切られるんじゃないかな？**

古川　やっぱあれだよね、「○○の○○」って、「**の**」**が間に入ってくるのがヤバイ。**

高橋　ね。

古川　でもそれがないとライターだの作家だの、クズみたいなのがいっぱいいるからね

高橋　……ヤベえヤベえ。

古川　やっぱ使うしかないか……。

古川　「星野源」のカード、切るしかねえか！

高橋　**「使っていいですか？」ってメールしとこうかな？**

古川　星野くんも「は？」ってなるよ。

宇多丸　ライムスターからの信頼も厚いわけだからさ。**「星野源をはじめ有名アーティストからも信頼の厚い音楽ジャーナリスト」**はどう？

古川　長えな。

高橋　**使わせてもらいます！**

宇多丸　これならいいでしょう？　だって嘘じゃないし。「星野源」っていうカードも切れてるし。

高橋　本人の目に入らないことを祈る。

宇多丸　喜ぶと思うよ、絶対。それにこれはオレが書かせてるんだからさ。

高橋　このくだりは絶対本文の中に残しておこう。

古川　**「小林麻耶」っていうカードも残ってるよ、ヨシくん。**

高橋　使うしかねえな、こうなったら。**「あの小林麻耶アナウンサーと番組をやっていた」**……フフフ……**麻耶さん、ごめん！**

古川　すごいな。人の良心が揺れ動くさまをリアルタイムで見ている。

高橋　「小林麻耶らと共演経験もある」……「小林麻耶らの信頼も厚い」……。

宇多丸　**「小林麻耶とLINE交換をするほどの……」**

高橋　フフフ……。

宇多丸　（TBSアナウンサーの）江藤愛さんともやってたでしょ？　だったら、**「小林麻耶・江藤愛をはじめ有名アナウンサーの信頼も厚い」**……。

高橋　そしたら出水（麻衣）さんとかも……。

宇多丸　全部書けばいいじゃん、もう。

古川　**短い文字数で勝負できない者のつらさみたいなの、あるね。**

高橋　まあでも、やるしかねえな、もう。ここまで来たら。

宇多丸　でもさ、ヨシくんは**「フックアップされ」**なわけじゃん。**「され」**なんだから、フックアップした人の名前が入ってくるのは当然でしょ。

高橋　「こいつはフックアップされてんな」っていう、**「され感」**。

宇多丸　いいね。今度、番組でやるか。**「され」特集。**

高橋　あとは最後の一枚。**「ラジオ界で引っ張りだこの音楽ジャーナリスト兼パーソナリティ」**みたいな？

宇多丸　「放送業界で引っ張りだこの音楽ジャーナリスト」でよくない？　「ラジオ業界」じ

やあちょっとさ。

高橋　そこはちょっと盛ってもいいですか？

古川　放送業界なのは間違ってないし、嘘はついてない。

宇多丸　でもそしたら、これを見た人が「**ああ、高橋さんってテレビでもお仕事を？**」って勘違いするかもしれないじゃん。

高橋　「**うちの番組でも頼もうかな？**」

宇多丸　そうそうそう。

古川　なんないよ。

宇多丸　なるよ。どうつながるかわかんないよ、そんなの。

古川　知ってる人しか読まないよ。

高橋　なんか……いままでよりも全然ダメだね。

宇多丸　なんかおかしくない？　もっと調子よくなったんだと思ったんだけど。

前原　「子煩悩《ぼんのう》」とか……「**七五三のために仕事を休むほどの子煩悩**」……。

宇多丸　「**七五三のためにレギュラーイベントを飛ばすほどの子煩悩**」……フフフ……。

古川　七五三のつらさも知らねえくせに！

宇多丸　フフフフ……。

古川　七五三、めっちゃ面倒くさいんだよ。

高橋　ね。

宇多丸　面倒くさいの、あれ？　**どっか行って千歳飴をポイポイ食うだけでしょ？**

古川　ふざけんなよ！　千歳飴なんて一部よ、一部。

宇多丸　じゃあなにやんの？

古川　神社でお参りしたり、写真撮ったり。

宇多丸　神社なんて、アレだぜ。**金儲けのことばっかりだぜ？**　仏教の四十九日だのなんだのだって結局、全部勝手にあとから付け足したことだからさ。

古川　制度の話はいま止めない？

宇多丸　もう、なんかもっと来いよ！

郷原　**「伸び代《しろ》が大きい」とかは？**

古川　「伸び代」はもう本当に最後の最後だね。

宇多丸　でもさ、ヨシくんは優しいじゃん。だからやっぱり**「信頼も厚い」シリーズ**で行きたいな。

高橋　**「妻からの信頼も厚い」……。**

古川　フフフ……**「TBSラジオ昼のワイド番組の選曲を担当」**は？

宇多丸　でもさ、それ言っちゃうとこれからJ-WAVEとか仕事の幅を広げるのに邪魔になるかもしれないよ。

高橋　じゃあやっぱり「放送業界から」で。

宇多丸　**「放送業界からの信頼も厚い」**で。

高橋　よし。じゃあそれで！

古川 耕編

古川　オレはどうしようかなぁ……。

宇多丸　**「放送作家」**に**「立ち上げ番組やレギュラー多数」**とかを足していけばいいんじゃないですか？

古川　「レギュラー週4本の放送作家」……。

高橋　もう必死だな。

宇多丸　ちなみにオレいま、放送系のレギュラー5本ですよ。**そうするとまたオレよりも弱いカードを出しているっていう……。**

古川　痛いところを突かれた。

高橋　「子供ふたり」は？

古川　「子供ふたり」は入れるとしたら3枚目じゃないかな。

宇多丸　子供とか、使う？

古川　切れるカードはなんでも切るんだよ。

宇多丸　それ、結構ギリな感じあるよ。**「原付所有」みたいなもんだよ、それ。**

古川　原付とは違うから。**社会的信用度だから。**「二児の父」を最後に入れることによってアットホーム感を出すという戦略で……。

前原　**あとは埼玉のいいところとかさ。**

古川　**埼玉のいいところをオレが背負うの？**

前原　川口のいいところとかさ。

古川　オレが？　背負うの？

前原　あれ、古川くんは文房具関係、なんかないの？

古川　それがなかなかカード化できなくて。さっきから悩んでるのよ。

前原　**「ボールペン2000本所有」**とかじゃダメなの？

古川　そんな持ってないよ。

宇多丸　**「文房具ブームの火付け役」**はどう？

古川　あ、出た！　間違ってないよ、それ。

宇多丸　「文房具ブームの火付け役」。いいじゃん。これ、行きましょうよ。

高橋　えっ、本当に古川くんが火付け役なの？

古川　オレひとりじゃないけど、火付け役のひとりではあると思いますよ。

前原　えっ、そんなに火が付いてたの？

古川　フフフ……こういう反応が返ってくる危険性があるカードなんだよな。

前原　**じゃあ「文房具メーカー勤務」でいいんじゃない？**

古川　ウソじゃねえか。人のカードだと思って。

宇多丸　（「書籍編集者」と書かれたカードを見て）こうなるとこれがちょっとが弱いですねぇ……。

古川　あっ、こういう言い方はどう？　「**書籍プロデューサー**」。

郷原　お！

宇多丸　いいねえ！　**胡散《うさん》くさいねえ！**　いや、これ結構、**西川りゅうじんぐらい来てますよ！**

古川　ハハハハハ！　久々に聞いたよ、その名前。

宇多丸　この並びは結構来てますよ。「**放送作家**」「**書籍プロデューサー**」ときて、「**文房具ブームの火付け役**」ですよ。完全に西川りゅうじんレベルは来てますよ。

古川　**まあ、全部まとめて「業界ゴロ」の一言で済むんだけどね。**

宇多丸　いや、でも古川さん、これすごいし、胡散臭さがハンパないですよ！

古川　**しょせん田舎者を騙すためのカードですよ。**

宇多丸　フフフ……まあ、いいんじゃないですか？

高橋　あ、これで古川くんはもう終わり？

宇多丸　これはいいですよ。本当にジャストに近いイメージ。

古川　ジャストに近いイメージね。**黄色いメガネ、買ってくるわ！**

前原猛編

前原　オレは本当、書けることがないもんな……**（ホワイトボードに「名将引退」と書く）。**

宇多丸　なにそれ？

前原　だって、ないんだもん。

宇多丸　まずカメラのことをちゃんと書いてよ。

古川　まがりなりにも個展やってるんだからさ。

宇多丸　「フォトグラファー」……**「個展開催のフォトグラファー」**でしょう？　あと、仙台の海岸のほうに行って個展もやって、みたいな。そういう意識高い系の……**「社会派フォトグラファー」**じゃん？

前原　あ、じゃあ**「社会派」**って書いとこうか？

古川　それだけ書いて意味わかんないだろ。

前原　マジでないんだもん。**「親が死んだ」**とか書いてもしょうがないもんな。

古川　ちょっと止めてくださいよ。

前原　「元」でもいいの？

古川　「元」もいいでしょう。

前原　**オレ、元なんだっけ？**

古川　フフフ……相当深いところまで入り込んでますね。

前原　「元名将」でもいいの？

宇多丸　まあ、いいんじゃないの。さらに一歩進めるなら……**「伝説の名将」？**

高橋　ハハハハ！　そんなカードぶら下げてウロチョロしているやつ、ダメでしょ！

宇多丸　過去の栄光にすがってる感じがね……。でも好きですけどね。

前原　**「元表参道のギャラリーディレクター、不動産屋に退去させられる」**っていう。

古川　フフフ……無頼派感を逆に押し出している。

古川　**「表参道・銀座を渡り歩いてきた元ギャラリーディレクター」**はどう？　相当じゃない？　相当ヤバくない？

宇多丸　たしかに。

前原　マジで？　それだったら**「友人多数」**とかのほうがいいと思うけどね。

古川　「友人多数」っていうカードぶら下げてるヤツが来たら、結構イヤじゃない？

宇多丸　でもオレ、ちゃんとたけは友達多いなって思って見ているからね。ただはっきりしてるのは、**コイツ金はねえなっていう……**。

前原　自分は何も持っていないっていう？　なるほどね。

宇多丸　いい人なんだろうけどね、って。

古川　でも、**「表参道・銀座を渡り歩いて来たんだけどいまは……」**となったら全然深みが違うよ、これ。

前原　すっかりそんなこと忘れてたけどね。今日になるまで。

古川　人生の棚卸しですよ。過去に向き合わされるんですよ。この企画は強制的に。

郷原　それで3枚目に、**「伝説の名将」**を。

前原　**伝説だったのかな？**

宇多丸　うるさいなあ。

郷原　いいじゃないですか。伝説、伝説。

前原　**「電車で2駅」**とかダメだよね？

古川　え？　なに？　区間が示されていないから全然わかんないよ。

前原　いや、ここからさ。

古川　「ここからさ」って、今いる、ここ？

前原　そう。**「ここから2駅」**。

古川　物件かよ。

前原　**オレ、いいところは全部曖昧《あいまい》なことだからな。**

高橋　たとえば？

前原　**「来年はバリバリよ」**とか、そんなの。

古川　アハハハハ！

宇多丸　もういいよ。これででも形になったんじゃないですか？

高橋　なってるなってる。ああ、よかった。

宇多丸　ああ面白かった。やっぱり3枚のカード、面白いわ。

高橋　本当みんなもやってほしいな。

古川　**身を削る作業ですけどね。**

公論ラウンジ1

ボディが金色の巻

雑誌掲載時に入りきらなかったアウトテイク！
まずは幻の第一回目（2000年5月号）から。

自分がバビロンだよ

古川　ヒップホップ雑誌だからポリティカルなテーマも扱うの？

高橋　そういうのがあってもいいとは思うけど、単純にいろんな話題についてあれこれ喋るページが欲しいっていうのが編集者的なリクエストで、義務感みたいなのはないよ。だから、もうちょっと緩い部分も見せていければいいかな。

前原　巷《ちまた》で流行《はや》ってるものを中心に、とか。

高橋　キックボードとかね。

前原　iモードとかそういうのを中心にね……そういえば**鈴木あみ**（**現：鈴木亜美**）**はブッダ・ブランドのファンらしいよ**。〃人間発電所〃ラップできるみたいだし。

宇多丸　鈴木あみが「小学生のP＊＊＊Y」とか歌うの？　俺、普段鈴木あみ嫌いだとかテキトーなこと言ってたけど、そんなこと言われたらコロッと態度変えちゃいますね。「あみちゃんはいいよ〜」とか。

前原　俺はもう、可愛い派だから。

宇多丸　いや、でも、僕は「鈴木あみが嫌い」っていうのに一応自分なりの論理は用意してるんですよ。可愛いとは思うけどね……ネガティヴな印象も含めて評価はしてる……とか言って偉そうに……あ、そうだ。僕『BUBKA』でアイドルの連載やることになったんですよ、もう嬉しくて嬉しくて……これからはそっちに力入れるわ。

高橋　第一回はなにについて書くの？

宇多丸　あか組4と青色7と黄色5についてかな。

高橋　いきなり大ネタじゃん。

宇多丸　やっぱ今はなんと言ってもモー娘。ですからね、アイドルと言えば。

前原　フィルム残ってるかなぁ……。

高橋　え？　撮ったことあるの？

前原　だから撮ったってば。だいぶ前に……ライヴだけど。

高橋　鈴木あみも撮ったんだよね。

前原　うん。

高橋　そういえば前原さん、ＴＫ系のフリーペーパーに原稿書いてたもんね。

宇多丸　あぁそうだ！　ＴＫ派だ！　やばい、手先じゃないですか、完全に。

高橋　よく「バビロンだバビロンだ」とか言ってるくせに。

宇多丸　そうだよ、自分がバビロンだよ！

高橋　さっきも完璧にバビロンなこと言ってたよね。

前原　俺、やっぱ**バビロンに行きたいんだなぁ**と思って。最近。

古川　バビロンねぇ……行ければ楽しいんでしょうねぇ。

宇多丸　バビロンもいいのかもしんないけどさ……俺、ユートピア的なものって嫌いなのね。なんか嫌じゃない？　みんなでニコニコしてさ……**ウヒヒとか言ってたいよ**……ウヒヒって便利ですよ。ウヒヒって一言挿入するとね、うちに秘めたものでありながら、確実に周囲に不快なヴァイブを与えるわけですよ。攻撃力があるというか。

高橋　ウヒヒで思い出したけど、「これってどう思う〜？」みたいな話し合いでもいいんじゃないかな？

前原　具体的にはどういう？

古川　なんでもいいんだけど……適当な緩いテーマが見つからないね。

前原　色々あるよ、でも。

高橋　言って言って。

前原　俺さ、**BOSS電**（缶コーヒーの懸賞）を応募したわけよ……7口。

古川　7口も。

前原　2万人に当たるんだよ、あれ。誰が当たってるんだよって気がするわけよ。見たことないんだよ、周りで持ってる人。

宇多丸　ああ、不正が行なわれているんじゃないかと？

高橋　当たっても使ってないんじゃない？

前原　不正でもいいんだけどさ……**どこにいってるの、BOSS電……**。

一同　…………。

高橋　それだけかぁ……もっと展開があるのかと思った。

前原　BOSS電……だから……例えばそういうことだってあるじゃない。

宇多丸　それはバビロンですよね。

前原　俺がね。

宇多丸　『スター・ウォーズ』のフィギュアが欲しくてペプシ買う人がいてもいいけどさ、それでペプシに文句言ったりするじゃないですか……なんか分からないんだよなぁ。だって、好きで買ってんだろ？って。そういうキャンペーンをするペプシに怒ってたりするんだけど、それは君みたいなバカに金を使わせるためにやってるんだよ、って。みんな分かった上でそこに乗ってるんだから。

前原 俺も思ったのよ、7口集めてさ、なんのためにやったのよって。

宇多丸 なんのためって……BOSS電欲しかったんでしょ?

前原 欲しかったね。ボディが金色なんだよ……見ないでしょ?

高橋 別にそんなの意識してないよ。

宇多丸 人の携帯なんて見てないよ。

前原 いや、でも金色の携帯だったら気づくよ。渋谷なんか、分かると思うんだよね。

高橋 気づかないって。

一同 ………………。

宇多丸 **……出だしとしては快調か?**

高橋 いざ話し始めたら余裕だよ。

［補足］鈴木あみとモーニング娘。については、このころの時代背景を説明しておく必要があるだろう。鈴木あみは当時栄華の頂点を極めていた小室哲哉＝TKファミリーの押しも押されもせぬシンデレラガール、一方のモーニング娘。は泥臭い苦労を重ねながらも1999年末〝LOVEマシ

ーン〃のメガ・ヒットでついに一線級の立ち位置を確立したばかりの言わば庶民派グループ……実は、どちらもテレビ東京系列『ASAYAN』発のアイドルであり、番組内ではしばしば対比的に（特に鈴木あみは花形満的な特権的ライバルとして）扱われた。私の発言がいささか鈴木あみに対して敵対的なのも多分にその影響。いずれにしても隔世の感がある。

宇多丸

2000

コンピュータが誤作動を起こすと言われた「2000年問題」も杞憂に終わり、気が抜けた年明け。その間隙を縫って「ブラスト公論」の連載スタート。巷では雪印乳業の食中毒事件や医療ミスの多発、凶悪な少年犯罪が横行するなど、なにかと物騒な一年でもあった。

2000年といえば……

4月　小渕恵三内閣総理大臣が脳梗塞により辞職。森喜朗が第85代内閣総理大臣に任命される

5月　西鉄バスジャック事件発生。犯人は当時17歳。2ちゃんねるでの犯行予告も話題に

8月　ロシア原子力潜水艦事故発生。乗組員118人は全員死亡

9月　シドニーオリンピック開幕。田村亮子や高橋尚子の金メダルが話題になる

12月　世田谷一家殺害事件が発生。2017年12月現在も犯人は未逮捕のまま

あとがき公論

文:宇多丸

公論クルーでしか出せないグルーヴを今回でよりはっきりと実感!

今回の文庫化に当たっては、オリジナル版のやりとり中に含まれていた、2017年現在の感覚で読み返すと明らかに不適切と思われるいくつかの差別的表現などを、削除もしくは修正させていただきました(ほとんどが僕の発言でしたが……まったくもって面目ない限りです)。それだけ、この間にも世の中は着実に変化/進歩しているし、僕らもまた、知らず知らずのうちにそれに応じて変化/成長している、ということなのだと思います。その意味でこれは、言ってみれば「歴史的記録としての原文尊重」より「今後も読み継がれてゆくに価する普遍性の保持」を優先させた措置でもあって……特に旧版ファンの皆様には、どうかご理解いただきたく。まぁとは言え、残りで言ってることも、それどころか新規収録分も、十分乱暴ではあるんですけども!

なかでも僕は、公論クルーで集まって話していると、通常より五割増しで物言いが激しくなる傾向、今回でよりはっきりしたような。そしてまさにそれこそが、いまだにこのメンツでしか出せないグルーヴ、みたいなものがあるということの、何よりの証左なのではないかと。で、次いつ?

現実であり
電脳であり？ の巻

記念すべきファースト・セッション!
インターネット初体験の興奮が生々しく記録されています。
いろんな意味で牧歌的。

2000年
7月

そこに山があるから登る

古川　最近インターネット始めたんですよね？　どうすか？

宇多丸　インターネット初心者の発言として聞いて欲しいんだけど……つくづく感じるのは、**「世の中にはいろんな人がいて、いろんなこと考えて、そこにいるのだなぁ」**って思うんだよね。それがモニターというところに還元されて、ある意味ダメなものはダメなまんま、大企業のだろうが個人が作ったホームページだろうが、しょぼいものはしょぼいまんまで画面に現われて……つまり、いろんな人がいろんな風に考えて、勝手にそこら中で生きてやがる！

古川　それが自分の前にフラットに現われる。

宇多丸　そう、フラットに現われる！　これが世界の在り方なんだなぁって。普段は俺が実感できないし、見ようともしてないけど、でもこれが世界なんだ！っていう感じ。で、これでよく世の中上手くいってんなぁ、こんな勝手な連中がそこら中で関係ないことやってて、とか。世の中って怖いと思うと同時に凄いっていうかね。……赤ん坊が世界に触れた感動というかですね、そのくらいのショックはありましたよ。

高橋　みなさんは最高でどれだけネットに繋いでたことがありますか？

宇多丸　それはやっぱ6時間ぐらい。

古川　10時間ぐらいはあるよ。仕事の逃避に最適！　逃避って視点で見るとね、あんなに優れたメディアはないって感じがする。あとさ、前から聞きたかったんだけどさ……みなさんエロ方面はどのくらい攻めますか？　俺は結構、エロはあんまり行かないんですけど。

宇多丸　俺は結構いく。でも俺ねぇ、ネットでエロのリンク辿《たど》ってどんどんジャンプしていく感じはね、決してこれ性欲じゃないなぁって気がしてきた。どこまで行けるか感というか、そっちに興奮してる、間違いなく。

古川　そこに**山があるから登る**感じだ？

宇多丸　うぉーこんなものが見れてしまうのかぁ！　みたいな。

前原　俺はお気に入りに登録してるのだけで50個ぐらいあるよ。

古川　全部エロ？

前原　エロがほとんど。あとは釣りとか友達のサイトとか……まぁ、俺の場合は**エロっていうよりかはセクシー**だけどね。

古川　ワケ分かんねえよ。

宇多丸　エグいものを見ようと思えばどこまでも見られるのに……この機械を使って。それ

前原　でも水着を見るということは……（感心して）そこにイルを感じるね。

高橋　それで俺は、いろんな画像を頭の中に取り込んで、目をつぶる……。

前原　**取り込んで、また取り込む？**

古川　そう……ダブル・スタイル……頭の中に全部保存しておく。

高橋　スキャンだ。

宇多丸　スキャナーズ？

でもね、自分には理解できない性的嗜好があるって聞いたときに、なぜそれに興奮するのかよく考えてみるのは面白いことで……それでやっぱインターネットだとね、いまだかつてないキャパシティで出てくるわけよ。信じ難い世界がね。巨大娘愛好家とかね……巨大ってね、身長がちょっと大きいとかじゃないんだよ。もうビルの間をどかどか歩いてるような、そういうデカさ。

古川　全裸美女がいて、男がその美女の肩に座って「イェーイ！」っていう。

宇多丸　そういう人たちにとっては**インターネット万歳！**だよね。世の正常ぶった人がスカトロぐらいでね、やれ変態だなんだって言うけど、そういう人こそインターネットやってみ？っていうね。いるんだよ、いろんな人が。

浮き彫りになる無自覚な自分

高橋　でもさ、全然関係ないけど、リンクとかクリックしてさ、タイトル・バーに出るじゃん……**例えば**「**巨乳王国**」とか……それ見た途端に急に客観的になってさ、ソッコーで「変えなくちゃ！」とか慌てたりするね。あとさ、画面が全部出ると音楽が鳴り出すやつとかあるじゃん、あれとかマジで勘弁して欲しいっていうか。あの音楽が鳴るのって……なに考えてるんだろうね、あいつら！　ふざけんなよ！

宇多丸　リンクで気軽に飛んだら大後悔、みたいなのはあるね。俺は絶対戻ったりしないけど。で、その履歴を他人に見られるのが一番恥ずいっていう。

古川　自分の嗜好性が露《あら》わになる恥ずかしさというよりか、無自覚さも含めて、自分ってものが一番出ちゃう感じ。例えばさ、スカトロのサイトを見たのと、家にスカトロのビデオがあるのでは、その人を**物語るアレ**が全然違うじゃん？　でもその無自覚さこそが自分そのもの！　みたいな。

宇多丸　日記とかよりもっと無意識の自分が浮き彫りになってるよ。

高橋　オマエなに検索してるんだよ！とか……いやホント、履歴と検索はヤバいよね。……前原さんは例えば「眞鍋かをり」って検索して探すの？

前原　検索とかはあんまりしないな。**外回り専門だから。**

高橋　上手くいったら付き合えるかも！　みたいな可愛い女の子にさ、自分のそういう履歴見られたらやっぱり嫌じゃない？

前原　いやあ……でもそれは見てもらうしかないんじゃない？　いや……やっぱり隠した方がいいかなぁ……。

高橋　絶対隠した方がいいよ！

宇多丸　隠すべき！

高橋　あとさ、俺は結構妄想癖があるんだよね。

古川　知ってるよ。

高橋　前原さんは分かるでしょ？　妄想っつーか。

宇多丸　有り得ない設定の上での有り得ない展開……。

前原　でもねぇ、そういうことが有り得なくなってきてるというか……現実のドアを開けかけてる……。

高橋　ヤバいんじゃないの？　前原さんが言ってるのはアレでしょ？　友達がタレントとヤッちゃったとかさ。

前原　そうそう。

古川　妄想が妄想として成り立たなくなってきてるわけだ。

前原　某アイドルと付き合いたいなって中学生のころ思ってたけどさ、実際どこかの店で俺の知り合いとそのアイドルが飯食ってたりさ……**あれぇ?**って。……妄想が現実に近づいてきてるっていうか……妄想が入ってきてるんだよね。

宇多丸　こないだ市井紗耶香脱退のときのモーニング娘。のコンサート行ってきて、会場で会った『BUBKA』の編集の人が言ってたんだけど（宇多丸は『BUBKA』に連載を持っているのだ）、隣の席の男が市井に向かって「紗耶香、俺こっち！　こっちこっち！」とかやってるんだって。でも市井は優れたパフォーマーだから、そういう風に**誤解させるようなアレ**をするんだよ。俺も見ててさ、「あれ、俺のこと見てんじゃやねぇの？　やっぱ記事とか読んでくれたかなぁ」とか思っちゃって。**俺の場合CDとか渡してるし……**とか一瞬思ったんだけど、ないんだけどね、そんなことは。でも他のところで小耳に挟んだナイスな会話としては、「**俺はまだ**（後藤）**真希のこと諦めたわけじゃねぇんだよ**」と声高《こわだか》に語っている男がいたり、あと、市井自体はドライな感じだったんだけど、すべて終わったあとに、うずくまったまま**嗚咽《おえつ》して動かない男**とかね。ザクザク出るんだよ。結局アイドルって、絶対に実らないって最初から宣言されてる恋愛みたいなもんじゃん？　でも、この切なさを味わいに来てるわけよね？　と。

古川　アホだ……。

宇多丸　嗚咽してる奴とかね、俺はこうやって邪推して言うスタイルでやってるけど、誰がなんと言おうとこいつが正しいよ絶対！　みたいな。だから妄想派は正しい！

前原　妄想は妄想であって欲しいよね。俺なんかさ、目の前にあることが**現実でもあり、電脳でもあり**、みたいな感じだからさ。

妄想じゃなく……計画？

宇多丸　（無視して）つまり切ないわけですよ、常にファンっていうのは。その切なさを買ってるといっても過言ではないわけですよ。

前原　俺なんか妄想じゃなくなってきてる部分があるからね。

古川　妄想が近づいてきてるんだね、前原さんにね。仕事的にも。

宇多丸　カメラマンで、アイドルとか撮ってるんだったら……冗談抜きで俺がその立場だったら全然妄想しますよ。

古川　それは最早妄想とは呼べないいんじゃない？　むしろ……**計画？**

宇多丸　計画……。

前原　言葉がひとつ変わるだけで途端に危険になるよね。

宇多丸　そうじゃなくても、どこかのアイドルがですよ、カメラマンでたまに会うあの人素敵！って、思う可能性がないとは言えないですよ！

前原　そうなんだよ……そうなったらホントに分からないね……**マトリックスだね。**

高橋　マトリックスかよ！

古川　マトリックスなのか？

宇多丸　うん。だから可能性としては、俺は誰とでも付き合う可能性があるのに……そして、僕は100%のうち50%の側は好意を示しているわけじゃん、この50%が絶対フラれないと誰が言えよう！……っていうかダメだよな。それって悲しいぜぇっていう……。ヨシくん（高橋芳朗）だって例えばさ、なんかの間違いでモーニング娘。とか取材することになってさ、話してみたら凄く盛り上がっちゃって、それこそ「**初対面じゃないみたいですねぇ**」なんて感じになっちゃってさ……そしたらクるでしょ？　相当。キちゃうでしょ、かなり！　危険領域でしょ？

高橋　そうだね……って言わないといけないような状況になっちゃってるよ。

前原　ヨシくんは妄想には入っていかない？

高橋　現実に入ってきそうになったらダメーッ！ってフタしちゃう。妄想するのが好きなんだなぁ、多分……でも、別にそういう方面ばっかりじゃなくてさ、子供のころからそうだけど、空想の世界で王選手を三振にとってみたり……スポーツ上の妄想とか？　**あの王との対決は凄かった**、みたいな。

宇多丸　それはちょっと……。

古川　本気で分かんない。

高橋　恥ずかしいね。

前原　高校のとき、**スティーヴィー・ワンダーとプリンスに曲を書いた**とか、そういう奴いたからね。

古川　水島新司状態？

宇多丸　水島新司とか、境目が分からなくなってる人の代表格ですからね……ある意味ヴァーチャル世代。

古川　はしりですよ。

高橋　「**山田は松坂打てないな**」とか平気で言ったりするよね……それもこれも全部オマエが決めてるんじゃねぇか！

前原　俺もその一線を越える日が楽しみだね。

高橋　（無視して）でもさ、このアイドル可愛いなぁって思ってさ、プロフィールに「**好きな音楽：ヒップホップ**」とか書いてあるだけで……ヤバ！　とか思うことはあるかもしれない。

前原　ハードディスクの回転が急に速くなるね……**ガリガリガリガリガリ！**

高橋　なにそれ……。

古川　全然分かんない、そのたとえ。

前原　例えばモーニング娘。だったらまだ冷静でいられるんだけど、これが例えば国分佐智子だったり眞鍋かをりとかだったらヤバいよ……ハードディスクがクラッシュするよ……初期化……**初期化。**俺は最終的に、結婚して！　まで行けるからね。太陽系超してる感じだからね。㊇

PLAYBACK

これ笑えるねえ

古川　このコーナーでは過去の公論を振り返って、考えが変わったところとか改めて読み直すとなに言ってんだか全然分かんないとか、もしくは「いいこと言ってんなあ」とか「何度読んでも笑うなあ」とか……そういうのもろもろ含めて色々話していこうって感じですね。で、これは実際には連載始めてから3回目。1回目2回目は真面目な話をしてるんでボツにしました。

宇多丸 このときって、用事があったかなんかで俺は途中から参加してるんだよね。で、来てみたら音羽お受験殺人事件の話してたんですよ。そこからずっと話していって……これさ、フル・ヴァージョンってもっと全然長いでしょ？　俺、そのフル・ヴァージョンが好きなのよ（P206に掲載）。

高橋 うん、面白かったはず。

宇多丸 すっごい面白かったんだよ、それが。で、今でこそ「公論は笑える記事」ってのは共通認識だけど、このとき初めて「これ笑えるねぇ」ってことになったんだよな。

古川 そんな面白かったっけ？

宇多丸 とにかく「これ削るのか……もったいねぇ！」って思ったんですよ。なんの意味もない会話とかもリズムだけでガンガン面白くて。それが秀逸だったんですよ……ちなみに郷原はまだ登場してないんだよな。

古川 郷くんの初登場は2001年4月の「おしゃれは戦争だ！　そして君たちはノイローゼだ！　の巻」ですね。

宇多丸　最初にどうして公論を始めたかって話をした方がいいのかな……まず、『BLAST』がヒップホップ雑誌としてつまんなくなってきたなぁと思ったんですよ。それはなんでかっていうと、個別のインタビューとかレビューとかはルーティンとしてやってるけど、ヒップホップが音楽業界や社会の中で今どういう立場にあるかみたいな、俯瞰《ふかん》した、ジャーナリスティックな視点がまったくなくなってきちゃってるなと。で、そういうのに対する考察とか意見とかを定点観測的に示していく連載を作るべきなんじゃないかって当時の編集長に提案して、その流れで公論や社説的なコーナーが創設されたんですよね。だから最初の2回はヒップホップについての比較的真面目な話しかしてないんだよね。しかもメンツは固定じゃないっていうのが最初の建前だったから、第2回は俺、参加してないし。それが、第3回のこの圧倒的な面白さの前に、すべて吹っ飛んでしまったっていうね……ちなみにその社説企画の方も、その後完全に当初の俺の意図から離れて、異常に淡々とした編集長の近況報告コーナーに変貌していったんだよなぁ……。

古川　これは士郎さんがインターネットを始めた直後の話ですね。

宇多丸　そう。たった6年前なのに、これだけ時代を感じさせる会話もないよな……ただ、今はまだ内容が古くなったってだけに感じられるかもしれないけど、もっと時間が経《た》ったら、単純に歴史的資料として貴重な記録になるかもとは思ったね。テレビを初めて見た人の感想、みたいなもんで、新時代のメディアに触れた人の素朴な興奮がストレートに伝わってくるもんね。なにしろ僕はインターネット始めたのはアレですからね、ドリームキャストですからね。

高橋　あぁ、そうだったねぇ。

宇多丸　最初はセガ運営のサーバー費がタダだったし、たまたまヒマでしょうがなかったときに「じゃ、この機能も使ってみるか……」程度の気持ちで繋いでみたんだよね。で、エロサイトとかは見れない設定になってたんだけど、なんとかその網をかいくぐってそれらしきところに到達したときの感動！　みたいな。ゲームのコントローラで文字打ち込んだりしてたんだよな……あと、画像とか、データの保存がほとんど出来なかった。それからすぐにパソコン買ったけど……それまではインターネットなんて一生やらなくていいって思ってたぐらいなのよ。

高橋　なんで？

宇多丸　分かんない……偏見。

高橋　偏見……。

古川　偏見としか言いようがないな、確かに。

先見性があった!?

宇多丸　ただ、インターネットを実際に始めてみたらさ、ここでも言ってるけど「すげぇ！」と思うと同時に恐怖も抱いたわけよ。

古川　恐怖？

宇多丸　「世界の真実を見てしまった！」みたいな。まあ、多分今でも中学生とかが初めてインターネットやって2ちゃんねるとか行ったらそういう風に感じると思うのよ。でも、そんなのは冷静に考えれば世の中の真実でもなんでもなくて、それはそれで一面でしかないんだけど、最初は「真実を見たーっ！」っていうかさ、やっぱりマトリックスなんだよ、ホントに。「隠された真実がここに！」みたいなさ。

古川　確かにこの時点ですでにマトリックスの話はしてるんですよ。

高橋　太字になってるもんな。

古川　公論史上一番出てきた映画の名前は多分『マトリックス』ですね。『タクシードライバー』よりも多く出てきてる。

宇多丸　このころはアレですね、ちゃんたけ（前原猛）がセクシー画像ハンターとして活躍してたころですね。

高橋　眞鍋かをりも今となっては……ねぇ？

古川　全然失速してないよね。

宇多丸　いや、むしろ加速でしょ。しかも電脳世界で加速ですよ。ブログの女王としてね。

高橋　先見性があった⁉

前原　（うなずく）

宇多丸　あのぉ……うなずくなら声出してください。

古川　士郎さんのアイドル論みたいなのが公論全体を通じてゆっくり展開されていくあたりも面白いんだよね。

宇多丸　でもさ、これは2000年の7月でしょ？　俺が『BUBKA』で連載を始めて間もないころなんですよ。ちょうど2ヵ月目ぐらい。だから、ここでモーニング娘。の話してるんだけど、その後の俺のスタンスからするとこれはまだ突き放してる方なのよ。外から見てるね、まだ。外から見て感心してるわけよ。

古川　まだ客観的なんだね。

宇多丸　だってさ、このスタンスって明らかに「アイドル・ファンってすげぇんだよ！」って話じゃない？

高橋　まだ周りが見えてるっていうか。

宇多丸　フフフ……いや、今はちょっとは帰ってきたけど……。

古川　この後で本格的に突っ込んでくからねぇ。

宇多丸　そうそう、凄い突き放した感じですよねぇ……突き放したっていうか、まだ入り口って感じ。

古川　インターネット関連の話に戻すと、前原さんはお気に入りに登録してるのが50コぐらいあるって言ってる。

宇多丸　このときはお気に入り50コって多いって思ったけど、今にしてみれば50コなんて全然多くないよね。

古川　そうっすね。エロがほとんどとは言ってますけど。

前原　そうそうそうそう。

宇多丸　そうそうって……今はどうなってるかとか、そういう話しようよ。

前原　最近はもうセクシーはほとんど……セクシーに限らずエロも……。
高橋　絶ってる？
前原　絶ってるっていうか……もうなんかさ……消滅……それ自体がなんか……セクシーはもうなくなってるよ。
古川　もう露骨なものしか残ってないと。グレーゾーンはない？
前原　露骨なのだと有料になっちゃうし……。
高橋　見たくても見れないってこと？
前原　セクシーはね。
高橋　フフフ……。
宇多丸　あとアレだなぁ、「市井紗耶香は優れたパフォーマーだから」なんてのんきに言ってるけど、その後の俺の市井の評価つったらもう散々だもんなぁ……まあ、「モーニング娘。も俺も色々ありました」ってことで……いや違うな、「モーニング娘。と俺も色々ありました」だ。
古川　でもアレだね、公論の雛型《ひながた》はこの時点で相当できあがってるねぇ。
高橋　そうだよね、後になっても結構同じような話してるよね。
宇多丸　このインターネットの巻で俺がすげぇすげぇって言ってるのは要するに、「世の中でこうだと思われてる常識とか考え方はひとつの側面にすぎないじゃないか！」みたいな話だよね。「色々いるんだよ！」みたいなさ。後は……妄想の話？　妄想か現実か、みたいな話だよね。

高橋　「妄想か現実か」っておかしな話だけどね。

宇多丸　フフフ……「その二者択一がおかしい！」っていうね。

古川　その二分法がまずどうかしてるんだよな。公論通じて、「現実のドアが開きかけてる」みたいな話は終始出てくるからね。現実が妄想に近付いてくる、とか。

宇多丸　この「妄想とは呼べない。むしろ計画」っていうのは名言ですよねぇ……俺これ、リリックにも使わせてもらったもん。NIGOさんの『(B)APE SOUNDS』に入ってる曲。

前原　マジで？

宇多丸　「それは妄想じゃなくてほとんど計画だ」。〝Girls On Film〟って曲なんだけど、要はデュラン・デュランの〝グラビアの美少女〟って邦題にインスパイアされて、まさにグラビア・アイドルへの気持ちを歌った曲で、それの俺のパートの出だしが「それは妄想じゃなくてほとんど計画だ」。

前原　ちょっと分かりにくいね。

高橋　いきなり凄いところから入ってくる曲だねぇ……もうちょっと前フリがあって
もいいのに。

古川　これ読んで「これか!」って気付いて欲しいね。

女にフラれたらノートに書き出せ！の巻

モテ三部作、エピソード1。
まだ軽いジャブ、浅瀬でチャプチャプ水を掛け合っている状態です。

2000年
8月

俺いまだに童貞だよ！

古川　今日はこんなの持ってきたんですけど（と、『anan』の『**セックスでキレイになる**』特集号を取り出す）。こういう雑誌で「男代表」として喋ってる人さぁ……ホントに「男代表」ヅラで語るじゃん？　一緒にしないで！っていつも思うんだよね。

宇多丸　そうそう。こういうのって編集者がやってんでしょ、そんなの。俺、そういうのって高校時代はいちいち全部真に受けて悩んでたけど、あそこに書いてあった通りだったら**俺いまだに童貞だよ！**　女の子の発言として、「こういう男はダメ！」とか書いてあって。

古川　そういうタイプ以外はセックスできないことになってるから……害だよ、絶対。

宇多丸　そこで強迫観念にかられた奴がスネ毛永久脱毛とかやっちゃうんですよ……実際に女子と話すとね、毛がモジャモジャじゃないとイヤ！って人もいるわけよ。

古川　だから、スネ毛が濃い男に対しても害だし、スネ毛が濃い男が好きな女性に対しても害なわけですよ。

宇多丸　本当は、ダメって言われてることの大体には受け皿はあるんだよ絶対。ワキ毛フェチだっているわけだし、同じ数ワキ毛をはやす女性がいてもいいわけですよ……ダ

前原　メだね！　こういう雑誌メディアは。

高橋　そりゃダメですよ。

（『anan』をめくっている途中、占いのページを見つけて）前原さんは占いとかってどうなのよ？

前原　俺、見てもらったことあるよ、金払って。

宇多丸　あ、ホント⁉

前原　タロット占い……あれは3年ぐらい前だったかなぁ……。

宇多丸　うんうん。

前原　**3月だったかなぁ……。**

宇多丸　月はいいよ。

古川　どういうシチュエーションで？

前原　色々、当時は悩んでまして……女性関係のことで悩んでまして……。

古川　はいはいはい。

前原　表参道に凄く当たる占い師がいて……電話して予約して行って……。

宇多丸　あ、予約が必要なぐらい？

前原　それでタロットやって……最初なんにも聞かれないのよ。で、やってって……分かるんだってさ。ある程度やってみると、この人がなにを聞きたいのか。

宇多丸　それは人を見てってこと？

前原　いや、タロットに出るんだって。

古川　この人がなにを悩んでるのか、ね。

前原　そんときさぁ、当たったのよ。女性関係で悩んでるって。

宇多丸　女性関係って出てたんじゃないすか？

前原　カードに出てたらしいよ。

宇多丸　**いや、顔に。**

前原　……それで色々教えていただいて……こうこうこうすればうまくいく、とか。

宇多丸　どういうことをアドバイスされたの？

前原　具体的にこういうものをプレゼントしたらいいとか、どこどこに行ったらいい、とかさ。何色の服を着てたらいい、とか。で、この夏ぐらいにうまくいくでしょうって言われたんだけど……まぁ、うまくいかず……。

これから2年間は低迷期

宇多丸　言われたことには従ったんですか？

前原　……従わなかったっていうか従わなかった……**従ったっていうか従った。**

古川　でも、うまくいかず……。

前原　でも俺、占いはいまだに結構見たりするよ、『BRUTUS』の占い特集号とか。

宇多丸　ああ、『POPEYE』でも占い特集とかあったような……それで高校のときに、「**これから2年間は低迷期**」とか書いてあってさぁ……それってキツいだろ⁉

高橋　キツいキツい！

宇多丸　ある意味、それが俺の人生観を決定づけたと言っても過言ではない……。

前原　っていうか、そういうの信じるの？

宇多丸　だ・か・らぁ、信じなくてもズドーン！ってやられてるのと同じで……。

高橋　そういった意味じゃアレだね、朝の情報番組でやってるような星占いカウントダウンみたいなの？　あれはかなりズドーン！　とやられるよね。

宇多丸　全部の局でやってるじゃん！　しかもビミョーに時間ずらしてやりやがってさぁ。だから、朝は安心できないんだよ。俺はあんなの信じちゃいないけど、パッと見ちゃってイヤなことが書いてあったらさ、信じなくたってイヤな気分になるだろうって！　それを朝のテレビでやるんじゃねぇよ！

前原　慌てて消したり？

宇多丸　慌てて消すよ！　俺、見たくないもん、絶対に！　例えばさ、日野日出志の『地獄の子守唄』ってマンガのオチ知ってる？　最後に「私は呪いをかけていろんな人を殺してきたが次に死ぬのは……」ってバーン！って読者に向かって指差して「**オマエだあぁ！　3日後にオマエは必ず死ぬ！**」って。

前原　気分悪いねぇ。

高橋　恐怖とかじゃないね。

古川　嫌がらせだよ。

宇多丸　それって信じる信じないじゃなくて、そんなこと言われたら気分悪いじゃん！　朝の占いだってそれと同じだよ！

古川　オマエ何様だ！って感じするよねぇ。せめて占い師出して喋らせろっていうか、責任の所在が全然明らかじゃないっていう……ムカつきます……ムカつきますよねぇ。

高橋　でも、**俺はむしろジャカジャカジャンケンの方がイヤ**なんだよねぇ。

宇多丸　ジャカジャカジャンケンは逃げる余地があるじゃんよ。♪ジャカジャカジャン～って始まったらチャンネル変えればいいんだもん。

高橋　まぁね……。

宇多丸　（占いは）逃げられないもん！

古川　迎え撃つ？

宇多丸　テレビつけた瞬間に「グー！」って出たとしても、「俺知らないもん！」って言っちゃえばさ。

高橋　焦って気持ち後出し気味に心の中で「チョキ！」とか出しちゃったりして「ああ……」みたいな。

古川　それはそっち側に問題があるよ。

高橋　そっか。

宇多丸　弱々……。

高橋　あとさ、路上の人相占いの前を歩いてたら俺の顔を見てて占い師がなんかブツブツつぶやいてたこともあったな。

宇多丸　マジ⁉　投げ飛ばしちゃえよ！

古川　取り締まれ、そんなの！

高橋　なんかニヤニヤして見てんのよ……それズルいよねぇ〜。

古川　めちゃズルいよ！

宇多丸　俺の顔見んなよ！

前原　でも俺、そんなのすぐ忘れちゃうよ？

宇多丸　僕は、基本的に自分の心が弱いんですよ。

古川　前原さんみたいな人にとっては害にならないかもしれないけど、ただでさえ「なんか最近ツイてねぇなぁ」って不安定になってる人がいきなりズドーン！って言われたら……。

宇多丸　フラれる直前に雑誌とかで「これから悪いことが起こります」とか見て、こんなの信じないとか思ってても、フラれましたってときには「ああっ、あの通りだぁ！」……でもホントはね、フラれるってことは別の要因がちゃんとあるわけよ。**星のせいじゃねぇんだよ！　テメエのせいなんだよ！**　でもそこで、「ああ、やっぱり星がぁ」みたいな……。

古川　その男はなにも学べないね。

フラれた要因ノート

宇多丸　その2年間の低迷期間を超えたって、超えれば良くなるんだ！　と思ってなんにも改善しないままに2年間を過ごしてしまうと、また同じ過ちを繰り返してしまうわけで。

古川　明確な原因があるにもかかわらずね。

高橋　そう言えば俺、前にフラれたとき、**思い当たる要因を全部ノートに書き出したことがあるよ。**

一同　……ギャハハハハハハハハハハハハハハハハハハハハハハハハハハハハ!!!!

古川　いや……俺はその態度は支持したいね！

宇多丸　前向きではあるけど……ちょっと病的？

古川　いや、俺は笑わない！

高橋　**笑わないで！**

宇多丸　悪くないとは思うけどさ……俺がなんで笑うかっていうと、やっぱ、自分の悪いところを書き出すっていうのは人生の中でも一番やりたくない、辛い作業じゃない？　それをやらせるほど辛いのか！っていうさ。そこまでかよ！っていう。

古川　でもヨシくんはそれで威張ってるわけじゃないし……威張ってたらバカだけど。
平沢　（当時の『BLAST』編集長）そのノートどうしたの？　買ってきたの？
高橋　**Nasの『It Was Written』のプロモーション用に配られたノートに……。**
古川　たまったもんじゃないな、Nasも。
宇多丸　結構最近じゃねぇか！
古川　セカンド？
高橋　**『It Was Written』ってタイトルと合わせて考えると意味深だよね。**
古川　でもねぇ、その行為自体はむしろすべき！っていうか、そういうことした方がいいよ。
宇多丸　女にフラれたら、まず紙に書き出してみろ、と……え～、そうかぁ？
古川　それが実際の短所と違ってる可能性はあるけど、でも少なくとも自分の悪い点を見つめ直して次に繋げていこうっていう……それは理性の力って感じするよ。占いで2年間ダメって言われたからダメなんだっていうより遥かに建設的だね。
前原　で、そこから前進したの？
高橋　したよ。
宇多丸　その書き出したのはなに、「ここは俺は生まれつきだから直せない」とか？

高橋　いや。「**あのときのあの態度は悪かった**」とか……。
宇多丸　それは……凄いと思う。
高橋　ホント？
宇多丸　フッた側もそこまで反省されたらフッた甲斐《かい》があるってもんだよ。
高橋　**フッた甲斐？**
平沢　でもそういうときって弱ってるじゃん、ヨシくん自身が。だからホントはマイナスじゃないことも書いちゃってるんじゃない？
宇多丸　でもそれはさ、どんどん落ちていく自分をね……そこに敢えて行ってみるというか、打ちにいくというか。
古川　ちょっとグラついてる歯は抜いちゃえ！　みたいな？
高橋　なるほどね……なるほどねじゃねぇか。
宇多丸　っていうか、なんでもそうだけど……占いに限らずだけど、そんなことより具体的に直せ！　みたいな、そういうのあるじゃん？……そういう意味では確実に第一歩を踏み出したわけじゃん！
古川　知り合いでさ、もうその人自体がダメなのに、天中殺だなんだって言われたらしくってさ、なに言っても「天中殺だからしょうがない」みたいなことを言ってて、全然そうじゃないっつーの！　具体的に直さなくちゃいけないポイントがあるにもかかわらず、天中殺だからって……バカじゃねぇの？　ノートに書き出せっつーんですよ！

宇多丸　でもノートは……キツいなぁ。

高橋　キツい？　キモい？　**キモくてキツい？**

古川　まあね、そのときの絵面は多少ね。

宇多丸　まあ、そんなに反省しなくていいのに、っていう。

高橋　いやぁ……反省したんだよね……。

古川　誠実ってことですよ。

高橋　う～ん……。

古川　俺が女だったら惚れるよ。

高橋　「モテ」の要素に繋がりますかねぇ？

外見よければ8割クリア

古川　そういやさ、知り合いが言ってたんだけど、自分が付き合う相手っていうのは、異

高橋　性の友達の仲良しランキングが1位から10位ぐらいまであったとするじゃないですか、常にその1位が恋人になるっていう……だからまったく見もしない人に一目惚れっていうのは考えられない、と。これはある意味説得力ありますよね。やっぱり自分と仲が良くて一番親しい人と常に付き合っていく……。

前原　まぁ確かに、一目惚れが成就するなんつーのはそう滅多に有ることじゃないわな。俺の場合は外見さえ良ければ**8割は問題クリア**されてるけどね。

高橋　バカでも？

前原　ああ。

古川　実は**超ナチズム**とかでも？

前原　女の子で？

古川　超ナチズム。

宇多丸　それ……設定として逆に面白いからいいのかなぁって部分もあるけど。

前原　（嬉しそうに）**超スカトロ好きとか？**

宇多丸　（無視して）単純に、前原さんが一番嫌悪を感じるタイプの考え方をする人だったらどう？

高橋　でも外見はコレだよぉ〜？（と、そのとき持っていた『relax』誌のグラビアを見せる）。

宇多丸　この人（あえて名は秘す）が前原さんが一番抵抗を感じる考え方をする人なら？

古川　もう、巨人ファンとか、バリバリ。

高橋　しかも無礼だったり。

前原　そしたら巨人ファンになるよ。

一同　…………。

前原　この子がスカトロだったりしたら……。

宇多丸　**それは喜びになれちゃうよ。**もっと前原さんの根幹に関わる、決して譲れない部分というか……それに抵触するっていうことですよ。それってなに？　例えば。

前原　……サウナ行く人嫌い、とか？

一同　そうそうそう。

古川　**サウナ行くなんて信じられない！**　とか。

前原　でも付き合ってんだったらいいんじゃん、別に。

高橋　なに言ってんのよ！

前原　付き合ってんだよ、でも。

古川　いや、そういう人と付き合うか付き合わないかって話ですよ。

前原　**（即答）付き合うよ。**

宇多丸　マジ？

古川　「サウナ行く人って超軽蔑してるんですよね」ってのを凄い初期段階で言われて……。

宇多丸　前原さんがサウナーだってことは知らないわけですよ、その時点で。

前原　どうしようかなぁ……。

宇多丸　知らないうちに自分のサウナーの部分をカットしちゃうとか……。

前原　可愛かったらでもちょっと考える。

古川　考えるっていうのはどういうこと？

そんなの余裕でしょ

宇多丸　**俺が間違ってたのかなぁ、**とか？

前原　なんとかするよ、でも。たださぁ、なんで嫌いなの？って話になるよね、サウナが。

古川　とにかく私はサウナは生理的に嫌いなのよ！　とか……「**前原さんはサウナなんて行かないですよね？**」。

宇多丸　ちょっとあの……サウナって例が分かりづらくて……やっぱこういう場合はエグい

高橋　人種差別主義とか……。

前原　**クー・クラックス・クランだった**とか。

宇多丸　**でもそういう人いるね。**

高橋　今日本でそこまで明確なアレやってたら、なぜなのか聞いてみたくなるけどね。

前原　なんか、もっとイヤな感じのこと！

高橋　でも……オウムとかだったら考えるね。

前原　でも前原さんはこんな人（と『relax』のグラビア）目の前いたらイくっしょ……

宇多丸　『BLAST』みたいな本で写真撮らないで！　とか。

前原　やめるよ。

宇多丸　そんなの余裕でしょ。

高橋　**高橋とかいう気持ち悪い編集者と……。**

宇多丸　（遮って）そんなの余裕でしょ。一番最初に切るところですよ。

前原　この子に言われたらやめますよ。

高橋　そこは高いハードルだと思ったのに……。

前原　そこで考えるのはさ、その子を例えばオウム真理教から脱会させて代わりのなにかを与えられたら……。

宇多丸　（聞いてない）向こうはね、「**前原くんもちょっと一回来てみなよぉ、偏見持ってるのは分かるけどぉ、一度だけ来てぇ**」って。

前原　行かないなぁ……。

宇多丸　そしたら「なんで私のこと理解してくれないのかしら？」って。

古川　オウムに入らなかったら別れる！　とか。

前原　一回ヤッて別れるよ……別れてもいいから一回ヤラして下さい！って（**と、土下座**）。

宇多丸　……それねぇ、土下座でヤラせる人いないと思うよ。

高橋　アホだ……。

古川　それはキツいなぁ……泣けるなぁ……。

（以下、「モテとはなにか？　モテの先にあるものは？」という一大テーマに突入！　余りに巨大な命題なため次回に持ち越し！）☆

PLAYBACK

星座なんてなんの意味もねぇ

古川　このころはヨシくんがいじられてたんだよね、ずーっと。

高橋　これはいまだに人から言われることがあるね……「何回読んでも笑いますよぉ」って。

宇多丸　あと占いの話もしてる。これは後の占いの回（「むしろ私の話を聞いて！」の巻）の伏線になってるわけだね。

古川　4年後に直接対決するっていう……。でもねぇ、改めて読み返すといいこと言ってると思いますよ。

宇多丸　これを今やるんだったらねぇ、まずは星占い、星座ってところから話を始めるだろうね。つまり、「星座なんてものはなんの意味もねぇよ！」ってことだよね。地球上からさ、まったく別の位置関係にある任意の星を勝手につなげて任意のなにかに見立てるって……全部任意なのよ！

古川　土台が任意だからね。

宇多丸　任意以外の土台がないんだよ！　百歩譲って星の並びに神秘があるとしても、それでも意味はないってことなんだよ！　星座自体に！

郷原　つなげりゃなんでもできるから。

宇多丸　そうだよ！　あんなに星いっぱいあるんだからモナリザ座ぐらいできますよ！

古川　もっといけるな。

宇多丸　もっと精巧な絵を描けよって話ですよ！　望遠鏡も進化してるわけなんだしさ。

古川　なんでも描けますからね、あんなに点いっぱいあるんだし。

宇多丸　その時点で原理的にアウト！　論理としてアウト！

古川　風水とかにしても基本的に南半球では使えないらしいですからね。方角とかごっちゃになっちゃうんで。

宇多丸　だからもうねぇ、完全に天動説感覚だよ！

高橋　なんじゃそりゃ……。

古川　天動説感覚……聞いたことのない言葉のつながりだったからびっくりした……。

宇多丸　世界の仕組みというものを知る気もない奴がこんだけいるかっていう……死ね！

古川　この数年で占いとかまた増えてるからなあ……。

宇多丸　ブームですよ！

高橋　ブームだよねぇ。

古川　細木数子とかまだこのころはいなかったもんね。

高橋　いたんじゃゃん？

宇多丸　そりゃいたよ。テレビに出始めたのがここ数年ってことで。

古川　ここで憂いてるような状況は全然加速してると思いますよ。例えばフラれたときに天中殺のせいにしちゃうって風潮は今も全然あるし。

宇多丸　で、そんなことより、例えばフラれたんだったら自分のフラれた要因をしっかり見つめなくちゃダメだってことでノートに書き出すっていうね……見直すってそんなに具体的なことじゃなくてもいいと思うんだけどね。

30歳超えたら俺はヤバいよ！の巻

「モテ」トリロジー、エピソード2。
「あなたのこと嫌いだけど、でも好き」……どうかしてる。

2000年
9月

あの時のモテ

宇多丸　俺モテたなぁって時期、あります？

前原　高校のころは凄くモテてたよ。

宇多丸　そのときなぜモテてたか理由は分かる？

前原　**風間杜夫に似てたんだよ。**そのころ髪が長くてさ。

宇多丸　あっ、ちょっと似てる。

高橋　じゃあ風間杜夫人気の凋落《ちょうらく》と共に……こう……。

前原　いや、だって大学に入ってそんなモテるってことないぜ。

宇多丸　友人の○○なんか、全然知らない女の子にラブレターとかガンガンもらったりしてたよ。話題になったんだよ、大学生にもなってラブレターなんかもらうか普通！って……。○○曰く「**木漏れ日の中を歩いてきたんですよ、ウヒャヒャヒャヒャ**」みたいな。「それ以来、クラスで一緒になる度に30分に一度目を合わせてやるんですよ」とか……。

古川　最低……。

宇多丸　その女の子はなにも悪いことしてないのに……って。それは結局、外見だけで人を

前原　判断して迂闊《うかつ》なことをやる奴がいけないってことにもなるんですけどね。

古川　高校のときだなぁ……高校のときのモテがずっと続いてれば良かったんだけど……。

前原　モテっていうのはどういうレベルでのモテなんですか？

古川　いや……**みんな俺のこと知ってたよ。**同学年の女子は殆《ほとん》どみんな俺のこと知ってた。

前原　**典型的なパラノイアですね。**

古川　いや、これはマジで！

前原　一発奇行すれば全然できる話じゃん。

宇多丸　まぁ、そういう部分もちょっとあったけどね……他のクラスとかよく行ってたし。

前原　そういえば俺も人生で一番モテた時期って、小学生のときに塾通いしてたとき、わざわざ他のクラスに行って漫談とかやってたころだわ。教室に入ると女の子が「こっちこっちぃ～」みたいな……学校じゃ「佐々木（宇多丸の本名）はマジ女の腐った奴」だったから、もう塾は最高に好きでしたね。

宇多丸　（しっこく）俺は大学入ったらモテなくなったよ……。

前原　それはなんで？

高橋　大学入ってモテねぇよ、普通。

前原さん一番最近告られたのっていつ？

前原　告られた？

高橋　うん。

前原　**無条件で？**

高橋　条件付きで告る人はいないよ。

前原　それはだって……こっちからちょっと網を張ったところに入ってきたとかさ……いきなり飛び込んできたのはちょっとないね。

宇多丸　それってちょっと非現実的だよね、この歳になると。

古川　ヨシくんはモテた？

高橋　うん。

宇多丸　あなたの昔の栄光ってよくよく掘り下げてみるとさ、実はなんかスケールの小さいものだったりするじゃん。

高橋　…………。

宇多丸　いざ聞いてみると全然小学校のころの話だったりさ。

古川　ヨシくんさ、今ヒドイこと言われてるよ。怒ってもいいと思うよ。

前原　小学生でモテてもしょうがないもんねぇ。

思春期はモテない方がいい?

宇多丸　でも、小学校の高学年から中学生ぐらいのときにモテたかったたっていうかさ、そのときに一番モテたいって欲求が強かったんだから……。

古川　自我を形成する過程の中で「モテ」という要素が刷り込まれて……。

高橋　**うるせぇよ。**

宇多丸　そうすれば世界に対してのアプローチが変わってたというか、僕を受け入れてくれる人がここにいるんだって設定から始められるわけじゃん……最近の事件起こす若者って大体中学とか高校のときに結構人気あった奴らでさ、モテてたりするわけよ。そこでの全能感が大人になって打ち砕かれたとき、キーッてなっちゃったりというのはあるかもね。**だから思春期はモテない方がいいんじゃねぇかな。**中2までモテて、中3から高1でちょっとした挫折を経験し……。

古川　その反省が高2以降に活かされてモテ始めたら、そいつはもう……。

宇多丸　バッチリ。大学行くともうヤバいですよ……カーン！　カーン！　カーン！って。

高橋　固め打ちですね。

古川　でもさ、実際みんなそんなにモテたいかなぁ?

高橋　よくさ、告られたりモテたりして悪い気はしないでしょ？　みたいな言い方するけど、結構このぐらいの年齢になってくると別に嬉しいっていう感情も……。

宇多丸　ええ!?　それはないでしょ!?　嬉しいでしょ、そりゃ！

古川　でも理不尽にモテるのはイヤじゃない？

高橋　結構困惑するなぁ。

宇多丸　困惑はするけど……いや……**俺もまだまだ錆《さ》びついちゃいねぇなぁ**っていう。

古川　それは立場の違いでさ、不特定多数の目に常に触れてる人と俺らみたいなの……俺らみたいなのがモテてたらおかしいじゃん。

高橋　**「どこで知った？」**みたいなね。

宇多丸　でも古川さんだって文章とか載せてるわけだから……「文章読んでて尊敬してて、こないだ写真も拝見してお話ししたいと思ってたんです」って線がないとは言えないでしょ。

古川　それはモテとは違うんじゃないですか？

宇多丸　モテですよ、全然。

前原　まぁでもモテたいよね。

古川　逆に聞くけど、どういう絵面なの？　そのモテてるときって。**留守電38件とか？**

前原　俺が好きな女の子からモテたい。

古川　それはモテとは違うんじゃん？

前原　こう……思いを通じさせたいっていうの？　俺が好きなように君も俺を好きでいてくれっていう……俺、好きな子がいっぱいいるじゃない？　そのすべてからキャーッ！って。

古川　**70打ったら70返してこい、みたいな？**

前原　そうそう。それ以外の人はどうでもいい。

古川　それはねぇ、モテとはまた別の話じゃないかって気がするんだけど……。

モテの完成型「生理的に好き」

宇多丸　だからね、「宇多丸って本当にイヤなんだけど、確かに格好いいとは思う」とかさ、嫌いなのに**性的にはどうしても認めざるを得ないみたいな**……それが俺の中でのモテのアレっていうの？　「誰それのラップは私は好きじゃないけど、確かに格好いいとは思うし」みたいな……それだよ！　そこ！

古川　モテの完成型……ほら、女の子ってよく「生理的に嫌い」って言い方するじゃん。

その逆で、頭では嫌いだけど**「生理的に好き」**ってとこまで言わせたら……。

一同　……ザワザワ……ザワザワザワ……。

高橋　それ凄いねぇ！

宇多丸　それ凄いね！　それ凄いよ!!

古川　ダブル役満ですよ。

宇多丸　頭では嫌いだけど……うわ～！　凄いな、それ！　それだよ！　モテってそれ！

古川　圧倒的じゃん、もう。

高橋　どうしようもねぇな。

古川　どうしようもないよね。

宇多丸　……**（小声で）あなたのこと嫌いだけど、でも好き……**。

高橋　究極だよ……そんな奴いるか？

一同　……………………。

宇多丸　結局さぁ……俺なんかが思い描いてる格好よさって、あんまりモテに繋がらないのよ。俺が思う格好いい人って、一様に「でも女にはモテなさそう」って人ばっかりで……モテるって恥ずかしいじゃん！っていうのがちょっとあるのかもしれないよね。腹が出てきたから鍛えなよって言われても……30歳越えてそんなことやってられますかっていう。

古川 モテるために努力するのはちょっと恥ずかしい、っていう感覚は確かにあるなぁ。

宇多丸 しかも自分が格好いいと思ってたことが概ねモテ的にはマイナスだったりする……ムズいっすよね……男たるものセクハラのひとつやふたつ！ とかさ。**娘からウジ虫呼ばわりされてみたいものよ！ とか。**

古川 突き詰めていくと、結局モテってなんなの？ってことになるよね。

宇多丸 肥大した自我を満たすアレとしてモテたい……モテはだから、ヤリたいってことではないわけですよ、別に。

前原 マジ？

宇多丸 いろんな人とセックスしたいだけなら風俗行きまくればいいじゃないですか。でも、それはモテと違うじゃん……どう見てもチンチクリンな奴がさ、女性経験凄く多いんだとか言ってさ、話聞いてみると**単に風俗マニア**だったりして……風俗通い自体は別に否定しないけど、女性経験として数えてるのは全然ダメっていう……だからねぇ……自分の性的可能性の**アレ**ですよ……誇示というか確認というか。自分がもってる数ある**アレ**の中で、例えばおもしろいとか頭いいとか喧嘩強いとか、そういう**アレ**の中でもかなり欲望に直結した魅力の**アレ**として「異性に人気がある」っていうのは当然あるでしょ。そこがないと、俺は人類の半分から相当認められづらい人間なのか？　というさ。

前原　でも……結構モテるでしょ？

宇多丸　僕はだから、やっぱモテない。

高橋　そう？　結構そういう話聞くけどなぁ。

宇多丸　それはほら、**TOKIOでも城島ファンはいる**とかさ、そういうことなんだよ。それはモテじゃないわけよ。例えばね、○○くんとか見てて、これはモテ要素かなって思ったのは、やっぱ凄く強引だったりするわけよ。俺とかヨシくんにある明らかなナヨナヨ感がないのよ。セックスとか凄く自信ある感じ？　**俺と寝たら世界観変わるぜ、**みたいな。

高橋　俺とかはっきりしないもんなぁ。

宇多丸　小学校のとき「佐々木は女の腐ったような奴だ」って言われてトラウマになってて……要するにマッチョになりきれない。「女子に優しく」みたいなのも、女の子の身になってというよりは、「男はこうするもんだから」みたいな……それがモテる優しさ。ダメな優しさは……「**さ、寒くない？**」みたいな……。

高橋　女性の側に立った優しさというか……。

古川　嫌われないように、ね。

宇多丸　**僕のことを嫌いと思っていないかい？**　みたいな。自意識過剰なところからきちゃってる優しさは、これはもう全然モテないですねぇ。

高橋　痛い話ですねぇ。

宇多丸　あとやっぱ、自分に自信がある感じ？

高橋　それもキツいねぇ。

宇多丸　自分を取り繕おうとしてどんどん言葉を重ねていっちゃうような……。

古川　誤解されたっていいんだぜ、ぐらいの余裕がいいんだろうね。で、それが嫌味になるタイプとならないタイプがいるじゃないっすか。「なに大物ぶってんのアイツ？」みたいなのと、それが完全にハマってる感じのと。

高橋　クラブ行く前に……シュッシュッシュッシュッ（香水を体にかけるフリ）とかね。

古川　そういうことを実際にしてるかどうかは重要じゃなく。

宇多丸　してるんだろうなぁと思われた時点で負け。女の子が若干ニヤニヤして「**ヨシくんって家で何々してそうよねぇ、ウフフ**」みたいな……この会話がある時点でもうダメ！

前原　ヨシくんは負け？

宇多丸　ヨシくんはダメ！

高橋　別に俺……。

古川　裏表を読みとられるとイタイよねぇ……。

モテの先にあるもの

前原　俺、よく家にいるときなにしてるんですかって聞かれるよ。**その問いに答えられないけどね、俺自身。**

古川　それは裏と表が見えないってことなんですよ。ちょっとミステリアスなんでしょうね。

宇多丸　前原さんは実際ミステリアスですからね。これだけ話しててもよく分かんないもんね……それはモテ指数的にはプラスですよ。前原さんがよく言う「ま、色々あってさ」……ここがね、いいところですよ。

古川　背負ってる感じ？

宇多丸　ダメな対応としては「よくぞ聞いてくれました！」ばりに、「いやあ俺も辛くてさぁ」みたいな……。

古川　「おといさぁ」とか、超最近の話をし出すとか。それはダメでしょうね、明らかに。

高橋　**モテの先にあるものってなんだろう？**

宇多丸　自尊心でしょ、それは。俺の数値ってことですよ、数値。

古川　満たされないなにかがあり、それがモテで解消されるってこと？

宇多丸　そうかな……だからなにげに男が群がってくるのは、それはそれでいいやってところもあるわけですよ。それに今の僕らだったらそれぞれ仕事があってプライドもってやってるからいいけど、学生時代ってただのなんにもしてない野郎なんですよ、誰だって。だからモテしか自分の価値を見出すアレがないわけだからさ、それはもうしょうがないよね……だから辛いよね。

前原　なんでもそうでしょ。学歴とかもある意味そうじゃん。

宇多丸　それもそうだし、学生のころだと学歴の有効さっていうのが実はまだそれほど実感できてないから。いくら勉強ができたとしても、そんなの先の話で、実際に同い年の女の子は違うモテを求めてるわけじゃないですか。だから……俺が現実に言った言葉だけど、「**見てろよオマエ、30歳超えたら俺はヤバいよ**」とかさ……。

高橋　**俺も言ったことあるよ。**

古川　うわー……。

17歳の自分に贈る「勝訴！」

前原　それはいくつぐらいのとき？
宇多丸　17歳ぐらい。
高橋　20代前半だね。
古川　どういうシチュエーションで？
宇多丸　女友達と話してて。「君ね、今は軽口叩いてるけど、**今のうちに俺をゲットしておいた方がいいんじゃないの？**」っていう感じ……。
高橋　俺もほぼ同じセリフだったよ。（30歳の自分が）イメージできたんだよね。
前原　30歳の俺が？
高橋　うん。
古川　当たってる？
高橋　分かんない。
宇多丸　俺もね、イメージはあったんだけど、それは全然ハズレてる。……なんか**イギリス**

のブランドの黒いスーツとか着て、とにかく颯爽《さっそう》としてるわけよ。で、ロン毛なんだよ。それも飯野賢治みたいな……25歳になったらそういう人になってるだろうなぁって。でも実際25歳になったら「**あれ？　半ズボンとかはいてるなぁ？**」とか……けどあのころとは流行が違うからとかさ……。でもあれだ、17歳の自分に対して言ってやりたいのは、「俺は女と暮らしてるぜ」っていうことだね。勝利宣言ですよ。

高橋　そうだよね！（17歳の自分に向かって）「おおーい、女と暮らしてるぞぉ～」。

宇多丸　「**大丈夫だぞぉ～**」。

高橋　「**勝訴！**」とか書いた紙持って17歳の自分まで走っていったりね。

古川　「**同棲！**」って書いてね。

宇多丸　17歳だったらまだアレだけど、中学生ぐらいだとさ、「**俺、このままでセックスとかできるのかなぁ**」とか本気で思うし。

高橋　「全然できてまぁ～す！」。

宇多丸　でも実際に中学2年ぐらいのころの写真を見ると、絶対無理！っていう。

高橋　**その写真が笑顔で写ってるほど無理って感じがするよね。**

古川　（前原猛に）モテの先にあるものはなんですか？

前原　なんだろうねぇ……。

高橋　ヤる、ですか？

前原　……………そうだね。

古川　言い切る人もちょっと珍しいよね。

前原　相互理解なんてものはあんま期待してないから、僕は。相手のことをホントに理解するっていうのもそんなに……ねぇ。

古川　じゃあさ、カノジョができたらもうモテなくてもいいと思う？

前原　俺、結構モテなくていいと思っちゃう。

古川　なら、モテの先にあるものっていったら、ヤルことじゃないんじゃない？

前原　ああ……なるほどね。

宇多丸　俺は浮気はしないけどモテはしたい。それはやっぱ俺がアレだからだろうなぁ……。

前原　**バビロン？**

宇多丸　バビロンっていうか……人前に出てキャーキャー言われる仕事だしぃ、ってことですよ。だったらキャーキャーは多い方がいいっていうさ。僕なんかはアレですけどね、タレントのグラビアとか見てても、どうせこういう奴は絶対ロン毛の男とかが好きだから虚しいよなぁって……でも、できれば好意をもたれたいものよのぉと思うわけでしょ。そういうとき、不特定多数にアピールする魅力があるといいなぁとは思うけど、でも必ずしも……木村拓哉がイヤだって人もいるからね。肝心の人がそうだったら困るわけで。

古川 だから、モテるモテないっていうのは実はそんなに重要じゃないっていうかさ……**「肝心の人」にどう王手を指すか**ってことでしょ……いろんなルートを使って詰みを狙うか、一直線に王手を狙うか……それがやっぱり重要で、選択肢の数は実は関係ないんじゃないかな。だから……モテたいっていうのは、俺はあんまりよく分からないんだよね。 ㊋

PLAYBACK

公論トップ・クラスの真理

宇多丸 これはクラシックですね……そうそう、冒頭に出てくる友人の○○、これ郷原ですからね。

郷原 ええ、ええ。

宇多丸 「木漏れ日の中を歩いてきたんですよ、ウヒャヒャヒャヒャ」……ちょっと話を混ぜてるんだけどね、実は。

古川　なにやってんだよ！

宇多丸　若干面白くしようと思って。

郷原　しかもこれ、事後承諾だし。

古川　改めて読み直して衝撃だったのが、士郎さんが塾で隣の教室に行って漫談やってたっていう。

宇多丸　これはやってましたね……漫談っていうかコント。お父さんが子供の部屋でいろんな麻薬を見つけて、「こんなものやりよって！」っていう感じでどんどん自分でやりながらヒートアップしていくっていう……。

古川　『スネークマン・ショー』みたいな。

宇多丸　『スネークマン・ショー』の影響を受けた感じだね。

古川　可哀想な子だよ……あと、よく読むと結構ひどいことも言ってるんだよなぁ。「最近の事件起こす若者って大体中学とか高校のときに結構人気があった奴らでさ」とか。

宇多丸　これ最初のセンテンスで言ってることと終わりで言ってることが完全に逆転してるんですよ。「思春期のころにモテたかった」って言ってるのに、後半では「思春期でモテねぇ方がいい」って……。

古川　あ、ホントだ。

宇多丸　あとはアレですよ、これは公論が生み出したトップ・クラスの真理……モテとは「生理的に好き」！　ただ、「生理的にモテる」と「人間的にモテる」はまったく違う話なんだよね。

古川　うんうん。

宇多丸　ほら、このころは「相談される＝モテ」とかトチ狂ったこと言ってたからさ。もっと全然レベルが低かったんですよ、僕の霊的ステージが。それがもう最近は、人間的にモテるのは全然可能な気がするっていうか、むしろ俺はその方向では結構イケてる方なんじゃないかと思えるくらいにはなりましたからね。女の子から相談とかもされるようになったし……ただね、じゃあ生理的にモテてるのかって話になると途端に……。

古川　もう才能とかの話ですからね。

宇多丸　属性の世界だから。無理無理！

誰もが豪邸に住みたがってるわけじゃない！の巻

モテ三部作最終章。お気づきのとおり、ここでいう「モテ」とは対外的な問題ではなく自意識の葛藤の話なのです。

2000年
10月

俺んちの鏡ではバッチリだったのに

宇多丸　……やっぱね、俺が言ってる「モテたい」っていうのはね、どちらかと言えばよ、好意をもたれた目で見られたいじゃないですか！　俺が言うところの「計算に入ってない人」……全然目に入ってない、風景の一部だったみたいな……そういうのよりかは、好意をもたれた方がいいでしょうが。

古川　蔑《さげす》んだ目で見られるよりかはね。

宇多丸　例えば俺が本屋でドモるのもね、おつりとかを渡すときにさ、自意識過剰系なんだけど「お金を直接渡すべきかここに置くべきか……」みたいなさ。

高橋　ああ、それは思うなぁ。

宇多丸　そこでそうなるってことは、世界に対して「僕は受け入れてもらってるし」っていうのがないわけですよ。基本的に「**臭いと思ってないっすか？**」みたいなのがあって……歩いていてショウウインドウに映る自分の姿を見て「うっ、冴えねぇ！」みたいな……「**おかしいな、俺んちの鏡ではバッチリだったのに**」みたいな……。

高橋　それ凄い！（と、感心して拍手）

宇多丸　それが払拭《ふっしょく》されるのが、おそらく思春期のモテなんじゃないかと。

高橋　説得力ありますねぇ。

宇多丸　最初からそういう飢餓感がない人は「モテたい」とか言い出さないのかもしんない……「俺、ここにいてもいいよね？」みたいな……そうか、これモテの話じゃないんだ！

古川　だから結局、モテってなんの話かってことになってきちゃうんだよなぁ。

宇多丸　モテの話し出すと結局テメエがってことになってきちゃって……例えばさ、可愛い女の子がいるとします。その女の子がルックスのいい男といるとムカツクじゃん？「なんだよ、顔かよ！」みたいなさ。そしたら今度松坂（大輔）がモテモテだとか聞くと、「なんであんなチンチクリンなのが！」って……それは松坂が野球っていう中身でモテてて、つまりあなたの望んだ状況なのに、「なんだよバカヤロー！」みたいなさ。**中身を追求されると困るのは俺たちじゃないのか**っていう……。

前原　でも大したことじゃないからさ、モテるとかモテないとか。

高橋　それはこないだ言ってたこととちょっと違いますねぇ。

宇多丸　2週目の余裕ですよ（注：実は前原猛は新しいカノジョができたばかりなのだ）。人類の半分に好かれたいかどうかですよ。

前原　モーニング娘。にも好かれたいの？

宇多丸　そりゃあ好かれたいですよ。嫌われるか好かれるかでいったらそりゃあ……。

古川　その二者択一でいったら大体そうなるよ。

前原　電話がかかってきたら大変なぐらい？

宇多丸　電話がかかってくるわけないですよぉ、みたいな。

前原　「**着信あり：後藤真希**」になってたらどうする？

宇多丸　入れてねぇよ。

前原　鼻血出るよ多分。ひっくり返るよ。

宇多丸　……何度も言うけど僕は別に深い仲になりたいわけじゃなくて、別にメル友ぐらいでいいっていうか……。

古川　それはモテたいっていうのとはまた距離があるような気がするんだよなぁ。

宇多丸　僕の中でのモテっていうのは、そういうときに無条件で自分が「まぁ大丈夫だろ」と思えるかどうかですよ……**あたかも靴を買うときに値段を気にしなくて済む程度の金持ち**……世界中のすべての富を手にしたいとは思わないけれど、靴を買うときに値段を気にしないで買える程度の金持ちになりたい……そういうことです。

古川　？

宇多丸　必要以上のモテが欲しいわけじゃなくて……「でもあの人かっこいいよね」ってい

う。

古川　だからあれですよね、どのレベルでモテたいかって話なんですよ……10人からモテたとして、その10人がどの深度までこっちを攻めてくるのかという。

宇多丸　10人にモテる中で、平均オレ指数は3〜4止まりっていうか……時々偏差はあるけど、まぁ平均すると3〜4ぐらい。要するに「ほぼ好意はもたれています」みたいな。

古川　**ライトなモテ**ですね。

宇多丸　「あの人素敵よねぇ」「そうよねぇ」っていう**ライトな会話が成立するモテ**……というか……なに言ってんだ……。

古川　俺もその意味でならモテてぇよっていうのがあるわけですよ。……でも、漠然と「モテたい」といったとき、3止まりのライトな人たちが揃ってればいいよ。ところが10がいたり、15ぐらいの人もいたりするじゃん。

宇多丸　だからうまくしたもんでさ、いい男だとやっぱり「あの人きっとモテるから」っていうんで……そこは女子の現実路線でセーブが効いたりするんじゃない？　逆に、偏差がときどき高い……異常に迷惑な感じ？　例えば友人の○○が**ある種のヴァイブス**を持った女性に異常なモテぶりをみせる、みたいな……そういうのはイヤだ

古川　なぁと思うけど……。

全方位的にモテるってことは、そういうヴァイブスの人も含めてモテちゃうって可能性があるわけじゃんよ。

既にオーディション済み

宇多丸　いやでもそういうヴァイブスの人はね、いわゆる一般的にモテる人じゃなくて……「私だけのあなた」狙いだったりするから、意外と競争率の高いところには行かなかったりする……ハナから身の程をわきまえてるというか……逆に言うとね、ここにいるような人たちはある意味、**こういうキャラで無意識に選別を図っている**わけですよ。来ないんだから普通は……でも来るなら本物！　みたいな……ダメ男特有のある種の自己防衛機能といいますか……。

古川　なるほど……既にオーディション済みという……。

宇多丸　そう……だから、**俺がモテないのは俺のオーディションが厳しいから**って……。

前原　…………???…………。

高橋　……滑稽に見えてるんでしょ………………………**滑稽に見えてるんでしょ?**

前原　そんなことないよ。

古川　前原さんは1ヵ月前の自分と今の自分と断絶感はあるんですか？

前原　どうだろう……確かにちょっと一歩引いてるよね。車に乗ってて見える風景とか……女のケツが違って見えるみたいな。

高橋　え？　どういうこと？

前原　今までだったら**「なんだよそのケツこのヤロー！」**とか思ってたのが……まぁ……**「こういうケツもあるか」**みたいな。

古川　**非暴力主義者だ。**

前原　そうそう……ガンジー的な……。

宇多丸　俺もでも、「ふざけんな！」っていうのは分かりますよ。それは怒ってるというより「どうしてくれるんだ！」みたいな……さっきも可愛い女の子いっぱいいるなぁと思って『POPEYE』見てて、そこでわき上がってくる気持ちをあえて言葉にするなら……**「これは穏やかじゃないですよぉ～」**みたいなさ。

古川　袖まくる感じだ？

宇多丸　性的にどうこういうより……「大変なことになってきましたぁ！」って……最近のゴマキ（後藤真希：元モーニング娘。）の胸の豊かっぷりとか……。

高橋　知らねぇ……。

宇多丸　最近のゴマキの花開きっぷりはちょっと……ザワザワって感じ……フェロモンの発散っぷりが従来の5割増し……**10割増しぐらい。**よく考えたらコイツまだ若かったし、とか思うと……「さぁ～っ！」っていう……。

前原　変わったといえば、環境はやっぱり変わったよね。まず、家に帰らなくなったからインターネットをまったくやらなくなったのよ。

高橋　それはそうでしょうね。ていうか、電脳なんかどうでもいいじゃん、みたいな……花火がどこで見られるとか、そういうことをチェックしてる方が大事なんじゃないかって気がしてくるんですよ……現実に帰ったというかね。

前原　どこ行ってたの？

高橋　**そう、帰ってきたの。**

前原　電脳の中にいたの（ニヤニヤ）。**電脳の中に俺のアイデンティティがあったのよ……。**電脳の中のセクシー画像に俺のこう……。

古川　アイデンティティってあんま言わない方がいいよ。

前原　それをダウンロードする行為の中に俺のアイデンティティが8割ぐらい。

宇多丸　**……ぐんぐんダウンロード……ぐんぐんぐんぐんダウンロード……。**

前原　それはなくなったけどね。

宇多丸　俺も**フィラー映像を酒飲みながら眺める**なんてことは当然しなくなりましたからね（注：『BLAST』97年9月号のB-BOYイズム「さみしいのはおまえだけだ」参照）。今はなんでそんなことしてたのか分からない。

高橋　前原さんはもう、パソコンなんて触りもしないんでしょ？

前原　いやでもほら、メールを見たり……ついでに、こないだ眞鍋かをりもまとめてダウンロードしといたけどね。

宇多丸　してんじゃん！

前原　昨日久しぶりに家に帰ってメールをチェックしてて……。

高橋　眞鍋もたまってるかなぁ、と？

前原　たまってたねぇ……（急に声が大きくなって）俺大体ねぇ、毎日やってたじゃない？　そうするとね、今日の一押しの女の子がいるわけ、大体……**警ら中に見つけるのよ。**

高橋　警ら中……。

前原　**「ピーッ！　なにやってんだ！　ちょっと待て！」**って。

一同　……ハハハハハハハハハハハハハハハハハハハハハハハハハハハハハ!!

前原　その日の一押しがいるわけよ……大体マイナーな女の子なんだけど……そういうの

が大体1日に1人とか2人とかいて……その度に40枚とか50枚とかあるわけじゃん？　それをぐんぐんダウンロードしていってたんだけど……それはなくなったよね。

高橋　パトロールが甘くなったわけだね。

宇多丸　じゃあもう治安がどうなんすか。

前原　**悪いよねぇ（ニヤニヤ）**。まぁでも新たなパトローラーが日々生まれてるから。たまにしか行かなくなったね……**刑事になったの、もう**。事件しか追わなくなった……今までは事件になりそうなのも追ってたんだけど……**今は犯人しか追ってない**。

一同　……ハハハハハハハハハハハハハハハハハハハハハハハハハハハハ!!

前原　眞鍋かをりはやっぱ、ねぇ……あのー……。

宇多丸　指名手配犯みたいなもんだ？

古川　ずっと追ってる犯人？

前原　ま、そうだねぇ。

高橋　ルパンと銭形みたいだ。

宇多丸　犯人に友情が芽生えたりとか。

古川　全部迷宮入りだけどね……証拠は立件できるぐらいあるのにね。

前原　**泳がせてんだよ**（ニコニコ）。

あばら屋だけどわりと……

宇多丸　……話を戻すと、俺が言ってる「モテる」っていうのは、比喩で言えば「**僕は御殿に住んでるから**」っていうさ……別に誰が来ても恥ずかしくない、って気持ちのことなのよ。たとえ今、僕しか住んでなくても、お城なら「**キミが来ても快適に暮らせるよ**」って快活に言えるわけですよ。でも**こちとら自分の家があばら屋だと思ってるから**……まぁ別に寄ってくれなくても……むしろ恥ずかしいから来ないで！　みたいな……全然ダメなわけですよ……。

古川　あばら屋は狭いからさ、そんなに人が来ても困るっていうのもあるし。

宇多丸　あばら屋ですから来られても逆に、みたいな態度を取っちゃうわけですよ。いざお城に住んでも全然落ち着かなかったりしてさ。広い家でお客もいっぱいいると気も使うし疲れるじゃないですか。それよりはあばら屋でこうズズズ、と（お茶を飲むフリ）やってる方がいいや！ってことになるわけですよ。あばら屋にカノジョが来てさ、それなりの住まいかなって思い始めてたら、急に「ゴメン……」みたいな感じでテクテク歩いて行く方を見たら向こうにでっかい家が見えて、**パッと自分の家を見たら、さっきまでの自分のイメージより更にあばら屋に！**……自己評価が下がってるわけよ。で、そうなると更に今度はもう「ホントにマジで来ない方がいい」ってことになるわけで……でも、自分を高める人っていうのは改装してるわけですよ、**ノートに書き出したりとか……**ここが雨漏りしてる、とか。

古川　確かにリフォームすればちょっとは人を呼びやすくなるからね。

宇多丸　豪邸っていうかさ、人を連れて来ても恥ずかしくないぐらいの家に住みたいよ。

前原　そうねぇ……名実共にそうだよねぇ。

宇多丸　最初っから「俺の家になんか来たくねぇべ！」って思っちゃうところがダメ。

前原　そうなんだよねぇ……自分すらその家に帰りたくないからねぇ。橋の下で横になって……**こうするしかないのかなぁって。**

宇多丸　いわゆるポジティヴ・シンキング派ってのは、あばら屋をぬぉ～ってやって豪邸だ！　と思うようにする……そのうち豪邸になっちゃうかもしれないし。

古川　**30歳になったら豪邸だよ、**とか。

宇多丸　30歳になったら俺は豪邸に住んでいるはずだ！　とか……いや、30歳になって分かることは、**女は誰しも豪邸に住みたがっているわけじゃないってこと。**

古川　あばら屋だけど立地はいいかも、とか。

宇多丸　**あばら屋だけどわりといい趣味してんだろ、**みたいな……フフフ（自分の発言に呆《あき》れている）。

古川　いっぱいいっぱいだよ。

前原　でも俺、リフォーム・リストどころじゃないよ。鬼門ぐらいのこと言われたよ。

宇多丸　基礎工事ができてないです、みたいな。

前原　土台にひびが入ってる、みたいなことを言われるんだよ。

宇多丸　俺は結構いい家だと思ってたんだけど……そう言われてみると確かに……。

古川　裏に連れて行かれて、**ここの土台めちゃくちゃじゃない！**　みたいな……。

宇多丸　基礎工事っていうのはさ、自分が育っていく過程で親がいつの間にか作っちゃってるもんじゃん……だから工事した奴にも文句言いたくなるわけよ……両親に、あのときなんで俺を！　みたいなさ。

古川　**ああいうことしたら俺を叱って欲しかった！　とか。**

宇多丸　そんなことを言い出す始末……女にフラれて……。

高橋　僕はもうリフォーム代が大変でしたよ。

モテは君の望む幸せなのか？

古川　そういう意味では、俺は引っ越してないなぁ……住み慣れたあばら屋から一歩も出てない……玄関先から出てないからね……玄関先で呼んでるぐらい。で、ドアは軽く開けておいて……しかも「**猫用にね**」とか……。

前原　それでフラ～ッと入って来る感じ？　「あら～っ」って……。

古川　そしたらもう**ピシャーン！**って。

宇多丸　前原さんとかはさ、外から見たら「ひどい家だなぁ」と思ったけど中に入ったら大変だった、みたいな？

前原　もう……インターネットは光ケーブルだし水道は全部浄水器が完備されてるし窓からは富士山が見えてて……。

宇多丸　**あばら屋だけど中に入ったら景色が良かった**……いいたとえですねぇ。

古川　取りあえず入って来い、と。

宇多丸　景色に自信ある人はまだいいけどさ、人によっては分からないけど僕は結構好きなんだよねこの景色、みたいな感じでさ……私ここ好きぃ～！　みたいな……快心の。

古川　**こういう景色のところに住みたかった**、ぐらいのこと言わせればね。で、そこで、玄関先に人がいっぱい並んでいて欲しいかっていうときに、俺は別に……。

宇多丸 いや、並んでっていうか、通りかかったときに「あら、いい家ねぇ」ぐらいのことは言って欲しい。

古川 そうそう、それでいい。

宇多丸 でもほら、なかなか言ってもらえないわけですよ……女の子のインタビューとか読むと「少なくても2階建てじゃないとねぇ」とかさ、「最低一戸建て！」的なことを言うわけですよ……俺はこの女の子に相手にされてない！って雑誌のそんなの見るだけでも思っちゃうからさ。……よく思うんだけど、好きなタレントのタイプは？って聞かれて迂闊《うかつ》に「反町！」とか答えたりするのを見ると「**このバカが！**」って思ったりするからさ、迂闊に言うもんじゃないですね。実際さ、自分の好きなタイプってそれだけじゃなかったり、そうじゃなくっても付き合ったりするじゃん。だから、「一応言ってしまう」こと、っていうのが物凄くさ……。

古川 幻想を作ってしまう。結局ね、モテたいって言葉をもっとみんな考えようよってことなんですよ……モテたいモテたいって言うけど、**ホントにモテとは君の望んでいる幸せなのか？** と。考えた上でのやっぱりモテたいっていうのは全然アリだけど、迂闊にモテたいとかばっかり言ってると、無用な幻想ばかり積み上がってしまうんですよ。

PLAYBACK 人間的なモテと生理的なモテ

宇多丸　これは単行本のタイトルにもなってますからねぇ……もうここだけ読めばいいですよってことですよねぇ？

古川　フフフ……「これが俺らの言いたいことですよ！」ってね。

宇多丸　いや……でもそうなんじゃん？

古川　士郎さんの「俺が本屋でドモるのは」ってヤバいね。

宇多丸　ちょっと分かりづらいと思うけど、お店の人となにか話さないといけないときにドモっちゃったりするってことなんだよね。

古川　「おかしいな、俺んちの鏡ではバッチリだったのに」ってフレーズも人気ありましたねぇ。

宇多丸　これはもう誰もが感じるアレでしょうからね……アレはなんなんだろうねぇ？脳はいい加減だからさ、自分の家の鏡の光線とかをどんどん都合良く解釈するようになるのかね？

古川　補正してるんじゃない？

宇多丸　家の鏡で映る自分は良しとするように脳が感覚を作り替えてるような気がするんだよね。

高橋　「俺んちの鏡ではバッチリだったのに」で充分なのに、「なぜバッチリなのか？」まで分析するんだ……。

宇多丸　でも脳ってそういうところがあるからさ。メガネとかでもさ、かけたてのころは違和感があって物が全部平面的に見えるんだよ。慣れてくると普通になるから、やっぱり脳が補正してるんだよね。

古川　もういいよ。

宇多丸　でもアレだね、人間的なモテと生理的なモテをまだ混同してるところがありますよね。

古川　要はね、生理的にモテたいっていうのは属性だからもう無理。ただ、あばら屋でもいいって女の人はいるし、それだったらできるかもねって話をしてるんだよ、ここで。

宇多丸　あぁ、この時点で「俺もフィラー映像を酒飲みながら眺めるなんてことは当然しなくなりましたからね。今はなんでそんなことしてたのか分からない」って言ってるな……フィラー映像っていうのはさ、今だと通販の番組やってるような深夜の時間帯に、昔は風景の映像を流してたんだよね。

古川　NHKだとまだやってるけど。

宇多丸　あれはなかなかいい線いってるね。

高橋　まだ見てるんじゃん。

宇多丸　で、各局色々あるんだけど、フジテレビのが特に秀逸で……それがドラッグ映像としていかに優秀かを『B-BOYイズム』って連載で語ったんですよ。完全に狂った文章だけど。

高橋　あの記事は凄い評判だったな。

宇多丸　やっぱみんな孤独なんだよ。

この世から泥棒がいなくなりますようにの巻

宇多丸&前原猛、公論「怒り組」の「怒り」メカニズムに迫る。
「腹怒り」「嬉しい怒り」など意外と便利な新造語も(使い捨て)。

2000年
11月

2枚のタクシー領収書

古川　俺去年、バイク盗まれたんですよ。買って5日目だったんですけど……怒りの感情がまったく湧かなかったんですよ。凄い虚脱感はあったけど……で、なんでだろう？って考えてるうちに、俺はどうも普通怒るべきところで怒ってないように思えてきて。俺の場合、どうも自分とは直接関係のないところで怒ってるっぽいぞ、というのが分かったんですよ。で、じゃあみんなはどういうことで怒ってるんだろう？っていうのが凄く知りたくなって。

高橋　こないだ深夜まで作業していてタクシーに乗って帰ったんだけどさ……家に着いて、「領収書下さい」って言ったら、**運転手に2枚見せられたん**ですよ。自分のやつが3800円とかで、あと、どうも前の人の残ってたやつらしいんだけど、それが5000円くらいのやつで。で、「こういうのもありますけど？」って………怒ったね。僕はあんまり普段怒りっぽい人ではないんだけど、そのときはさすがに怒った。

宇多丸　え、なんで？　全然分かんない。

高橋　いや、その運転手の姿勢というか……**それがお前のサービスかよ？**っていう……上手く説明できないんだけどさ……。

宇多丸　でもそれ、誰も損してないんだよ？　なんで怒るか全然分かんないよ、説明してくんないと。

（以下、1時間以上にわたって高橋のタクシー領収書怒り事件について激しい論議が繰り広げられる）

宇多丸　……つまりこういうこと？　**領収書イズム**に対する本能的な嫌悪感がベースにある上に、これくらいの不正は誰でもやってる、というそっちのコンセンサスで、しかもそれで俺が喜ぶと決めつけて、勝手に仲間呼ばわり……**俺たち領収書仲間!!**　みたいな？　それが嫌なんじゃん？　どう？

高橋　それは……だいぶそうかもしれない……そういう気がしないでもない……。

宇多丸　なるほどね。それでだいぶ分かった。

高橋　うーん……。

古川　……前原さんはどう？　俺の印象だと、前原さんってなんか、違和感を全部「怒り」にしてる感じがするっていうか。さっき、前原さんが「**小出監督と高橋尚子選手を見て俺は怒るね**」って言ってたんだけど、あの2人の関係は確かに誰もが「ん？」って感じるとは思うんだ。でも、それは普通「怒り」には結びつかないでしょ。

宇多丸　こうさ、**「違和感ランプ」**がピーンッて点《つ》いてさ、さて、この感情をどこに置くかって時、普通だったら「保留箱」とか「オモロイ箱」とかに入れるのに、**とりあえず全部「怒りの箱」に入れちゃってる**んだ。

古川　で、これは前原さんが前に言ってたことだけど、でもそれは全然建設的な行為じゃないっていう自覚はあるんですよね。

前原　うん。例えばタクシーとかさ……夜なんか走ってると、コイツらのせいで道が混んでるんだなって思ってさ。六本木とか行くと、動かなくなるじゃん。三重駐車ぐらいしてて。なんなんだろう？って思って。みんな本当、殺してやりたいなって。でも本当最近……イヤになってんだよね。キリないから。

古川　そもそも怒りという不合理な感情を、なんとか建設的な方向に発展させたい気持ちはあるんだけど疲れちゃった、みたいな？

宇多丸　僕はでも、そこでクラクションを鳴らすのも別に無駄じゃないというか。その怒りを原動力として、なにか具体的な行動に移す……**発火点としての「怒り」であればいい**わけで、例えばタクシー近代化センター（現：東京タクシーセンター）に電話一本でもかければ、少しは態度が良くなるかもしれないし……1回の電話で急にすべてが良くなるわけじゃないとは思うし、具体的に「ここが良くなった」って実感出来るまでには膨大な労力がいるんだろうけども……でも……**細かい怒りが発火点となった細かい行動の集積が、なんらかの結果を生み出す以外に道はないのだから、**ね。そうしない人の生き方も否定しないけど、やっぱそういう人が増えてきた結果世の中は悪くなってきたんだろうなって思う。で、僕はまだまだ死なないから、生きてる間にどんどん世の中が暮らしづらくなるのは嫌だ。

気持ち8割を合理性2割で

古川 確かに。……じゃあ、非合理な怒りについてなんだけど……**生理的に怒ったりする**こととかはある？　例えば……ブスに怒るとか。ブスなのは性格が顔に出てるからだ！　とか言って怒る人もいるよね。

宇多丸 いや俺はね、「顔に人間性って出るじゃん」っていうのは、同意したい気持ち8割……を、**合理性2割でグッと抑えて、「そんなバカな話があるか！」と。**

前原 8割は賛成なんだ？

宇多丸 違う。そう言いたい気持ちも分かる、というのが8割。でも、やっぱそれは間違ってるよ、っていうこの2割を大切にしないと……**人間性ってなんなんだ!?**っていう……結局ねぇ……**自分の都合のいいものを相手の顔に投影してるだけ**なんだと思うよ、そういう人は。例えば僕は、「私バカだしぃ～」みたいな言い方が凄く嫌いで。それは不合理だから。能力的に劣ってるんだから、別にエバることじゃないよ君っていう。そういうこと言ってる場面に出くわすと、その前まで「カワイイかも」ぐらいに思ってたのが、もう醜い奴にしか見えないっていうかさ。その女の子の顔に醜いものを見ようというか、投影しはじめるわけ。勝手に。

宇多丸　じゃあ、次の瞬間からブスに見えてるの？

古川　ブスっていうか、それは俺の心の反映であって、別に顔に具体的になにかが実際出てるわけではやっぱないんだよ。自分の中のなにかを投影しているに過ぎないんですよ。で、僕も弱い人間だから、**やっぱり投影はするの！**　だから「8割、同意したい気持ちも分かる」って言ってるわけ。でも**2割を通そうよ人間！**っていう。

宇多丸　合理を捨てないでね。

古川　そう、合理的なものを通さないと、世の中のもっと深刻な悪い問題も直らないって言ってるわけよ。

古川　怒りというのは不合理なんだから、なるべくその怒りの感情を合理的な動き、建設的なアクションに繋げていくべきだと。

宇多丸　べきだ、というより、いきたいものよ、という。で、俺は、わざわざ怒りを誘発されるような場に行くのね。読まなくてもいいような雑誌読むし。「この辺のラップのレビューとか大変なことになってんだろうなぁ（嬉）」とか言いながら、腹立つところを中心に……それは僕がやっぱり怒り発火点派なので、「この怒りの意味は……ッ!!」って考えて、「なるほど、こういうことか。**これを曲に**」って。

古川　それって、作品を発表してる人ならではってことかな？

宇多丸　作品を発表するっていうか、書き方だよね。だって他の人はそうじゃないだろうし。俺はさ、まず最初に思いつくパンチラインは罵りなんだよ。元を辿っていくと、頂点に「バーカ！　バーカ！」というのがあって、それがいろんな形に分かれていって歌詞になってってたりするっていうか。だから、わざと怒りを誘発される場に出向いていっている、というのはあるね。

古川　創作活動ですらある、と。

宇多丸　創作の一環ですね。それはもう自覚的に。

怒りの質をよく考えて

古川　前原さんは、基本的には怒りはなくしていきたい、怒らない人間になりたいと思ってるって言ってたよね。

前原　うん。

古川　それはみんなもそう？

宇多丸　違うよ。怒んないなんて人間じゃないでしょ。この人は口で言ってるだけだからさ。

前原　そうなの？

宇多丸　もともと怒りのベースが浅いところに来て……。

古川　確かに、前原さんの怒りの本質と表出は全然かけ離れてるように見えるよね。

宇多丸　だって、100%自分に被害があること……例えば古川さんがバイク盗まれたりとか、そういうときって怒るでしょ？

前原　怒るよ。

宇多丸　そこで怒らない人間になりたいとは思わないでしょ？　つまり、怒りの原因さえなくなればいいと思ってるってことでしょ？

前原　そうそう。**泥棒がいなくなりますように**っていう。世界が平和でありますようにって。だからまあ、無理っちゃ無理なんだけどね。

古川　するとつまり、怒りという感情とこれから自分がどう付き合っていくか、ということなんですよ。それにそもそも……**「そんなに怒らなきゃいけないことっていっぱいあるの？」**って思うんですよ俺は。例えば……ワイドショーとかね。マイク向けられた人がマーシー（田代まさし）に怒ってみせたりとかさ。「それ本当に怒ってる？」って思っちゃうからね。あれは俺に言わせれば、**面白がるところで怒るところじゃない**……だから、本当にどうでもよくないことに対してはハッキリさせるべきだし、本当にどうでもいいことに対してはどうでもいいという態度を取るべきで……つまり、物事をよく見極めませんか、と言いたいんですよ。

宇多丸　自分は怒ってるって言うなら、その怒りの質をよく考えてみろってことじゃないですか。例えばミッチーとサッチー、どっち派でもいいけど（当時、浅香光代と野村沙知代との間で起こった確執のこと）、「私怒ってます」という人はさ、「君がなぜそっち派なのかよく考えてみると、ひょっとしたら凄いなにかがあぶり出されるかもしれないよ」っていう。学歴社会の不条理に対する怒りだったりするとかさ。

古川　そう、まさにそういうことです。

宇多丸　それはやった方がいいよ。俺もいつもやってることだし。「なんで俺は広末嫌いなんだろう?」とかさ。「なんで反町嫌いなんだろう……**ひょっとして好きなのかも?**」とかさ。

腹怒りと頭怒り

古川　あと、前原さんに聞きたいんだけどさ。俺からすると、前原さんは外に出てる怒りの量と、実際自分の中で感じてる本当の怒りの量のバランスが釣り合ってない印象があるんですよ。前原さんはひょっとして、怒りがなくても非難してたりするときない?

宇多丸　あ、そういう感じする。俺が前原さんを見て、この人はあんまり怒ってる人じゃないなと思うのは、そういうこと。

前原　確かに、あんまり期待してないからね。だから、**『サイゾー』の表紙のコがかわいくてムカつく**、というのは、期待してるから。

宇多丸　……「怒る」って言葉に何種類かもっと違う表現を与えた方がいいよ。「**スワヒリ語では、なんとかという意味の言葉がいっぱいある**」みたいな。

古川　「怒る」って、そう考えていくと乱暴な言葉ですな。

前原　だから、言葉の正確な意味では、俺はあんまり怒ってないと思う。

宇多丸　それは俺も今日来る前、考えてて思った。怒りって、頭で怒るのとかロで怒るのとかいろいろ種類があって、なんか腹からグォーッていう**腹怒り**は5年に1度あるかないか。

古川　そう。普段、実はそんなに腹から怒ることってないと思うんだよ。

宇多丸　ただ、腹怒りは自分の利害に直結したものが多いから。で、だからと言って、**頭怒り**が怒ってないかというと、頭では相当怒ってるわけよ。それが軽い怒りだと思われるとちょっと心外。決して頭怒りが無駄というわけではない。

古川　お金ないときにレコード屋行ったりして、欲しいレコードがいっぱいあったりすると、怒り以前の感情なんだけど、なんかネガティヴな気持ちにならない？

高橋　疲労するね。

前原　でも、それは**嬉しい怒り**だからね。もう、『サイゾー』の表紙とか見た瞬間、**ムカツイた。伊東美咲。**かわいくなったのは嬉しいんだけど……でもそれとは付き合えない自分、**並びにその状況に対して怒る**っていうか。自分がそこにいなかったことに対する怒りというか。タクシーの怒りとか、嬉しくない怒りだよね。悲しい怒りだよね。

古川　ああ……嬉しい怒りって、いま改めて考えてみたけど、俺にはないかも。
高橋　嬉しいって言ってる段階で変なんだよな…………**嬉しい怒りってなんだ？**
古川　まずくて美味《おい》しいってのと同じだよ。
前原　え、だって嬉しいじゃん。俺にとっては。
高橋　凄い……話しづらい。

「あ、いいな」に関与していない自分

宇多丸　分かるけどな、俺は。後藤真希がさ、彼氏にしたい男の条件として並べ立てたものがことごとく俺とは反していたと。そこでやっぱり（ニヤケながら）「フザけんなよぉ～…………**ゴッチンよぉ！**」っていうさ。
古川　それは嬉しい怒りなの？
宇多丸　いや、でもまあ、う～ん…………（ニヤケながら）「**しょうがねぇなこの野郎！**」って。
古川　（小声で）アタマおかしい……。
高橋　キレイになったので嬉しい、という段階で、実は相当凄いと思うんだけど。

前原　凄くないよ別に。

高橋　凄いよ！

前原　いや、良かったっていうかさ……。

宇多丸　今、そもそも怒りの話からこうなったけど、それはまだジャンル分け不明な……**なんか浮わついた気持ち**がグワーッとくるわけよ。

前原　まだなんかこう、始まってない感じよ。**誕生前夜**っていうか。

高橋　誕生前夜……。

宇多丸　だからさっきも言ったけど、その感情を今まではいきなり怒り室に持って行ってたんだけど、それは違うかもしれないんだ、別にさ。もっと相応《ふさわ》しい言葉があるかもしれない。

前原　それは多分、**犬みたいなもん**でさ。

古川　い、犬？

前原　ドーベルマンとかチワワとか、いっぱいいるんじゃないの。

宇多丸　そりゃそうですね。ていうか、それを犬に分類していいかも分からない、という段階なんですよ。ちょっと犬っぽいところもあるけど、よく調べたら猫科かもしれないし、**下手すりゃ魚類**かもしんないよ、っていうさ。

前原　**あ、じゃあ、ウイルス？**

高橋　たとえるのは、もうやめた方がいいよ。

宇多丸　前原さんのそれは、多分ベースはジェラシーなんだと思うけどね。ただそれがなにに対してか、ってときに、そいつと付き合ってる男か、未来に付き合うであろう男か、**あるいは美しい本人**に対してか分からないけど、**トータルで俺と関係ねぇぇッッ！**っていう。

前原　なんで俺がそこにいないんだ！っていう。

宇多丸　そう、とにかくなんか「関係ねぇじゃん俺！」って。でも、スゲぇカワイイ！って思うこの気持ちはリアル！　どうすんのよコレをぉぉぉ！って。

高橋　一旦は怒ってるんだけど、**顔を上げると笑ってる**みたいな？

宇多丸　まず、「あ、いいな」って思うじゃん。で、その「いいな」に自分は関与していないんだなって気付くじゃん。というところで……「いいな→嬉しい」「自分が関与していない→怒り」、で、「嬉しい怒り」って、こういうことでしょ？

前原　うん、そうかな。で、それはなにかに繋がっていくからね。

高橋　え？

前原　いろんな意味で。それはカワイイ女の子だけじゃなくてさ、例えば「こういう写真

「撮りたいな」みたいな気持ちと同じなのよ。

宇多丸 ああ、いい写真見て、「いい写真だな↓嬉しい」「でもそれは俺が撮ったんじゃない↓悔しい」と。

古川 そのギャップを埋めるために頑張っていくんだぜ、と？

前原 そういうこと。㊫

PLAYBACK

2回目は受け入れるけど……

古川 冒頭でバイク盗まれたって話してますけど……その後、もう一台盗まれてます。

高橋 マジで？

古川 磯部涼の引っ越しの手伝い行ったときにね。ホント最悪でした。いろんな意味で。

高橋 なんか予防策はないの？

古川 本気で狙われたら、もうどうしようもないらしいっすね……それはともかく、これは「怒り」の話ですね。当時俺は士郎さんと前原さんを「いつもよく怒ってる人だなぁ」と思っていて、それで考えついたテーマ。

宇多丸　「怒りポイント」の話だよね、これ。

古川　「嬉しい怒り」とか「頭怒り」とか、この回限りの特殊なタームもいっぱい出てきてる。

前原　嬉しい怒り……『サイゾー』の表紙のコがかわいくてムカつく」って言ってるな。昔の『サイゾー』の表紙は良かったよね、ジャージで統一してて。

古川　写真集出てましたよね、そういえば。

前原　あ、そう……。

古川　買っといた方がいいよ。

前原　あぁ……。

古川　あと、「気持ち8割を合理性の2割で押し込める」っていうのはいまだによく思い出す場面が多いですね。

宇多丸　「気持ち8割を合理性2割」はねぇ……僕はすべてにおいてコレですね。

古川　前原さんはまだしょっちゅう怒ってるんですか？

前原　いや、怒ってはいないけど……なんかもうどうしようもない感じになってきてるよねぇ。

古川　どうしようもない感じっていうのは……それはいい意味で？

前原　まあ、悪い意味でというか……原因が解明されないからさ。

宇多丸　なんか知んないけどムカつくってこと？

前原　自分に対してっていうか他人に対して頭にくるわけじゃん？　なんかもうそれを受け入れるしかないっていうか……。

古川　諦めてるってこと？　そしたらもう、次の段階としてはもう怒んなくなっちゃうんじゃない？

前原　2回目はね。最初は頭にくるけど2回目は「あぁ……」って感じ。

古川　うん。

前原　……でも3回目はまた怒るかもしれない。

古川　フフフ……話すのがめんどくさいよ。

宇多丸　あ、ちなみにね、広末も反町も嫌いじゃないです全然……好きです！

高橋　俺も最近の広末好き。

古川　なに言ってんのよ。

宇多丸　いや、途中で広末とか反町が嫌いって言ってるからさ……特に広末は全然好きです！

高橋　俺も！

古川　当時から？

宇多丸　分かんない……今は凄い好き！

古川　ああなってからですか？

高橋　ああなってからって？

古川　いや、だってこのあと色々あったじゃない……今はもう子供もいるんでしょ？

士郎さんはなんで急に好きになったんですか？

宇多丸　分かんない……当時なんで嫌いって言ってたかも分かんないぐらい。広末ナイス！

高橋　ああいうナチュラル系だと最近は誰がいいっすかね。

宇多丸　郷原は相武紗季とかどうなの？

郷原　え？　今は相武紗季なんですか？

宇多丸　いや、分かんないけど好きそうだなぁと思って。

高橋　あと長澤まさみね。

郷原　長澤まさみはいいよね……あとほら、堀北真希とか……あれはきた。

高橋　御三家だね

宇多丸　御三家？

高橋　相武紗季と長澤まさみと堀北真希で御三家。

古川　長澤まさみ以外全部分かんない。

高橋　宮﨑あおいなきあとのねぇ。

郷原　やっぱ「なき」なんですか、あおいは。

高橋　なきでしょ！

古川　分かりました。

宇多丸　あとは後藤真希に関する記述があるんですけど、以前と比べてだいぶスタンスが変わってきてることが分かりますね。

古川　後藤本人も変わってるんだから仕方ないんじゃないですか、それは。

高橋　入院したんでしょ？

古川　なんか病気休養らしいですよ、2週間くらい。

高橋　早く良くなって欲しいね。

公論ラウンジ2

「僕は中人だよ！」の巻

宇多丸不在が貴重な「現実であり電脳であり？　の巻」（P109）の別テイク。

疎外感の果て

古川　少年犯罪の凶悪犯罪が急増してる……ってことらしいんですけどね。前原さんはそういうニュースとか見てどうですか？

前原　いや、もうねぇ……（諦観気味に）子供だけが悪いわけじゃないから、今の世の中は。絶対的に、それはもう。

古川　加害者である少年たちも被害者？

前原　いや、そうは思わない。それは絶対そう思わないよ、うん。それを言うなら、**オマエじゃあ死ねよ**って感じで……それは言い訳だよ、僕も被害者ですなんて言ったらさ。

古川　まぁ、実際そう言うのは周りの大人だよね。ただ最近はさすがに……むしろ少年法を見直せ、みたいな意見が多いかねぇ。成人法の適用年齢を引き下げろ、とか。

前原　あの、ちょっと前にコラムで書いたんだけど……**松坂って人がいてさ**……あいつ高卒じゃない？

古川　松坂って人……？　ああ、はいはい、松坂大輔ね。

前原　高卒だから（志望の）横浜（ベイスターズ）に行けなかったじゃない？　逆指名できないから。だけどさ、契約金で一億いくらもらってるわけじゃない？　もうバリバリさ、野茂とかそこら辺と同じぐらいの扱いなわけじゃない？　お金に関して言えば。それなのにさぁ、なんで逆指名はできないのかって。俺はおかしいと思ったよ。

古川　アンバランスだよね、ある部分は認めるのに、ある部分は認めないって。

高橋　そのテーマは『**サザエさん**』でも扱ってたことがある。

前原　マジ？

高橋　カツオがね、あるときは「もう大人なんだから！」って言われて、あるときは「まだ子供なんだから！」って言われて困惑して……で、カツオの中で新たに「**中人**」っていうセクションを設けて……（カツオの声真似で）「**僕は中人だよ！**」って……。

古川　それ……それオモロいね。

高橋　そのカツオのスタンス、カツオの中途半端な感じを言いたいんですね。

前原　例えばさ、俺はあんまり関係なかったけど、16歳でバイクの免許取ってるのに、でも学校にバイクで行っちゃいけない、とかさ。

古川　学校って本来、社会でちゃんとやっていけるように教育する機関だと考えれば、学校で法律と違うこと教えてどうすんだよって気するよね。

前原　学校ねぇ……。

古川　学校で楽しかったのっていつ？

高橋　俺は高3が一番面白かったな。午前中で授業終わるし。

古川　それあの、普通、大学行く人は高3が一番きついはずじゃん。

高橋　だって「先生、大学行きたいんですけど」って言ったら「**馬鹿野郎！**」って言われたから……。

（ここで宇多丸登場）

前原　学校ねぇ……あと、最近は親も変わってるんじゃん？　子供殺したりさ……（宇多丸に向かって）いわゆるお受験？

宇多丸　なんでこっち見るのよ。

前原　地元的に……。

古川　**お受験殺人ね**（注：1999年、東京都文京区で当時2歳の幼女が殺害された事件。犯人は近所の主婦。幼稚園の「お受験」や主婦同士の付き合いが動機となったと言われている）。

宇多丸 確かに家と近いけど……でも（現場の）音羽は特殊なんですよ。俺は全然ああいう環境は知らなかったし……。

古川 あれはでも、学校とは別の問題だよね。

宇多丸 主婦世界の病理というかさ、逃げ場のない主婦が唯一生きざるを得ない社会での問題……。でもまぁ、子供殺し自体は昔からあったことなんじゃないの？ 暴力ってことで言えばさ、俺は絶対に昔の方が暴力怖かったと思うけどなぁ。治安も絶対昔の方が悪かったはずだし……結局さ、俺たちのころより悪くなってると思いたいんですよ。世の中が良くなってるって認めたくないよ、はっきり言って！ 俺たちより下の世代が頭も良きゃ性格もいいなんて認めたくないもん。

前原 女の子は確実に可愛くなってると思うよ。

高橋 それは俺、一言あるよ……今の女の子はプロモーション上手なんだよ。

古川 でもスタイルが良くなってるっていうのはデータとしてあるんじゃない？ 食ってるもんだって変わってるわけだし。

前原 なってる……絶対なってる。俺が高校のときいないもん。**あんな足細くて胸大きいのいないもん**。

高橋　あんなって誰？　どうせ優香とかでしょ？

前原　優香でもいいんだけどさ。

高橋　釈由美子とかでしょ。

前原　釈由美子……でもいいけどね。

古川　ヨシくんがこないだ言ってたけど、「イケてる」とか「イケてない」とか、人をジャッジするときの言葉がシビアになってきてるというか……。

高橋　昔の方が可愛げがあったような気が……。

宇多丸　俺が小学校のときに身に染みて分かったことは、女ってのは容赦ねぇっていう……「佐々木マジでダメだなぁ」とか……**「それに引き替え○○とかはいいじゃん、見てみろよ」**みたいな感じでさ。それで「テメェ、何様のつもりだよ、このブス！」とか言うと、**「関係ねぇんだよ、そんなことは！」**って……。

前原　女はいつもそうなんだよ。

宇多丸　一般的な風潮として、男がジャッジするのが普通だっていうのがどうしてもあるからさ……「ブス」って言われることに慣れてるのよ。肝が違うわけよ。で、いざ女からジャッジされるようになると男はオドオドしちゃってさ。

前原　男は弱いからね、いつでも。

宇多丸　弱いっつーか、その……。

前原　**いつでもひとりぼっちだから……。**

宇多丸　でもね、疎外感って意味では女の子は最初から男社会から疎外されてる……それで主婦に行き着いた人が、そこの社会からも疎外されてドカーン！　となったのが音羽殺人なんだと思いますよ。

2001

21世紀の幕開け―。9.11テロに端を発する暴力と報復の連鎖、日本では小泉首相の異常人気に後押しされた「痛みを伴う改革」。アリーヤも死に、モノリスも見つからずじまい。不安渦巻く世相の中でも、ライムスターは『ウワサの真相』をリリース……がんばった。

2001年といえば……

1月　不正投票の疑惑渦巻く中、ジョージ・W・ブッシュがアメリカ合衆国第43代大統領に就任

4月　小泉内閣発足。5月には熊本地裁のハンセン病訴訟で控訴断念、8月には小泉首相が靖国神社を参拝

6月　池田小児童殺傷事件。児童8人が犠牲に。犯人の宅間守は2004年に死刑執行される

9月　日本国内初の狂牛病（BSE）感染牛が発見。歌舞伎町ビル火災発生で44人死亡。アメリカ同時多発テロ発生。NYのツインタワー崩壊。死者3000人以上

あとがき公論

文:前原 猛

ネガティブな話も
公論で話せば報われる

前回からもう8年て。バンドの再結成みたいだな。

この8年のことを話そうとすると、その多くがネガティブな内容になってしまった。かといって自分は物事を悲観的に捉えていたわけでは決してないのだけど。

物事って、当事者になると感じない幾つかのことがある。

悲観しても仕方ないということもあるし、悲観するより現実をこなさなきゃならない。あるいは全く知らない振りをするか。知らない振りはそんなに長くは続かないけど。

だけど、決して下らないことばかりの中に自分がいたわけではなく、むしろ良いことも多くあった。この8年の間に写真展を5回ぐらいやったし、2018年には3回ぐらい写真展を予定している。加えてこの数年でいろんなことが良い意味で一周した感がある。

だけど、良いことって、話としてはあんまり面白くないっていうか……こういう傍からみれば大変に思えるような話もこうして公論で話すことによって報われるというか。公論にはそういう役割がありますね。

また何年後かにお会いしましょう。

なんかみんな楽しそうに見えるの巻

お題は「疎外感と優越感」。
こんなテーマでよくしゃべれるもんだと感心します。

2001年
1月

タクシードライバー的孤独な俺

高橋　今回は前原猛がテーマを持ち込んできまして……**「優越感と疎外感」**について話そうってことなんだけど……。

前原　ま、こういう仕事をしてまして、普通なら行けないとこにも行って、会えない人にも会って、一般の人が体験できないようなことも数多く体験してきた中で、優越感みたいなものを感じることがございます。えー、**並びに、**色々仕事をやるにつれて、今まで自分が付き合いのなかった人とか、そういう場所でありますとか、そういう世界ですとか、そういうところにお邪魔させて頂くと「ここはなんか違うかなぁ」とか、「みんななんか楽しそうだなぁ」とか、疎外感を感じることもあり……。

宇多丸　そもそも、みんなどのぐらい疎外感をもっているんですかねぇ。

前原　**でもみんな楽しそうじゃん。**

宇多丸　俺なんか見る人が見れば楽しそうなのかもしれないけど、俺はもう四六時中「あぁ……………辛い……」っていうか……。

古川　辛い、って……。

宇多丸　辛いは言い過ぎだけど、「接点があるからここにいるわけよ」ぐらいのさ。基本的には常に違和感というか……疎外感っていうほど大袈裟《おおげさ》なものじゃないかもしれないけど、違和感とは背中合わせだったりするな。

古川　疎外感みたいなものとか、社会に対して「俺だけちょっと違うかも？」みたいな違和感を感じたとき、どう対処するのかっていう……「お前ら間違ってるんじゃい！」っていう人もいるだろうし、前原さんみたいに「周りはなんか楽しそうだなぁ」って思う人もいるし……俺はそういうのを感じたら、自分でどうにかごまかそうとしちゃうな。

前原　俺は結構落ち込むのよ。

古川　あぁ、そうなんだ。

前原　前に……獅子座流星群だっけ？　あの日全然知らなくて、たまたま夜中にパッと目が覚めて、車で一人でブーッて走ってたらさ、夜中なのに川沿いとかに人が凄いいっぱいいたのよ。最初はジャニーズかなんかのロケやってんのかなぁと思ったんだけど、どうやらそうでもないらしくて、年寄りや家族連れみたいなのもいっぱいいるしさ。なんなんだろうってずーっと思っててさ。結局次の日になるまで分からなかったのよ。

古川　あぁ、流れ星だってね。

前原　「こんな寒いのになんでみんな楽しそうなんだろう？」と思って……無性に悲しくなったんだよね。

宇多丸　悪夢ですね、一種の。

前原　**なんか世の中終わっちゃうのかな？**って。

古川　次の日に知って落ち込んだの？

前原　みんないる時点だね。で、次の日にそのことを知って、なんで誰も教えてくれなかったんだろうって。それで更に、二重に……。

宇多丸　まぁタイミングにもよると思うけど……**「打ちにいくタイミング」**だったら相当落ちる可能性はあると思う。ただ、翌日に獅子座流星群っていうのを知った時点で、「けっ、なんだよ！」っていうかさ、知らなかったんだからしょうがねぇよっていうか……まず……大体ねぇ、夜眠れなくて目が覚めちゃって車を運転するっていうのは、かなり打ちにいってる状況ですよ。

前原　まぁ『タクシードライバー』的なね。

宇多丸　それはつまり相当打ちにいってるってことだからさ。その設定でその光景目にしたらそれは打つでしょ。

古川　俺とは無関係なところで世界が動いてる、みたいなね。

宇多丸　そういうときって**「孤独な俺」って絵面をある程度オカズに**……本当に悲しいっていうより「悲しいシチュエーションにいるこの俺」みたいな……まず、孤独だなって感じたときに一抹の気持ち良さがあるわけですよ。

古川　俺も全然そうだよ。孤独をネガティヴなものとしては考えないっていうか、「それが俺のスペシャリティなんじゃい！」と思うようにしてるな。つまり、そこで疎外感を感じるのは「自分がスペシャルな人間だからだろう」という風に考えざるを得ないっていうか……。

本読んでる俺の方が格好いい

前原　悪い方に考えちゃうよ、俺だったら。

宇多丸　普通は悪いものと捉えるよ……でもさ、そこに気持ち良さはない？　『タクシードライバー』的って言ってたけど、『タクシードライバー』がなんであんな人気がある映画かというと、やっぱ「お前の気持ち分かるよ、俺も凄く孤独なんだよ」みたいな……。

前原　**俺はあんまないいなぁ……。**

宇多丸　ちょっと待ってよ……『タクシードライバー』的な」って言ってたじゃん！

古川　「夜に車を運転する」って絵面だけで言ったんじゃない？

前原　……………。

高橋　絵面だけだ。

前原　でも俺はあっちに行きたいと思ったよ。

宇多丸　あ、楽しい方にね。そういうときは本当に寂しいよねぇ。本当に仲間に入れて欲しいのに入れてもらえなかったときって泣きたいぐらい悲しくなるよね……子供のころから「そんな場面ばっかりだ！」とか？

前原　多いねぇ。

宇多丸　やっぱちょっとさ、プライドが高いタイプなんじゃない？　「そんなとこ今更キャッキャッ行けるか！」みたいなさ、ええ格好しいなんだよ。仲間に入れて欲しいのに向こうの部屋で一人で本読んでいたりっていうさ。

古川　ええ格好しいだし、上手く溶け込んでいくのもあんまり格好よくない、みたいな。

宇多丸　でもそれを重ねてくると、「いや、本読んでる俺の方が格好いいんだよ！」みたいなさ、ええ格好しいでプライド高い人特有の防衛本能でね。

古川　さっき言ったさ、溶け込めないときに自分をスペシャルだと思うっていうのは、裏返せば必死なわけですよ。

宇多丸　そう思わないとね……もう……。

古川　崩壊する！　みたいな。

前原　やっぱ俺なんかは入って行きたいと思うことの方が多い気がするんだよね。

孤独じゃなければ思い込めない

宇多丸　例えば屈託のない人だったらさ、車とめて「なんかあるんですかぁ？」とか話しかけて、一緒に流れ星見ながらお茶もらっちゃったりして仲良くなっちゃったりとか……。

古川　俺の中でそういうのはすこやか君って呼んでるんだけどね。

宇多丸　そういう風に聞きに行けないのは……なにが障害になってるかと考えると、やっぱテメエの性格っていう……。

高橋　俺は絶対聞かない！

古川　俺も絶対聞かない！　すこやかナシ！

宇多丸　まったく知らない人ばかりの酒席に入っていけるか？

古川　うーん……。

宇多丸　飲み屋で知らないおじさんと話せる？

古川　ねぇ……。

宇多丸　でもアレだね、思春期のころの方が……高校生ぐらいのころの方が、そういう「**孤独打ち**」は相当しにいってたかも。

古川　それはやっぱり、学校っていう、いろんなタイプの人間と一緒くたに括《くく》られる状況があったからじゃないかな。

宇多丸　かもしれないね。かといって自分に明確な取り柄があるかというとそうでもないから。無根拠に自分がスペシャルだと思い込めるのは、実は……。

古川　**孤独じゃなければ思い込めないよね。**

宇多丸　おぉ……。

ヨシ君の挫折話

古川　疎外感を感じるようになったのっていつごろから？　俺は小学校の高学年ぐらいからちょっとあるんだけど。

宇多丸　記憶辿《たど》っていけば相当下までいくでしょ。さっき言ったような「みんなは楽しそうだけど俺はちっとも楽しくない」みたいなさ。

高橋　俺とかはホントに辛い思いしてさ……。

宇多丸＋古川　聞こうじゃない聞こうじゃない！

高橋　小学校から中学校へ上がったときなんだけど……もう何度も話している通り、僕は小学校のとき生徒会長で学級委員で野球チームのピッチャーでリレーの選手だし……。

古川　**自分の後ろに世界があったんだね。**

高橋　でね、そういう位置にいないと味わえない特別な境遇みたいなのがいっぱいあるんですよ。区や都の発表会みたいなのに学年からほんの数名だけ行ける、とかさ。そういう機会が凄く沢山あったのね。で、そこでいつも行動を共にしている女の子がいたわけですよ……凄く可愛くて頭も良くて運動もできて、僕が好きだった女の子なんですけど……。

古川　**キング＆クイーンって感じ？**

高橋　とにかく、もう優越感だらけだったわけですよ。

宇多丸　まぁそうなるだろうね。

高橋　で、中学に行って……最初の体育の授業って基礎能力を計測するでしょ？　そのときに100m走をやったんだけど、僕のタイムはごく平均的で……それが凄いショックでさ。**校庭が土だからかなぁ**とか思ったんだけど……でね、その女の子も同じ中学だったんだけど、彼女は全然ハイレベルで、小学校のときのランクを維持できたんだよね……で、それを境にさ……その女の子は依然として特別な境遇にいることができたんだけど、僕はもうダメになっちゃってさ……。

宇多丸　うわぁ……ぬるい地獄だねぇ。

高橋　でもその子がホントに好きだったから。

宇多丸　うん、でも地獄だと思いますよ。

古川　つまりさ、同じ2軍で2枚看板ぐらいで投げてたのが、その女の子は1軍でもエースとして通用したんだけど、自分は全然通用しなかったと……Wショックだよねぇ。

宇多丸　しかもそれに恋愛感情の挫折みたいなのもあり……なおかつ思春期の男特有のいじけたタイミングともバッチリ合って……。

古川　何重苦か分かんないねぇ。

宇多丸　それは性格変わるわ。

高橋　なんかもう将来的にその女の子と付き合ったりする資格を剥奪されたような感じで

古川　……全部崩れたね…………**全部崩れたねっていうのも言い過ぎだけどね。**

宇多丸　面白くしようとしすぎ。

古川　でも中学入ったときに最初の挫折は絶対あるんだよ。勉強にしてもスポーツにしても、いろんな意味で規準が変わるからね。モテる奴の規準もやっぱ変わるしさ。小学生のときは足が速いとかだけどさ、中学になるとあんまりアホじゃダメとか、かなりルックス重視になってくるからシビアだよね……**真のね、真の人生の勝者がね。**

前原　中学ぐらいからその辺の萌芽が見られるんだよなぁ……。

古川　小学生から中学生になって変わったといえばねぇ、小学校のとき、246号線沿いの3坪ぐらいの三角形の土地にさ、無理矢理1階を居酒屋にして、2階の3畳一間のところに家族4人ぐらいで住んでる人がいたのよ……そういうのの意味が分からないじゃん、小学生のころって。でも中学生になると分かっちゃうのよ。

宇多丸　貧乏の意味ね。

前原　それで、いきなりイジメるようになっちゃったりとか。

古川　ただ、そういった生来的なものってさ、疎外感にもなれば優越感に変わる瞬間だってあると思うんですよ。子供時代の貧乏自慢みたいなのもあったりするじゃない？「ウチはこんなに貧乏だった」って得意気に話す人とかさ。

宇多丸　苦労自慢とかね。

古川　そうそう。先天的なもので平均的な値と違うっていうのは、その人の取りようによって疎外感にも優越感にも変わるんだよね。ハーフなんかもそうだよね。ハーフに憧れる人もいれば、ハーフであることに引け目を感じてる人もいるし……だから、**優越感と疎外感って裏腹だなぁ**って思うよ。

前原　今はハーフって多くなってきたよね。

古川　そこはあんまり引っ張らなくていいんだけど……。

宇多丸　俺は先天的なものに優越感や劣等感を感じたりするのは、前回の公論じゃないけど、「**賛成したい気持ち8割を合理性2割**」で抑えて、「そんなもの馬鹿げてる！」と言いたいぞ、と。例えば「日本人として誇りをもっていますか？」とかさ、「ハイ」って言いたいのはやまやまだけど、でも俺は別に日本人であることを選んで生まれてきたわけじゃないし……要するに、差別するのも優越感を持つのも裏表で、どっちにしろ馬鹿げてるって。偶然にすぎないんだからさ。自分の住んできた環境や風土には愛着もあるし、その程度のことならば言えるけど……日本人であることにさ、「日本人っていう抽象的な概念」であることに誇りをもつのは、やっぱりおかしいんじゃないかっていうふうに思ったりして。それは他の人種を見下す道具にもなるわけだし……どっちにしろ馬鹿げてる。

古川 自分がなにかしら感じる優越感は、自分で為し得てきたものでありたいというか。

宇多丸 自分で得てきたものであったりとか、自分が実感できる範囲のこととかね。

古川 **先天的に持って生まれたものに恥ずべきものも誇るべきものもないだろう**っていうのは、ごく平均的な家庭に生まれた者としては思うよ。

宇多丸 だから、金持ちに関してはラッキーだったねってことだし、極端に貧乏な人はついてなかったねってことだよね。

芸能界パーティと俺パーティ

古川 話は変わるけどさ、みなさん学生のときに、「俺はスペシャルな存在になりたい!」って気持ちありました?

前原 そりゃあ、あるよ。

宇多丸 あるでしょ。学生時代の方が、そこだけが肥大しがちじゃない? 「俺には一番になる可能性がある!」「俺には無限の可能性がある!」って思いがちじゃん、やはりさ。

高橋　『ファイト・クラブ』でさ、**「我々は映画俳優やロック・スターになれると思い込まされて育った世代だ」**ってセリフがあったよね。

古川　考えていくと、一番求めていたものは優越感だったんだろうなって気がするもん。

前原　パーティの主役？

古川　まぁ……そういうことですかね。

宇多丸　例えば、凄く芸能界チックなパーティに行ったとしてさ、そのパーティの規模は確かに巨大だし、向こうからすりゃこっちの俺パーティなんかは家で茶漬けをすすりながら酒を飲む程度のものだと思われているのだろうな、と。でも、「俺にとってはおまえらのパーティなんて面白くもなんともないよ」と。そういう気持ちがあるからこそ、決して収入や社会的な認知度は関係ない俺パーティを続けているのであるっていう……それが前原さん言うところの優越感でもあり、同時に、社会的に見た場合、やっぱり俺パーティのショボさが寂しいぞってところだったりするんじゃないの？……やっぱ他人のパーティは盛り上がってるように見える？

前原　そうだね……。

古川　それが「みんな楽しそうだな」ってことなんですよね？

前原　そう、そういう違和感なんだよね。

高橋　随分前から『田舎の大物』（当時、前原猛が『BLAST』で連載していたコラム）でも「みんな楽しそうだ」ってフレーズが出てきてたよね。
前原　だってみんな楽しそうじゃん。
古川　勝手な意見だなぁ。
前原　そうかなぁ……「なんかみんな楽しそうだなぁ」って感じるんだけどなぁ。
宇多丸　相変わらず……。
古川　士郎さんとか俺とかも楽しそうに見えるんですか？
前原　見えるよ。
高橋　でも前原さんだって楽しいでしょ？
前原　そんなに……。
高橋　なにが不満？
前原　ま、色々。
高橋　なにが？　言ってみなよ。
前原　……………。
宇多丸　ねぇんじゃんかよ！
前原　そうだなぁ……なんか……なんて言ったらいいかなぁ……もっと誘われたいっていい

うか。

宇多丸　遊びに？

前原　「どこどこ行こうよ」、とか。

宇多丸　あ、ホント？　誘いますよ、じゃあ。

前原　**マジ？**

高橋　……なんなんだよ、こりゃあ。

古川　今まで話したのムダじゃん。

PLAYBACK

士郎に一回も誘われてないよ

宇多丸　これは前原さんの回ですね。

古川　通称『タクシードライバー』の回。

宇多丸　どうですか？　みんな楽しそうに見えますか？

前原　うーん、ていうかみんな楽しいんだよね。

古川　羨ましい？

前原　いや、羨ましいっていうか……自分で楽しくするしかないんじゃないですか、これは。

古川　おっ。

前原　楽しそうな人は楽しそうだから……楽しむしかないんじゃないの。

宇多丸　ごくまっとうな……今は野球やってて楽しいんじゃないですか？

前原　いや、そういうことじゃないんだけどね……あぁ、この回はヨシくんの挫折話が出てくるね。

古川　この話、大好きなんだよね。

前原　女の方が足が速かったってだけじゃん……フフフ……。

高橋　でもほら、士郎くんも地獄だと思うって言ってるし。

宇多丸　でもぬるい地獄だよ。

郷原　生徒会長で学級委員って……生徒会長でいいじゃんって気もするんだけど。

宇多丸　「打ちにいく」って用語はもう出てる？

古川　初めて出てきたのは『B-BOYイズム』だと思うんですけどね。

高橋　「女にフラれたらノートに書き出せ！」のときにも出てきてる。

古川　相当伝播《でんぱ》した用語だよね。意味としては「孤独を自ら味わいにいく」って感じかなぁ。

宇多丸　ここはアレですね、先天的に持って生まれたって話が結構ヘヴィですよね……要するに属性コンプレックス。モテの話もそうだけどさ、「備わっていないものかなぁ」っていう。

高橋　フフフ……。

宇多丸　努力して身に付けたりするものじゃなく、いきなり備わってるものに対してコンプレックスを抱きがちだけど、そんなのは馬鹿げてると。気持ちは分かるけどね。

郷原　「246号線沿いの3坪ぐらいの三角形の土地」って……前原さんが好きそうな言い方だよね。イジメが好きな人の言い方っていうか。

前原　……こういうの全部カットしたいんだけどね。

高橋　なんで？　当時はよかったけど今は嫌だってこと？

前原　いや、当時もよくないんだけどさ……これ、読んでいて自分が嫌になるもん。

高橋　成長したんだ？

前原　なんかねぇ……。

古川　こういうこと何度も嬉々として言ってるよ、前原さん。

宇多丸　イジメの話をあんなに誇らしげに話す人もいなかったよねぇ。

前原　……そんなことないよ。

古川　この4年でなにがあったんだろうな……あとはアレだね、『ファイト・クラブ』の引用。

宇多丸　「俺はスペシャルな存在になりたい！」っていうのは、スペシャルな属性を備えたいってことだし、「無限の可能性がある」云々も属性問題ですからね。そりゃあ努力すれば可能性はあるかもしれないけど……そういう奴ほど努力していないっていうね。

古川　終わり方はグダグダだな。

前原　あ、この後で士郎に一回も誘われてないよ。

宇多丸　だって遊びに行かないもん、別に。

前原　そうなんだよね……俺も多分誘われても行かないし。

宇多丸　フフフ……。

高橋　前原さんと士郎くんが同じテーブルにいるって絵面がイメージできないよ。

宇多丸　なに話すんだろ……意外と真面目な話しそうじゃない？

前原　まぁ今度、是非。

宇多丸　いいよ！　だって来ないんでしょ？

2000年重大ニュース、及びサーファーはなぜモテる? の巻

2000年重大ニュースを総まくり。
以降、時事ネタをくさすのは公論のひとつの柱となります。

2001年
2月

必要以上にアッパー

高橋　今回は「2000年を振り返る」ということで、去年の重大ニュースを幾つか振り返ってみたいと思います。まずは「**エリツィン氏が辞任表明、プーチン首相が代行へ**」（1月1日）。

古川　プーチンってさぁ……。

高橋　え、プーチンに一言あるんだ？

古川　あるある。なんかね、プーチンの蠟《ろう》人形って作りにくいんだって。なんでかっていうと、顔に特徴がないからっていう……ロシア人が言うにはね。でも極東の人間からしてみればさ、**あんな特徴的な顔があるかよ！**っていう……まぁ、俺のプーチン一口メモ。

宇多丸　あと柔道が強い。

古川　なぜなら奴は元KGBだから。日本に来たとき、小学生相手に乱取り稽古とかしてさ。普通ああいうのって和やかな感じで見られるんだけど、ちょっと小学生危ない！　とか思った……まぁこのニュースはアリかな。

宇多丸　なんだよ、それ。

（以下この調子なので中略）

高橋　はい次……「**保険金疑惑、埼玉県警が金融業者ら4人を逮捕**」（3月24日）。

宇多丸　あいつか！　八木！

前原　「**社長、記者会見やんのぉ！**」「**やるよぉ～！**」。

宇多丸　なんでこんな面白くするかみたいな。

古川　必要以上にアッパーっていう。

前原　あの中に女が2人いたじゃん？

高橋　うん、フィリピン人だっけ？

前原　**良かった……2人とも良かったねぇ。**

高橋　前原さんは当時からこの事件の評価高かったよね。

古川　記者会見にローラーブレード履いてきてエアガンで缶撃ったりさ、凄かったよね。

宇多丸　笑い事じゃないんだけどねぇ……人死んでるんだけど。

前原　八木容疑者ってさ、息子がもう親父が犯人だって言ってるんだよ。「**悪いことすればば捕まるってことだよね**」とか言って。

宇多丸　その息子の感じもすでに八木の一部じゃねぇかよっていうね……。

古川　**八木劇場**のね。

高橋　よくできてるよなぁ。
宇多丸　ディテールがねぇ……こんな深刻なことなのに、なんでこんなに脱力するディテールなんだろうっていうさぁ……。
（中略）

「俺は馬鹿です」

高橋　次、**「石原都知事、三国人が凶悪犯罪者と発言」**（4月9日）。
宇多丸　この人もどっちかというと失言系なんだよね。しかもわざと言い散らすタイプ。俺はあんまり好きな人ではないな。
古川　石原都知事に関しては、**「ゆめもぐら」**を取り下げたのは英断だった。
宇多丸　ゆめもぐら？
古川　大江戸線の前の呼称の候補。
宇多丸　都営12号線でいいじゃん。なんで大江戸なの？「大」って！
前原　江戸と大江戸で意味が違うんだ、多分。
高橋　ゆめもぐら……車両のデザインを想像するだけで楽しくなるよね。

宇多丸　またさぁ、**小林亜星**とかが付けたんじゃねぇの？

古川　小林亜星的ですよ、果てしなく。

高橋　**あいつソッコーで訴えてくるから気をつけた方がいいよ。**

古川　でもあれさ、六本木に直接乗り入れてるからさ、六本木が変わるよね？

高橋　確実に変わりますね。

古川　六本木も変わるか……。

高橋　俺らの**ポンギ**もなぁ……。

前原　俺らの**ギロッポン**も……。

宇多丸　俺たちの六本木物語もなぁ……。

高橋　六本木って縁遠い人には凄く縁遠かったじゃん。これからは敷居の高さを感じていた人も行きやすくなるね。

前原　あんな腐った街どうでもいいよ。でも、六本木には安くていいキャバクラがあるらしいよ。

（中略）

高橋　次……「**高速バス乗っ取り九州から広島、女性刺され死亡**」（5月3日）。

古川　このニュースはテレビで一番見た。ああいう事件をテレビが克明に追い切ったのって結構久々じゃない？　突入の瞬間もばっちり押さえてるし。結構珍しいなぁと思った。

宇多丸　ずっとその状況を映してたとき……やっぱりガソリンスタンドの奴がやってましたよ。**「イエー！」**って片手に携帯持ちながら。

古川　世の中に**「俺は馬鹿です」**って宣伝してるようなもんだよね。

宇多丸　やっぱアレなんだろうね……友達とかに電話してんだろうね。

高橋　プロップ上がっちゃうのかな。

前原　**「いやぁもう馬鹿なことやっちゃってさぁ」**とか言ってんだよ。

古川　それで安い居酒屋で悪酔いしてんだろうなぁ。

前原　安いやつなんだよ。

宇多丸　今どきテレビに出たいか？ってことよ。理由もなく、ただのいち馬鹿としてでもテレビに出たいかよ！ってこと。

（中略）

持続力が凄いあったんでしょ？

高橋　じゃ次いきますよ……「**岡山バット事件で17歳少年を秋田で逮捕**」（7月6日）。

古川　チャリンコでポケモンしながら逃げてたやつだ？

前原　**野球部の後輩に虐《いじ》められてバットでひっぱたいたやつでしょ？**

古川　……すげぇざっくり斬ってるなぁ。

宇多丸　かぁちゃん殺して……？

古川　ポケモンカードをリュックに詰めて自転車で日本海を北上したんだよ。

高橋　捕まったときは**えらい日焼け**してたらしいよ。

宇多丸　夏だもんなぁ。

前原　ムカついた後輩ひっぱたくぐらいなら別に……ねぇ。

高橋　途中で田舎の普通の家に寄ったりとかしてるんだよね。それでご飯食べさせてもらったりしたんだよね。

古川　旅行少年ぐらいの感じだ。

前原　『電波少年』の影響だと思うんだよなぁ。

高橋　そうかなぁ……。

宇多丸　それだけ取り出せば別に悪いことじゃないじゃん……チャリンコで旅してたぐらいは悪いことじゃないよねぇ。
古川　ちょっと憎々しいぐらいでしょ。
高橋　トラックからの通報で捕まったらしいよね……危ないもんねぇ、あんなフラフラとチャリンコで国道走ってたらさ。
前原　**持続力が凄いあったんでしょ？**　練習のときに。
高橋　余計な情報ばっか入ってんなぁ。
前原　自転車でいつも登校してたんでしょ？
古川　メインは事件よりそこかよっていう。
前原　凄い遠くまで逃げてたんだよね。
高橋　岡山から秋田まで。
前原　**持続力はあったんだけどなぁ……**。
（中略）
高橋　次……「**２０００円札がデビュー**」（7月19日）。
宇多丸　まず２０００円札に関してホントに頭にきたのが……２０００円札は自動販売機で使えないしＡＴＭでも出てこないから流通してない、みたいな話があるじゃない。

前原　で、なにをやるかと思ったらパンフレットを作って配るっていうんだよ。２０００円札を普及させるために？

古川　……ひどいね。

宇多丸　まぁ百歩譲って、これからＡＴＭで扱えばだいぶ変わってくると思うんだけど、それにしてもパンフレットってなんなんだよ！

古川　意味が分かんねぇよ。

宇多丸　パンフレット読んだからって２０００円札使おうと思うか？　ていうかさ、手元にないんだから使うの不可能じゃん。

古川　ボケ重ねていくなよ！

宇多丸　凄い怒りを感じたね。

古川　俺は10万円札の方がよっぽど必要だと思うけどね。

前原　10万円、５万円の方が全然必要だって。

宇多丸　そうだよ！

古川　娘責任とれよ！

宇多丸　そうだよ、娘責任とれよ！　**おめえんちの財産全部２０００円札で現金にして持ってろバカヤロー！**

（中略）

迂闊《うかつ》な〝ゴッド・ハンド〟

高橋　次です……「シドニーで五輪開幕」（9月15日）。
宇多丸　「めっちゃくやしい！」が流行語ってことはねぇだろ。
古川　水泳の田島（寧子）選手だっけ？　あの人、流行語大賞の授賞式でさぁ……。
宇多丸　服凄かったね。
古川　どこの劇団の人だろう？　と思った。なんか……ピンクハウス系？
宇多丸　精一杯のおしゃれがこれなのか？って感じはしたね。
古川　三つ編みにして変な帽子かぶって……。
前原　幼稚園のころから1日8時間ぐらい泳いでばっかいるんだよ、あの人たち。
高橋　ヤワラちゃんがオリックスの選手と付き合ってるらしいね。
宇多丸　その選手の背番号を帯に縫い込んで。
古川　邪悪だよね。
宇多丸　まぁ彼女が悪いわけじゃないんだろうけど……。

古川　邪悪だよ。

高橋　ワイドショーとか「最近はキレイになりましたね」なんて平気で言うんだよねぇ。

宇多丸　キムタクが「ヤワラちゃんマジで可愛いんすよ！」とか力説したりさ……。

古川　恐ろしいねぇ。

前原　なんか、モテてたらしいよねぇ。大学のとき。

宇多丸　マジで？

高橋　うわあ……。

宇多丸　やっぱ強いわけだからさ。ある意味、それは凄いことだよね。柔道が強いってことがその業界では性的アピールになるってことはいいことじゃん。**奴と産んだ子は柔道が強いはずだ**っていうさ。雄《おす》の本能ですよ。

古川　……新しいなぁ……新しい切り口で今、奴に迫ってますよ。

高橋　古川くんもさぁ、オリンピック終わったぐらいのころに「**結構可愛いかもよ**」みたいなことを言ってたよね。

古川　正確に言うと、**奴のフォルムの中で完成型に近づいてる**っていうかね。

高橋　あんな小さくてピョコピョコ動いて柔道強いっていうのは意外と可愛いかもよ？って言ってたんだよね、確か。

古川　48キロだからね、意外と小さいはずなんだよ。

前原　それで152センチぐらいでしょ？

古川　あと、あいつは圧倒的に強ぇんだよ。**V11とかだよ？**　やっぱグッときちゃったりするんじゃないの、柔道家としては。

宇多丸　柔道シーンでは強さイコール性的魅力になって……田村亮子がモテる世界なんだからさぁ。ある意味、「**来たれ！　柔道界**」って感じなんじゃない。

古川　あと、男サイドからすると、「金メダルの女をモノに……」っていうね。

宇多丸　それはあるでしょ、だって最高の女を落としたわけだからさ。ま、**リル・キム落とすか、**みたいな。

古川　男としてのプロップが、みたいな……ま、複雑なものが入り組んでるに違いないね。

（中略）

高橋　次は超大物……「**藤村調査団長が上高森遺跡で旧石器発掘捏造**」（11月5日）。

古川　去年のうっかり映像の3強ですね。これと名刺折り曲げ部長と、ちょんまげ（前者は、田中康夫知事の名刺を目の前で折り曲げた長野県庁局長。後者は、国会討論中にコップの水を浴びせた松浪健四郎国会議員。どちらもテレビカメラの前での出来事だった）。

宇多丸　やっぱこういうさ、死者が出てるわけでもないファニーなやつは正直面白いよ。

古川　この事件のキャッチーさがどこにあるかっていったら、あの記者会見でしょ。あの写実主義的な……。

宇多丸　落ちてます、みたいな。

古川　**電車でゲームボーイやってる子供に酷似してたね。**

高橋　今、行方不明らしいっすね。

宇多丸　マジで？　自殺とかしちゃうかもな……そうしたらファニーな感じが薄れちゃうからやめて欲しいよねぇ。

高橋　**原人祭り**とかやってたからねぇ。

古川　原人系グッズが売れてるらしいじゃないですか。

高橋　ウヒヒ系が買いに行ってるだけでしょ。

宇多丸　ウヒヒ系がコレクトに走ってるのか……やっぱ恐ろしいなぁ、ウヒヒは。

古川　**ゴッド・ハンド**っていう迂闊なニックネームが考古学界の病理を物語ってるよね。

（中略）

20世紀型モテ・イズムの到達点

高橋　次……「**SMAP木村拓哉さん、歌手の工藤静香さんとの結婚を宣言**」（11月23日）。

前原　今はサーファーの男の彼女になるのが流行《はや》りなんだよね……テーマは「サーファーの彼女」。

宇多丸　サーファーは昔からモテますけどね。

古川　なんでモテるの？

宇多丸　モテる要素を満たしてるよ。だって海でしょ、スポーツでしょ、ちょっとオシャレ……。

前原　ちょっと不良……。

古川　それってモテるのかなぁ？

宇多丸　サーフィンってスポーツのイメージがオシャレっていうか……モテ度で言えばさ、マラソンとか、モテねぇ～！って感じでしょ。サーフィンは自分もちょっと教えてもらったりもできるし……大体海と男っていうセットがいいんちゃうの？

古川　海と男？

宇多丸　**今日は荒れるぜぇ、**とかさ。

前原　サーフィンは昔やってたんだけど、あれは半端じゃないスポーツだよ。

宇多丸　DJ YUTAKAさんがサーファーだったから聞いたんだけど、やっぱ凄い危険なんだって。でも、危険なら危険なほどキちゃう、みたいなさ。**僕は危ないこと大嫌いだからなぁ。**

古川　体温低い……。

宇多丸　他のスポーツと比べると、あれほど存在そのものにモテ要素が揃ってるのって他にないよ。それに、例えば『ビューティフルライフ』もそうだけど、あれはキムタクがキムタクそのものの役だからさ、サーファーなんですよ。で、常盤貴子が死んだあとに、海辺で髪を切る仕事をしてるわけよ。で、小さな女の子が美容院で髪の毛切って欲しそうに鏡とか見てると、海から帰ってきた木村が「いらっしゃい！」みたいな……もうねぇ……。

古川　なんだろうねぇ……。

宇多丸　なんだろう！　とにかくねぇ、**20世紀をかけて到達したモテ・イズムの究極**を見た、そこに。

古川　**敵か？**

宇多丸　**敵ですよ！**　認めるけど、**全身全霊をかけてこのすべてを憎悪する、**みたいな。ロン毛とかもサーファー髪型でしょ。

古川　サーファーとヒップホップ？　90年代の男のファッションは。

前原　サーファーでラッパーだったらモテるんじゃないの？

宇多丸　いや、いるでしょ。でも、サーファーはヒップホップの方には大抵来ないと見た！　音楽として聴いたり趣味としてＤＪをやったりするぐらいはあるだろうけど、本気でヒップホップって感じにならないのはやっぱモテるからだよ。

古川　**足りてるのか？**

宇多丸　**足りてるんだよ！**

高橋　サーフィンやんなよ。

古川　やるか……。

高橋　危険と背中合わせっていうのもねぇ……**「無事に戻ってきて！」**みたいな。

宇多丸　危険を怖がらない男。

古川　むしろ危険が好きな男……やんちゃ……。

宇多丸　でもさすがに虫酸《むしず》が走りましたけどね、『ビューティフルライフ』は。

前原　（突然）**だからって工藤静香がいいってわけじゃないよ！**

高橋　「だから」ってなにが「だから」？

古川　工藤静香はどうなの？　いまだにあれは美人ってカテゴライズしていいのかな？

宇多丸　ヤンキー美女でしょ、やっぱり。女トラッカーっていうかさ。ヤンママ的な、「威勢はいいけど男には尽くす」みたいなのは、やんちゃな男が好きなのと正に裏表な関係でさ。ずっとあるわけよそれは。根強く。

古川　キツいねぇ。

宇多丸　キツい世界ですねぇ……実際モテるモテないの話を突き詰めていくとねぇ、物凄くチープなものがモテるんだよ。モテるってチープなんだよ。男はやんちゃ、女は威勢はいいけど男には尽くすみたいな……。

古川　求める理想像はそんなに変わってないということか。

宇多丸　海が似合うとかもそうだよ……あと思ったんだけどさ、**海が似合うのがモテるのは、やっぱ漁業国だからじゃないですか。**

古川　内陸部だったら木こりがモテるとか？

宇多丸　**ロン毛がモテるのはちょんまげの名残かもしれないよ。**

古川　うわ……びっくりした、今。

前原　ボウズだってモテるじゃん。ボウズじゃなきゃイヤって人もいるよ。

宇多丸　それはでも時代性だよね。ボウズがモテるようになったのはここ数年のことでしょ。

そもそもそういう奴が言ってるボウズって池内博之とかだったりするわけよ。**同じボウズでも山本小鉄とかじゃないわけよ**。もう、お話にならないわけですよ。㊣

古川　まったくです。

PLAYBACK

責任は谷が取った

古川　石原ねぇ。

宇多丸　「俺はあんまり好きな人ではないな」なんてソフトな発言してるけど……今はもうそれどころじゃないよ！　この世で一番嫌いな部類だよ！　だって完全に自分の生活を侵害し始めてますからねぇ……青少年健全育成条例の改正を受けての出版社の自主規制なんだけど、まあ事実上の強制でさ。

古川　有害と指定された雑誌にシールを貼って中身を見せないようにするっていう。昔は一箇所だったんだけど。

宇多丸　今は二箇所なんですよ。しかも手作業だから入稿が早くなるんですよ……ホント迷惑！　ふざけんな！

古川　水泳の田島も消えたしねぇ。

前原　田島……？

古川　「めっちゃ悔し～!!」の人。

宇多丸　大体なんだよ、「めっちゃ悔し～!!」って！　ズルズルだなぁ！

郷原　流行語……。

宇多丸　あとアレだよ、古川さんがヤワラちゃんのこと「結構可愛いかもよ」って言ってるよ。

前原　責任取ってよ。

古川　責任は谷が取ったから。

宇多丸　あとコレねぇ、ヒップホップ的には重要な指摘なんですが……「サーファーはヒップホップの方には大抵来ないと見た！」とか言ってるけど、今読むと「なにを言ってるの！」って話でしょ。今はどんな人だってラップやってるんだからさ。この時点ではまだヒップホップは一般的じゃなかったっていうね。

前原　Def Tech とかいないもんね。

宇多丸　超いない。

郷原　Def Tech も読んでたのかな。

人前で泣くということ＝人前でヌくということ の巻

コミュニケーションを強制終了させる「泣き」に怒り爆発。
前原猛のメートルも上がりっぱなしです。

2001年
3月

（本日の話題は「映画」……の予定だったが、いつしかテーマは「泣き」に）

泣くカタルシス

宇多丸 やっぱり、人間気持ち良くないことはしないと思うのよ、そりゃ。「泣く」って本来ネガティヴなことじゃない？ でも、実際にはそれは気持ちいい行為なんだよ。誰でもさ、「笑ってたい？ 泣いてたい？」って言ったら「笑ってたい」って答えるのに、でも実際には映画とか、「泣けるものが好き」とか言ったりするし。

古川 泣ける本とかね。

宇多丸 映画もさ、別に映画にとって「泣き」って本来絶対的な基準じゃないはずなのにさ、でも映画の価値って「泣けた」とかそういうところで語られたりして。音楽もそうだよね。「泣けるといい」ってことになってるっぽいじゃん。それって結局、泣きたいという感情を弄《もてあそ》ぶのが好きなんじゃないの？って。**オチンチンを弄ぶように、悲しいという感情を弄ぶのがだーい好き！**っていう。

古川 そうだよね。じゃないとだって、あんなに泣ける本がブームにならないよね、普通。

宇多丸 あとさ、夢でさ、現実世界では有り得ないような展開で泣いたりしない？ 俺、昔

古川　さ、夢の世界で男便所があって、「実はね、ここはマジックミラーになってるんだよ」って反対側から「おしっこしてる人の顔が見られるんだぜ」って見せてくれるわけ、誰かが。で、見てると、いろんな人がおしっこして、それを見て俺、大泣きするわけよ。

宇多丸　不条理だなぁ。

古川　いや、不条理でもないの。要はね、**人間はこの瞬間にこんな解放された顔してる！**みたいな。

宇多丸　人間バンザイ？

古川　いや、バンザイじゃなくて、悲しいの。**人間ってなんて孤独なんだ！**って。1人で便器に向かった時にしか解放されないのか？って、むちゃくちゃ泣いちゃってさ。で、起きてから考えると、「ナニそれ⁉」って。

宇多丸　夢でそんな泣き方する人って……。

古川　いや、意味分かんないだけどね。でも泣けて泣けてしょうがない。で、泣くって確実にカタルシスがあるわけでさ。凄い悲しいことがあったとき、泣いてすっきりした、とかさ。

宇多丸　『餓狼伝』というマンガに、泣く快感について非常に自覚的な男が出てきますよ。

宇多丸　泣くのって快感なんだよ。笑いよりも、快感の実感が強いんだろうね。特に日本人は泣く方が好きだろう。いや、笑いも好きか？　テレビ番組とか、ヘラヘラ笑うような番組ばっかりだもんな。

古川　いや、でもゴールデンタイムとか、いい話に持っていこうとするのも多いよ。実際は泣きと笑いの二本柱でしょ。

高橋　『ものまね王座決定戦』とかでも泣かそうとするもんなぁ。

公共性が高く健全な泣き

宇多丸　あとさ、笑いはモラルと抵触する場合が多いけど、泣きはモラルとまったく抵触せず、社会的にまったく問題なく、**いい人のまま快感が得られる**っていう。それだよ！　笑うときってさ、どこかしら、人をブッ叩いて笑うとか、人が苦しんでるところを見たって笑えるわけで。**笑いは危険だが、泣きは公共性が高くて健全、**という。

古川　ああ、そうだねえ。

宇多丸　だってさ、『笑点』とか、**あまりにもつまらなくて笑える、**とか、要するに、この番組全体を俺が完璧に相対化して、ある意味もの凄いヒドイことしてるっていうかさ。一生懸命笑わせようとしてる人に向かって、「つまんない」って笑ってるわけだから。

古川　まあ、基本的に残酷なものですよね。

宇多丸　でも泣きはもう、みんなをハッピーにしますからね。

前原　でも俺、人が泣いているのとか見るの、気持ち悪いな。例えば前さ、『**マディソン郡の橋**』かなんかのCMで、試写会の会場でさ、カメラ向ける女がみんな泣いててなんにも言えないの（と、一通りマネをする）。うわー気持ち悪い！って。

宇多丸　それはだから、泣くって気持ちいいし、好きで泣きにいって、だからまあオナニーなんだけどさ。で、それを見せられるキツさというか。

古川　羞恥心がないじゃない？　前、なんかのテレビで見たんだけど、「今、若者が泣きたがってる」みたいな感じでさ、ネットかなんかで知り合った若い男女5〜6人が、それぞれ泣けるビデオとか持ってきて、みんなで電気で消して鑑賞会するんだけど、全員ガン泣きしてるんだよ。なんか気持ち悪かった。

宇多丸　でもさ、「泣く会」って謳《うた》ってるわけだから、俺はそれはアリだと思う。

古川　ソープみたいなもんか。

宇多丸 というよりオナニー会。いいネタ持ってる？っていう。それは全然分かってらっしゃるよ。『ファイト・クラブ』の前半とかと同じ。

古川 確かに、自覚的だし別にいいんだけど、でもやっぱり気持ち悪いなって。大勢で泣いてるっていう。

みんなで一斉にコク

宇多丸 あとは、**相互オナニー感**じゃないですかね。映画なんてね、家で1人で泣く分にはいいけど、よく一緒に泣けるよなって。だからオナニーを、いくらいいネタだからってね、それをみんなで「わーい！」って……映画ってそういうことじゃん。「泣けると評判の映画」とかさ……。

古川 **「ヌケると評判の映画」**ってことだ。

宇多丸 そう、みんなで一斉にコキまくってる。

古川 それで、「あそこでヌイた」「ここもヌケる」とか喫茶店で言い合って。

宇多丸 **「スピルバーグが3回泣いた！」**（『グリーンマイル』）とか……そういうことですよ。みんなだからさ、**「泣く」っていう宣伝文句を一応全部「ヌく」って置き換えてみ**

なっていう。

前原　確実に置き換えられるね。

宇多丸　ブラスト公論の読者は是非、思考訓練としてお勧めしたいね。

高橋　そうすると羞恥心が芽生えるかも。

宇多丸　まあでも、恥ずかしいことだという自覚は欲しいよね。映画観て泣いちゃったわ、というのは。実際、限りなくエロ・ビデオ観てヌくのと近いと思うよ。自分でもそう思う。**『時をかける少女』をスイッチオンするとき**は、確実にそうだもん……でも、さっきの「泣きの会」とか、分かってるならいいと思いますけどね。

高橋　**あいつのオナニーは凄い**、とかあんのかな？　あいつの泣きは凄い、とか。

古川　早え！　とかね。

宇多丸　でも、基本的には1人でヌいて1人で始末するものじゃない？　でも、同じネタでヌいた同士の連帯感とかあってさ。アレですよ、要するに誰も入ってない映画館、たまたまフラリと入った映画館で、暇そうなオヤジしかいない。で、終わって「こんないい映画だったのか……」ってヌきまくってたら、オヤジも鼻すすってる。で、「**……オヤジ！**」って。

古川　兄弟ですね。

宇多丸　いい話じゃないですか。でもさ、昔からエンターテインメントの基本は、特に日本の場合は泣きでしょ。『忠臣蔵』だって最終的には泣きにいきたいわけで。

古川　前半は前戯だから。

宇多丸　そうそう。ハッキリしてるよ。

涙ファシズム

高橋　本でもさ、戦争に行った人が最後に母親に宛てた手紙を集めたのとか人気あるよね。

古川　でもそれで泣くってことは、**それで笑うのと同じぐらい本当は道徳的にどうか？**ってことだと思うよ。

宇多丸　笑いごとじゃない！って言い方あるけど……**泣きごとじゃない！**　みたいな。

古川　でも、分かっていながらつい笑ってしまうのと同じように、つい泣いてしまうんだ、ってことなんだろうね。

宇多丸　そうそう。そこは否定されたら困る。悲しい話に同情して泣くっていうのは、社会的に認知された感情の動きだしさ。

古川　なんの問題もないしね。

宇多丸 ていうか、奨励されてますよ。で、思ったんだけどさ、あんまり泣かない人っているじゃない。タレントとかで、若い女の子とかだと、その子は別に冷たい子とかじゃなくても、みんな泣いてる場で1人だけ泣いてないと、そういう目で見られちゃうわけじゃない。**涙ファシズム**だよ。

古川 遅漏。

宇多丸 というか、不感症扱い。

高橋 あのね、高校のときに病気で亡くなっちゃった男の子がいて、そんときの学校の1日はまさに泣きファシズムって感じだったな。ケンカしちゃった奴とかいたもんな。「なにみんな泣いてんの？」って言っちゃった奴がいて、そいつと、**死んだ人の友達だった奴が殴り合い**。

古川 はははははは。

宇多丸 いや、分かります。確かに。そんな深刻な話じゃなくてもさ、モーニング娘。のメンバーが1人辞めますって言って、表情1人1人映すじゃない。そうなった以上、もう泣かなきゃいけないような空気になるし。でも冷静に考えれば、新メンバーとか知り合って全然間がないのに、なんで泣けるの？って。

古川 いや、でも実際それってファシズムに近い。合理的に考えて、「どうしてそれで泣けるの?」って言おうもんなら非難される、みたいな。生きやすく生きるんだったら、そりゃ泣いたほうがいいよ。

宇多丸 だから泣き上戸の人はいいですよ。いい人ってことになるから。

古川 少なくともテレビタレントとか、すぐ泣く人は重宝されてるわけだし。

やべ、勃《た》っちゃった!

高橋 ちょっと前に居酒屋で酔っぱらった女の子がさ、マイケル・ジャクソンの"Heal The World"がかかったとき、**「これを歌ったマイケルの気持ち」**みたいなのを代弁し始めて、それで勝手に泣き出したことがあったな。

宇多丸 ……ハハハハハハ! 最高じゃん! 居合わせてぇ!

古川 勝手に勘違いして泣くのとか、客観的に見ると面白いよね。英語の歌詞とか勘違いしてさ、「これはこういうこと歌ってるんだろうなぁ」とか言って泣くとか。

高橋 そういう人いるよねぇ。

宇多丸 だんだんヒートアップしてきて。

高橋 **「マイケルも辛いのよぉ!」**みたいな。

宇多丸　いや、でも俺はそれ嫌いじゃないよ。

前原　そこまで行けば本物っていうか。

古川　でも、やっぱり迷惑だよ。全然関係ない人だったら「バカがいる」で済むけど。

前原　そこまで迷惑だったら逆に拍手だけどね。偉いよ。

宇多丸　うん。俺もそこまでいったらいいと思う。

高橋　そうかなぁ。

古川　いやあ、でも身近にいると迷惑だよ。巻き込まれたくはないよ、やっぱ。

高橋　だって“Heal The World”バックに話してるわけですよ？

宇多丸　でも、俺も酔っぱらってるときだったら、好きな映画の場面とか、ここがいいんだ！って説明してると、泣きたくなるかもしれない。要するに、自分の抜きネタを説明してれば、それは見てるのも同じだから。

古川　エレクトしてしまうわけですね。

宇多丸　だから、その人にとっては、マイケルの話は抜きネタなんだよ。で、それを説明してるってことはイコール、抜いてるときのプロセスをそのままなぞってるわけだから、それで泣かなかったらおかしい！ってぐらいで。

古川　でも、人前でシゴいちゃってるわけですよ。いきなり。居酒屋で。それは迷惑でしょ。

前原　士郎とかは、そういう話をしてて、**「もう泣きそうだ、やめよう」**って言うよね。

古川　人前だからしまっとこう、ということでしょ。

宇多丸　**やべ、勃っちった！**　みたいな。

高橋　ナンシー関も書いてたけどさ、24時間テレビとかで、最後スポンサーの名前を読むとき、間違えて泣いちゃった女子アナがいるんでしょ。番組中に。

宇多丸　でもその泣きはさ、番組的には全然肯定されるじゃない。

古川　スポンサーからするとたまったもんじゃないけどね。

宇多丸　でも泣いたことによってさ、逆にそのミスは番組的にOKになるわけだよね。泣きが失態をクリアするパワーを持つっていうか……女の子が泣いちゃえばね。

古川　でもやっぱり、俺はそこでスポンサーは強く抗議すべきだと思うけどね。

宇多丸　大人げないぐらいにね。やっぱ泣くってさ、特にそういう、自分の失敗で人前で泣くっていうのはさ……涙が出ちゃってるんだろうけど、そこを抑制してないっていうのは、ちょっと甘えてるんですよやっぱり。だって泣いた人にはやっぱり……ぶっちゃけ過ぎてて怒られるんだけど、口ゲンカとかしてて、相手の女の子が泣くじゃん？　そうするとさ、「ズルイよ、泣くんだ」とか言うからね、俺。**「涙は出ちゃ**

うものなんだろ？　汚ねーよな、二重三重にしかけやがって」とか。

高橋　それは……怒られそうだね。

宇多丸　「俺はもう、君が泣いた時点で負けなんだよ！」って。「泣いた時点で君の勝ち！こうやって僕は負け惜しみを言ってるけど、でもそれは負けを深めているに過ぎないんだけどね！」とかね。

前原　ああ、色々と思い出してきたよ。昔あったね、クラスで。「てめぇこのやろー！ブス！　泣けば済むと思ってんだろ！」とか。

宇多丸　でもそうすっとさ、「前原ー！　かわいそうじゃんかよー！」とか言われない？

泣いて世論を味方につける

前原　そうなんだよ。で、また、連鎖反応で泣くみたいなのがあるじゃない？「お前かんけーねぇだろ！　なんでお前泣いてんだよブスのくせにこのやろー！」って。

宇多丸　泣きが上手い人っているよ。それが他人にも波及する人っているよね。

古川　なんか、**世論をバックにつける泣き方**ってあるよ。

前原　クラスを味方にしちゃう泣き方とか……昔さ、中一のころ、女イジメててさ。

古川　凄い語り出しだなぁ。

前原　そいつは別にイジメられっ子じゃなくて、家も凄い金持ちで、頭もいい人だったんだけど、気が強かったんだよ、凄い。で、うちのクラスにイギリス帰りで、英語の発音が完璧な女の子が来て、そいつに対抗するわけよ、英語の発音で。

古川　……面白れぇ話だなー。

前原　でさ、そのイギリス帰りの子はどう聞いても完璧なの。で、イジメてたのよ、その対抗する子を。「バーカ、英語なんて出来もしないくせに」とか。で、「うるさいわねー」とか言ってたんだけど、先生が入ってきた途端に、「エーン」って泣き出しちゃって……それで一気に俺ら悪者になっちゃって。

宇多丸　うわー……それはむかつくねぇ……。

前原　女には……絶対に勝てないんだなって。

宇多丸　泣きは本当、汚いと思う。しかもさ、嘘泣きだったりするじゃん。結構、小学生女子とかさ。「……ハメられた!」っていうか。あのね、小学校のとき、野球拳が流行ったことがあったのよ。小学校高学年とかで色気づき出しちゃって、性欲の発散の仕方としてそういう方向に行ってたと思うんだけど。で、野球拳やったらさ、やっぱ女は汚くて。

高橋　そうだよねぇ。

宇多丸　男にはさ、「**佐々木あれだぞ、パンツを下ろして3秒数えろ**」とかさ、そういうこと言うくせに……。

古川　本当にヒドイね、それ。

宇多丸　でもそういうこと言うくせに、で、実際俺は負けてチンコとか出してんのに、いざそいつが負けると、**シュミーズ段階**ぐらいで泣きやがって。

高橋　俺もそれ、あるよ。

古川　あるのか。

宇多丸　こっちはさ、「脱げよテメー!」とか言ってて、**絵面は最悪**なんだけどルールなのにね。

前原　そうそうそう。だったら最初からやるなよ!っていうさ。

宇多丸　それで、先生がいなくなったらケロッとしてるんだよ……**えん罪ですよ**。

前原　えん罪じゃねーよ。

古川　「前原、お前なにやったんだ!」「いやー……いやー」とか言ってるうちにひっぱたかれて。

前原　また、先生はそういうとき、単純に世間に認知された方向に当然動くからさ。泣い

宇多丸

てる女の子を本当にさ、なんにも事情も聞かずに擁護するじゃん。

古川　泣いたもん勝ちかよってことになるよね。

前原　泣いたもん勝ちなのよ。

古川　ねぇ。で、それにおかしいと言い続けるのか、泣いたんならしょうがないやって諦めて生きるのかって話だよ。

宇多丸　それはもう、言い続けないと！　子供のときとか、なんか言おうもんなら、大人はまた「いつまでそんなこと言ってるの！」って。「俺が今、悪いことになってるけど、でも、俺は悪くなくて！」とかさ。そういうとまた、「屁理屈ばっかり！」とかさ。「**屁理屈じゃなくて理屈じゃん！**」って。その繰り返し。そういうの、俺凄いトラウマになってるよ。

古川　言い続けたいね、そういう身も蓋《ふた》もないことを。㊋

PLAYBACK

泣きがメイン基準に

宇多丸　これはもう普遍的な……ていうかさ、この5年でさらにひどいことになってるでしょ！

古川　ひどいことになってますからね。

宇多丸　映画のCMで客が感想を言うシリーズが流行ったけど、今は試写会で泣いてる奴を暗視カメラで撮ってるっていう……もう遂にオナニー・シーンを公開！「俺、ヌいちゃったよぉ」って話をしてたのが、今では「こうやってヌいてます！」みたいなところまでいっちゃったからねぇ。

古川　あれは究極ですよ。暗視カメラの映像がCMで使われる時点でおかしいからね。

郷原　みんなああいうの好きだよね。

古川　あれで「じゃあ観に行こう」ってなってるんでしょうからね。そういうメカニズムなんでしょう。

高橋　純愛物とか韓国系とかはそういうのばっかりだもんね。

宇多丸　韓国ドラマとセカチューとか……難病物。これ、どんどん悪化してますよ。

古川　涙ファシズム進んでます。

郷原　ここは泣くべきところって感知して泣いてるような気がして、そこがムカつくんだよね。

宇多丸　作品の善《よ》し悪《あ》しを「泣き」で換算してるところがあるからね……「5泣き」とかさ。もう「泣き」がメイン規準じゃない？

郷原　「泣けます！」とかね。

宇多丸　今やラップでもそういう基準がありますからね……「泣けるラップ」。ふざけんな！　ヒップホップに涙はナシだよ！

古川　泣くっていえば徳光もひどいもんね。

高橋　長嶋と会うたび泣いてるから。

宇多丸　あれって涙が自在に出るわけ？

郷原　あいつ気持ち悪いよねぇ。

古川　一時徳光が出てるＣＭで涙がジャバジャバ出るのがあってさ、あれは普通に不快だったな。

前原　あれは合成だけどね。

郷原　フフフ……当たり前じゃん。

宇多丸　彼の涙がデフォルメされたものって認識が彼自身にもあるってことだよね……あとゴメン、誤字があるんですよ。

古川　どれですか？

宇多丸　「総合オナニー感」って言ってるけど、これは「相互オナニー感」なんですよ（注：直しました）。

郷原　「総合」はヤバいでしょ。

宇多丸　「あなたはオナニーの総合商社です！」みたいな。

古川　あとは前原さんの女イジメね。

宇多丸　またイジメだ。

前原　あれは嘘泣きだからさ。

古川　「ブスのくせにこのやろー！」って……一言余計だよ。

おしゃれは戦争だ！そして君たちはノイローゼだ！の巻

「おしゃれにまつわる悲喜劇」について。
「自意識の七転八倒」は公論クルー永遠のテーマです。

2001年
4月

自分はおしゃれか？

古川　今回はゲストに「狩人」（郷原が当時、『BLAST』で連載していたコラム）でもおなじみ、『bordermade』の郷原紀幸さんをお迎えして「ファッション」及び「おしゃれ」について話そうと思います。まず、**「自分をおしゃれだと思ったことがあるか？」**って話なんですけど……。

宇多丸　僕はですねぇ、自分が着る物にこだわりが強い方だとは思うけど……おしゃれではない。なんでかというと、着たい服と着たくない服ははっきりしてるんだよ。「これを着ろ！」って言われても、**「こんなのだったら裸で歩くわい！」**ってぐらいこだわりは強い。で、自分が似合う服も知ってるつもり。でもお気に入りの服を探してお店を回るとか……そういう努力をする気はあんまりない。だから決まったお店で決まったようなアイテムを……昔からそうなんだけど、飽きるまでその格好をしてる。もう、服のこと考えるのウザくてさぁ！　面倒臭くてしょうがないよ！　だからね、最近革なのは別にこだわりとかじゃなくて……。

高橋　洗わなくていい、とか？

宇多丸　そうそうそう。革ってさぁ、上下革着てりゃあなんか凄いことになるじゃん！っていう。坊主とかもそうだよ！　**坊主でサングラスかけて革着てりゃあさ、それだけで凄いことになるじゃん！**

古川　なるほど……明確ですね。

宇多丸　じゃあ次はファッション・リーダーに。**おしゃれとは？**

前原　**おしゃれとは？**

高橋　「おしゃれとは？」なんて聞いてないよ。

前原　自分がおしゃれだと思ったことは一回もないです……これは一回もないです。

宇多丸　服にこだわりは？

前原　うーん……あんまり……ないと思う……うん……俺最近思うのはさ、おしゃれって言ったってさ、**たかが人の作った服着てるだけじゃんって思うのよ。**

高橋　なにそれ……。

宇多丸　フフフ……まぁ……まぁ聞こうよ。

前原　分かんないけどさ、自分でホントにこういう服を着たいんです！って作って、それを着ておしゃれだって言われるんだったら、まぁいいかなと思うんだけどさ。

宇多丸　まぁ確かに自分で服作っちゃう人って凄くおしゃれだと思うよね。いるじゃん、ホントに。そういう人は心底おしゃれなんでしょ。

前原　究極的には自分で作るっていうのが一番いいと思うんだよね。ただそこまでやる根性もないし……っていうことだよね。

高橋　じゃあ全身ユニクロとかでもOK？

前原　良くないよ。

宇多丸　こだわりないって言ったじゃん。

前原　こだわりぃぃ……は、あるんだけど、中途半端なこだわりよ。

若かりしころの「ちょっとした工夫」

高橋　「良かれと思ってやってるの？」とか言われたりしたらキツいよねぇ……**「良かれと思って金髪にしてるの？」**とか。

古川　そんなこと言われるのか？

高橋　いや、言われたら嫌だなって。それが力を入れているものほど「良かれと思ってるの？」というフレーズがちらついてくるというか……。

宇多丸　だからその「良かれシリーズ」は……この歳になるとね。やっぱ若者の**「ちょっとした工夫ファッション」**を見る度に……。

古川　前々から苦言を呈してますよね。

宇多丸　苦言じゃないんだよ！　気持ちは分かるんだよ！　俺も凄く「ちょっとした工夫」をしたからさ、現実問題。あのー、あのー、なんか**安全ピンがらみ**とか……。

郷原　ハッハッハッ！

宇多丸　まぁ、バンダナとか安全ピン……バンダナを変わった巻き方で、とかさ。今で言えば片足裾上《すそあ》げとかもそうだし……アレは割と手軽にできるからいいけどさ。今なんかは割とみんな垢抜《あかぬ》けてると思うんだよ、雑誌とかに出てる格好もさ。もうちょっと男子おしゃれの黎明期《れいめいき》に近づいていくと、おしゃれっていうのを「**積極性の発揮**」っていうことに移し替えちゃう故に、**とにかく足し算しかないようなスタイル？**　しかも金があんまないわけじゃない？　若いからさ。だからちょっとした工夫で……例えば**過度の重ね着**であったりとか……なんだろうなぁ……ちょっと奇抜な着こなし？　当時で言うとシャツの片方だけ出すとかさ。あと最近だとバンダナを変わった巻き方したりとか……僕なんかが現実やっちゃったのは……ジーンズを切りまして、で、**切ったところをもう一度安全ピンでつなげる**みたいな……ヤッちゃったでしょぉ～？　ヤッちゃったよなぁ。

古川　本気でどうにかしようとしたわけですね。

高橋　それ最初に作って着て、一歩外に踏み出したときの気持ちみたいなのは……。

宇多丸　**……ドキドキだよねぇ。**

古川　若いときはそういう工夫がおしゃれなんじゃないかっていうさ……いや、工夫もおしゃれなんだけど……。

宇多丸　いや、そうなんだよ。工夫もおしゃれだし、ある意味それは若さ故に許されることもあるじゃない？　そういう頑張りは。そこがキュートだったりもするし、実際。

古川　フフフ……まぁ、否定はできないですよ。

したい格好と似合う格好

宇多丸　僕はだからホントに、高校のときとか……「おしゃれゼロ地点」のときなんかはさ、周りにおしゃれな人もいなかったし、雑誌をあてにするしかないんですよ。だから、こういう格好がダサい！って書いてあったら「そうだよねぇ、ダサいよねぇ」みたいなさ。

郷原　**犠牲者ですね。**

宇多丸　ホントに犠牲者だよ、ホントに！　だから右往左往ですよ、毎月書いてることに。

「自分が今してる格好がダサいって書いてないかなぁ」みたいな。

郷原　もがきの段階は絶対通過してますよ。

古川　**終わってないんじゃないか、**って気さえするからね。

郷原　終わってない気もしますね……えぇ。他人の目をまったく気にせずにここまできたって人もあんまりいないんじゃないですか？

宇多丸　でも最初からズバッとおしゃれな人もいるんじゃないの？　なんか……**分かっちゃってる人、最初から。**幻想かなぁ？　それって。そう見える人もいるんだよ！

郷原　おしゃれのからくりが見えてる人ですね。

宇多丸　別になんてことないものしか着てないのに、なんかもう、ズバッとしてるの。俺とは次元が違うなコレは！っていう……ぶっちゃけて言えば自分に似合うものを異常に分かってる人なんだろうけど……。

古川　そういう人を見ると、**自意識の低い人**だなって気がするんですよね。

宇多丸　その自意識の低さが、またこちらにね。こっちはもう**自意識の七転八倒**を経てようやくここまできているというのに、こいつはハナから自意識自体が薄いところにきて、**最短距離で正解に辿り着いてやがる！**っていう……だからなんつーの？　やっぱおしゃれな人っていいるんだよね。昔、洋服屋の開店前に並んでるとさ……周りを見てると、自分と同じ歳ぐらいなのにさ、明らかに摑んでいる奴？ そういう奴がしてる格好を焼き付けて帰ったり……でも、いかんせん僕はそいつじゃないため、真似してもあんまり決まらず……自分がしたい格好と自分の似合う格好は違うっていうのを見切るのに……今は見切ったからこのぐらいに落ち着いたというか。自分が似合わない「したい格好」は、ハナからもうタッチしないぐらいの賢明さは身に付いた。

古川　でも、その見切りができるのは随分と大人な判断力なんじゃないですか？

宇多丸　うん、でもそれを見切れるまでに随分と時間もかかったし。やっぱ、最初から見切れてる人は格好良く見えたよ。歳とってからそれは当たり前なのよ。若いうちからそれっていうのがもうね………かっこいい！

古川　普通、そこに辿り着くまでに膨大な無駄を重ねなきゃいけないわけですからね。

郷原　無駄、重ねてますよ。作ってても思いますからね。**膨大な産業廃棄物**を生み出してしまったっていう……これは作るべきじゃなかった、とか。まぁ、**税金払ってるからいいか、**みたいな。

『Harlem』の中2階

古川 おしゃれな人っていうのは、その膨大なゴミとなったものが少ない人？　着てるものが全部身になってるというかさ。100のうち90ぐらい使いきってるっていうか。

宇多丸 APCかなんかの人が「僕はもうこれ以上は服を増やさないことにした」みたいなこと言っててさ。「これでもう足りることが分かった」とか言ってて……それを聞いたときに「ひとつの概念としてはここを目指したいものなんだけどなぁ」って。煩悩がまだまだついて回るうちは……あれだけど。

古川 でもそれはそれでねぇ、おしゃれ魂みたいなのを否定するのも、また生きにくい世の中が待ってるからなぁ。

宇多丸 それを虚妄だと喝破するのは簡単なんですよ。ただ、明らかにヒエラルキーの下の方の人々はねぇ……。

郷原 （洋服屋に）並んでる人たちね。

宇多丸 本来さ、**最もヒエラルキーから自由であるべきものなわけじゃん、「ストリート・ファッション」って**。でも、それがヒエラルキーに……みんなヒエラルキーに入りたいんですよ！　ネズミ講ですよ！　自分は今ヒエラルキーの下だけど、もっと下がっできるかもしれない、とかさ。あわよくばヒエラルキーの一部に入りたいと思ってるわけよ、トップとはいかないまでも。

郷原　でも、それによって救われた人もいるんじゃないですか？　カリスマと言われてるものを身につけることによって。初めて胸を張って街を歩けた、とか。

高橋　**言えなかった一言が言えた、**とか。

郷原　……ちょっと話が逸脱しますけど、ウチに来る客で女の子とかと付き合ったことなくてまだクラブにも行ったことがないって子がいて、『Harlem』とか行ってきて女の子に声かけてくりゃあいいじゃん、とか言って……それで『Harlem』に行ったんすよ。そうしたら、ちょっといいなと思った娘がいたらしいんすよ、中2階に。それで、「すいません、ちょっとお話ししてもいいですか？」みたいなことを言ったんですって、その娘に。そうしたら、その娘が……なんか4人ぐらいのグループだったらしくて、その中に一応リーダーみたいな奴がいるらしいんすよ。そしたらその娘がリーダーの方を指して**「あの娘がいいって言ったらいいよ」**って言ったらしいんすよ。で、その男はホントにそういう経験ないから、律儀にリーダーのところに行って、**「すいません、あの娘とお話ししてもいいですか？」**って言って……。

宇多丸　……うおおおお……!!

古川　涙出そうになるなぁ。

郷原　そうしたらそのボスに「**ダメ！**」って言われて……もうその場にいれなくなっちゃって、友達とかはまだ『Harlem』のどこかに残ってるのに表に飛び出しちゃって、**横のコンビニで友達出てくるまで3時間ぐらい立ち読みしてました**、とか……そして、そのままウチが開店するまで待ってて開店と同時に来る、みたいなね。

宇多丸　ちょっと……泣けるなぁ、それ！

高橋　キツいなぁ……。

郷原　おしゃれと無関係な話じゃないっすよね、ホントに。

宇多丸　でもそいつは、別にエイプのTシャツを着ていようが、藤原ヒロシから直接譲り受けたTシャツを着ていようが、やっぱそれはダメじゃん！　無関係だよ、やっぱそこはさぁ！

郷原　でもとても他人事《ひとごと》とは思えないというか……一年中そういうのと面と向かってるんで……**白髪とか増えてきますもん**。

宇多丸　でもそれはねぇ、俺に言わせれば人生の宝ですよ、その事件は。

郷原　奴にとって？

宇多丸　うん。いきなり十代半ばにしてさ、ナンパ慣れも遊び慣れもしてる男子とかよりはね、いいですよ……**取り敢えずどっちの話が聞きたいかって言ったら、こっち！**

一同　みたいなさ……。

……（物思いにふける）。

自分のキャパよりちょっと下

高橋　……そろそろまとめたいですな……「おしゃれとは？」みたいな感じで。

前原　**おしゃれとは幻想ですよ。**

宇多丸　また……。

郷原　おしゃれの答えはひとつじゃないって感じですよね。もがいて見つけろ！　みたいな。

古川　もがき自体がおしゃれだったりして。

郷原　あ、そうかも。

前原　**俺はおしゃれな人が周りにいれば、それでいいと思う。**

宇多丸　それはあるかもしれない。究極のアクセサリーは、めちゃくちゃおしゃれな友達を周りに置いておけば、それはどんなTシャツにも勝るファッションですよ。

高橋　キレイなこと言うなぁ。

前原　別に俺はそういう意味で言ったんじゃないよ。周りにそういう人がいれば「あぁ、あの人おしゃれだなぁ」と思えるだろうなっていう……。

宇多丸　俺が言ってるのもそういうことよ。ノイローゼ時代に読んだ『POPEYE』に、おしゃれとかゴタゴタ言うよりもいい女ちゃんと連れて、とか書いてあるんだけど、俺から言わせれば**「順番が違うんですよぉ！」**みたいなさ。君自身が魅力ある男になるのが大事、とか言うけど、**そのためにまず服が！　服が！**　みたいなね。それはやっぱアレですよ、何者でもない君だからそれが問題なのであって、だから何者かであればね、そういうのは後から付いてくるんだよ……。

古川　確かに、背伸びしてない感じは重要でしょうね。いっぱいいっぱいでブランド物とか着ててもおしゃれに見えないから。

宇多丸　なににつけてもいっぱいいっぱいって格好良くないじゃん。アレだよ、おしゃれに見せたいんだったら、まず自分のキャパシティを見据えた上で、それよりちょっと下ぐらいの格好をしろ！っていうか。普通さ、おしゃれって自分のキャパシティより上を目指そうとするじゃない？　それが間違ってるんだよ！　**あえて気合いを入れるべきイベントのときにわざわざサンダルを履いていく！**

郷原　それがでも、演出として見透かされたら終わりですからね。

宇多丸　いや、少なくとも**ノイローゼからは解かれますよ。**日本人の平均的な体型だったら、そこそこ着こなせるような服が流行ってるから、そういう意味ではかなり身の丈《たけ》に合ったものが選べるはずだし……最近みんなおしゃれに見えるのはそこかもよ。

郷原　仕掛ける側もそうなってきてるから……。

古川　より巧妙になったというかね……。

郷原　より巧妙になったよね、うん……**見放しちゃいないよ、**というか。

おしゃれはノルマンディ上陸作戦

高橋　（某女性ファッション誌を見ながら）クラブ・ファッションの鉄則「**Hできそうなコ**」って書いてあるよ！

宇多丸　マジで？　すっげぇ〜！　ぶっちゃけすぎじゃない？　それちょっと！

古川　まあ、間違ってはないんだろうけど……。

郷原　ホントのことですよね……えぇ。

宇多丸　ぶっちゃけすぎじゃない？　それちょっとぉ……なんかさぁ……。

郷原　だってそれ女性誌でしょ？　恐ろしいなぁ……。

高橋　しかも女性が記事書いてるからなぁ。

宇多丸　「気軽に声かけやすいデニムが◎！」……「ディーバ系、ブラック系はかっこいいけどモテない」「**音楽大好きファッションはかなり不評**」……。

郷原　本当のことを言っていやがる……。

高橋　音楽を楽しみにクラブに行ってるのにぃ！　なんて……。

宇多丸　いや、でも『POPEYE』とかでも「女の子の本音」的な特集があってさ、**ノイローゼ時代**だったっていうのもあるけど、読んでて涙が出てきてね、もう……悲しくなってきてさ、なんか。**この世界の殺伐さに僕は耐えられない！**　とか思ってさ。山に籠《こも》ろうかと思いました……まぁ、**戦場なんですよ、世界は！**

郷原　戦場でしょ……「**お話ししていいですか？**」「**あのコがいいって言ったらいいよぉ**」。

宇多丸　そうだよもう！『Harlem』の中2階なんてのはある種の人にとってはノルマンディ上陸作戦ですよ。ヒュンヒュン銃弾が飛んできて……でもパッと見上げてみたら「**なんであいつには弾が当たらないんだ！**」みたいな奴もいたりして……でもちゃんと、当たらない奴には当たらないなりの理由があったりするから、弾を見極めてから出ていけ、と。危ないからね。

高橋　『Harlem』行くのも大騒ぎだね。

宇多丸　**丸腰で行くようなものだぞ！**　と。あとね、自分で撃てないような巨大な銃を持っても、逆に身動きがとれなくなって自爆する結果になりかねないわけよ。自分が普段でも撃ちこなせるような銃の、ちょっと下ぐらいの銃で戦時中はちょうどいい、みたいなね。

郷原　で、その屍《しかばね》がウチの店に運ばれるわけですね。

古川　負傷兵がね。それで「衛生兵、衛生兵！」とか。（ストリート・ファッション誌に載ってるカリスマの人々を見ながら）こういう人たちは退役軍人みたいなものか？

高橋　**A級戦犯だよ。**

宇多丸　司令官ですよ。

郷原　**「戦争は儲かるからなぁ」**とかね。

宇多丸　**死の商人ですよ！**　武器商人。だからね、こういう雑誌に載ってる人は「優秀な兵士たち」みたいな感じでね、「今月のNo．1兵士」とかね、それを見て「あぁ、格好いいなぁ！　俺も志願するぞ！」みたいなさ。

郷原　でもホント、こういう雑誌をバイブルのように読んでる人とかいるわけですよ。だからアレですよね、いかに接客とかで「**身の丈をわきまえろ**」って言葉を使わずにそれを伝えるのかが今後の課題でしょうね……やっぱりその言葉は言えないから。

宇多丸　でもさぁ、誰にでも身の丈はあるんだから……「司令官のような星がいっぱいついた服着てみたい！」って言っても、**おまえは上等兵なんだから無理なんだよ！**

郷原　「**おしゃれは戦争だ、そして君たちはノイローゼだ**」というタイトルで今回どうですか？

前原　（ストリート・ファッション誌を見ながら）……あ、男でスカート穿《は》いてるよ。

宇多丸　うわ！「**おしゃれの参考にしてる人：ピーターパン**」……きたぞきたぞ、これは！

古川　服にこだわりがあるのは分かるけど、それが良い結果を導き出すとは限らない、と。

郷原　まぁ**武装はしてるけど戦闘能力は低い**ってことなんでしょうねぇ。

宇多丸　特殊な……沼地での戦闘には強い、とか。

郷原　粘り強さだけは半端ない、とか……まぁ、でも、こいつらの生きようとする意志は無視できないですね……**生きようとする執念は**。

古川　とりあえず生きて帰って欲しいですね。

PLAYBACK

軍資金いかん

古川　今の若者にも読ませたい。

宇多丸　言ってることは正しいと思いますよ、今でも。

古川　ただねぇ、財力とおしゃれは切り離せないものだ、というのは付け加えたいんですけどね。金で解決できる部分は随分あるぞって。

前原　ほら、戦争だからさ。

古川　そうそう、軍資金いかんで随分戦況は変えられるんですよ。

「エディター」「金髪」「俳優志望」の巻

公論で発明されたナイス・アイデアのひとつ「3枚のカード」。
なんで流行らなかったのか逆に不思議!

2001年
5月

今の職業は自分にとって適性か？

高橋　**愛は金で買えるか？**

郷原　「愛は金で買えがち」ではありますよね。

宇多丸　ロバート・レッドフォードの映画（『幸福の条件』）であったよね、1億円出すからおたくの奥さん一晩貸してくれっていうのが。

高橋　見終わった後に「ねぇねぇ、ケンジだったら貸すぅ？」とか言われるわけですよね、カップルで行くと。

宇多丸　**「行けよ馬鹿野郎！　当たり前だよコノヤロー！」**とか……「1億円だよ？」とか。

前原　逆の立場だったら行くよなぁ……。

古川　逆の立場？

前原　いや、例えば**デヴィ夫人に**「**一晩どう？**」って言われたりしたらさ……行くでしょ。変な政治家のジジイでも行くね。

宇多丸　じゃあさ、宮澤（喜一元内閣総理大臣）に呼ばれるわけよ。で、宮沢のウンコ喰ったりしなくちゃいけないの……**それで1億**。

郷原　**喰うでしょ！**

高橋　あれかな、**田中麗奈とかのウンコ**だったらもっと敷居が低くなるのかな？
前原　**そこが問題なんだよ**……ウンコはウンコなんだけどさ。
郷原　まぁ、田中麗奈のウンコが9000万で宮沢が1億だったら宮沢でしょうね。
宇多丸　え〜？　9000万だったら田中麗奈でしょ！
郷原　うそ⁉
前原　**田中麗奈だったら別にタダでもいいよ。**
古川　スカトロへの距離感の話になってるよ。
宇多丸　いやでもねぇ、嫌なことを我慢して金を稼ぐ……その極端な例がウンコなだけであって、実際ほとんどの局面ではウンコに近いんですよ。で、その対価にお金をもらう、と。でもね、例えば、その人がウンコ喰うのが趣味なんです、となれば……。
郷原　やりたいこととやってることが一致してる人なんてほとんどいないですからね。僕らなんかはまだマシな方ですよね。
古川　でも一方で、今の職業が自分にとって適性か？っていう疑問とかないですか？
高橋　あるねぇ。
古川　俺とか凄くあるんですけど……今の自分の職業、自分に向いてると思います？
宇多丸　適性はそこそこ持ってると思いますけど……いやでもたまにね、俺ってもしかしたら単純作業の方が向いてんのかなぁとか思うときもありますけどね。まぁ、それは多少ヤケクソになってるときで、順当に考えたら比較的適性に近いところにいるとは思うけど。

フックアップ待ち

古川　ヨシくんはどう？

高橋　**俳優になりたい。**

一同　…………………………。

宇多丸　出ちゃったよ…………もう凄いね……小学生だよ、言うことが！

郷原　演ずることに興味があるとか？　それとも華やかな舞台に立ちたいとか？

高橋　**両方ですね。**

古川　てらいがねぇ！　正直者だ！

前原　**来月で32歳じゃん。**

宇多丸　俳優なんて年齢関係ないから今からでもできますよ。

高橋　そうだよね、役所広司とかも結構な歳になってから成功してるしね。

古川　フフフ……高ぇところに設定してんなぁ。

郷原　具体的になんかアクションを起こそうとは思ってないんですよね？

高橋　**誰かフックアップしてくれないかなぁと思って**。

宇多丸　フックアップするわけねぇじゃん！

古川　じゃあ仮に知り合いが映画撮るってことになってさ、「ヨシくん映画出ない？」ってフックアップされたら出る？

高橋　**役によるかな？**

古川　選ぶのか……。

高橋　**でもやってみたいと思わない？**

宇多丸　適性の話をしてるんだよ、やってみたいじゃなくて。

前原　郷くんとかは？

郷原　普通の会社で働いてる人は月から金まで働いて、それで早く休みこないかなぁとか思ってるわけじゃないですか。で、土日とかに余暇を利用して趣味とかやるじゃないですか……**でもそれも結構いいよね**、とか。

宇多丸　分かる！　その感じ。田舎の国道沿いのカラオケ屋とパチンコ屋しか娯楽がないようなヤンキー文化圏で育って、週末には馴染みのヤンキー仲間と行きつけのスナックに集まってさ、やす〜い酒とか飲んでさ、安い女と安い子供、安い家庭……**とにかく安い人生**。でもね、それはそれで凄くいいよね。あとそれとはまた全然違って、人間国宝の弟子としてある道を目指して、それだけをやってるわけよ……**壺だけ焼いてる**、みたいなさ。余計なことを考えずに壺だけ焼いてる。

高橋　**それは俺も思ったことある**。

前原　どっちだよ！

高橋　それもいいかなぁって。

宇多丸　要するにさ、俺はこれやっててていいのかなぁって思ったときに、そういう疑問を考えないで生きるのもいいよなぁっていうさ。

女子にモテる職業とは？

前原　俺は大学のときにたまたまカメラマンになったんだけど、最初は作家になりたいと思ってたのよ。あと、まぁ……周りにそういう人が多かったからミュージシャンとか。

宇多丸　楽器できるんですか？

前原　できません。

古川　フフフ……。

前原　とにかくなんかこう、表現する仕事に就きたいなぁと思っていたのよ。でも……今思うと、別に表現しなくてもいいんじゃねぇかって思うことはある。職業として表現しなくても……もっと別のところで表現できるんじゃないかなぁ……坊主とかさ……**カジキまぐろの一本釣りとかさ……**。

古川　ちょっと待って……。

宇多丸　仕事は仕事、趣味は趣味って人ね。

前原　自分の世界観みたいなのを表現して……それを職業にしなくても満たされるものはあるんじゃないかって……。

宇多丸　大多数はそうなんですけどね。

郷原　**女子にモテる職業ってなんですかね？**

宇多丸　モテる職業……モテる職業？……そりゃあカメラマンはモテる職業だろ。

前原　やっぱ青年実業家なんじゃない？

宇多丸　青年実業家はちょっと不安定感があるからさ、多分医者とか弁護士とかでしょ。要するに収入が高い人ですよ。後はサーファー。**収入が高くて、なおかつサーファー。**

古川 稼げないけどモテる職業ってないね、そういえば。

宇多丸 若いうちはあんまり関係ないでしょ。やっぱルックス重視ですよ。あとやさしい、とかさ。若いうちは欲がない！　まだそんなに。

古川 若いときの稼いでる稼いでないとかはさ、その人の人間性とは関係ないっていうかね……例えばさ、我々ぐらいの年齢になってお金を稼いでないと、それはやっぱダメな人間なんじゃないかっていう……。

宇多丸 そういうことですよ。それはもう能力なわけだから……属性ですよ。

古川 ヤバい……！

自分の持っている最高の条件

宇多丸 ねるとんパーティとか行ってね、大して儲かってない音楽ライターですとか言ってもさ、それはやっぱりキツいですよ。

古川 ねるとんパーティに参加するとき首から**自分のセールス・ポイントを書いた札をぶら下げる**としてさ、なんて書いたらいいかな？

宇多丸 フリーライターって聞こえよくないしなぁ。

古川　やっぱないかぁ……そうかぁ……。

高橋　マスコミって書くしかないね。

一同　（確認するように）マスコミ……エディター……カメラマン……服屋……。

郷原　**服屋まずくないっすか？**

前原　ファッション・ディレクターとか、そういうのにすればいいじゃん。

古川　カメラマンは……フォトグラファー？　フォトグラファーって名乗った方が一番高い数値弾き出せるよね。自分の持ってる最強の条件を3つぐらいカードに書いてね るとんパーティに参加するとしたら……前原さんは「**フォトグラファー**」「**外車所有**」「**実家が世田谷**」とかになるわけでしょ？

高橋　全然揃ってますね。

前原　それだけだったらいいねぇ……それだけ聞くといいねぇ。

高橋　そういった意味じゃ士郎くんとか圧勝なんじゃない？

宇多丸　いや、でも「ラッパー」って世間的にはあんま聞こえよくなくねぇ？

高橋　「アーティスト」ということで。

宇多丸　「**レコーディング・アーティスト**」？

古川　「**早稲田大学卒業**」とか。

宇多丸　**「実家が東京」**……。

古川　かなり高い数値じゃないですか？

宇多丸　いけるかな？

古川　そういった場での最強のカードっていうのはなにになるんですかね？

前原　それはやっぱ**「二世」**だと思うよ。

宇多丸　二世？　なんの二世だか分かんねぇじゃん。

前原　例えば**三田佳子二世**、とかさ。

宇多丸　三田佳子二世って……。

前原　**「ジュニア」**でもいいけど……家が金持ちっていうのが一番いいんじゃない？　やっぱほとんどの人はさ、頑張ってここまできました！　みたいな感じがあるじゃん。自分でそうしたいと思ってそこに行ってるわけじゃん。二世ってそうじゃないからさ、「生まれたときからこうなんです」っていう。

古川　カードが配られた時点ですでにジョーカーを持っていたというか……。

宇多丸　好きで金持ちになったわけじゃないとか。

前原　それが一番強いよ……**それでサーフィンばっかやってたらどうする？**

高橋　なに言ってるかよく分かんねぇよ。

宇多丸　実際のところお金あるとさ……金がない奴よりはそれなりに教養も身につけやすいし、スポーツとかもしやすいし……結果的に、結果的に、**金がない奴より圧倒的に、人間として深みが！　みたいな。**金持ちだからってちょっといじめられたこともあったりして、陰もあったり……。

古川　**痛みも知ってます**、ぐらいのね。

宇多丸　でもそういうことですよ。昔遊んでいた奴が今は落ち着いててやっぱりモテる！みたいなね……遊んでなかった奴はさ、**遊び分かってない↓がっつく↓モテず**、とか。

郷原　それで結局なんも手に入れてない……。

宇多丸　だからこう……所得格差がねぇ……。

やっぱ金じゃん！

古川　ヨシくんのカードはどうなの？　「**エディター**」だよね、まずは。

高橋　次は「**やさしい**」とか。

古川　いきなり抽象的なカードか……つーか、それはカードの意味を成さないからダメ。

高橋　え？

古川　カードは客観的事実じゃないとダメ。

高橋　**事実だよ？**

前原　**「エディター」……「金髪」……「俳優志望」**。

一同　ギャハハハハハハハハハハ！

古川　それはチョンボだよ！

宇多丸　**「俳優志望」**はダメだねぇ。アーティストもそうだけど、アーティストです俳優ですって言ったとき、言われた側が知ってる人じゃないと**マイナス・カード**になるんだよ！

高橋　でも「俳優志望」ってカード出したら**RIKACOみたいなのが寄ってくるかもよ？**

宇多丸　あれ（渡部篤郎）は一応「俳優」だよ！　「志望」じゃないからさ。

古川　郷原さんは自分のカード作るとしたら？　服屋？

宇多丸　自分の店を持ってるっていうね……あと「デザイナー」もあるじゃん。

前原　**君島みたいだな。**

郷原　まぁまぁ……。

古川　俺の場合は……「フリーライター」をどう言うかだよね。

宇多丸　**「音楽&アニメ系ライター」**……。

古川　うわぁ……。

宇多丸　うわぁ……。

古川　俺が女子だったら、そういうカードが配られてきたらかなり眉《まゆ》はひそめるよね……。

宇多丸　じゃあ2枚目はなんだろう……。

高橋　**「原付バイク所有」**……。

一同　ギャハハハハハハハハハハハハ！

古川　3枚揃えるので精一杯だよ。

郷原　僕たち（郷原／古川／高橋）危ないっすねぇ、このカードじゃ。年収2000万とかだったら確実にカードに書けるんですけどね。

古川　ある程度の収入は有効なカードになるってことですよね。

宇多丸　そこで金なんかどうでもよくなるぐらいのカードがあればいいわけだけどね。1枚じゃ無理でも、**3枚を組み合わせることによって強い手になればね**。組み合わせによって良くなるパターンもあれば、ダメになるパターンもあるんじゃないですか？

古川　そういう意味じゃ、**「俳優志望」**っていうのはかなりのキラー・カードだよね、**他の2枚を無効にする**。

前原　でもそこでさ、**「年収3000万」**ってカードが入ってきたら「おおっ?」ってなるよね。

宇多丸　**「俳優志望」「年収3000万」**……なんなんだこの人は!ってことになるよね。

郷原　「俳優志望」が可愛げあるように思えちゃいますね。茶目っ気ぐらいに。

古川　学生のころとか人気あったんだろうなぁとかさ、良い方向に想像が膨らむ。

高橋　やっぱ金じゃん!

古川　逆に「レコーディング・アーティスト」「早稲田大学卒業」**「年収100万」**とかになると……。

郷原　最悪……。

宇多丸　でもなんか絵面浮かぶじゃん……やっぱ金だ!

古川　金はでかいわ!

宇多丸　要するにさ、アーティストだなんだっていうのは記号にすぎないんだよね。そこで**具体的な数字として能力値を出すのが年収**……世間がこいつにいくら払ってるかってことじゃん、ぶっちゃけて言えば。世の中がお前にいくら出していいと思ってるか、ですよ!

古川　そこで戦うためには、お金ってカードを出さないで、代わりのカードで戦う……。

宇多丸　**社会的には認められてないけど**って……フフフフ……そう考えるとね、年収っていうのは対社会的には**人間の価値**ですよ……資本主義である以上。収入イコール人間の価値だよ！　**だからマックス松浦なんだよ！**

古川　少なくとも、「金」というカードの効力自体はかなり分かってきた。

宇多丸　金に還元できない部分が多い仕事だからこそ**金に還元してみろよ！**っていう。ヨシくんもとりあえずお金にしたほうがいいよ……俳優と編集者って全然別のベクトルの職業だと思うけど。

高橋　元々俳優で、それで編集の仕事もやってみたいとかだったら逆にね……「**裏の事情も知りたい**」みたいな感じで……。

古川　寝言じゃねぇかよ。

宇多丸　両方本気じゃねぇだろ！って感じがしちゃうんだよな。

前原　でもそこで「**年収3000万**」が入ればね。

宇多丸　少なくともどっちかは社会的に認めさせた上で、ってことになるからね。**でもこっちすらまともにできてねぇ奴がさ……**。

高橋　ふざけんなよ！

古川　夢を追ってるだけってことになるからね。

「広末にコクられた」

宇多丸 夢を語る男の人って素敵！って言うけど、これを素敵って言う人はいないと思うよ。これが職業自体が世のためになっているようなもの……福祉施設とかエコロジーのアレで、とかさ。（神妙な声で）「こないだルワンダ行ってきたんだけど……**日本に帰ってくるとびっくりするなぁ……**」とか。

郷原 それはモテないっすよ。

宇多丸 モテるよ！

高橋 モテねぇよ！

古川 ある局面での攻撃力は高いかも。

宇多丸 行動自体が社会的に絶対正義的に成立するようなものであれば、結構それはアリ！医者だけど収入は凄く少ない、とか。

高橋 お！

古川 「年収200万」「医者」……もう1枚で、正解の手になるような気がする。

前原 「**過疎の村で**」とか。

高橋 「**情にもろい**」とか。

古川　自己申告だろ、それ。

高橋　「**前妻と生き別れ**」とか。

古川　そんなカードぶら下げてパーティ会場うろつかれても……。

前原　「**福祉ボランティア二世**」だったら、もうね……「あぁ、この人全然お金のことなんて関係ないんだろうなぁ」みたいな。

古川　という誤解の余地は全然生まれるね。

宇多丸　「お金で人間の価値を計ろうとしていた自分はなんてゲスなんだ!」と。

古川　「**叱られてるみたいだ!**」とか。

高橋　じゃあさ、「**広末にコクられた**」「**加藤あいにコクられた**」「**年収100万**」とかだったらどうだろう?

宇多丸　ロクな奴じゃねぇって感じはするけどな。

郷原　どこうろついてたんだよ!って感じですよね。

宇多丸　「音楽&アニメ系ライター」「原付所有」「**広末にコクられた**」……。

古川　(ニタニタしながら)微妙に変わってくるよね。

宇多丸　**甲斐性はなさそうだけどラッキーな感じはある**……あの広末にコクられたんだから**人間的魅力は半端じゃないんだろう**と。

高橋　あとはもう……「犬が好き」とかでも書いておいた方がいいのかな？

前原　「**MCバトル審査員**」（古川）とかは？　「**小学生時代は生徒会長**」（高橋）とか。

宇多丸　埃《ほこり》まみれのカード……。

前原　「**金髪編集者**」でいいじゃん、「**スチュワーデス刑事**」みたいで。

高橋　フフフ……「**俳優志望刑事**」とかね。

古川　このカード話は自分のなにかをあぶり出すので是非一度読者のみんなもやってみることをお薦めしますね。

PLAYBACK 捨ててないんだ

前原　ヨシくんはまだ俳優志望？

宇多丸　それは確かめないといけないな……今は金髪でもないし、最早エディターっていうより音楽ライターって感じじゃん？　しかもセレブ音楽ライター……このころに比べるとヨシくん普通にイケてる人になってるよね。

古川　このころに比べるとって……。

高橋　そんなにひどかったの？

宇多丸　フフフ……。
高橋　今になって聞かされると……そうやって俺と付き合ってたんだ？
古川　面倒臭いことになってきた。
宇多丸　いやいや……ねぇ？
古川　俳優志望はなくなったんですか？　どうなんですか？
高橋　俳優志望か……俳優はでもねぇ……うーん……。
宇多丸　捨ててないんだ。
高橋　なんかねぇ……。
古川　フフフ……わけ分かんねぇよ！
宇多丸　ちゃんと喋れよ！
高橋　なんかになりたいんだけどねぇ。
宇多丸　ええっ!?　スポットが当たる立場ってこと？
高橋　うーん、そうかな……。
宇多丸　……。
古川　しかし冒頭の方はどうでもいい話を繰り広げてるな。
宇多丸　いくら払ったらウンコ喰うかって……。

郷原　「宮澤（喜一元内閣総理大臣）のウンコ喰ったりしなくちゃいけない」って……たとえ話にしてもひどすぎる。

課外授業でよろしく!の巻

教育問題も公論でよく俎上《そじょう》に上げられたテーマのひとつ。
大抵の社会問題の元凶だったりするのでしょうがない。

2001年
6月

塾でいい！

古川　今回は宇多丸氏の提案で、教育問題がテーマです。で、『asahi.com』の教育欄から気になるところを幾つか抜いてきたんで、それについてコメントして下さい。では、まず……**「アイドルやマンガ、やわらか教科書」**。「ＳＭＡＰお目見え、漱石消える」とあります。

宇多丸　前から疑問なのは、国語とかって小説とかを読まされたりするじゃない？　なんで小説だけがこんなに特権化されてんだっていうさ。それこそマンガだって映画だって同じように芸術だろ？っていう。単純に歴史が長いから権威化されてるだけで……読んだってよく分かんないようなものを読んで、その情景を思い浮かべてなんとかしろ、とか言うこと自体が無意味じゃないのっていうかさ。そもそも国語っていうのが、ちょっと情緒寄りで教えられすぎなんだよ。それよりも「記号」としてのというかさ、「道具」としての日本語っていうのをちゃんと教えた方がいいんじゃないのかな。『高瀬舟』が削られたってことだけどさ、森鷗外の文体とかはバリバリ漢文調だったりしてさ、やっぱキツいわけよ。

古川　〝荒城の月〟も歌詞が難しいということで中１から中２にずらされてますね。

前原　究極的に言っちゃうとさ、**教師の問題だと思うんだよ、全部。**

古川　ほう？

前原　教科書っていうのは道具みたいなものでさ、その道具をどういう風に使うのかってことだと思うのよ。

古川　それは正論……まったくその通りです。

前原　教科書の問題ばっかりを言うじゃない？　テレビとかって。それよりも教師の質とかそっちの方が大事だと思うんだよね。例えばさ、ミュージシャンでもなんでも質があるわけじゃん。上がいれば下もいるわけじゃん。でも教師っていかにもみんな教師じゃん。

古川　言わんとしてることは分かります。

宇多丸　こんだけ人の一生に関わってくる職業はないのにね。

前原　最近はだってアレでしょ、のぞきとかやってんでしょ？

古川　フフフ……。

宇多丸　エグい教師は昔からずっといたけど、それが問題になってきたってことですよ。

前原　あと、笑えなくなってきたね。昔だったら「**いやあ、こないだのぞいちゃってさあ！**」「**あぁそうですかぁ！**」で済んだのに……。

高橋　済んでねぇよ！

宇多丸　単純に質の話で言えばさ、英語の教師ってさ……今は改善されてると思うけど、中学のころの英語の教師ってさ、あいつら史上最大の詐欺師でしょ！　ディスイズアペン、みたいなこと言ってさ。なぁんにも、ウンコの役にも立たねぇようなことを教えて威張りくさってさぁ……あいつらはひどい犯罪者だと思うよ。あとやっぱさ、明らかに資質を欠いた人っているじゃない？　アーティストでいえばちょっとしたヤジりにも耐えられないタイプ。そういう人は向いてないんだから、そもそもさ。でも……そう考えると教師ってむちゃくちゃ人を選ぶよ。

古川　いやあ、大変な仕事だよね。

郷原　今はかなり門が狭いんですよね。子供少ないし学校減ってるし。絶対数は分からないけど、競争率はめちゃくちゃ激化してるらしいですよ。

宇多丸　でもさぁ、気の利いた奴なら塾講師とかになっちゃうんじゃないのって気がするんだよね。やっぱ明らかにさ、予備校とか塾の先生の方が質が高いんだよ……それは教え方の熱意とかも含めて。だってはっきりしてるんだもん、目的意識が。ある一定の知識を叩き込むっていうさ。しかもそれは正に生徒の人生の問題で、そのことを心配してもらうっていうのは、本当に自分の人生を心配してくれる人なのよ。それこそ、塾は言うことを聞かない奴は来なくていいわけだし……塾でいいよ！　塾でいい！　マジで！

教師の力量が問われる性教育

古川　話題を進めましょう……性教育の話が載ってますよ。**「保健性教育1年前倒し」**です。

宇多丸　おお〜っ！

前原　俺、そんなのやったことないよ、1回も。

郷原　ありますよ。

前原　ないよ。

宇多丸　あったでしょ？　**出てきた女子のこれぞって奴**をつかまえてきてさ、なに教わったんだよてめぇ〜！　なんつってさ。そうすると生理のことだったりを言うわけよ。**なんだよ、そんなの知ってるよ！**　とかさ。

古川　ちなみに小学校4年生で「射精はどういうときに起こるのかな」とか。

宇多丸　あ、射精してたもん、小4のとき。

古川　フフフ……。

宇多丸　**小5か？**

高橋　いいから。

古川　「異性の前に出たとき胸がどきどきしたことはないか思い出してみよう、と呼びかけ、異性に惹《ひ》かれる気持ちの芽生えも気付かせようとしている」――学校で教わるか、それを。

郷原　それこそ先生の力量が相当問われてくる……。

古川　問われるねぇ。**童貞の先生とかじゃきつくない、これ？**

宇多丸　性教育は難しいなぁ、確かになぁ。

古川　「一方、中学の教科書は発達に合わせてより詳しく記述されている」と。で、「学習研究社の教科書は、自慰の回数で悩む人も多いが健康に過ごせるなら多い少ないで悩む必要はない、と説く」――と書いてある……。

宇多丸　キャハハハ！

古川　これはでも教えとくべきだよね。

宇多丸　俺が凄い欺瞞を感じるのは、法律上はさ、**18歳ぐらいまではセックスしちゃいけないことになってるんじゃねぇの？**　どうなの？　でも16歳で結婚して良かったりしてな……めちゃくちゃなんだよ、セックスに関する規準が！　条例とか場所によっても違うし、性的存在としての未成年っていうものがまったくちゃんと定義されてないのね……ないことになってるんだよ、事実上。結婚した女子だけだよ。それもなんか凄くイヤらしい話でしょ？　**三船美佳**とかさ、これはいいのかよ！っていう。

古川　**とんでもねぇことしてるぞ絶対！**　とか。

宇多丸　結婚はOKっていうのが、物凄く前近代的な発想だよね。だから、まずそういうところをちゃんとしないで性教育とかいって、ちゃんちゃらおかしいや！　と。少年法にも関わってくるけどさ、**成人と同じように裁くっていうんだったら、成人と同じ権利を与えなきゃ理屈としてはおかしいん**じゃないのって思うわけよ。おかしいでしょ？　未成年っていうか思春期の存在っていうのが物凄く宙ぶらりんだよね。大人でもない、子供でもない……。

古川　半分大人、半分子供……。

宇多丸　**不思議な季節……**。

高橋　2人で繋いでいくなよ。

宇多丸　アホかっちゅうのよ！　ねぇ！　あんな理不尽な法律は直した方がいいよ！　取り敢えず、結婚をしていい年齢が男女で違うっていう、これは直した方がいいでしょ、どう考えても！　これが放置されてるのが驚きじゃない？　この**恋愛レヴォリューション21**にさぁ。

古川　あと、思春期の悩みを素材に意見交換できるコーナーも設けた、とか書いてあるんだけど……その悩みっていうのが……「**性のことばかり考え、辞書でも性に関する言葉を探してしまう**」。

宇多丸　悩みじゃやねぇよ！

「裸になって動物になりなさい」

古川　では次いきます……不祥事系ですけど、「**書き取りテストの問題に『夫の愛人』**」。「川崎市内の小学校で、４年生の担任が、漢字のテストで『**夫の愛人**』と書き取らせる問題を出題し、学級通信でお詫びまでさせられるはめになった」――とあります。出題したのは30代の女性教師……。

前原　これはもう、さっき言った教師のクオリティの問題だよ。

高橋　記事読んでみるとやっぱちょっと変だよね、この先生。だってさ、「夫」「愛」って漢字を書き取らせるのに、**他にいいフレーズが思い浮かばなかった**って言ってるんだよ。

前原　こいつの夫に愛人がいるってことなんじゃないの？

古川　ちなみに、教諭は「『愛情』という言葉も浮かんだが、『情』は4年生で習わない漢字で、他にいい言葉が思い浮かばなかった」と説明——本当に教師のクオリティの問題ですね。

宇多丸　まぁでもね、これはファニーなニュースですよ。……そう言えば最近問題になったやつでさ、作文かなんかを書かせてさぁ、自分の考えで書いてないとか怒って、「自分で考える力がないってことは、あなたたちは動物です！　**だから裸になって動物になりなさい！**」って……生徒たちを裸にさせて動物の真似をさせたっていう事件があったんだよ。

古川　それは……その教師の特殊な趣向だね。

宇多丸　もちろん懲戒免職とかになったんだけど、こないだテレビでやっててさ、テレビは体罰って表現してるんだけど、それ性的虐待だろ！って。裸にさせただけだ！　私は見てない！　みたいなこと言ってたらしいんだけど、それは嘘で、思いっきり目前で裸にして動物の真似させたっていうんだよ。

前原　男の教師が女の生徒を？

宇多丸　女の生徒も含む。小4とか。で、真面目な話だけど、子供たちはちょっとPTSD気味、トラウマ残っちゃった気味で……。

古川　絵面が絵面でしょ……学校で小学生が裸になって動物の鳴き真似してるって……。

宇多丸　**地獄だよ！**　たまたま発覚しただけで、子供も最初は親に言ってなかったらしいのよ。自分が悪いことしたからこんな目に遭わされたんだって……性的虐待の構造と同じですよ。

前原　なんかそれさ……やっぱり学校問題って教師の問題じゃない？　教師の人格の話だよ。

宇多丸　でも教師さぁ、紛れ込んでるって！　やっぱ！　だってさ、俺たちの同級生が教師になってたりするわけじゃん、あいつらが！

古川　**あのバカが!?**

高橋　前原さんだって女子高の先生とかになったら大変でしょ？

前原　**今はだから怖くてなれないねぇ……**。

一同　ギャハハハハハハ！

郷原　この子は可愛くなるだろうなぁ、とか絶対思っちゃうでしょうね。

前原　俺は……もう……教育なんてどうでもいいもん……俺が教師だったら……。

宇多丸　こういう人が教師になったらいけないってことだよね……でも現実、友達の女子が通ってた女子高の先生の奥さんって、例外なくその学校の卒業生なんだって……それってさぁ！

前原　いやだからモテんのよ。教師と付き合うっていうのがステイタスだったりするし。女子高に行ってた子って大体そういう逸話がない？

宇多丸　先生とヤッちゃった、とか。トイレで休み時間にやってきましたとか……**エロ本の世界ですよ**。アレだよ？　何年間か通して、一番いいタマをゲットできるんだよ！

古川　新譜がどんどん送られてくるからねぇ。

宇多丸　女子高で先生が真田広之ぐらいのルックスだったら……もうそれは、ねぇ！　ていうか、そういう奴を教師にしちゃダメじゃん！　ルックスのいい奴。かといって鬱屈しすぎてる奴でもダメだし、難しいですね。

前原　女子高の教師っていいよなぁ……。

高橋　堀越とか行ったらアイドルだらけだよ。

古川　生徒にアイドルがいるってどうなのよ……**年収で負けてたりするわけでしょ、下手すると**。

宇多丸　ゴマキ（後藤真希）のアレだな、学生服姿……**あれは凄かったなぁ……**。

お前社会に出たことあるのかよ！

古川　話を記事に戻しますと……「教師に現在感じている悩みについて尋ねたところ、『校務に追われ、授業の準備ができない』『忙しすぎて学校で子供たちと話す時間がない』『忙しすぎて私生活が犠牲』の3つが突出して多く、先生の忙しさを裏付ける格好になった」――ということです。

前原　そんなに忙しいのか？　先生って。

宇多丸　でも単純に考えたら……夏休みとか……ねぇ？　なにしてるんだろう……。

前原　研修とかしてるんでしょ？

古川　でも、どう考えても普通よりは長いよね。

宇多丸　毎日学校来てるわけでもなさそうだしねぇ。

古川　忙しいって言っても、例えば一般の職業の忙しさと比べてどうなんだろうね？　そういや最近、**教師が他の職業を経験してない**っていうのも問題にされはじめてて、今、若い教師に他の職業を体験させる学校もあるらしいね。で、そういう場合はサービス業に配備されるんだって。デパートとかホテルとか。これはもっとやったほうがいいでしょ。ナンシー関も言ってたけど、教師って学校出てそのまま学校に来るから、非常に社会不適合者の可能性があるままきちゃってることがあるって。そいつらが社会に出る人間を育てられるのか？っていう。

高橋 あぁ、なるほどねぇ。

宇多丸 そうだよ、ホントそうだよ。

古川 実際さぁ、あいつら一日中ジャージで学校ブラブラしたりとかさ。

宇多丸 世間的な規準で言ったら……ねぇ。一日中ジャージ着て竹刀ぶらさげて歩いてる奴ってちょっと……。

古川 年下連中に怒鳴り散らしてさぁ。それで同僚の先生とかと結婚してたらさ、**こいつら学校から出たことねぇ**ってことになるんだよね……そういう意味では、確かに外の世界を一度は経験するべきでしょ。

宇多丸 先生の本質はサービス業だからね。

古川 お前ら社会に出たら絶対苦労するぞ！って言うけどさ、**お前出たことあるのかよ！**

宇多丸 凄いね、その返し。でも確かに、さっきのクラスに芸能人がいたらどうするかとかさ、そっちの方が大人だったりするもんね。

古川 **24～25歳ぐらいの若造がえなりかずきに教えることなんてないだろ**って気するよね。

高橋 後藤久美子とかいたら嫌だろうね。

「代打教師　秋葉真剣」

宇多丸　結局さ、教師っていうのは生徒にナメられる恐怖に常に曝《さら》されてるわけよ。だから、それが怖いから怒鳴り散らしたりするし。

古川　武装しないといけないないんだろうなぁ……あのジャージは武装か。

高橋　高校のときねぇ、若い女の先生がいっつも**色付きのブラジャー**しててさ、白いシャツ着てるからバリバリ透けて見えちゃうんだよ。

宇多丸　見せてるんだよ。

郷原　**それはコンシャスでしょ。**

高橋　あれは凄かったなぁ……。

宇多丸　なんだよそれ。

高橋　分かんないけど。凄かったよ。

宇多丸　女の先生はあんまりいなかったからなぁ……**岩石岩子しかいなかったからなぁ**。でもとにかくさ……やっぱ塾方式で人気のある授業を取るとか……それで教師を淘汰していくしかないんじゃないの？

古川　腕利きの教師がヘッドハンティングされるぐらい、教師のスキルを問うてもいいよ

高橋　ね。
『代打教師　秋葉真剣です！』みたいな。

古川　まあ……そんなような感じ。

宇多丸　俺はちなみに、いわゆる人気教師みたいなのは……へそ曲がりっていうのもあるかもしれないけど……嫌いだったね。

高橋　俺もダメだったなぁ。

宇多丸　金八じゃないけど、僕は君のことをちゃんと心配してあげてるよ、みたいな態度が嫌で……**別にそんなところまで心配して欲しくない**、みたいなさ。どちらかというと、やる気のないサラリーマン教師の方に好感が持てたんだよ。別に授業聞かなくてもいいけど困るのは君たちですからね、っていうさ。

郷原　でも、人気がある教師が人気があるってことは、そういうのを求めてる奴の方が多いってことですよね。

宇多丸　うーん……まぁ、そうなのかな。そう、いまだに俺の隣のクラスはさ、先生含めた全員が集まって毎年同窓会やってんだよな……**男子校だよ？**

高橋　男子校かよ！

宇多丸　どうかしてるだろ！っていうさ。

高橋　うん、してると思うな。

前原　俺もそういうの行ったことあるのよ、**友達の学校の同窓会に。**

高橋　なんでそんなの行くんだよ！

古川　居心地悪いの目に見えてるだろうが。

前原　そこで思うのはさ、この教師って10年前と全然変わってねぇんだろうなぁってことなのよ。やっぱなんかどこか変なんだよ、教師って。外で会ったりすれば分かるけど。

教師は機械でいい

宇多丸　読者で現役教師っていないのかな。

郷原　この場に来て欲しいですね。

宇多丸　それじゃあねぇ……どんな教師ならいいと思う？

前原　俺はねぇ……ずばり言うよ！

古川　お？

前原　**機械でいい。**

宇多丸　教育マシーンってこと？

前原　教育マシーンでいいよ。

宇多丸　俺もさ、教育プロフェッショナルっていうかさ……ビジネス・ライクでいいじゃんって思うんだよね。

前原　一人一個モニターがあってさ、それで好き勝手にピピピってやってりゃあいいじゃん。

古川　漠然としてんなぁ。

宇多丸　結局さ、教師にも好き嫌いがあったりするわけじゃない？　生徒の好き嫌いが当然あるわけでしょ？　そういう人格の交わりを重視しだすと、**そこで弾かれる人が出てくるじゃない**。俺は馴染《なじ》めない人の方が多かったからさ、やっぱそこはいらないよ！っていうか。

古川　自分がいざ教師になってさ、性格のいい可愛い子と、性格の悪いブスがいたら……。

宇多丸　当然それは扱いが変わっちゃうからね、人間的な付き合いをしだしたら。だからそれは置いといて、俺は取り敢えずこれを教えるから、お前らはテストに答えろと。で、これができなかったら可愛いかろうがなんだろうがペケ！　それでいいじゃん。それ以上の付き合いしたくないし。

前原　マジ？

宇多丸　だから、**お付き合いは課外授業でよろしく！**　みたいなさ。

前原　可愛いからよろしく！ってことでしょ？

宇多丸　だから、そこで人間的な交わりを重視っていうのは迷惑だと。

前原　**ブスも可愛がれってことでしょ？**

宇多丸　それは無理だから……教師は別にスーパーマンじゃないから、みんなに平等に接することは不可能でしょ、そもそも。だから必要以上に人間的な交わりをどうのとかぬかさなくてもいいんだよ。

古川　確かに。それを前提にしちゃったらとんでもないことになる。とにかく今の問題としては、教師を選べないってことなんだよねぇ。だから先生個人というよりも、**むしろ先生を巡るシステムも含めての問題なんですよ。**㊡

PLAYBACK

金八病

古川　こないだ塾で先生が生徒を刺し殺した事件がありましたよね（2005年12月、京都府で小学6年生の女児が塾のアルバイト講師に殺害された）。

宇多丸　あれはまさに先生が人格の交わりを持とうとして生じた結果のアレですよ。凄い熱血だったらしいね。

古川　人気あったんですよね。

宇多丸　うん、でも押しつけがましいわけ。なにかやって、自分の思った通りに返ってこないと怒る……変型金八ですよ。金八病ですよ。

思い出なんか勝手に作ります！の巻

ニュー・ミュージック校歌……
その後も増えてるんでしょうか？（たぶん絶対増えてる）

2001年
7月

下ネタですね

古川　今回は前回に引き続き、教育問題をテーマにやります。先月と同様、『asahi.com』の教育欄から気になるところを抜粋してきたんで、それについてコメントして下さい。じゃあまず……俺、これはかなりきたんだよなぁ。**「子供のユーモア、詩に——教室にもっと笑いを」**。全国的な動きじゃなくて、とある先生がやってるんだけど、子供に詩を書かせると。「子供特有のユーモアを重視し、日々の出来事をなんでも織り込もうという試みだ。家族のことを書く子も多く、親との関係を深められた他、子供の表現力もアップしたという」——という。これは教育研究会で発表されたらしいんですけど。

宇多丸　まず子供特有のユーモアっていうのが仮にあるとしたら、**それは凄く反社会的なものですよ**。ウンコとかチンチンとかですね、あとは秩序を乱すようなこととかですね……。

前原　貧乏人をイジメるとか、そういうことだよね。

古川　そうそうそう。バカが転ぶのを見て笑う、とか。

宇多丸　だからさ、物凄く欺瞞《ぎまん》的な……。

古川　でね、きっかけになった詩っていうのがあるらしいんですよ。生徒自身が自分で読むらしいんですけど……「私の妹は、おならをしたあとに、『なんで私のおならは、いいニオイなんでしょう？』というクイズを自分で作った。その答えは、『おならの音が小さいから……』だそうだ。なんだそれ？」……**教室は沸きに沸いたって書いてありますが**。

宇多丸　下ネタですね。

高橋　沸きに沸いた……。

郷原　イジメとか誘発しそうだな。

宇多丸　ユーモアのセンスがない人だっているわけだからさ……。

古川　父母にも好評で、以後、「詩には子供のユーモアを活かそう」と考えるようになった――とあります。

高橋　いや……それ推進していったら、本当に士郎くんの言う通りになるよ。ウンコとかチンコとか。

古川　「今年度のクラスでは、各自がノートに詩を書き、**週3回提出する**」――これ、ノルマ的にはコント作家並みですよ！「4年1組では以前、口喧嘩がよくあった。だが、詩を通じて子供がお互いをよく知るようになり、今は喧嘩がないという」

――とありますけど……フフフ……。

高橋　それさぁ……ねぇ……。

宇多丸　なんでだろうね？　いいことばっかり書いてるのに、**ゾッとするのはなぜなんだろう？**

古川　その先生曰く「笑うのは点数にならない。点にならないことは学校から消えつつある。でも、笑いがあってこそ学校には安らぎが生まれる。子供にとって、いやすい教室にしていきたい」と。

高橋　自己満足も甚だしいんじゃあ……。

郷原　**笑う場所が違う奴**とか可哀想ですね。

宇多丸　そうだよね、ウヒヒ組はね……ウヒヒにとっちゃもう……これはもう典型的なしょうもない教育者ですよ。教育ってものをはき違えた連中ですよ。

古川　このクラスで居心地悪かったら本当に行き場ないぜ。

高橋　ホントそうだよねぇ。

宇多丸　テストでね、「数学とかで人間のすべてが計れるわけじゃない」とかさ、言い出すアホがいるじゃない？　バカヤロー、**人間のすべてをテストで計られて、落ちた方の身にもなってみろよ！**っていうさ。一面的だから救われてるところもあるわけじゃんよ！

古川　あと、子供でも笑いのセンスとか、ビックリするぐらい秀でてる子とかいるじゃん。そいつから見て、あからさまに笑いのセンスがないと思ってる教師がさ、こんなの の音頭取ってたらマジ寒くない？

宇多丸　でもさ、ある意味、これをきっかけに学級崩壊が起きかねないよね。先生の評価と クラスのプロップがあまりにも差がありすぎたりとかしてさ。スキルの高い奴はさ、「先生ちょっとおかしくねぇ？　俺の方がどう考えたって笑いとってるじゃん！」とか主張しても、先生に「下品だ」とか言われたりさ……規準はなんなんだよ！みたいなさ。

高橋　もう大人のエゴだよね。

宇多丸　いきなり先生批判のギャグとかやっちゃってさ、教室は大いに沸いちゃってさ……有り得るよね？　笑いはそういう危険性を孕《はら》んだものだからさ。怖いよ、ほんと。

市民自警団

古川　次の話題にいきます。**「非行抑止に『生徒よくし隊』」**……「中学校の非行を減らすため、埼玉県大宮市教委は地域の大人を中学校に配置して目を光らせてもらうことを検討している。名付けて**生徒よくし隊**」——ということですが……。

郷原　あ、市民が学校に入ってきちゃうんだ？

前原　隊なの、これ？

古川　隊ですよ、チームですよ。

高橋　「**よくし**」には生徒を「**良くし**」と「**抑止**」の2つの意味がある、ということです。

宇多丸　休み時間や掃除の時間に生徒たちの様子を観察して積極的に声をかける、もめごとや喧嘩があったらその場で仲裁する、だって！

古川　自警団ですね、いわゆる。

前原　元ヤクザとかいないの？

古川　気になったのはですねぇ、「隊員には時間給で報酬を払う」とかですねぇ……。

宇多丸　どこから出るのかねぇ。

前原　こんなのさぁ、ただ気に入らない奴を「**おまえバカ！**」って言ってればいいんでしょ？

古川　「隊員には、教員免許はなくても頑強で指導力があり、中学校の現状を改善する**熱意がある人**を市民の中から探して選ぶ」とありますが……。

古川　「探して選ぶ」ってのが曖昧《あいまい》だなぁ。

宇多丸　迷惑だなぁ……。

古川　俺引っ越すよ、こんなところ住んでたら。

前原　嫌いじゃないけどね。

宇多丸　でも実際さ、生徒よくし隊がいる地域に読者がいるかもしれないよ……よくし隊の地域にいる人、お手紙ください！

古川　**良くされているのかお手紙ください！**

前原　俺、こういうの嫌いじゃないよ。こういう人と仲良くなっていきたいよ。

郷原　元警官とかいるんですね。

高橋　元警官とかヤバいよ！

前原　**金に手つけて辞めさせられた奴とかじゃないの？**

古川　「抑止」と「良くし」にかけたかったのは分かるんだけどさ、結果的に「**生徒抑止隊**」って名前になっちゃってるのはどうなの？　相当問題あるよ、人権的に。

高橋　明らかに良いニュースとして記事になってるけどね。

「ほんとの自分」

古川　他に気持ち悪いニュースだとね……**「これなら歓迎、新校歌」**っていうのがあります。神奈川県の中学校なんですけど……「50年近く歌い継がれた旧校歌は、歌詞の一部が男女平等の精神に反しているという生徒の指摘で、1997年の卒業式でピアノ演奏だけにして以来、式典で歌われなくなった」――と。つまりメロディだけになったわけですね。

高橋　フフフ……。

古川　元の歌詞は「男の子われら　励まざらめや　おみな子われら　たおやかに伸びん」「男の子われら　名をし立つべし　おみな子われら　清らかに生きん」などの一節があるらしいんですけど、生徒の間から「男女の役割を決めているようだ」と疑問視する声が上がり、アンケートなどもした上で新しい校歌を作り直すことになった――とあります。

宇多丸　まぁ、それはいいんじゃない？

古川　で、99年に住民や生徒から募集した歌詞などを元に作った新校歌があるんですけど……「緑あふれるふるさとで私たちは出会った　小さなころの思い出は　みんな大

事な宝物　いつも心に　いつも心にしまってあるよ　そこから　歩き始めた　**『ほんとの自分』見つめて**」……。

高橋　学校の名前とか入ってこないの？

古川　入ってこないんですよ……で、2番が「潮風かおるふるさとで私たちは育った　先生　家族　そして友　みんな大切な人たち　いつもどこかで　いつもどこかで見ていてくれた　いつまでも覚えていよう　**その『やさしさ』抱きしめて**」……。

高橋　キャハハハハ！

宇多丸　まずねぇ……校歌っていうのはねぇ……。

古川　校歌ってなに？ってことになるよね。

宇多丸　卒業式で〝仰げば尊し〟とか歌わされるじゃない？　先生が生徒に命令して〝仰げば尊し〟を歌わせるっていうのは……どうかしてるでしょ、構造的に。それと同じだよ！　私たちは感謝してます、って歌を生徒に歌わせるわけでしょ？　校歌なんていらねぇよ！

古川　まさにそれを浮き彫りにしちゃったよね、この校歌。

宇多丸　口語にしたお陰ではっきりしちゃったよ。

古川　しかも「**ほんとの自分**」ってさ……遂にきたか！って感じ。

前原　**そんなこと中学生で分かるか、バカ！**

宇多丸　遂に「ほんとの自分」が校歌に！

前原　「ほんとの自分」なんてねぇんだよ！

宇多丸　校歌に入ったってことは、「ほんとの自分」シットが世間的な建て前として認められちゃったんですよ。

古川　よっぽど浸透したってことですよね。

宇多丸　「ほんとの自分」なんてね……**セックスと飯のことばっかりですよね。**

高橋　「『やさしさ』抱きしめて」も凄いよね。

古川　「抱きしめて」ってなんだよぉ……。

宇多丸　この校歌、歌うのキツいぞぉ〜。

高橋　「**三番・略**」ってなってるのも気になるなぁ……一番の締めが「『ほんとの自分』見つめて」で二番が「その『やさしさ』抱きしめて」でしょ……三番は「**そっとキスする冬のゲレンデ**」ぐらいいってるかもな。

郷原　旧校歌に異議を唱えた生徒は、これはどうなんですかねぇ？

宇多丸　これには文句言わないのかね。人間の在り方を一面的に捉えすぎでしょ。

学校に連帯感は必要か？

高橋　J-POPとかでさぁ、この程度の歌詞って全然あるよねぇ？

古川　**ポケットビスケッツが歌ってるよ。**

宇多丸　ここで育ったら相当ねじ曲がってただろうなぁ……。

高橋　もしかしたら「**思い出**」に「**メモリー**」**とかルビふってあるかもしれないし。**

宇多丸　（記事を見て）「**今は女性も外で活躍する時代**」……この言い方がもうダメじゃん！

古川　それ自体、もう旧態依然としてるっていう……中学生がそんな物言いしてるんだからなぁ……まだまだ戦後は終わってねぇっすよ。

前原　戦後始まってないんじゃない？

古川　21世紀どころじゃないよ。

宇多丸　しかし、ぬけぬけとこんなこと歌わすよなぁ。

古川　もっとシュールな歌詞でいいよ。

宇多丸　このレベルでいけば、それこそ〝夜空ノムコウ〟とかでもいいんじゃないの？　感傷的なところを打ち出したいんだったら、そういうものの方がよっぽどいいじゃん。

高橋　♪負けないで〜、とか？

宇多丸　♪**敵は〜皆殺しぃ〜**、とか。

古川　♪**母ちゃんたちには内緒だぞ〜**、とか。

前原　そこまでやることないじゃん。

古川　実際、校歌って歌としてクオリティが低いの多いし。ていうか、古いし。

宇多丸　でも、これはニュー・ミュージックですよ。

古川　メロディも気になるよね。

前原　X JAPANみたいな感じじゃないの？　YOSHIKIっぽいんじゃないの？

宇多丸　**取り敢えず（小林）亜星もやってるでしょ**。でもそれこそさ、校歌がダンス・ミュージックっていいんじゃない？

前原　**校ダンス**とかあってもいいよね。

宇多丸　要するに生徒たちの一体感みたいなものでしょ？　踊ったらもっと一体感出るもんねぇ……バッチリだよ。パラパラだよ、パラパラ。

古川　幼稚園とか今はお遊戯の時間にパラパラやってるらしいからさ。

宇多丸　でもねぇ……チョイスして行ってる場所ならともかくね、**たまたま通ってた場所に自分のアイデンティティを託せと言われてもですねぇ**。というか、そもそも学校に連帯感を発生させる意味があるの？　俺が軍歌だって言ってるのはそこでさ、それはやっぱ軍隊式なんだよ。

古川　同じ釜の飯喰ったじゃねぇか的な。強制的にね。

宇多丸　合理的にいけば塾方式でいいわけよ、別に。

前原　でも俺はねぇ、合理的じゃないものもあってもいいと思うよ……合理的じゃないものの存在も、俺は残しておいた方がいいと思うよ。

郷原　社会とはそういうものだから、というのを教える意味でですか？

前原　合理的じゃないものもございますよ、っていうのをさ……無駄なものも世の中にはあるよ、というかさ。

学校が社会のすべてじゃない

宇多丸　そうなんだけど、それはそれで教えればいいじゃん！って気がするんだよね。もしそれを教えたいんだったら。**ただのシステム上の欠陥**をさ、世の中とはそういうものですって教えるためにあるんだ、っていうのはただの逆説でしかないからさ……**それって教育か？　違うじゃん！**って言ってるわけ。結果論でしかないじゃん。

前原　まぁね、教育に当てはめるとね。

宇多丸　システムとしてうまくいってないものに対する言い訳っていうかさ……それは逆説的にしか認められないよ。そういうところに流されちゃうのが、やっぱ世の中に出て、世の中を良くしようとかの発想に繋がらない源のような気がするんだよなぁ。あるシステムがあると。で、自分がその中にいて不満もあるし明らかにおかしいって感じてるのに、それを具体的に変えるって発想にいかないのは、まさに学校で十何年間も流されてきた結果なんじゃないのかなぁ……しょうがないってところで終わらせてしまうのが……。

前原　しょうがないっていうことじゃなくて……俺が言いたいことはね、合理的じゃないものを認める、っていうのかな……。

古川　無駄を認めるってこと？

前原　俺は結構くだらないこととか好きなのよ。それと、校歌があるないじゃなくて、無駄なものが学校にあったりとかね、結構嫌いじゃない。

古川　そのひとつとして、校歌みたいなものがあってもいい、と？

前原　うーん……あってもなくても、どっちでもいいんだよねぇ。

宇多丸　でも校歌を覚えたり歌わされたりさぁ……俺はなくてもいい無駄な時間のような気がするんだよね。だったらその時間は校庭で遊びたい、みたいなさ。別に思い出なんか勝手に作るしさ。愛着なんか自然に6年間過ごしてれば湧くだろうし。そもそもね、**俺は、学校が社会のすべてだと思ってしまったところに当時の僕の不幸があったなぁ**って気がするんだけど。子供にとっては学校っていうのが全世界じゃない？　そういう風に思い込んでしまうことで、それこそ自殺しちゃう子とか、そういうのがいっぱいいるっていうかさ……それこそが問題だっていうさ。

古川　前原さんが言いたいのは、学校で矛盾も含んだ「社会」を学んだってことでしょ？

前原　まぁ、そうだね。

宇多丸　でも、実際には社会でもなんでもないわけじゃない？　ただ恣意的に集められた40人かそこらの奴がさ……なんの共通点もなく、ただ近所に住んでただけでさ。もちろん、**それは社会の一面だけど、でもそれだけじゃないのも社会でしょ**。なのに、クラスとしての一体感みたいなことを言い出すじゃない？　『金八』が嫌なのはそこなんだよ。3年B組がなんだよ！っていうさ。少なくとも俺はね、中高ぐらいになると隣のクラスとかに行って、その中で気の合う奴を見つけたりするわけだし、それこそ社会でしょ。もっと言えばその学校である必要もないし、同じ世代である必要もないし、日本人である必要もないしってどんどんなっていくわけで……**学校なんて社会でもなんでもない**っていうのを知ればもっと俺は救われたのに、っていうかさ。もっと楽しい青春だったのに……なんであんな狭い空間で青春を浪費してしまったんだ！って。

郷原　でも、小中とかでそれを教えるのは難しいですよね。

宇多丸　難しくないよ！　インターネットとか教える意義ってそういうことでしょ。やっぱりイジメられて自殺する奴っていうのはさ、端から見れば「なんでそんなことで」って言うけどさ、それは要するに、そいつにとってはそれが世界なんだよ、もう。

古川　想像を絶する行き場のなさを味わってるんだろうなぁ。

宇多丸　世界から拒絶されてるわけよ、彼は。気分的にはね。でもさぁ、そんなもんどうってことねえよ！ってことでしょ、一歩離れてみれば……だから学校に限らず、**居心地が悪い所だったら逃げちまえ逃げちまえ！**㊄

PLAYBACK
逃走のファンク

古川　これはいまだにインパクトがあるなぁ……新校歌。

宇多丸　遂に「ほんとの自分」が校歌に！

前原　「そのやさしさ抱きしめて」「ほんとの自分見つめて」……俺ねぇ、「自分らし

古川　そんなもんわざわざ学校で言わなくてもねぇ。

く」とか言ってる人ってホント嫌い。個性とかさあ。

高橋　「学校が社会のすべてだと思ってしまったところに当時の僕の不幸があった」……『ボーリング・フォー・コロンバイン』にも同じようなセリフがあったな。

宇多丸　ちなみにさ、この後で「イジメられる奴は他の世界にスライドしてもやっぱりイジメられたりして」みたいなこと言ってるよね（「睡眠は死のいとこだの巻」）。

古川　言ってますね。

高橋　そういうの結構多いよね……後になって根底から覆すやつ。

前原　学校ねぇ……。

古川　一番最後の士郎さんのフレーズはそのままライムスターの〝逃走のファンク〟につながってますね。

宇多丸　そうですね……一貫してるなあ、俺。

前原　なんかねぇ、周りで親になっちゃった友達とか、みんな学校のことで悩んでるよ。学校にはあんまり行かせたくない、みたいな。

宇多丸　学校がやっぱダメなんでしょ、相当。ロクなことないわけでしょ？　常に荒れる可能性もあるわけだし……悪い友達作って、みたいなさ。勉強させるんだったら予備校行かせた方がいいんじゃないかってなってるしさ。ロクなもんじゃないでしょ、学校。

古川 脱学校だね。ていうか、実際に学校も変わってきてるんですよね。教師評価システムが本格的に導入され始めたりとか。

宇多丸 学校が生徒向きに民主化されればいいって話なんですかねぇ？

古川 うーん……どうなのかなぁ……けどまぁ、学校教育自体そんなに長い歴史のものじゃないですからね。

宇多丸 なるほど。

古川 そういった意味じゃ、まだ全然違うシステムに挑戦するのもいいんじゃないんですか？　100年経ってないでしょ、多分。今の学校システムが明確にできたのって戦後ですからね。しかも雛型は軍隊教育なわけだし。時代に応じてどんどん変化させた方がいいと思いますよ。

洋服を脱ぐのには限界があるから……の巻

小泉純一郎首相誕生から3ヵ月。「まだなにもしてない」ながらイヤ～なヴァイブスはギンギンに出まくってました。

2001年
8月

野党がやる気をなくす小泉人気

前原　俺ねぇ、今まで一回も欠かしたことないのよ、選挙。でも今回は本当、入れる気しなかったのよ、どこにも。

宇多丸　選挙に行かない少なからぬ数はそういう人だと思いますけど。

前原　民主党もなぁ……鳩山（由紀夫元代表）さんの顔とか見てるとさぁ、入れたくないなって顔だからさぁ……。

宇多丸　はっきり言って共産党の志位（和夫局長）とか、**ルックスで損してるよな**……だってルックス順でしょ、人気なんて。共産党はイメージもあるし……報われないよなぁ。はっきり言って小泉（純一郎首相）なんて……。

前原　そこだけだもんね。

宇多丸　80％のうち79％はそこなんだからさ……（小泉首相の真似で）「**これが新しい自民党、感動した！**」みたいな……「**小泉を支持するということ＝自民党を支持するということ**」ってみんなどれほど分かってんだろ。

前原　やっぱ他の党がダメだもん！

宇多丸　結局民主党はさ、こういう（現在の小泉政権のような）人気が欲しかったんでしょ？

前原　この形の人気が欲しかったわけだよね？

宇多丸　それを菅（直人民主党元幹事長）はできなかったんだよね。褒めるにしろ貶すにしろ、小泉ってまだなにもやってないじゃん？　だから党首討論でやってることとってさ、**「改革すると言ってますが本当にできるんですか？」**とか、そのレベルしか聞けないわけじゃない？　それで**「だいぶ揺るがせたと思ってます」**とかさ。

古川　もう結構時間経ってるんだけどね。

高橋　この号が出るころでちょうど3ヵ月ぐらいだね。

宇多丸　民主党的なものもダメ、前で言えば旧社会党的なものもダメ……自民党もアレだけど他に入れるところないしなぁ、みたいなさ。

前原　やる気なくしたと思うよ、他の政党は。

古川　自由党とかあからさまにやる気なくしてるもんな。

宇多丸　いきなり小泉に全部持ってかれて……ヤバくねぇ？　これって。こないだも床屋で店のオヤジがテレビで党首会談とか見ながら「ごちゃごちゃ言ってないで（田中）眞紀子（元外相）さんに協力してあげればいいんだよねぇ」とかずっと言ってて……それが辛くてさ……。

選挙は登録制に

古川　新聞に載ってたんだけどさ……こないだの都議選のときに結構無効票があったんだけど、「**こいずみ**」とか「**たなかまきこ**」って平仮名で書いてあったのが少なくない数あったらしいんだよね。

宇多丸　そういう奴が選挙に行っちゃってるわけじゃん！

古川　20歳以上ですからね。

宇多丸　選挙に関してはさ、これはちょっと思ってる程度なんだけど……やっぱ登録制とかにした方がいいんじゃないですかねえ？　登録した人が選挙に行く、と。なんか報われなくねぇ？　平仮名で「こいずみ」とか書いてる奴と、真剣に「どうしようか……」とかやってる人が同じようにカウントされるわけだよ。逆に登録制にしてなにがいけないのかな？って考えるとさ……そんなに選挙に来る気がない人が来なくなるってことでしょ？

前原　あと組織票が強くなるよね。

宇多丸　でも、今だって組織票は強いんだよ。本当に善意ある国民が組織票の在り方に危機感を持っているのであれば、ちゃんと自分で登録して積極的に選挙に行って、自分なりの態度を表明するはずっていう……危機感を持ってそれに対抗行動を起こすってことを現時点でしてないんだからさ。

前原 危機感ないんじゃないの？　田舎の人なんてみんなやる気ないよ！

郷原 確かに一票の質みたいなのを考えると、登録制はいいんじゃないかなぁって思いますよね。

古川 でも今の流れ的には、ネット投票の計画とか、手軽さの方にいってますよね。

宇多丸 セキュリティさえちゃんとしてればいいけどね。

前原 それだと益々ルックスになるんじゃゃん？　アイドル投票と一緒ってことでしょ。

古川 まぁでも、タレント候補っていうのは広い意味でのルックスの争いですよね。

宇多丸 石原慎太郎（都知事）が**亀井**（**静香自民党元政調会長**）**のルックスだったらキツい**でしょ。現にルックス順だもんね。

古川 石原慎太郎が理想の父親アンケートで1位だよ。**息子見て言ってんのか？**って感じだよ。

宇多丸 **みんな石原良純になりたいのか？**って……でもどうですか、ポピュリズム（大衆迎合主義）ですよ。

古川 「ポピュリズムだ」って批判に対して、「いやこれはポピュリズムじゃない」って意見も圧倒的に多いけど……。

宇多丸 小泉純一郎って政治家を全体で支持しますとか否定しますとか言っても意味がなく……やったことに対して、これは良くてもこっちは賛成できないということがあるのが当然なわけで……でも、**そうじゃないから今の人気がポピュリズムだ**って言ってるわけ。ただ、ポピュリズムでもいいから一回こいつのやりたいようにやらしてやらないと、結局元の木阿弥だよっていう意見にも説得力は感じる。

「小泉くんは我々サイドの首相」

前原 政策がさぁ……（小泉首相の政策は）全部社会党とか民主党とかが言ってたことを言ってんじゃん。

古川 とりあえず民営化ってところはそうですよね……それで民主党が困ってるっていう……。

宇多丸 前から言ってたことなんです我が党が！　みたいな。

古川 でもそれってかなり格好悪い！　みたいな。

宇多丸 でもさ、小泉が言ってることを本当にやる気ならさ、自民党にいるのがちょっとおかしい人ではあるね……でも中曽根（康弘元首相）の子分なんだよ、こいつ！

前原　こいつ森（喜朗前首相）派だぜ！

宇多丸　そうだよ！　よく思い出してくれよ！

高橋　中曽根が……小泉に思いっきり……あったでしょ、シャウト・アウト。

宇多丸　**中曽根のビッグシャリラー**で勢いづいたっていうのがあるんだよね、小泉は。

高橋　終戦記念日の靖国神社公式参拝も現職総理では中曽根以来なんでしょ？

宇多丸　靖国もそうだし……（小泉首相が提言する）首相公選制とか……。

古川　結構かぶってるんだよね、中曽根とは。

宇多丸　中曽根は「**若いころの自分を見るようだ**」とか言ってるんだよな。「民族主義、統治権中心の内閣は鳩山（一郎）さん、岸（信介）さんと私ではないか。小泉くんは我々のサイドの首相になって欲しい」とか凄い怖いこと言ってるんだけど……はっきり言って、民族主義、統治権中心の内閣だなんて別にみんな思ってなかったと思うんだけど……凄いこと言うよなぁ、中曽根。

高橋　小泉的には逆にキツいんじゃないかっていう……応援コメントになってないよ。

宇多丸　あと例えばさ、靖国神社の公式参拝が合憲方向とかっていうのはさ、それはどう考えてもおかしいからっていう……右とか左とか関係なくさ、**政教分離って原則があ**

りましてってところですよね。なんでそこを突っ込まないのかな？　軍国主義がどうたらとかさ、倫理問題っつーかさ、考え方次第ではアリじゃん！　みたいなことじゃなくてさ、明確に政教分離で攻めれば一発じゃん！　しかも笑うのがさ、靖国問題に一番反対してるのが公明党なんだよね。政教分離に一番抵触するようなところが反対してるっていう……でも、こういうアナウンスってさ、割とテレビでやんないじゃん？　小泉のタカ派的な側面？

購読者200万人の戯れ言

高橋　やっぱハンセン病訴訟の控訴断念とかさ、そういう好感度を高めるような報道の方が圧倒的に多いよね。

前原　今回はマスコミの影響が大きいと思う。

古川　いや、大きいっしょ……つーかね、夕方5時のニュースが肝なんじゃないかって気がするんだけど。**5時6時台のニュースが全部ワイドショー方向にガーッと振れてるじゃんよ。**

前原　民主党潰したのもマスコミでしょ。テレビ出てる人が人気者になるんだからさ、こんなのは絶対。

宇多丸　やっぱキャッチーなキャラってことだよね。「よく分からないんだけど改革路線なんでしょ?」ってことだし……。

古川　『**らいおんはーと**』なんでしょ?ってことですよ……というわけで見た? (と、小泉内閣メールマガジンのプリントを取り出す) つい購読してしまいましたよ。もう200万人ならいいや! と思って……結構びっくりしたよ。こんな戯《ざ》れ言を何百万人に流してるのかと思うと……。

宇多丸　戯れ言ですか?

高橋　塩爺 (塩川正十郎財務相) のコラムとかあるんでしょ?

宇多丸　あいつさぁ、例の「覚えてません」問題 (テレビの取材で宇野内閣の官房長官当時「機密費を野党対策などに使った」と語ったものの、後に「忘れた」「錯覚」と翻した) とかさ、結構とんでもなくねぇ?

高橋　『asahi.com』に塩爺についての記事があるんだけど……「**忘れてしまいましたと言っても、それがまた『芸』になる**」って書いてある……。

宇多丸　機密費を野党対策に回したってことだからさ、野党があんま突っ込めないんだよ、気まずくて……もう腐敗してるよ!

前原　腐敗してるよ！

抽象性のイヤらしさ

古川　ではここらで各党のコマーシャルをチェックしてみましょうか……**やっぱ一気にダジャレに振れたっていうのが象徴的ですよね。**

宇多丸　共産党までやるとはびっくりしたなぁ。

古川　俺ら、結局ナメられてるわけですよ。だから「**保守ピタル**」（保守党のコピー）でいいよってことになるわけですよ。

郷原　「**そうはいかんざき！**」（公明党のコピー。神崎武法代表の名を捩《もじ》っている）とか。

宇多丸　なんに対して「いかんざき！」って言ってるのかさっぱり……自由党のＣＭもさ、旧体制とか書いてあるロボットと小沢（一郎元党首）が闘ってたり……**抽象的なんだよ！**　こういうのってＣＭだけじゃなくて、選挙のときの宣伝カーとかってうるせぇだけでさぁ、自分の名前連呼するだけでなんだかさっぱり分かんねぇよ！　名前連呼やめてくんない？

古川　ナメられてるんですよ。

宇多丸　「改革内閣の自民党です！」とか言ってさ、お前関係ねぇだろコノヤロー！って。

前原　こないだなんかバカな候補が**〝ひょっこりひょうたん島〟**を流しながら走ってて……関係ねぇじゃん、そんなもん！

宇多丸　ああやって安眠妨害されるとさ、テメエのところには絶対入れねぇ！　とかさ……でもみんなやってるわけだからさ、そうなりゃあ青島幸夫も勝つわそりゃあさ！

前原　あんなの右翼と一緒じゃん！　〝ひょっこりひょうたん島〟と自分の名前しか言ってねぇんだもん！

古川　イメージで勝ちてぇのか、そいつは。

宇多丸　あと小泉もさぁ……自分の似顔絵っつーかキャラクターイラストみたいなの募集してさ、もちろん選ばれた絵自体も寒くないわけはないんだけど、その絵を見て「なんだコレ、ベートーベンみたいだなぁ……（〝運命〟の節で）**ジャジャジャジャ～ン！**」とか言っちゃってさ。確かに変人ではあるんだけどさ……なんつーの？　寒いよ！

古川　**エキセントリック系のオヤジなんだよね**。下世話じゃないんだけど、すごく扱いづらい感じ。

前原　（小泉首相のバイオを見ながら）愛読書は『**あゝ同期の桜**』だって……。

古川　フフフ……結構ストレートにヤバいんだよね。

宇多丸　なんか嫌な感じだなー、X JAPAN好きとかも！　X JAPANが好きって言うことが今の大衆の気分に合ってると思ってやがるところがまたさ！　なんか凄い……イヤ！

古川　あと、英語はペラペラらしいっすね。

高橋　厚相時代にアメリカの厚相長官から「こんな完璧な英語を話す日本の政治家は初めてだ」と評された——だって。

宇多丸　あと小泉内閣がやった良いことって……ハンセン病の一件以外になんかある？

古川　こないだようやく骨太の方針っていうのが出たけど……取りあえず、**政府が提唱する「痛みを伴う改革」の失業者60万人っていうのはあまりにも少ない**って指摘が出てますね。恐らく150万人ぐらいにはなるんじゃないかって言われてますけど……**「痛み」**っていうのが全然具体的に提示されてないし、だれも自分が被ると思ってないからね。

宇多丸　「痛みを伴う」って言い方が抽象的でイヤらしいなっていうかさ……。

高橋　なんか**「傷だらけの勝利」的な甘い響き**を感じ取ってる奴とかいっぱいいそう。

宇多丸　不況が更に悪化しますよ、失業者もっと増えますよってことなんだからねぇ。

古川　**死ぬよ？**　ぐらいのね。

宇多丸　**自殺者も出ると思います！**　みたいな。でも、これやらないと先がどうにもならないから！っていうのをはっきり言わないとさ。

古川　取り敢えず今のところは八方美人的な……悪いところは抽象的に……あと勢いでね。

宇多丸　（小泉首相を真似て）**「これが新しい自民党！　感動した！　死ね！」**。

支持率81％の恐怖

古川　それとね、一般の人がやってる小泉純一郎ファンサイトみたいなのがあってさ……BBS見たんだけど……民度って言葉を思い出しましたね、とりあえず。物凄いものがありましたよ。

高橋　一部紹介しましょうか……**「ブッシュとももうすっかり友達ですね！」**とか……これも凄い、**「25歳OLです！」**。

古川　フフフ……選挙権持ってる！

高橋　**「小泉さんのことは私の彼がいつも語ってくれます。この間小泉さんの誕生日はプレスリーと同じ日だということを知り、嬉しくてついついカキコさせて頂いた次第**

です」。

宇多丸　キツいなぁ……民主主義→ポピュリズム→ファシズム……って流れはワンセットだからさ。民主主義はこういうものを生み出す危険性の高いものではありますよ。民主主義は常にベストなシステムじゃなくて、最悪を避けるシステムなだけで……ファッショに行っちゃうこともあるから、それはどこかでストップをかけなきゃいけないわけで……ストップをかけるメカニズムができてないんだとしたら、凄くヤバいシステムなんですよ。この人たちが自分たちの支持っていうのをさ、小泉さんルックス格好いいから好きとかさ、自覚してればいいんだけどね……俺の知り合いから聞いた話だとバイト先の女の子とかが「素敵よねぇ〜」「言ってることとか凄くいいじゃん！」みたいなこと言ってるらしいんだけど、そういう風に自分たちを絶対正義として捉えてるのはコワイよ。

古川　自分で考えて選びました、ぐらいのこと言うからね。

高橋　**「純ちゃんはガンガンいくタイプ？」**なんて書き込みもあるよ。

古川　こういう人がポスター買ってるのか。

宇多丸　**「池袋で小泉さんに会えました。一昔前まで外国人はお寿司を食べなかったのに、今では当たり前のように食べられるようになったくらい、時代は動くことは可能**

高橋　**だ！——みたいなことを絶叫してました」**。

古川　バカそう……。

宇多丸　一言で言えばそうなるね。

古川　**「うちの学校の教室全部にクーラーをつけて」**……。

前原　フフフ……。

宇多丸　**「ラフォーレ原宿をパクってラフォーレ那覇を作って欲しい」**……。

高橋　ハハハハ！　パクっちゃダメだよねぇ。

宇多丸　クーラー話が多いんだけど（※）……**「ともかく沖縄はクーラーがないといけないと思う。寒い地方は洋服を着まくればいいけど、洋服を脱ぐのには限界があるから」**。

古川　ハハハハハハハ！

宇多丸　あ〜、俺そういうの大好き。

高橋　CMにX JAPANの“Forever Love”を使っていて若いなぁ〜と思いましたって書き込みもあるよ……。

古川　思うツボだ。

郷原　**支持率81%ってこういうことか……**。

そこを取り込んでいくことが大事なんでしょうねぇ。

古川　だって30代の主婦がいま一番国会中継見てるっていうから……一番太いとこですよ。

郷原　「永田町の変人は……」とか言われるとジーンときちゃうんですかねぇ。

宇多丸　小沢が「**支持率が10倍にも跳ね上がる国民の情緒的な対応に危うさを感じている**」って言ってるけど、これはホントそうだよな……支持率81％っていうのがなかったら俺らもここでこんな話しなかったかもしれないよ。

古川　ある種の防衛本能みたいなものですよ。

宇多丸　これはちょっと怖いぞ！っていうのがあるからなんだよな。

高橋　これ以上上がってきたら怖いよな。

前原　**104％とか**。

宇多丸　でもさ、小泉のやることなすこと上手くいってさ、結果的に良かったじゃない！ってことになればさ……高くなっていくよね。

前原　81％ってCD100万枚売るのと一緒でさ、**半分はバカな人じゃん**。平積みになってればなんでもいいみたいなことじゃん。

古川　『**チーズはどこへ消えた？**』と間違えて『**バターはどこへ溶けた？**』を買うような人が大勢いる国なんだよ。

前原　だから、そんなに続かないと思うよ。半分はワケ分かってないんだからさ。

宇多丸　それは小泉本人が一番分かってる……というか恐れてることでしょ。

古川　ハンセン病の件も持ち上がった問題を処理しただけだからね。

高橋　全然、なんにもしてないんだよぉ！

宇多丸　本当、なにもしてないよ、まだ！

※「クーラーをつけて欲しい」「ラフォーレ那覇を作って欲しい」など、小泉純一郎首相の私設ファンサイトに沖縄の子供たちからの書き込みが多かったのは、沖縄のとある小学校の授業で「小泉首相にメッセージを送ろう！」という課題が生徒に与えられたため、とのちに判明。その発想自体はともかくとして……先生！　送るところ間違ってますよー！「課外授業でよろしく！の巻」でも指摘されていましたが、教師のクオリティ低下を象徴するエピソードではあります……。（高橋）

PLAYBACK

200万人のバカ

宇多丸　「『チーズはどこへ消えた？』と間違えて『バターはどこへ溶けた？』を買うような人が大勢いる国」って言ってるじゃん？　2005年の選挙で自民党が圧

勝したけどさ、民主党支持から自民党に乗り換えた人が大体200万人って言われてるんだって。で、その200万人が今の日本のベストセラーやらヒットを作ってんじゃねぇのかって気がしちゃったんだよね。日本の人口からしたら少数なんだけどさ。でもその200万人の超バカが、『チーズは〜』とその類似商品さえベストセラーに入れてしまうんじゃねぇかっていう……「日本を動かす200万人のバカ」！

たんぽぽが道端に生えていました……の巻

社会人の読者なら共感できるかも。
全然他人事じゃないよ!

2001年
9月

結婚か転職か

古川　今回は「**保証と安定**」ということで……そもそもの出発点はヨシくんが以前（『BLAST』の）後記に書いてた件なんだけど……改めて説明してくれます？

高橋　めちゃくちゃ忙しい職場に勤務する知人がいるんですけど、彼が10年近く付き合ってるカノジョから、時間や休みが不安定なことを理由に「**結婚――の場合は転職か別れるか**」という選択を突き付けられて困っている、という話なんですけどね。カノジョの言い分としては「**なにかがあったときに助けに来れないでしょ？**」みたいな部分が大きいみたいなんだけど……。

宇多丸　でもどうなの？　いくらなんでもさ、いざというときは帰って来れるでしょ？　サラリーマンでさぁ、結構な局面に立たされてさ……そこで換えの人員をなんとかするのが会社でしょ！

前原　（キッパリと）簡単ですよ。

古川　フフフ……簡単？

前原　もう好きじゃないんだよ。

宇多丸　でも結婚を迫ってるんですよ。

前原　**面倒臭いんじゃん？**　仮にその彼が転職したからって結婚してうまくいくとは思えないんだけどなぁ。

宇多丸　いや、でも問題提起としてはアリじゃないですか？

郷原　でも男の側からしてみると、結婚するにあたって転職するのってむちゃくちゃ勇気いりますよねぇ？

前原　**なんやねん！**って感じだよね。

古川　仕事に対する男側のスタンスも問われてるわけなんですよね。

前原　2人で一緒に仕事すればいいんだよ。

宇多丸　ペンションとかね。

古川　**気まぐれサラダ**でも出しながらね。

高橋　**森の小人のサラダ**とかね。

宇多丸　**結論、ペンションを開け！**

古川　ただね、いろいろなディテールを無視して、とりあえず単純に「**転職するか別れるか**」って物言いに対して違和感があるかないかってときに、俺は凄くあるんですよ。

高橋　違和感あるよね。

郷原　自分にダブらせるとあるかなぁ。

宇多丸　いや、アリなんじゃない？　結婚も付き合うも一緒でさ、ある一定の人間関係を結ぶにあたって、どうしても私はここが我慢できない！ってところが出てきたりして……。

古川　それはあんたの職業なんだよ、と？

宇多丸　そう。それがたまたま職業なだけであって……例えば、あんたのその酒癖をなんとかしろとかさ。それと同じように、あんたのその職業を巡る色々なものが我慢ならん！　と。だから、このまま続けていくのは耐えられんっていうのはあるでしょ。ならで全然、そんなのはいいんじゃないですか。どんどん条件出せばいいんじゃないですか！　もしね、そのまま付き合いを続けるのもアリでそんなこと言ってるんだったら「テメエ！　人を脅すようなこと言いやがってコノヤロー！」みたいな言い方ができるけど……**ファイナル・カウントダウン！**　なのだったら逆に俺はアリでしょ！って思うんだよ。

古川　まぁ確かにそうなんだけど、仕事観っていうかさ、仕事ってやっぱ人によって入れ込みようが違うじゃないですか。例えば仕事は仕事で、って人もいれば、**仕事が最大の自己表現**って人もいるわけじゃないですか。そういう人にとって仕事を否定されるっていうのは、ある意味その人そのものの否定にもなり得るだろうっていう

宇多丸　……。

古川　うん。もし男の人がそういう人だったら……だから二者択一が厳密なものであればあるほど、別れるしかないよね。

宇多丸　別れるしかないですよね。

古川　（前原に）「写真なんか撮らないで！」とか。

前原　どうする？

高橋　他の仕事が儲かるんなら辞めてもいいよ。

前原　なんの仕事でも？

うん。

年収6000万円なら主夫も辞さず！

宇多丸　それもあるよね……じゃあ俺に仕事辞めさせてね、なにやって食っていけば、い・い・わ・け・よ！　みたいなさ。

古川　私が養うわ！って言ったら？

宇多丸　**あっ！　マジ？**（**とダブル・ピース**）。

前原　別にやりたいことは一個じゃないからさ。

宇多丸　そういう考え方もあるよね。今のところさ、自分の数少ない才覚の中で、これなら金になるっていうものを伸ばしていった結果食えてるだけで……そこを切るっていうのはさ、どうしてくれんの！っていうかさ。

古川　そこの保証さえ、ね。

宇多丸　**「言っとくけどレジ打ちはイヤだよ」とか。**

古川　じゃあさ、実際にカノジョが金を稼いで自分は主夫的な立場って選択は……。

宇多丸　それで充分な収入があるんでしょ？

古川　**年収6000万円とか。**

宇多丸　全然主夫やる！　家事やるガンガン！

古川　ラッパー廃業っすか。

宇多丸　**あ……でもちょっとメンバーにも迷惑かかっちゃうからなぁ……。**

高橋　フフフ……。

古川　でも、そういうことなんですよ。

前原　名前変えるとか。

宇多丸　あるひとつの企業を廃業にするかどうかみたいなもんだから、俺ひとりでは決められないし……そこは、俺はただのサラリーマンと違うからさ。

高橋 ヨシくんは？　俺はちなみに辞めない。

古川 俺も辞められないと思う。前原さんは、今より収入が増えるんだったらどんな仕事でもいいの？

前原 別の部分で面白くて収入も増えるんだったら全然いいけど。

古川 言ってることがさっきと違うじゃん。

宇多丸 じゃあさ、面白いの抜き！　みたいなさ。**表現行為禁止！　みたいな。**

前原 どうしよっかなぁ……。

古川 フフフ……。

前原 モノによるねぇ。

古川 職種もね、確かにライターより楽しくて儲かる仕事もいっぱいあるかもしれないけどさ、「ライター辞めて！」っていうのはさ、自分が今までやってきたことが否定されるようで辛いっていうかさ……「仕事があって救われた感」がある人は、その仕事を否定されると辛いだろっていう……。

安定という根拠のない幻想

宇多丸　どうする郷原？　「服屋なんて辞めて！」。

郷原　**辞めますけどね。**

古川　フフフ……。

宇多丸　**「おしゃれやめて！」**。

郷原　やめた方がいいでしょ、そんなものは。

宇多丸　**「その腐りきった思考を直して！　朝から晩まで洋服のズボンの丈《たけ》のこととか考えるのやめて！」**。

郷原　**次のポスト**が用意されてるなら考えますよ。漠然と転職してくれって言われて自分で探さなきゃいけないんだったら今まで積み上げてきたものがゼロになるじゃないですか。でも新しい仕事が用意されていて……。

宇多丸　私の知り合いの会社で今空いてるポストがあるの、とか？

郷原　このケースに当てはめると、ちゃんと休みとかあって、時間も決まってて、そんなに出張とかもなくて、って仕事ですよね？

古川　フフフ……。

郷原　**良くない？　みたいな。**

宇多丸　終身雇用とかが崩壊して……崩壊っていうかさ、そもそも戦後何十年も続いた会社自体が少ないんだし……終身雇用が崩れたっていうのが社会の常識になってるけど、逆に「サラリーマン＝安定した人生」みたいな……今だってそういうのがあるけど、**なんでそんな根拠のないことを信じ込んでいたんだろう？**っていうさ。

古川　冷静に考えればね、保証がないのが当然だからね。

宇多丸　誰かが自分の人生に安定を与えてくれるって考え方自体がさ、物凄く根拠のない幻想だったたっていうさ。

古川　確率的にこっちの方が安定してますよっていうのは言えるだろうけどさ……絶対のものじゃないしね。公務員でも。

宇多丸　まぁ、確率だよね。敢えて言えば「**日本に住んでること＝飢え死にはしない**」っていうさ、日本の法律が機能している限り、生活保障はされてるという……そこは最大の安定だけどね。飢え死にするのは、ワザとか制度を知らないかのどっちかだからさ。

古川　安定ねぇ……。

宇多丸　安定……安定、欲しいですか？　よく言うじゃないですか……若いうちはいいけど

古川　さ、**お爺ちゃんになって「ヒップホップ・ライター」**っていうのも……。

宇多丸　**「原付乗ってフラフラしてられるのも今だけよ！」**みたいなね。

古川　すべて現実問題ですよ。

宇多丸　それはもう自己責任ですよ。

古川　そこを見据えて……いずれはどこかで安定シフトに移るのかなぁ、とか？

結論は金か……

宇多丸　将来引退したいですか？

古川　歳取った絵面っていうところで、やっぱ悠々自適とかっていうのはねぇ……一番いいですよねぇ……俺はワーカホリック・タイプの人間ではないからさ。やっぱ余生は**TSUTAYAの棚を端から征服してこうかな**……あ行からということで……**『悪魔の毒々モンスター』『悪魔のいけにえ』**……**悪魔続くなぁ〜！　みたいな**。

宇多丸　じゃあ割と引退志向？

古川　要は歳取ったときの絵面として、そこそこ余裕のある状態でいられればいいなぁと。で、たまに随筆とか書いたりね。**「今日、歩いていたら、たんぽぽが道端に生えて**

古川　**いました**」とか。**ほかに書くことないのかよ**。あと歳取って金銭的に追いつめられるのはきついなぁって気がするよね。50歳とかになって「**来月の携帯代どうしよう**」とかはちょっと……やっぱ働き続けるしかないかなぁ……。

前原　そもそも極端なこと言っちゃえばさぁ、10年後に自分が今と同じ仕事してるかっていったら……100％の確率ではないわけじゃない？

宇多丸　もちろんそうですよね。

前原　そう考えると……。

宇多丸　先のことは考えても無駄だ、と？

前原　**まぁ、お金だけだよね……**。

宇多丸　いやもう金ですよね。

古川　フフフ……。

宇多丸　結論は金か……毎回金だ……中崎タツヤのマンガであったんだけどさ、一日いくらかかるからとか計算してさ、「よし、俺の一生は何億あれば大丈夫！」みたいなさ……。

郷原　士郎さん、一時期それ計算してましたよね。「**毎日マクドナルドで食い続ければ**

……」とか。

宇多丸　それを言い出すとね……**「こないだテイクアウトで買ったときにハンバーガーが一個入ってなかった！」**とか言うとくれるから……それを都内のいろんなマックに言っていけば食費タダじゃん！　みたいなさ。それでグルグル回ってりゃあ一生食えますよ。で、**昼は電力館で映画観て……**。

古川　都庁の展望台に日曜の夜に行ったことがあるんだけど……ほとんど抽象画みたいな光景で……中年のおっさん2人が寄り添ってて、意識があるのかどうかも見た目じゃ分かんないんだけど……タイトルつけるとしたらなんだろうなぁ……**「虚無」とか**……とにかく凄い気分が滅入るよ。

宇多丸　平日の昼間の映画館とか、なにやってんだこの人？　みたいなのがいるもんね……でもそんな虚無になる必要もなくて……図書館で本読んでウヒャウヒャ言って、腹減ったらマック行って**「こないだテイクアウトで買ったらアレだよおまえ、ポテトのSとチーズバーガーが入ってなかったぞ！」**とか……。

古川　ナゲットも入ってなかったぞ！　とか。

高橋　それオーダーだよ。

宇多丸　で、デパートとかウロウロして試食とかガンガン食ってさ、栄養ばっちりじゃん！

高橋　どこに住むのよ。

宇多丸　うーん、なんか収入は確保しておいた方がいいな……。

古川　**一個だけ特許取るとか。**

宇多丸　いいんじゃないですか、ライターで……編集員とかしながらでも、食費ゼロ生活は可能だってことですよ。

古川　ちょっと行ってきまあす！　とか言って、マック行って……フフフ……。

『BLAST』に住んじゃえば？

高橋　そういや知人で家がない人とかいるな。

宇多丸　どうしてんの？

高橋　友達の家を転々としたりとか……会社に泊まったり……。

古川　あぁ、噂に聞くけど本当にいるんだ？

前原　その人はなんで家がないの？

高橋　うーん、なんでだろうねぇ……初めて会ったときから家なかったね。

前原　最初から家がないわけはないでしょ。

高橋 同棲してたのが破綻して、とかかなぁ。

宇多丸 高橋くんなんて家いらないじゃん。

高橋 え？

宇多丸 **『BLAST』住んじゃえばいいじゃん**。

高橋 え？

宇多丸 それでいいじゃん！　それでいこうよ！

高橋 それでいこうよ？

宇多丸 雑誌作ってる人ならさ、ある意味、会社に寝泊まりするのも全然あるでしょ？

前原 ここで寝ちゃえばいいじゃん。自分の部屋にしちゃえばいいじゃん。

郷原 それと**マック作戦**を併用すれば結構……老後もかなりいけるでしょ。

古川 家賃ゼロで公共料金もゼロだし……若いころからそれで貯めて……月収25万として23万ずつぐらい貯めていけば……**10年経ったら2000万ぐらい貯まっちゃうし**

……。

郷原 電話かけ放題！

宇多丸 インターネット使い放題！

古川 会社の備品も奪い放題！

一同　ハハハハハハハハハハハハハ。
宇多丸　ばっちりじゃん！
古川　で、働き者だと評判。
宇多丸　高橋くん、ばっちりだよ！
高橋　ばっちりですか？
宇多丸　**高橋くん良かったね、人生設計。**
高橋　みんな編集者になればいいんだよ！
前原　田舎があったらねぇ、農業やったり……。
宇多丸　農業できりゃあいいけどさぁ……呼び込みは嫌でしょ。看板持って立ってる人とか……あれ、人いらなくない？
郷原　人が持ってないと違法になるからってことなんでしょうね。
高橋　サングラスかけてマスクして顔バレしないようにしてる人とか多いよね。
前原　明らかに、おまえ先月までスーツ着て会社通ってたろ！って人もいるからさ……**半分スーツみたいな人いるもん！**
高橋　……半分スーツ？
郷原　大久保に住んでたときに目の前の公園をテリトリーにしてるホームレスがいて……

頭がちょっとおかしくなってて……めちゃくちゃデカい声で独りごと言ってるんですよ。それを聞いていると、過去に凄い栄光を極めてるっぽくて……銀座がどうのとかロレックスがどうの、とか……。

前原　たまにファミレスとかでいるじゃん。なんかオヤジが携帯で「**1億なんてすぐ動かせるじゃやねぇか!!**」とかさ。

宇多丸　でもさ、何十年もガーッと働いてさ、魂抜けちゃったじゃないけど、そういう人もいるでしょ。ある意味、金銭的な成功はもういい、とかさ。後は本読んで静かに暮らしたい、みたいなさ。

古川　一流企業を勤め上げたとしても、その後が磐石かっていったらそうじゃないだろうし……**幸せのカタチってなに?**ってことになるわな。

宇多丸　結局さ、安定したサラリーマンとは言うもののさ、その中でいろんなものを頼りにしないといけなくて、熾烈《しれつ》なところに曝《さら》されてさ……特に今はサラリーマンとしての生き方の選択肢が狭いだろうしね。

一日オナニーして何が悪い！

古川　読者でさ、ホントに仕事イヤだ！　とか、将来仕事したくないって思ってる人とかにさ、なにか言うべきことがあるとしたらなんて言う？　現在大学3年生でしたい仕事がみつからない、とか。そういう人から見ると、こういう場所に出てくるような人たちはなんか楽しそうに見える、とかさ。

宇多丸　**そりゃあおまえらよりは楽しいよ！**　それはもう間違いない……絶対にそうだよ。

古川　こんな俺はどうしたらいいんでしょうか？って仮に言われたとしたら？

郷原　下手に動かない方がいい。

古川　**マック作戦か**。

宇多丸　マック作戦は凄い冒険主義的な人生だよ、やっぱり。

古川　でも、究極の安定っていうのはやっぱそうなるじゃん、下手に動かない方がいいっていうのは結構究極的な結論で。

宇多丸　やりたいことがないとかさ、やりたいことが分からないっていうのは人生相談の定番だよね……でもさ、やりたいことがねぇんだったらなにもしなけりゃあいいんじゃないの？っていうさ、やりたいことがない人生は不幸だ！　とかさ、そういう物言いが間違っているんであって……。

郷原　ホントそうですよね、なにもしない生き方もありますよね。

宇多丸　**一日中オナニーしててなにが悪い！っていうねぇ……**。

古川　ホントそうだよね！

宇多丸　好きなことなにもないって言ってもさ、オナニーは好きだろ？っていうかさ……それでいいじゃん！　普通に仕事して、家帰ってエロ本買ってきて、「**さぁ～、今日はどうすっかなぁ～**」みたいなさ、ワクワクしながらさ……ばっちりじゃない？

古川　そうだそうだ！

宇多丸　**日本全国から……狼煙《のろし》が……フフフ……**。

古川　迷惑かけてないだけ全然いいですよ。エリート意識が煮詰まって人刺しちゃうぐらいならば、毎日ビデオ借りてきてオナニーして……。

宇多丸　ぐんぐんぐんぐんダウンロード……。

前原　他人事とは思えないけどね、俺は。

宇多丸　**前原さんの話をしてるんですよ**。

前原　俺もやめたいと思うんだけどね。

宇多丸　社会生活に支障をきたすんならやめた方がいいですよ……そうじゃなかったらなん

古川　でもいいでしょ。体がダルくなるとかね、そういうのがあるんだったら……。

宇多丸　なんでもやりすぎたら体ダルくなりますよ、そりゃあ。

前原　**俺の場合は心がダルいからね……。**

古川　心がダルい……。

前原　**いやあ、画像っていってもあれはドットの集まりだからさ。**

宇多丸　なに言ってんだよ！

古川　いいんだよチンコ勃ちゃあ！

宇多丸　好きなものを見つけなきゃ！って強迫観念に捕らわれるぐらいだったらねぇ。前にも言ったけどさ、世間的に言うつまらない人生も別にいいじゃんっていうか……生きてるんだから……**生きてるだけでいいじゃない！**

前原　**君が君であることが一番大事なんだよ！**　㊫

PLAYBACK

まだ理想論

宇多丸　これは人生全体のヴィジョンの話だね。「生きてるだけでいいじゃない！」って言ってるけど……これも後になってさ、生きてるだけでいいなんていうのは悟りの境地で、不可能だってことになったんだよね。この回は後にひっくり返るんだよ！　人生の感覚を一個一個遮断していくとかさ……これはまだ理想論だね！　まだ俺たち、このころは理想を見てたよ！

古川　青臭い……全然青臭くねぇよ！

やめなよ、トム！の巻

悪貨と良貨が入り乱れる「名言」産業に殴り込み。

「歯切れのいい言葉には気をつけたほうがいいよ！」

……肝に銘じます。

2001年
10月

言葉は麻薬

宇多丸　まぁ、ラッパーなんていうのは名言を言う職業みたいなもんじゃないですか。俺もその端くれではあるんですが……受け手側の僕としては……**歯切れのいい言葉って気を付けた方がいいよ！**っていうのが凄くあってさ。パンチラインって細かいところを問わずにバシッと言うから気持ちいいんだけど、本当はその細かいところが大事だったりするんだよね。一種のエンターテインメントとして名言を弄ぶのはいいけど、それを真理だと思い込んだりするのは危険ですよ。分かりやすくダメな例だと「**健全な精神は健全な肉体に宿る**」とかさ、お前ナチスかよコノヤロー！　みたいなさ、そういうのが割と平気で言われてたりするからね……麻薬ですよぉ……**言葉は麻薬ですよぉ……**。

古川　それも！

宇多丸　フフフ……それもなんだけどさ。

高橋　というわけで今回は、色々な名言や格言を紹介しながらそれについて云々していこうと。参考文献として用意したのは『成語林』別冊の『**世界の名言・名句**』（旺文社）、これはタイトル通り歴史上の偉人が残した格言集です。それから『**恋をはげ**

ましてくれたこのひとこと』『ご機嫌の法則100』『勇気をくれたこのひとこと～関西弁やで』（すべてディスカヴァー21）なんてのもあるんだけど、こっちは一般の人が実生活で体験した感動的な言葉をまとめたものです。

古川　やっぱり『世界の名言』と他のとでは隔たりがある感じがするね。

宇多丸　でも言ってることは同じだったりしない？

古川　うーん……**凄い早い段階での思考停止**って感じがする、ディスカヴァー21の方は。『世界の名言』の方は最終的な結論って感じがするでしょ？

宇多丸　考えに考え抜いた末に、ある程度の結論をシンプルにまとめると……。

古川　そう、エッセンスだけを取り出すとこうなるっていうか。ディスカヴァー21の方はさ、（結論に辿り着くのが）早いよ！って感じがするんだよね。

宇多丸　（『勇気をくれたこのひとこと～関西弁やで』をめくりながら）……「**関西人はなー、タイガースと吉本がおるから、どんな辛いことがあっても、すぐ立ち直れんねんで！**」……これ関西人差別だよ！「**まがいもんは、ほんまもんにはかなわんのよ**」とかさ、なにを言ってるんだよ！　なにも言ってねぇよ！

前原　関西弁になると雰囲気出るってことなんでしょ？

宇多丸　関西の人怒った方がいいよ、こういうものに対して！

古川　内容にしてもさ、現状肯定というか……背中を押す系というか頭を撫でる系というか……名言って本来そういうもんじゃないよね。

「山があったら登っちゃう」

宇多丸　（『世界の名言』をめくりながら）こっちはまあ、なんとも言いようがないのが多いね……あ、これなんかいいんじゃないですか……**「都市は人類の掃き溜めである」**（**ルソー**）」、これなんかは前原イズムなんじゃないっすか？

前原　あぁ、まさにねぇ。

古川　ルソーと同じ地点か……。

前原　こないだ『エイリアン4』観てたら言ってたよ、登場人物が。

高橋　なんて？

前原　**「地球か……肥溜めだ」**って。

古川　名言じゃねぇよ！

高橋　しかも吹き替えだよ。

宇多丸　ああ、『世界の名言』もヒドイのあるね……女性（について）編なんか相当なもんですよ。「**女の推量は、男の確実さよりはるかに正確である**」……やっぱキップリングですよ、こういうバカは！　それと同じページにボーボワールの「**人は女に生まれない。女になるのだ**」があるから笑っちゃうよね。ある意味、言ってること反対じゃん！

古川　ヒドイね。

宇多丸　「**男の愛はその生活の一部であるが、女の愛はその全部である**（**バイロン**）」なんてのもあるし……まず、「男って女って」っていうステレオタイプにあてはめるのが大問題なわけでしょ。

前原　なんかさ……逆の名言ってないのかね？　人を落とす名言みたいな……。

宇多丸　ネガティヴ系……「**あまり他人の同情を求めると、軽蔑という景品がついてくる**（**バーナード・ショー**）」……こういうことでしょ？　「**私の冗談の言い方は真実を語ることである。真実はこの世の中でいちばん面白い冗談である**」……バーナード・ショーはかっこいいねぇ……やっぱショーだよ！

古川　ハードボイルド作家でしたっけ？

宇多丸　いや、劇作家であり評論家……「**皮肉屋で有名な**」って書いてあるけど……「皮肉屋で有名」呼ばわりされるのもたまったもんじゃないよね……**皮肉屋で有名な古川**

耕、とか言われたらどうします？

古川　高橋　皮肉屋なのに、とかね……フフフ……。

前原　これはどうかな？　**「私たちが追い出されずにすむ唯一の楽園は思い出である（ジャン・パウル）」**……。

宇多丸　あぁ……僕はそれ好きですよ。

高橋　キツいねぇ……でもかなりいいねぇ。

宇多丸　**「一歩後退、二歩前進」**……こんなチーターみたいなこと言ってるのがレーニンだからねぇ。

高橋　原文も載ってるといいんだけどね。

宇多丸　そうなんだよね。そういう問題もある。

古川　有名なフレーズでも訳者で全然違ってきたりするからね。

宇多丸　**「山がそこにあるからだ（マロリー）」**っていうのもさ、山登り屋の登り精神を伝えたって言われてるんだけど、あれは山全般を指してるわけじゃないんだよ。**「山があったら登っちゃう」**みたいな、そういうことじゃないんだよ！

高橋　「山があったら登っちゃう」……途端にバカさが増すね。

前原さんが言いそう

古川　（『勇気をくれたこのひとこと～関西弁やで』を手に）合間にこっちも挟んでいこうか……**「その熱い気持ち、ふさぎっぱなしやと石炭になってまうねんで」**……。

宇多丸　石炭になっていいじゃねぇか！　いつでも燃やせるんだから！

前原　**「人間は、自分でなければできない、と錯覚していることが多すぎる（ドラッカー）」**……。

宇多丸　うわ、きっつ！

高橋　この名言を残したドラッカーはアメリカの経営学者ですね。

前原　あぁ、アメリカねぇ……。

古川　アメリカは別にいいよ。

前原　アメリカの人が言いそうじゃん。

古川　確かに、アメリカの名言は商社好みの名言が多いよね。

宇多丸　**「ジャーナリズムの力は大きい。世界を説得しうるような有能な編集者は、すべて世界の支配者ではなかろうか（カーライル）」**……編集者って書いてあるよ！　世界の支配者ですよ！

高橋　おぉ……。

古川　登場するときにでも使いなよ……よく分かんないけど。

宇多丸　クラシックならではの、そりゃそうだろ路線としては「**人の数だけ異見がある（テレンティウス）**」……。

高橋　グダグダだね。

古川　22歳学生……付き合っていた人に、別れるのを覚悟して過去の失敗を告白したとき、言われた。「**全部まとめて好きになるよ**」。

高橋　フフフ……。

古川　25歳幼稚園教諭……今の彼氏が、付き合い始めの頃、私に言ってくれた一言。「**他の奴はなんて言うか分からないけど、オレはかわいいと思う**」。大学生……別れ際に、彼が必ず言ってくれた言葉。彼は忙しくて、連絡があまりない。待っていた私を支えてくれた言葉だった。「**また、お電話します！**」……名言じゃねぇよ！

宇多丸　「**最も正しき戦争よりも、最も不正なる平和を取らん（キケロ）**」……。

郷原　（『ご機嫌の法則100』を見て）「**慌てなくてもだいじょうぶ。そのうち、死ぬから**」……。

古川　フフフ……。

宇多丸　**「古きよき時代。すべての時代は古くなるとよくなるもの**（バイロン）」……。

古川　あぁ……好きだなぁ、そういうの。

郷原　（引き続き『ご機嫌の法則100』を見ながら）**「下を向いて歩いてたって、なにも落ちていない」**……顔を上げろってこと？

宇多丸　これはどう？　**「経済的に正しいことは、道徳的にも正しい**（フォード）」……。

古川　うわっ！　……それは凄いねぇ。

郷原　**「これでいいんだろうか？　いい！」「明るいのもいい。暗いのもいい」**……。

高橋　なんかさ、前原さんの**「泣いたっていいじゃん！　笑ったっていいじゃん！」**に通ずるものがあるね。

古川　これもすごく前原さんっぽいんだよなぁ……**「でも好きなんでしょ？　好きなもんはしょうがないよ！」**……。

宇多丸　前原さんが言いそう。

前原　そう？　「好きなもんはしょうがないよ！」って言うけど……**しょうがなくない？　好きだったら**。

宇多丸　同じこと言ってるだけだよ、前原さん。

古川　**「しんぼうカネなり、しんぼうカネなり、残業カネなり」**とか……。

宇多丸　それイライラする……ホントに。あ、これ凄い！「**ともかく結婚せよ。もし君がよい妻をうるならば君は非常に幸福になるだろう。もし君が悪い妻をもつならば君は哲学者になるだろう。そして、それはだれにとってもいいことなのだ**（ソクラテス）」……ソクラテスの妻のクサンチッペは昔から悪妻の典型とされている、って書いてある。

前原　**クサンチッペって名前がなぁ。**

文脈が大事

宇多丸　でもさ、こうして見てみるとパンチライン産業は昔からあるんだねぇ。まぁ……言葉を使った表現全般に常にパンチライン・イズムはあるものだとは思うけど。

古川　あと古典っていうのはさ、歴史が積み重ねられていくことによって、いろんな新しい視点で読み返しされていって……さっきもさ、フェミニズム的な観点からすれば明らかにヤバいセリフがバンバン載ってたわけじゃない？　そういうのは、フェミニズム的な観点から淘汰されていって……そういう淘汰を経ても読み返されていくのが古典になるんだよね……古典は常に古典じゃなくて、読み返し作業が行なわれても耐えられるものが古典になるっていう……だからこの本に載ってるのでも、あと100年もすればなくなるのもあるでしょ？　少なくとも、今の時点でナシじゃん！ってのもあるわけだから。

宇多丸　**「女というものは、どこまでが天使で、どこからが悪魔なのか、はっきり分からぬものなのだ**（**ハイネ**）」とかね……安い歌謡曲だよ、これ。「男というものは〜」みたいなのがないよねぇ？　だから男サイドからガアガア言ってるだけってことだよ。

古川　どんなクラシックだろうと、常に眉唾で見ておかないとまずいってことですよ。歴史のジャッジングで消えていくものもある……消していかなきゃいけないものもあるし。

宇多丸　元にあった文脈から言葉を切り離して、言葉を取り出してるっていう作業の時点でもう、ね。エンターテインメント化してるってことですよ。気持ちいいとこだけを抽出しましたってことだからさ。例えば小説全体で深みがあるものを、そこだけ取り出してるから、純度の高いものになっちゃってるわけで……使い方を誤るとかなり危険なものになるわ、そりゃ。

高橋　前原さんはなんかないの？　自分が好きな名言とか格言とか。

前原　『仁義なき戦い』であるよ……「**お前の言うことは理想よ**」ってセリフ。

宇多丸　そんなんばっかかよ！

高橋　他にはなんかない？　友達とか親が言ってたとかでもいいよ。

宇多丸　友達の言うことなんて聞いてねぇからなぁ。

古川　それが名言ですよ。

高橋　『ベルセルク』で「**祈るな！　祈れば手が塞がる！**」っていうのがあったけどね。

古川　それかっこいいねぇ。

宇多丸　それは『花より男子』のかっこいいヴァージョンだね……うん、マンガは多いかも。マンガは言葉の比重が高いからね……『ハードコア』の「**俺たちは空だって飛べるんだ！**」とかね……文脈踏まえないとアレだけど。文脈っていうのがホントは大事なんだよ。文脈さえ揃えば「**また、お電話します！**」とかでもいいんだよ。

古川　まあね……身近な人でそういうちょっと狂ったのない？

宇多丸　「**遊びクンニ**」とか「**てめえらの悪知恵は藤原氏並みだ！**」とかありますけどねぇ。

高橋　カノジョでもお母さんとかでもいいけど、女性から言われた痛いセリフとかは？

前原　昔のカノジョと別れるときに、「**人に悪態つくのやめてね**」って言われたことがあったけど。

郷原　名言だなぁ……。

宇多丸　自分の欠点を面と向かってずばっと言われると厳しいよね……俺もきっとあるよ……。

郷原　藤原氏並みとは言われたことないけど、「**鬼並みだね！**」って言われたことある。

宇多丸　女の子から？　面と向かって？

郷原　ええ……フフフ……。

宇多丸　池袋の駅のところで、「**ここで100人の女に土下座すれば、1人は絶対やれるんじゃん？**」とか……。

前原　（唐突に）こないだチンピラにからまれてさ。

高橋　フフフ……大変だね。

前原　「**テメエさっき睨《にら》んでただろぉ！**」「**いや、睨んでないっすよ**」とかやってたらさ、「**さっき睨んでたみたいにもう一回睨んでみろよ！**」って。

高橋　名言とかじゃねぇよ！　最近出会った面白い人の話になってるよ！

宇多丸　渋谷のセンター街で……まだチーマー時代のころ？　チーマー同士が喧嘩しててさ、それを止めようとしてた女の子が「**やめなよ、トム！**」って言ってたのがあったけど。

高橋　トムって……『ウエスト・サイド・ストーリー』じゃないんだから……。

郷原　お店に来たお客さんが、**「東京でのし上がるのは大変ですかねぇ」**って言ってきたことがありましたけどね。

古川　フフフ……。

郷原　**「大変だと思いますよ」**って言っておきましたけど。

便利な思考停止ツール

古川　でもさ、名言に戻ると、ああいう安易なのってある種の時代の反映でもあるし、なにかの反動なんじゃないかって思うよね。

宇多丸　80年代的なものとの対比で言えばね、本音とか言うのは格好悪いじゃない！っていう諧謔《かいぎゃく》主義的な文化の反動として、ストレートに言おうよ、と。そういうことでしょ、**「そのまんまでええやん！」**とかは。

前原　癒しでしょ？

宇多丸　結局さ、諧謔主義は諧謔主義で、ある種の人には耐え難い緊張を強《し》いるわけですよ。「私、よく分からなぁい！」みたいなさ。そういう人に対して、**「お前はお前でええんちゃう？　無理に変わろうとすることないで！」**「疲れとるん？　自然体が一番やで！」とか……「なにかを身に付けていこう」主義の反動ですよ！　プラス主義に対する反動ですよ！　それに対抗するにはマイナス主義ですよね、どんどん引いていこう！　みたいな。

古川　情報過多な時代を経て、素のままのあなたが好き、みたいなのがカウンターになってるわけだね。

宇多丸　情報をチョイスするにあたって、本来なら情報を吟味してチョイスするっていうのが普通の姿勢だとしたら、情報をチョイスする必要ないじゃない！　今あなたの目の前にあるものを取ればいいのよ！っていう。

郷原　だから、こうしろ！って言い切っちゃうやつが多いんですよね。

古川　まぁ、ツールなんだよね。思考を止めたい人に対しての便利なツール。

宇多丸　うーん、でもなんでそれに嫌な感じがするんだろうなぁ。ああいう市井《しせい》の人々の美しい生活自体は否定してないのに……なんでこんなに嫌な気分がするんだろう？

古川　なんでですかね？

宇多丸　例えばね、「**あなたたちカップルが、わたしは大好きです**」っていう言葉が載ってるけど……見ていて気持ちの良いカップルがいたとしますわ……でも、それを「言うなよ！」って気がすんのね。それを言った途端、全然良くなくなっちゃう！　みたいな。実人生で「あなたたちカップルが、わたしは大好きです」って言いたくなる場面もあるだろうし、それは人生の良い瞬間かもしれないけど、**パッケージングするな！　と。**

郷原　応援して元気づけてるだけっていうのもねぇ……それですべてが上手くいくわけじゃないってところまでは言及しておかないとな……。

宇多丸　大体こんな本を買って、この言葉を見てどうにかしたいっていうのが間違ってるでしょ？　だって、**実人生で言われてナンボの言葉なんであってさ。**こういうことを言われた人がどこかにいるっていうことを知って、それで気持ち良くなってるのはおかしいじゃん！　構図として。つまりさ、クラシックの名言はある事象に対して普遍的なある法則を導き出そうっていうのがあるけど、こっちは人生のある局面で凄くいい言葉があったとしたら、それをあたかも普遍的な言葉のように出してる……本当は凄くパーソナルなものに。

古川　本来これほど文脈と不可分なものはないのにね。

宇多丸　そうそう。これほど文脈と不可分なものはないのに、これを読んで我がことのようにウルっとしてたり、って構造が気持ち悪いのと、それで商売してる奴がいるっていうのがムカっ腹が立つという……それだ！　だから、俺らが性格が悪いわけじゃなくて……関係ねぇんだコレは！　他人事他人事！　**みんな他人事なんだよ！**

古川　世の中にはどうでもいいことの方が多いからね……。

宇多丸　生きろ！　**だから生きろ！**　こんな本なんか読む暇があるんなら……。

古川　生きろ！

宇多丸　ということですよ。🈖

PLAYBACK 進む反諧謔

古川　これは『世界の名言・名句』と市井の人々の名言集を並列で読みながら話していった回ですね。

前原　『勇気をくれたこのひとこと～関西弁やで』……。

宇多丸　ひどいよなあ……これも「ヌキ・ブーム」が続いてるのと根は同じだよな。

古川　改めて見るとひどいよねぇ。

宇多丸　最後の「生きろ！」って……これ説明必要だよ！　本気で言ってると思われるからさ。これは『もののけ姫』のコピーなんだよな。

古川　言葉通りに受け止められる可能性がありますからね……「東京でのし上がるの

は大変ですかねぇ」っていうのも味わい深いな……そう言えば、こないだ「東京に負けました」って言ってた人がいたよ。

宇多丸　それは東京に負けたんじゃなくて、君の人生に負けたんじゃないですかねぇ……それにしても、この諧謔主義の後退っていうのはますます進行してますからね。

古川　風潮としてはますます反諧謔に向かってる気がする。

宇多丸　この本なんて諧謔だけで成り立ってるからな……終わりだ終わり！

古川　時代の流れ無視！

宇多丸　反骨精神！　時代に逆らう男たち！　……しかし「また電話します！」ってひでぇよなあ。

ギバちゃん
マイナスです!の巻

公論最多登場回数をヤワラちゃんと競う辻仁成。
最早好きなのかも……ていうか大好き!

2001年
12月

中坊イズム

前原　**俺が最初に井川遥見たのってなんだったっけ?**

高橋　また凄いところから始めるなぁ。

郷原　一般的にはアデランスのコマーシャルが最初になるんじゃないですか。

高橋　井川のどこが好きなの?

前原　どこって……顔に決まってんじゃん。

宇多丸　「顔に決まってんじゃん」って……じゃあ、体は関係ないの? 例えば胸がへっこんでるとか……**仮性おっぱい**。

前原　**逆ブラジャーとか?**

古川　逆ブラジャー……極めて新しい概念だね。

高橋　そんな井川遥も辻仁成の映画(『フィラメント』。P493「バロウズもジャンキーでしたよ!の巻」参照)に出演するという。

宇多丸　うーん……。

前原　辻ねぇ……。

古川　辻は結構、アイドルいってますよね。

高橋　菅野美穂？

宇多丸　それは噂レベルね。取り敢えず、南？

一同　果歩ね。

前原　もう離婚した。

宇多丸　自分で監督して、自分で映画の中で脱がして、それで結婚したっていうね……。

前原　**要するにリュック・ベッソンみたいな奴ってことでしょ？**

宇多丸　男の理想ではあるけどね……つまり辻にしてもリュック・ベッソンにしても、**中学生イズム炸裂**の男だからさ。

郷原　どうしようもない奴だよなぁ、あいつ。

古川　『レオン』……。

高橋　『グラン・ブルー』……。

宇多丸　**中学生、もしくは心に中学生を持った人、なおかつ「心の中学生」に無自覚な人が**わりと喜ぶ映画っていう。

古川　「心の中学生」にウエルカムな人ね。

宇多丸　僕も「心の中学生」はいるけど、同時に「心の中学生」を客観視してウヒヒっていう視点はあるからね。まぁ中学生時代どうだったかにもよるんだけど……まさに中

前原　学生イズム。いや、中学生じゃないんだよ、中坊！

古川　中坊イズム？

宇多丸　**透明なボク？**

前原　透明なボク。

宇多丸　俺はそういうの一切なかったから……中学3年間、人をイジメてるだけだったから。

前原　……まぁ、井川井川。井川に戻そうよ。

高橋　**悪い歴史だと思うよ、基本的に。**

前原　なんの話だよ。

高橋　いや、そういうなんか……まぁでも……ある意味、理想でもあるからな……。

宇多丸　なに言ってるんだよ。

前原　でも自分が辻と同じ立場なら、辻と同じことやるでしょ？　やりかねないでしょ？

郷原　絶対やるよ。

前原　でもちょっと前、辻、「**倒す**」って言ってませんでした？

宇多丸　**どっか駅前にいたら車で突っ込むよ。**

前原　結局そうなんじゃゃん。

あと、入れ替わりたい。

高橋　え？

前原　**辻になりてえ。**

宇多丸　辻かあ……ミュージシャンで！　小説家で！　芥川賞もとって！　映画も撮って！　主演女優と付き合う!!

古川　凄いよね。

宇多丸　パーフェクトだよ！

古川　カンペキじゃん。

宇多丸　なのになんでこんなに良く見えないんだ？っていう。

古川　そこが救いなんだよ。

前原　いやだから俺はさ、**田舎者のコピー野郎**の方が売れるんじゃないかっていつも思ってるのよ。**田舎者のコピー野郎**がさ。

高橋　「田舎者のコピー野郎」って2回言ったよ。

前原　臆面もない、「恥ずかしげもなくよくこんなことやるな、この野郎！」の方が絶対売れるじゃん。

古川　まあ、太いよね。

前原　逆に言っちゃえば、そっちの方が男らしいとも言えるんだけど……。

宇多丸　まぁ、そうだよね。現実にすべてを手にしてるわけだからね。**なんにも手にしてないで文句言ってる我々よりは……**。

前原　（口に指を当てながら）シーッ！

宇多丸　でもでも！　びっくりしたね、辻。

古川　例のカード話（「『エディター』『金髪』『俳優志望』の巻」参照）に当てはめてみたりすれば……ねえ？

高橋　そりゃあ井川遥も寄ってきますよ。

前原　ていうことは、カードが良ければいいってことなのかい？

宇多丸　カードの中身は問わずに、ということですよ。カードってそういうことだからさ。例えばね、「エディター」「元金髪」「俳優志望」……ね？　**これだけ並べてみるとどうしようもないけど**、でもつくってる雑誌が素晴らしいかどうかは問うてないわけだからさ。ただ、辻の場合、数字だけは残ってるじゃない？　ドラマの視聴率良かったし、芥川賞とったってことは、少なくとも中身も認められましたよってことでしょ？　芥川賞が偉いかどうかは置いとくとして。

古川　少なくとも誰かに評価はされている。

宇多丸　そんな状況でアレですよ、「車で突っ込む計画」実行したら、ただのホントに……。

前原　俺がただのストーカー・クレイジーか。

宇多丸　井川が遠のくばかりですよ。

高橋　いいの？

前原　いいとか悪いの問題じゃないよ。

高橋　なんだよそれ。

前原　**聖戦だからね。**

一同　…………。

欺瞞的クリエイティヴィティ

古川　俺らが辻をクリエイティヴィティのない野郎だって批判する根拠はさ、**〝愛をください〟**（エコーズの〝Zoo〜愛をください〟）の一点のみだったりするんだよね、実は。

前原　でもエコーズはひどいよ！　俺もうホントに嫌いなの、〝愛をください〟って。なぜ嫌いかというと……。

宇多丸　なぜ？

前原　**〝愛をください〟ってなんだコノヤロ！**

高橋　なんにも説明してないじゃん！

前原　『プラトニック・セックス』もそうなんだけど、そもそも言葉が嫌いなんだよ。

宇多丸　話をちょっと戻すけどさ、俺がいつも思うのは、高尚なアーティストで御座い！って顔してる奴が付き合うのが結局アイドルかよ！っていう……。

古川　**クリエイティヴィティの欠如ですね。**

宇多丸　割と俗世間とは無縁でございます、ってなところで偉そうな顔してる人が、実はアイドルと付き合ったりしてるとさ、**君の表現全体が嘘臭くなるんじゃないのかい？**っていうさ。元々アイドル好きですよぉ！ってところで活動してるんだったらいいんだけどさ。アイドルを手に入れるっていうのはさ、夢の達成っていうかさ……お前はそれをステイタスだと思ってるかもしれないけど、それは自分の表現と折りあいがいいものなのか？っていう……（三代目）魚武（濱田成夫）とかは割と「ぶっちゃけ系」だからさ、「**ぶっちゃけイイ女と付き合えればいいわけでしょ？**」みたいな方向はあると思うんだけどさ……。

古川　まぁ収まりはいいかもね、大塚寧々と。

宇多丸　でもね、大塚寧々はその前に白竜と付き合ってたわけじゃないですか？　白竜と魚武だったらやっぱランク落ちてるよ！　どういう意味でかは知んないけど、俺からすればもう100段階ぐらい落ちてるよ。「白竜の愛人」ってだけで俺はもう「大塚寧々ヤバいよ」**「これからさん付けで呼ぼうかな？」**ぐらいの感じだったんだけど……白竜だよ⁉

古川　白い竜だよ⁉

宇多丸　白いカーディガンが似合う男ですよ！

前原　まぁ要するに才能がないくせにあるふりしてる方がいいってことだよ。

宇多丸　芥川賞とった作家が、こんな次々とアイドル取っ替え引っ替えしてさ……しかも書いてる小説はクソ真面目なアレなんですよね？　奴がね、**アイドルヲタとしての誇りとか、**そういうのをカミング・アウトした表現活動で、そのルートで来てるんだったら兄貴ですよ……**辻兄貴ですよ！**　でも辻は違うでしょ？　そこに欺瞞《ぎまん》を感じるよね。

前原　勿体ぶって中身のない奴だからさぁ。

芸能人カップルのプロップ

宇多丸　でもさ、井川と誰だったらヤダ味がないかね……白竜なら間違いなくヤダ味はないよね。迫力ありすぎでしょ！

前原 （のけぞりながら）うわっ！　みたいな……**うわっ！**

古川 外国人は？　例えばゴクミ（後藤久美子）とジャン・アレジは思いもつかなかった

正解じゃない？

宇多丸 ゴクミはやっぱ半端じゃないよなぁ……やっぱねぇ、そこらのちょっとした奔放お姫様タイプ、神田うのとかとは全然ケタが違うよと。

古川 確かに。

宇多丸 川畑（要：ケミストリー）と安西（ひろこ）の話もあるけどさ……それはなんつーの……お互い分かってるなぁ、と。**むしろ祝福したい気分？**

古川 祝福？

宇多丸 あと藤原紀香と加藤雅也。これもねぇ、特に藤原を褒めたいんだよね。「**お前上手いなぁ！**」と。

郷原 落とし所がね。

宇多丸 なかなかねぇ、ありそうでないぞ加藤雅也っていうのも！っていうか。**お前を男にすると加藤雅也だなぁっていう**。

古川 加藤雅也の方がちょっと低い感じが藤原紀香を上げてる感じがするし、加藤雅也も藤原紀香と付き合うことでちょっと上がってる感じがする。

高橋　内藤陽子はどうですか？

宇多丸　まったく無名のスタッフ・サイドと付き合うっていうのはここ最近の流行りだよね。

前原　あのコはねぇ、多分めちゃくちゃいいコだよ。

一同　…………。

宇多丸　まあ、きっと普通のコでしょうね。

前原　**普通のコ……普通の凄くいいコ**。

宇多丸　凄くいいコかはちょっと分かんないけど。

郷原　ヤワラちゃん（田村亮子）と谷（佳知：元オリックス・ブルーウェーブほか）はどうですか？　あれで谷がめちゃくちゃプロップを上げてるっていうのはどういうことなんだろ……。

古川　よくぞ！っていう一点じゃないですか。

宇多丸　でもその後、谷って奴はモデル美女をお持ち帰りとかしてるらしいじゃない？　それは俺はちょっとねぇ……**胸が痛いんだよねぇ、正直**。結局お前、そういうところで発散しちゃなんの意味もないぞ、と。

古川　ファンタジーがないからね。

宇多丸　夢のない話だよなぁ。リアリズムでいくのなら**川畑・安西的なリアリズム**でいけと。
古川　ファンタジーの介入の余地がまったくないよね。
郷原　適正……。
宇多丸　辻・井川の話は、夢があるように見せかけて、本当はないって感じがする。夢が介在する余地が実はない！
古川　むしろ殺伐としてる。
宇多丸　殺伐っていうか……凄く立派な家かと思ったら**ベニヤで出来てた**、みたいなね。
郷原　だったら最初からリアリズムに徹しろってことですよね。
宇多丸　**白竜・井川っていう架空のカップル**は凄く夢があるじゃないですか。
前原　**違うボクの夢なんだけどね**。
高橋　え？
宇多丸　やっぱ芸能界って深ぇなぁ、みたいな。
古川　どっちのプロップも上がるし。
宇多丸　まず白竜が落ちるってことはないけどね。あ……やっぱそこで安西と付き合ったら落ちますよ。
高橋　ミスター・チルドレンの桜井和寿と……シェイプUPガールズだっけ？

宇多丸　**ギリギリ、ギリギリ！**　シェイプUPガールズなんて**そんなご立派なものじゃないよ！**　はっきり言って俺はねぇ……桜井はずっと支えてくれた奥さんを捨ててそっちにいっちゃったわけで、ある意味最悪なんだけど、桜井の見た目気にしてない感じが……プロップ上がっちゃったね、正直。その時期に出した歌とセットで結構グッときちゃうんだよね。奴はなかなか……ああ見えてモテるだけのことはある。

高橋　柳葉敏郎は芸能人ゴルフ大会に来ていた自分の追っかけと結婚したんだよね。

宇多丸　その女の子が電話番号を紙に書いて渡したらしいんですよ……ただ、それは俺はちょっとマイナスです。

高橋　マイナス？

宇多丸　**ギバちゃんマイナスです**。スターのやることじゃないね。正直、それでスターとしての神秘味が減っちゃったもん！

高橋　でも夢はあるよね。

宇多丸　まぁギバちゃんはざっくばらんな感じだから良しとしましょうか、敢えて。

連絡待ち

高橋　江口洋介と森高千里は？　とかやってるとキリがないので、あのー、話題を主人公に戻しましょう。

宇多丸　井川問題ですよ。

前原　そういえば「井川遥ストーカー問題」って新聞に出てたね。

宇多丸　前原さんじゃないんですか？　それ。

前原　**俺なのかな？**

高橋　前原さんなの？

宇多丸　ただね、ストーカーを誘い易いタイプだとは思いますよ。つまりそのー、自分を受け入れてくれそうな感じがするんですよ。

前原　ていうかもう受け入れられてるからね……促されてるからさ。促進されてるわけよ。

高橋　井川に？

前原　**なにかは分からないんだけどね。**

宇多丸　……まぁ、ファンって多かれ少なかれそういう人いますけどね。加護（亜依：モーニング娘。）が最近電話してこないのはどういうことだ！　とか。**加護がライヴで俺**

の方を見ないのは照れてるからだ、とか。

郷原　根深いなぁ。

高橋　でも前原さんもそういう感じでしょ？

前原　まぁ、連絡はないけどね。

高橋　眞鍋かをりはどうなったの？

前原　眞鍋かをりからもないよ。

高橋　国分佐智子は？

前原　ないよ。

高橋　誰からあるの？

前原　**誰からもないよ**。

宇多丸　連絡待ちだよ……すげえな……。

古川　一生俺たち連絡待ちだよ。

郷原　もう、**人に迷惑掛けてないってところだけが拠り所**ですよね。

高橋　前原さんさ、古川くんが井川と付き合ったらどうする？

前原　うーん……**俺は仮定の話はべつに……**。

高橋　ずっと仮定の話してんじゃんか！　しかも今まで乗ってきてたじゃん！　なんでこ

こにきて引くのよ！

前原　俺にとっては、仮定じゃなくて妄想……妄想はマトリックスの話だから……。

宇多丸　妄想は現実だからね。

前原　**マトリックスなんだよ、分かる？**

古川　いや、全然。

宇多丸　でも、それはアイドル好きの姿勢の基本ですからね。妄想が現実を凌駕するってい
う……**個人の情念が世界より優先する**っていう、それはアイドルイズムの基本です
から。そこにファンタジーがある！　ファンタジーが勝つんですよ！　だから現実
にストーカーとかやる奴はなんにも分かってないっていうね。

MO'写

高橋　あ、そういえば知り合いが○○（某女優）と付き合ってるんだよ。

宇多丸　マジで？　なんてことない一般人が付き合えるなら、前原さんみたいなカメラマン
が付き合えないわけないでしょ。

前原　いやでも、そういう人ってあんま気にしないんだよね、**相手の位**とか。

古川　**位……**。

高橋　言っちゃったよ……。

郷原　いつかきっと会えますよ。今は連絡待ちじゃないっすか。

前原　そうだよねぇ、だから**携帯の電源はずっとON**にしておかないと。

宇多丸　ゼロとは言えないですからね、確率。

古川　今だったら番号も残るしね。

前原　でも、やっぱ非通知かなぁ？　結構非通知の人って多いからさぁ。

高橋　前原さんが発掘しちゃえばいいんだよ、雑誌とかで。

前原　「デビューのときに撮っていただいた○○です！」。

高橋　「**脱げ！**」。

前原　そんな理屈ねぇよ。

古川　そんな理屈はないよね。

宇多丸　そういえばさ、鈴木紗理奈がカメラマンだか照明さんだかを好きになっちゃって忘れられなくてなんたらかんたら、とか言ってたな。

古川　あぁ、言ってましたね。

前原　**（ボソボソと）鈴木紗理奈鈴木紗理奈鈴木紗理奈……**。

古川　連呼……怖いよ。
前原　**（ボソボソと）田中眞紀子……あれ？**
高橋　なんだよそりゃ。
古川　いったいどんな方程式が頭の中で……。
宇多丸　でも、ああいうアイドル専門のカメラマンってなんつーかさ……スケベなんだろうねぇ。
前原　スケベだよ、**撮影のとき穿いてるのビキニだぜ**。
高橋　え？　カメラマンの方がビキニ穿いてるの？
前原　そうだよ。ビキパン。
宇多丸　引くでしょ、そんな普通の女の子は。
古川　変態プレイですよ。
宇多丸　それで怯えた表情を撮ってるとか。
高橋　前原さんも激写とか恋写とかさ、そういうキャッチフレーズを作ればいいんだよ。
前原　**妄写とか？**
宇多丸　妄写……いいねぇ、妄写。
郷原　元祖妄写……。

宇多丸　妄写……いいよぉ、凄い！　前原猛、妄写シリーズ！

古川　「ホントは撮ってなかった！」とか。

前原　**「現実的な意味で言えば撮ってなかった！」**とか。

高橋　猛の「もう」とダブル・ミーニングで。

宇多丸　MOで……アポストロフィで……「**M'O写**」は？　「もっとこい！」の「more」のMOでもあるし、妄想のMOでもあり、猛のMOでもある……あ、これでいいじゃん、M'O写！　名刺に書いた方がいいよ、「**M'O写の前原猛**」って。

高橋　カタカナだとダメだね。**モー娘。のパクリ**だと間違われるから。もしアレだったら次回からそれでいく？『BLAST』での表記。

前原　ああ、そうしといてよ。㊫

PLAYBACK

300億ぐらい出してみよう

古川　士郎さんのアイドル論もだいぶ熟成されてきたような。

宇多丸　ただねぇ……これは僕の理想論であって、意外とアイドル・ファンっていうのは……。

古川　本気で付き合おうとする？

宇多丸　そう。本気でバカな奴もやっぱ多くてさ……いい歳したアイドルが男と付き合ってるのバレたからって過剰に怒るわけよ！「俺たちを裏切った！」とか言って……なんだそりゃ！「こんなに俺たちは時間も金も注ぎ込んで応援してたのに！」とか言うんだけどさ、そんな人の人生買えるほどは金出してねぇだろ！　幾ら出したんだよバカヤローー！　300億ぐらい出してみろよ！

高橋　あと妾写もあるよ。

宇多丸　その後、使ってる？　妾写。

前原　だって妾じゃないもん。

宇多丸　じゃあなによ。

前原　普通の写。

公論ラウンジ3

マーくんのおティンティンの巻

あまりにしょーもない下ネタのため掲載を見送った名言の回（P389）の別テイク。

最初に言っちゃうし

宇多丸　全然さ、ウヒウヒ言いながら作ったやつもあるんだろうね……「**お前と一緒に温かい風呂に入りたいんや**」とか。

古川　なんて素敵な言葉なの！って。

宇多丸　これだったらなんでも出来そうだよ……「**子供作ろうや**」とかさ。「**コンドームは着けとうない……なぜならお前と少しでも近づきたいから**」とか。

古川　平気な顔して言ってる奴いるよね。

宇多丸　普通言われたら怖いことも美談にもっていく……「**お前のことならすべてを知っておきたいんや！**」とか。

前原　「**お前と一緒に死にたいんや！**」。

宇多丸 「**お前の体から出たもんならなんでも欲しいんや！**」。

前原 「**お前のこと追いかけてロンドンまで来たんや！**」。

高橋 ロンドン？

前原 「**いっそのこと殺してくれ！**」。

高橋 関西弁じゃなくなってるよ。

宇多丸 「**もうオナニーとかせんでもええんやで！**」……「**ワシがお前のヴァイブになったる！**」……「**今日からワシがお前のヴァイブや！**」……。

一同 ワハハハハハハハハハハ。

宇多丸 「**俺の前で恥ずかしがることあらへん……脱げ！**」……「**むしろ微乳の方が好きやで！**」……フフフ……逆にね、「**小さくてもいいじゃん**」とかね……フフフ……「**ムケばいいじゃん！**」とか。

郷原 下ネタはダメでしょ。

宇多丸 愛のある表現……「**好きやで！ マーくんのおちんちん**」ぐらいなら……。

高橋 ギリギリいけるかもしれないね。

古川 「**マーくんのおティンティン**」は？

宇多丸 それはダメですよ……おちんちんっていうのはさ、女の子が言ってもいいワードになってるじゃん。そこがポイントなんだよ。「チンポ」とかさ、「**チンポ**」とかさ、「ジュニア」「息子」……「**息子さん**」とかさ……。

高橋　「息子さん」は最下位でしょ。

宇多丸　「**ごめん、出しちゃった。好きすぎて**」……あとは、「**お前の寝言を聞かせてくれや**」。

高橋　あぁ、プロポーズ系ね。

古川　プロポーズっていまだにそういう決めゼリフで言ってる人とかいるのかな。

宇多丸　どうだろ。

前原　プロポーズ……でもなぁ……俺は結構ずっと言ってるからさぁ……大体付き合い始めは言うもん。

宇多丸　格好いいこととか言うの？

前原　……………。

高橋　結婚しない？　とかカジュアルに？

宇多丸　シャッターがどうの、とか？

前原　最初に言っちゃうし……。

高橋　いや違う違う……決めゼリフだよ。

前原　……だって結婚したことないから分かんないよ。

古川　イライラするなぁ。

宇多丸　想像の話だよ。格好いいセリフ。

高橋　涙ぐむような。

前原　**エベレストの山頂からアイラブユー**……みたいな？

古川　……ええ？

前原　ラッパーの場合はどうなの？

高橋　**「いつもステージでは"One for the money, two for the show"って言ってるけど……今気がついたよ……"One for the お前"さ」**とかは？

宇多丸　長いよ。

古川　**「もう一人のMUMMY-D（ライムスターのMC。宇多丸の相方）になってくれ！」**とかは？

宇多丸　それは……。

高橋　逆にどんなプロポーズならいい？

古川　「私をMUMMY-Dと思ってぇ〜！」。

宇多丸　ワケ分かんねぇ……。

高橋　前原さんだったら……**「私にピントを合わせて！」**とか……**「私のシャッターを押**

して！」とか。

前原　どこ？

古川　あくまで比喩だから。

宇多丸　「**私をダウンロードして！**」……どうです？　井川に言われたら。

前原　井川には言われてるよ、俺。

宇多丸　電脳電脳……妄想妄想……。

前原　促されてるからやってるから。

古川　フフフ……複雑だな……。

宇多丸　逆に照れすぎちゃってさ、「**あの……コンケツ……ジーマリ？**」とか。

高橋　日常的なシチュエーションでさり気なく、みたいなのがいいんじゃないの？

宇多丸　いつもと同じようにビッグマックとか食べながらね……ちょっとした間が空いた後に「結婚しようか」みたいなね……。

古川　いいねぇ。

郷原　男が照れ気味で……買ってきた指輪を渡して「じゃあ！」とか言って取り敢えず帰っちゃうとか……。

宇多丸　それで意図が伝わってない恐れもあるよね。次に会ったとき、「**こないだのコレあ**

りがとう！　凄くいいよ！　半分払おうか？」とか……。

前原　俺は最初に指輪あげちゃうけどね。

高橋　それって脅迫だよ。

宇多丸　ノックアウト強盗だよ。

前原　あげちゃうよ。

宇多丸　「はい、バドガールの服〜」とか……どうする？　ピンポ〜ンとか鳴って覗いたらさ、包装紙にリボン巻いた女の子が立ってたらさ……。

前原　引くと思う。

宇多丸　でも井川ですよ。

前原　あぁ……。

古川　急に考える余地が……。

前原　本当なのかな？　でも。

高橋　フフフ……。

前原　……**ありそうだな、でも**。

高橋　え？

前原　ねぇか？

高橋　ないよ。

前原　最初に言っちゃえばいいんだよ。

高橋　なにを？

前原　最初に……付き合い始めに言っちゃうの。

高橋　なんて？

前原　あ、付き合う前に言っちゃうの。

高橋　だからなんてだよ。

前原　**（小声で）結婚しよう、って。**

古川　さっきから怖いよ、前原さん。

2002

日韓共催のワールドカップでベッカム・フィーバー！　アゴヒゲアザラシのタマちゃんとチワワのくぅ〜ちゃんに日本癒されまくり！　鈴木宗男、辻元清美、田中眞紀子ら有名政治家の逮捕や辞職も続出！　9月以降、ワイドショーでは北朝鮮問題が話題に！

2002年といえば……

4月　学習指導要領の見直しが図られ、完全週休二日制のゆとり教育スタート

5月　2002日韓ワールドカップ開幕。ブラジルがドイツを破って優勝。日本はベスト16に

9月　小泉首相の訪朝で、北朝鮮の金正日総書記が日本人拉致問題を公式に認める

10月　バリ島で爆弾テロ事件発生。日本人含む190人以上が死亡。北朝鮮に拉致されていた日本人5人が帰国

あとがき公論

文:高橋芳朗

郷くんの塾に飾られていた驚愕のポスター

2009年12月以来、8年ぶりに訪れた郷くん経営の学習塾。教室に足を踏み入れると、トッド・ソロンズ監督のデビュー作『ウェルカム・トゥ・ザ・ドールハウス』の大きなポスターが飾られていてのけぞった。『天才マックスの世界』ではなく、『ウェルカム・トゥ・ザ・ドールハウス』を選んだ郷くんの心意気。デビー・ギブソンの「Lost in Your Eyes」を聴きながら虚ろな表情で夜空を眺めていたヘザー・マタラッツォに思いを馳せつつ、『ブラスト公論』はまだまだ続いていくのだと確信する。

なんだよ
安室ぉ〜！の巻

クラシック!!
安室話もさることながら、クリスマス尾行計画も相当なもの。

2002年
1-2月

イルミネーションの暴力

古川　**年越しのカウントダウンの瞬間をどう過ごすか？**　必要以上にセッティングしてしまうタイプと、わりとスルーしてしまうタイプがいますよね。で、これは以前ヨシくんと話したんだけど……ヨシくんは全然スルーしたい派なんだよね？

宇多丸　あ、そう？　意外と打ちそうなタイプなのにね。バリバリ打ってきそうじゃん。

高橋　全然ダメだねぇ。

宇多丸　なんで？　キャラとしてはさ、31日は浮き足立ちまくっちゃってるタイプじゃん。

高橋　寝ちゃってて起きたら年越してたとかがいいな……街歩いてたら年越してた、とか。

宇多丸　格好つけてるだけじゃねぇの？

高橋　格好つけかもしれないけど……なんか恥ずかしくない？

宇多丸　俺は浮き足立つよ。気持ちとしてはヨシくんの言うことも分かるけどさ。馬鹿げてるからね。でも、基本的に俺はお祭り好きなため、機会さえあれば**ワッショイ！　ワッショイ！**……御輿《みこし》に乗りたいクチなため。

古川　前原さんはどう？

前原　理想の年末はねぇ、どこか旅行にでも行きたい感じ。基本的に年末年始ってあんまり好きじゃないのよ。

宇多丸 前原さんは本当にどうでもいいと思ってるっぽいけど、ヨシくんにはちょっと引っ掛かりがあるなぁ……。

古川 過剰に意識してるからこそやり過ごしたくなるんじゃないの？

高橋 いやまあ、やっぱり意識してるんだろうねぇ。

宇多丸 だって、恥ずかしいっていうのはさ……。

古川 意識してないと出てこない言葉でしょ。

前原 俺の場合はね、**別に俺が主役じゃないしな**っていうのもあってさぁ。

古川 それはそれでまた……ある意味一番デカく受け止めてるような……。

郷原 僕は一年を通して、そういうイベント的なものは基本的に全部やり過ごしてるんですけど、でも、クリスマスから大晦日にかけて、スピードがめちゃくちゃ早い気がしません？　あの「**駆け抜ける感**」みたいな……あれを見てるのは結構好きなんですよね。ちょっと前、大晦日にセンター街の地下鉄の入り口の屋根に登って落ちたとかありましたよね？　アレとか絶対居合わせたくないけど、**見てたいなぁって**。

宇多丸 いやでもねぇ、分かりますよ。クリスマスからの一週間ぐらいは盛り上がっちゃって……10～15年ぐらい前まではクリスマス自体が浮き足立ってたでしょ？　あの、

高橋　桑田佳祐の今売れてる曲（〝白い恋人達〟）あるじゃん？　あれ聴くと、バブルだったころのクリスマスを凄く思い出すんだよ……だから凄く好きなんだけどさ。

宇多丸　俺もあの曲凄い好き……。

高橋　**全然その輪の中に自分たちはいなかったくせにさぁ……。**

古川　ヨシくん自体さ、クリスマス感みたいなものは凄く好きでしょ？

高橋　凄い好き……**表参道のイルミネーションとか凄い好きだった。**

宇多丸　へへへへ……やっぱ**マフラー感**でしょ？　マフラー感。あと**ダッフルコート感**。

高橋　ダッフルコートとかPコートだったり……あとハイネックのセーターをざっくりと……。

宇多丸　**すれ違う恋人たち**、みたいなさ。俺自身はそんなつもりはまったくないのにね、表参道のイルミネーションに行くと強制的にロマンティックな気持ちにさせられて……もう暴力だよ！

郷原　ウジャウジャいっぱいいるんでしょ？　人が。

宇多丸　ウジャウジャいるよ……でもその人混みがまたさ、景色の一部なんだよ。**僕の前を通り過ぎていく人々**、みたいな……。

前原　俺は表参道のアレも嫌いだったしねぇ……車が全然動かなくなっちゃうからさ。

古川　非常にリアリスティックですね。

宇多丸　確かもうやめたんだよね？

郷原　周辺住民の苦情がね。

高橋　立ちションとかゲロとか凄いらしい。

宇多丸　フフフ……根本敬さんとかが喜ぶ展開だよな。足下見れば小便やらゲロやら……。大体、東京はそんなにキレイな雪は降らねぇのにさ。寒くねぇんだよ、いまいち。

古川　虚構ですよ。

宇多丸　でもそういうね、本来は唾棄すべき、バブリーなクリスマスっていうか……桑田佳祐の曲にしてもね、要するに**コカコーラのCMイズム**っつうかさ、全然俺はこの中にはいなかったけど、確かにいた自分を見る！　みたいな……**有り得ない過去に陶酔ですよ。**

高橋　廃人……。

宇多丸　でもあれだって100万枚ぐらい売れてるんだからさ、**廃人が100万人以上いるんだよ。**

クリスマスの『七人の侍』

古川　みなさんはクリスマスになんかイベントとかやったことないの？
前原　クリスマスはケーキが食べられるから好きなんだけどねぇ。
宇多丸　あ、そういえば94年ぐらいかな？　当時付き合ってる相手がいなくて、孤独絶頂期だったんだけどさ。クリスマスの夜にわざわざ**『七人の侍』**のリヴァイヴァルを観に行ったんですよ……**逆打ち！**　で、そういうときに観る『七人の侍』の格別なことよ！　凄ぇ泣けるんだよ！
高橋　『トゥルー・ロマンス』じゃないけどさ、そんなときに**ポップコーンをぶちまけてくれる女の子**がいたりするといいんだけどね。
宇多丸　いやいや！　もっとハードボイルドな気分になってるわけよ。クリスマスの夜に一人で『七人の侍』を観てる俺、みたいなさ……**今でも思うんだよ、格好良かったなあって**。しかもそういうときは必要以上に感受性が高まってるからさ、映画観るのに凄くいいんだよ……どうよ、どんなことやった？　最大級。
高橋　20代前半のころかな？　クリスマスをハワイで過ごしたことがありますよ。
宇多丸　なんじゃそりゃ。

高橋　親戚の男の子と2人で行ったの。

郷原　フフフ……ナンパとかしたんですか？

高橋　しましたね。

宇多丸　どうだったどうだった？

高橋　いやあ、あんまり。

古川　ていうか親戚と一緒にナンパしたの？

高橋　変かもしれないけど、でも本当。**船上パーティとかにも行ったりね。**

宇多丸　どうだった成果は？

高橋　ナンパしただけ。それでそのコが泊まってるホテルの部屋に遊びに行ったりして。

郷原　してんじゃないですか。

古川　してんじゃないですか。

高橋　でもダベってただけだよ。

宇多丸　フフフフフフフフフフフフフフフフフフ。

高橋　フフフフフフフフフフフフフフフフフフフ。

郷原　フフフフフフフフフフフフフフフフフフフ。

宇多丸　ハハハハハハハハハハハハハハハハハハ。

高橋　ハハハハハハハハハハハハハハハハハハ。
郷原　恥ずかしいなぁ。
宇多丸　俺も恥ずかしいなぁ。
高橋　恥ずかしいよぉ〜。
宇多丸　**きゃあー。**

大晦日の乱痴気デパート

高橋　そういえば僕、**今年のクリスマスの予定は尾行だったんですけどね。**
郷原　ええ？
宇多丸　ウチの店の客で……出会い系サイトで知り合った女の子と、顔も見たことがないのに24日に初めて会うって奴がいて……。
郷原　それは尾行した方がいいね！
宇多丸　一応、奴の安全のために「それはちょっと怖いから、まず一回会っておいた方がいいんじゃないの？」みたいなことを言ってたんですけど、そいつがそう言っても、相手が「**初めて会う日は大切な日にしたいから**」みたいなことを言ってるらしく……。

宇多丸　フフフ……。

郷原　男は20歳で、相手は千葉のコで24歳。しかも、24日と25日で泊まるところをとってあるという……それも「**年に1回か2回ぐらい、地元の友達とかと集まるようなところがあるの**」とか言ってて、どんな場所なのかハッキリしなくて……。

古川　犯罪の臭いすらするね。

郷原　それでもう、絶対尾行しよう！って決めて、本格的に計画を練り始めて……**ひょっとしたら尾行することで人命を救助することになるかもしれないし**。

古川　表彰されるかもしれないしね。

郷原　でもね、結局会いやがったんですよ。千葉まで行って会ったらしく、で、戻ってきたら「**二度と会うことはないだろう**」って言ってました。なんかやっぱり、向こうは全然ヤバい奴で、なんかいきなり「**子供が欲しい**」って言ってたらしく……。

宇多丸　……いきなり？

郷原　もう異常者なんですよ。で、笑うのが、それでも男の中では**ひとつの恋愛を消化したかのように思ってるという**……馬鹿なんですよ。自分がフッたぐらいのつもりで

宇多丸　いて……。また一人泣かしてしまった、みたいな？

郷原　そう……だから、僕はその尾行計画が……**これは本当に面白いクリスマスになるだろう**と期待してたんですけど……。

古川　新しいクリスマスの過ごし方……。

郷原　計画書みたいなの作り始めてたし……**無線機とかいるから、取りあえず3万ずつ出し合わねぇ？**　とか言って……そうしようよ！　とか言ってたのに。

古川　いいねぇ。前原さんはそういうのなんかないんですか？　今年の24日は？

前原　仕事仕事。

宇多丸　まぁ、俺も仕事だけど。

古川　大人になるとそうなるんだよなぁ。大晦日に仕事してたこととかある？

高橋　タワーレコードで働いてたときはある。

宇多丸　あ、それはちょっとイベント感ない？

高橋　うん。オールナイト営業したりするし。

郷原　それは楽しそうですね……そうそう、**某都心のデパートが凄いらしいですね**。元々ああいうところって女の人が多いじゃないですか。だから男は大変なモテらしいんですよ、ちょっとイケてたら。毎年新入社員が入ってくるときは品定め、みたいな。で、31日って営業しますよね……営業が終わった後は、デパートの中はもう**乱痴気騒ぎらしいですよ**。

宇多丸　マジで？

郷原　**下着姿！**

宇多丸　ハハハハハハハハハハハハハハハハハハハ！

郷原　エレベーターとかもう、大変らしいですよ。

宇多丸　乱交パーティってこと？

郷原　いや、そこまではないだろうけど……**でもその入り口まではきてる**、みたいな。

宇多丸　もう物陰とかでは……？

郷原　**ええ、給湯室とかで**。

宇多丸　マジで⁉。

郷原　らしいっすよ。その2日後ぐらいに平然とした顔して……汚らしいですよ、**ベビー用品売り場とかは**。

高橋　楽しそうだね。

郷原　**一度来るといいよぉ**、みたいな感じで。

宇多丸　一度行きたいね！

郷原　エレベーターも稼働してるらしいっすよ、夜な夜な。

宇多丸　上行ったり下行ったりね……なんか乱交パーティとかだと引いちゃうけどさ、下着姿でウロウロとかさ……。

郷原　それがウソじゃなかったらホントに見に行く価値がありますよ。

宇多丸　**それこそ年末の理想形態でしょ！**　日常が完全に崩壊するっていうね。日常空間で非日常的なことを……ただのデパートがこんなに楽しい空間に！　みたいなさ。

郷原　その一夜で映画作って欲しいですね。

高橋　確か昔にあったよね？　『恋の時給は4ドル44セント』だっけ？　ジェニファー・コネリー主演の。

宇多丸　あれはスーパーだけどね……でもあれはいいな……ああいう感じ……いや、やった方がいいよね！

高橋　売れる！

宇多丸　売れるよ！　だって単純にそこ行きたいもん！　今まで色々あった「**ときめきシチュエーション**」にまたちょっと違うエピソードが加わった……これは開けたな！　ずっと「**修学旅行の夜**」以上のシチュエーションが思いつかなかったんだけど……

郷原　**例のほら、安室奈美恵のやつ。**

古川　ええ、ええ。

郷原　え……なに？

いや、もう民間伝承なんですけど……。

宇多丸　**「高橋くんも眠れないの？」**

「**ときめき研究会**」ってね、要するに「**ときめきが多い人生が実り多い人生に決まってんだろ！**」というテーマのもと、架空でいいから、どういうシチュエーションが人間をときめかせるか？　最も「ときめき度数」が高まるシチュエーションはなにかを、科学的に考察する研究会が俺らの間であるんだけど……ていうか、実際は単に俺の見た夢なんだけど……。

古川　なんだよ……。

宇多丸　まぁ、**修学旅行**なんですよ。で、まあ高校ですよ。割とフランクな男女共学の学校で、**そんなにエロい感じじゃない学校ですよ**。男女が友達感覚で「高橋ぃ〜！」みたいなさ、「**なんだよ安室ぉ〜！**」みたいなさ……。

高橋　安室？

宇多丸　それで修学旅行の夜ね、最終日ですよ。みんなでワイワイ騒いでさ、トランプとかしてワーワー盛り上がったりして……で、みんな寝ちゃったと。暗くなってヒソヒソ話してたのも収まって、すっかり静かになっちゃったんだけど、でも自分だけ寝れなくて、ムクッと起きて一人で「もう修学旅行も終わりかぁ……」みたいなね、**高校生特有のノスタルジー**に浸っているんですよ。そうすると、向こう側で**ムクッと起きるひとつの影**があるんですよ。

一同　フフフフフフフフフフフフフフフフフ。

宇多丸　で、それが**同級生の安室奈美恵**なんですけど……一番可愛いときの安室ちゃんね。で、安室とはそんなに仲良しじゃないっていうか、そんなに知らないんですよ。こっちも別に前から好きだったとかじゃなくて……可愛いコだとは思ってたけど、話もそんなにしたことないくらい。で、安室ちゃんが「(ヒソヒソ声で) 高橋くんも眠れないの？」って……「(ヒソヒソ声で) みんな寝ちゃったね」みたいな感じでさ。しばらくは小声で「(ヒソヒソ声で) 今日は面白かったね」とかやってて……で、しばらくすると安室ちゃんの方から「**(ヒソヒソ声で) あのさぁ、そっち行っていい？**」と……で、毛布持ってきて安室が隣に座るわけですよ、ちょこんと。「高橋くんとこうやって話したことなかったね」みたいな感じで……「そうだね、でももう卒業だもんね」みたいな感じで話してて……もう、ごく普通の話ですよ。先生の話とか友達の話とか……卒業したらどうするの？　とか。で、思ったより気が合うなぁ、みたいな感じでさ。それで「そろそろ寝ようか？」って横になって……。

一同　フフフフフフフフフフフフフフフフフフフ。

宇多丸　でまぁ、寝ますわ。気が付くとこう、安室の手と高橋の手が僅《わず》かに触れてるんだよ……**ドックンドックン**……で、高橋がちょっとイタズラ心で、くっと安室の手を押すわけですよ。そうするとね、**安室も押し返してくる**んですよ……そうこうするうちに、だんだん手が重なる面積が……この攻防戦が小一時間続いて……繰り広げられた後、１時間後、手を握るところまで……もう牛歩ですよ、牛歩でここまでいくわけですよ。で、まさかと思って安室の方を見てみたら、安室もこっちを見ている……また微妙な攻防戦があって顔と顔がこう近づいてきて……もう……息が吹きかかるぐらい……こう……なにをしようとしてるんだか分からないけどなんか……こう近づいてきて……**ああ！　もういくのか!?**ってところで、「オハヨウゴザイマス、朝食ノ準備ガデキマシタ」みたいなアナウンスがあり、みんなも起き出して、別になにもなかったと。その後……安室とは学校の廊下ですれ違っても会釈する程度の

仲に、つまり、また元に戻ってしまいましたというね……ときめき最大級でしょ、これ。どうですか⁉

前原　……凄いね。

古川　……凄いね。

一同　（無言）…………………………………………………………。

宇多丸　この話のキモは、**結局2人がくっつかなかったところなんだよ**。キスも別にしてないし、好意があったかどうかすらも定かじゃない……ここですよ！　要するに修学旅行という一晩のシチュエーションがなにかを狂わせた……でもあのとき、確かになにかが起こった！　これですよ！　**ときめき最大値！**　ちょっと涙が出てくるじゃないですか！　**どうですか、主役の高橋くん**。

高橋　いやあ……。

宇多丸　修学旅行とか職場とかさ……任意に集まった集団で起こる事件っていうかね、そこがやっぱ緊張感を生むしね。

古川　なんでもない人同士が非日常的な空間に置かれることによって、いきなりお互いの気持ちが通じ合ったような錯覚に陥る……。

宇多丸　そう、だから相互理解の手前で終わらないとダメなんですよ。深く理解してる関係はときめきとは言わないだろ、と。**この人とコミュニケーションがとれるかも？**の感じがときめきなんですよ。

古川　手に入れちゃったらいけない……。

宇多丸　コミュニケーションの入り口に立ったときがときめきなんですよ……深いなぁ……。

古川　あと、非日常っていうのもデカいよ。デパートの話だって、日常空間が非日常になる瞬間自体が……ねぇ。

郷原　ヤバいっすね……行きたいっすね。

宇多丸　やっぱね……やっぱ、**実人生でときめき体験いっぱいしといた方がいいよ！**　㊄

PLAYBACK
終わりなき日常

宇多丸　年末の「駆け抜ける感」ってどんどん減退してるよね。カウントダウン感が激減してるわけですよ。やっぱ「95、96、97……」ってくると、掛け替えのない一年が過ぎていく感じがするでしょ？　ところがさ、2005年から2006年になろうが……要は、前は年を経るごとに減ってたのが、今はただ普通に増えてるんだよ。もう限りなくのっぺりした……（笑顔で）終わりなき日常がね。

古川　うるせえな。

宇多丸　クリスマスのイベント感も減ったよねぇ。ちなみに僕が詞を書いたSkoop On Somebodyの"December"はまさにその駆け抜ける感を表現したんだけど……それは古き良き時代の記憶あってこそなのかもしれないね……また時代に取り残された男がここにひとり。

郷原　次までは生きてられないし。

宇多丸　次の盛り上がりって……だって2100年だって大したことないでしょ？　もう1000年こねぇんだよ！　渋谷で大騒ぎして地下鉄の入り口の屋根から落っこちた奴いるじゃん？　あの気持ちは分かるんだよ。多分、カウントダウンが近付いてるのになにひとつ特別なことが起きてないっていう苛立《いらだ》ちがあったんだよ。それで取り敢えず登って、なんかこうワーッとやってるうちに落ちちゃったと。だから、ある意味あれは成就ですよ。「決まった～！」ってことだと思うよ。

マミー、脱税やってるの？ の巻

2001年の重大ニュースについてあれこれ。
9.11はあまりに巨大なテーマ過ぎてここでは触れず。

2002年
3月

ADSLにはダウンロード感がない

古川　今回は『asahi.com』の記事を参照しつつ、**2001年の重大ニュース**で気になったものにいろいろコメントしていきましょう。じゃあ1月から順を追って……えー、**「ホーム転落の男性助けようとした留学生ら死亡」**（1月26日）。

宇多丸　これって美談ってことになってるけどさぁ……ちょっと違和感があるんだよね、前から。あのさ、3人とも死んじゃったんだったらさ、それは判断ミスだったんじゃないのかい？っていう……確かに人助けの精神は偉いけど、トータルでは間違いだったんじゃないのか？っていうさ。

古川　人命救助の鉄則として、まず第一に助ける側が危険に曝されないようにする、というのがあるみたいですね。

宇多丸　命を粗末にしてるように感じるのね、逆に。**人を助けるという行為は命を捨てるに値する**、という話に聞こえるわけ。倒錯してると思うんですよ。だって命が大事って話でしょ？　だったら自分の命も大事にしないとさ。

古川　この話が受けてるのは「自己犠牲の精神」ってことなんでしょ？

宇多丸　自己犠牲にも程があるでしょ。むしろ、無闇やたらに素人がホーム降りちゃダメですよってことじゃないですか。仮にその落ちた人だけ助けられたとしてもさ……例えば僕の落ち度で、2人助けに来て、その2人が死んじゃって、僕が助かるとするじゃない？ ……やめてくれよ！ と言いたいよ、マジで。**その十字架は重すぎるよ！**

古川　じゃ次……「**東京生命が破綻　更生特例法を申請**」（3月23日）。2001年はやっぱ全体的に不況シットが多いですね。

高橋　ライムスターの〝グッド・オールド・デイズ〟じゃないけどさ、2001年はタクシー乗ると景気悪いだとかそういう話ばっかり聞かされたよ。

前原　好きなんだよ、ああいうタクシーの運転手は。

古川　**経済を皮膚感覚で知ってます**、みたいな自負があるんだよな。

宇多丸　そうなんだよ、それはある！ 大阪人は笑いのセンスあり、みたいなもんでさ。街のことはタクシーの運転手に聞け、ぐらいのさ。そういうステレオタイプなイメージに自らを埋めていってるんでしょ。

古川　なんなら語っちゃいますよ、みたいなね。

宇多丸　ただまあ、あれだけ個室に2人っきりで、しかもいろんな人が通り過ぎていって……やっぱり遮断するか自分のスタイルで攻めるかなんだよね。それはいろんなゲストを迎える司会者にある傾向なんですよ。タモさんとかもそうだけど、なにが起ころうと強制的に自分のスタイルに落とし込むんだよ。もう職業的に、そうでもしないと頭おかしくなっちゃうってことですよ。

古川 次。「**大阪・池田小に男が乱入　児童8人死亡**」（6月8日）。

郷原 これは父ちゃんが面白かったですね。

古川 あぁ、宅間容疑者の父親ね。

郷原 「**私を越えたかったんじゃないか**」とかコメントしたりして。

古川 フフフフフ……どえらいよねぇ。

宇多丸 宅間容疑者は弁護士になる勉強をしてたらしいんだけどさ……そのオヤジは別に弁護士でもなんでもないんだよ。

古川 **息子は死刑にしたほうがいいと思う**、とかも言ってた。

郷原 あのオヤジが一番凄かったよなぁ……それ以外は全然笑えないんですけどね。

古川 次、「**ADSL普及進む　ADSL料金、安さで日米逆転**」（6月13日）。へぇ〜。

宇多丸 ちなみに古川さんはADSLを導入して「今まで自分がやっていたのはインターネットじゃなかった」という名言を残してますけどね。

古川 前原さんもADSLにしたんでしょ？

前原　ああ、今日ね。

宇多丸　どう？

前原　うーん……逆になんか……ダウンロード感がなくなっちゃったというか……。

宇多丸　あ、分かる！　それ凄い分かる！　あのさ、画面がちょっとずつ出てくる感じって悪くないよね？

前原　**「なんでここで止まってんだよ！　俺はケツが見てぇんだよ！」**。

宇多丸　そう！　これがザッザッと出て、サクサク集められるようになったら、意外とつまんないかなぁと思ってね……凄くいい画像をダウンロードしてる途中とかでさ、回線が切れちゃったりするとさ、なんつーの……**無事でいてくれよぉ！**っていうかさ。で、全部画像が表示されて……**ガッ**とやるじゃないですか、**ガッ**と。それでQuickTimeのアイコンがパッと画像になるじゃないですか……そうすると「やったぁ！」っていうかさ……ゲット！

古川　前原さん、「**（脳内ハードディスクの）ガリガリがなくなった**」って言ってましたよね。よく分かんないですけど。

前原　ダウンロードの途中の色々な想いがなくなったというか……俺のダウンロードはもう第一段階は終わったね。**ダウンロードを消費する時代になってきたね**。

高橋　意味分かんないよ。

暗黙の了解の瓦解

宇多丸　全然言葉足りてないよ。

古川　**「巨人長嶋監督退任　後任に原氏」**（9月28日）。

宇多丸　原がチームのテーマとして掲げてるのが……「**愛**」っていう……。

古川　野球と関係ねぇよ！

宇多丸　なんかもう……すげぇなお前！って感じ。

古川　**「野球に対する愛、巨人に対する愛」**とか言ってたな……マザー・テレサだよ。

宇多丸　しかしアレだね、**徳光は長嶋とならヤるだろうね**……間違いなく。

古川　長嶋が求めさえすればね。じゃ次……**「米、アフガン攻撃　米がアフガンを空爆」**（10月7日）。

宇多丸　対テロって名目ならなにやってもいいってなっちゃうのは……事実さ、パレスチナの和平交渉は完全に無になっちゃったから……灰塵《かいじん》に帰したわけじゃない？　何十年の努力がさ。俺はちょっとショックだったたね。だって何十年もやってきて、ようやく握手して数年経ったところで、ごく少数のタカ派がなんかやるだけで、それまでの血と涙と汗の結晶が……。

郷原 **頓挫どころじゃない**。

宇多丸 頓挫以下でしょ！　なにが起きてもおかしくないね、あそこはもう。

古川 これもテロ関連のニュースですが……「**米で炭疽菌事件　炭疽菌、米に緊張走る**」（10月10日）。

宇多丸 要するに白い粉を見ると常になにかが止まるわけじゃない？　……テロって効果的だよなぁ。白い粉ならなんでもいいんじゃん！ってことでしょ、今となっては。つまり実際の被害は一部でいいんだよ。

郷原 後はもう心理的な、ね。

宇多丸 郵便受け取るのも命懸けみたいな……で、そのぐらい深刻になってくると、社会っていかに暗黙の了解で成り立っていたかが白日のもとに晒されるというかね……一旦そういうのを問い掛けだすと際限なくシステムのフォール・ダウンが始まるというかさ、**根拠のない信頼の上に世の中は成り立ってるんだなぁ**って思いますよ。本当は危険だったりするものが世の中には溢《あふ》れてるんだけど、それにはある程度目をつぶってないと生活できないっていう……だったらもう、危険は確率問題として考えて、あとはみんな目をつぶって生きようよっていう……2001年はそういうのを剝きだしに見ちゃった年だったね。

全部捏造だったらいいのに

古川　次のこれは2年連続公論に登場ですね……**「秩父原人まぼろし　小鹿坂遺跡自体が捏造」**（10月11日）。

宇多丸　フフフ……。

高橋　引っ張ってるなぁ。

古川　遺跡自体捏造だからね……**遺跡なかった！**

高橋　奴が関わったのは全部再検証でしょ？

宇多丸　考古学会、面白いなぁ。

古川　しかし、歴史ってものを鵜呑みにするのも良くないよねえ。

宇多丸　だからそう、自分が実感できるもの以外にアイデンティティを託すのは間違ってるんですよ……やりきれない話があってさ、アメリカ先住民、いわゆるインディアンの居住区から、彼らとはまったく違う人種の、もっと古い時代の骨とかが出土しかけたわけよ。もっと掘ればいろんなものが出てくるはずだってなったんだけど、アメリカ先住民の圧力団体の力でそこをコンクリートで埋め尽くしちゃったんだよ……。

郷原　揉み消し……。

宇多丸　そう。彼らのアイデンティティとして、我々はここに最初に住んでいて、それを迫害したのがあんたたち、というストーリーがあるからさ。でも……アメリカの開拓時代に行なわれた非道が問題なんであって、あなたたちが元々住んでいたこと自体にはケチをつけたわけじゃないのにさ……なんともやりきれない野蛮さだよ！

前原　……もう全部捏造だったらいいのにね。

宇多丸　全部ね。

前原　世の中全部ウソでした……**モー娘。も全部ウソでした**。

宇多丸　なんだよそれ。

前原　**井川遥もウソでしたってことにしてくれないかな**。

古川　次……「**自衛隊護衛艦をインド洋に派遣**」（11月9日）。

宇多丸　これもバカだよねぇ……どういう役に立つかを考えずに形だけっていうさ。

古川　とりあえず「**Show the flag**」しに行ったわけでしょ（アミテージ国務副長官が当

時小泉首相に言ったとされる言葉)。

宇多丸 「Show the flag」だって捏造でしょ!

郷原 そんなこと言ってないって、言ったアメリカの大使だかが明言してるんですよね。

古川 歴史上、重要な局面での誤訳って結構あるらしいね。ニュアンスを間違って訳したがためにどエラいことが起こってしまった、みたいなのは。

宇多丸 結局、**コミュニケーションに関して凄く甘く見てる**と思うんだよね。コミュニケーションって簡単にとれないからこそ慎重に大事にしなくちゃいけないのであって……「言葉なんてなくたって!」とか「俺たちに国境はないぜ!」とか、**そういうことを言う奴に限って戦争を起こしてる**と思うんだよ。ちゃんとコミュニケーションをとる意志が実はないっていうか。

前原 でも日本人ってはっきり言わないじゃん。

宇多丸 ただ、はっきり言わないっていうコミュニケーションを我々はしてるわけだから……。

前原 それが誤訳されたりするわけでしょ?

宇多丸 いや、でも、日本はそれでずっとやってきたのに、それが欧米じゃ通用しないって言われたってさ……逆に欧米の人が日本に来たら、「なんでそんな言い方するの?」

って思われるのと同じでさ。**それは単に異文化間のコミュニケーションのズレってことで、それを埋めるためにどうするかっていうのを考えるべきでしょ？** じゃあ欧米人にははっきり言います、ってことになったとしても、はっきり言うコミュニケーションに慣れてない人がそうすることによって、更にこじれを生んだりするかもしれないよ？　というか、小泉がそういう状態になっちゃってる気がするのよ。論理的な言葉を発する習慣のない人が、「はっきり言う」ってことだけに特化してしまったため、整合性がむちゃくちゃになっちゃったり……でもキャッチーさだけはある、みたいさ。それはやっぱり、**コミュニケーションの合わせ方のレベルが安易っていう気がするんだよね。**

古川 次……「**獅子座流星群　1時間辺り数千個も**」（11月19日）。

高橋 もう来ないで欲しい。

古川 次、「**皇太子妃雅子さまが女児ご出産**」（12月1日）。

宇多丸 取り敢えず、また基本的人権のない子が1人……。

古川 女帝待望論とか言ってるけどさ、肝心の本人の意志、この子が女帝になりたがってるかどうかは関係ないのか？っていう……あの赤ちゃんを本当に可愛いと思うのなら選択の権利を与えてやれよ。

宇多丸　18歳とか20歳になったら選択できるようにした方がいいと思いますよ。天皇制っていうのを現代に機能させたいんだったら、最低限そういう配慮を、ね。

郷原　でもそういう議論の欠片も見えてこないですよね。

古川　最後……**「野村沙知代容疑者を脱税容疑で逮捕」**（12月5日）。

宇多丸　サッチーが逮捕されたじゃん？　で、今までの登場人物が一堂に会して勝利宣言をしているわけですよ！　それがもう強烈でさ……。

高橋　十勝花子はどうよ？

宇多丸　十勝はジョギング途中みたいな感じで……**「グッバイ・サッチー！」**って……。

高橋　いいねぇ。

古川　気が利いてるなぁ。

高橋　地獄だよ。

ダウナー精神の勝利

古川　じゃあ次は2001年の新語流行語大賞を見ていきましょうか……まず年間大賞は**「米百俵」「聖域なき改革」**等々で、小泉純一郎首相が受賞ということです。

宇多丸　まぁ小泉ブームってことね。

古川　語録賞だと……長崎県の漁船船長の武智三繁さんが言った「**人間ってなかなか死なないもんだ**」。この人はあれですよ、「**九州沿岸から潮流に乗って流されて気が付けば房総沖**」。

高橋　ホントかよ！

古川　「九死に一生で救助されたときの一言が話題になった」とあります。

宇多丸　武智はハンパないよ！　この人の発言はいいよね。俺は凄くいい話だと思ったんだけど。生き残った秘訣はなんですか？って記者に聞かれたらさ、「**無駄に努力しなかったから**」って。**凄いダウナーなんだよ**。諦めてたとかさ、下手に生き延びようとしなかったとか言っててさ……物凄い温度低いの、なんか。

古川　1ヵ月ぐらい漂流してたんだよね。

宇多丸　ダウナー精神の勝利だってニヤニヤしながら宣言してるわけだ……頑張りイズムが跋扈《ばっこ》する中にあって、生き延びる最大の方法として頑張らないことってのを提唱してるのは凄くいいなぁと思ってさ。

古川　逆『キャスト・アウェイ』ですよ。

宇多丸　気持ちのいいニュースでしたよね……2001年のベスト・ニュースに挙げてもい

いかもしれない……物凄く勇気が出てくるね。

前原　受賞のときの記者会見も凄かったよねぇ。

古川　**「この賞もらって明日にでもポックリ死んだらシャレにならないですよねぇ」**みたいなこと言ってて……明らかにウヒヒの血が流れてるんだよ。

宇多丸　なんもしたいことがない人生だったらなにもしなくていい、っていうかさ……それでこそ生き残れるわけですよ！　オナニー好きでなにが悪い！　**みんな家で寝っ転がってようよ！**

古川　助かるかも……**どっかに辿り着くかもよ。**

宇多丸　助かるって絶対！　いつか誰か助けてくれるよ！

古川　語録賞はもうひとつ……ヤクルトスワローズ監督の若松勉さんが言った**「ファンの皆様、本当に日本一おめでとうございます」**。理由として「リーグ優勝決定直後、意表をついた喜びの第一声でスタンドの大勢のファンを大喜びさせた」とありますね。

宇多丸　間違えただけでしょ。

古川　じゃあその他にランクした流行語……まずは**「明日があるさ」**。

宇多丸　不況商売だね……不況景気ですよ、完全にコレは。火事場泥棒ですよ。

高橋　**近所の100円ショップが半年ぐらいずっと〝明日があるさ〟をかけ続けてたんだよね。**

宇多丸　さっきの漂流船長と比べてみてさ、あっちが凄く良くてこっちが凄く嫌なのはなんでなんだろう？　凄く近いものにも成りうるのに。

古川　「**塩爺**」も入ってるな。

宇多丸　ウソだろ⁉

古川　「Show the flag」ってのも入ってますね。

宇多丸　だから捏造だっつーの！

古川　あとは……「**生物兵器**（**BC兵器**）」。

宇多丸　えー？　BC兵器アリなんだったらさ、「**同時多発テロ**」とか「**オサマ・ビン・ラディン**」とかの方がいいでしょ。

高橋　でもそういうのは入ってないよ。昔もさ、「サリン」とか「ポアする」とか、あと「火砕流」とかも敢えて選ばなかったとか言ってたよね。

宇多丸　あれ、でも「**狂牛病**」は入ってるよ……要するに狂牛病とか今回のテロとかは深刻に捉えてないってことですよ！

郷原　選定委員会は相当ヤバいですね。

古川　そもそも「生物兵器」って言葉、流行《はや》ったか？
宇多丸　流行ってない！　だったら炭疽菌でいいじゃん！
古川　次……**「ヤだねったら、ヤだね」**。
高橋　「ヤだねったら、ヤだね」とかをさ、会話の中に織り交ぜて使ってる奴とか見たことある？
宇多丸　フフフ……。
古川　絶望的な気分になるよね、見たら。
宇多丸　でもリアルに流行語を考えたらなんになるんだろ？　ホントにみんなが会話の中で使うような……昔でいったら「な〜んちゃって！」とかさ、会話の中に入ってくるようなの……それこそ**「すんまそん」**とか入っててもいいんじゃないの？
古川　古いよ！　「癒し系」とかは？
高橋　それは去年入ってた。
古川　**「稲垣メンバー」**はどう？（2001年にSMAPの稲垣吾郎が逮捕された際、メディアではこう呼称された）
宇多丸　あ、「メンバー」いいね。
前原　俺的には**「マミー、脱税やってるの？」**かな（野村沙知代の次男ケニー野村が母との電話のやりとりで発した言葉)。

宇多丸　フフフ……。

古川　それは……単に面白かったフレーズでしょ。㊅

PLAYBACK 打てないのは童貞のせい

宇多丸　古川さん、ADSL導入して喜んでますよ。「今まで自分がやっていたのはインターネットじゃなかった」って……。

古川　その後、ノートパソコン買ってワイヤレスも導入して、布団の中でネットやったりしてますねぇ。

宇多丸　最近はエロも動画の時代じゃないですか。だから暇な人はずーっとオナニーしてるらしいね。

前原　マジで?

宇多丸　もうオナニーに関して歯止めが効かなくなってきてるんだよ。だって金かかんないし……。

古川　気持ちいいしね。

高橋　死ぬかもしれないけどね。

古川　オナニー死？

宇多丸　でもまあ、誰にも迷惑をかけてないからいいんじゃないですか……まったく問題ない。

古川　野村沙知代もこのころに比べるとあんまり見掛けなくなりましたね。

宇多丸　旦那が監督に復帰したのに伴って露出は増えそうだよね。

郷原　でも野村もプロ野球選手になったときは童貞だったらしいですよ。それで、スランプの時に先輩から「お前は童貞だろ？」って言われたんだって。それでソープに連れて行ってもらったら打てるようになったみたい。

宇多丸　チャック・パラニュークって『ファイト・クラブ』の原作者の小説でカルト教団の話があるんだけど……そこに出てくるセリフで「セックスとは人間が親のコントロールを離れて初めてする自立的な行為だ」的なのがあってさ。つまり、セックスをちゃんとしてないってことは……みたいなね。登場人物のセリフだから必ずしも正確な思想とは言えないけど、「お前が打てないのは童貞のせいだ」っていうのはそういう説得力があるよね。早めに童貞を捨てた人は社会に対して自立心を持てるのかもよ。

「なにお前、トックが趣味なの?」の巻

スポーツおよびスポーツにまつわるヤダ味について。
前原猛の草野球熱がまだ本格化する前です。

2002年
4月

スポーツは体に悪い

古川　体育の授業って好きだった？

宇多丸　体育の時間はみんな好きだったね……**俺以外は**。でも学校の体育っていうのもお題目だよ。「**健全な肉体育成**」みたいなこと言うけどさ、週に数時間ぐらいやったところで健康になるわけじゃなし。ガキはうるせぇから取りあえず暴れさせとけ！ってことですよ……だから体育の時間にワーイ！ってはしゃいでたりするのは奴らの思う壺ですよ……**バビロンですよ！**　だいたいスポーツって体に悪いわけでしょ？

郷原　適度な運動なら体にいいんじゃないですか？

宇多丸　でも、その「適度」がなにかっていったら**ウォーキングとかだろ！　水の中歩くのが一番いいらしいじゃないですか！**

郷原　まあプロスポーツみたいに特別な筋肉だけを鍛え上げたりするのは体にいいとは限らないですよ……怪我だってするし。

宇多丸　だよねぇ？　だから「スポーツ＝体にいいもの」っていうのはさ、こりゃあ看板に偽りありじゃないですか！　ウォーキングでしょ！　水の中をウォーキングでしょ！　下手に運動するより家で寝転がってる方がいいんだってば……けどさ、**家で**

寝転がってオナニーしててなにが悪い派としてはさ、なんかスポーツしてないのが悪いっていうか……**怒られてるみたいだ！っていうか……**。

古川　フフフ……結局そこか。

宇多丸　でね、これを俺が「怒られてるみたいだ！」って感じるのは、学校教育問題もあるわけですよ。スポーツやらない子供はどうたらこうたら、みたいな。そこが俺のスポーツ文明に対する反発でもあったりするわけよ。

古川　いろんなものがごっちゃになっちゃってるんだよね。健康を持ち出すんだったら、スポーツをしないことで守る健康だってあると。

宇多丸　そうそう。それが言いたいわけよ。ジムで体鍛えてる人にしてもさ、あんなに腕を太くする必要はないわけよ！　日常生活でね、どう考えても（腹筋を指して）**ここに6つある必要なんか全然ないのよ！**　でも、腹が出てる人と6ついてる人とどっちが健康かって聞かれたら**6つって言うじゃない！**　俺に言わせりゃこんなの不自然ですよ！　ルックスのためって意識でやってるんだったらいいよ。でも、腹が出てるオヤジと比べて**6つついてる奴の方が健康だ**っていうのはおかしいだろ！

古川　自然……。どっちが自然に生きてると思ってんだ！

郷原　健康不健康で語るなってことですか？

宇多丸　うーん……というか…………**なんだよ！っていう……**。

古川　フフフ……放棄した。

精神論＋教育面の面倒臭さ

宇多丸　スポーツやって体を壊す人だっているじゃないですか。スポーツをやることで精神が荒廃する人だっているし……要するに、なにがスポーツマンだ！ってことですよ。実際ね、僕もサッカー部とか入ってたわけじゃないですか。でも、サッカー部の人間関係が**30年間生きてきた中で一番愚劣な世界でしたよ**。合宿とかで新入生の男の子捕まえて……筋肉をクールダウンさせるスプレーあるでしょ？　アレをお尻に塗って、その男の子が痛がって一晩中悶え苦しむ声を聞いて楽しんでる……**『ソドムの市』ですよ！**

郷原　でも体育会系的なヤダ味っていうのは、スポーツ競技自体とは関係ないはずなんですけどね。

宇多丸　**いや、俺にはそれが属性に思えてならなかったんだよ**……結局、サッカー・チーム

古川 というある意味軍隊的なシステムが生む構造じゃないのか？　と感じられたわけですよ。一種の軍隊でしょ？　チームってさ。だからこういう組織にならざるを得ないのかなぁって。

古川 身体的な技術が下の世代へ受け継がれていくとき、言葉を軽んじる傾向というかさ、体に覚えさせるってのが優先されてるのが、俺にとっての体育会系のヤダ味かなぁ。思考停止が凄く感じられるのよ、体育会系的な思想には。

郷原 努力、根性とか？

古川 そう。精神論。そこが一番嫌かなぁ。あと、学校のスポーツはそこに「**教育**」がくっついてくるからさらに面倒臭いというか。

宇多丸 そう。柔道とか剣道も「**道**」だからさ、技術以外のことを持ち出すんだよね。ホントは柔「術」、剣「術」のはずなのに。

古川 そう。でも「道」にはイデオロギーが入り込むんですよ。

宇多丸 最悪ですよもう……嫌なことといっぱい思い出してきた……「返事が悪い！」とか言われたりさ。ちゃんとしてるよ！

前原 少年野球とかも酷《ひど》いよ！

宇多丸 野村（沙知代）？

前原　いやもう、**みんな野村だよ！**　河川敷の野球場に行くとさ、小学校低学年の子供たちが……グローブの方がでっかいような子供たちがやってるわけじゃん。それをコーチがさ、「**バカヤローお前はなんで言ったことができねぇんだ！　お前はなにをやってもダメだな！**」とか怒鳴りつけてたりするからさ。

高橋　最悪……。

スポーツマンとは？

古川　なんでそうなっちゃうんだろう？　スポーツってシリアスだからかな？

宇多丸　だって殺し合いとか狩り……極限状態のモデル化なわけだからさ。そこに「笑い」みたいな非生産的な行為が入り込む余地はない……実はスポーツだって生産性ないのにね……あ、「**スポーツは笑えないから嫌い**」ってのはどうですか？　理由として。

郷原　笑えないからスポーツ嫌いって……聞いたことない……面白い。

宇多丸　でもさ、音楽でも映画でも、僕が好きなものって大抵笑える要素が入ってるけど、スポーツ単体では少なくとも笑える要素はない……俺が一生懸命笑おうとしない限りない。

古川　フィギュアスケートとかは、笑いじゃないけど身体能力以外のものを競ったりしてますよね。「芸術点」とか。シンクロナイズドスイミングなんかでもコミカルな演技が話題になったりするし……そんな抽象的なものがアリなんだったら、「**爆笑点**」とかがアリでもいいいんじゃん、とか思いますよね。技術は5点だけど爆笑は10点、とか。

宇多丸　大体、スポーツって名前がよくないと思うんだよ。**格好良すぎんだよ！**　なんかもっと……「**トック**」とかさ……。

古川　フフフ……。

宇多丸　そういう名前にした方がいいよ！「**なにお前、トックが趣味なの？**」みたいな。

古川　好きなタイプはトックマン、とか。

郷原　でもそれもいずれ、**トックが格好良く聞こえるようになってしまう**んでしょうね。

宇多丸　あとさ、世間では「スポーツマン好き」っていうのがあるじゃないですか……「スポーツマンが好き」ですよ！　なんじゃスポーツマンって⁉って話でしょ？　そのジャンル分けはなんだ！　と。**大雑把すぎるぞ！**　**と**。スポーツといっても多岐にわたるわけだよ……それを……なんだろ……**いい加減なことを言うな！**　**と**。

古川　フフフ……。

高橋　なんかグダグダになってきた……。

前原　**「スポーツマンが好き」っていうのは「セックスが好き」ってことですよ、要するに。**

宇多丸　突き詰めればそういうことだよね。

古川　スポーツマンって言葉が指すのは……ひとつは……。

宇多丸　身体能力の高さ。

古川　ということは？

前原　**男の汗を感じたい。**

古川　いや、ちょっと待って。

宇多丸　もうちょっと要素を挙げてみよう。身体能力が高い……体を鍛えてるから見た目がいい……で、スポーツマンは爽やかだ、と。性格もさっぱりしてる……三拍子揃ってる！

古川　体育会系的な価値観で培われた社会適合性というのもあるでしょう。

宇多丸　……例えば男でさ、スポーツマンの女の子が好き！って人いる？

古川　女のそれよりかは遥かにマニアックと言われますよね。

宇多丸　野球が好きだから一緒にキャッチボールができるカノジョが欲しい……とかいうのだったら分かりますよ。でもそうじゃなくて、**「スポーツが得意なカノジョが欲しい」**……急にマニアックな響きを帯びるよねぇ。

舞台の上にいる奴が好き

古川　逆に言うと、女の子が「スポーツマンのカレシがいい」っていうのは、身体能力以上のものも含んでいるんですよ。

高橋　**応援したい、とかね。**

古川　それは少数派じゃない？

宇多丸　いや、少数派じゃない!!　**応援したいイズム**っていうのは大きいよ。ユーミンに〝ノーサイド〟って曲があるじゃないですか。スポーツマンのあなたが頑張っているところを私は見守っているわっていう……テメエはスポーツなんざしねぇんだよ。もうなんか……**全然分かっちゃいねぇんだよ。**

古川　フフフ……。

高橋　高校野球とかでお祈りしながら泣いてる女の子とかいるよね。

宇多丸　アレとかさ、別にカレシが出てるわけでもねぇのに泣くんだよな。

古川　ていうか、それで好きになっちゃったりするんでしょ？　応援しながら。

宇多丸　格好いいって思っちゃうらしいね……そう、スポーツをしてる男は格好いい……これはどうなんですかねぇ？　つまり、狩りとか戦闘とかさ、スポーツは原始能力の再現なわけだから……**強いオス→子孫欲しい→精子くれ！**ってことになりますよね……つまり「**精子くれ！**」なんですよ、スポーツマン好きは！

古川　いやどうかな、そこまでストレートに結びついていないと思うけど……例えば、甲子園に出るような選手がモテモテっていうのは、自然に目に付きやすいし、なおかつ好きになれるような装置や物語が沢山あるわけじゃないですか。

宇多丸　舞台があるからね。

古川　そう。でも他の男子は……同じようなレベルの外見だとしても……**放送委員とかやってる奴はねぇ**。

宇多丸　見せ場がない……（マイク・テストのフリで）「**アーアー**」**とか言ってもね**。

前原　結局舞台の上にいる奴が好きなんだよ。

古川　そういうことでしょ。

宇多丸　どんなにショボくてもさ、学園祭でバンドやってるとモテたりするでしょ？　しかもスポーツマンっていうのは、バンドやってる奴よりもナルシシズムを感じさせないからな。

古川　むしろ「爽やか」までくっついてきて。

宇多丸　正当化されますよね、スポーツってだけで。

古川　じゃあモテたいからスポーツやるっていうのは**正論ってことかな？**

宇多丸　全然正論でしょ。

郷原　小さいころだと、運動能力が高いだけでモテたりしますからね。

高橋　小学校のときとか足が速いだけでモテたもんね。

宇多丸　そうそうそう。

古川　最悪の事態だよね。

宇多丸　それこそ生物の本能ですよ。

郷原　まず獲物を獲って来られるし……。

宇多丸　**逃げられるし……**。

高橋　逃げられる……。

宇多丸　逃げるも大事ですよ～！　**屁理屈の能力とかは全然……**生物学的にはなんのアレもないですからねぇ。

ラグビーだ

古川　でも、高度に組織化された社会では口が上手いのも有効だっていずれ分かる。

宇多丸　それは女子が自分の本能を咀嚼《そしゃく》してくれるようになってからですね……あ、それとさ、スポーツマンがモテる条件のひとつとしてはさ、一般的にスポーツマンと言わてれる人だったら問題ないだろ感というのがあるわけよ。友達とかにね、「カレシってどんな人？」って聞かれて「スポーツマン」って……。

高橋　そんなこと言う女の子いるかな？

宇多丸　いるよ、いるいるいる！

郷原　実際、いい歳の女子大生とかが「お父さん、ちょっとボーイフレンド紹介したいんだけど」って言ったとき、「どんなカレシなんだ？」って聞かれて、「同じ大学でラグビー部に入ってて……」ということになったら、**「いっぺん連れて来なさい」**みたいなことになるでしょ。

宇多丸　スポーツマンってだけで印象変わるからなぁ……スポーツマンと言ったときにさ、みんなどんなスポーツを思い浮かべてる？

高橋　**ラグビーでしょ。**

宇多丸　ラグビーだよねぇ！　これはね、ユーミン・パワーですよ……**〝ノーサイド〟パワー**ですよ。

古川　いやでも、俺はその曲知らないけど、スポーツマンって聞くとラグビー連想しますよ。

宇多丸　それは無意識のうちに刷り込まれてるんですよ……あの曲は確かにねぇ……俺は全然スポーツに興味ない、スポーツマン大嫌い！　まして女でもない！　なのに、**あの曲はジンときますよ、やっぱ**。

高橋　どういう歌詞なの？

宇多丸　カレシがラグビーの選手なんですよ。で、カノジョがラグビーの試合を応援してる……彼が蹴った最後のボールがゴールを逸れて、それで試合が終わっちゃった……負けちゃったわけですよ。で、観客は帰るんだけど、みんながあなたのことを忘れても私はずっとここにいるわ……私はあなたの味方よ、みたいな……。

高橋　あぁ……じゃあラグビーをやってるカレシを持つ女の子はみんなその曲を聴いて……。

宇多丸　**もう……聴きながら……こう……（と、自分の胸を揉むフリ）**。

高橋　やめろよバカ!!

前原　**私にトライして、みたいな。**

高橋　バッカじゃないの!!

郷原　「スポーツ」って聞いてもラグビーとはすぐにこないけど、「体育会系のスポーツ」って聞いた瞬間になぜかラグビーを連想しますねぇ。

古川　**しかも、それは大学ですよね。**

郷原　そう、大学なんですよ。

宇多丸　だから「好きなタイプはスポーツマン」っていうのは、大学生感なんだな……なんか高校生とか言わなそうな気がしない？　でも大学生とか言いそうじゃん、今でも。

古川　**だいぶ敵が見えてきた。**

宇多丸　つまり、「大学生、かつスポーツ好き」っていうさ、そこに俺らが感じるヤダ味っていうのは、「**トータル・コンサバ感**」なんですよ。なんにも考えないで安全パイだけ取ってればいいと思ってんだろコノヤロー！っていう……**なんの根拠もねぇよお前の言ってることは！**　みたいなさ。

高橋　**ラグビーって移動のときスーツだったりするじゃない？**

古川　新しい視点が出てきたな。

宇多丸　ブレザーね。

高橋　アレも爽やか感に拍車を駆けてるような気がするんだけど。
郷原　大学の冠を一番しょってるスポーツって感じもあるし……。
古川　学閥的なイメージも強いよね。
宇多丸　早稲田とかにいるとさ、早慶戦のときなんかは授業休みなんだよ！　バッカじゃないの！って話でしょ……で、入学したばっかのブサイクな連中がいきなり愛校精神に燃えちゃってさ……。
古川　コマ劇前で校歌歌ったりするわけですね。
宇多丸　もうどうしようもないっすよ……。
郷原　……ラグビーだ。
古川　ラグビーだねぇ。
高橋　でも実際今さ、スポーツマンってそんなにモテてないんじゃないの？　そんな気がしない？　それよりもっと別の人種の方がモテてるんじゃないのかな？　もっとオシャレ寄りというかさ、スケーターとかＤＪとかさ。
前原　学生と違ってさ、大人になってスポーツやってる人は別にモテないでしょ。大学ラグビーやってた人が普通に就職して、社会人になっても趣味でチーム作ってやってます、とかさ。それは別にモテとは関係ないと思うよ。

「スポーツマン」と「スポーツマン的」

郷原　やっぱアレなんじゃないですかね……例えば俺らみたいなのが合コンに行って、「僕たちスポーツやってるんですよ」とか言ったら……。

古川　**冷笑でしょうね。**

宇多丸　つまりこれも**見た目問題**なんだよ！

古川　だからむしろ、**スポーツマン的**って言った方がいいのかもなぁ……もっと抽象的なものというか……。

郷原　それはそうかも。実際なんの競技をやってるとか、そんなの関係ないから。

宇多丸　仮に僕が「俺はスポーツマンだ！」って言い張ったとしても、**「あんたはスポーツマンかもしれないけどスポーツマン的ではない！」**みたいなこと？

郷原　……きた！　それかも！

高橋　実際、そういう人スポーツマン的な人、誰がいる？

郷原　**松岡修造とかじゃないですか。**

高橋　あぁ……アレがそうなるのかぁ……。

宇多丸　うーん……あんま良くねぇな……もっといるだろ、スポーツマン的なのは。

古川　青島健太っているじゃない？　ＴＢＳとかに。俺はあいつが結構……。

郷原　あいつは権化ですね。

宇多丸　もっと若い人では誰がいるかな？

前原　イチローみたいのになるんじゃない？

宇多丸　中田（英寿）とか……いや、違う！　Ｊリーグの選手ですよ！

古川　あぁ、なるほど。

宇多丸　**川口（能活）とかですよ。**

郷原　川口はいいですよ。

宇多丸　うん、川口はかなりいいよねぇ。

郷原　コンサバな雰囲気もあるし。

前原　**やっぱロングダウン着て夜中の3時にTSUTAYAに行くっていうのが**……スポーツマン……女にモテると思うよ。

宇多丸　全然分かんないよ！

高橋　キャップ目深《まぶか》にかぶったりして？

前原　そうそうそう。**そういうの2人見たことあるからね。**

古川　フフフ……モテるモテない関係ないよ。

郷原　川口はモテるんじゃないですか、やっぱり。おばちゃんに見せても格好いいって言うだろうし。日本男児的な格好良さというか……。

宇多丸　オールマイティでしょ、川口は。**日本で一番モテるんじゃねぇかな？**

古川　いや、そんなことないでしょ。

宇多丸　**じゃ日本で一番モテるの誰？**

PLAYBACK
走ってる姿見せて下さいよ

宇多丸　スポーツねぇ……周りにスポーツ好きな人が多いこともあって前より知識は増えましたね。それに女子フットサルにハマってるからさ。事実上スポーツ観戦はしてるわけですよ。

郷原　ドラマ性を楽しむのも含めてスポーツですからね。

古川　そういえば、これ以降俺は走ったりしてるからな。

郷原　え？

前原　走るってどういう意味？

宇多丸　要するに痩せたいってことでしょ？……けど、古川さんが走ってる姿を想像するだけで笑いますよね。

郷原　スピードにのってる古川さんって……。

古川　そりゃあスピードにものるよ。

宇多丸　なにかに激しく力を入れてる古川さんっていうのがね……今度走ってる姿見せて下さいよ。

古川　あぁ、見にくれば……ここでも言ってるけどさ、スポーツに教育がくっついてくる弊害っていうのは海外のサッカーのコーチがよく言ってますよね。日本は教育としてスポーツを教えるから世界で勝てないって。

宇多丸　逃げだしね、それって。

古川　そうなんですよ。

宇多丸　スポーツマン信仰はいまだに強いと思いますか？

古川　強いと思いますねぇ。

前原　それはセックス信仰だからさ。

宇多丸　まだ言ってるよ……。

バロウズもジャンキーでしたよ！の巻

公論クルー全員で『フィラメント』鑑賞→居酒屋で狼煙《のろし》。館内では全員バラバラに座りながら、要所要所でアイコンタクトしてました。

2002年
6月

ブラスト公論初の出張版。「ギバちゃんマイナスです！の巻」で話題にのぼった辻仁成監督、井川遥初主演の映画『フィラメント』が公開開始ということで、平日の夕方、公論ギャング全員で行ってきましたよ、ええ……。

【あらすじ（パンフレットから引用）】不器用な生き方しかできない人たちがいた。澤田写真館の人々――26歳になっても定職に就かず、自らの感情を制御できない兄：今日太。男に騙されて結婚、結局出戻り、社会と隔絶して生きる妹：明日美。女装癖、女優に扮したセルフポートレイトが生き甲斐の父：篤次郎。パチンコ屋で知り合った男と駆け落ち、10年後に戻ってきた母：加子。機能不全に陥っている家族……。彼らは共に暮らしながら、それぞれの居場所が見つからない。愛情を互いに確認することができない。

笑いたくても笑えない

高橋　俺の隣で観てた女の人、泣いてたよ。

宇多丸　マジ？　ウソでしょ？

前原　**俺もでも泣いてたけどね。ある意味。**

古川　いやあ、マジ疲れた。

宇多丸　どのぐらいの長さだったんだ？

郷原　2時間ぐらいは観てる気になったな。

宇多丸　2時間ぐらいでしょ。

古川　いや、2時間ないっすよ。

宇多丸　マジで？

郷原　なんであんな長く感じるんだろ。

前原　**あれ映画なの？**

宇多丸　フフフ……そうだよ、あれは映画なのか？

前原　俺は井川遥のプロモーション・ビデオかと思ったよ。

古川　でも、プロモーション・ビデオとしても機能してない気がするんだよな。

宇多丸　いやあ、なにから語っていいか分からないや……あれで泣いてたってどういうことだ？

古川　びっくりしたなぁ、本当に。今回、初めて公論で外に出ていったわけですけど……。

宇多丸　公論初の出張版だね。

古川　それにしてはヘヴィすぎましたね。

前原　先が思いやられるね。

郷原　気分悪かった……もっと笑うつもりでいたんだけど、それもできなかったし。いや、なんなんだろう……まだ整理できてないっていうか。仕事で観に来たんじゃなかったらかなり落ちてますね。

前原　俺はまあ、あんなもんだと思ってたから。

古川　あ、そう？　俺は想像を遥かに越えてた。

高橋　俺も越えてたな。

古川　大人の介入とかでもうちょっとまとまってると思ったんだけど……ある意味、辻のクリエイティヴ・コントロールが100％だった。

宇多丸　最後にクレジットで**「この映画は俺だ！」**って高らかに宣言してましたからね（注：エンドロールに「原案／脚本／音楽／監督　辻仁成」と出てくる）。

高橋　エンドロールでかかってた曲の作詞も辻だったね。

郷原　すげぇ詞だったなぁ。

宇多丸　**「オレハデンキュー　お前もデンキュー／切れやすい時代　極細なフィラメント」**とか……。

前原　でもエコーズってあんなもんよ。

宇多丸　まずさあ、こっちは笑うつもりで来てるわけだよ。**『シベ超』**とか**『北京原人』**とかさ、そういう感覚で来てるわけだよ。ただ、それに比べてもちょっと……『シベ超』にしてもこんなつまんなくないよなっていうかさ……苦痛なんだよ！

古川 まあね。

宇多丸 みんなが思う「**ダサくてつまらない日本映画**」ってあるじゃん？　でも実際は決してそんなものばかりじゃないし、イメージだけで言うんじゃない！ってさ、そういう物言いに対しては思ったりするんだけどさ。でも……確かに現物が。

古川 あそこまでいくとね。

表現という名の免罪符

宇多丸 悪《あ》しき日本映画の条件を上げていくと……「**一人よがりの脚本と演出**」「**幼稚な社会認識**」「**物言いたげでなにも言ってねぇ**」「**役者の演技が悪い意味で『演劇的』**」……とにかく、そのすべての要素が当てはまって……。

古川 しかもかなり高い水準でね。

宇多丸 こういうのが劇場にかかっちゃって、大沢（たかお）とか井川みたいなある程度名前がある人が出ちゃうっていうのは……**どういう病理なんだろう？**っていうかさ。

古川　この病理はなんだ！って思いながらずっと観てて。考えると難しい問題になってくるんだけどさ……**表現という名の病理**ですよ。表現ならなんでもいいのか？　表現という名の免罪符？　なんていうのかな……やっていいことと悪いことがある！

宇多丸　フフフ……。

古川　中学生レベルの感性と脳みそしか持ってない奴が、なにかの間違いで社会的地位を得てしまった場合、自分の誇大妄想と膨れ上がったエゴを、こうやって社会資本を使って世の中に叩きつけてしまうっていうことはこれまでにも往々にしてあるわけだけど……実際、ウヒヒ以外にどういう享受のされ方をしているのかっていう……でも**『冷静と情熱のあいだ』**がヒットしたりさ、今日のだって泣いてる人がいたわけじゃない？

宇多丸　つまりあれを100％受け取る人もどこかにいる……。

古川　いや、どこかにどころじゃないってことでしょ！　芥川賞とっちゃったしさ、『冷静と情熱のあいだ』はヒットしちゃったしさ……。

宇多丸　『フィラメント』が辻平均値の中ではどうなのかっていうのは気になりますね……我々は他の辻作品を知らないわけですから。

古川　ただ、辻色がかなり強い作品であることは間違いないわけじゃん？　例えば『冷静と情熱』は監督とか違うわけだしさ。

高橋　観にきてる人の大半は辻ファンなのかな？

宇多丸　いや、大沢ファンもいるとは思うけど。

前原　**俺みたいに井川ファン**もいたんじゃない？　だって井川遥があんなに2時間動いてしゃべってるのを見たことないからね。

宇多丸　うれしー、みたいな。

前原　**うれピー！**

宇多丸　うれピー、か。

前原　**まずそれが今日うれしかったこと。**

こんなこと口で言えるかよ！

宇多丸　ちょっと問題を分けるとさ……なにが突出してたかっていうとさ、なにしろあの若者文化描写？「**オヤジ狩り行こうぜ**」（注：以下、実際の劇中のセリフ）とかさ……。

古川　びっくりしたよねぇ。

宇多丸　（「オヤジ狩り」しながら）「**なあ、なんでこいつの痛みが俺には伝わってこないのか**

古川　**な」「麻痺してるんだよ、麻痺」**。

宇多丸　今まで観た中で一番キツい映画かもな。

（パンフを読みながら）これ、劇中では使われてないらしいんだけど……「**ちぇっ、コンビニで釣り銭を寄付する連中みたいな考え方だ**」……こんなさぁ、こんなこと口で言えるかよ！

古川　びっくりするよなぁ、本当に。

郷原　どんな考え方だ。

古川　**林檎ちゃんってキャラも凄くなかったですか？**　不思議少女で名前が林檎……。

宇多丸　林檎ってキャラで常にリンゴを持ってるっていうね……。

古川　写実的ですよね。

前原　**この映画、そもそもテーマはなんなの？**

古川　僕も観てて全然分かんなかったんですけど……パンフレットには「**家族の再生**」って書いてあります。

宇多丸　**ヤバすぎでしょ！**　そもそもさ、最初からこの家族うまくいってないって見えた？あまりに特殊な設定過ぎるし……普通に仲良くやってんじゃん！って見えるよね。妹とお父さんは上手くコミュニケーションとれてて妹もお店手伝ったりしてるわけだし、キレてる兄貴にしたって家に帰ってきてメシ食ってるわけでしょ。家の中で暴力ふるうわけでもないし。

前原 家族崩壊とかやめない？　もう。

宇多丸 そのテーマにすら踏み込んでないんだよ！

高橋 家族がどうのとか、確かにセリフでは言ってたけどね。

宇多丸 というか、全部セリフで言っちゃうじゃない？　「前から好きだった」とかさ……。

郷原 「**こいつの痛みが伝わってこねぇよぉ！**」。

宇多丸 ヤクザでさえも「**お前を愛した夜は……**」とか言ってたじゃん。言うか？　ヤクザが！

前原 （満面の笑みで）ションベン臭いこと言いやがってコノヤロー……愛ってなんだよって話ですよ。

宇多丸 「**今日太、お前最近感動した？**」「この街に感動なんてあるかよ」……この卓爾ってキャラも凄いんだよな。

古川 取り憑かれたように名ゼリフを連発してましたよね。

前原 酔っぱらって殺されちゃうオヤジがさ、撃たれる直前に「**なんでお前らはそんなに悲しいんだぁ！**」とか言ってなかった？

古川　フフフ……あれは面白かったなぁ……一番面白かった。

高橋　間違いなく今日のハイライトでしょ。

宇多丸　それでいて辻的にはさあ、どうせまた「世相を斬ってやったぜ」ぐらいなことを言い出したりするんでしょ……しかもそれが新聞のひとコマ漫画みたいなレベルの風刺でさ……それ、ありか？　単純にさ、単純にね、**「リセットできないの？」**「**これが現実なんだよ！**」っていう脚本を書く人が……こういうセリフをよしとする人がとれる賞なんだ芥川賞っていうのは！　さかのぼって取り消した方がいいよ！

もっと躊躇《ちゅうちょ》したほうがいいよ！

古川　（パンフレットを見ながら）主人公の名前、**今日太と明日美**っていうのか……。

前原　今日と明日？

古川　しかもお母さんが**加子**（**かこ**）で……。

宇多丸　うわー、きちゃったよ！

前原　それじゃやサザエさんじゃん！

古川　サザエさんの方が面白いですよ。

宇多丸　どうですか？　現実にはこんな男がですよ、作品を観た我々は愕然《がくぜん》としているけども……井川遥と付き合い、中山美穂と密会し……。

前原　まぁでも世の中そうなってるのが普通なんでしょやっぱ……これがノーマルなのよ。

宇多丸　**これがノーマルなの？**

前原　これがノーマルでしょ。

宇多丸　**これがノーマルなの？**

前原　ノーマルなんじゃない？　と思うよ、俺は。いっつも。

古川　いつも思ってるのか。

前原　いつも思うね。今日はそれを確信したから、**半ば嬉しいんだよね**。

宇多丸　でも微妙なのはさ、これヒットしてないじゃん。明らかにコケてるじゃん。

古川　それは救われるけどね。

郷原　もう芥川賞作品とか読まないといけないですね。こいつの才能ってなんなんだっていう。

前原　けど芥川賞自体がどうなのって話にもなりますよ。

宇多丸　想像するにさ、芥川賞とかあげるほうの人はさ、辻はロック・ミュージシャン出身だと。じゃあ新しい若い感性で文学を刷新してくれるに違いない、みたいな感じで……で、リセット世代描写とかさ、キレる若者……現代を若者の感性で切り取ってるっていうさ……言ってみりゃあですよ、石原慎太郎が『太陽の季節』で無軌道な若者を描いたように、ですよ。そういうものだって捉えられてるってことじゃねぇの？

前原 じゃあ辻仁成も都知事になるのかな？

古川 なりかねないよね。

宇多丸 **辻都知事？** やべぇよ辻都知事……。

前原 辻新党でしょ。

宇多丸 **都知事誘拐だよ**。

古川 この人、作家／詩人として「**つじ・ひとなり**」、ミュージシャン／映画監督として「**つじ・じんせい**」っていう分け方なんですね。つまりミュージシャンと映画監督は彼の中では仲間だと。

宇多丸 **つまりC・C・ガールズとD・D・ギャップスみたいなもんですかねぇ**。

古川 嫌なたとえだなぁ。

宇多丸 （パンフレットを見ながら）処女小説『ピアニシモ』でいきなりすばる文学賞ですよ。

古川 あらあ。

宇多丸　そして『海峡の光』で芥川賞受賞。『白仏』がフランスで日本人初のフェミナ賞外国文学賞を受賞……。

古川　ほー。

宇多丸　僕より10歳年上ですね……バンダナ巻いてますよ。

高橋　43歳か。

古川　**深刻な事態だな**。

宇多丸　あのさ、小説とかよく書くなぁとか思うじゃない？　つまりその……お話をさ……いいお話を作ろうっていうかさ……それってまあ、大変なことじゃない？　いまどきそれをやろうっていうのは。だから「いまどきそれをやろう」っていうことに対する躊躇がさ、どっかにあって当然なわけでしょ。自分がやってることは手垢にまみれたものかもしれない、とか。こういう表現はいまどき陳腐かも、とかさ。この人のスタンスからすると、そういう躊躇をしないのが俺は偉いんだ！って思ってるようにも受け取れるんだけどさ。でも、**した方がいいよ、躊躇！**　思考の放棄ですよ、これはやっぱりさ。

古川　完全にそうですね……絶対これ、なんにも考えないで作ってますからね。

宇多丸　なんつーの……自分が思考を放棄してるのにも気付いてないっていうかさ。なんで気付いていないかっていうとさ、「自分を表現する」とかさ、「芸術は自由なものだ」っていうさ、言葉の麻薬に酔っちゃってるわけですよ。だから一番罪なのはさ、この男を調子に乗らせた人ですよ。

古川　金出してる人？

宇多丸　**賞とかあげちゃった人ですよ！**　この人が欲しいのは賞ですよ！

古川　確かに、賞は一回もらったら一生つぶしがききますからね。

宇多丸　辻は多分、お金より賞が欲しい人だと思いますよ。金儲け目的だったらもっと気分爽快なんだけどさ、厄介なことにこの人は大真面目っていうさ。それでいて、その大真面目を補完するようなことをしちゃってるじゃん、ちゃんと。**この誇大妄想を実現させてあげちゃってるじゃん**。ここに行くまで誰か止めてやらなかったのかって！　例えばさ、中山美穂と密会！　とかいったらさ、やっぱ「辻って凄いかも！」っていうことになるじゃんよ。実際にみんな小説とかは読む気しないわけだからさ。こいつの表現について実体を知らないまま、「よっぽどなんだろうねぇ」って思いこむことになるよね。

ルドヴィコ療法にぴったり

高橋　そう言えば今日ワイドショーでやってたんだけどさ、中山美穂とは雑誌の対談で知り合ったらしいのね。その時の辻の第一声が「**やっと会えたね**」なんだってさ。

古川　フフフ……怖いよ。

前原　**お前もう一回それ言ってみろコノヤロー！**

古川　怖いなぁ……いや、化け物だと思いますよ、ホントに。

宇多丸　ね？　誇大妄想なわけですよ、基本的には。でも彼にとってそれは妄想じゃないんだもん。現実になってるんだもん、全部。だから、これは辻のせいというよりは、辻の周囲の犯罪ですよ。

古川　辻を生み出したシステムに病理がある、と。

宇多丸　最初にすばる文学賞をあげた奴が相当悪いと思う、俺は。すばる文学賞あげた奴、**この映画観ろ！　この映画を観ろ!!　目を逸らすな！**

高橋　『時計じかけのオレンジ』みたいに……。

宇多丸　**ルドヴィコ療法だね**……ルドヴィコ療法にぴったりだよ！

古川　あとはこの人、根底に凄いステレオタイプな「ロックの美意識」を感じるんですけど。

宇多丸　ていうのは？　自己破壊的とか？

古川　刹那的だったり反社会的だったり……多分それはこの人自身の生き様に一番反映してるんだろうけど。

宇多丸　**ポリシーとして時計を持たないようにしてるとかね**……「俺は時間に縛られるのが嫌だから時計は持たない」って言うんですよ。

古川　それで、「オンナもいくし、形にこだわらずなんでもやりたいように表現するよ」みたいな……で、撮る作品があのザマでしょ。

宇多丸　あれだ……マルシアの旦那って誰だっけ？

郷原　**大鶴義丹？**

宇多丸　大鶴義丹と通じるものがない？　大鶴義丹って小説とか書いてるよねぇ？　前にね、大鶴義丹が飲酒運転だか、とにかくそんな不始末の件でワイドショーに出たときに凄いこと言ったんだよ。「**(ウイリアム・) バロウズもジャンキーでしたよ**」って。

古川　フフフ……怖い、怖すぎる。

宇多丸　「**不倫は文化だ**」みたいなもんで、芸術はなによりも優先するんだ、と。話のスケール感が全然違うだろ！っていうかさ……それにバロウズはジャンキーだったから偉いってわけじゃないよっていうさ……凄いでしょ？　チンケな不祥事みたいのの言い訳に、「**バロウズもジャンキーでしたよ**」って言い放つ**大鶴義丹イズム**と辻は通じるものがあるじゃない？　こういう奴に思い入れられちゃう方もいい迷惑ですよ。

古川　たまったもんじゃないよね……俺がもし熱心なロック・ファンとかだったら凄い嫌な気分になるだろうなぁと思ってさ……。

宇多丸　でも、辻は自分の表現に絶対の自信をもってるだろうね。

古川　その自信はもう、並大抵のものじゃないでしょ。

宇多丸　でさあ、ここがポイントなんだけど、こういう類《たぐい》の人っていうのはさ、例えばこの映画がコケるとするじゃないですか。**それは俺が憎む社会のシステムが受け入れないんだ！**　とかさ……ますます自分の確信を強固にするだけなんですよ。

古川　コミュニケーションができない……ある種のカルトだね。

宇多丸　コミュニケーションができなくてすぐにキレる人間……**お前がフィラメントだよ！**　タチが悪い……ホントにタチが悪いよ、この人は……でも面白い！

前原　俺もやっぱ映画かな？

宇多丸　映画でしょ！

PLAYBACK

絵本に参戦

古川　士郎さんは『海峡の光』読んだんでしょ？

宇多丸　そう、読んだんですよ。やっぱねぇ、凄く修飾的な文章で彩ってますけど、なんか物凄くテメエに都合のいいキャラクター造型っていうかねぇ……リアリティがまったく感じられない登場人物と、あとステレオタイプな女像。女は港、みたいな。

古川　この映画と全然地続きなんだよね。なるほどなぁって納得した。

宇多丸　辻って今は評価されてるの？　中山美穂と結婚した男以上の評価はあるの？

前原　あるでしょ、もちろん。

古川　なんか絵本を手掛けてるとかって話を聞いたけど。

宇多丸　きた……。

高橋　なんだかなぁ……。

宇多丸　絵本は流行ってるよね。みんな絵本だ！

古川　ホント絵本はナメられてる。

宇多丸　やっぱり絵本で「泣き」だよ……だから他ではチンコマンコ言っててもいいんだよ。絵本やって「泣き」やっとけば取り敢えずは食えるから。

高橋　「子供に読ませたいから」とか言うんだろうな。

宇多丸　きたきたきた！

古川　キレイな流れですよ……この流れで全然政治やりそうだけどな。

高橋　最終的になにになりたいんだろうね。

宇多丸　権力方向に行く可能性もあるよね……こういう誇大妄想を実現させてあげちゃってるのがなあ……辻に限らず、細木も然りだよ。周りが助長させちゃってるっていうのがあるよね。やっぱ「自己表現罪で逮捕」ですよ！

寂しいと死んじゃう動物・・・・・・の巻

しつこくモテ話の別ヴァージョン。
高橋芳朗はこの回以降、プライヴェートを秘匿するように。

2002年
7月

ホレ薬があったら使うか？

前原　**そろそろモテたいなぁ。**
宇多丸　その「そろそろ」っていうのはなに？　別に今までだってモテたかったわけでしょ？
前原　そろそろ……季節の変わり目と共に。
宇多丸　めぼしいところはないんですか？
前原　めぼしいところはねぇ……あるっちゃある……**ないっちゃない……**。
古川　それはモテとは別なんじゃないの？
前原　いや、あるある……こないだも郷くんと話しててさ……**薬**。
郷原　ん？　あぁ！　いや、すいませんねぇ……こないだウチの店に前原さんがやってきて……ずーっとそういう話してて……。
宇多丸　なに？
郷原　……**ホレ薬ってあるじゃないですか**……いや、実際あるのかどうか分からないけど。
宇多丸　ホレ薬……。
郷原　ホレ薬があるとするじゃないですか。それを振りかけられると、そいつのことを強制的に好きになるわけですよ。で、気に入ってるコがいるとするじゃないですか。で、そのコは明らかに自分にはなびかないんですよ。でも、そのコに薬を施せば自分のことが好きになる、と。その場合に、その薬を使うかどうかって話をしていて……。

宇多丸 それは自由意志に関する非常に深い話ですよ。

郷原 前原さんは即答で「ガンガン使いまくるよ！」って……「**叶姉妹にも使っちゃうよ！**」って。

宇多丸 前原さんが言ってるのは好きなコ云々じゃなくて、ヤリてぇとかそういうことじゃん。

前原 **いや、だから叶姉妹からメールがくるぐらいだよ**。

宇多丸 いやだから、選択の意志がないところに生じたものに価値があるのか！って話ですよ。だって、それって要するに機械的な反応ってことじゃない？　で、機械的な反応には喜べないでしょ。だって、選択してもらうから嬉しいわけであって……選択されたわけじゃないなら意味がないんですよ。

前原 **いや、叶姉妹からメールがきても返事はしないよ**。

古川 お互いのモテの概念が違い過ぎますね。

宇多丸　モテのなにが嬉しいかを突き詰めた場合……つまり、本来好きでもない人に好きって言われてなんで嬉しいかっていうと、やっぱ優越感ってことじゃない？　そこに優越感込みの喜びがあるわけじゃないですか。**ABCDEという中で他のBCDE以下とは違ってAが好き**、と。コミュニケーション以前に、「**お！　俺に価値あり！**」って確信できるわけじゃない？　でもそれは選択させてるから初めて発生するんであって、**本当はBCDE以下なのに強制的にAへ惚れさせても嬉しくないじゃない、別に。**

過小評価されてると思いますよ

古川　まぁ、分からなくもないですけどね。確かにね……もうちょっとモテてもいいんじゃないかって最近思うし。

前原　なに、自分が？

古川　**モテなくていいとは言ってないっていうか……**。

宇多丸　あのぉ、ちょっとキモいんだけど……古川さんのモテる図ってどういうの？　具体像が浮かばないですよ。

古川　モテの具体像……モテの具体像ってなに？

宇多丸　僕は前から言ってるように、付き合う付き合わないとかそういう話じゃなくて、出会う異性すべてに「あの人ってやっぱり素敵よねぇ」っていうさ……。

郷原　**「生理的に好き」**？

宇多丸　そう、無意識のプラス印象を与えるってことですよ。

古川　それは俺ちょっと無理だなぁ。

前原　俺はそれが面倒臭いから**薬でなんとかしちゃおうじゃねぇか**ってことですよ。

宇多丸　それは面倒臭いからじゃないでしょ、難しいからでしょ。

古川　というよりほら……レクリエーションとしてのモテというか。

前原　**それはもう金だね！**

宇多丸　また金か……。

前原　**あとは電話番号聞かないとモテないね**。

古川　電話番号聞かないとモテないのか……。

宇多丸　向こうから勝手に好意がくるっていうのがモテなんじゃないの？

前原　電話番号教えてって言われたことはあるけど……そういう奴に限って教えたくない奴なんだよな……あ、でも俺たまにモテるよ！

宇多丸　ほうほう。

前原　**電話番号教えてないのに電話かかってきたり。**

古川　それモテてるんじゃないじゃん。

宇多丸　前原さんなんかはモテてもおかしくないんですけどね……新進気鋭のカメラマンで。

前原　今は扉を開けかけてるんじゃない？　重いけどさぁ……こう……**ちょっと開けたらバターンって……**。

宇多丸　あぁ、押したり引いたりしてるんだ。

前原　**風が強いのかな？　バックドラフトみたいに開けたらボカーン！っていくかもしれないし……それが怖い。**

古川　そういうこと言ってると一生モテないかもしんないよ……士郎さんは？　今の自分のモテ具合に満足してますか？

宇多丸　**いやあ過小評価されてると思いますよ**……ただ、そりゃあ向上すれば嬉しいと思いますけど、俺の場合そのための努力とかしてないからさ、しょうがねぇなぁと思うよ。スタート地点から遅れてるのに努力もしてないんだからさ、差がつくのは当然ですよ。

古川　整然と辛い話を語り過ぎですよ。

宇多丸　厳しい自己認識……。

ヨシくんのライトな会話スキル

古川　ヨシくんはどうですか？

高橋　俺は……俺はいいや。

宇多丸　昨日「**俺はモテる！**」って豪語してたよ。

高橋　**ラビッツ**は俺も含めて3人共「別にモテていないわけじゃない」っていうのが命綱だから。

古川　ラビッツ？

宇多丸　ヨシくんとヨシくんの友達の女のコたちのユニット……ラビッツなんだってさ。**寂しいと死んじゃう動物なんだって**。

高橋　勝手ながらね。

宇多丸　そのラビッツへの調査によると、パッと見イジワルそうだけど喋るといい人っていうのは凄くプラスらしいですよ。

前原　それ俺じゃん。

古川　その自己認識も凄いな。

宇多丸　でも、喋るといいとか面白いとかさ……もっとライトな感じなんでしょ？

前原　**「三瓶です！」ぐらいがいいのかな？**

宇多丸　そうそう！　ホントそうよ！　軽い冗談みたいなさ、「なんとかだったりして！」みたいなさ。

郷原　それがまた上手く出てこねぇんだよなぁ。

宇多丸　端から聞いてればさ、**「死ね！」**ぐらいなんだろうけどさ、そのぐらいがちょうどいいんですよ。で、そういうたわいもない面白いことって言えないんだよなぁ。公論みたいなのは嫌われるじゃん。少なくともライトな感じじゃない……ヨシくんはライトな会話いっぱいしてそうだよね。

高橋　え？

宇多丸　**ライトな会話。**

高橋　**ライトな会話？**

宇多丸　ヨシくんを見てて感心するのはさ、多分この中で一番女の子とフランクに話せるっていうか、しかもそれが自然なんだよね。

郷原　**ここでこんな会話に参加してるっていうのに**……切り替えてるんですか？

宇多丸　女の子的にもヨシくんに気を許してるみたいで……それを「安全パイだから」って言い方はいくらでもできるけど、俺らはそれ以前だからさ。

郷原　ライトな会話も一番できるし。

古川　ずっと会話し続けられそうだしさ……ていうか、**俺はずっと会話し続けられないのかっていう別の問題もあるけど。**

宇多丸　比較的誰とでもいけるよね？

高橋　そんなことはないけど……でも安パイになっちゃう可能性も高くなるかもよ。

宇多丸　安パイになっちゃうって言うけどさ、**安パイになるのってモテの第一歩**なんじゃないかね？　いきなり危険な匂いを漂わせるタイプじゃないんだから。むしろヨシくんのキャラとしては最良の生き延びる術《すべ》ですよ。「ヨシくんにはなんだって話せちゃいそう！」っていうのは……**これはもう人類の大きな第一歩ですよ！**

話させ上手は絶対モテる

古川　実際相談とかいっぱいされるでしょ？

高橋　あ、凄いされるかも。

宇多丸　ほら！　大変な事実が発覚しましたよ前原さん！　ヨシくんは女の子から相談とかバリバリされるんですよ。
前原　あら！
宇多丸　相談なんて絶対されないでしょ？
前原　相談……されないねぇ。
郷原　**むしろあいつにだけは相談しちゃいけないって感じですよねぇ。**
古川　でも、逆に相談もしないでしょ？
郷原　しないですね……「ちょっと相談があるんだけど」って言葉を吐いたことが……**今まで生きてきて記憶にないかもしれない。**
宇多丸　俺もされないねぇ……「相談なんかされても責任とれないし、**どうせお前の頭の中には自分の答があるんだろ！**」って思うし……。
古川　まして恋愛関係の相談とかさ……だいたい、異性から恋愛相談されるって最もレベルが高いんじゃないですか？
宇多丸　そこから**差し込みに持ち込んじゃったりする人**もいっぱいいるわけだからね。
古川　逆に、後輩に居酒屋で相談されるっていうのが一番下なんだと思う。それが一番答えやすい相談だと思うけど。

宇多丸　やっぱり恋愛の相談とかさ、「話を聞いて欲しい」ってことじゃない、結局。「とにかく話を聞いて欲しかったの！」とかいって……「**良かったぁ、ヨシくんに話したらなんかすっきりしちゃったぁ！**」みたいな……。

高橋　そんな奴はいないから。

前原　やっぱり話を聞いてくれそうな感じが大事なんだよ。

宇多丸　それだ！　分かった！　聞き上手なんだよ！　俺なんかは自分のことばっかベラベラ喋ってるじゃない？　ヨシくんは聞き上手だからなんだよ！

高橋　最近凄く言われるんだよね。

宇多丸　聞き上手って？

高橋　うん。

一同　……………………。

前原　話させ上手ってことですよ。話させるのが上手い男は絶対モテるんだよ。

宇多丸　俺、全然ダメだ！　女の子が喋ってるの遮って「**それ違うよ！**」とか言ったり……。

郷原　**論破はダメです**。

古川　正論を言えばいいと思ってるとかね。

宇多丸　「えっ、違うのぉ？」とかね……。

古川　会話ってどうやらそういうものではないらしい……。

宇多丸　そうなんだよ。ヨシくんとか、友達とコミュニケーションを凄くとるんですよ。こまめにコミュニケーションとって……**日常のライトな話題を普通にやりとり**してるんですよ。俺はさ、そんなことはコミュニケーションとるに値しないってハナから思っちゃうわけですよ。その時点で失格なんだよ。凄く面白い話をするか、それ以外はなにも話さないか……**どうやらこまめなコミュニケーションってそうじゃないらしい**……だからヨシくんはそれができてるなぁと思って感心してるわけですよ。

話し上手はべつにモテない

古川　ヨシくんは**自分の会話メソッド**をどこまで把握してる？

高橋　会話メソッド？

古川　把握してる人の方が少ないのかもしれないけど……**ちなみに俺は質問型だね。**

宇多丸　モーヲタの飲み会とかに行くと、みんなそれぞれに「俺はこう思う」「俺はこう思う」っていう主張合戦で……でも俺は議論合戦は好きだし……でもそんなことやってる奴は絶対モテない！

郷原　お店とかで働いてるとフレキシビリティが養えるんですけどね。そういう意味では相談受けるし。**童貞たちから**。
古川　それは……モテから遠のくかもね。
郷原　凄いのとかありますよ。「**キスするときって目つぶるんですかねぇ?**」とか。
古川　なんて返したの?
郷原　「**開けてた方がいいと思う**」って言ってみたりとか……これも一応相談じゃないですか。奴らにしてみれば切実な。
古川　逆に、話し上手はどうですかねぇ?
宇多丸　話し上手はモテとは関係ないでしょ。
郷原　よく女の子が「話の面白い人が好き!」とか言うじゃないですか。でも、その面白いっていうのは**多分また別の話を指してるんでしょうね**。
宇多丸　**場をロックしてもだめなのよ**。ロック型じゃなくてセッション型っていうか……そうだ、俺はセッションができてないんだよ。**ソロばっか弾いてるんだよ**。
郷原　**そういう置き換え自体がダメでしょ**。
古川　人の顔とか名前ってすぐ覚えられます?
宇多丸　覚えられない。

古川　俺もすっごく覚えられない。で、なんかそれも関係してるような気がするんですよね。つまり、ある種の対人恐怖症なんですよ、突き詰めていくと。

宇多丸　そうだよね。人の顔をまともに見れないとかさ。例えば名前を聞いて、この人はこういう人っていうことで自分の中にメモリーするっていうところまでエネルギーが回らないっていうか……そこがクリアされてると、凄く広く付き合えますよね。俺はホントに人違いが多くて問題になるからさ……だからねぇ、コミュニケーションを面倒臭がらない人がモテるんですよ、やっぱ。相談されるような奴はモテる！

高橋　**ヨシくん、モテてる！**

宇多丸　単に仲がいい人に相談してくる人が多いだけだよ、多分。

古川　いや、だって俺はそういう付き合いの人っていないもん。

宇多丸　どういう付き合い？

前原　セックスもしてないのに相談されるようなさ……だから俺は**山崎拓（元自民党幹事長）型ですよ**……山崎は相談とかされてますかねぇ？

古川　「相談しろよ！」とか命令するんじゃない？

前原　それは相談されるのと180度違うね。

俺も誰かに電話して**「なにか相談ある？」って聞いていこうかな。**

古川　御用聞きスタイルだ。

郷原　気軽に相談されるのって、「男として見られてない」みたいな言い方もあるじゃないですか。それはどうなんですかね？

「ずっと友達でいたいわ」

宇多丸　でも、「男として見られてない」って結構な話じゃないですか。**性別さえも超えちゃったってことですよ、はっきり言って。**

古川　**ライトなモテ**ってそういうことじゃないの？　性差を意識されてる／してるってのはヘヴィじゃん、ある意味。最終的に「恋愛」があるモテって、それはもうヘヴィというか。

宇多丸　目的としてセックスがあるのが必ずしもモテの形態じゃないからさ。「この人とずっと友達でいたいわ」って思わせるっていうか……**はっきり言って、チンポとマンコの繋がりなんかより、全然そっちの方が価値ありますよ！**

古川　きた！

宇多丸　チンポとマンコの繋がりの先はこれですよ！（と、手元にあった『週刊文春』5月2日

高橋　／9日号、山崎拓の下半身スキャンダル記事を掲げて）**よく見ろ！**

宇多丸　なんか自分の手を離れたところで話が展開しているような気がする……。

高橋　もう事実上ヨシくんはモテてると！　認定したいね！

宇多丸　でも本当にそんなことないんだよね。

古川　**その感じがまた頭にくるよね！**

宇多丸　貴族のボランティアみたいなね。

郷原　なんかヨシくんが輝いて見える。

古川　凄い凄い。

宇多丸　第二期黄金期だ！　第二期かどうか知らないけど。

前原　いつか思い返す日が来るよ。

古川　**ああ……**。

宇多丸　別に前原さんに言ったわけじゃないんだけどね。

古川　前原さんが返事するのはおかしいでしょ。

宇多丸　前原さんが返事してもいいけどそのリアクションじゃないよ。

（前述醜聞記事中の山崎上半身裸体参考画像を掲げながら）ヨシくんはコレの真逆に位置する生き物ですよ……**山崎拓の反対語は高橋芳朗ですよ**。ある意味、ヨシくんになるより山崎になる方が簡単だしね。

郷原　金と力……。

古川　強い押し出し……。

宇多丸　……分かった！　繋がっちゃった！　コーレきちゃったよ！　**『ロード・オブ・ザ・リング』！**

高橋　ほう。

宇多丸　『ロード・オブ・ザ・リング』の主人公フロドは欲や野心がなくて、戦いにも向いてないいんだけど、そういう無垢な存在だからこそ、指輪という「力」を否定できる……最も無垢ゆえに特別な存在だと。ヨシくんはそういうことなんですよ。ヨシくんが俺らと一緒にメシを食いに行ったときに、ヨシくんの存在だけウエイトレスの目に入らなかったっていう**「高橋インヴィジブル事件」**。つまりあれも裏返しなんですよ。俺らみたいなエゴの固まりじゃないからさ……エゴ対エゴで生きてる人にはすっと通りすぎちゃうけど、**無垢な天使たちには……**。

古川　オアシスに見えると？

宇多丸　そう、到達できるのは彼なんですよ。もっと力の強い人はいるんだけど、そうじゃなくて、むしろその逆だからこそ突出してるんだと……壁も通過できるわけですよ、インヴィジブルだけに。

高橋　**別に『ロード・オブ・ザ・リング』引用しなくてもよかったじゃん。**

宇多丸　今までヨシくんのこと見下したようなこと言ってきて本当に反省してるよ……。

高橋　見下してたのか……。

宇多丸　いやね、**見下したと取られてもしょうがない言動をしてたけども……。**

高橋　全然言い直しになってねぇよ。

（公）

PLAYBACK

山崎君になりたい夜がある

古川　ラビッツは健在？

高橋　いや、みんな田舎に戻ったりしてる。

宇多丸　要はこのころはヨシくんもカノジョがいなくてキャッキャキャッキャやってたのよ。浅草で誕生日を祝ってもらったりさ。

高橋　あぁ、そんなこともあったねぇ。

宇多丸　でもこのころはねぇ、ヨシくんがラビッツとか可愛い女の子二人に誕生日祝ってもらうとかさ、性を超えた関係を正直羨ましがってるんだよね。だから、チンコとマンコよりそっちの方が偉いとか、チンコとマンコの繋がりの先にあるのが山崎拓だって言ってるんだよ。

古川　極論めいたことを……トリッキーな比喩を使って……。

宇多丸　だから、これでヨシくんがチンコをビンビンにして抱きついてきたりしたらもう終わりですよね。「山崎拓だったの！」ってことですよ。

高橋　そこが難しいところだよね。

宇多丸　ヨシくんだって山崎拓になりたい夜があるんですよ。

前原　向こうもそれを期待してるかもしれないじゃん。

古川　山崎化を？

前原　そういう不安定な状態があると思うんだよね……。

古川　フフフ……。

前原　何回かに一回はね。

郷原　どっちにも転がれる？

前原　何回かに一回はね。

老人の性 の巻

古川耕がアクロバティックな反論を続けるうち、
いつしか問題が性格論へとすり替わっていく。テクニカル!

2002年
8月

もっとチヤホヤされたいなぁ……

高橋　「寂しいと死んじゃう動物……の巻」で古川くんが**「モテなくていいとは言っていない」**って発言をしてたんだけどさ。その後、その発言を巡って各方面から**「キモい」**とか**「キショい」**とか凄まじい反響があってね。

古川　**「老人の性を垣間見た思い」**とかね。

一同　フフフ……。

宇多丸　その背景として、前からモテ話とかしてても、明らかに古川さんだけ興味が薄い、というのがあって……「モテてどうするの？」みたいな……。

高橋　超然とした感じがあったよね。

宇多丸　どう思います？　俺らが「キショい！」だとか「老人の性を垣間見る思い」云々……それってさ、「俺って錯誤されてるなぁ」っていうかさ、「そういう風に見られてたんだぁ」とか思います？

古川　あぁ……。

高橋　ていうかさ、珍しいよねぇ。そんな発言しただけでキショいとか言われる人も。しまいには**「女の子の友達はいるのか？」**とか言われてるし。

宇多丸　だからつまり、俺らから見ると、古川さんは浮ついた性的なものとかに興味がないように見えるんですよ。

前原　でも、もしかしたら俺らは古川くんのことを勘違いして捉えてるかもしれないし。

古川　順を追って説明すると……まず「モテなくていいとは言っていない」っていうのは、そんなに正確じゃないというか……。

宇多丸　モテたい、というのとは違う、と？

古川　なんか……**もっとチヤホヤされたいなぁと思って……**。

一同　………………。

高橋　……それもなんか……既にキモいっていうか……。

宇多丸　フフフ……チヤホヤってなに？

古川　別に女の子じゃなくてもいいわけですよ。

宇多丸　例えばクラブに行って、「古川さんの原稿素晴らしいです！」とか言われたり……。

古川　あぁ……そういうことかな。

高橋　ライターとかじゃなく、一人の人間としてチヤホヤされたいってことじゃないの？

古川　……うーん……難しいところだなぁ……。

高橋　**「古川くんが来たよぉ！　楽しいなぁ！」**みたいなさ。

古川　それはちょっと……。

郷原　フフフ……。

宇多丸　でも前は「チヤホヤされたって自分には一銭の得もないですよ」みたいなさ……「知らない人に来られたって迷惑なだけですよ」ぐらいのことを言ってたわけじゃないですか。

郷原　**「モテたいと思わない」**ぐらい言ってましたよね？　「コレだと思った相手にどう王手を指すか」って言ってたじゃないですか。

古川　そこは基本的にあんまり変わってないんですけど……いや、なんかこの一年ぐらい、人間関係が固定してきちゃって……刺激が欲しいなぁって……。

高橋　実際アレだよねぇ、「女の子とサシで飲みに行ったりしてみようかなぁ」とか、言ってたよねぇ？

宇多丸　え？　そんな当てがあるんですか？

高橋　これは前原さんが言ってたんだけど、**「平沢さん**（『BLAST』前編集長）**以外の女性と古川くんが話しているのを見たことがない」**、っていうのはさ……。

知られざる古川耕のキャラ

宇多丸　例えばさ、カノジョと二人っきりになったとき、つまり第三者を交えない状態だと、キャラが変わる人っているじゃん。俺はわりとそうなんだけど。古川さんとかもそういう感じで内と外では全然違うのかな。**いきなり赤ちゃん言葉になったりとか。**

古川　そういうドラマティックなのはないねぇ。

前原　**一緒にペットショップ行ったりは？**

高橋　ペットショップはいいでしょ別に。

宇多丸　キャラクターって変わるほうですか？

古川　あ、変わる変わる。

宇多丸　あとはさ、例えば末っ子キャラとかってあるじゃん。ある集団の中に行くと末っ子的な立場になるっていう、そういうのとかって……。

古川　あ、そういうとこありますよ。

郷原　え？

前原　末っ子キャラ？

古川　うーん……末っ子っぽいっていうか……。

高橋　なんかキモい……**末っ子って言葉と相性悪いなぁ**。

宇多丸　まぁ……ある集団に出会った時に、最初に17歳だったとするじゃん。そうすると、そこを起点として、その人間関係の中では「**あの可愛い古川クン**」っていうキャラで固定されてしまうからさ。それこそイイ歳こいても「**古川少年**」とか呼ばれる勢いで……フフフ……。

古川　大なり小なりそういうことですよ。

宇多丸　そういうのってあるよね。俺も先輩ばっかり集まってるようなとこに行けば、今でも末っ子っぽい扱いされるもの。

古川　逆に後輩の集まりとかに入ると……。

宇多丸　いきなりオヤジキャラになっちゃったりして……「やっとるかぁ〜？」みたいな。

古川　で、それに対してまったく無頓着ではいられないから……。

宇多丸　**役割に応えようとしちゃうよね**。求められた役割を察知して、それに合わせようとするタイプが人格的にどんどん分裂していくっていう。俺とか、本当の自分なんてどれか分かんないってぐらい分裂してるな。知り合いが大勢いるようなとこに行くのがちょっと億劫なのはさ、その一晩だけで俺は何個人格を使いこなさなくちゃいけないんだっていうぐらいに自分が一致できないのよ。どんどん出不精になっていくのはそこなんだよな……疲れるんだ、なんか。**だから「ホントの自分」がないボクは出歩かない方がいいのかも、**ってね……。

強固な仙人キャラ

古川　田舎のおじさんとかにさ、物凄くざっくりしたキャラクター付けをされたりするじゃないですか？　それこそ「**都会から来たなんとか**」みたいな。そういうのを目の当たりにすると、少なくとも自分の正しいキャラクターを理解してもらおうという行為自体が物凄く徒労に思えて……。

郷原　「大阪の奴はこうだからなぁ」とかね。

宇多丸　「東京の人はやっぱり冷たい」みたいなさ……なんて答えりゃいいんだっつーの！

古川　しかも本当にそれがその人の「**対世間を見る目**」としてセットされてたりすると、コミュニケーションって面倒臭えなぁってところについ行きがちになってしまう……。

宇多丸　でもそうやって「類型的な捉え方されてるなぁ」ってときは、結構それに合わせちゃったりするんだよね、面倒臭いから。

古川　あぁ……。

宇多丸　**それがいけないんだと思うよ。**だから気疲れするんだしさ。中学でサッカー部にいたときさ、教えに来てるOBからは「**佐々木は暗いよな**」って言われてたのね。周りは「佐々木は暗くないっすよ！」って言ってるんだけど、もうその人にとっては暗いのよ。で、俺もその人の前だと、ちゃんと暗い子として振る舞い出すんだよね。

古川　カテゴライズ問題でもあるんですけどね。どうしたって人はなにかをカテゴライズすることから逃れられないし。

宇多丸　古川さんは、こないだの発言が波紋を呼んだことで「**あれ？　違うなぁ**」って感じなんでしょ？「俺はもっと全然浮わついているし！」「全然女の子とかも好きだし！」みたいなのがあるってことですよね？

前原　そういう話をもっとしようよ、古川くんもさ。

古川　確かに……そこまで違和感を持たれるっていうのには確かに驚くというか。

前原　違和感だよねぇ。

宇多丸　**顔もあるんじゃないかと思いますよ。**

前原　**顔？**

古川　**顔？**

宇多丸　うん……フフフ……。
郷原　フフフ……。
古川　顔かぁ……。
宇多丸　**いや、悪いって言ってるんじゃなくて……**。
古川　悪いって言ってるんじゃないんだ？
高橋　凄い領域に入ってきた。
前原　顔が悪いの？
宇多丸　悪いって言ってるんじゃないんだよね……なんて言うのかな……。
郷原　言ってから考えてますね。
宇多丸　あのー、確かにそういうのに興味がないっていうのは分かる顔なんですよね……**枯れた感じ**がするんですよ。さっきの末っ子キャラっていうのとは対照的に、この場では老成したムードすら漂わせてるじゃない？　そういうことだと思いますよ。ルックスとかも知ってるだけに、「**え、まだ性欲とかあるの？**」みたいな感じがしちゃうっていうさ……。
高橋　俺にしてみれば、**古川くんに対して「末っ子」ってフレーズを使うことすら気持ち悪い**っていうかさ……。

古川　**実際末っ子なんだけどね。**

高橋　末っ子ってフレーズと凄く相性悪いよねぇ。

宇多丸　老成したキャラでもあるんだけど、**同時にちょっとベイビーフェイス**でもあるんだよね……フフフ……。

高橋　うわぁ……。

宇多丸　そのミックス具合がこう……フフフ……。

高橋　**キショいわけだね。**

宇多丸　要は古川さん、**俗世間離れした仙人キャラを作り込み過ぎ**ってことですよ。で、それはもう、古川さんが思ってる以上に強固なものとしてある……だって実際末っ子なのに凄い違和感あるもん、もう！

古川　俺はそれを聞く度に「あぁ、そうなんだぁ」って……。

前原　そのギャップはどこに問題があるのかってことですよ。

性格は関係性で変化する

古川　厄介なことになってるなぁとは思いますよ。結局ね……**自分で押し出したいキャラ**

クターと同時に、受け取る側もキャラクターのストックが必要なわけですよ。この人はこういう人なんだって判断するその雛形というか……それは受け手と送り手の関係ですよね。一番ズレを感じるとしたらそこかなぁ。

宇多丸　自分が打ち出したかったキャラクターと、みんなが類型として位置付けてる古川さんっていうのに違和感を覚えると？

郷原　それは自分のキャラの初期設定の調整ミスということなんじゃあ……。

古川　初期設定というより……俺は結構さ、結構、仕事仕事によって付き合う人達の人種がまったく違うことがあるんですよ。で、場が違うと受け取るキャラクター像も違ってきて……。

宇多丸　人によって古川さんのキャラクターをどう受け取るかが全然違う……ということは、ある場において古川さんはまったく違う人になっているという……。

郷原　**だって昔の友達とキャンプとかガンガンやってるんですよねぇ？**

宇多丸　やっちゃいけねぇのかよ！

郷原　フフフ……いや、でもそういう風には……あんまり……。

高橋　じゃあ別の世界では僕らが知ってる古川耕と微妙に違うんだね。

古川　ということもあるかもしれないなと。

宇多丸　ここでちょっと「決め」に入っていい？　……**性格ってさ、その人の内側に存在するものじゃなくて、関係性の中にしかないものなんだよね**。血液型占いとか星占いとかが、信憑性の問題以前に原理としてダメなのはさ、人の属性として性格というものを扱ってるからなんだよ。**性格は人間の属性じゃない！**　例えばさ、新学期にいきなり「オッス！」とかいって……豪快な暴れはっちゃくキャラで登場してさ、そういう奴かと思いきや、前の学校でイジメられっ子だったとか。

高橋　高校デビューってやつね。

郷原　実際、身の回りでも話す人によって微妙に変わりますよね。

宇多丸　全然違うでしょ。俺も行くところに行けば「佐々木さんは非常に真面目でシャイな人」とか……それは俺にそういう側面があるからなんだけどさ。集団によっては俺はちゃんとそうなるよ。一方ではさ、「士郎はホントにおもしれぇなぁ！」みたいなさ、なに言っても「**狂ってるなぁ～**」でバカウケしちゃうようなシチュエーションもあるわけでさ。正反対の人物評価、その両方が嘘じゃないんだから、性格診断なんていい加減なもんだなぁと思うよ。

「キモい」のも俺

古川　なに言っても「狂ってるなぁ～」っていう風にカテゴライズしてしまう人って、言ってしまえば**凄く荒い精度**でしか人を選別してないってことになるじゃないですか。

宇多丸　暗いか明るいかってだけの人もいるからね。

古川　でね、基本的に……その精度が近い人じゃないと付き合えないっていうのはある……それはカノジョだろうが友達だろうが。

宇多丸　え？　自己認識と？

古川　いや、自分が他人をどう解釈するかってとき、その解釈のセンスっていうか、精度っていうか……例えば他人を結構細かくカテゴライズしてる人と、ざっくり4タイプぐらいでしか大別してない人がいたら……俺はやっぱり後者とは相性が合わないっていうか。そこが似てないと人間関係って成り立たないんじゃないかな。

宇多丸　あまりにもズレが激しいと、人間関係自体が厳密には成立してないってことにもなるもんね。お互いの言ってることが実はまったく理解出来てないとか。

古川　厄介なのはさ、自分の本当のキャラクターっていうのがあったと仮定して、そのキャラクターが誤解されて他人に伝わってると思っても、それは間違ってるとは言えないんだよね。その人がそう解釈してるんだったら、その人にとっての彼はそういう人だから。

宇多丸　**当人の思う「本当の自分」の方がフィクションなんだよな。**

古川　だから俺が「モテなくていいとは言っていない」って言ったときにヨシくんに「キモい！」って言われるのは、それはそれで**ヨシくんの中での俺という意味では真実**なわけですよ。そこに俺は異議を唱えようがないという……。

高橋　なんか……**そうやって処理するのはトリックだよ**……すげぇ都合がいい感じがするよ。

古川　そうか……。

郷原　自分の性格で悩んでる人とかいるじゃないですか。コミュニケーションがどうたらこうたらとか。そういう人はどうすればいいんでしょうね？

宇多丸　あぁ、引っ込み思案な性格を変えたいんです、とかね。でも性格は属性ではないんだから、キミひとりでドタバタしても……例えば僕なんかから見て引っ込み思案タイプの奴がいたとしましょう。そういう人が「自分を変えました」とか言って、ある日スカーッと明るくなってきたって、こっちは違和感を覚えるだけで、暗い奴が無理矢理明るく振る舞ってるようにしか見えないわけじゃん。

郷原　**やっぱ引っ越すしかないのか……。**

宇多丸　そう、「引っ込み思案の私はどうしたらいいんでしょう?」って言われたら、まず一番手っ取り早い方法は引っ越すこと！　それが一番の近道！

古川　じゃないと時間がかかりますからねぇ……キャラクターを更新するのは。

郷原　テメエの中だけで変えたつもりになってんじゃねぇってことですからねぇ。

宇多丸　もしくはまた、別の人間関係を作るか……。

郷原　職場変えるとかね。

宇多丸　別の性格を別の集団に見出せばいいじゃん、と。

前原　整形して性格変わったりするじゃん?

古川　外的な要因でもって性格を変えていこうってことだよね、それは。

宇多丸　**「私ってキレイになったでしょ、キレイな私ってことで人間関係を構築し直してね」**ってことだからさ。

郷原　整形も引っ越しとセットでやる人が多いらしいですよ。

前原　環境ごと変えちゃえってことか。

宇多丸　切羽詰まった人はちゃんと分かってるね。身をもってやってるわけだよ。整形することによって私は性格も変わって……とかよく聞く話じゃない?　切羽詰まってる人は必然的に本質を摑んでるんですよ。

自分の性格はみんなが決めてくれ

古川　言葉遊びっぽくなるけどさ……逆に言えば、性格は変える必要がないんだよね。**他人に与える印象が性格**なわけだから、自分の本質的なものがあるんだとしたら、それは変える必要がない。

宇多丸　ていうか、変えられないですよ！　自分をもって自分を直すのは原理的に無理だよ。

古川　だから他人の中に結ばれてる自分像を微調整するしかない、と。

前原　でも例えばさ、髪型ひとつ変えるだけで相当……。

古川　髪型にキャラクターがくっついてくることもありますからね。

宇多丸　だってスキンヘッドと普通の髪型じゃもう……中身は同じでも周りは絶対そう見てくれないからさ。

古川　あとはスキンヘッドに対するコードを読む側がどれだけ持ってるかってことになる。そういうオシャレもあり、という人もいれば、あるいは全部「お坊さん」とくくってしまう人もいるし。

前原　ヒゲを剃っただけでも「**あ、すっきりしましたねぇ**」って言われたりするよね。

宇多丸　……それはそうだろ！

高橋　バカじゃないの！

宇多丸　それは本当にすっきりしたんだよ。

古川　キャラクターにまで届いてないよ。

宇多丸　ともかく、だから俺なんか自分の性格とか分かんない……みんなが決めてくれって感じなんだよ。あとさ、苦手な奴とかをもう一回洗い直してみた方がいいね！　ひょっとしたら、お互い好意はあるのに、コミュニケーションの仕方に齟齬があるだけかもしれないよ。

古川　でも、その洗い直しが一番難しいことだと思いますけど……キャラクターって自分でコントロールできるところとできないところがあるから。言ったもん勝ちなところも凄くあるし……押し出しが強いもん勝ちというか……「私はこうです」ってことをどれだけ太字で言えるかっていう。

宇多丸　**自称遊びの達人**、みたいなね。

古川　それを「そういうキャラクターなんだ」って受け取っちゃう人が少なからずいて、それが一人歩きして最終的に既成事実化しちゃうことってよくあるよなぁって。

郷原　芸能人はよくそれやってますよね。

古川　そう考えると、やっぱりお互いの本質を分かり合うコミュニケーションなんて成り立たないんだよな……。

宇多丸　**その「本質」ってなんなんだ、って話ですよ。**表面的なものに捕われず「本当の私」を見て欲しい、とか言われてもさ、直接脳と脳を繋ぐわけじゃあるまいし、**他人の内面なんて、表面に顕れたものから間接的に類推する以外に、一体どういう理解の仕方があるわけ？**　それこそがコミュニケーションでしょ！　そこをすっ飛ばしたがる人は、実は本気で他者とコミュニケートする気がないってことですよ。㊋

PLAYBACK
その後の古きゃん

宇多丸　その後、古きゃんのイメージは僕らの中で変わったかな？

前原　いやぁ……イメージを変えるにはなんかそれなりの事件がないとね。

宇多丸　関係性が変わらないことには難しい……ヨシくんをいきなりレイプとかしないとダメですよね。そのぐらいの事件があれば「あぁ、そういう一面もあるんだぁ」ってなるでしょ。

文明開化の音がするぅ〜！の巻

アジア初開催となった2002年日韓共催ワールドカップ。ベッカム&イルハン・フィーバー、誤審問題……いろいろありました。

2002年
9月

怪しい経済効果

古川　**ワールドカップ**……俺に関していうと、始まる前と後では全然スタンス変わってさ……**めちゃくちゃ乗ってったね！**

宇多丸　乗った？

前原　**泣いた？**

古川　いや、そういう乗り方じゃないけど……とにかくテレビめちゃくちゃ見たな。

高橋　もともと好きなんだっけ？　サッカー。

古川　いや、全然。ワールドカップも始まってしばらくは全然興味なかったんだけど、たまたまテレビでフランス対ウルグアイ戦を見て、これは面白いってことになって……で、ちょっと能動的になったら、情報は腐るほどあるわけじゃないですか。それでグイグイグイグイ……。

郷原　バックストーリーを知ればより面白くなるっていう。

古川　いや、むしろバックストーリーを知らなくても面白いっていうのが発見で。その1ヵ月だけでキッチリ楽しめる、熱狂できるっていうのが面白いなぁって思った。

郷原　僕は渋谷で働いてるから結構……ねぇ。外国人は意外と大人しかったけど、**そのか**

わり日本の奴らがしでかしてくれたんで。チュニジア戦を見た後、仕事があったから渋谷に出ようと思って電車に乗ったら、その電車に代表のユニフォーム着てる奴がやたら乗ってるわけですよ。どう考えてもそういう奴らは家で観戦を終え、**さぁ暴れに行くぞって繰り出してるわけで……外に出るなよ！って感じなんですけどね。**

宇多丸　経済効果とか言ってるけど、ウチなんか商売あがったりだし。

古川　経済効果は怪しいと思うよ。差し引きしたらマイナスの方が多くねぇ？っていうさ。設備投資で僻地にスタジアムやらクラブハウスやら作っちゃって……スタジアムとか、維持費だけでも年間ン十億の赤字らしいし。

郷原　アメリカ大会のときの赤字も並みじゃないらしいから……もう、赤字が出るのを前提でやってるとしか思えないんだよね。

宇多丸　なのに、なんであんなにやりたがるんでしょうねぇ。

それこそサッカー強い国の実情とか見てると、**お前らサッカーで騒いでる場合じゃねぇだろ！**って国が結構多いじゃない？　まさに日本もさ、それどころじゃねぇだろって国代表でしょ。だから……現実から目を逸らす行事だよ、事実上！

日本人の寂しい精神構造

古川　士郎さんのスタンスはどうだったんですか？　始まる前と後とでは。

宇多丸　いや、大して変わらないっすよ。興味はないけど、テレビつけりゃサッカーのことはやってるから、話題作りのためにも一応最低限の知識は仕入れておこうっていう……好きな顔の選手がいないかなぁとか……**ハサン（トルコ）って奴はいいね！**とかね。そのぐらいの話で、スタンスはそんなに変わってない……ただひとつ思ったのは、日本はホンットに発展途上国なんだなぁってこと。

古川　というのは？

宇多丸　だってさ、**ベッカムの銅像建てようってんでしょ？**　淡路島の津名町だっけ？　キャンプしただけだよ？　連中なんてたぶん土地の名前すら覚えちゃいないよ？

高橋　カメルーンのキャンプ地だった中津江村もお酒とか造ってたよね。

宇多丸　中津江村も有名になったとかいうけどさ、中津江村に行きますか？　**カメルーンの選手が遅れてきた村に行きますか？**　津名町だって、感動をありがとう！　なんつってベッカム銅像を1千万だかかけて作って……**ベッカム像が立ってる日本の過疎の村ほどサムい場所はないよ！**　またその村っていうのが、ふるさと創成で1億円の金ののべ棒を作ったところっていうのが笑うんだけどさ。

古川　あののべ棒を売るか売らないかってもめてましたよね。

宇多丸　警備用に金が要るから、っててんでね。あと、練習場の横に立派なクラブハウスとか作ってさ、そこにはシャワー室やマッサージ室やいろんな設備があって、今回の目玉的施設だったらしいんだけど、そこを使ったイングランドの選手は**トイレ借りにきただけだからね**。シャワーはホテルに帰ってから浴びますって。なのに、こっちでは銅像作ろうかっていう……。

古川　そしてこちらもトホホなニュースがひとつ……「**イングランドから津名町に仰天贈り物**」。

高橋　キャンプ中に使った練習着とかを全部置いてったってやつ？

古川　そう。**シミの付いたブリーフ**とかもあるらしいよ。

郷原　**奪い合いでしょ**。

古川　奪い合いなんだけど、もめるからどれが誰のかは明かされてないみたいね。

郷原　イングランドも……ゲスだなぁ。

宇多丸　これ馬鹿にしてるよ完全に！　もうなんか……落ちてきた……へこむなぁ。

高橋　「居合わせた町民はベッカムが使ったものかもしれないと**目を輝かせながら受け取**

宇多丸 **つた**」ってニュースに書いてあったね。

古川 例えば、過疎の村があったとしましょう。で、そこに世界的な有名人が来てありがたや〜ってさ……なんつーの……**未開の地ですよ！** 民度とかってレベルじゃないよ、これは！

宇多丸 **逆ブッシュマンですよ。**

古川 一方では街頭テレビとかで見ててさ……**力道山じゃん！** 欧米コンプレックスでもなんでもいいけど、そういうのの克服にスポーツを重ね合わせてるんでしょ？ それって全然力道山の風景じゃん。日本は戦後の焼け野原から精神的にはまったく変わっていないんだなぁって思って、凄く寂しくなった。

船来文化がもたらす興奮

古川 前原さんはどう？ 始まる前と後でのスタンス。

前原 なんにも変わらないね。

宇多丸 大会始まってすぐに「**乗ってくよ！**」みたいな力強いメール送ってこなかった？

前原 まぁ面白いのは最初から分かってたから……日本が予選突破するっていうのも最初

から思ってたし。

高橋 うそぉ……マジで？

前原 そう思ってたよ。

宇多丸 じゃあ日本代表を応援するスタンス？

前原 いや、やっぱスポーツとして面白いなって……**上手い人は上手いなっていう……**。

宇多丸 でも今回の大会はさ、ハードなサッカー好きに言わせると、こんなつまらない試合で喜んでるなんて全然ダメって話も聞くけど。

郷原 普段ヨーロッパのリーグを見てる人だとそうなりますね。やっぱり向こうは戦術とかが最先端だったりするから。それに引き替え代表チームなんて練習とか全然しないわけだし、あんまりいいサッカーできないんですよね。サッカーの内容にこだわってる人が見たらワールドカップはそんなに面白くないはずですよ。

古川 ワールドカップの面白さはやっぱり短期戦の面白さじゃないんですか？

郷原 あとやっぱ、国っていうのが全面に出てくるところなんじゃないですかね。

宇多丸 とはいえ、例えばオリンピックだってここまでの騒ぎにはなんないじゃん。ヤワラちゃんだって世界でトップ獲ってても、みんなで手拍子して「**ヤ・ワ・ラ！**」とかやらないわけじゃん？

郷原　**川に飛び込んだりとかね。**

宇多丸　例えば仮に野球のワールドカップがあって、そのときにはイチローが！　佐々木が！　日本に帰ってくる！　みたいな話になったとしましょう。そうしたらそれなりに盛り上がるだろうし、それなりに面白いとは思うんだけど、俺の想像では、ワールドカップでみんなが共有してる高揚感とは違ってくると思うんだよ。それはなんでかっていうと、日本人にとって野球は浸透しきっちゃってる日常だからですよ。これもさっきの話に通じるけど、サッカーという日本人が知らないワールド・オーダーな舶来文化を、「さぁ日本人よ今こそ知りなさい！」って盛り上げて……**黒船じゃあ〜！　文明開化の音がするぅ〜！**って興奮が絶対入ってると思うんだよね。

郷原　確かに……ヨーロッパとかだとまた事情は全然違うんでしょうけどね。

宇多丸　そう……やっぱ、つくづくサッカーってヨーロッパ中心主義的なスポーツじゃん？　南米が強いのも結局、植民地支配の結果だしさ。しかも経済破綻しちゃってるような国が国旗掲げてワーッとかやってて、ヨーロッパはヨーロッパで、ブルーカラーが大騒ぎしてて……支配階級層が与えてるシットだなぁって思うんだよ。日本だってヨーロッパに選手出して、そこで力付けてワールドカップで盛り上がって、でも結局Jリーグは盛り上がらず……っていうのは表裏一体だと思うんだよね。世界の

古川　スーパープレイを見よ！っていうその裏側には、**Jリーグってやっぱしょぼいよね！**ってのが言いたいんじゃないのかってことよ。

古川　ワールドカップ期間中はそのスケープゴートが野球になってましたけどね。

流行語は「ベッカム」？

宇多丸　だから、ナベツネが言ってた「6月いっぱいで日本のサッカー・ブームは滅びる」っていうのも、単なる暴言ってだけじゃないよなぁって思うんだよね。結局、一流の在り所がヨーロッパから動かないじゃん。だからJリーグの選手とか、意外とこの騒ぎ見て、本当は絶望的な気分になっててもおかしくないっていうか……。

古川　全然楽観視はしてないでしょうね。

郷原　ベッカムだけを追いかけていたような人にとっては、Jリーグとかそれこそ関係ないですからね。

宇多丸　そうだよ。で、下手すりゃあ『anan』の「抱かれたい男No・1」で**キムタクを蹴落とすのはベッカムかもしれない**ってことになっててさ。

郷原　遠征先にベッカムの乗ったバスが来るじゃないですか。そうするとベッカムを見るために沿道は女たちでぎっしり埋まってるんですよ。で、何時間も待ってるのはいいんだけど、当たり側とハズレ側があるわけじゃないですか。バスのどっち側に乗ってるか分からないわけだし。で、当たり側の方からは黄色い歓声が上がり、**ハズレ側の方からは絶望の呻《うめ》き声が上がるわけですよ。**そうすると、絶望側の先の方にいた奴はそれに気付いて、何時間も待ってるのにたまんないってことで、警備員を押しのけて反対側に渡ろうとするわけですよ。バスがどんどん近付いてきてるのに。そこで警備員が拡声器で「**ベッカム様のバスにひかれて死んでも本望だなんて思わないで下さい！**」って……。

古川　凄い警備員だねぇ。

宇多丸　ほかに言い方あるだろ！

郷原　ベッカムが泊まってたホテルとか、いま凄いんでしょ？　同じ部屋に泊まりたいって人が殺到して……なにすんのかな？　取りあえず部屋の中を転がりまくるのかな……隅から隅まで。

宇多丸　便器舐めまわしたりとかね……。

郷原　**裸になってゴロゴロ転がったり……。**

高橋　**ヴァンゲリスの曲をバックに流しながらね。**

古川　**経済効果でしょ。**

宇多丸　やっぱあのー……ああいう金髪の外国人好き？　そういうのも根強く残ってるんだなぁって思ったな。

郷原　あいつらは日本戦とか全然見てないし、ワールドカップが終わろうと全然関係ないですからね。

宇多丸　予想するのも嫌なんだけどさ……まさか「**ベッカム**」が流行語大賞とかに入らねぇだろうなぁ……。

高橋　「ベッカム」はいくんじゃないかな。

日本と韓国の温度差

郷原　あと「**誤審**」とか。

宇多丸　誤審と言えばさ、飯島愛がテレビでカマしたらしいじゃないですか……みんなが「韓国を応援したいですね」とか言ってる横で、「あんなもん買収されてんだよ！**もうキムチなんか食わねぇよ！**」って。

古川　「韓国の試合は絶対アンフェア。もう私はキムチは食べない」などと生放送で過激な批判を連発。これにインターネット上で「よく言った」との意見が殺到し、大きな議論となっている――ってことらしいです。

宇多丸 その試合、見るからに贔屓《ひいき》なんですか？

前原 贔屓っていうか単に審判が下手なだけなんじゃないの？

郷原 FIFAも誤審は認めてますからね。

古川 誤審自体は他の試合でもあったけど、韓国戦の場合は決定的な誤審……ゴールが取り消しになるようなミスが何回も続いたから、それで買収疑惑も浮上してきたっていう。しかもそれをメディアがあんまり放送しないもんだから、ネットじゃメディアが糾弾されまくってましたね。しかも日本と韓国っていう一番デリケートなとこに触れちゃう話なわけだし。

前原 そんなの放っとけばいいんだよ！

古川 第一、韓国と日本じゃ思い入れの強さが段違いなんですよ。向こうじゃ決勝トーナメントに行けるかどうかってときにサポーターが**焼身自殺したりしてましたからねえ。**

宇多丸 ……はあ？

古川 霊となって代表チームを支えるって。

郷原　政治運動とかでしか見たことないですよね、そんなことする奴。そういうのがあんまり大きくなってくると、そんな大会やらなきゃいいのにってことになってきますよね。

宇多丸　**「サッカーは代理戦争効果があって戦争の抑止力にもなってる」**みたいなことをヌカすタコもいるけどさ、韓国とイタリアなんて本来なんのアレもないところに余計なしこりができちゃってるわけじゃん。だから俺、それ絶対ウソだと思うよ。ナショナリズムを代表させて戦ってるって言うなら、そこにしこりは絶対残るでしょ。だからもう、あんまりキレイごとばっかり言うなよって……例えば、日本が決勝トーナメントで負けたとき、韓国では少なからず大盛り上がりだったらしいじゃん？

郷原　え、負けた日本に対して？

古川　韓国戦が同じ日の夜から始まるから早くから人が集まってて、野外モニターで日本戦の模様を流してたんだけど、**シュートが外れるたびに歓声が上がって**。

郷原　マジで？

宇多丸　でも、それは全然理解出来るでしょ。韓国はこれから決勝トーナメントの試合をやるわけで、仮に日本が勝って韓国が負けたりしたら……日本より上位になって、アジアのトップは我々だ！って言いたいわけだから、彼らは。そこを覆い隠して友好だなんだっていうのがチャンチャラおかしいんですよ。

マジョリティならなにやってもいいのか

古川　俺がネットで見て頷いたのはね、共催だからって韓国の応援を強制するような物言いはやめろって意見で……これ言ってる人はサッカー好きのジャーナリストで、サッカー・ファンは自分がどこを応援するかという信仰の自由を持つべきだ、**共催だからって韓国を応援するのは思考停止だ**、みたいなことを言ってるんですよね。これはなるほどって思った。

宇多丸　ホントそうですよ……そもそもさ、日本人なら日本代表を応援すべし、それが愛国心だ、みたいな考え方自体、間違ってない？　だって俺は別にさ、日本って国が好きなのとサッカー云々っていうのは全然関係ないし。右翼的な考え方でいくと、日本が好きっていうのは突き詰めれば天皇制に収斂《しゅうれん》されていくわけじゃん。でも、日本のサッカーがそれと関係があるとは思えないし、まして日本の風土とサッカーが関係あるかっていうと関係ないし。

古川　いや、実際そこは繋がってないと思うし、繋げちゃいけないと思いますよ。なんか石原慎太郎とかは「**日本の若者がナショナリズムに目覚めて嬉しい**」みたいなことを言ってたらしいけど……でもそれは全然違うと思うし。

宇多丸　単なる世界に対するコンプレックスの裏返しで「日本ヤバいぜ！」って言ってるだけで、具体的に日本のなにを誇ってるわけでも、誇れるわけでもないんだよね……。

郷原　なにかっていうと道頓堀に飛び込む文化とかかな？

宇多丸　ただの祭りでしょ。他にやることないんですよ。

郷原　まぁ、ナショナリズムと根深く結びついた熱狂じゃないからこそ、俺には関係ねぇやで済ませられてるんですけどね。

古川　そういえば、これは聞いた話なんですけど……トルコに負けた日、失意にくれた若者が一人、三軒茶屋駅のホームから線路に降りちゃって、駒沢大学の方に向かって**トンネル内を走り始めたらしくて**……その悲しさの自己表現？　そのチンケな自己主張のおかげで当然電車は止まり、何万人って人がそれに付き合わされたらしいんですけど。

宇多丸　それ……サッカーじゃなかったら、彼が熱狂してる対象まで糾弾されるケースじゃない。

そう！　それもあるわけ、僕の中での反発はさ。例えば……モーヲタがね、モーヲタがですよ、**加護ちゃん脱退**とかで道頓堀に飛び込んだり、渋谷の真ん中を占拠して大騒ぎしてごらんなさいよ！　**多分放水車出てくるよ！**

郷原　催涙ガスとかね。

宇多丸　少なくとも渋谷の交差点でハイタッチしてた奴らは口を極めて罵ることでしょうよ、モーヲタ一般を！

古川　圧倒的なマジョリティならなにやってもいいのかって話だよね。

郷原　しかも地球規模で騒いで当たり前ってことになってますからね。

宇多丸　それが不愉快だなぁ、と思ってさ……日本代表チームもそうですよ……なんなんですか、あの金髪だらけは。ああなると逆に没個性だよね。これだけチームに金髪が多ければちょっとは考えてやめとけよっていうかさ、そういうのがないチームなのも日本代表に入れ込めない理由なんだよなぁ。つまらない理由かもしれないけどさ……でも、どうやらワールドカップってキャラを立てるのも大事なことっぽいじゃん。で、それはいわゆる女にモテそうな「カッコよさ」だけじゃなくてさ。悪役的な威圧感とか、**「アイツ髪型だけで笑える！」**だっていいはずなのにさ……。

郷原　それが金髪か、っていうね。

宇多丸　面白味ゼロですよ！　そんな日常レベルの「カッコよさ」で世界に通用するわけな

い！　今後はもっと**世界レベルのモテ**を目指してほしいですよ。㊣

PLAYBACK

野球の方がヤバい

宇多丸　もう次のワールドカップが始まっちゃいますね。

古川　このときと臨む態勢が天と地ほど違うな……６月は仕事したくないぐらいの勢いですからね。

宇多丸　そこまでいっちゃうのか……サッカーって凄いよねぇ。Ｊリーグは今どうなの？

郷原　盛り上がってなくはないみたいですね。経営的にもだいぶ健全化されてきてるし。

宇多丸　じゃあナベツネの予言は外れたと。ていうか、むしろ野球の方が本格的にヤバいもんね。

古川　ヤバいっすねぇ。

宇多丸　だって長嶋が話題っておかしいでしょ！　でもまあ、前回のワールドカップは日本で開催したっていうのが特殊だったからさ。よくやったよねぇ、しかし。

古川　盛り上がったよね。

宇多丸　盛り上がったのかねぇ？　誰の記憶にも残ってない気がしない？

古川　そうなのかなぁ……でも当時テレビとか凄かったよね。

郷原　まあ、あんまり身近には感じられませんでしたけどね。

高橋　古川くんはやっぱ前回のワールドカップがでかかったんでしょ？

古川　俺はここから。

宇多丸　俺の中ででかかったのは、開催中あんまり不愉快だから久しぶりにエアガン買っちゃったんですよ……撃ち殺してぇ気分が高まっちゃってさ。それが今のエアガン熱につながってるんですよ。

知ってたくせに！なあ？の巻

「戦争映画」と「戦争を背景にした映画」を通じて問いかける、
「いまが戦前でないと言い切れる保証は?」。

2002年
10月

国策として取り組むべき原爆映画

高橋　そういえばね、ちょっと前にやっと『火垂るの墓』を観たよ。「絶対泣くから！」とかさ、いろんな人からずっと言われ続けてきたこともあってね。

郷原　泣きました？

高橋　いや……特に思うところもなく。

宇多丸　ホントに？

郷原　俺もそうですね。

宇多丸　そっか……。

高橋　事前に煽《あお》られすぎてたからかもしれない。

古川　俺は好きか嫌いかで言ったら相当好きだけどな。

前原　どういう映画だっけ？　戦災孤児みたいなやつ？

宇多丸　そう。幼い子供が物凄く悲惨な死に方をしていく過程を克明に見せてるっていう……しかもそれがハードな劇画タッチとかだったらまだしも、思いっきりジブリ的な、本来安心して見ていたい絵面で描かれるから……安全圏のものだと思って観てるから、余計リアルに感じてしまう効果があるんだよね。

郷原 全然気持ち悪い描写とかは出てこないんですよね。

宇多丸 まぁ、いきなりミイラ状態でウジ虫わいてるお母さんとかは、ちょっとね。でも俺はその、「絶対泣き（ヌキ）保証作品！」みたいな位置づけにはなんか違和感あるな。

古川 アニメーションならではのところもいっぱいあるし……いや、相当いい作品だと思いますよ。

宇多丸 俺もかなり評価高いんだよ。実は凄くドライな語り口なんだよね。原作はさらにその傾向が強いんだけどさ。作り手は主人公の兄妹のことを「かわいそう」とか言ってないんだ、別に。自己憐憫《れんびん》ですらなくて、なんつーか……**この無念をそう簡単に共有されてたまるか、「戦争の悲惨さ」みたいに安易に一般化させるもんか**、っていう凄みがある。だからこそ、現代の日本をふたりの亡霊がただ眺めている、っていう突き放したラストがズズーンと効いてくるわけじゃん。いわゆる「ヌキとしての泣き」とは違う感動だと思うんだけどね、それは。

古川 ほかに日本の戦争映画ってどんなのありましたっけ？

宇多丸 「戦争映画」と「戦争を背景にした映画」の違いもあると思うけど……後者まで含めるんだったら、メジャーな定番どころは『ひめゆりの塔』とか『ビルマの竪琴』になるのかな。別にそれはそれでいいんだけどさ、でももうちょっと描き方があるだろって思っちゃうわけよ。戦後50年で作る映画が『ひめゆりの塔』と『きけ、わだつみの声』かよ！っていうかさ。進歩ねぇじゃんよ視点が！例えば、こないだ『噂の真相』で中森明夫さんが同じようなこと書いてたけど、前から俺の持論でもあるのはさ、最先端技術を駆使して、つまり『プライベート・ライアン』的なリアリズムで、原爆投下直後の惨状を描いた映画、作るべきでしょ！それこそ**国策として取り組むべき事業なんじゃないかっていう**……事実を忠実に再現するだけで十分、凄いもんになるよ！国際的にも相当な集客力を持つ作品になるはずだし、広い意味で外交上の強力な武器にもなりうるでしょ。

真珠湾の博物館で睨まれる

高橋 でも最近は日本製作の戦争映画って減ってるよね。

宇多丸 「**戦争を背景にした映画**」はまだまだ定番じゃん？……それと関係あるか分かんないけど、なんか都内に戦災資料館みたいのがあるみたいで、地下鉄とかによく広告があったりするのよ（東京の新宿にある平和祈念展示資料館）。で、「戦争の悲惨さを語り継ぐ」云々とか。でも、こんなコピーじゃ人は呼べないでしょ、って思うんだよ。広島の平和記念資料館くらい名所になっちゃえばまだしも……ちなみにさ、あそこで一番衝撃的な展示物って、被爆した人たちが描いた凄いプリミティヴな絵なんじゃないかと。そういう、本当にトラウマになりかねないショッキングなものは、ちょっと目立たないところに置いてあったりするのがあそこのバランスだよね。

高橋　平和記念館は俺も行ったことあるなぁ。

宇多丸　都内のやつの方に話を戻すと、「戦争の悲惨さを語り継ぎましょう」っていきなり言葉でスローガンにしちゃうとさ、陳腐化しすぎなわけですよ。**パッケージングが悪すぎ！**

古川　事実自体に説得力があるだけに、そこに頼りすぎてる。

宇多丸　いくら結論として正しくても、それを最初に押しつけるのは思考停止的すぎますよ。

高橋　真珠湾の博物館も行ったことあるよ、そういえば。

宇多丸　どうだった？　当然「**ジャップ憎し！**」って感じ？

高橋　客はジジババばっかりなんだけど……。

宇多丸　睨まれる？

高橋　**ずっと目で追われてる感じ**。

宇多丸　マジ？

高橋　ソッコー出てきたけど。

宇多丸　平和記念館とかに欧米人がいるとさ、こっちは「どうです、こんなに悲惨な出来事だったんですよ！　よく見てくださいよ！」って感じなのにさ、向こうはそれだ？「来やがったよ！」ぐらいの感じだね。

高橋　**知ってたくせに！　なぁ？**

前原　映画の『**パール・ハーバー**』も一応そういう描写は入ってるよね。日本軍の動きを合衆国政府はキャッチしてたのに敢えて先制攻撃させた、みたいなエピソードは一応あるんだよ。

宇多丸　真珠湾だと沈みかけた船をそのままに展示してたりするよね。沖縄ってそういうのないの？

高橋　沖縄だとやっぱり、ひめゆりの塔がダントツで有名だよね。

宇多丸　ただやっぱり、どんな展示でも非現実的な感じはしちゃうかなぁ。いま、この国で普通に生きてたら。

古川

イデオロギーを全面に出さずとも……

宇多丸　そう考えるとやっぱりエンターテインメントの役割は大きいわけですよ……『プライベート・ライアン』とかはさ、戦争怖いっていうのを伝えるのには物凄く効果的なツールになってるわけじゃん。

高橋　一級の反戦映画になってるよ。

古川　あのレベルでいいんだよね。

宇多丸　映画全体ではさ、もっと穏当なというか、玉虫色の結論に落ち着いてるけど……まあ……好きこのんであそこに行くかっていったら……。

高橋　あそこはちょっとキツいよなぁ……。

古川　キツいでしょ。

郷原　むちゃくちゃ死ぬもんなぁ、いきなり。

前原　アレはノルマンディだっけ？

宇多丸　うん、ノルマンディ上陸作戦……そういえばこないだ『**スター・ウォーズ エピソード2**』を観たんだけどさ、アレもじつは「戦争ってこうやって起こるよね」っていう、かなり本質的な話をやってるんだよね。**戦争は「作る」ものだって構造とか**

さ。まずは危機的状況を自ら作り出しておいて、だから強力な軍隊が要るって煽り立てて、だけど、そこにはまったく別の思惑がある、みたいな……こんな話を子供が理解できるのかなぁとは思ったんだけど。単純なカタルシスはないけど、でもなかなかいいところ突いてるよ。軍隊が仕切る「正しい」国より、腐敗政治の方がまだマシだったってことじゃん、その後の経緯を考えると。

高橋 音楽とかで、戦争を題材にした作品で印象深いものは？

宇多丸 “Imagine”（ジョン・レノン）とか？

前原 ビリー・ジョエルでなかったっけ？

宇多丸 オリヴァー・ストーン的な視点だけどね、“Goodnight Saigon”とか。

高橋 CCRの“Have You Ever Seen The Rain?”とかね……〝雨を見たかい〟。

宇多丸 それはなんの雨なの？

高橋 爆弾のメタファーなんだけど……**日本のCMだとノスタルジックな風景に使われたりするね。**

前原 車のCMとかね。週末はドライヴに行こう、みたいな感じで。

古川 そういや最近の日本の歌で戦争を扱ったのってないよね。

宇多丸 〝静かなるアフガン〟があるでしょ、長渕剛の。ラジオでかけられないっていうのが一時あったよね、確か。アレは普通の反戦歌じゃなくて、むしろアメリカ非難の歌だから……お前らが育てたテロリストだろってことまで言っちゃってるんだよね。

前原 なかなか骨がありますよね。もちろん音楽的な価値とは別だけど。

宇多丸 マンガだとやっぱ『**はだしのゲン**』は欠かせないよね。

あれは作者の主張が明確なぶん、読む人によって好き嫌いが相当出てくると思うけど。

古川 イデオロギーが全面に出て来ちゃうのはツライですよね。『プライベート・ライアン』とかは、イデオロギー抜きにして、戦争をリアルに描いただけで反戦になり得るっていうのが画期的なわけだから。

宇多丸 大抵の人にとっては反戦になり得るってことでしょ……アレを「うぉ～、サイコー！」と観る人も当然いていいわけだしね。一方には、イデオロギーから離れようと意識するあまり、その姿勢がまたなにか別のイデオロギーを示しちゃってる『**フルメタル・ジャケット**』みたいな例もあるしさ。

古川 イデオロギー的な正しさと、エンターテインメントとしての質は本来まったく別ものなのにね。で、**イデオロギー的な正しさがエンターテインメントの質を不問にするのは間違ってるでしょ**。

軍隊的なるものへの嫌悪

宇多丸　そうだ、小林よしのりの『戦争論』とかって読んでるの？

古川　俺は一応。

宇多丸　どうなんですか？　史実として間違ってる云々とかは置いといて。

古川　うーん、史実の真贋を問う議論と、どっちかっつうと倫理的な議論とのふたつがありますよね、あの本に関しては。で、歴史的事実の方は分かんないでしょ、実際のところはもう。それで倫理的な面で言うと、最終的にあの人の言ってることは「公と私」の関係性みたいな話になってくるから、そこがまったく相容れないともうなんともって感じ。あと、戦時中って言われるほど悲惨じゃなかった、みたいな話も出てくるんだけどさ、そりゃあそういう人もいただろうって話で、一般化できた話じゃないから。

宇多丸　悲惨な人ばっかりじゃなかったっていうのは分かるけど、それを一般化するなよ！と……ていうか、すべてにおいて一般化を強いられる局面だから嫌だっていうのはあるよね、戦争。それこそワールドカップの試合ならまだいいけどさ、**お前らがちゃんとしないから負けちゃったじゃないか！**　とか言われかねないわけですよ、戦争やってると。

高橋 キツいなぁ。

宇多丸 嫌でしょ？　一般化されるのが嫌なんだよね、だから。『**カジュアリティーズ**』ってあるじゃない？　アレを観てつくづく「嫌だなぁ、戦争！」って思ったんだけどさ……例えばね、百歩譲って兵隊に行って、お国のために戦うとしましょう。そこまではいいとしても、軍隊という集団で行動する以上、例えば「みんなで略奪しちゃおうぜ！」とかさ、「女犯しちゃおうぜ！」とかなっちゃったときにさ、ひとりで俺は嫌だ！って言ってるともうそれだけで危険だからさ。戦場で後ろからなにされるか分からないし、もうしょうがないっていう……その状況が嫌だってことなんだよ。つまり、軍隊っていう集団にいるのが耐え難いっていう。

古川 確かに軍隊って戦争とは別の意味で嫌だよね。

宇多丸 そうそうそう……だから俺が戦争イヤだなぁっていうなかには、かなりなパーセンテージで**軍隊的なるものへの嫌悪**があると思いますね。

古川 戦争が嫌っていうのはさ、突き詰めていくと『プライベート・ライアン』の最初の20分的な、つまりあの状況に身を置くのは嫌っていうとこに落ち着くわけですよ。でも軍隊の嫌さは、そういうフィジカル面ももちろんあるだろうけど、もうちょっと精神的なレベルでの嫌さもありそうだよね。

郷原　まず、ちんけな自己主張はできないでしょうね。

宇多丸　だからこそ、例えば『兵隊やくざ』とかはさ、そういう軍隊っていうシステムさえ突破する強烈な「個人」っていう、そこが痛快なわけだよね。

古川　軍隊って今の教育システムの雛型にもなってるんですよね。

宇多丸　そう、だからいじめとかも同じでしょ。郷に入ったら郷に従え方式で悪魔になるしかないって、ねぇ？　そうなったらその中でいい成績をとることを考え出すかもしれないし……実際、集団になると俺だってなにするか分からないからさ。いや、絶対集団に流されると思う、多分！っていうのがあるから……だからだからだから！　**集団に強制的に入れられるような世の中にしたくない、なぜなら俺は弱いから！**っていうさ。弱々の叫びなんだけど……それこそ『兵隊やくざ』の勝新とかだったらどこにいても屁でもないのかもしれないけどさ。強い人はいいよね。

高橋　俺も拷問とかは絶対嫌だしなぁ。

宇多丸　兵隊連れていかれたらアレですよ、**キミも聖《セイント》とか言ってられないんですよ。**

高橋　**自分から言ったことは一度もないんだけど。**

宇多丸　強姦だってやんなきゃいけないかもよ……ホントにそういう状況に置かれたって人

はいっぱいいるでしょ。

前原　飯もないよぉ。

宇多丸　民家から奪ってくるんですよ。

前原　子供が泣いてるんだよ、ビャアビャアビャアビャア。

宇多丸　うるさい！って銃剣で突いたりするんですよ。

前原　おだまり！って。

ダメ戦争映画の定義

古川　そういや『**ライフ・イズ・ビューティフル**』も戦争映画じゃない？

高橋　ダメ戦争映画だ。

宇多丸　「戦争を背景にした映画」でしょ。しかしアレはいかがなものかっていう……。

高橋　**アイツ**（主人公）大暴れって感じだからな……**アイツ**がどんどん事態を悪くしてるっていうか。

宇多丸　同胞たちを危機に陥れてるところが許せないんだよね、**アイツ**の振る舞いが。お前の振るまいのせいでアノ房全体が危機に陥ってるのが分からないのか！っていう。

高橋　チャップリンの映画によくあるけど、些細なイタズラから誰かに追っかけられたりして、その逃げる過程で防波堤で釣りしてる無関係な人を海に突き落としたりとか、そういうのが積もり積もって最終的に街をあげての大騒ぎになったりするじゃん。まさにアレ的な暴れっぷり……何時間もかけてやっと整理した部屋にチャップリンが投入されたような迷惑さというか……勘弁してくれよオイ！　みたいなね。

古川　ダメ戦争映画ってほかにないのかな？

高橋　どうなの？　**『コレリ大尉のマンドリン』とかって。**

宇多丸　アレは「戦争を背景にした恋愛映画」だよ。

郷原　**戦場でペネロペとニコラス・ケイジがいちゃついてるだけだったりするのかな。**

古川　ダメ戦争映画の定義ってなんだろう……戦争反対を訴えてるはずなのに戦争を美化しちゃってるようなやつなのかな。

宇多丸　いや、意図せざるなにかが出てきちゃってるのはいいでしょ。例えば**『地獄の黙示録』**はその典型だけど、戦争というものに対してなにか明確なスタンスを示しているどころか……。

高橋　もうよく分からなくなってるよね。

宇多丸　実際コッポラも「よく分からなくなってる」状態で撮ってるし。で、結果的には戦争映画ですらないところにいっちゃうのがあの作品の素晴らしいところじゃない。よく「戦争の狂気を見事に描いた」とか言われてるけどさ。

高橋　そういう映画でもないよね。

宇多丸　あと『**7月4日に生まれて**』とかだと自己憐憫色が強すぎて……やっぱちょっと不快だよね。『**プラトーン**』とかもそうだけどさ、戦争の悲惨さが自己憐憫に収斂されちゃってるのは逆に感情移入しづらい。

ナメられない国か？　忠実な家来か？

古川　日本映画とかではないかな。

宇多丸　『**君を忘れない**』でしょ！　キムタクとかが出てる特攻隊のやつ。

古川　特攻隊シットは定期的に出てきますよね。

宇多丸　でもアレは酷いよ！　まずあの髪型はねぇだろ！っていうさ……あと現代の漫才師がタイムスリップしちゃって特攻隊に入るとかいう映画もあったよねぇ（『**ウィンズ・オブ・ゴッド**』）。大体さ、現代の人間が終戦間際の日本にタイムスリップしたらさ、なにを考えるかって終戦の日まで無事に生き延びることを考えるだろ！　終戦の日は知ってるわけだからさ。そこでわざわざ特攻隊……しかも片割れは志願して本当に特攻しちゃうんだよね。バカでしょ！　それで結果日本が救われるわけじゃないのを知ってるのに。それじゃリアルタイムで特攻した人と気持ちが全然違うじゃん！

郷原　自殺でしょ、ただの。

高橋　すげぇ遠回しな自殺だ。

古川　でも、特攻隊好きって連綿といるよね。小泉とか石原とかもさ。

宇多丸　てめえが特攻するわけじゃないからね……例えば石原慎太郎首相誕生！　みたいな感じになってさ、彼が望むような「カッコいい」お国、他国にナメられないためには軍事行動も辞さない日本になってくか……もしくは小泉路線、アメリカの忠実な家来として「なにかあったら加勢しますよ〜（スリスリ）」ってアピールしてくか……どうなんですかね、みなさんは。そのどっちかでいいんですかね？　**ホントにいいんですかね？**

古川　ヒップホップとか言ってる場合じゃなくなるよ。

宇多丸　戦時中とか、さらにそれ以前は暗黒時代だった、みたいなイメージに対して、いやそんなんじゃない、全然みんな今と同じく普通に過ごしてたんだっていう話はここんとこよく聞くじゃない？　俺はそれ、逆に怖いと思うんだよね。あとになって振り返れば、ここでこうしておけば！っていうのはいくらでも言えるんだけど……『火垂るの墓』だってちょっと前までは普通に家でご飯食べたりしてるわけでしょ。それがだんだん飢えていくわけでさ……だから、**今が「戦前」でないって保証はどこにもないなぁって、特に最近よく思うんだよ。**㊋

PLAYBACK
英霊じゃなく犠牲者

宇多丸　こないだ松たか子が出てる原爆物のドラマ（『広島・昭和20年8月6日』）やってたんだけど……僕がここで言ってるように『プライベート・ライアン』的なリアリズムでやってくれるかなって期待してたんだけど、残念ながら肝心のところは完全に抽象表現でしたね。地獄絵図のはずなのに、死体を映さないのはズルイなぁと。それでもまぁ、エンド・クレジットで被爆者の写真とか出てくるだけでもマシなんだけどね。でも……なにをやってんだと！　やれよ！　スピルバーグやってくんないかなぁ。

古川　戦争映画は最近日本でもガンガンやってますよね。

宇多丸　……ちょっと話はずれるんだけどさ、「兵隊さんたちの死があったから今の日本がある」みたいな論法には違和感を覚えるんですよねぇ。

古川　というと？

宇多丸　別にその人たちの死が今の繁栄と直接つながってはいないんじゃないの？っていうね。どっちかと言うと犠牲者でしょ？　俺ははっきり言って当時の日本の戦争指導者はアホだと思ってるから、そいつらの犠牲者だって普通に思いますけどね。英霊が云々みたいなことを言う奴は、死者をダシに汚い論法を使うなぁって思いますよ。逆に不謹慎なんじゃないの？

スピルバーグの映画に出たなんて凄いねえ……の巻

しつこいようですが、モテ話。
本当にたとえ話が好きな人たち!!

2002年
11月

誤解するだろ

恋愛感情もないのに短時間で距離を詰めてくる女性に最近思うところがあってさ。

古川　いきなりスゴイこと言うね。

宇多丸　意味が分からない。

高橋　友達にそういう女性と遭遇した男がいてさ。まだ知り合って間もないのに、いきなり敷居が低いというか……本来であれば時間をかけて切り崩していくような壁を瞬く間に乗り越えたと錯覚させるような態度をとってくる人がいたんだって。ある種無防備なヴァイブスで近づいてくるコというか……近寄り難いとかそういう感じではなく、屈託のない感じ……勘違いを生み易いタイプというかさ。

郷原　ああ、なんとなく分かりますよ。

高橋　そういう女性の心理メカニズムはどうなってるんだっていうか……そういうことを平気でやるのはやめなさい！っていうか。

宇多丸　つまり、オマエ誤解するだろ、と？

高橋　うん。

古川　そういう女性が打算でやってるんならまだ分かるんだけどね……金品が目当てとか。

でもそこに打算も見られないと。

高橋　そうみたいよ。

宇多丸　それはですね……二種類考えられると思いますよ。天性でそうなのか、あるいは「男友達がいる私」っていう**山口智子イズム**に毒された人なのか。「いまはカレシとかより友達と飲んでるほうのが楽しいしぃ」っていうね……まぁ、それもひとつのファッショナブルな生き方ですよ。

郷原　そういう人はきっと方々でコクられたりして、勘違いを生んでるのは分かってると思うんですけどね。

宇多丸　なのに「好きです！」とか言おうものなら「えっ、私そんな気じゃ全然……」みたいな。

高橋　距離はソッコーで詰めてくるんだけど、こっちが接近しようとするものならさっと遠ざかっていく感じね。

古川　**ヒット&アウェイ**だ。

宇多丸　それは「距離を縮めても平静を保ってるなら『**華麗なる男友達戦隊**』の一員に加えてあげてもいいわ」ってことなんですよ。

郷原　悪いことをしてるって意識は希薄だったりするんでしょうね。

宇多丸 それだけに悪質、みたいな。
郷原 悪く言っちゃえばそういうことですよ。
高橋 「いま言い寄られてる人がいるの」とか言われたりした日にはねぇ……。
前原 それはどう取ればいいのかな？
古川 ていうことを考え出したら、それはもう術中なんですよ。
高橋 そこを汲み取っていくと大変なことになるわけだね。

みんな迂闊に行動しすぎ

宇多丸 でもね、多少なりとも好意を持っている異性と、しかもお互いがフリーだったりして、2人で飲みに誘われたりしたら……そこに**ある可能性**を読み取らないのは難しいでしょ、普通は！　例えば仕事関係とかさ、関係性が固まってるところで飲みに行ったりしてもそんなに問題にはならないだろうけど、関係性が固まってないところにいきなりそれをやったら、可能性は排除できないどころか、それこそ50％の可能性があるわけじゃん。そこでその可能性にかけちゃう人が出たからってさ、それは誰も責められないだろ。

古川　責められないいんだけど……でもなんか……。

前原　**まぁ、ちょっとお茶目って感じ？**

宇多丸　**誤爆を招くような**……片方に恋愛感情を募らさせて、それを断るっていうのはやはり相手を不必要に傷付けてるわけだから、ホントはそんなの避けた方がいいでしょ。そういう可能性があるのは大人なんだから分かるはずだし、なのに最初からその気がないとか言い張るのは、俺はそれはやっぱ、悪質と言いたくなるなぁ。

古川　ちょっと待って……逆に言うと、そういうコは恋愛感情とは無縁の男性と個別にメシを食う権利がないってこと？　自重しろってこと？

宇多丸　うーん……いや、関係性が定まってない段階で不用意に親密度を高めるのは危険だって言ってるわけ。自分に置き換えてみたって、誤解されちゃ困るような相手をわざわざ2人きりで飲みに誘いますか？　人の気持ちはね……危険ですよ！　そんな簡単にねぇ……取り扱い注意なんですよ！　みんな迂闊に行動しすぎだよ！

古川　**うおー！**

宇多丸　要は気遣いの問題なんですよ。私はそういう気を遣いたくないっていうのも分かるし、その権利を否定してるわけじゃないけど……でも、相手がいる話だからさ。その人を無意味に傷付けたくないのであれば、ってことですよ。高校ぐらいでその**悲**

喜劇をやるのはまだいいんだよ。でも20歳とか越えてからになると、それに付随して被害者の年齢も上がるわけじゃないですか。いい歳こいた男がそんなことで振り回されるっていうこと自体がもうね……やめろよ！　**残酷だよ！っていう……**。

郷原　絶叫……。

宇多丸　**誰が山口智子を責められようかってことですよ。**

高橋　凄いなそれ。

俺にだってチンポはあるんだぞ

前原　俺はむしろそういう付き合いは普通だと思うけどな。

高橋　「**一緒に遊びに行こうって言ったじゃねぇかよ！**」って大暴れしたくせに。

前原　………。

宇多丸　前原さんがそういうの絡みで一番事件を起こしそうですよ。

前原　だってアレは行こうって言ったのに行かないからだよ！

高橋　だからずっとそういう話をしてるんだってば。

古川　まあ、得てしてそういう話だと男のほうが滑稽に見えがちですよね、なぜか。

宇多丸　そう！　そうなんだよな……ちっきしょう……オマエの物語では常に俺は……俺は……**布施博かと！**

高橋　えっ？

古川　全然分かんない。

宇多丸　いい人役？　オマエのドラマの中では俺はいい男友達……オマエが苦しんでるときにアドバイスする役で……。

古川　ムードメイカーね。

宇多丸　俺にだって……俺にだって……。

前原　**チンポはあるんだぞ、って？**

宇多丸　そうそうそうそう。だって、誤解しようと思えばどんな相手だって誤解できるからさ。それこそ**ポルノグラフィック・アイ**で見ればすべての女が欲求不満に見えるようにさ。

古川　性的なメッセージを俺に放ってる！っていうね。

宇多丸　こっちの精神状態によっては勘違いする余地なんていくらでもあるんだから。

前原　もちろん。

宇多丸　**ヒョヒユウで。**

高橋　**ヒョヒュウで。**

前原　俺はことごとく勘違いしてきてるから。

宇多丸　ね？　だいたいですよ、普通に誘ったりしたら断られる可能性もあるし、誘って拒絶されたらもうあとがないって思うでしょ？　こっちは。

古川　そして、それがある種の重さにもなってしまうという……。

宇多丸　そうそう。その重さを感じさせずにそれができたら勝者になれるわけですよ。……ていうかさ、一見誘ってる方が下手に出てるように見えるけど、断られる可能性を計算に入れてない時点で、実は誘ってるほうが凄く高いところから見てる感じがするんだよね。

高橋　俺らが誘ったら全然断られる可能性あるもんね。

宇多丸　少なくともそれは怖いじゃない？　その怖さと葛藤しながら電話の前で何度も逡《しゅん》巡《じゅん》して、ようやくオッケーもらったときの喜び……っていうのがあるわけじゃないですか。

古川　それやってるとモテないってことか？

宇多丸　いや、ニワトリが先かタマゴが先かって話で、モテない人はそんな軽やかにいけないからモテるシチュエーションを作ることができないし、モテる人は高いパラメーターを備えた闘いだから最初から優位にコトを進めてるわけですよ。

古川　しかもそれを自然に、自分が勝者であることすら気付かせずに……。

高橋　実際もう、**マシーンか奇跡か**ってコもいるからね。

古川　マシーンか奇跡……。

宇多丸　**オマエ自分の映画に俺を出演させようとしてる？**ってことじゃん。「まさか私の映画に出たくないとは言わせないわよ、たとえ男友達の役でもね」みたいな感じだよ。

古川　**巨匠だね。**

宇多丸　そう、巨匠！

古川　巨匠イズムだ。

宇多丸　「私の映画に必要なシーンだから、明日の撮影だけど来てね」っていう……。

古川　それはもう「出る出る出る出る！」って……。

宇多丸　それを自覚的にやってるとはさすがに思わないけど、でも構造だけ取り出せばそういうことですよ。

古川　**巨匠は名画ばっかり撮ってるんだろうね。**

宇多丸　資本がなくてもモテる人っているじゃない？　そういう人は、例えば道端でナンパして断られても平気な人なのよ。「俺は断られても構わないし、いっぱい声を掛ければ俺のことを気に入る人もいる」っていう、実は凄く正確な自己評価をしてたりして。だからそういう人はきっちりモテてたりするよなぁ。

古川 インディーズでいい映画を撮る監督って感じかな。

宇多丸 ウジウジしてる奴は、なんだかんだいって微妙に自己評価が外から見られてるより高いんだよ。やっぱそういう奴はダメ！「僕の場合は芸術性の高い作品なので……あの女優向きなんだけど……でも分かるかなぁ、俺のホンが」みたいな。

高橋 あげくに「**出るって言ったじゃねぇか！**」って大暴れしてみたり。

古川 巨匠はなんの役か言わないでオファーするからね……だから「主役か？」って勘違いする人を生み出してしまう。

宇多丸 「**主役級じゃん！**」みたいな。

古川 「級」っていうのがね。

高橋 なんとか巨匠のスキルを盗めないもんかなぁ。

宇多丸 巨匠の撮り方をいきなりやってもダメですよ。**自主製作映画でハリウッド大作のような撮り方をする人が一番悪い例**なわけだからさ。いきなりスピルバーグのレベルに立とうとしてるのが間違ってるわけで、スピルバーグはオマエぐらいのレベルのときはそれなりの撮り方をして、それで順繰り上がってきてんだぞ、っていう。

古川　少ないバジェットなりの撮り方をしないとっていうことですよね。

宇多丸　それはつまりどういうことかというと、自己認識を正確にしろ！ってことなんですよ。自分の映画がどういう映画なのかをまず正確に把握しろ！　と。

高橋　結局そうなるのか……。

スピルバーグは悪質か？

宇多丸　いや、でも映画にたとえるのは凄くいいと思うよ。なぜかというと、**興行成績が高い映画がイコールいい映画とは限らないじゃん**。だからこれは人生のメタファーとしては凄くいいですよ。

高橋　なるほどね。

宇多丸　だから、巨匠は映画を撮ること自体に悪気はないわけ。ただずっと大作を撮り続けてきたからさ、多少僕らからすると「こっちは主役と思っちゃうよ！」という雑な依頼の仕方をするんだよな。でも結局、こっちは出演すること自体そんなに悪い気はしないから……。

古川　ついつい出演してしまうと。

宇多丸 そう。

郷原 スピルバーグに出てって言われたら誰でも嬉しいだろうし。

宇多丸 でもね、巨匠がさ、私は巨匠でございい!って態度を取ってたらそれはやっぱり嫌われるしね。だからまあ、少なくとも巨匠だと思って気軽に出演依頼するなってことですよ。

高橋 **主役だと思っちゃうじゃない!**ってことだよね。

宇多丸 でも、それを端から見るとさ、主役だと思っちゃうじゃない!ってこと自体……**滑稽に見えるぞ**と。オマエに主役頼むわけねえじゃん!っていう。

高橋 スピルバーグがね。

宇多丸 周りからすれば「**スピルバーグの映画に出たなんて凄いねぇ**」ってことなのに、「でも俺主役じゃねぇんだよ!」って言ってたらさ……そりゃ「オマエ頭おかしいんじゃねぇのか?」って言われますよ。

古川 そこで初めて、**スピルバーグが悪質か悪質じゃないか**って話になってくるわけですよ。

宇多丸 頼み方は主役で頼むっていう感じだったんだよ!って言ってもねぇ……それはオマエの勘違いだろって切り捨てられて終わりのような気もするし。

古川　**スピルバーグも悪気があって依頼してるわけじゃない**からね。スピルバーグは単に自分の映画に出て欲しいから電話しただけなのに……。

宇多丸　スピルバーグの例で進んでるからアレだけど……例えば、確かに巨匠なんだけどバイプレイヤー的な人を主役に据えることもままあるように見えるタイプの巨匠……。

古川　複雑だな。

宇多丸　例えばジョージ・ルーカスとかは比較的ビッグなスターを使わないっていうのがあるからさ、ひょっとしたらない話じゃないけど、でもやっぱり確率論的にない！　みたいな……。『スター・ウォーズ』に日本の芸能人の誰かが出るって噂とかもさ、そりゃ絶対にないって言い切れないものがあったりするじゃん？

高橋　まあね。

宇多丸　そしたら俺、なんか**スタッフだったみたい**、とかね。

郷原　合コンとかはどう置き換えられるのかな？

宇多丸　**それはオーディションをいっぱい繰り返すってことでしょ**……オーディションに役者が集まらない映画だっていっぱいあるわけだからさ。逆に、役者として名画に誘われたいんだったら、やっぱ名優として知れわたってないとダメだよね……それか、いきなり「**今までのあなたの映画に出てた役者はみんな大根ね！**」って言い放つとか。

高橋　そんなに？

宇多丸　**俺みたいに人間臭い演技ができてない！　とか。**

古川　いきなりラスト・ワードだね。

それぞれの俺ムービー

郷原　我々が撮ってるのはわりとカルト寄りの作品ですからね。

古川　20年後に評価されるようなね。

高橋　前原さんが伊東美咲と付き合ったりしたら、それは**『パルプ・フィクション』にブルース・ウィリスが出た**みたいな感じなのかな？

宇多丸　まぁそういうことだよね……**『マルコビッチの穴』**とかさ、こういう映画に出ることがイメージ的にプラスになるって判断が働いて、名優のほうから出演したがるタイプのカルト映画もあるわけだからさ。

古川　なるほどね。

郷原　まあ、目指せ巨匠ってことで。

宇多丸　いや、別に目指さなくったっていいんだよ。ホームムービーが自分にとって最高の映画って人もいるわけじゃない。

郷原　ああ、**動物撮ってるだけの人とか**。

前原　あとは女優によって脚本を変えるとかね。ちょっとブスだったら**テーマを福田和子**にしてみたりとかさ。

高橋　そこまでして映画撮る必要があるのかな。

古川　この話……なんか複雑な気持ちになってくるな。

宇多丸　みんなそれぞれの俺ムービーがあって、それに出演したり出演させたりしてる……もうこうなってくると人生観ですよ！

郷原　まあ、いいシーンがいっぱいある映画のほうがいいですよね。

宇多丸　トキメキが多いほうがいいっていうのはそういうことだよね。

郷原　やっぱいいシーン撮りたいなぁ……。

古川　いいシーン……。

高橋　いいシーン……。

宇多丸　いいシーン撮ってます？

前原　いいシーンねぇ……**資金難って感じかなぁ**……脚本はあるんだけどさ、撮るお金がないっていうか……。

古川　創作意欲だけはあるのか。

郷原　金がそんなにかかる映画っていうのもな……ヘリコプターで夜景見るとかは、**凄い爆破シーン**って感じなのかな。

宇多丸　凄いセックスしなきゃっていうのは、凄いアクション入れなきゃいけないってことかな。

前原　山場にね。

郷原　そう考えると**特撮っていうのも凄いですね**。

古川　撮る度に全然違う映画撮る人もいるんだろうね。

宇多丸　俺はわりと作風が一貫してないって言われますね。

前原　それは女優から言われるの？

宇多丸　**女優の傾向が違う**。

高橋　どうまとめていいか分からなくなってきた。

古川　みんな……映画好きなんでしょうね。

高橋　みんな映画好きなのかな？

宇多丸　映画好きですよ！

郷原　常になにかに出演していないと落ち着かない、みたいな。
前原　ていうか女優だから。
高橋　あ、みんなね。
宇多丸　**男女限らずみんな女優。**
前原　まあ人生は映画ってことで。
高橋　そうだね。

PLAYBACK 相手は自分をどう見てる？

古川　ここでは「巨匠」ってタームが出てきてますね。
宇多丸　ここでは友達の話ってことになってるけど、実はヨシくんの個人的な体験がベースになってるわけですね。
高橋　まわりくどい説明だよな。
古川　この人とはいまだに親交あるんですか？
高橋　ありますよ。
古川　巨匠ぶりは相変わらず？

高橋　どうなんだろうね……巨匠的な行ないをしているかどうかは分からないけど……フフフ……。

古川　映画撮ってるか分からない？

高橋　分かんないねぇ。

古川　「山口智子イズム」ってちょっと説明が必要かもしれないよね。

宇多丸　山口智子が昔ほど露出してないからさ、今は山口智子感覚が共有されてないいんですよ。

古川　山口智子感覚……要は男友達が多くてサバサバしてて、みたいなことですよね。

高橋　今だったら誰かな？

宇多丸　その席には必ず誰かいると思うんだけど……誰だろうなぁ……山口智子不在！そもそもこれはなんの話をしてるんだ？

古川　モテの話を映画にたとえてるだけ……ただ、これは今までと視点が変わって相手側の話をしてるんですよね。

宇多丸　相手から見て自分はどんな存在なのかって話だよね。主役なのか脇役なのか、この物語は大作なのかなんなのか……。

古川　「スピルバーグの映画に出てたなんて凄いねぇ」っていうのは当初この単行本

のタイトルにしようとしてたんですよね。冷静に考えたらワケ分かんないからやめたんですけど。

宇多丸 人生は映画！　ね！　どうですか、映画の方は？　野球映画とか？

前原 野球映画？　みんな男じゃん！

宇多丸 いや、『がんばれ！ベアーズ』みたいなのもありますからね。

前原 あぁ……それだと主役は難しいよねぇ。

郷原 「前原さんが伊東美咲と付き合ったりしたら、それは『パルプ・フィクション』にブルース・ウィリスが出たみたいな感じ」ってあるけど……これは伊東美咲がブルース・ウィリスってこと？

高橋 うん、そうだね。

前原 俺がタランティーノ？

高橋 そうそう。

宇多丸 でも、このたとえはホントにいいと思うよ。映画って必ずしも価値がひとつで計れないものじゃん。豪邸のたとえよりいいかもしれない。

セクシー留学 の巻

芸能ゴシップから始まって、なぜか最後は
旅行ブームの裏側に潜む非日常体験願望へと軟着陸。

2002年
12月

かなうところないじゃん!

高橋　そういえば宇多田ヒカルがカメラマンの紀里谷和明って人と結婚したけど……同業者として前原さん的にはどうなの？　ある意味では**自分のニュース**って感じでしょ？

前原　うーん……。

古川　前原さん的には上がるの？　下がるの？

前原　いやあ……上がりも下がりもしないっていうか……。

宇多丸　そりゃあそうか。

前原　**ドイツの話みたいな感じだよ。**

古川　それもどうかと思うけどね。

郷原　でも、実はあんまり夢のある話ってわけじゃないんですよね。

宇多丸　なんか実家が物凄い金持ちらしいじゃん？

古川　年商1200億円とか、そういう勢い。

高橋　中学校を中退して放浪旅行とかしてるんだよね？

郷原　もうその時点で、ねぇ……。

古川　中学のときに日本の教育システムに不満を持ってアメリカに旅立って……30歳までにモノにならなかったら家に帰ってくるって条件だったらしいね。

宇多丸　そうかぁ……。

古川　俺、とりあえずかなり調べちゃったんだけどさ……全米でもトップクラスのアート・スクールに通ってたらしいね。で、アフリカやヨーロッパを放浪して、同時にアンティークの家具なんかをバブル全盛期だった日本に売りつけて儲かっていたという……だから常に金には困ってないんですよね。

宇多丸　**安田一平**（本宮ひろ志『俺の空』の主人公）だよ！　スーパーマンじゃん。

古川　インタビューとか読んでも知的水準とかめちゃくちゃ高いわけですよ。

郷原　高いんだぁ……。

古川　高いですよ。

郷原　恵まれてる環境を更に活かした感じで。

宇多丸　なんかさぁ……俺らかなうところないじゃん！

郷原　格好いいの？

古川　いやあ、格好いいですよ（と、写真を出す）。

郷原　あら！　これだ！

高橋　なんか……いい感じだね。
郷原　洗練されてる……。
宇多丸　どうですか……歩く帝国主義がいますよ……こんなのにかないっこないですよ。
古川　ただひとつ気になるのは、紀里谷って本名じゃないんだよね。
高橋　ここまでの実績があれば、名前を変えてるぐらい別にいいじゃんよ。
古川　いや、俺はちょっと引っ掛かるんだよね。「すべてはたまたま持って生まれたものだから」みたいなのがこの人の高さを醸し出してる感じがするじゃん？　でも自分で名前を変えてるとしたらさ……「格好良く見られたいの？　結局」っていうかさ。
高橋　「**11zero**」（『BLAST』編集長：伊藤雄介のライター時代のペンネーム）みたいなもんでしょ？
宇多丸　まあ、格好良くは見られたいんでしょうね。だから自意識は高いですよ、きっと。自意識が低くてこうなってるタイプじゃない……どう見られているかは先刻承知ですよ！
高橋　ニュースとかさ、字面だけだと「**宇多田ヒカル、カメラマンと結婚！**」って感じだから……まさかこんな人だとは思わなかった。
宇多丸　実は宇多田が玉の輿に乗ってるんじゃないかっていう。

古川　そうそう。凄い高いレベルの話だった。

規格外日本人

宇多丸　1968年生まれか……一個上だよ！

前原　俺は同い歳だ。

宇多丸　タメでカメラマンですよ！　被るところいっぱいありますよ！

高橋　単純に考えればさ、この紀里谷って人で宇多田ヒカルでしょ？　だから前原さんも**ワンギャルぐらい**だったらいけるんじゃないかな。

宇多丸　でもさ、中学でドロップアウトしたっていうけどさ、そこで町工場でバイトしますとかコンビニでレジ打ちしますとかじゃなくて、まがりなりにもアメリカに行って、みたいなさ。やっぱりスタート地点の高さを感じますよね。

高橋　うん……できるもんじゃないね。

宇多丸　ていうか、そう思わないとキツいっていうか。同じスタート地点だと思ったらたまったもんじゃないっていう……。

古川　日本も階層化社会ですよね……この週末にたて続けに大家族モノの番組とか見てた

んだけどさ、あんなところから例えば天才ピアニストとか生まれないもんなぁとか思うもん。

郷原　無理でしょ……**オカズの配分で殴り合ってるぐらいだから。**

宇多丸　参った参った……もうお終いだよ！

郷原　**死ぬか……。**

宇多丸　この話の本質はねぇ……やっぱ「**アメリカで活躍していた**」ですよ、ポイントは。この紀里谷って人の最大のキモはさ、海外でバリバリのし上がちゃったってところがポイントなわけでしょ？　これが例えば毎週『**少年マガジン**』でトップ・アイドルのグラビアを撮っていると。それは間違いなくトップの仕事をしているし、大変なところで競ってるとしても……そういう人ではダメじゃないですか。この人と宇多田に共通する要素、そして僕らのなにかを刺激してやまない要素っていうのは、やっぱり「アメリカ」なわけですよ。

古川　超エリートですよ。

宇多丸　この人も意識してると思うけど、「**俺は規格外日本人だ！**」みたいなことですよ。宇多田にしてもそういう風に位置付けられてる人じゃない？　だから、規格外日本人である俺の規格外人生に最も相応《ふさわ》しい伴侶として……ということなんだろうね。

その辺の白人モデルと結婚するぐらいでは全然ダメだと。そうじゃなくて、この規格外日本人という思想が一致しないといけないんだよね。

古川 そう考えるとジャストな組み合わせかもしれないね。

宇多丸 ジャストですよ!

高橋 ジャスト!

宇多丸 この人もそういうようなこと言ってるしね……アメリカに対するコンプレックスを克服するのだ、的なね。それが**勝者の発言**として響くように成立しているわけですよ。

古川 さっきから厳しいフレーズがいっぱい出てきてるな。

高橋 前原さんも同じカメラマンとしてこういう世界に食い込んじゃって欲しいなぁ。セレブ狙ってよ。

前原 まぁぼちぼち……**3年計画ぐらいで**。

高橋 ウソ……誰?

前原 誰かは分からないんだけれど……。

高橋 ターゲットはいないの?

前原 いないねぇ。

高橋　なんかメールに書いてあったじゃん。最近誰々が可愛いって。

前原　あぁ、杏さゆり？

郷原　誰っすか、それ。

宇多丸　売り出し中のグラビア・アイドル。定かな話じゃないんだけど、杏さゆりってイギリスに留学してるってのをどっかで聞いたけどな。

高橋　おっ！

宇多丸　仕事のためだけに日本に帰ってきてたりするんだって。

前原　なにゆえに？

宇多丸　そう、だから「なにを勉強してるわけ？」って話になったんだけど、その場のメンツ的にも「**どうせセックス留学でしょ！**」とかいう下卑た方向でまとまったんだけどね。

前原　セクシー留学？

古川　セクシー留学ってどこに行くの？

郷原　セクシー大学とか……**セ大卒**、みたいな。

高橋　前原さん、その人がいいよ。前原さんイギリス好きなんだし。

前原　フランスの方が好きなんだよね。

宇多丸　ホント？　初めて聞いたよ。フランスだったら他にも色々いるんじゃないですか？

前原　**ルソーとか？**

宇多丸　違うよ！　加藤紀子とかさ。

郷原　加藤紀子ってフランスにいるんですか？

宇多丸　フランスかぶれですよ。フランス語勉強したりパリに住んでみたり……日本から離れることで箔を付けるイズムみたいなのがあるんじゃないですか？

高橋　そういうのって根強いよね。

日本人男性がモテる国なら

古川　留学したいと思ったことってあります？

高橋　ないねぇ。

古川　俺もない。

郷原　なんかイメージ的に留学とかって女の子がやたらしてる感じがするんだよな。

宇多丸　日本だと女の子が働きづらいとか、そういう部分も大きいと思うんだけどね。このまま働いていてもロクなことないしっていう。実際、20代中盤から後半の人に凄く多いっていうじゃないですか。

郷原　女の人は海外に住みたい願望も強いじゃないですか。

古川　女性誌とかでもファッションとしての海外暮らしっていうのが喧伝されてますよね。

宇多丸　あと単純に日本女性は海外でモテますからねぇ……男はモテないじゃん？　それは大きな問題でしょ？　行ったところで「どうにもならねぇ～」みたいなさ、日本以上の地獄が待ってるとしたら、そんなところ行くわけないじゃん！　そこいくと女は、アメリカとかだと日本女性幻想っていうか、オリエンタル・ガール幻想が強くあるからね。女の子を表面上ジェントルに扱ってもくれるから、「あら、私モテるわ！」みたいになりやすいよね。

郷原　帰ってきたら「**日本の男は話にならない**」ぐらいのことを言いますからね。

宇多丸　それが正しいか間違ってるかは別にして、そこは大きいでしょ。俺たちが海外に行きたくない理由……例えば「日本人男性がモテモテ！」みたいな国があったらさ、ちょっと行きたいでしょ。

高橋　大挙してね。

郷原　長期滞在でしょ。

宇多丸　みなさんは海外旅行好きですか？

前原　まぁ、好きだけどね。

郷原　楽しいですけどね、気分転換にはなるし。**あとアメリカ人見てて笑えるから。**

高橋　それだけじゃ行かないよ、普通。

古川　旅行、行かないなぁ……旅情みたいなものを感じたことないかも、そういえば。

宇多丸　打ちにいかないとダメだよ、旅情は。

古川　どう打ちにいくの？

宇多丸　例えば失恋した直後とか……そういうときなら、ひなびた古い鉄道のレールがあるような景色だけでグッとくるからね。

古川　打てるんだ？

宇多丸　打てる打てる！　こっちの心情の問題……**受像器の具合ですよ**。我々は、言わば自分というテレビを通していろんな景色を見ている……つまり、どこに行こうと自分という主体は変わらないわけでさ。そこで例えば危険派の人は「受像器すら壊されてしまう可能性があるかもよ！」みたいな、旅というものに対する過剰な期待があるわけよ。でも実際はチャンネル替えて凄い映像を映したとしてもテレビ自体は変わらないように、そう簡単に人間はヴァージョン・アップするもんじゃないよっていうね。

高橋 傷心旅行とかは？

宇多丸 傷心旅行はそもそもこっちが**特殊なヴァージョン**の状態で行くからさ。どこ行っても特殊ヴァージョンの景色が見えるんだよ。だから期間限定なわけよ。「この期間だけすべての景色がセピア色に見えます！」みたいなさ。「これはもったいない、出掛けよう！」みたいな。別に東京タワー見てもセピアなんだけど、**どうせだったら日本海！** みたいなね。

行かなきゃわからない太陽の塔の怖さ

古川 旅行願望なりなんなりっていうのはさ、今の自分の中のなにかを揺らがせたいっていうかさ、自分の関知してる常識からまったく違うショックを受けたいっていうのもあるんだろうね。異文化に触れることで揺さぶりを受けたいっていうか。まったく想像がつかないもの、だから例えばグランドキャニオンを見てみたいとかさ、そういう願望になってくる。

宇多丸 その意味では、凄い景色を目の前にしてビデオのファインダーばっか覗《のぞ》いてる観光客って、わざわざ体験を矮小化しちゃってるような……ウチの父親の提言として、

古川　旅行にはカメラを持っていっちゃダメだっていうのがあったな。

宇多丸　俺、そう言えば凄い風景って見たことないかも。まぁ凄い風景ってなんだって話にもなるけど。

古川　花火がつまらないって人がたまにいるじゃん？　「キレイだけど……で、なに？」みたいな。女の子に「このお花キレイ〜！」とか言われても「まぁキレイだけど……そんな？」みたいなさ。逆にこっちは**よくできたプラモデルとか見て「うわ、すっげぇ！」**とか大騒ぎしたり。だからツボが違うだけで人によってそれぞれあるんだろうけどさ。でも、旅行による体験っていうのは社会的に認知されたものになってるってだけで、例えば映画によって得た凄い体験もあるわけで……それに優劣はつけられたくないよな。「ゲームばっかやってないで実際の景色を見てきなよ」とか余計なお世話だっていうんだよ。マンガや小説を読むことによって凄い景色を見ている人だっているわけだからさ。

前原　でもやっぱり幻想も捨てきれないんだよね。実際の風景はなにか凄いものがあるんじゃないかっていう。

古川　なんかブラジルに凄い滝があるらしいのよ……凄いんだって……**ナイアガラなんて関係ないぐらいの**。

高橋　関係ない？

前原　そこに行った人がいて、**あまりのショックで半年ぐらいなにも手に付かなかったんだって**。

宇多丸　えぇ!?　滝を見て？

古川　そういうのを聞くと行きたくなるよな。

宇多丸　滝を見てなんでショックなの？　普通ナイアガラの滝とか見て半年間落ち込んでる人なんていないでしょ？

古川　いや「ナイアガラなんて関係ない」ぐらいですから。

宇多丸　なにが違うんだろ？

前原　デカい、高い……。

高橋　水の量とかも並みじゃないんでしょ。

古川　やっぱりそれは行かないとダメでしょ。

宇多丸　そりゃあ見ると凄いんだろうけど……例えばさ、太陽の塔ってあるでしょ？　子供のころあれの実物見たときは凄い衝撃だったけどね。

高橋　デカい？

宇多丸　**もうバカげてる！**　近づいていくとあまりのデカさにちょっと怖くなってくるんだ

よ！　もう怖くて触ることはできなくて……恐怖を感じさせるんだよ！　ビルとかの方が全然高かったりするんだけど……。

古川　ビルは意味のある高さだからね。

宇多丸　あの恐怖は実際に行ってもらわないと分からないと思う。

古川　そう、だから「こりゃ実際見てもらわんと伝わんないな」っていう経験を多少なりともしてると、あそこやあそこもやっぱり行かないと分からないのかな？ってなるよ。

特別な体験したい欲

宇多丸　でも……そう言われれば確かに旅は有意義なんだろうけど……そういう「**実体験至上主義**」みたいのに抵抗したい気持ちもあり……例えば、自分という受像器を「**旅人の視点**」ヴァージョンに持ってっちゃえば、それこそ場所は関係ないんじゃないか、とか。異邦人のつもりで歩けば東京ほど奇怪な空間はない、みたいなさ。打つか打たないかの問題であって、日常でも打てるんだよ。

高橋　『ぶらり途中下車の旅』みたいな。

古川　アレはそういうことだよね、結局。

宇多丸　突き詰めると、要は**「特別な体験したいですか？」**ってことかな？

古川　非日常的な感覚が味わえたら成功、みたいな。

宇多丸　「特別な体験したいですか？」って質問に、大多数の人が「イエス」って答えるってことなんだろうな、こんだけみんな旅行好きってことは。

郷原　日常の中で特別な体験をしたいっていうのはありますけどね。

古川　ハワイに行くのはそういうことかもね。まったくの非日常は怖いけど、ある程度保証された上での非日常空間ならっていう願望を具現化すると観光地になる。

宇多丸　例えば、「この映画観たら頭おかしくなっちゃうかもしれないですよ」って言われたら……俺は怖いけど、ちょっと観たいっていうのもある。だからジャンルは違えど、要は全部**「特別な体験したい欲」**でくれるのかもしれないよね。ドラッグとかもさ、手を出す動機としてそういう要素は大きいんじゃない？

古川　その理屈でいくとさ、非日常願望が勢いあまって海外に移住しちゃう人っていうのは根本的に間違ってるってことになるよね。

宇多丸　一生全体を特別な体験にしてしまいたいっていうね。

古川　向こうに住んだらそれが日常になるのに。

宇多丸　いざとなったら日本捨てちゃおうかな〜みたいな気持ちってある？　カメラマンなんて、ある意味どこでだってできる仕事とも言えるわけじゃない？

前原　向こうで仕事できるような状況があるんだったら別に行ってもいいけどね。

宇多丸　まだ逆輸入っていうかさ、情報格差ビジネスが健在だったりするもんね。

前原　日本人はそういうの弱いしさぁ。海外でやってましたっていうだけで……。

宇多丸　そうだよね。これからまたそういうのが強まりそうな風潮もあるもんなぁ……ブラスト公論も逆輸入しようよ！

高橋　『Village Voice』とかに載せてもらおうか……それでニューヨーカーに評判とか言って。

宇多丸　公論もニューヨークでやればいいんだよ。内容は同じでいいんだけど、全員がニューヨーク在住って設定なのよ。そうするとさ、今までの内容も「**ニューヨーク在住の日本人から見た辛口日本批評**」みたいなさ。

高橋　公論のロゴもバックに摩天楼のシルエットとかつけよっか？

宇多丸　俺たちがニューヨーク在住で今までの座談会をやってきたってことにすればさ、ちょっとは意見に厚みが出てきたりしないかなぁ。

古川　反応する人は増えるでしょうね……とりあえず、意味が全然変わってくるだろうし。

郷原 ……そういうことだったのか……。

宇多丸 じゃあ思考訓練としてね、逆にニューヨーク在住云々みたいな人が書いてるコラムとかがあったら、**葛飾区在住の無職**が言ってることだと考えて読んでみたらどうか、とかさ。

古川 全部新聞の投書欄やBBSの書き込みに置き換えてみるとかね。

宇多丸 フラットに！　全部の発言を新聞の投書欄だと思って！　そういうのだと、こっちもまずは批判精神を持って臨むからさ。

古川 疑ってかかるわけね。

宇多丸 いいねぇ……すべての発言は2ちゃんねるの書き込みと思え！

PLAYBACK
百聞は一見に如かず？

宇多丸 当時はね、「紀里谷＝勝者」「宇多田＝勝者」って図式で俺らも喋ってたけど、今となってはねぇ……むしろ紀里谷って人は『キャシャーン』観る限りだと泥臭い人とみたね。真面目に考えてシコシコ作るような。

古川 あと、旅行の話もしてます。

宇多丸　百聞は一見に如かずって言うけどさ……体験至上主義が蔓延してるから「人を殺してみたい」とか「ドラッグやってみたい」って奴が出てくるんだよ。とにかくねぇ、体験至上主義にはいまだに抵抗を感じるね！

公論ラウンジ4

「いやあ、祭つすから！」の巻

「死亡した宇宙飛行士さん」を招いた「セク風」の回（P711）。延々この調子でした。

ともかく押すの

死亡　**取り敢えずセックスを21世紀のカラオケだとするならば……。**

宇多丸　ちょっと待ってよ……その仮定自体が……。

死亡　いや、でもさ、実際はもうそうなってると思うのね。だってさ、セックスってそんなに大したことある？

宇多丸　まぁ、その理屈も分かりますよ。分かりますけど、でもここではあまり現実味を帯びない話ですよね。世間ではそういうところもあるっていうのは伝え聞きますけど……あんまり僕には……。

死亡　**宇宙飛行士もやることはやってるから。**

宇多丸　でも、僕がちょっと前に死亡さんに会ったときは「全然やってない」って言ってたじゃないですか。

死亡　うん。

宇多丸　だいぶ劇的に変わりましたね。

死亡　ね。

宇多丸　凄いじゃないですか。普通はいかにして相手をベッドに引きずり込むかで一苦労してるわけで……一人暮らししててベッドがボーンとあると引きずり込むのもアレだけどさ、**童貞は大体親と同居だからさ**。

死亡　親と同居って良くないよね。

宇多丸　なかなか難しいですよね。ホテル行くしかないんだけど、ホテル行くっていうのはその時点で合意なわけだから。でもそれって日常空間で合意を得ないといけないわけじゃないですか。部屋に連れてきてどさくさのうちに、ってわけにはいかないのよ。

死亡　みんなはどうやって合意してるのかな？

宇多丸　やっぱチュウとかするんじゃないですか？　チュウはオッケーってことじゃない？

前原　若者は「しちゃう？」って感じなんじゃないの？

宇多丸　マジで？

死亡　そうだよ、みんなそう言ってるよ。
前原　ハタチぐらいはそんな感じだよ、多分。
死亡　**『Harlem』の火曜日なんてみんなそんな感じだって言ってたもん。**
古川　伝聞が多いんだよな。
死亡　ホントホントホント！
宇多丸　『Harlem』で「なにしてるの？」って声かけて「**遊んでんだよぉ！**」って言われたって話もあったよね。海でも「なにしてるの？」って声かけたら「**焼いてんだよお！**」……。
郷原　で、次に来た男が「なにしてるの？」って声かけたら「**え～っ♥**」……そんなもんですよ。
前原　死亡さんはナンパ失敗もいっぱいあるわけでしょ？
死亡　**……ないかも。**
郷原　マジで？
宇多丸　この女の子は上手くいくって確信がある人しかいかないってこと？
死亡　ていうか、ともかく押すの。だってあるコなんてデートにまで漕ぎ着けるのに2ヵ月かかったもん。2日おきに電話してたの。実家だったんだけどさ、お父さんが出てきて「いません」とか全然相手にされなくて。本人に「付き合おうよ」って言っても断られて……こっちも「**絶対後悔するから！**」とか言ってみたり。それで結婚したんだもん、そのまま。

古川　それ……凄いストーリーですよ。

高橋　美談だね。

宇多丸　僕の知り合いで凄いプレイボーイな人がいるんだけど、その人曰く、コイツとやることになるなっていうのは会った瞬間分かるらしいんですよ。どんな関係で出会おうが。

前原　マジで？

死亡　それはもうプレイボーイでしょ。

宇多丸　その辺のプレイボーイとはケタが違うと思いますよ……だって、その人はある年になるまで**車を自分のお金で買ったことなかった**んだって。

死亡　ざけんなよ！

古川　買ってもらってたってこと？

宇多丸　そうそう。

古川　それは……並のモテ方じゃないですよね。

死亡　すごーい……**俺はないなぁ**。

宇多丸　当たり前ですけどね。

死亡　明らかにムスリム世界じゃないね……よく分かんないけど。

宇多丸　同じ染色体の数を持ってる生物の話とは思えないでしょ？

古川　それこそカラオケ感覚……でもないか。

宇多丸　やっぱセックスはなかなかできないものっていうか、多少崇高なものとしてあるからこそ、数こなすことが価値になったりするわけじゃん？　だからもしカラオケになったら……今やそうなりつつあるけど、回数や人数を自慢したりするのがホントに無効化するだろうね。

古川　実際、貞操観念が保守化し始めてるっていう記事も最近ちらほら見ますよねぇ。結婚する人とセックスするのが格好いいんだ、みたいな。

宇多丸　それってさ、ブリトニー・スピアーズが言ってるとかじゃないの？

古川　そうかも。

宇多丸　ブリトニーってヤリマンって話があるからな。

前原　**ヤリマン？**

宇多丸　反応ポイントがただの単語だよ。

死亡　ヤリマンって俺、偉いと思うんだよねぇ。
古川　なんでですか？
死亡　だって偉くない？　女神みたいじゃん、なんか。
宇多丸　昔の日本でも誰にでもさせてくれる女性は菩薩、つまり神扱いだったわけですからね。
死亡　でしょ？　俺もそう思うもん。
宇多丸　貞操観念そのものが違うからね。今でも地方の大きい祭とか、目が合った男女がアイコンタクトで暗闇に行って一発やって、終わったら表に行ってまた別の相手を探すらしいんだよ。カレシカノジョがいる相手でも**「いやあ、祭っすから！」**みたいな感じで……だから前近代があるわけよ。あまり語られないだけでそういうのが普通に今でもあるんだよ。もともとカラオケなんですよ、多分。
死亡　**笛吹川で破れ太鼓だね。**

2003

国内は10年ぶりの冷夏、かたやヨーロッパでは記録的な熱波で3万人以上の死者。新型肺炎SARSの蔓延にイラク戦争、有事法制成立にt.A.T.uドタキャン、深作欣二とチャールズ・ブロンソン死去……。それでもライムスターは『ウワサの伴奏』をリリース……がんばった。

2003年といえば……

2月　スペースシャトル「コロンビア号」が着陸前にテキサス州上空で空中分解。搭乗員7名が死亡

3月　アメリカ主導で多国籍軍によるイラク侵攻作戦開始。イラク戦争開戦。感染症SARSが世界的に流行。中国を中心に8000人以上が感染、770人以上が死亡した。『千と千尋の神隠し』がアカデミー賞受賞。『座頭市』もベネチア国際映画祭で監督賞に

12月　フセイン大統領が拘束される

あとがき公論

文:古川 耕

軽いめまいに襲われた17万字の書き起こし

会話文のグルーヴは、発言Aに跳ね返ってくる発言Bの飛距離と角度で決まります。その角度が開けば開くほど、その飛距離が伸びるほど、切れ味は増して小気味よくなる反面、ついてこられない人を振り落としてしまいます。

さて、いかがだったでしょうか？　飛び石のように跳ねていく公論のグルーヴ、久しぶりでもついてこられたでしょうか？　今回8年ぶりに記事を構成していて、思いのほか自分の中にこのリズムが染みついてたことがわかり、しみじみしました。そして、この技術が今の自分の大きな財産になっていることも。17万字の文字起こしがみやーんさんから届いたとき、軽いめまいを起こしましたが、まとめていく作業を始めたら一瞬でした。

文庫化の話を持ちかけてくれた徳間書店の野間さん、そしていろいろと動いてくれた関係者の皆さん。ありがとうございました。次は8年も空けないようにしましょう。

あと、作業を始めたら一瞬だったというのは嘘です!!!

ハンパやってんじゃないよ！の巻

2002年9月、西友の豚肉偽装販売に端を発する返金騒動。
よほど琴線に触れたのか、延々と突っ込み続けています。

2003年
1月

返金5000万円

前原 札幌の西友の払い戻し事件なんだけどさぁ……。

宇多丸 来た！

前原 アレは……良かったね。

古川 西友が国産と偽って輸入した豚肉を売ってたことが発覚して、それを謝罪する意味も込めて、買った人に返金します、レシート要りません、自己申告でいいですって言ったんだよね。それが札幌と埼玉だったかな。そうしたら、特に札幌の店が大変なことになった。物凄い人が集まってきちゃって、逮捕者も出る始末で……。

郷原 罵声が飛び交いまくってたからなぁ。

前原 客が警備員殴ってたからね。

高橋 ウンコ座りに囲まれてたよ、店の人が。

古川 結局、当初見込みの1380万円の4倍近い**5000万円を返金した**と。それで、最終的にはこれ以上続けると他のお客さんにも迷惑をかけるっていうんで一旦返金は中止し、今後は安売りセールなどで還元していくことにしたと。ただもちろん納得してない人も多くて、しばらく騒動が続いた、とも報道されてます。

郷原　**買ってないのに納得してない奴もいるでしょ。「ハンパやってんじゃないよ！」**って怒鳴ってるヤンママ風の女とかいたもんな

前原　……もうびっくりしちゃってさ。

郷原　買ってなかったりするんだろうけど、そいつ。

宇多丸　コレは、もうはっきりしてますよ……**西友が馬鹿すぎですよ！**　脳味噌ゼロですよ、こいつらは。返金求めて集まった人を責める人もいるけど、くれるってものをもらいに行く奴がいるのは当たり前で、普通はそこを計算に入れてやるもんでしょ！

郷原　しかも、もともとは偽装のツケなわけですからね。

宇多丸　まぁ、その社会的にマイナスなイメージを払拭《ふっしょく》するために、いっちょ善行でもしてみますかってことだったんだけど……逆効果もいいとこでしょ。物を売る会社として根本的に非常識すぎるよ！

古川　危機管理能力の低さを露呈してますよね、思いっきり。しかもその後で、「**ウチは誠意を持ってやってるのに**」と困惑気味……みたいな報道もされてたよ。

宇多丸　死んじまえってことだよ！　西友では絶対買い物しねぇとか思ったよ。

前原　でもうち付き合いあるからなぁ。

高橋　え？　なに付き合いって？

前原　実家が西友近くてよく使ってたからさ。
高橋　それは付き合いじゃないよ。

北海道はみんないい人？

古川　あとこのニュースに関しては、どこにフォーカスするかが人によって違うんだよね。お金もらいに来た人に対して、あさましいことするわねって言う人もいるし。俺はやっぱり、西友バカ過ぎ！ってまず思ったんだけど。でも世間だと意外と……。
宇多丸　ニュースとかだと、**こんなにあさましい人がいっぱいいて日本も嘆かわしい**みたいなのが主流じゃなかった？
古川　だからね、アホかと。
宇多丸　西友もバカだけどさ……ニュースたるものがそっちを責めるっていうのもどうなのよ？　例えば、法律で殺人罪に関する条項だけが抜けてたとしましょうか。で、法律に書いてないからって殺人をして、俺は無罪だって主張した人がいたとするよね。もちろん殺人という行為自体は法と無関係に存在しているわけでさ。だったら、ここでまず社会が問題にするべきなのは、**殺人を罪として規定していなかった法律の**

間抜けさの方でしょ？

古川　殺人という倫理的な罪とはまた別に、法の不整備っていう社会的な罪が問われるんですよ。

宇多丸　そう。社会を成り立たせる基本的な発想の問題ですよ。**人間が全員善意で行動するって分かってたら法律なんていらないんだよ**。世の中がそういう風に動いてないのは自明のことなんで……それを、西友なんていう、資本主義のシステムの中でリッパに成果を残してる会社が理解してなかったっていうことが衝撃なんだよ！

高橋　どういう経緯でああいう対応に辿り着いたのか知りたいよね。だって支店レベルで決められるようなことじゃないでしょ？　本社に通した上で決定したんだろうしさ。

宇多丸　あとさ、そもそも当初の見込みの１３８０万円ってどうやってはじき出した数字なのか知りたい。

前原　精肉売場で売った額なんでしょ。

宇多丸　もう、だとしたら完全にバカだよね。売った額の10倍ぐらいを想定して、その更に5倍ぐらい来ちゃった、というのであれば多少同情に値する……いや、それでも全然ダメだけどさ。だからその根拠が知りたい。本当に売った額ピッタリなんだとしたら、もう、ホントに……。

古川　性善説だよね。

前原　**北海道はみんないい人だと思ったんじゃないの？**

宇多丸　インタビューに答えてたB・ボーイ風の男がさ、「結構買ってますよ、キャンプのときにも買ったし、**全部まとめると10万ぐらいは……**」とか言ってたな。

郷原　モザイクなし？

宇多丸　もうバッチリ。

古川　限りなくグレーに見えますね、やっぱ。

宇多丸　ただ、彼が嘘をついてるって証明はできないからね。

高橋　そうだよね。**週4ぐらいのペースでキャンプ**やってるのかもしれないし。

古川　チキンレースじゃないけどさ、幾ら要求するかで不良としての度量が問われたりするよね。

宇多丸　300万よこせ！とかね。**あとはそれこそ1人で実際に1300万円ぐらい買ってる人がいたらどうする？**

古川　その人からすると、**なんでこんなに並んでるの？**ってことになるよね。

掘り起こされるあさましさ

宇多丸　つまりさ、実際に買ってて返金されない人がいたとしたらさ、その人は凄い被害者なわけだよ。だからこれ……結局、いっぱい人が集まっちゃって金を損しました、じゃなくて、客に対して失礼なシステムなんだよ！　挙げ句にニュースでは「**あさましい奴らども**」みたいな扱いで撮るわけでしょ。

郷原　なぜか不思議と、**こいつ買ってねえなって思っちゃいますからね**。

宇多丸　そう！　だからそこが危険でしょ？　さっきのキャンプの件にしても、さっき10万って聞いてつい笑っちゃったけど……。

郷原　本当に買ってたら失礼ですからね。

宇多丸　だから結局それも含めて、全部西友のせいなのよ。

古川　西友のせいで白もグレーに見える。

高橋　もしかしたら「ハンパやってんじゃねーよ！」って怒ってた人がホントに10万買ってたかもしれないし。

古川　**本当にハンパやってんじゃねーよって怒ってたのかもしれないし**。

宇多丸　現実、ハンパなことしてるしさ！　なのに、世論は集まった奴の方を非難しちゃってるからさ。こんな国だからねぇ……そりゃあ御上のいいように操られますよ！　俺はねぇ、コレに関しては**西友を責める以外の論調を吐いてる奴は全員馬鹿だと断じていいと思うよ**。もう、ひどすぎるね。最初は面白がってたんだけど、今話してるうちに怒りの方が高まってきたな。

古川　現実的に考えるなら、やっぱり最初から赤字覚悟のセールをやり続けるしかないのかな。

宇多丸　いや、まず普通に、レシート持ってきた人には返金するっていうのをやるべきですよ。その上でフォローしきれない人は、申し訳ないけど9割引のセールで還元しますっていう。そのほうがまだマシですよ。

郷原　さすがにヤクザも9割引きには群がらないでしょうからね。

宇多丸　肉だからね。

郷原　**なに!?　9割引き!?っていうヤクザはいないですよね**。

前原　捕まった奴とか、ただ単にお金が貰えるって聞いてきたらしいけどね。

郷原　夢みたいな話だな。

宇多丸　だからね、人のあさましさを刺激するようなことをやったという意味じゃさ、モラル的にも西友は許せないことしたよね。人間のあさましさを掘り起こすような真似をしたのは西友なんですよ。

古川　劣情を催すような。

宇多丸　**公然猥褻罪ですよ！**　繁華街とかで札束ばらまいたりしたら警察に捕まるよねぇ？

高橋　騒乱罪でしょ。

宇多丸　騒乱罪ですよ！

郷原　**まさかみんな拾うとは**、って困惑してみたり。

宇多丸　人間の暗い部分を掘り起こしてしまったという意味でも罪は深いね。

古川　形而上的にね。

宇多丸　そして、そういう西友側が示した構図を無批判に垂れ流すマスコミ……極端なことを言ってしまうとですよ、こんなアイデアが通り、その絵面を受け入れる世論が結構広くあるということは、日本じゃ社会の仕組み的なものがほとんど理解されてないんじゃないかって思っちゃうんだよ。

古川　どうしても「**民度**」って言葉がちらつきますよね。

宇多丸　民度が低いっていうのもさ、この事件に関していうと集まった人たちじゃなくて本当は西友に関して言われるべきなのに、それすら理解されてない辺りに本当に民度の低さを感じるというか。

自分だったら行く？

古川　ちなみに後になって一旦もらったお金を戻しにきた人もいたらしいね。**実はこんなに買ってませんでした**って。

宇多丸　ニュース見て感化されちゃったんだろうな。ニュースのドラマに取り込まれちゃったんだよ。

古川　小悪党……。

宇多丸　本来その人は間違ってなかったんだけど、マスコミのドラマに取り込まれちゃったことによって民度が低くなっちゃったんですよ。これを洗脳と言わずしてなんという！　バカな話……腹立つな！

古川　しかしどうですかね？　実際に近所に住んでたら行ったかな？

高橋　中学とか高校だったら分かんないな。

宇多丸　**バカ！　絶対行ってるよ！**

高橋　学生服で並んで「**10万買いました！**」とか。

古川　そこで度量が計られるね。

宇多丸　いくらって言う？

前原　**俺は20万とか全然……。**

一同　いやいやいや……。

宇多丸　このニュースを見たあとだからそう言えるけどさ。

高橋　高校生とかだとせいぜい「ご、5000円」とかじゃないの。

郷原　3000円から5000円の間でしょうね。

高橋　このニュースの前だったら「5000円でもなぁ」って感覚だと思うよ。

宇多丸　俺は自己申告の金額の平均が知りたいね。金額と大体訪れた人数が分かってるなら平均出せるでしょ。5000万円出て、1万人来るわけはないんだから……平均5000円よりは高いよ、絶対！

郷原　**肉っていくらだっけ？**

前原　ニュースだと、最高で20万円もらった人がいたっていってた。

宇多丸　そこが度胸の限界なんだろうな。

高橋　ガクラン着てる奴が10人とか並んでたら笑うよね。

古川　チャリンコ並べてね。

宇多丸　中高時代とかってさ、大人がマヌケなことをやってるその隙を突いたりするのが一番楽しいことだもんね。コーヒー飲み放題の店が出てきたときに最初に思ったのはさ、**コップ一杯でみんなで回し飲みすれば永久にいられるなぁとかさ**。そういうことばっかり考えてたからね。

古川　別に隙を突いてるわけじゃないけどね。

前原　中学生のとき、近所にファミレスができて、チラシが入ってたのよ、コーヒー無料券。それで友達と行ってさ……一晩いたよ。俺はいなかったけど。

宇多丸　凄いな、永久機関だ。

郷原　最近だとロッテリアのポテトとかね。

宇多丸　マクドナルドのデフレ攻勢に対抗して**ポテト無料で差し上げます**ってやつね。

古川　さすがに狂ったかと思ったけどね。

宇多丸　ニュースでやってたんだけどさ、中学生ぐらいの奴がポリポリとポテトばっかり食ってるんだよ。「**ポテト好きだから嬉しいです！**」とか言ってさ。「他のもの頼みましたか？」って聞かれたら「**頼んでないです！**」って。

古川　バカはポテトが好きだからなぁ。

高橋　ポテトだけっていうのもアリなんだ？

宇多丸　アリアリ！

郷原　奴らは知り得る可能な限りのロッテリアを回ってるでしょ。

高橋　店の中は全員ポテトだろうね。

郷原　でも、それはあさましいって笑われる筋合いはないですよね。

宇多丸　全然あさましくないでしょ……**よくポテトだけ食えるなぁ**っていうのはあるけどね。ま、ロッテリアはいいんですよ。それがニュースになるだけで宣伝効果があるんだからさ。西友の馬鹿とは違いますよ。

古川　西友は逆宣伝だからね。あとこの返金って北海道と埼玉の店でやったんだけど、最初は北海道で起こったんだよね。で、それが波及して埼玉でも起こったっていう。

宇多丸　そういう地域格差が生まれるのは面白いよな。昔さ、東京と大阪でやったライヴ・イベントがあってさ。基本的には無料なんだけど、一応気持ちでお代も受け付けますってシステムだったのね。そういうお金を入れる箱を用意してさ。で、東京はなんだかんだいって5万ぐらい集まったんだけど、それに対して**大阪はゼロ！**　千円札一枚入ってないんだよ。大阪人気質とかさ、そういうステレオタイプな物言いには抵抗を感じてたんだけど、現実その心理実験において証明されてしまったという。

郷原　客の入りは同じぐらいだったんですか？

宇多丸　大阪の方が入ってるし盛り上がったぐらいなんだよね。だからそのあまりの落差にちょっと愕然《がくぜん》としたというか。そこまで大阪イズムを信じてたわけじゃなかったのに……でも、それを大阪の知人に話したら「**それはそうですわ**」って言ってたけどね。まぁ理には適《かな》ってるんだけど。入れなくていいものを入れる方が理不尽な行動なわけだからさ。

田舎をロマン化するな！

古川　西友の一件に関しては北海道の恥だって思ってる北海道の人も結構いるみたいね。
宇多丸　これが北海道だけの事件だったらね。埼玉では普通だったっていうのがちょっとね。
郷原　先入観だけで見ると逆なんじゃないかって感じもしますけどね。なんかおおらかそうだし。**まさかヤンママが、って。**
前原　**北海道の人って『北の国から』とかあんまり好きじゃないらしいよ。**
古川　ああ、そういうことあるかもね。
郷原　こんな奴らいねぇよって。
宇多丸　絶対そうでしょ。
前原　**自分が『北の国から』だからさ。**
宇多丸　田舎暮らしをロマン的に見る視線ってさ、やっぱり根本的には田舎を小馬鹿にしてるわけよ。旅行会社のＣＭで昔「ラ・九州」とかやってたけどさ、**ラじゃねぇよ！人住んでるんだからさ**。勝手にロマン化すんなよ！

古川　実際暮らしてる人からするとたまったもんじゃないよね。

宇多丸　そういえば、こないだ『北の国から』のＤＶＤをうっかり全巻買ってしまい……あの設定は一種のファンタジーなんだろうとは思うし、エンターテインメントとして楽しむぶんには全然問題ないんだけどね。でも話を複雑にしてるのは、倉本聰自身が富良野に移り住んでることなんだよね。イデオロギーのヤダ味が入ってきちゃう。

古川　暗に、**来いよ！　富良野**ってことだから。

宇多丸　彼にとっては日本人へのメッセージなわけで。田舎暮らしは素朴で人間本来の生き方であり、テクノロジーに囲まれた都会の暮らしは一見豊かに見えるかもしれないけど心は空虚である、みたいなさ。その図式を平気でまだやってるとしたら……ファンタジーとしてならまだいいけど、**本気で言ってるとしたらマジでヤバいよあんた！**っていう。㊥

PLAYBACK

被害者意識はどこまで認められる?

古川　この回はアレですね、延々と札幌の西友払い戻し事件について話してるっていう……。

宇多丸　フフフ……ちいせぇ～!

前原　この話自体がもうねぇ。

古川　完全に風化しちゃってる。

高橋　これ、前原さんが好きそうな話だよね。

宇多丸　いや、これは今でも全然通じる話だと思いますよ。被害者意識がベースにあると、みんな凄い態度に出るじゃないですか。耐震偽装マンションの話にしてもさ、そのマンションを買っちゃった人はそりゃあご愁傷様ですよ。同情はするし、ちゃんと被害が補償されることになればいいと思いますけど……でも被害者ならなんでもいいのかっていうか……。

古川　国会で証人喚問があったときにさ、傍聴してたマンションの住民が「政治論争になってしまっている」とか言ってたけどさ。

宇多丸　政治論争だよ！

古川　「私たち住んでる人の話をしてください」とかね……別にそういうことを話す場所じゃないからさ、証人喚問って。

宇多丸　そこに違和感やっぱあるよねぇ……あと福知山線脱線事故があったじゃないですか。電車がマンションに突っ込んだやつ。あれでさ、あんまり関係ない部屋に住んでるような人まで「ショックだ。こんな場所に住んでられない」っていう感じ……建物の強度に決定的な影響が出ちゃったとかじゃなくて、人がいっぱい死んだ場所だからっていうのまで含めたら、もうキリないわけじゃん？どこまで被害者意識って認められるわけ？って話ですよ。

古川　そういう事故をテレビで見た人は？　とかね。

宇多丸　被害者ファシズムってあるよなぁ。

古川　この西友の事件に関しては対応も相当マズくて、むしろ公論全体ではそっちの話をしてるんですよね。

宇多丸　そういえばそうだ。

古川　買った人にはレシートがなくても言い値でお金返すって言っちゃったから、めちゃくちゃ人が集まってしまい……今聞いてもやっぱりおかしな話なんだけどね。でも報道は「西友かわいそう」みたいなのが多くて、それに怒りを覚えたっていう……。

宇多丸　「あさましい人たちが集まってます」的なね。でもさ、これもなんでこんなにズサンな対応になっちゃったかというと、被害者意識に広く応えなくちゃっていう社会的プレッシャーがあったからだろうしさ。

古川　被害者の言うことは絶対的正義ですって認識があるからだろうね。

宇多丸　さっきの話で言うと、例えばＪＲ西日本が「いや、おたくらまで補償する必要はないでしょ」って言えない空気？

古川　日本って客の扱いが過剰に丁寧ですからね。

宇多丸　お客様は神さまです、みたいな？

古川　そうそう。サービスに対して対価を支払う概念がないっていうか……サービスはされて当然なものだと思ってますからね。

高橋　で、その後は話が微妙にずれていって、「俺らならどうするかな？」みたいな展開になってる。

宇多丸　「埼玉では普通だったっていうのがちょっとね」って……フフフフ……。

郷原　フフフ……。

古川　前原さんの「北海道の人って『北の国から』とかあんまり好きじゃないらしいよ」って……これはこれで一般化していいのかっていう……北海道でも好きな人は好きだろ！

高橋　これも前原さんだけど、「西友とは付き合いがあった」って単に買い物行ってただけじゃねぇかっていうね。

古川　フフフ……。

前原　それも付き合いだよ。

被害者意識に火をつけろ！の巻

「ブラスト公論」から「公論R」にリニューアルしての仕切り直し回。となると話すのは……モテ話です。

2003年
4月

それってモテてるの？

前原 **実践できないだけで、もうモテの理屈は分かってるんだよね。**

宇多丸 凄いなぁ……前原さんは高みに達してるなぁ……じゃあ、その理屈を聞かせて下さいよ。

前原 タフで、マメで、金があって……。

宇多丸 もっと具体的には？

前原 まあ、**「寝ない」**とか。

宇多丸 寝なきゃいいの？　そういう問題でもないでしょ？

郷原 そこでなにをするかでしょ、寝ずに。

古川 いろんな会話の話題を仕込むとか？

宇多丸 雑学だけだったら俺だっていっぱいあるよ。**「仮面ライダーのアマゾンが最初はドラゴンだったって知ってる？」**みたいなさ。でもそういうのじゃないでしょ？

高橋 **『モテる技術』**（デヴィッド・コープランド／ロン・ルイス著）って本買ってきたんだけどさ。それには**「恋愛はゲームだ！」**って書いてあった。

宇多丸 まぁ、そうでもしないとメソッド化できないんだろうけどさ……でもそれは人間を幸福にする哲学じゃないよ。

高橋　**「モテる男は一人に絞らない」**とも書いてあるね。

宇多丸　見方を変えると、それってモテてるの？って話にもなるよね。いっぱい釣り針垂らしておけばどれかにはかかるだろっていうさ。

高橋　**「たった一人の女性を追いかけることは、誰も追いかけないことより悪い結果を引き起こす」**って……。

郷原　なにがしてぇんだよコイツは。

宇多丸　一人に比重を置くと傷つくじゃんってことだよねぇ？　それは恋愛のすり替えですよ！　要するにつまり、この本は誰かを好きになった人にはなんの役にも立たないよ。人を好きになる前に読まないとダメですよ。

郷原　単に「ヤリたい！」って人にはいいんじゃないですかね。

宇多丸　まぁ、そうかもしれないけど……でも、この本に書いてあるようなことは俺の中での「モテ」とは違うんだよなぁ。これは努力して多数の性交渉を持ちましたっていう結果論でしょ？

郷原　累計学ですよね。

宇多丸　でしょ？　でも、一生懸命１００人の女に電話して10人から返事があったとしても、俺の自意識の安定にはまったく寄与しないわけですよ。逆に言えば、なんで10人しか返事がないんだ！っていうさ……逆に落ちると思うんだよね。これは自意識の置き方の違いだけど……**自分の自意識を補強するためにモテたいという人には、この本はダメってことですよ。**そういう人が一生懸命読んでも、精神の安定は得られないと断言しよう！

郷原 **気が付いたらモテてたっていうのが一番理想だよなあ。**

古川 才能に近いもの……士郎さんが言うモテってそういうことじゃないですか？

宇多丸 そういうことですよ……努力してもどうにもならない部分……いつか……いつか……経験などが蓄積されることにより……気付かないうちにその属性が宿ったりしないものかなぁ、っていう。これはモテたがっている人の真理だと思うんだけどね。

高橋 この本には、**「そんなことは有りえない」**って書いてあるけどね。

宇多丸 でも、全世界の童貞たちが**「気が付いたらモテているように」**って思ってるよ！**『スパイダーマン』ですよ！**気が付いたら意中のあのコがこっちに夢中ですよ……しかもそこで敢えてなびかない、というね。アレはホントにねぇ、童貞臭い終わり方だったなぁ……。

古川 童貞映画？

宇多丸　アレは結局ね、あの女と寝たとしても奴の自尊心は満たされないわけですよ。**お古かよ！**ってことだからね。だから、俺は手に入れられないぜ！っていうところに自分を持っていくのが最高の自尊心の置き場なわけよ。**『タクシードライバー』**と終わり方同じだよ。童貞映画ってジャンルがあってさ、そこにちゃんと連なってる。

古川　でも「恋愛はゲームと割り切れ」みたいな物言いは、そこからスタートしないとも始まんねぇぞってことなんじゃないですかね。とりあえずゲーム感覚でも始めないとどうにもなんねぇぞ、お前の事態はすでに、っていう。

宇多丸　それって要するに、**舞台に立つときは客をカボチャだと思え！**みたいなもんだよね。それが一番良い境地ではないけれども、そうでもしないと舞台に出れない人は、まず……と。ただ、観客をカボチャと思ってる人は、**あるとき観客はやっぱりカボチャじゃないんだと気付くときがくる**……そのときはステージ上での崩壊が待ってるわけだし。その方が怖ろしいでしょ。

古川　大変なのはそこから先でしょうね。

宇多丸　つまりこっちはゲーム感覚でも向こうはそうじゃなかった……**プレイボーイが刺されたりするのはそういうことでしょ**。人の心は危険なんですよ！　取り扱い注意ですよ！

古川　不幸な事件を起こしますからね。

「俺はデリーだ！」

宇多丸　結局さあ、どの状態が自分にとって「快」なのかっていうのが**実は誰一人分かってない**からこんなにジタバタしてるんだろうね。恋愛に限らず、私の理想的な状態はこうだって言える人はいるのかね？

古川　幸せの状態って想像しにくいよね。地獄の描写は具体的で天国の描写は抽象的、みたいなのは全宗教に共通してるらしいし。

宇多丸　まあ、普通の人だったら金があれば最低限の幸せは保証されそうだって思うけど……よく言うんだけどね。「**5億さえあれば俺は幸せになれる！**」って。

郷原　5億でいいんだよ！っていうね。

宇多丸　多くは望まない、5億円さえあれば！っていう。あとは、局面局面で割り切りができれば幸せになれるんじゃないのかな。例えば俺は『デリー』のカレーが凄く好きなんだと。どんな金を積まれてもこれより美味いものはない！という割り切りができれば、すべての食い物に関する「もっと美味いものを食いたい！」みたいな煩悩は一応断ち切れるだろうからさ。

郷原　少なくとも精神的安定は得られるでしょうしね。

宇多丸　精神的な安定がすべてでしょ、人間の。

古川　でも、たまたま旅先で寄ったカレー屋で、これは『デリー』より美味い！ってなったときにその安定は崩れるわけだよね。

郷原　しかもそれが10万円で北海道に行かなきゃ食えないとかね。

宇多丸　だったら、割り切りの思い込みを強固にしていってさ……人に言いふらすとかしてね、**「俺はデリーだ！」**と。

古川　対外的にキャラクターを決定しちゃう。

宇多丸　そうすると自意識の中で、『デリー』が好きな俺っていうのが強固になっていくわけだからさ。『デリー』が好きで割り切ってる俺はなんて賢く賢明なんだっていう……これでいけば結構いい線いけるんじゃないかな。

郷原　それって結構無敵だな。

古川　ただ、自分が閉ざしていても飛び込んで来てしまう情報……例えば、明らかに自分の好みの女性とすれちがってしまった場合とか、そこから湧き上がってくる新しい欲望や衝動みたいなものと、どうやって折り合いをつけていくかってことだよね。

宇多丸　そこはさ、見た目はあっちの方が良かったとしても長年連れ添ったコイツの方が内面的にはいい、とかさ。そうやって折り合いを付けてるわけだよね。折り合いがつかなくなっちゃう人はそれが中途半端ってことなんだよ……**狂気の度合いが**。

古川　狂え！ってことか……。

宇多丸　そう。一個一個思考を遮断しろっていうことですよ。

郷原　この件は悟った！ってことにするんだ。

直観を信じるな

高橋　でも前原さんだとね、女の子と付き合い始めたとしても、家に帰ってテレビつけて伊東美咲とかが出てきたら「**ああ……まだこんなのもいるのか……**」って簡単に決意が崩されちゃうからね。

前原　**そこなのよ。大事なのは**。

郷原　やっぱ異性方面は難しいですよね。食い物や着る物とかならともかくね。

宇多丸　喧嘩したりすると綻びが出るからね。ただ、どの状態が自分にとって「快」かという見定めを冷静にやった方がいいんだよ。じゃないと、有りもしないものを追い求めたりもしがち……『**ゴーストワールド**』にも出てきたけどさ、ブルースを聴いていれば幸せだったはずの男がある女に気に入られようとするあまりに自分の趣味すらも否定してしまう……そして精神病にまでなってしまうっていうね。彼は見誤ってるわけよ。**目標を見誤ると精神病院行きだよ！**

郷原　行き着く先は精神病院なのか……。

宇多丸　順序が違うんだよ！　トラヴィス（『タクシードライバー』の主人公）は好きになった相手をポルノ映画に連れて行ってフラれて逆ギレするけど、**ポルノ映画に連れて行って嫌がるようなアイツはそもそも俺を分かってない！**って思わなきゃ。そこまで自家中毒ぶりを徹底させれば、いつかその中毒にハマる人が現われるかもしれない。その状態は実は幸せなんですよ。この相手しかいない！って思い込んで、実は相手が自分のことをまったく理解していないのに好きになっちゃう奴とかは……オーディションを開く前から合格って言っちゃってるわけよ。けど、オマエの直感ぐらいあてにならないものはない！　自分がモテないって認識があるのならば、**オマエの直感ほどあてにならないものはないぞ！**　と。

古川　それは結構フレッシュだね。一般的には恋愛＝直感至上主義って感じだから。

宇多丸　とんでもない話ですよ！

高橋　でもさ、実際は結構瞬く間に決まっちゃったりすることって多くない？

宇多丸　いや、付き合い始めたとしても、いざ俺の部屋まで連れてきたらモーニング娘。とメロン記念日とモデルガンだらけで……「キャーッ！」とかさ。「**私の前でモーニング娘。の話しないでっ！**」とか……「俺のどこを好きになったわけ？」っていうかさ。向こうも向こうで見誤っているわけよ。

郷原　そういった意味ではお見合いも悪くないですよね。あんなに理に適ったものない。

宇多丸　いや、そうなんだよ。だからお見合いもいいなって人が増えてるわけじゃない。しかも、オーディションの中に経済的な要素とか条件は折り込み済みだからさ。街で確率論に従ってフラフラしてるよりは遥かに良いシステムなんですよ。**結論、お見合いをしろ！**　しかも、お見合いを同時に複数やれ！

郷原　完璧でしょ。

宇多丸　実際ね、職場結婚とかで、６人しかいない会社のマドンナと結婚するよりは遥かに広いところから選ぶわけだから……お見合いとかバカにしたもんじゃないよ！

高橋　うーん……。

宇多丸　君はいま首をひねったでしょ？　**君はいま首をひねったよね？**　その恋愛ファンタジーを捨てろっちゅうの！

高橋　フフフ……。

宇多丸　そのさぁ、待ってればいい人が来るみたいなさ、そういう幻想があるじゃない？ 出会いっちゅうの？ 赤い糸っちゅうの？

古川　奇跡待ちね。

宇多丸　よく女の子が「この人が運命の人だと思ったのに！」とか言って泣き言ごねてたりするけど、運命の人だと思って違ってたんだから**オマエが反省しろ！**って話じゃん。冷徹極まりないオーディションを開くべきなんですよ、本当は。相当ハードルの高い火をガーッと焚《た》いておいて……もうダメもと！「**その火飛び越えてこーいっ！**」。

高橋　その方がタイトではあるよね。

古川　そういった意味では前原さんのオーディションは難しそうだよね……なにを求めているオーディションなのか分かりづらそうだから。

前原　だって俺は口で言えないもん。

宇多丸　そこを明確にしておきましょうよって話なんですよ。

前原　逆に相手にやって欲しくないことはあるけど。

宇多丸　例えばどんなこと？

前原　約束を守ってくれないとかね。

宇多丸　もっとさ、他の人からすればつまらないことなんだろうけど、みたいなのはない？

郷原　**ラッセンの絵が好き**、とかね。

宇多丸　ラッセンが好きっていうのはちょっと深読みしたくなるけどね……ナチス最高！みたいなもんでさ。

郷原　「ラッセン好き好き！　**笑えるよねぇ！**」みたいな感じなら、別にいいんですけどね。

前原　靴が汚い女はイヤかもしれない。

宇多丸　あ、それは結構、フェティッシュですね。

前原　あと漢字が読めない人はイヤだ……一期一会を「いっきいっかい」って読むような奴はダメだね。

宇多丸　じゃあ吉岡美穂ダメじゃん！　完全にアウトですよ！

高橋　でも吉岡美穂ならいいんでしょ？

前原　まあ、でも……**吉岡美穂なら最初からそういう人だって分かってるからさ**……まあ、付き合いはしないまでも。

郷原　凄い視点から見てるな。

古川　こっちに選択権があると思ってやがる。

「おばんでござる」

高橋　他のみんなはどうですか？

郷原　さっき言ったラッセンの絵は、本当に女の子からもらったことがあるんですけどね。それで一気に冷めたことがある。気が狂いそうになったけど。

宇多丸　でも、そこで微妙な画集とか贈られるよりはさ、本気でラッセンっていうのはなんか、ちょっとアリっていう気もするな。度を越したクレイジーっていうかさ……例えば、**一番好きな映画が『パール・ハーバー』**だったりしたらさ、中途半端な映画通より、そういうのは逆にいいかなって気もするのよ。もちろん、そんな悠長なこと言ってられないアイテムもあるだろうけど……相田みつをの詩集とか。

郷原　まあ、僕もまともなオーディションを行なってなかったからそういうことが起こっちゃったのかもしれないですけどね。

宇多丸　ヨシくんはないの？

高橋　普通だと思うよ。

宇多丸　「普通」なんてないよ！

郷原　**彼は聖霊なんですよ。**

高橋　うーん……インターネットとかさ……掲示板とかメールとかさ、普通にスマートに書く人もいるけど、なんか独特の文体みたいなのってあるじゃん？

古川　具体例が欲しいな。

高橋　うーん……なんだろな……

宇多丸　それは……別にいいんじゃない？　**「おばんでござる！」**みたいな。

高橋　分かんない……いいかもしんない。

郷原　キャラクターが見えてきた中で、**「おばんでござる！」**がアリな人かどうかってことなんじゃないの？

宇多丸　もともとあんまり好きじゃない人から**「おばんでござる！」**的なメールがくるのが気持ち悪いってことじゃないの？

古川　好きな子が、**「おばんでござる！」**って使ったら一気に嫌いになる？

郷原　**「おばんでござる！」**って言って欲しくないような人が使ったらイヤとか？

古川　終始**「おばんでござる！」**口調だったらイヤなんじゃない？

宇多丸　終始**「おばんでござる！」**口調は別にいいでしょ？

高橋　でもほら、**本気「おばんでござる！」**と**遊び「おばんでござる！」**の差みたいなのもあるじゃない？

前原　……**凄い分かるけどね**。

古川　え、分かんの？

宇多丸　あとさ、ニュースとか見てて、自分が思っていることに対してあまりにも懸け離れた見解とか持ってると引くときもあるよね。「ハイル・ヒトラー！」とかまでいっちゃうと興味の対象になってくるんだろうけどさ。

古川　ナチスのたとえ、本当に好きですよね。

郷原　それはもう研究対象になるでしょ。

宇多丸　例えば、向こうは素朴に言ってるつもりなんだけど、凄く無神経な人種差別発言をしてるとか……。あと、普通に「雅子さまが～」とか言い出すような人はちょっとね。

古川　それは決して少数派ではないけどね。

宇多丸　でも、凄く深く付き合って分かり合ってると思っていたカノジョがさ、すっと普通に「雅子さまが～」とか言ったりしたら、すげぇ断絶を感じるんだろうねぇ……嫌いになるっていうか断絶を感じると思う。

郷原　あと俺はアレだ、「私バカだから……」って言うコ嫌いですね。

宇多丸　「私バカだから……」って言うことでテメエに壁を作ってるところがイヤなんだよ

ね。あらかじめコミュニケーションをシャットアウトしてるわけでしょ？　本当に知能的に劣ってるんだとしたらそれはしょうがない……というか、それが嫌いなんじゃない！

前原　「**私バカよねえ**」**は好きだけどね**。

宇多丸　「私バカよねぇ」は好きですよ。「私ってバカよねぇ」の後には「**……そんな私が好き**」が付くわけだからね。

前原　「私バカだから……」って言う人は、実は自分のことバカだと思ってなかったりするからね。

宇多丸　そうなんだよね。

郷原　**そしてバカだったりするんだよな**。

宇多丸　例えば「やっぱり日本は階層社会だからねぇ……山田くんはどう思う？」ってなって「私バカだから分かんない」ってさ……そこで完全に頓珍漢なこと言う人いるじゃない？　バカをずばりと表現してくる奴。それは全然不快じゃないじゃん。でも「私バカだから……」っていうのは「**難しい話をなさって……童貞どもが！**」みたいな感じででしょ？

古川　被害者意識をかき立てられるよね。

宇多丸　**被害者意識に火をつけろ！**　資生堂夏のキャンペーンみたいな。

郷原　今年の夏は「**被害者意識に火をつけろ！**」。㊣

PLAYBACK

お目にかかったことないんだけど

古川　連載だとここで「公論R」にリニューアルしてるんですよね。

宇多丸　ここで僕は「精神的安定がすべてでしょ、人間の」って言ってるけど……違うと思いますね。

古川　自分が幸せだと思い込むのは意外と簡単な気がするんですよね。それが他人にとってどう見えるかはまったく別の話だけど。

高橋　幸せそうに見える人はいっぱいいるよね。

前原　「おばんでござる」が出てくるね……。

古川　それ、いまだにお目にかかったことないんだけどね。

宇多丸　ねぇ？　インターネット独特の文体だったらさ、今だったら「w」の「笑い」とか半角カタカナとか……まあ、2ちゃん用語だけどね。

古川　若いコだったら「なんとかだぉ」とかね。

高橋　「だぉ」はホントにムカつく！
古川　あと「くずおれる男」はみんな普通に使ってますけどね。
宇多丸　は？
古川　こういう（orz）やつ。
宇多丸　これは「くずおれる男」って言うんだ？
古川　一応。
宇多丸　でも「おばんでござる」はまったく分からないなぁ。
古川　「おばんでござる」はヨシくんがなにを伝えたかったのかいまだに分かんないですよねぇ。
高橋　でも前原さんは理解してるよ。
古川　「凄い分かる」って言ってる。
前原　分かる分かる……顔まで浮かんでくる。こういう人いるよ、ホント。
古川　フフフ……。

渋谷ネズ夫 の巻

2003年初頭に巷《ちまた》を賑わせた時事ネタ特集。
タマちゃんネタは思ったより風化してないような気がします。

2003年
5月

よかれ汚職

古川　今回は最近の気になるニュースを幾つか拾ってきたので、それについて話し合っていきましょう……まず、神戸市から「**ポイ捨て阻止『エンジェル隊』が拾います**」っていうのがありますね。

前原　エンジェル隊ってなに？

古川　「ポイ捨てを確認したら**颯爽と駆け付け、捨てた人の目の前で煙草やゴミを拾う**。注意などはせず、ゴミを拾う姿を見せることでマナー違反の自覚を促す作戦だ」らしいですよ。

高橋　どんな格好してんのかな？

郷原　羽とか付いてるのかな？

前原　「**エンジェルに任命されるのは大学生を中心とした若者**」だって……。

高橋　女の子だけじゃないんだ？

郷原　「明るいイメージの制服に身を包み」って書いてあるな。

古川　「**できるだけ格好良くゴミを拾う**」とも書いてます。

郷原　……なんでそんなにバカなんだろう？

宇多丸　これは絶対なんの防止にもならないね！　拾ってくれるんならもっと平気で捨てるよ！　そもそもこういうポイ捨てとかは、モラルとか言ったって無駄なんだよ。千代田区（東京）みたいにさ、滅多に捕まらないけど捕まると罰金が課せられます、みたいなのじゃないと抑止なんて無理でしょ。結構あれ、効果もあったんだよね？

古川　実際財源にもなるわけですしね。

宇多丸　ひょっとしてコレってさぁ……税金で雇ってんの？

古川　「2003年度予算案に約110万円を計上」だって。

宇多丸　あのさぁ……市とかが良かれと思って勝手にやってるようなことってなんとかできないの？　前からもの凄い怒りを感じるんだよね！

郷原　こういうのがちゃんと会議室とかで話し合って決まってると思うと……。

宇多丸　結局さ、役所にやることない人たちがいて、その人たちの仕事を作るためにこういうことやってるんですよ。だから、エンジェル隊が本当に効果があるかどうかではなく、これを企画した課が「エンジェル隊を設けました」っていう実績を作るためにやってるんだよ……日本は不景気なんだから、こういうところから削減していこうよ！　**これこそ良かれ汚職だよ！**

古川　良かれ汚職？

宇多丸　善意があればいいのかよ！
高橋　ニュースになってないレベルでこういうの日本中にあるんだろうな。

人生はそれぞれ特例だろ

古川　今年の夏から実施されますからね。神戸の読者には是非レポートをお願いしたい……次いきます……**「JR快速『温情』の臨時停車、乗り間違えた受験生救う」**。「JR京葉線で高校受験に向かう電車を乗り間違えた女子学生のため、ノンストップの快速電車を途中駅に臨時停車させる特例措置が取られた。動揺する中学生を心配した乗客たちの力添えもあり、中学生は試験開始にぎりぎり間に合った」「JR千葉支社では『今回の臨時停車はあくまで特例』としながら、『これで見事に受かってくれれば』と話している」……美談扱いですよね。
宇多丸　ダイヤに乱れがなかったらしいけど、それは結果論だよな。
前原　成田エクスプレスでもそういうのがあったでしょ？
古川　**「外国人乗り間違え臨時停車、頻繁特例に疑問の声も」**ってやつですね。「成田エクスプレスが列車を乗り間違えた外国人5人のために途中駅で列車を臨時停車させた。

JR千葉支社は『交通事情に不案内な外国人で、人数も多かったので、あくまで特例として』途中の佐倉駅で約1分間停車させた」……。

郷原　これ、「大事な商談があるんです！」とかだったら絶対止めてくれないんだろうな。

宇多丸　結局ねぇ、「不案内な外国人」だったり「不安げな中学生」だったり、そういう「弱者を助けてやりました」みたいなのが正当化の根拠になっているわけですよ。それこそ脂ぎったオヤジが**「社運がかかった商談があるのに電車間違えてもうたぁ～！」**ってやってたら絶対止めてくれないでしょ。で、そのおっさんが商談に間に合わなくてあとで首括ったらどうすんだって話なんだけど……まぁ、そんなの関係ないわけじゃん、やっぱ。

古川　これ、起こったこと自体はまぁいいとして、報道のされ方として美談はねぇだろって感じがするんだよね。

宇多丸　俺はやっぱこの処置自体に腹立つな……というのも、俺がもしなにかあったときに絶対こんなことしてくれないだろうからさ。みんながみんな都合はあるんだし、そんなこと言ったら人生はそれぞれ特例だろっ。

古川　今後、「じゃあ俺も！」っていう人をどういう説明で突っぱねていくんだろう？

宇多丸　「あれは特例だから」でしょ。

古川　でもそしたら「俺を特例としない理由はなんだ！」ってことになるよね。

宇多丸　そうなんだよ……特例と特例じゃないものの線引きはなんですか？っていうね。

高橋　**「アイツはオリジネイターだったからさぁ」**とか。

宇多丸　**「オリジナルとフォロワーは全然違うからさぁ」**みたいなね。

古川　だからこれ、結局騒いだ者勝ちなんじゃないの？って思わざるを得ないんですよ。絵面として弱者であればなんとかなる、みたいなね……絵面としてですよ、あくまで。だから俺は、気持ちの悪い嫌なニュースだと思いますよ。殺伐とした世の中で、人と人とのふれあいが、って感じでウケてるんだろうけどさ……。

古川　受験で地方から出てきた高校生とかさぁ、毎年メチャメチャ乗り間違いしてると思うんだけどなぁ。

宇多丸　大体ねぇ、俺に言わせりゃあ電車乗り間違えた段階で問題を一個間違えてるんだよ！　試験会場まで無事に来れるっていうのが最低条件なんだからさ。

郷原　ある意味、この女の子は落ちるべきかもね。

古川　ていうか、この女の子の本意は無視されてるんだよ。うろたえてはいたんだろうけど助けてくれとは言ってないわけだし、こんなに報道されちゃったら結構キツい高校生活になるんじゃねぇかって思うんだけどね。

宇多丸　俺は融通をきかせるのがダメだって言ってるんじゃなくて……これをもって世の中の殺伐さが中和されるって考え方が、そもそも世の中をこんな風にしてしまった原因のような気がするんだよね。世の中をちゃんと組み立ててこなかったバカな大人の典型っていうか、日本は世の中がちゃんとできてないっていう感じ？　民度以前の感じ？　要するに、東京にいようがどこにいようが**村人気分なのよ**。まったくのアカの他人と……なにを考えているのかまったく分からないような人たちと共に暮らす方法論を考えるのが近代社会じゃないんですかね！　ところが、みんな気心が通じてるって前提でしか物事を考えられない！　**オマエら村に帰れ！　オマエらの村に帰れ！　どこにもないけど！**　少なくとも都市に住むべきじゃない！

古川　まぁ、都市生活のマナーは分かってないですよね。

宇多丸　知り合い50人以内のところでしか生活しちゃダメ！　結局、東京が巨大な村だと思ってるから、これで世間の殺伐さが緩和されると思ってるんだよ！　このニュースを読んで怒り狂ってる人間がいるとは思ってないんだよ！　あぁ～……村だなぁ～！

歴史ロマンの中の僕たち

古川　じゃあ次も村感溢《あふ》れるニュースを……**「モアイ像に名前を彫っちゃった……日本人を逮捕　イースター島」**。

宇多丸　きたきた……本物のモアイ像ですよ、渋谷のじゃないよ。

古川　「日本人男性観光客がモアイ像に自分と友人の名前を彫り、地元住民に現場を取り押さえられた。裁判官の尋問を受けた後、釈放され日本に帰国した」「傷は長さ40センチ、幅15センチで修復不可能だという」。

郷原　マジで？

高橋　すげぇなぁ……。

宇多丸　イースター島って結構遠いわけじゃない？　日本人観光客だってそんなにいっぱい行くところではないよね？　モアイ像を見に行くなんて結構マニアックだし……なのにこんなことやるんだ？

郷原　初めからやるつもりで行ったのかな。

高橋　あまりにもモアイが好きで、どうしても自分の名前を刻み付けたかったとか。

前原　**『金閣寺』的なね。**

古川　モアイ像は宗教的な意味は薄れてるのかもしれないけど、そうじゃなかったらその場で殺されてるよね。

宇多丸　アホな恋愛サイトとか作ってさ、そこに「**イスラエルのなんとかの壁に名前を彫るとそのカップルは一生幸せになれるんだって！**」みたいな噂を流すのはどうかな。

高橋　殺到でしょ。

古川　国際問題……核兵器出てくるね。

宇多丸　しかしこれ、なんで書いたんだろ。本気で動機が知りたい。

郷原　モアイ像のモノホンは悪気あったらできないですからね。

高橋　自分と友人の名前を彫ったってあるけど……カップルなのかもね。

宇多丸　俺が想像するにねぇ……これは「**あいのり病**」だね。なにかとてつもないところに二人の記録を残せば、みたいな。自分の世界が肥大化しちゃってる人。

高橋　壮大な歴史ロマンの中に僕たちの名前が、みたいなね。

宇多丸　で、コイツは世間に出てオラが村のごとく振る舞っても今まではそんなに問題になってこなかったのよ。**たぶんこの人は電車止めてもらったことあると思うよ**……そういうことよ！　周囲と軋轢《あつれき》を起こしてまでも自己表現を優先させるような奴……**自己表現罪で逮捕だよ！**

支持されるのは格好いい方

古川　では次いきましょう。「**ババア発言批判のチョコ、都知事室から返送　女性ら激怒**」。「2001年11月に石原都知事が週刊誌上で『文明がもたらした最も悪しき有害なものはババアなんだそうだ』などと発言、その発言撤回を求めて市民団体ピースボートの20代から80歳までの女性約20人が知事に『猛省を促す』ために手作りのバレンタイン・チョコを贈ろうと都庁を訪れた」。……ちなみにそのチョコは重さ1・5キログラムのハート型で、「素直に謝るアナタが好き」と書いてあったそうです。でも結局石原は、「大きなチョコレートなので皆さまでお分け頂いたらいかがかと存じます」との手紙付きで送り返したと。記事には「『**ホワイトデーのお返しに発言撤回と謝罪をするのが紳士というもの**』と**女性たちはカンカン**」とあります。

高橋　バカだなぁ……。

古川　これは石原の勝ちなんですよね。

前原　なんかニュースで見たけどさ、チョコに「**スナオニアヤマルアナタガスキ**」って彫ってあったよ。

古川　そんなもん普通に食いたくないよね。

高橋　ホワイトデーのお返しに云々っていうのもなんかさぁ……ねぇ。

古川　不毛な社会活動だよね。

郷原　**「やってやったわよ！」**的な感じだったんだろうな。

宇多丸　まぁ、気が利いた抗議のつもりだったんだろうね。でも最近テレビとか見ていて思うんだけど、**石原は自分がビートたけしなんかと同じ立場だと思ってるんじゃないかっていうね。**

古川　というと？

宇多丸　ビートたけしみたいな人が言ったことだと思えば腹も立たないじゃない。まぁそういう人もいるか、ぐらいの感じで。でも、少なくとも地方自治体の長が言うことではない。その中でも特に影響力の強い人なわけだし……そういう意味では自分の品位を落としてバカな人だなぁとは思うんだけどさ。これに関しては、石原を非難すること自体は間違っていないのに、抗議する側の絵面と方法があまりに悪くて本来到達すべき目標を更に遠ざける結果にしかなってないんだよね。……なんかイヤなのはさ、石原の発言は知的な人がするようなものではないっていうことを、世間の人があまり共有してない感じがするのよ。どっちかというとチョコ贈ったババアの方がバカっていう風になっちゃってるけど、でも石原はやっぱり問題発言してるし

古川　……。

宇多丸　どっちもどっちなんですよね。

古川　どっちもどっちなんだけど……いや、これがどっちもどっちになっちゃうのにはなんか抵抗したいなぁ……どっちが有害かって言ったらさ、だってやっぱり石原なんだよ。でも結局、このニュースを見てババアを面白がる方に行っちゃって、石原の言う通りに見えちゃうっていうのは奴の思うツボだよ。

宇多丸　石原の立ち回りはスマートに見えますよ、この場合。

古川　**でも本当はこんな発言する奴がバカなんだよ！**　こんな発言しただけで普通だったら「こんなバカが政治家でいいのか！」ってならなきゃいけないんだよ……でも石原は人気あるじゃない！　だからババアがトチ狂うのも元はと言えば我々全員の民度の低さなんですよ！　石原なんて迂闊な人であるのは間違いないからさ。でも、その迂闊さが全然認められちゃうじゃない？　いくら非常識な発言してもこれなんて謝らない得だもんね。

宇多丸　でまた、問題の本質がずれてしまうぐらい抗議のやり口が悪いですからね。

古川　村人が大多数の中でこんな事件が起こると、**村人は格好いい方を支持しちゃうんですよ。正しい方じゃなくて**。おばさんたちは正しいけど極度に格好悪いんだよ。その格好悪さゆえに正しさが見えなくなっちゃうのは……関係ない俺たちはさ、ババアからはなんの迷惑も被ってないわけだからさ、別の問題として正しさを見極めないといけないのに、ババアの格好悪さに目をとられちゃってる……それは凄く村人っぽいよ。

宇多丸　それはでもやっぱり、ババアの格好悪さが際立ってるからですよ。

古川　まぁね……こないだ市民活動家にユーモアのセンスがあったら無敵だなんて話をしてたんだけどさ。

郷原　ユーモアを取り違えてますね。

高橋　本人たちはウイットに富んでるぐらいに思ってるでしょ。

宇多丸　あんまりだよね。

古川　昔から日本の社会運動はセンス方面で損してて、だから失敗してきてるっていうのはあると思うよ、絶対。

「愛すべきタマちゃんでしょ？」

古川　じゃあ最後！　**「横浜市西区の帷子川に住むアゴヒゲアザラシのタマちゃんに、同**

宇多丸　**区が住民票を出すことになった。区のPRに一役買ってもらうとの狙い**」。

前原　**ニシタマオね**……まずこれはどこのバカがやろうって言い出したの？

古川　ここの区長じゃないの？

高橋　本籍はベーリング海……。

宇多丸　ベーリング海かどうか分かんないじゃんね。

古川　「区のPRに一役買ってもらう」って言ってるけどさ、この区が有名になってなにが……？

宇多丸　人がいっぱい来て金を落とすんでしょ。

古川　タマちゃん見に来てってこと？　別に住民票関係ないじゃんねぇ……あ、ウチのものですよってことか。

高橋　所有権の話かもね。

古川　なんかもうねぇ、見るほどに気持ち悪いよ……このアザラシ。

高橋　**腐った天ぷらみたいだよね**。

古川　すっごい気持ち悪いんだけど。

　なんか仙台のウタちゃんが出てきてからさ、実はコイツそんなに可愛いくねぇぞってことになってるよね。

高橋　背中のところがボコッと出てたりさ、グロテスクだよね。

古川　なんか腐ってるっぽいんだよ。

郷原　もうすぐ繁殖期に入るから、そしたらどっか行っちゃうかもって話もありますよ。

古川　コイツが公衆の面前で**凄い勢いで交尾**とかし出したら引くだろうねぇ。

高橋　相手が犬とかね。

古川　タマちゃんブームの終焉でしょ。

郷原　ニュースとかで「さすがにタマちゃん本人が住民票を受理するわけにはいかないので……」みたいなコメント言いながらキャスターがクスッってしてたりとかね……ゾッとしたよ。

古川　あと、日本に「ニシタマオ」っていう人いるよね、絶対。

前原　**二人いるんだって**。

宇多丸　村人ファッショだよなぁ……「タマちゃんはみんな可愛いと思ってるでしょ？」ってことなんだよね。「タマちゃんにはみんないて欲しいですよね？」「愛すべきタマちゃんでしょ？」っていう……。

郷原　これで西区から引っ越す奴が急増したりしたら笑うんだけど。

宇多丸　そうだよ。西区の人で怒ってる人はいないのかな？

古川　そういう声は届いてないですねぇ。

高橋　黙殺でしょ。

宇多丸　そういう決め込み報道がまた北朝鮮的だっていうんだよ！　将軍様と変わんないよ！

古川　あらかじめ撮りたい映像が決まってるからね。

宇多丸　「分かるでしょ？　分かるでしょ？」って感じが気持ち悪い……**分かんねぇよ！**

この不況の日本に温かいニュースがなんとかとかさ……。

古川　「癒されます」ぐらい平気で言うからね。

宇多丸　やっぱねぇ、物言わぬ弱者っていうのが都合いいんですよ。

古川　**コイツがベラベラ喋り出したらダメなわけですよね。**

宇多丸　こっちの勝手な思い入れを押し付けられる存在だからこそですよ。

古川　黙ってたほうが得ってことか？

宇多丸　そうですよ！　黙って弱者のふりしてれば誰かが助けてくれるんだよ！　だからここでベラベラ喋ってるのは逆効果もいいところでさ。

古川　俺ら全員ダメですね。

宇多丸　黙って「無力でぇ〜す」ってしてればいいんだよ！　**被害者意識に火をつけろです**

古川　**よ！**　被害者ヅラしてればいいんだよ！　人目につくところで被害者ヅラしてれば

高橋　バッチリですよ！　**被害者意識で陽にあたれ！**　ですよ。

古川　第二弾キャンペーン……「**被害者意識で陽にあたれ！**」。

宇多丸　でも、このブームも結構長く続いてるよね。去年の夏からでしょ？

古川　実は結構身の回りに野生動物っているんだよね。それを前提にいきましょうよって話だと思うんだけどね、本来なら。

宇多丸　そうだよ、都会の思わぬ場所に暮らしてる動物なんてそこらじゅうにいるよ！　例えば渋谷駅前にネズミが大量発生とかさ。でもアレは駆除されちゃうんだよね。

古川　**渋谷ネズ夫**はね。

宇多丸　そうだよな……**渋谷ネズ夫にも住民票を！**　㊇

PLAYBACK

辞めても怖い

古川　石原って長いなあ。

宇多丸　長いよねぇ？　なんか石原が都知事を辞める気がしないよねぇ？

古川　小泉より全然長いからね。

宇多丸　都知事って任期何年？
古川　確か一期4年。今は二期目かな。
宇多丸　いつまでやるのかなぁ……　あ、でも辞めたら辞めたで怖いか……今度あいつが国政に進出したら……うわー、いやだいやだ……ホントにだって首相有り得るもん。
古川　間違いないでしょ。
宇多丸　あぁ～、いやだいやだ!!

初デートは「は」の行の巻

読者の悩みに答える「公論版:スピリチュアル人生相談」。
結構いい線いってると、我々はいまでも思っています。

2003年
6月

こんにちは。僕は秋田に住む高2男子です。地元でヒップホップやってます（文化祭のときや市民祭りのときにはライヴも……）。実は最近、同じグループのMC（ちなみにうちのグループは3MC＋1DJです）が腕にタトゥーを彫るって言い始めて……。そのときの雰囲気で全員が一緒に彫ろうってことになっちゃったんですよね。グループ名は「Das Rock Productions」っていうんですけど。ノリで言っちゃったもののタトゥーには抵抗がありまして。実際、うちのおばあちゃんとかに見られたりしたらめちゃめちゃ怒られそうだし。将来結婚する相手のお父さんとかとも温泉に行けなくなってしまうかもしれないし。公論クルーの皆さんはタトゥーについてはどう思ってますか？　また、入れなければいけないとしたらなんて入れますか？　それから、このグループではこれまで通りラッパーとしてやっていきたいんです（みんないいヤツばっかだし）。うまい断り方ないですかね？　教えてください。

【秋田県　匿名希望（17歳：男）】

「何の何」

古川　「公論R」になってから地味に悩み相談募集とかしてたら、本当にチラホラ届き始めてるんですよ。なので、今月はそれに答えていこうと思います。で、まずはこの彼から。

前原　この人はタトゥー入れたくないんだね？

古川　そうみたいですね。

前原　校則では禁止なのかな？

古川　校則でオッケーってことはないでしょ。

前原　でも校則で刺青禁止なんてある学校ないよ。

古川　でも一応さ、どうとでもとれるように「学生らしい服装」みたいなのは校則にあったりするじゃない。

郷原　明記されてはないけど、なにやってもいいってわけじゃないっていうね。

前原　でも最近は化粧して学校行ってたりするんでしょ？

宇多丸　学校によるんだろうけどね。

前原　偏差値が38ぐらいの学校だったらべつになにやってもいいとかね。

古川　あとこの手紙では僕らがタトゥーについてどう思ってるかも聞かれてます。

前原　僕はタトゥーを入れない確固たる理由があるんですよ。

古川　ほう。

前原　なぜ入れないかっていうとサウナに行けなくなるから。
宇多丸　言うと思った。
前原　腕にちょっと入ってるとかでもダメなんだよ。
宇多丸　そういえば、この中でタトゥー入ってる人って一人もいないね。
郷原　あ、俺入れたい入れたい。
宇多丸　なんて入れるの？
郷原　考えてない。
古川　考えた方がいいんじゃないの？
郷原　考えなきゃいけない。
高橋　場所は？
郷原　やっぱ腕とかかな……痛そうだからやりたくないってだけで、マジで入れたい。
古川　ファッション？
郷原　ファッションファッション……おしまいでしょ。
古川　へぇ〜。
郷原　なんかの企画とかで、お金出すからやってくださいとかあったら全然やる。
前原　俺も入れることは全然やぶさかじゃないんだけど。

宇多丸　なんて入れるの？

前原　首の後ろに星を入れたいのよ。

古川　なんで星なの？

前原　**それが格好いいって言われたから。**

郷原　入れるとしたら漢字がいいかな。

高橋　**甘酸《あまず》の「甘」とか？**

宇多丸　俺、**「何《なん》の何《なに》」**って入れてみようかなって思ったことあるけど。

高橋　なにそれ？

宇多丸　俺らの中で流行ったのよ。

郷原　「これは何の何だか分からないなぁ〜」とかね。

宇多丸　**「何かの酒」**とかさ、酒なのは分かるけどなんだか分からないとかってあるじゃん。**「アメリカの何か」**とかさ。

郷原　どっちかさえ分かっていればね。

宇多丸　どっちかさえ分かってればいいんだけど、なんのなにかも分からないっていうさ。それを示す言葉として**「何の何」**っていうのがあってね。俺はその**「何の何」**っていう言葉が好きで、刺青入れてもいいぐらい好きなんだよ。郷原、**「何の何」**にしなよぉ。

郷原　「**何の何**」にしようかなぁ。

宇多丸　高橋くんが刺青入れたりしたら完全にトチ狂った感じがするよね。

高橋　やんないもん……絶対やんないもん。

宇多丸　キャラ的に高橋くんはなし！　圧倒的になし！

高橋　生きていてやっちゃいけないことがあるっていうのが凄いよな。

宇多丸　高橋くんがタトゥー入れたら、なんか恥ずかしい感じがする。

高橋　どういう意味？

古川　なにかを見失った感じがするね。

解散したらどうすんの？

高橋　古川くんは？

宇多丸　古川くんもないんだけど……古川くんはアンダーグラウンド・ヒップホップ専門としてさ、トチ狂うなりの理由があるかなぁみたいな。

古川　あ、そう？

高橋　なんて入れるの？「**古**」とか？

宇多丸　アニメのキャラとかね。

高橋　俺さぁ、ピアスはどうかな？

古川　タトゥーよりはアリだよ。

宇多丸　まぁ、オカマっぽいキャラじゃないですか。俺も前にピアスやろうかと思ってたところがあって、そのときはカマっぽく見せてやろうかなぐらいに考えてたんだよね。

高橋　最近の士郎くんの服の方向性的にはアリなんじゃない？

郷原　凄い高そうなやつつけてたら似合うかも……ダイヤとか。

宇多丸　坊主にしてピアスっていうのもいいんだけど、本当はなんかツルンとしてる感じがいいんだよね。なんていうのかな……俺は「素」だっていうか。

古川　素？

宇多丸　**素体っていうの？**

高橋　素体……。

古川　素体って言葉聞いたことないよ。

宇多丸　相談の彼だけどさ、やっぱヒップホップ・グループでっていうのであれば、生涯やっていく覚悟として入れるってことなんだろうからさ、その気がないのならやめた方がいいよ。

前原　すぐ飽きるだろうし……解散したらどうすんのかね？

宇多丸　そんなのありますよね、全然。グループに限らず、例えばジョニー・デップがウィノナ・ライダーと付き合ってるときに「**Winona Forever**」ってタトゥー入れちゃってさ、それで別れちゃって「**Wino Forever**（**酔っ払いよ永遠に**）」に変えたっていう話があるよね。

高橋　確かC・L・スムースが「**Pete Rock & C.L. Smooth**」ってタトゥー入れてるよ。

宇多丸　「Das Rock Productions」はイイ奴ばっかりなんでしょ？　だったらタトゥー入れないぐらい許してくれるでしょ。

古川　どう断るのがいいのかな？

前原　肉体的にちょっとダメだって医者に言われたって言えば？

宇多丸　おばあちゃんを悲しませたくないでいいんじゃないですか？　ラップをすること自体はおばあちゃんを悲しませないけど、タトゥーを入れることはおばあちゃんを悲しませる、と。

前原　サウナに行けなくなるとか。

宇多丸　**なんでオマエ急にサウナ好きになってんだよ！**ってことになるでしょ。

古川　グループに亀裂が入るよ。

宇多丸　刺青が理由で解散するようなグループだったら絶対やめた方がいいよ。

古川　なるほど。

今年30歳になります。そろそろ田舎の母親のことを「オフクロ」って呼びたいんですけど、タイミングがつかめません。どういう風にしたら自然ですかね？

【東京都　高山努（29歳：男）】

マッチョと裏腹なマザコン感

古川　分かってらっしゃる手紙だなぁ。

宇多丸　「オフクロ」って呼んでる人っているの？　いるとは思うんだけど、周りにいる？　あんまり聞いたことないよ。

古川　俺がそうだよ。直接は言わないけど友達同士とかで話すときは。

高橋　「**直おふくろ**」の人っている？

古川　直は見たことないなぁ。

郷原　いるんでしょうけどね。

宇多丸　俺はねぇ、気分としては「**佐々木さん**」って呼びたいぐらいだけどね。

高橋　凄いスタンスだな。

宇多丸　「おふくろ」はちょっとバンカラっぽいよね。

郷原　しかも古川さんらしくない。

高橋　確かに、あんまり「おふくろ感」はないな。

宇多丸　ちょっと男っぽいところを出してるわけでしょ？　**俺は最早精神的に母親に依存はしていないのだ感**っていうかさ。で、マッチョと裏腹なマザコン感も入ってるよね。

郷原　でも、この質問してきた人は「おふくろ」って言いたいんですよね。

古川　そろそろ言いたい、と。

郷原　田舎の母親なんだったらさ、久々に会っていきなり言えば大丈夫なんじゃない？

宇多丸　田舎の母親に久々に会って「おふくろ」って言い換える必要性があるのかっていう……不自然だよ！

前原　「おふくろ」って切羽詰まってる感じがするんだよな……**死ぬ間際とかさ**。

宇多丸　今まで「おふくろ」って呼んだことがない人がさ、最後の最後に「**おふくろぉ**

〜！」って言ったらお母さんもびっくりだよね……「おふくろぉ〜！」って叫んだショックで死ぬぐらいだよ。

高橋 気まずいだろうなぁ。

古川 手紙とかで徐々に慣らしていくっていうのはどうかな。

宇多丸 あえて言えば、高校のときに「おふくろ」にシフトしてればアリなのかもね。高校時代の背伸びの勢いにまかせて「おふくろ」にしちゃうとかね……でも本当にそういう奴がいたら、**その背伸び具合に笑ったと思うけどね**。やっぱ事実上死語だと思うんだよ。でも、そのイズムを守るために凄く意図して発してる感じが恥ずかしいんだよな。

ずっと好きだったあのコとの初デート。音楽と映画には興味がないんだって。さて、なにに誘えばいいでしょうか？

【東京都　中山公利（19歳：男）】

日常の中の非日常

古川　ただのネタでしょ、これ。

高橋　前に士郎くんも言ってたけど、初デートで映画観に行くっていうのは絶対に避けた方がいいと思うよ。

宇多丸　自分の趣味の領域にいきなり誘うのは絶対に間違ってるよ。会話できないしさ。メシでいいんじゃない？　メシですよ！　メシ！

高橋　メシか飲み！

古川　でも飲みとかメシっていうのは夜のイメージが強いじゃないですか。一般的にデートっていうのは日曜の昼間から出掛けたりとかだったりするんじゃん？

高橋　とにかく話した方がいいと思うんだよね。

宇多丸　話せりゃ苦労しないんだけどね。ただの公園とか行ったってなんの取っ掛かりもないわけだしさ。

高橋　でも二人が高校生とかだったらさ、あの先生はどうだとか部活の話とか進路の話とかさ、そういう話はできるでしょ。

郷原　なんかいいなぁ……。

宇多丸　なにに対していいって言ってるのかさっぱり分からないよ。
高橋　それかさぁ、ただ単に街歩いてるだけでもいいんじゃない？
宇多丸　デパートとか行けば？　デパートってよくない？
高橋　いいかもね。
宇多丸　例えばインテリアとか見てさ、その会話を通じて相手がどういう傾向のものが好きかも分かったりするわけじゃん。
古川　情報戦にもなるわけだね。
郷原　でもそのときは「買い物に行こうよ」って言った方がいいでしょうね。**「デパート行こうよ」**って言ったら……なんかね。
宇多丸　服買いたいから見立てて、とか。
高橋　逆パターンでもいいんじゃない？　女の子の方が服買うから見立てて、とか。
宇多丸　そんなの、つまんないよぉ。
郷原　いや、いいですよ。
高橋　めちゃくちゃいいじゃん！
郷原　いや、いい！　あと、普通に遊園地とかもいいと思うな。
宇多丸　遊園地は待ち時間があるからさぁ……トーク・スキルがあればどこに行ってもいい

んだけどね。

郷原 待ち時間があるのは逆に話せるからいいんじゃないかと思うんですけどね。

宇多丸 カラオケとか行けば？

古川 映画と同じ。会話ができないでしょ。

郷原 動物園もいいっすね。

古川 だったら水族館のほうがよくない？

宇多丸 ちょっと暗いしロマンティックな感じがあるからね……あと東京タワーとかね。普段行かないけど、一応行ったら行ったで面白いものもあるし……。

古川 非日常感がありますよね。

高橋 非日常感っていいのかも。

宇多丸 東京タワーはいいと思うな……展望台行ってさ、**あっちがウチだよ**、とか。

高橋 で、帰りにお互いが別れる駅のベンチとかでいつまでもウダウダ話したりとか。

宇多丸 それはただ単にときめき願望話でしょ……そこまでいけばなんの問題もないよ。

古川 初デートでいきなり日常の中の非日常な体験をするのか。

郷原 そういうの好きなコ多いですすよ、意表を突く系というか。

宇多丸 まあね……**裁判所の傍聴席とか**。

古川　それは……。
高橋　でも、意外とぶっ飛ばされるかもよ。
宇多丸　ねぇ？　こんなとこ来ちゃったよ感っていうかさ。
高橋　それは大事そうだね……裁判所はともかくとして。

初デートがないってさ……

宇多丸　あのぉ……前原さんがさっきから寝そうなんですけど。
前原　いや、俺の話じゃないからさ……。
高橋　じゃあ、前原さんの話にしましょうよ。
前原　**俺はドライブだね。**
郷原　すぐ車に乗せるからな。
高橋　あなたの場合、車に乗せるっていうのがもしかしたら有効に働いてないかもしれないから、違うことを試してみるのもいいんじゃないですか。
前原　マジ？
高橋　必ずしもトーク・スキルが高いわけでもないんだしさ。

宇多丸　でも車そのものはさ、ずっと喋ってなくちゃいけない空間ってわけじゃないからさ。

高橋　でも最初のセリフが「**あのタクシーむかつく**」とかだとマズいでしょ。

前原　そんなこと言わないよ、初デートで。

宇多丸　じゃあ初デートで車の中でどんな会話するの？

郷原　ラジオの音声が延々車の中を支配、みたいな。

前原　多分、まずは高速に乗るんだよな……。

古川　どこ行くんだよ。

宇多丸　ずっと車で移動し続けるわけにもいかないからさ、所詮は移動手段なんだし。

前原　**海に行ったりとか山に行ったりとか……**。

高橋　いきなり海だ山だ連れて行かれてもビビるんじゃないかな。

宇多丸　でも海は喜ぶような気もするな……シーズンオフの海。

高橋　でも初デートでしょ？

前原　そもそも初デートっていうのがないんだよな。

宇多丸　……初デートがないってさ……。

郷原　要するにデートしたことがないってことなんじゃないの？

前原　俺はわりとフェードインだからさ。

郷原　あぁ、思い返せばアレが初デートだったかもしれない、みたいなね。

高橋　でも最初に二人で動くのを初デートとしましょうよ。

宇多丸　偶然じゃなくてちゃんと約束してね。

郷原　だったら初デートはあるでしょ。

前原　うーん……。

古川　頭の中のファイルが……。

前原　**いま「は」の行を検索してるんだけど……。**

高橋　初デートは「は」の行に入ってるのかよ……女の子の名前別にファイルしてたりするんじゃないの？

宇多丸　デートの項に入ってるのかよ。人じゃねぇのか……。

前原　デートのファイルは全部捨てちゃったから。

高橋　初めて二人で出掛けるときは絶対あるでしょ？

前原　**初デートがファイナル・デートになることが多いからさ。**

高橋　でもやっぱアレだね、話術とは言わないけど、どこに行こうがさ……。

宇多丸　そうだね、話が弾まないなんていうのは論外だよね。だってデートで話が弾まないなんていうのはさ……。

郷原　もう昼だろうと夜だろうと、どこに行こうとねぇ。

高橋　お勉強会ってデートなのかな？

宇多丸　受験生とかだとそういうのもあるかもね……例えば（東京・麻布の）有栖川公園の図書館とかに行って……。

高橋　あ、それヤバいね。

郷原　ヤバいよね……最高でしょ……いいなぁ……**いいなぁ**。㉒

PLAYBACK

あんまり意識してないよね

宇多丸　その後、郷原はタトゥー入れたりしてないんですか？

郷原　してないっす。

高橋　甘酸の「甘」……フフフ……最高だけどねぇ。

郷原　「酸」よりも「甘」でしょ。

古川　「酸」はマズいでしょ。

宇多丸　「何の何」……。

古川　「何の何」は俺も凄く好きになっちゃった。

宇多丸　あとそうだ！　僕はここで自分のことを「素体」と言ってるんですけど……これ結構ねぇ、デザイナーの人と話してたりして「素体感」っていうのはよく使うんだよね。

古川　聞いたことのない言葉だって言ってるけど、ゴメン、全然聞いたことありました。

宇多丸　全然アレですよ、フィギュア用語ですよ。本当にある言葉ですから。

古川　「初デートにどこがいいか」みたいな話はいまだに全然しますよね。

宇多丸　これ凄いですよ、前原さん！　「そもそも初デートっていうのがないんだよな」って言ってる。

前原　あんまり意識してないよね、初デートとかって。

宇多丸　そう？　意識するでしょ？

前原　あんまりしないなぁ。

宇多丸　どんな相手でも？

高橋　それなりに緊張するでしょ。

宇多丸　初めての相手と、初めて二人きりで会うんですよ。約束して。要するに、そこにはなんらかの進展への期待があるわけですよ。

前原　あぁ、それが初デートか……。

古川　なにが初デートだと思ってたんだよ……。

前原　いや、気持ち次第じゃん。

古川　うーん……。

前原　だからこっちがそんなに構えてなければ。

宇多丸　デートのつもりじゃないと。

前原　そうそうそう。

高橋　しかしなぁ……女の子の名前のファイルでもなく「デート」の「デ」のファイルでもなく、「初デート」の「は」のファイルっていうのはホントに凄いよな。

今日はセク風が吹いた の巻

ゲストに「死亡した宇宙飛行士」を迎え、「結婚の理想と現実」。単行本化にあたって本人に正体を明かしていいか尋ねたところ、断られました。

2003年
7月

人生で一番いい10年だったかも

宇多丸　**死亡した宇宙飛行士**さんは結婚についてひとことあるんですよね。

死亡した宇宙飛行士　結婚ほどいいものはないっていうね。

宇多丸　あれ？　話変わってない？

死亡　変わってない変わってない！

宇多丸　前は「**結婚制度は崩壊だ！**」って言ってたじゃないですか。

死亡　……それはそうなんだけどさ……。

宇多丸　「**一夫一婦制なんて幻想だ！**」って言ってたじゃないですか。

死亡　いや、だから、その中で結婚するっていうのは素晴らしいことなんだよね……崩壊してる中でさ……。

宇多丸　そんなのいっぱい結婚してるけどね、普通に。

死亡　けどシステムとしてはもう終わりでしょ、あんなの。

古川　同意も否定もできない……食いつきにくい……。

宇多丸　僕はカノジョとかれこれ4年ぐらい一緒に住んでますけどね。そのぐらいになると周りから「結婚しないの？」って聞かれますよやっぱ……それは話の流れとしては分かるんだけど、こっちからすると「結婚してるようなもんじゃん！」みたいなさ。あとは役所に届けるだけなんだけど、きっかけもないしっていう。

古川　僕も4年くらい一緒に住んでますけど、だいたい同じ感じ。あと、夫婦別姓の方がいいなっていうのがカノジョにあって、だったら当面はいいかっていう。

前原　じゃあカノジョは結婚自体はしたいと思ってるの？

古川　そんなに強くも思ってないみたい。

死亡　**（寝転がりながら）え〜、俺についてこいとか言わないのぉ？**

古川　言わないっす……なんか寝転がりながら言われると微妙に屈辱的な……。

宇多丸　やっぱ子供が欲しいとかがないとさ、一緒に住んでる期間が長いとあとからプラスされるファクターがないわけですよ。

死亡　けど凄い良かったよ、結婚。人生で一番いい10年だったかもしれない。

宇多丸　10年もしてたんですか？

高橋　いくつで結婚したんでしたっけ？

死亡　**忘れたけどぉ……**。

宇多丸　忘れてねぇだろ、10年って言ってんだから。

死亡　××歳ぐらいで結婚してぇ……××歳ぐらいで離婚……今××代後半でーす！　よ

ろしくお願いしまーす！　磯部涼でーす！（注：死亡した宇宙飛行士さんはジャーナリストの磯部涼さんではありません）

だから地獄味わったんだよ

高橋　（無視して）どう良かったんですか？　その10年は。

死亡　だって世界で一番好きな女の子と一緒にいられるんだよ！

宇多丸　でも俺は結婚してないけど別に一緒にいますよ。

死亡　…………いや、違うな。

宇多丸　…………。

死亡　**だって約束するんだよ！**

高橋　少女のようですね。

宇多丸　ああ、約束がいいんだ？　僕ら一緒にいようね？っていう。

死亡　いい！

古川　エへへ……。

死亡　**エへへじゃねぇよ！　本当にいいんだよ！**

宇多丸　でも逆に言うと、その約束がやはり無理だったってなったときはさ、この上ない地獄じゃないですか？

死亡　……だから地獄味わったんだよ。

宇多丸　緩くしておこうかって人が増えてるのはそういうことですよね。

死亡　そうそうそう。

宇多丸　でもそこは緩くない方が楽しいじゃん！ってことですか。

死亡　そうそうそう。

古川　あえてタイトにした方が得られるものがある……？

死亡　そうそうそう。

宇多丸　なるほどね。その理屈は分からなくもないですけどね。

古川　結婚に対するスタンス……例えばヨシくんはどう？

高橋　一回してみたいとは思うかな。どんなものなのかなっていうか。

宇多丸　そんなのじゃ一生できないよ。

死亡　ヨシくんは潜在的にゲイなんじゃない？

高橋　そうかもしれないですねぇ。

古川　否定しないな。

宇多丸　**潜在的にゲイなんじゃない？って言われて否定できる人もなかなかいないと思うけどね。**

死亡　いま付き合ってる人っているの？

古川　好きな人はいないんですか？

死亡　いるんでしょ？

宇多丸　あ、片思い？

高橋　別にそんな……。

宇多丸　三十越えた片思いも結構いい話だよ。

高橋　…………。

宇多丸　ヨシくんは意外と理想が高いよね。

死亡　誰？　**ミラ・ジョヴォヴィッチ？**

高橋　えっ？　なんでジョヴォヴィッチが出てくるの？

死亡　俺が好きだから。

宇多丸　死亡さんはほんとに外人好きですよねぇ……。

今までのカノジョはほぼナンパよ

死亡　そんなことないよ。ただ俺は……それは凄い……**悲しい歴史があってさ。**

高橋　どういう歴史ですか？

死亡　俺、昔女の子と喋れなくてさ……。

高橋　ほう。

死亡　だから凄い奥手だったの。それで、イギリスに行って少し英語喋れるようになって、英語だったら女の子と喋れるようになったのね。

古川　英語かぁ……。

死亡　英語だったら全然いけるもん……「そのブーツ可愛いね」とか言えるもんね。

宇多丸　そんなの別に日本語でも言えますよ。素敵ですねとか言うよ、別に。

郷原　マジっすか？

宇多丸　言うよ。

郷原　**笑いながら？**

宇多丸　違うよ！　ちゃんと言うよ！　でも、そこから「一緒に食事でも」というのはいけない。そこは全然乗り越えられないな。

死亡　そこまでいけるなら大丈夫だよ。俺なんかガンガンいくもん、いくときは。

郷原　手練れだなぁ。

死亡　だって今までのカノジョはほぼナンパよ。

宇多丸　ほう……クラブ？　**イン・ダ・クラブ？**

死亡　そうそう、**イン・ダ・クラブ**。一番最初のカノジョはイン・ダ・クラブだし……次のカノジョもイン・ダ・クラブだし……。

古川　違うのはどこなんですか？

死亡　原宿の路上でナンパっていうのもあるよ。

宇多丸　え？

死亡　昼間っから。

宇多丸　昼間？

死亡　うん。

宇多丸　すっげぇ！　酔っ払ってなくて？

死亡　シラフ……**いや、二日酔いで**。

高橋　それはシラフですよ。

宇多丸　強ぇなぁ……でも確かに死亡さんはモテモテだしね。全然俺とは立場違うよ。

死亡　……なんでそういうふうにいつも自分のこと……**あなた汚いよ！**　なんか自分はモテないみたいなさぁ……ウソばっかり言ってるよねぇ？

宇多丸　そんな……。

死亡　それ前からひとこと言いたかったんだよね。**このウソつきって。**

高橋　結婚に話を戻そうよ。

ベストな相手なんていない

古川　結婚ってさ、意味してるものが何重もあるからややこしいよね。

死亡　確かに！

古川　ロマンとしての……恋愛のゴールとしての結婚もあるけどさ。同時に社会制度としての結婚とか、共同体へのアピールとしての結婚もあるわけだし……。

宇多丸　結婚はさ、まず役所に届けるって意味あんの？　税金的な違いはあるんだろうけど……なんで俺のパートナーをいちいち申告しなくちゃいけないんだっていうかさ。

古川　あれは子供に対するケアなんでしょ？　子供に対する責任を誰が負うか明確にするシステムというか。

宇多丸　まぁ、そういうことなんだろうけど……こっちから進んでやる必要もねぇんじゃねぇかって気がしちゃうんですよ。俺のメリットねぇじゃん！　みたいな。あと、国家に誓うのがむかつくんだよ！　周りの人に「俺も結婚しました！」とか言って籍入れてないとか、そのぐらいなら別にやってもいいんだけど。

死亡　けどいいよ、やっぱり。ウチもなんで結婚したかっていうといろんな意味があるんだけど、俺が結婚したかったっていうのがまずあるのね。このコと一生一緒にいたい、その誓いが欲しいっていうさ。人生をシェアするってことはいいことだと思うんだよね。

宇多丸　シェアするの「も」いいってことじゃないの？　別に人生の伴侶がいなければ不幸だっていうのもどうかと思うんだけど。

死亡　伴侶がいた方がいいに決まってるよ。

宇多丸　違うと思うよ。いや、いた方がいいのかもしれないけど、でもそれってそう簡単に会えないのかもしれないわけだし、だからみんな手近なところで見つけて不幸になっちゃうわけでしょ？

死亡　あぁ、なるほどね。

宇多丸　だから、ベストな相手じゃなかったら一緒にいなくてもいいんじゃない？

死亡　そりゃそうだね。

宇多丸　いや……ベストな相手なんていない。ベストな相手なんていないんだから、せめて豊富な選択肢の中から選んだベターな相手というか。

古川　あるいはベストだって信じ込める相手がいるのならいいけど。

宇多丸　誓うからいいんじゃんって言うけど、そんなの高校生のカップルだってさ、下手したら3日で別れるくせに「永遠に一緒にいようね」なんて言ったりするんだよ！

死亡　厳しいな……前の奥さんに同じこと言われたよ……**恋愛観が中学生みたいって**。

宇多丸　ロマンティストなんですよ。

死亡　そのときはそう……最初は一緒に住もうかって話だったのね。そのとき相手は実家だったからさ、実家に同棲するっていうのもどうかなってぐちゃぐちゃ話してたら……俺が結婚しようよって思い切って言ってさ。で、俺はもともと結婚したかったから結婚したの。

宇多丸　当然、同棲って言葉に抵抗を示す保守的な層もいるわけだよね。そうなると、同棲じゃ体裁が悪いからっていう……ところがね、そこなんですよ。1年ぐらいは少なくとも一緒に住んでみた方がいいよって。だから例えば仮結婚とか本結婚とかさ、免許みたいに何年越すと初心者マークがとれるとかさ。

死亡　そんなのシステム化しなくていいんじゃないの？

宇多丸　いや、仮定として世間体そのものを作り変えてみたらっていう話ですよ。「初心者結婚で別れられる方は結構多いんですよねぇ」みたいなさ……「ここまできたんですか、大したもんですねぇ」って褒められる人もいたりしてさ。

前原　**一発免許取消もあるわけでしょ？**

古川　それはなにに当たるんだ？

宇多丸　やっぱ暴力とかさ……暴力が原因で離婚したって認定されたら、その男なり女なりはしばらく何年かは結婚できないとかさ。

古川　実際海外だといろんなシステムありますからね。離婚したら何年間結婚しちゃダメとか、それこそ同性同士の入籍もあるわけだしさ。

前原　大人になると分かるよね、世の中色々あるって。養子にしちゃうとかもあるし……**カノジョとかを**。

古川　ねぇよ！

死亡　それはねぇだろ！**『ソドムの市』**じゃねぇんだからよ！

前原　結婚するのが面倒臭いから養子にしちゃうとか……。

宇多丸　もっと面倒臭いよ！

みんな愛してあげるよ？

古川　そういや、死亡さんって**一夫多妻制を推奨してるんでしたっけ？**

死亡　うん、自信あるもん俺。

郷原　なんの？

死亡　**みんな愛してあげるよっていう……。**

郷原　ええっ？

死亡　**みんな平等に愛してあげるよっていう……。**

郷原　いやいやいや……。

前原　**それは俺もある。**

死亡　あるでしょ？

前原　あるあるある。

郷原　でも第一妻と別れても第二妻と第三妻と繋がってたりするわけじゃん。

前原　うん。**でもみんな好きだよ。**

郷原　ええっ？

宇多丸　そんな経済力はないでしょ。

死亡　**前もそれで別れたようなものなので……。**
宇多丸　じゃあ論外じゃん。
死亡　論外？
古川　みんな好きだよって……それは一夫多妻制とは別の話じゃない？
死亡　え？　別じゃなくない？
郷原　**一夫多妻制を認めたら一妻多夫制も認めなきゃいけなくなりますよ。**
死亡　**それもアリアリアリ！**
宇多丸　でもそうしたら……俺たち……。
高橋　いやぁ、キチい絵面になるよぉ。
死亡　キツくないよ！　なんで？
高橋　だって考えてみても下さいよ……その奥さんが誰か他の男の相手してるときとか、**俺と死亡さんとかで同じ部屋で寝転がってテレビ見てたりするんですよ。**
宇多丸　今日は○○くんと寝室に入って、とか……。
高橋　残りは別室でゲームやってたりするんですよ。
死亡　アリアリアリアリ！　結構楽しそう！
高橋　いや……。

死亡　結構楽しいって！

宇多丸　**俺も悪くない気がしてきた**……その奥さんが確実に自分のこともちゃんと好きなんだったらね……。

高橋　笑っちゃうと思うんだけどなぁ。

古川　いや、笑うさそれは。

死亡　笑わないよ！　すぐに馴れるって！

宇多丸　でもでも、愛し方に差があったら不幸なことにならない？　例えばさ、全然死亡さんにはお呼びがかからないわけよ。

古川　**2年に1回とかね**。

死亡　でもそれは平等に愛するのを前提として……。

宇多丸　それは理想でしょ？　結婚は永遠の誓いっていうのと同じで理想じゃん。

死亡　それをやるのが知性でしょ！

宇多丸　違うでしょ！　それができるんだったら一夫一婦制で最初からうまくいってるでしょ。

死亡　無理かなぁ……みんな平等になれると思うなぁ、俺。

セックスは進歩してない

古川　モルモン教とか昔は一夫多妻制だったみたいですけどね。ユタ州なんかはモルモン教が強くて100年以上前はやってたらしいんだけど、やっぱりめちゃくちゃトラブルが多かったみたい。アラブも今はほとんどやってないんじゃないかな？

宇多丸　凄いね！　放っておけばやらなくなるんだ。

死亡　まぁ一夫多妻制は俺が結婚してたころに思ってた夢だから。

宇多丸　……結局さ、3Pがしたいとかさ、そういう話じゃん。

死亡　違うよ！　結婚してて別に好きな女の子がいたとしても、浮気するよりも一夫多妻制が面白いかなって。

前原　セックス・フレンドが欲しいとかじゃないの？

死亡　**セクフ？　セクフ？**

宇多丸　セフレでしょ普通。

郷原　風みたい……「**セク風が吹いた**」みたいな。

宇多丸　今日はセク風が吹いた、みたいなね。

死亡　セクフはいいよね……**時々いいよね……**。

宇多丸　やっぱり一夫多妻制なんて成り立たないんですよ。歴史が証明してる！

前原　……セックスって進化してないのかな？

宇多丸　してないでしょ。

前原　でもエロビデオとか5年前のと今のとでは全然違うよ。

宇多丸　どう違うんですか？　やってることは同じでしょ？　女の子が可愛くなったとかじゃないの？

前原　女の子が可愛いっていうのもあるし……なんか入り方……**入り方ってオチンチンの入り方じゃなくて**……あのぉ……。

古川　オチンチンの入り方ってなに？

前原　なんか色々……あ、でもそれって映像の違いかな……。

宇多丸　（あきれて）それって単にさ、映画に流行りや廃《すた》りがあるのと同じでしょ。セックスの問題ではないんじゃない？

死亡　セックスはずっと同じだからつまんないよね。

前原　……セックスは進歩してない？

死亡　**してないよぉ！**　だから一夫多妻制も、俺が今日言ったことはすべてそれを打破するための試みなんだよ。

宇多丸 ……いや、一夫一妻制こそそうですよ。セックスを人間のコントロールできるものにしようっていう試みですよ。

前原 セックスをコントロールしようとする試み？

宇多丸 ていうことじゃない？ そういう試みのひとつじゃない？ それがうまくいってるかは別にして、それをなんとかコントロールしようという試みであるのは間違いないじゃない？ ベースになってるのはキリスト教のセックス嫌悪かもしれないけどさ。ある意味、禁止されるとエロくなるっていう副産物的な発見もあって……それって結果的にみんな頑張ってセックスを新しいものにしようとしてるっていうかさ……。

古川 人間っぽいよね、凄く。

死亡 **人間ってバカだよね。**

宇多丸 まぁ……バカですよね。**ホントに。**

PLAYBACK

結婚した側として読み返すと……

宇多丸 「死亡した宇宙飛行士」さんがゲストですね。

古川　これは作るの苦労したなぁ。

高橋　原文はもしかしたら公論史上最長かもしれない。

古川　だね。俺もギリギリまで2回に分けるか悩んだし。死亡さんが最高なんだよな……ホントに寝転がって「え～、俺についてこいとか言わないのぉ？」とか言ってて……うるせぇ！っていう。けど、死亡さんは公論史上で唯一士郎さんに突っ込んでる人なんだよね。「あなた汚いよ！」とか。

宇多丸　でもアレだ、古川さんは実際に結婚したわけですからねぇ……どうですか？結婚した側として読み返してみて。

古川　そうだねぇ……子供に対するケアっていうのは違うのかな。

宇多丸　前、「結婚よりは子育てに興味あり」って言ってたじゃないですか。ということは、今回結婚してすぐに子供作るんですか？

古川　いやあ、分かんないですね。

高橋　欲しいは欲しい？

古川　欲しいは欲しいですね。

前原　育てたいってこと？

古川　そうですね、育ててみたい。

前原　産むだけじゃだめなの？　産んで養子に出しちゃうとか。

古川　フフフ……それはあんまり興味ないかな。

宇多丸　結婚に対する考えは変わりましたか？　このときはまだ結婚というシステムから距離を置いてる感じじゃないですか。

古川　そっか……いやでもね、俺は当時から結婚してもいいなって思ってたんですよ。で、ここでも言ってますけど、恋愛のゴールとしての結婚もあるけど社会制度としての結婚や共同体へのアピールとしての結婚もあるって言ってますよね。で……俺は共同体へのアピールとして結婚した感じかな。

宇多丸　なるほどね……前原さんどうですか？　セックスは進化してますか？

前原　まあ、進化していかざるを得ないいんじゃないかな。

「エスパー」「滅亡」「ジェナ・マローン」の巻

出されたお題に即興でベスト3を挙げる
『ハイ・フィデリティ』ゲーム。
暴かれるのは、パーソナルな願望と妄想と病理。

2003年
8月

古川　今回はその場で出されたお題に即興でベスト3を答える方式でいってみましょう。考える時間は一問2分……じゃあ早速、第一問から！

★処刑されるなら「この人に」ベスト3

高橋　処刑……されるなら？
郷原　何処刑？
古川　首。
宇多丸　それってさ……うまい人じゃないとキツいじゃん。
古川　みんなうまいって前提にしましょう。
郷原　首切りじゃない方がよくない？　だって首切りだったら誰でもいいじゃん。例えば面と向かって首締められて殺されるとか、それだったら……。
宇多丸　嫌だよぉ～。
前原　腹上死はダメ？
古川　処刑じゃねぇよ。
前原　**セクシー銃殺とかないの？**

高橋　……バカじゃないの。

郷原　じゃあさ、「誰かに殺されます、誰がいいですか？」っていうのは？　絶対殺されるの。とにかく。

高橋　じゃあさ、処刑されるなら「この人にこうやって」ということにしようよ。

★処刑されるなら「この人にこうやって」ベスト3

【前原　猛】

1．金正日とかカダフィ大佐など、とにかく独裁者
2．旧日本軍
3．福留功男

高橋　あのぉ……殺したい人じゃないんだよ？

前原　嫌いな人に殺されたいんだよ……独裁者に殺されるっていう……こう……。

宇多丸　独裁者ってそれしか知らねぇのか。

前原　**ムカつく人に殺されたいっていうか**……好きな人に殺されるのはなんか……。

宇多丸　殺されるみたいな最低のことは最低の奴にお願いしたい、と。

前原　そうそう。

【高橋芳朗】

1．ニコール・キッドマンに毒殺

2．アル・パチーノにめった撃ち

3．上戸彩にばっさり

高橋　1位はなんか……キャラ的に毒殺っぽいでしょ。

郷原　最強の美女だしね。

高橋　そうそう。2位は悪い奴に、こう……。

古川　完膚無きまでに、みたいな？

高橋　そうそう。マシンガンで一気に。

【郷原紀幸】

1．エスパー

2．滅亡

3．ジェナ・マローン

高橋　フフフ……。

郷原　俺は前提としてねぇ、一瞬で気が付いたら死んでるのは嫌なんですよ。

古川　普通逆じゃない？

郷原　前原さんとは逆で、**ちょっとポジティヴな感情を持ちつつ死にたいんですよ。**

宇多丸　それも分かるよ。

郷原　できれば笑って死にたいっていう……なので、**3位はジェナ・マローン。**

宇多丸　誰だよ……ジェナ・マローンって。

郷原　ジェナ・マローンは女優です。今一番可愛いと思ってるから。

宇多丸　誰？

高橋　『ドニー・ダーコ』の転校生。

郷原　しかもワケあり系だし……**ワケあり美少女**。人を殺してもおかしくないけど、めちゃくちゃかわいいみたいな。

古川　逆逆！　めちゃくちゃかわいいけど人を殺してもおかしくない、でしょ。

郷原　後ろからドンって刺されて、ウッとなって振り返ったら**ジェナ・マローンが震えて刺してるんだったら、多少はポジティヴな感情で俺は死ねると思う……**。

宇多丸　凄いなぁ……。

郷原　2位は**滅亡**です。みんな死ぬんです……俺だけじゃないんです。

前原　処刑じゃないよ！

宇多丸　質問にちゃんと答えてないよ。

郷原　でも死ぬことは間違いないじゃん……全員死ぬんだったら俺は全然死んでやる。

宇多丸　だって全員死んで自分だけ生きてるのは嫌じゃんねぇ。

郷原　1位はエスパー。**これは爆笑して死ねるっていうか……**。

古川　エスパーのなに殺しなの？

郷原　**空中に飛ばされてビターン！**　とか、ああいう『キャリー』みたいな感じ。

高橋　エスパーとだけ書いてあっても意味分かんないよ。

古川　「エスパー」「滅亡」「ジェナ・マローン」……。

【宇多丸】

1．全然知らない良さそうな人

2．親（悲しませたくない）

3．彼女（悲しませたくない）

宇多丸　大前提として痛いのと苦しいのは嫌だから安楽死……安楽死以外は絶対嫌だ！　もう想像することすら嫌だから！　で、親と彼女っていうのも一応書いたんだけど……悲しませたくないっていうのがあって……。

高橋　真っ正面から質問に答えてるなぁ。

郷原　**一回「親」って書いて消してまた「親」って書いてるし。**

古川　意味の分からない迷いが見てとれるね。

宇多丸　ちょっと知り合ってさ、「あ、この人っていい人だなぁ」っていうことあるじゃん。深く知ったら嫌なところもあるのかもしれないけど、出会い頭だから良い人に思えるっていうかさ。「あぁ、なんかいい気持ちになったな……世の中捨てたもんじゃないな」みたいな。そういう人に「変なことお願いして本当に申し訳ないんですけど、**このスイッチ押してもらえますか？**」って。

★いあわせたい歴史的事件ベスト3

【前原　猛】

1. 最後の晩餐
2. 関ヶ原の戦い
3. 三島由紀夫自殺＠市ヶ谷

宇多丸　三島自殺か……確かにリアルタイムであんなの体験したら大騒ぎだよね。

前原　あと最後の晩餐は、**俺もその中の一人ということで。**

宇多丸　あ、いるんだ？

古川　13人のうちの一人だ？

前原　**裏切っちゃおうかな～**、みたいな。

高橋　そんな軽いんだ？

【郷原紀幸】

1．ミレニアムのタイムズ・スクエア

2．ボストン茶会事件

3．ベルリンの壁崩壊

郷原　俺はやっぱ楽しそうなところに居合わせたいんですよ。

古川　ボストン茶会事件はそんなに楽しくないと思うんだけど。

郷原　**だけどお茶を船から海にわーっと投げ込んだりして。**

宇多丸　渋い……。偏差値の高い答だなぁ。

【高橋芳朗】

1．蒙古襲来

2．卑弥呼

3．チャック・ベリー

宇多丸　出た……バカ！

高橋　3位は『バック・トゥ・ザ・フューチャー』を観ててね、ロックンロールの誕生ってあんな感じだったらいいなぁっていう期待も含めて。

古川　それはいいんだけど……その上がね。

高橋　卑弥呼が見たい。

郷原　**入水するところ？**

宇多丸　だって卑弥呼なんて実在すら危ぶまれてるのに。

高橋　その真偽も含めてね。

古川　蒙古襲来……全然見たくないけどね。

高橋　うそ！

郷原　どうせ神風とかが見たいんでしょ。

高橋　そうそうそう。ガンガン船が沈んでいくのと、**それを受けてホッとしてる日本の様子も見てみたいというか。**

【宇多丸】

1. 両親の出会い
2. 両親が終戦を迎えたとき

3．両親が生まれたとき

宇多丸　ちょっと僕はアプローチを変えて一点絞りでいきました。

高橋　なるほど……**のび太っぽい！**

宇多丸　ホントそういう感じ……1位はね、これがなかったら僕は存在しなかったわけで。

古川　恥ずかしいよね。

宇多丸　恥ずかしいけど、この瞬間が俺にとってすべてなのかと。

古川　ロマンチックだねぇ。

宇多丸　で、2位は、自分の一番身近な人を通じて終戦の日を見てみたいということでもあるかな。

★知性は人間のままで1週間だけお好みの動物になれますベスト3

【宇多丸】

1．チワワ（つーか、とにかくチヤホヤされる犬）

2．サメ（野生。強いの）

3．東京のカラス

宇多丸　やっぱ今ならチワワ……チヤホヤされるし飯にも不自由しない、殺されることもまずないし……そういう感じですよ。で、それは置いといて、俺が生き物の中で一番格好いいなって思うのがサメなんだよね。サメはいまだに生態が掴めない生物で、それで強くてさ。海の中ではほぼ無敵じゃないですか。

古川　目もいいしね。

宇多丸　あとはカラスが興味あってねぇ……ホントに頭いいんだよね、やっぱり。カラスの目からなにが見えてるのかなっていうか、カラスのコミュニティに普通に興味がある。

【高橋芳朗】

1．レッサーパンダ

2．深海魚

3．コンドル

高橋　**1位はレッサーパンダ**……理由は士郎くんのチワワと同じかな。

宇多丸　でもチワワは直接人間にチヤホヤされるけどレッサーパンダは動物園じゃん。

高橋　動物園で見たことあるんだけど、なんかちょっと首かしげたり動いたりするたびに女の子から歓声があがるのよ。**キャーカワイイ〜♥**みたいな。

宇多丸　あ、かわいいって見られるのがポイントなんだ？
高橋　そうそう。
古川　別にパンダでもいいんでしょ？
高橋　レッサーパンダとパンダは違うよ。
前原　**色が違うよね**。
高橋　いや、大きさも。
郷原　アライグマみたいな感じでしょ。
高橋　2位は深海魚……海の底の方にはなにがあるかなぁと思って。
前原　深海魚は目が見えないんだよ。
宇多丸　そうだよ。
高橋　いや、見えるの。
宇多丸　見えねぇんだよ……光がないから見えねぇの！　光がないの！
高橋　（無視して）3位はコンドル……やっぱ空を飛んでみたいというか。
宇多丸　なんでコンドルなの？　カラスでもいいじゃん。
高橋　強そうだし。
宇多丸　なんかアメリカっぽいしね。アメリカ好きだ？

高橋　いやいや。

宇多丸　アメリカ万歳だ？

高橋　いやいや。

【郷原紀幸】

1．蚊（殺されない）

2．ゴキブリ（殺されない）

3．鳥類

郷原　取り敢えず飛べるやつ……飛びたいじゃん、どうせなるなら。で、**ゴキブリは一応飛べるんですよ。**

古川　知ってますよ。

郷原　飛べるし、いろんな所に行けるじゃないですか。**下水だって行けるし。**

古川　いろんな所に行ける例が下水か。

郷原　1位は蚊で、これは覗き見趣味的なアレなんだけど……**飛ぶ中では一番インヴィジブルに近いじゃないですか。**

宇多丸　『蚊』ってゲームやったことある？　蚊になって女の子のところとか行ったりして……。

郷原　**それそれ！　それのことを言ってるんだ！**

宇多丸　それで血を吸うってゲームなんだけどね。

郷原　**まぁ、血を吸うってところまでは考えなかったですけど。**

古川　フフフ……。

郷原　だからまぁ蚊じゃなくてもいいんですけどね。**小バエでもいいのかもしれない。**

宇多丸　なに？　そんな下世話なさ……。

郷原　いや、下世話なことはしないですよ。

高橋　「アイツあんなこと言ってたよ」とか、そういう感じでしょ。

郷原　そういうことですよ……**諜報諜報。**

【前原 猛】

1．チーター

2．トビウオ

3．白頭ワシ

前原　俺は凄いアカデミックな感じで……**3位は白頭ワシ。**

古川　フフフ……。

前原　こういう肉食の鳥っていうのは基本的にエサを探してるわけよ……**シビアな生活な**

高橋　**のよ、ぶっちゃけ**。３日間でネズミ一匹とかそういう感じだよ。

前原　そんなにハードなんだ？

高橋　いや、ハードですよぉ。だって砂漠だもん。

古川　友達の話してるみたい。

前原　**鳥の話に聞こえないよね**。

高橋　で、上空１００メートルぐらいからガーッと急降下したりしてね……**それと同じ意味で２位はトビウオ**。

前原　……全然同じ意味じゃねぇよ。

郷原　時速１００キロで移動するからね。

高橋　チーターも含めて全部速い系だな。

前原　前原さんは落ち着きないもんね。

★他人を見て羨ましいと思う瞬間ベスト３

【前原　猛】

１．両親といる

2. 子供がいる
3. 犬がいる
宇多丸　犬なんか別に……。
高橋　飼えばいいじゃん。
前原　**飼いたくないのよ。**
高橋　え……。
前原　いや、犬を飼う人って俺からすればよく分からないのよ。
宇多丸　犬かわいいよねっていうのはみんな納得してるっぽいけど、俺はよく分からないけどいいなぁ、みたいな？
高橋　その感覚をみんなと共有したい？
前原　なんか癒しなんでしょ、みたいなさ。
古川　羨ましいと思ってないじゃん。

【郷原紀幸】
1. 好きな映画のメイキングを見て
2. 『あいのり』or『MTVリアル・ワールド』
3. 高等遊民

郷原　1位はねぇ、そこの中に入りたいとは思わないんだけど、作ってるのを見るとすっげぇ羨ましいんですよ。「これが仕事なんでしょ?」っていうのがめちゃめちゃ羨ましい。あとは『**あいのり**』と『**MTVリアル・ワールド**』。

宇多丸　出ればいいじゃん……だから応募しなよ！　なにやってんの！

前原　泣けばいいじゃん。

宇多丸　かなり実現可能なのにな……ねぇ?

前原　泣けばいいじゃん、それで。

郷原　あとは**高等遊民だな**。

宇多丸　高等遊民は……そうだね。

高橋　究極だもんね。

宇多丸　高等遊民は**虚無の世界**だからね……死にたいっていうのと背中合わせだからね。

【高橋芳朗】

1. 男女混合バンドの全米ツアーのドキュメンタリー

2. 素晴らしい青春映画のメイキング

3. 難事件の裁判で勝った弁護士事務所の打ち上げ

古川　フフフ……。

宇多丸　その1位のドキュメンタリーっていうのは具体的に見たことあるの？

高橋　**ないです**。

宇多丸　フフフ……あのさ、おかしくねぇ？

高橋　なにが？

宇多丸　見たこともないものを頭で思い描いて羨ましがってんの？

高橋　U2の『魂の叫び』とかをベースに……ね。で、2位は青春映画のメイキング。

宇多丸　それもさ……**抽象的だよ！**　存在しない映画でしょ？

高橋　いや、でも……。

宇多丸　じゃあなによ。

高橋　別に『アメリカン・パイ』とかでもいいですよ。

宇多丸　ああそう……。

高橋　3位は難事件の裁判で勝った弁護士事務所の打ち上げ。

宇多丸　あのねぇ……ドラマの見過ぎだよ。

高橋　**羨ましいんだもん**。

宇多丸　打ち上げなんてやってねぇよ！

高橋　**やってるやってる**。

郷原　『アリーMyラブ』だ？

高橋　うん。

前原　じゃあバイトすればいいじゃん、そこで。

高橋　**できないよ。**

前原　できるよ。

高橋　**できないよ。**

古川　もういいから。

高橋　でもこの3つは本当に羨ましいな。

宇多丸　……羨ましいって……脳内で……。

高橋　ていうかあるよ。**知らないけどあるよ。**

宇多丸　全然現実に生きてないね。

【宇多丸】

1．自信たっぷり、不安気ゼロ

2．馬鹿（なにも考えずに）

3．悪党（本物）

宇多丸　要は全部同じなんだけど、ここに全部集約されるんですよ。とにかくさ、いるじゃないですか？　なんでそんなことが言えるの！っていうさ。なまじ倫理観とか正義感持ってるからこんなに辛い……ねぇ？　ブッシュ許せんとかアフガンではこんな非道がとかさ、そんなこと考えて、うーんってなるだけ損じゃん俺！っていうかさ。馬鹿っていうのは「**私よく分かんなぁ～い**」って言って生きてるような感じなんだけど……。

郷原　しかも自分が馬鹿ってことも知らないぐらいの勢いでしょ。

宇多丸　まぁ、そういうこと。なにも考えていないっていうのはそういうことだからね。で、悪党の方はもっと開き直ってるというか。「**しょうがないじゃないですか、アメリカ最高じゃないですか、日本もバンバン軍備すればいいじゃないですか**」みたいなさ、政治家が言うことをそのまま自分の考えとして受け入れられるような人っていうの？

古川　それは羨ましいと同時に憎悪もあるっていうか……。

宇多丸　だからなれないんだけど、でもやっぱ楽だよなぁっていうかさ……。「**やっぱ、日本人としての誇りを持って靖国とかにもちゃんと参拝してさぁ**」とか……。

古川　それ、特定の人いるでしょ？　㊅

PLAYBACK

キツいよ！　動物って

宇多丸　自分の回答ちょっと替えたいですね。好きな動物になれるやつ。

古川　チワワとサメとカラスを挙げてますが。

宇多丸　犬は絶対ダメだね！　流行り廃りがあって捨てられたりするからさ。だから繰り上がりで1位はサメ。

古川　ヨシくんの1位はレッサーパンダ……。

高橋　風太だね……先見性があった。

古川　前原さんの回答が最高に面白いんだよな。「シビアな生活なのよ、ぶっちゃけ」って……。

前原　ホントね、ドキュメンタリーとか見てるとキツいよ！　動物って全部。

高橋　そりゃそうでしょ。

前原　ホントにキツい！

高橋　なにが楽かな？

前原　やっぱ動物園にいる動物はね、確実に一日二食とか食えるから……シロクマの親子とかメシが食えなくて子供が死んじゃったりするんだよ。

高橋　うん、なんかで見たことある。

前原　キツいよ。

古川　フフフ……。

前原　だからさ、サメはかっこいいとか言ってもメシ食えないよ、結構。

宇多丸　フフフ……「ミュージシャンって言ってもさ、食えないよぉ」みたいな話に聞こえるな。

出したり
引っ込めたり？の巻

テーマは「最近興味あること」でした。
郷原紀幸の心境になんらかの変化の予兆も感じ取れます。

2003年
9月

ロリコンとどう違うのか

高橋　**最近、「おしゃま」っていいなぁと思っててね。**

郷原　フフフ……。

宇多丸　これを黙って聞くことが俺にはできるだろうか……そもそも「おしゃま」ってなに？　辞書で引くとなんて出てくるの？

古川　「小さいくせにませていること。そういう女の子」とあります。

前原　**小さいってなにが小さいの？**

郷原　年齢年齢。

宇多丸　まあまあ聞こうじゃないの……ロリコンとどう違うのか。

古川　それは随分話した後に突っ込む質問ですよ。

高橋　うんとねぇ、**『世界中がアイ・ラヴ・ユー』**って映画があるでしょ。

宇多丸　うんうん、ウディ・アレンのね。

高橋　そう。あれを久しぶりに観たのね。最初に観たときはそんなに良い印象はなかったんだけど、改めて観たら凄く面白くてさ。その中の印象深いキャストとして、ナタリー・ポートマンとギャビー・ホフマンがゴールディ・ホーンの娘役として出てくるんだけど……恐らく中学生1年とか、そのぐらいの設定だと思うんだけどね。

宇多丸 あ、そんな前なのか。

高橋 そう。年齢的にも恋愛や男の子に興味があるみたいな感じで、そういうシーンがいっぱいあるのね。観てるときは普通に面白いシーンとして収まってたんだけど、後日郷くんとその映画の話してるときに、ナタリー・ポートマンとギャビー・ホフマンの振る舞いを形容するフレーズとして「おしゃま」って言葉が出てきたのよ。それで「おしゃまっていいなぁ」みたいなことになってね、自分の中で。「**あのコはおしゃまだなぁ**」とか言ってみたいっていうか。それで他にこういう映画ないかなぁと思って……。

宇多丸 いっぱいあると思うけどね。

高橋 それでね、『**スパイキッズ**』のボックスを買ったのね。

古川 そっちに行ったか……。

宇多丸 ちょっと違うんじゃないかな……。

高橋 まあ、もともと好きな映画だってこともあるんだけどね……で、特に続編の『失われた夢の島』なんかはそういう視点で観ても面白かったんだけど……。

古川 **おしゃまEYEね。**

宇多丸　あ、おしゃまEYEで観ても面白いんだ？

高橋　うん。で、『スパイキッズ』は特典映像が凄い充実してるのね。特に『失われた～』の方は強烈で、全然映画と関係ないんだけど「一日密着！」みたいなのも入ってるのね。

古川　フフフ……。

高橋　それを観てまた「おしゃまだなぁ！」とか思ったりして。

古川　段々強固になってきてるわけだね。

高橋　そうだね。

恋愛予備軍感

宇多丸　なんでおしゃまがいいの？

郷原　ヨシくんはさ、**性の匂いがあんまりキツいのは好きじゃないじゃん**。で、おしゃまって基本的には絶対にロスト・ヴァージン前でしょ……そういうコが対象なわけでしょ。

高橋　ファーストキス前ぐらいでしょ。

郷原　ファーストキス前ぐらいですよね。

宇多丸　その……キミらの性への拒絶みたいなのは……凄い……。

古川　ちょっと笑顔になってきた。

郷原　あの**恋愛予備軍感**がいいんじゃないの？

高橋　そうね。

宇多丸　恋愛にまったく興味のない幼児とかだと困るわけでしょ？

高橋　……幼児？

郷原　そんなこと言ってないよね。

宇多丸　恋愛予備軍感がいいんでしょ？

古川　恋愛に憧れてる感じがいいってことですよね。

宇多丸　じゃあさ、昔の日本の少女マンガ……例えば『**キャンディ・キャンディ**』とかのラインはさ、あれはおしゃまでしょ？

郷原　おしゃまでしょ。

宇多丸　ヨシくんとかはちゃんと観たことないと思うけどさ、あれこそズバリですよ……おしゃまの集大成だよ。

高橋　**アニメは観ないな。**

宇多丸　いま観ないかどうかは別として……だって前に観なかったものを観て喜んでるわけだからさ。

前原　**ガキのくせにガーターとかしてるわけ？**

高橋　ガーター？

宇多丸　（無視して）例えばさ、清楚とは違うわけだよね。ちょっといたずらっぽいニュアンスが、ね。

高橋　**生意気なぐらいの……。**

郷原　あぁ……。

宇多丸　そうそう、生意気な感じね。

古川　小悪魔？

宇多丸　**背伸び感？**

高橋　そういうのもあるかもしれない……みんなに言葉足されまくってるけど。

古川　ヨシくんのおしゃまに対する距離感としてはさ、おしゃまが描かれた映画を観続けるわけ？　その先はないの？

高橋　おしゃまな映画っていうか……普通はそういう映画じゃないんだけど、優れたおしゃまなワンシーンがあれば、それはそれでいいかなっていうか。

古川　おしゃまな瞬間？

高橋　うん。

宇多丸　それはただ単に……嗜好なんだろうね。

高橋　そうね。

宇多丸　**さかのぼっていけばキミのなんらかのトラウマに……。**

高橋　……またそうやってありもしない病理を浮き彫りにしようとして……。

宇多丸　でも性的なアレがないから犯罪は起こさないだろうし……人に迷惑をかけてるわけでもないから……。

古川　そんなレベルの話をするのは可哀想ですよ。

宇多丸　**ハーレイくんはどうなの？**

高橋　え？

宇多丸　ハーレイくん。

高橋　いや、女の子に限った話だよ。

宇多丸　年に似合わずしっかりしてるじゃん。

高橋　そうだけどさぁ、ハーレイくんは嫌だよ。ハーレイくんとかマコーレ・カルキンとかは別になぁ……。

宇多丸　**歳に似合わずしっかりしてるじゃん。**

高橋　うーん……。

古川　やっぱり女の子が背伸びしてるのが好きなんじゃないの？

宇多丸　多分さ、**この後に素敵なレディになる予感を感じる**とかなんじゃない？　だから男だと嫌なんだよ。つまり、今の時点で性的なものは感じてないにしてもさ。「**この人は美しい少女に育っていろんな男が恋をするんだろう……僕も恋をしてしまうかもな**」っていうさ、恋をしてるんじゃなくて、その手前の予感ぐらいがいいってことじゃない？

郷原　**あぁ、俺はそうだな。**

古川　安易に同意しない方がいいと思うよ。

宇多丸　**ときめきの本質は「手前」**っていうのはさ、以前の議論でも明らかになっているところだしさ。で、刺激はインフレしていくから、ギリギリ恋っていうのが成立するかしないかぐらいのところがようやく……みたいな。そういうことじゃないの？

高橋　うーん……。

宇多丸　さっき、おしゃまの定義で「生意気」とか「背伸び感」とか性的な話は一切抜きに話してたけど、それを男に置き換えたら嫌だっていうのはそういうことなんじゃない？

高橋　うーん……こんなことになるなら**おしゃま参考映像**を持ってくればよかったね。

古川　別にいいですよ。

宇多丸　で、最初に言った質問だけどさ……俺の中ではもう固まっちゃったよ。それは自分では意識してないかもしれないけど、端から見たらもう完全にロリコンです。

高橋　**……じゃあ、別にそれでもいいや。**

古川　諦めた……。

宇多丸　別に俺、ロリコンが悪いとは言ってないけどね。

高橋　そっか。

「相談」＝「モテ」は？

古川　郷くんは最近どう？

郷原　俺は最近あれなんですよ、**相談をよくされるようになってきたんですよ**……ここにきて遂に相談されるキャラになってきたんですよ。

宇多丸　……きたきたきた！

古川　女子？

郷原　女子……しかも怖ろしい頻度。

前原　それって恋愛相談？

郷原　も、あるし、それ以外のものもあるし。俺はとりあえず相談とかされにくいキャラだと思ってたので……。

宇多丸　そんなことないかもしんないけどね、普通の人から見れば。

郷原　喋りかけにくいってよく言われるんですよ……**無機質な感じがする**ってよく言われるんですよ。

古川　フフフ……そんなこと言われるんだ？

郷原　うん。

古川　人に使う形容詞じゃないけどね。

郷原　一緒に泣いてもらいたいとか、そういう相談を求めるんだったら多分俺には相談しないんだろうなっていうのは分かるんですよ。でもよく考えたら……無機質キャラだとするなら、コンピュータで答えを検索するような、**人間相手に喋らないような感じで話せるのかなぁと思い**……なんかここにきて凄いんですよ、相談件数が。

古川　そういう中で然るべき手応えみたいなのはあったりするんですか？

郷原　なんか他人のことに首突っ込むのも嫌だし、そんな余裕もないんだけど……**結果的に助演男優賞獲っちゃったのとかありますよ。**もう、俺いなかったら絶対別れてたってぐらいの勢いとか。

高橋　それは凄いわ……。

宇多丸　凄いね、その劇的な変化は……なんかあったの？　自分的に変わるきっかけみたいなのは。

郷原　いや、自分は別に。

前原　金とればいいじゃん。

郷原　いやホント、お金とりたくなるぐらいのときもありますよ。こっちは波風立って眠れなくなったりしてるっていうのに、それによって**向こうが安眠とかしてると思うと……**。

古川　前に話したときは「**相談＝モテ**」って結論に辿り着いたんだけど……どう？

郷原　と思ってたんだけど……少なくとも羨ましいなとは思わなくなりましたね。

宇多丸　でも相談はモテじゃないかもしれないけどさ、「あ、俺は嫌われてはいないんだな」っていうのがあるでしょ？　普通の友達よりは好かれてるんだなっていうか。そのぐらいの好意がくるだけでも……ねぇ。

高橋　そうだね。それはあるかもしれない。

宇多丸　こないだヨシくんもさ、「**別にキミはセックスとか好きじゃないんだから、女の子に囲まれてキャッキャやってる今の状態がベストじゃん**」って言ったら「**そうかもしれない**」って答えてたしさ。

高橋　二人でなんの話をしてるんだって感じ。

重要な発現だったかもしれない……

宇多丸　まぁそれはそれとして、でもやっぱ腹立つっていうのもあるけどね。相談する人ってあんまり相手のことをとか考えてないからさ。いきなり「こないだ電話したんだけど！」みたいな感じでくる奴もいますからねぇ。こっちも色々あるのに……**裸のチンコ出してたりとかさ**。

郷原　裸のチンコってなんだよ。

宇多丸　ウィリアム・バロウズ『裸のチンコ』、みたいな。

郷原　あと相談とは別に、これからデートをしていこうかなと思ってるんですよ……ていうかしてるんですけど。あんまりそういうことって考えたことってなかったから、みんなどの辺でデートしてるんだろうって。

宇多丸　ていうか……そもそものコとはいずれ彼氏彼女の関係になりたいと思っているデートなの？　それとも……。

郷原　正直に言うと……中間を省略して言うと、何人か一緒に飲みに行ったり一緒に映画観に行ったりするコがいるとして、そこに平等に恋愛になる可能性がゼロではないんだけど、でも積極的にいこうっていうわけでもない……って状態。**で、それが俺は結構好きなんですよ。**

古川　分かりますよ。

郷原　別に告白とかもしないし、されないかもしれないけど、でもそうなる可能性がなくはないっていうぐらいが結構良くて……。

古川　一般的に言うところの彼女は一人もいないわけだよね。

郷原　うん。

高橋　でもさぁ、そういう女性が何人かいるのであれば、絶対に郷くんに恋心を抱いてる女性が一人はいると思うけどな。

宇多丸　やっぱお互いフリーの状態でデートしたらさ、そこに可能性を見出さない方が難しいからな。

郷原　そうなんですよね。

宇多丸　ヤバいよ……**残酷なことしてるかもよぉ**。

郷原　だから、みんなどうしてるんだろうと思って……そういうことやってこなかったから。

高橋　でもさ、ニュアンス的にさ、この人とは恋愛関係にならないっていう確信を持って付き合える相手もいるじゃないですか。

郷原　でも俺は、この人と恋愛関係にならないって確信を持たせて付き合えるタイプじゃないっぽいんですよ、ヨシくんと違って。

古川　……微妙な緊張感が……。

宇多丸　これちょっとさ……重要な発言だったかもしれない……。

高橋　**なんで急に立ち上がってるのよ**。

前原　ヨシくんは相手に、この人とは恋愛関係にならないって思わせるの？

宇多丸　性の匂いがしないからかな？

郷原　いや、でもヨシくんは使い分けてるもん。

宇多丸　あ、使い分けてる？　チンコ出したり？　**出したり引っ込めたり？**

古川　そんなことができるんですか？

郷原　**ヨシくんをただの聖霊と思ってませんか？**

古川　確かにね。

バランスを崩すような人

郷原　なんだろ……言葉を選ばないとヤバくなってきた。

古川　重要な局面ですからね。

宇多丸　でも仮にさ、そういうことになっちゃったら付き合ってもいいなって感じなんでしょ？

郷原　うーん……。

前原　普通はさ、ご飯2〜3回食べに行ってお互いが好きだったら付き合うとかさ、そういう感じなんじゃないの？

郷原　俺は違うんだよなぁ……。

宇多丸　好きかどうか分かんない？

郷原　そこで悩んだりはしてないです。

宇多丸　じゃあ、向こうに彼氏ができちゃって、それでもこの関係が続くっていうのがベストなの？

郷原　それは絶対違うな。

宇多丸　じゃあ疑似恋愛ではあるんだ、やっぱり。モラトリアム恋愛でいきたいっていうか。

前原　**そうだねぇ、モラトリアムだねぇ。**

郷原　このままの状態がずっと続けばいいのにって思ってるわけでもないっていうか。

宇多丸　そういうわけでもないんだ？

郷原　よく分かんない……前原さんはその辺さ、カチッと決まってるからね。結構秩序立ってるんですよ、迷いがないっていうか。

宇多丸　やっぱ好きならガーッといく？

前原　好きならいくね。

宇多丸　すぐ意志表示しますか？

前原　するね。

宇多丸　じゃあお試しデートとかはないんだ？

前原　ないね。

高橋　ウソついた。

前原　**あ、してるしてる。**

宇多丸　あれ……10秒前の言葉を翻して……。

郷原　まぁ要するに、最初はプラプラした状態が楽しいと思っていろんな人とデートしてたんだけど、そのバランスを崩すような人が現われており、っていうことですよ。

高橋　それが自然だよね。

郷原　これまで彼女とか作らずにテキトーに遊んでて、**それはそれで楽しかったから良かったんだけど**……そのスタンスがちょっと狂ってきて……。

高橋　パンチドランク・ラヴですよ。

郷原　パンチドランク・ラヴだよね。

宇多丸　**なんかすげぇ人間らしい話してるね。**

郷原　え？

宇多丸　女性でそういう人いるけど……やっぱ郷原は特殊だなぁって思ったよ。ある意味、こっちの方がセントじゃないのか？

古川　セントって言葉でいいのかな……。

高橋　でも凄く郷くんっぽいよね。

古川　誠実な感じはするよね。

宇多丸　なんだかんだ言って楽しそうだし。

郷原　うん、それは間違いないです。

高橋　なんか……いい話だよ。

郷原　嫌な感じではないんですよ、自分の中で。ただ、今が一番いいんじゃないかって思うのが嫌なんですよね。やっぱなんにもないよりは楽しいし、でもなにかあるからこそ半年後に嫌な思いをしなきゃならないとも思うし……そんなこと言ってたら人と付き合えないなと思って結構ガックシ、とか……。

宇多丸　俺は長いスパンで見てるけど、こんなことを郷原が言ってるのは初めて聞いたな……**滅多に来ない彗星**って感じがするけどね。

高橋　どんなコか見てみたいね。

宇多丸　**やっぱショートカットなんだろうな。**

郷原　…………。

高橋　……ノーコメントだ。

宇多丸　当たってる？

郷原　いや……絶対なんにも言わないっす。

宇多丸　ひどいなぁ、自分は諜報活動に生きてきたくせに……さんざん**人のプライバシーを暴いて大笑いすることでこの10年を生きてきたくせに！**

PLAYBACK
ショートカットだったの？

宇多丸　この辺りから郷原の転向が！
古川　脱ウヒヒ宣言が近付いてる。微妙な距離感の人がいる、みたいな話をしてますよね。「そこに平等に恋愛になる可能性がゼロではないんだけど、でも積極的にいこうっていうわけでもない」。
宇多丸　「滅多に来ない彗星って感じがする」って言ってるし。
郷原　彗星は……彗星はもう消えましたね。
宇多丸　彗星は消えた！
前原　まあ彗星だからねぇ。
郷原　でも比較的見えてる期間は長かったですね……あぁ、でもなんでこんなこと言ってんだろ……燃やしたい！
宇多丸　このときは恋してたの？
郷原　いや……なんかもうねぇ、そういう風には思い込みたくないっていうのがどっかにあるんですよね。別に好きなんだけど……別に。でも、なんか……だからなにしなきゃいけないの、みたいなのがあって。

宇多丸　難しいな。

前原　クンニでしょ。

郷原　そういう風に思えればいいんですけどね。

前原　クンニでもしてやるか今日は、みたいな。

宇多丸　で、ショートカットだったの？

郷原　ショート……恋愛関係に発展していく可能性はゼロではないんだけれど、今のところそれはない……でもそのバランスが崩れようとしてる、と言ってるんですよ。で、結局、どっちでもない状態に落ち着いてしまったんですけどね。

古川　ショートカットかどうかって聞いてるんですよ。

スカートという名のピラピラはなにか？ の巻

2003年7月。代々木第2体育館で
チアリーディング大会を見た帰り。
近場のファミレスでこんな不穏当な会話を。

2003年
10月

いろんな意味でいびつなスポーツ

宇多丸　**チアねぇ……。**

古川　**チアかぁ……。**

宇多丸　……まずさぁ、前に観に行って感銘を受けた人たちがいるわけじゃない？　そのときの感じと今日の違いみたいなのはあるの？

高橋　正直言って前に観たときの方が面白かったな……まあ、ファースト・インプレッションってやつ？

宇多丸　最初のはどうで今日のはどうなの？

高橋　前に行ったのは世界大会だったのね。スウェーデンとかヨーロッパからも出場してたりして。

宇多丸　その大会が頂点？

古川　頂点ではないんですよ。

高橋　アメリカが不参加だったからね。

宇多丸　でもアメリカを除く頂点でしょ？

古川　でも世界大会よりも全日本大会の方がレベルが高いんですよ。まずアメリカがダントツに強くて、その次に日本が突出して強いっていうことだから。だから日本代表を決める大会っていうのは世界大会よりレベルが高くなっちゃうんですよ。

宇多丸 そうなんだ。

古川 ただ日本代表でもアメリカの大学レベルらしいんですけどね。

前原 日本と世界のスタイルの違いみたいなのってあるの？

郷原 日本の方が大技とか凄かったですね。バーッて女の子放り投げるやつとか、凄かった。高さとかも。

古川 日本の大会の方がやっぱりスポーツっぽい感じはありますね。世界大会は全体的に交歓会っぽかった。だから楽しかったと思うんだけど。

宇多丸 ……今パンフレット見てたんだけどさ、審査のポイントとして**「目の輝き」**とかもあるんだね。

郷原 **「あいつは目が濁ってる」**とかあるのかな。

宇多丸 全員演技はいいし完璧なんだけど**目が露骨に死んでたりとかね**……誰の目から見ても目が死んでるっていう。

高橋 目の輝きってなんだ？

古川 **凄い僅差の勝負で、目の輝きとかで負けたら嫌じゃない？**

宇多丸　目の輝きは抽象的すぎるよねぇ。そんなもんはスポーツでもなんでもないでしょ！　それになんで目だけなんだよっていうかさ、**色んなところ輝かせろよ！　デルタ・ゾーンとか。**

古川　デルタ・ゾーンの輝き……配分は30点ぐらいかな。

宇多丸　あと思ったのはさ、アクロバティックな動きが増えれば増えるほど、ひらひらしたスカートを穿いてやることの不合理さが浮き彫りになってきちゃうっていうね。要するにパンツ丸出しで飛ぶはめになるわけだからさ。これはおかしいだろっていうか。動きやすさを求めるんだったら他の格好の方がいいと思うし……非常にいびつな……いろんな意味でいびつなスポーツって感じはしたな。

古川　そもそもあんなアメリカ的なものをよそでやってる時点でいびつですからね。

宇多丸　それもある。それもあるんだけどさ……なんていうのかな、見た目はスポーツでございって顔してるけど、そこにはやっぱりちょっとエロなニュアンスも入ってるわけじゃない。でもそれを隠してスポーツ面してる欺瞞《ぎまん》っていうかさ……これはひょっとしたらチアに限った話じゃないかもしれないけどね。

古川　アメリカ的な文化を輸入する過程で生じる勘違いだったり誤解だったり、ってことですから。

宇多丸　それこそ俺らも他人事《ひとごと》じゃないんだけどね。

スカートが邪魔してない？

郷原　チアも元々はアメフトの男たちを猛々しくさせるっていう意味合いもあったりするんじゃないですか？

宇多丸　扇情的ですよ！　**「ご褒美はここだあ！」**みたいな……**「ここに向かってぇ～！」**みたいなね。そういうことじゃない？　もしくは観てる人に対して「勝てばお宝が⁉」みたいな幻想装置っていうか。

高橋　でも、ああいう格好をしてみたいからチアリーディングをやりたいっていう女の子も少なくなさそうだよね。

郷原　違う格好になったら人気落ちるかもね。

宇多丸　ラクロスのスカートとかもそうだけどさ……まあ……**「スカートとはなにか？」**って話になってくるけどね、詰まるところ。「スカートという名のピラピラはなにか？」っていうことですよ。

郷原　テニスだっておかしくないですか？

宇多丸　おかしいね……前からそう思ってた。例えば水泳とか短距離走とかはさ、可愛いからっていうヌルい理由でスカートとか穿いてられないわけじゃない？　実際チアではスカートが邪魔になってるような場面が何度かあったからさ……スポーツ的にはヌルいんじゃないかって思っちゃうよね。

古川　伝統的な部分だけで残ってるんだろうね。ああいう格好でやるのは。それに今人気あるし、ああいうチアっぽい服装。

宇多丸　映画の『チアーズ！』だったりトミー・フェブラリーなんかの影響もあるだろうしね。

郷原　それはあるでしょ……でもトミー・フェブラリーは全然違いますからね。

宇多丸　あんなにチンタラチンタラしたさぁ……ねぇ？

古川　アメリカン・スクール的なものは全体的にちょっと流行ってますよね。

郷原　たしかマリリン・マンソンの"mOBSCENE"のサビとかそうだよね。

高橋　そうね。でもソレ系だとニルヴァーナの"Smells Like Teen Spirit"のビデオとかで既にチアを取り入れてたよね。

宇多丸　そういうのは愛憎入り混じった感じなんだろうね。

古川　『チアーズ！』とかもちょっとそういう感じあったし。

前原　まあアメリカではなにかの象徴なんじゃない？
高橋　そうなんだろうね。
郷原　日本だと普通に部活っぽいところが嫌なんだよなあ。
前原　部活っぽいのは嫌いじゃないけどね。
郷原　うーん……なんか恋の匂いがしなかった。
前原　**恋の匂いはしないよ……だって恋してないもん。**

たった一人の男子選手

郷原　そういえば××学院のチームに**一人だけ男の子がいたじゃん？**　彼の学校での立ち位置はどうなんだろ……ちょっと気になったね。
宇多丸　彼個人に**ちょっとカマっぽいニュアンス**があったりしたけど……。
郷原　まあ、そう見えちゃいますよね。
宇多丸　多分、彼はホントにチアが好きで……どれだけ人に奇異な目で見られても好きだからやってるわけじゃない？　もし俺がチアに思い入れのある人間だったらちょっと泣けてくる場面だったね。彼みたいな人のエピソードにはちょっと弱いんですよ。

古川　マイノリティってこと？

宇多丸　マイノリティっていうか……でも好きなんだから、ってやっちゃう人ね。あの男の子が主役の映画とかできたらきっと泣いてしまうでしょうね……**『ウォーター・ボーイズ』に足りない役回りですよ！**

高橋　せめてチーム内だけでも彼に好意的であって欲しいな。

郷原　合宿のときとか一人部屋だよ。

宇多丸　それでもやるんだもん！　いい話だと思うんだよねぇ……。

郷原　凄いよねぇ……なんでやるんだろ……。

宇多丸　それはやっぱ好きなんでしょ。

前原　でもアレは体育会系の男の動きじゃないよな。

宇多丸　いや、どうするよ？　意外とアイツ入れ食い状態だったりしてね。

郷原　**「はっきり言って全員抱いてます！」とか**。

宇多丸　それはそれでちょっといい話だけどね。

高橋　女の子的にはどういう動機でチアリーディングやってたりするんだろうね。一度あいう格好をしてみたいっていうのもありそうじゃない？

郷原　それこそウエディングドレスなんかと同じような感覚でね。

古川　チャイナドレスとかね。

宇多丸　**男で一度軍服着てみたいっていうのと通ずるものがあるのかな？**

古川　そのたとえは多分間違ってますよ。

宇多丸　でもさ、チアは女らしさの象徴みたいなコスチュームなわけじゃない？　その逆ということで軍服を例に出したんだけど。

古川　というより、あんな格好してみたいって言ってる男自体、少ないよね。なんかマニアックな感じがするもんね。

宇多丸　男の服飾文化の貧困さってことなのかな。

古川　こんな格好してみたいとかってある？

前原　あるよ。

古川　どんなの？

前原　**まぁ……ブルース・リーとか……。**

古川　それは服装じゃないですよ。

宇多丸　前原さんはトラックスーツ持ってますもんね。

前原　たまに着るけどね……半年に一回ぐらい。

郷原　マジで？　なんのときに？

前原　いや、意味なく。

郷原　家で着るの？

前原　うん。

宇多丸　そうしたら当然鏡見るよね？

前原　**見ないね……そのときは俺がブルース・リーになってるからさ、鏡を見る必要がないのよ。**

高橋　喋ったりはしないの？

宇多丸　「You talking to me?」的な。

前原　あとは宇宙服とか着てみたいな……。

古川　話が散漫になってきた。

宇多丸　でも分かりますよ。女性の方が「これ着てみた〜い！」っていうのがありますよ。

古川　そんな中でチアの格好っていうの結構メインストリームになりつつあるような気がするんですけどね。

郷原　服装の規定ってどうなんでしょうね……例えばどこまでセクシーにしていいのか、とかさ。

宇多丸　そうだよね……**ノーパンはアリか、とかさ。**

古川　絶対ないよ！

宇多丸　ソフト・オン・デマンドの全裸シリーズあるじゃない？　全裸でオーケストラとか。アレで**『ノーパン・チア』**とかあったら結構いいかもね……ポーンって飛び上がったときにパンツ穿いてなかったらってことですよ……**「きたぁ！」**って感じじゃない？

古川　捻りのない下ネタが多いな、今回。

宇多丸　僕の知り合いが昔チアリーディングをやってたらしいんだけどさ、やっぱり当時はカメラ小僧みたいなのがいっぱいいて凄く嫌だったんだって。でもさ、ガバッと足開いてさ、その一瞬を押さえるのは結構大変じゃん？　だから会心のショットとかが撮れたときはホント嬉しいだろうなぁと思ってさ。

古川　なんの話してんのよ……そっちに感情移入してんのかよ。

宇多丸　ちょっとシミが、みたいなさ。

高橋　その知り合いはいつごろチアをやってたの？

宇多丸　中学かな？

高橋　中学とかでもチアリーディングとかあるんだね……みんなの学校でチア部とかあった？

宇多丸　ねぇよ、そんなもん。
郷原　でも増えてきてることは確かなんだろうね。
宇多丸　俺は男子校だから分からないけど、高校のときとかだと体育会系の女の子はランクはどんな感じなの？
高橋　クラスでイケてるようなコは意外となんにも入ってなかったりするよね。
郷原　最近とかはホントにそうだろうね……今なんかイケてるコは部活なんてやらないだろうね。
宇多丸　もうとっとと帰っちゃって……。
郷原　**渋谷でしょ。**
宇多丸　ストリートだ？　まったりだ？　**まったり革命だ？**

女子校学園祭のトラウマ

高橋　男子は部活やってても女子ほど階層差がなかったりするんだけどな。
宇多丸　そのやってるスポーツによるかもしれないけど、陸上とかでシャーッと美脚をねぇ……**ハードルとかポンポン飛びながら美脚を**……ねぇ？　ちょっと燃えるんじゃない？

古川　中学のときに剣道やってる美形の女のコがいたな。

高橋　剣道はヤバいねぇ。

郷原　**「道場のピンと張り詰めた空気が好き」**とか言ったりするのかな。

宇多丸　ちばてつやが描く美少女みたいなね……アホか……。

古川　ホントだよ。

宇多丸　でもさ、チアだったりしたら同年代から見たらまぶしく映ったりするんだろうねぇ……俺は高校1年のときになんかのツテでイケてる女子校の学園祭に行ってしまい、**ウハウハどころかトラウマ**を受けて帰ってきたけどね。コギャルのはしりみたいなのが結構いてさ、それでいて高校3年ともなるともう成熟しちゃって……**もう熟女なのね**。こちとら童貞なわけだからさ、絶望感だけ抱えて帰ってきて。**せっかく黒いタートルネック着て黒いグラブまでしてったんだけどな**。

郷原　高校のときに女子校の学園祭に行くっていうのは凄いことでしたからね……**あの高揚感ったらなかったなあ**。

宇多丸　共学の女の子と比べて、女子校の子の方が色気プンプンな感じがあったからね。

郷原　女子校の方がおませな話とかバンバンしてそうだもんね、男がいないから。

前原　だって男子校とかだとパンツ一丁で授業受けたりするんでしょ？　共学だとそういうことないからさ。

古川　さすがにパンツ一丁はないでしょ。

宇多丸　下半身パンツで授業受けたことならありますよ。暑いとき。

古川　そうなんだ……。

郷原　それと同じことが女子校でも行なわれているわけですよね。

高橋　パンツ見せ合ったりするのかな。

宇多丸　**パンツ見せ合うどころじゃないでしょうねぇ……。**

古川　もうやめなよ！

大金星ですよ！

宇多丸　あのさ、僕の実家の周りは旅館が多くてさ、修学旅行で使われるような旅館が多かったわけですよ……で、これはしょうがないんだけどさ、やっぱこっちは中学1年とか2年だからさ、**さすがに双眼鏡で覗くじゃやん？**　で、結構着替えとか見えたりするんだけど、共学の女の子はジャージをスカートの上から穿いたりとか、凄い慎重な着替え方をするわけ。それが女子校になると、ブラジャーとパンツだけになって、窓とかも開けっ放しで……しかも女子校の方が可愛いコが多いんだよ！

郷原 かなりの近場から見てません？

宇多丸 いや、近くはない……**30メートルぐらい**。

高橋 バレたりとかしないの？

郷原 でも手振ったら振り返してくるぐらいじゃないの？

宇多丸 だってこっちは自宅だよ？　一人だよ？

高橋 いや、「こっちに来れば？」みたいな展開になるかもしれないし。

宇多丸 朝とか登校するときとかさ、アイツらも暇だから上から見てたりしてさ、俺はその下を通っていくわけよ。

古川 針のむしろだね……キツそうだな。

宇多丸 まあ、そうなんだけどさ。でもそれがまた女子校のいいところで「**お兄ちゃん、こっちこっち！**」とかそういう感じなのよ。

郷原 でも手振ったりしたら「**バーカ！**」**でしょ？**

宇多丸 そうなんだけどさ、こっちは顔真っ赤にしながら通り過ぎて、学校着いたら「**今日ウチの近くの旅館で女子高生に声掛けられちゃったよ！**」みたいなね。

古川　バカな生徒……。

宇多丸　そうやって言うけどさ、そのぐらいの接点で大金星ですよ！　だからねぇ、**男子中学生童貞アイで見たら今日のチアなんて発狂ですよ！**

郷原　同世代の目で見たらどうだったのかな。

宇多丸　今日もいたよね、恐らく同じクラスの女子を応援に来ているであろう男の子が。

郷原　結構余裕かましてましたよね……よく正常でいられるな。

古川　内心はどうだか分からないよ。

宇多丸　でも楽しそうだね、このチアやってるコたち。

古川　楽しいは楽しいでしょ。

宇多丸　こんなに楽しそうじゃないでしょ、俺たち。この数年の中でね、こんな屈託なく楽しんでたことないでしょ？

前原　だって世の中が面白くないんだもん。

宇多丸　このチアやってるコたちは世の中面白くないなんて思ってないよ。

郷原　迷いがないよね。

宇多丸　だってさ、**劣化ウラン弾**のことなんか知ったこっちゃないんだよ……でもアレか、意外といいコたちだからさ、**劣化ウラン弾**についてもきっちり胸を痛めたりして

古川　……。
宇多丸　可能性は十分にあるね。
古川　俺たちみたいな文句だけ野郎とは違ってね。
俺たちは最近いい笑顔してないってことですか、結論は。㊅

PLAYBACK

強豪チアの選曲で……

宇多丸　チア観戦か……このときはみんなで観に行ったけど、何人かはこの前に個人的に行ってるんだよねぇ？
古川　そうですね。俺と郷くんとヨシくん。
宇多丸　なんで行ったの？
高橋　当時上映されていた『チアーズ！』を俺が観に行って、凄く面白かったと。それでパンフレット買ったらチアの世界大会開催の告知があったから、じゃあみんなで行ってみようかってことになったんだよね。
古川　そうそう。俺も千葉まで『チアーズ！』観に行ったし。
高橋　でねぇ、その世界大会はホントに素晴らしかったんだよ。

古川　あれは良かったよねぇ……思い出してみてもあれは良かった。

郷原　スロベニアがヤバかったな……なんか戦ってる感じがないんだよね。

高橋　ああいう体験はまたしてみたいなぁ。

古川　で、追体験したくなって……俺はもう一回行ったんだよね。今度は日本の大学生の大会。更にその後かな？　友達の妹さんが大学の強豪チア・チームのメンバーで、そこで踊るときの音楽の選曲をやって欲しいって頼まれたんだよね。

高橋　それで俺プラス友達2名で女子大まで行ったんですよ……。

古川　もう……危機察知能力が低すぎるよ……。

高橋　それで彼女たちに音楽聴かせたんですよ。俺はヒップホップで、そのうち1名はモー娘。の曲ばっかり……それで完全にドン引きされて……露骨な感じでドン引きされて……。

郷原　フフフ……。

古川　体育館のラジカセで音楽かけながら……女の子15人ぐらいに囲まれて俺ら3人……だんだん気まずいムードになってきて……。

宇多丸　フフフ……。

古川　あれは俺の人生の中でも相当キツい瞬間でしたね。

郷原　その映像があるんなら結構金出せますよ。

古川　あれは凄いよ……。

宇多丸　なんで撮っておかないの！

古川　帰り3人で無言でタクシーに乗って……雨とか降ってきて……。

宇多丸　フフフ……。

古川　危機察知能力が低いって言われてもなにも言えない。

高橋　こんなにチアに深入りするとは思わなかったよね。

古川　もうすっかり冷めましたけど。

宇多丸　やべぇ俺、のぞきの話とかしてるな……やっぱい……。

古川　女子校の学園祭に行ってウハウハどころかトラウマを受けて帰ってきたって

……士郎さん偉いと思ったよ。こんな話まで言っちゃうんだって。

郷原　フフフ……。

古川　高校3年ともなるともう熟女とか……すげぇ決めつけだよ。

宇多丸　いやいや……こちとら童貞だからさ。

ブラ透け
テンプテーション2の巻

雨の多かった2003年の夏を振り返って。
平均気温の低さは公論にも影響を及ぼしているようで……。

2003年
11月

日本だとどうなるかな？

古川　8月の**ニューヨークの大停電、**あれだけ大規模な停電で原因がまだよく分かってないっていうのが不思議なんだけど。

宇多丸　そうなんだよね。カナダとアメリカでお互いのせいにしあったりして……まさに“Blame Canada!”だ。

前原　結局なんでアメリカ人が嫌だっていうとねぇ、停電を楽しんでたりするじゃない？　夜中に歩いてたりしてさ。

郷原　それが良くない？　俺はあれが好きなんだけど。

前原　「**歩いて帰るしかないよ〜イエーイ！**」みたいなさ……。

高橋　もっと深刻に受け止めろってこと？

前原　「マンハッタンで初めて星を見ることができたよ〜イエーイ！」みたいなさ……。

高橋　そういうお祭り感覚がいいのに。

郷原　停電ってちょっといいなぐらいの感じだったんだけど。

古川　前原さんの理想のリアクションはどんなのなんですか？

前原　理想のリアクションはなんだろうねぇ……**ブルース・ウィリスがニューヨーク中を**

駆け回ってるみたいな……。

宇多丸　駆け回ってたかもしんないよ？

前原　アレは3日ぐらい続いたんだっけ？

古川　そんぐらいじゃないですかね。

宇多丸　ニューヨークでは1977年にも大停電があって、そのときは大変な騒ぎになってるわけですよ。

高橋　スパイク・リーが『サマー・オブ・サム』で舞台にした年だよね、確か。

宇多丸　そうそうそう。今は外敵への恐怖が勝ってるってことなのかも知れないけど。

古川　前回のときは停電ベイビーが多かったっていう……やることないからね。

宇多丸　停電もいいなあ、と。日本だとどうなるかな？　東京で大停電とか。

郷原　時間にもよるんだろうけどね……。

古川　暴動や略奪はもちろんないだろうし。

宇多丸　大したことないか。ていうか停電って……あったっけ？って感じだよね。

古川　送電線が切れて何世帯かがってレベルならあるだろうけど。大規模なのはないよね。

前原　電気はあるもんだと。

郷原　だからさ、すぐ復旧するんだって分かってるのなら別に楽しいじゃん。ロウソクと

前原　か買ってきて。停電によっていい恋もいっぱい芽生えたと思いますよ。
郷原　……好きだよねぇ、そういうの。
好きだよ。

年一回の停電日

宇多丸　随分前にテロだかで電車が止まっちゃったことがあったじゃない？　俺が高校ぐらいのときかな？　学校が途中で終わりになって帰りなさいってことになったんだけど電車動いてないから歩いて帰ってさ……すげぇ楽しかった。その年齢だし、**このまま世の中めちゃくちゃになっちゃえばいいんだよ！**って感じで。
郷原　言うでしょ、当然でしょ。
宇多丸　例えば停電だから明日会社行かなくてもいいや、みたいなさ。そういうカタルシスは大人でも感じる人多いんじゃないかな。
古川　東京ぐらいだとさすがにそんなに何日も停電が続くと思わないだろうしね。
高橋　もうパーティでしょ。
宇多丸　**ブラ一枚でキャッキャキャッキャやってるわけか**。

前原　ブラ一枚？　**ノーブラでしょ！**

郷原　**年に一回ぐらいきて欲しいけどなあ、停電。**節電にもなるしさ。

宇多丸　年に一度オフの日を決めたらどうかな……電気を止めます！って。

郷原　あらかじめ分かってたらどうなんだろうな……「今日は電気こないのかあ」って。

宇多丸　一応買いだめとかしてさ。

郷原　一応楽しいのかな？

高橋　前日とか「どうする明日？」みたいなね。

郷原　キャンプとか凄い流行りそうだよね。

前原　でも電車止まっちゃうし信号ダメだから車も走らないんだよ。

高橋　前の日から乗り込めばいいんだよ。

前原　12時になったらピタッと止まるの？

郷原　そうだよ。

前原　じゃあ12時になったら「**イエーイ！**」ってなるわけ？

郷原　「**イエーイ！**」だと思うよ。

前原　じゃあ12時になった瞬間に携帯もピシッと消えるわけか。

古川　携帯は止まんないよ……どんな停電だよ。

郷原　普通に山の方から「**イエーイ！**」って聞こえてきそうだな。

宇多丸　カウントダウンとかあるでしょ。

古川　街の電気がパッと消えて、一瞬間が空いてロウソクの火があちこちで点《つ》き始めるって感じかな。

前原　「**キャーッ！　やめてぇーっ！**」って聞こえてきたらどうする？

宇多丸　まあ、それもあるだろうね。用心したい人は家に鍵かけておけってことで。

郷原　**観覧車とか乗ってたら凄いよね**。

古川　バカでしょ。

宇多丸　電気が戻るときとか、ちょっと寂しいだろうね。

郷原　日常崩壊の話だよね……嫌いじゃないっすね。

高橋　意外と盛り上がったりするかもな。

前原　俺は嫌だねぇ。こっちはそれどころじゃねぇんだよって感じで。

郷原　なにどころなの？

前原　**いや、現像所とか止まっちゃうじゃん**。

古川　そんなもん印刷会社だってストップしちゃうんだしさ、締切とかもめちゃくちゃになるよ……いいな、停電。

宇多丸　でもその辺はお盆進行と同じで停電日進行になるだろうからさ。

長袖シャツが売れない

前原　停電日は何月なの？　冬じゃない方がいいよね。
古川　冬だと死者出ちゃうからね。
高橋　春とか秋とか。
郷原　初夏とかね。
宇多丸　春分の日と秋分の日にしようよ……でもアレか、北国だと困るか。
古川　基本的にはいつでも困りますけどね。
宇多丸　ていうことはニューヨークの停電も冬だったら大変ですよ……歩いて帰るのも死の行軍ですよ。
高橋　八甲田山だ。
宇多丸　そういう議論にもなってると思うよ、夏で良かったたって。
古川　日本は冷夏だったけど、ヨーロッパは熱波でしたからね。人が死ぬほどの。
宇多丸　ギョッとする数死んでるんだよね。1万1千人超とか……。

郷原　凄いよなあ、アレ。

前原　ヨーロッパってエアコンないんでしょ？

宇多丸　そう。普段あまり暑くなくて、経験したことがないものがきちゃったからね。

古川　偏西風が蛇行したから日本は冷夏でヨーロッパは熱波になったらしいですよ。

宇多丸　なんか日本も涼しかったから、たまに最高気温35度とかになると「こんなに暑かったか？」って思うよね。

郷原　季節の感覚が小さいころと比べて変わってきてません？

古川　10年前とかに比べるとなんか春と秋が短くなってる気はするよね。

前原　年々雪も減ってきてるみたいだし。

郷原　12月に雪が降るようなことって絶対ないもんね。で、3月が凄い寒かったりして。だからね、服にしても長袖のシャツみたいな中間で着るような服ってもう売れないっすもん。ずっとTシャツ着てて、いきなりアウターみたいな。長袖のシャツでちょうどいいときってあんまりないでしょ。

前原　1年の中で2週間ぐらいなんじゃない？

宇多丸　**長袖のシャツが好きな人にとっては受難の時代だね。**

郷原　オシャレのために着るしかないですよ。

宇多丸　言いたくないけど温暖化ってことか。

郷原　冷夏とは言ってるけど平均気温は上がってるんだよね。

古川　今年の夏は電力不足とか言ってたのに全然大丈夫だったよね。

前原　**東京電力の罠なんじゃないかと思ってさ。**

宇多丸　冷夏が罠？

郷原　罠だったら凄いね……並の罠じゃないよ。

夕立ちとお祭りの甘酸

高橋　あと今年は夕立ちが結構多かったような気がするな。

古川　夕立は多かったですよ、今年。

高橋　**夕立は結構盛り上がるよね。**

郷原　夕立はヤバいでしょ。

宇多丸　**夕立は俺も好き！**

郷原　傘はささないでしょ。

宇多丸　ちょっと雨宿りみたいなのって結構いいよね。

高橋　あぁ……。

郷原　きてるなぁ、それは。

宇多丸　雨宿りしに普段入らない喫茶店にちょっと入るとか。

高橋　それいいかも。

郷原　南国のスコールとかも凄い好きなんだけど。

宇多丸　高校のときなんかは打ちに行ってるから自転車乗ってるときに夕立ちになっても**「イエーイ！」**ってそのまま走ったり。

古川　逆にゆっくり歩いたり。

高橋　「すげぇ雨だよ！」とか言ってびしょ濡れになって教室に入っていったりすると結構人気者だよね。

宇多丸　チンケな人気者だな。

郷原　**10歩動けば雨を避けられるのに濡れて立ってる女の子とかいたよ。**

宇多丸　うっすらとこう……ブラ透けがね……**ブラ透けテンプテーション**だね。

高橋　最悪だね……でもなんか映画とかに使われそうだね、**『ブラ透けテンプテーション』**って。

郷原　**『ブラ透けテンプテーション2』**とか。

高橋　『パンツの穴』みたいなエロコメだな……いいなあ……。

宇多丸　**『BLAST』も『ブラスケ』にすれば?**

郷原　ブラスケ……いいなあ……「ブラ透け」に思えないもんね。

前原　ラテン的な感じもするし。

宇多丸　そうそう、**ブラァスケ!**（ロベルト・ベニーニ風の大げさな身振りで）みたいな。

郷原　**ブラスケの「ケ」は「QUE」って感じかな。**

古川　『ブラスケ』って雑誌はなんの雑誌なんだろ?

前原　やっぱ人生を楽しむ雑誌なんじゃない?

宇多丸　三十路《みそじ》越えてもモテたい男の……。

古川　表紙は誰かな。

前原　**立松和平とか……。**

宇多丸　違うよ!　村上龍とかじゃないの?

郷原　ジローラモじゃない?

古川　それがいいね。ていうか、そういう雑誌あるけどね。

郷原　『ブラスケ』か……。

古川　今年の夏は祭とか行きました?

宇多丸　行ってないね。

高橋　行ってない。

郷原　行ってないですね……祭は好きですけど。

古川　俺も好き。

宇多丸　あ、そう？　俺は祭でキュンとした思い出とかひとつもないからなぁ。

前原　俺もねぇな。

郷原　べつになにしたっていうわけじゃないけど普通に楽しくなかったですか？

古川　夜に集まること自体が珍しいもんね。

宇多丸　**普段意識してなかった浴衣姿の同級生のアイツとすれ違ってどっきり、みたいな？**

高橋　そうそうそう。中学のとき３００ｍぐらいの大きな道が全部屋台とかで埋め尽くされるような祭があったんだけど、そこには学校の奴はほぼみんな行ってる感じなのね。それで女の子グループとすれ違ったりしてね。あれは楽しかったな。

古川　俺も中学のときに商店街で焼きそばの屋台の手伝いしたことあるんだけど……めちゃくちゃ大変なんですけど、でもある意味凄くオイシイっていうか、他に中学生とかいないから目立つんですよね。

高橋　なんで目立ってオイシイのよ。

古川　いや、差し入れとかもらったりして。

宇多丸　あ、頑張って！　みたいなね。

前原　**MCバトルの審査員で差し入れとかないの？**

古川　ないね。

宇多丸　それは微妙に好意のあるコからの差し入れだったの？

古川　それはどうだったかな……女の子にジュースの差し入れをもらったことがあって……。

郷原　甘酸じゃん。

前原　**毒入り？**

宇多丸　それで差し入れしたコと進展とかなかったの？

古川　まったくないですね……でもそれで俺は祭が好きなのかもしれない……。

宇多丸　そうかもよ。

ポイっていうのがいいよね

古川　祭といえば、金魚すくいの大会で優勝取り消しってニュースありましたよね。一応ネットで拾ってきたんですけど……「奈良県大和郡山市で17日に行なわれた第9回全国金魚すくい選手権大会で、団体戦優勝チームの男性メンバーが隠し持っていた『ポイ』（和紙のすくい網）を不正に使ったことが29日、分かった。主催者の**全国金魚すくい競技連盟**は同日、優勝を取り消し、この男性を**永久出場停止処分**にした。不正をしていたのは埼玉県熊谷市の会社員の男性（53）。この男性は、160匹の大会記録を保持し、個人戦でも二度優勝するなど『名人』と呼ばれていた。団体戦は3人1組で行なわれ、3分間での数を争う。ポイは競技前、主催者が用意したものから選ぶルールだが、男性は準決勝で、うちわなどで隠していたポイをすり替えて使用していた。べつの参加者が『名人の技術を参考にしたい』と、この男性をビデオ撮影。ビデオを徹底分析したところ、不正が分かり、主催者に通報した。主催者は、男性の個人優勝記録も抹消したが、男性は『**予選のときに気に入ったポイがあり、準決勝で使いたかった**』とし、過去の大会での不正は否定しているという」。

宇多丸　**まず、ポイっていうのがいいよね。**そこからして大したことねぇなっていうか。

高橋　別に警察沙汰とかにはならないんだよね。

郷原　そこまでして勝ってどうすんだろって気も凄くするけど。

古川　**53歳ですからね……取り返しつかないですよね。**

前原　金魚すくいって難しいよね、すぐ破けちゃうし。

宇多丸　そういや金魚すくいって一回ぐらいしかやったことねぇな。

古川　モナカみたいなのですくうこともあるよね。

高橋　モナカはすぐ破けちゃうからな。

宇多丸　そもそもなんでモナカなの？

高橋　金魚すくいもなんかいいなぁ……。

裸で歩いて何が悪い？

古川　夏絡みで言えばこんなニュースもありますけど……「埼玉県警朝霞署は30日午前2時10分、同県朝霞市●●●●丁目、新座●●●●小学校教諭、●●●●容疑者（23）を公然わいせつの疑いで現行犯逮捕した。調べでは、●●容疑者は同日午前2時ごろ、朝霞市朝志ケ丘1丁目の路上を**全裸で歩き回った疑い**。通りがかりの男性が●●容疑者に気づき『裸の人がいる』と通報。駆け付けた署員が全裸で自分の下着を手に持った●●容疑者を約50メートル追いかけて現行犯逮捕した。調べに対して、『**暑いから**』などと供述しているという」……。

高橋　**暑いからじゃないと思うよ**。

郷原　他に方法あるでしょ。

高橋　でも言い張ればなんとかなるかもね。

前原　ある意味、正論と言えば正論だけどね。

宇多丸　でも裸で歩いちゃいけないってさ、よく考えると国家の押し付けっていうか余計なお世話って気もするけどね……要するにさ、チンコとか出しちゃだめって実は根拠のない罪って気もするよ。

古川　理由は結構曖昧ですよね。公序良俗に反するっていうのがそもそも。

宇多丸　直接的に迷惑掛けてなければ……ねぇ？　しかも深夜に人通りのないところで裸で歩いてなにが悪いのっていうか。

前原　俺もそんな気がするね！

宇多丸　猥褻物陳列罪って言ってもさ、お前らが猥褻って決めてるだけで、**もともと付いてるもんだから仕方ねぇだろ**……お前らの見方が猥褻なんだろ！っていう。少なくとも議論の余地は全然あると思うんだよね。

前原　**彼はいい教師だと思いますよ**。

宇多丸　勃起したチンコを無理矢理女性に見せるのとかは強制猥褻として別個に裁けばいい

んでさ、別に誰にもアピールしないで全裸でスタスタ歩いてて「お前は猥褻だ！」って言われてもさ……**今は猥褻な用途として使ってないです**っていうかさ。

前原　**この教師も勃起してたのかな？**

宇多丸　でも勃起してたとしてもさ、エロいこと考えてなくても勃つことはあるわけだし……。

古川　対象がいないと成り立たない犯罪ですよね。

宇多丸　百歩譲って**チンコ自体を猥褻に感じる人がいるとしてもさ**、それを法律で取り締まるっていうのは何様だって感じがするな。

高橋　でもこの教師の場合は下着を持って歩いてたんだよね？　しかも深夜でしょ？　多分歩いてて誰もいないってことで**好奇心からパンツ脱いで歩いてみたんじゃない？**

前原　こないだ健康ランド行ったらすげぇデブな人がいてさ、凄いデブだからチンコが見えないのよ……**アレは全裸と言えるのかな？**

郷原　なにを言ってるの？

宇多丸　とにかく俺の体をどう使おうと勝手だろコノヤロー！っていうね。

前原　**俺はその先生に賛成。**

㉄

PLAYBACK

場所が悪い！

古川　これ、なんの話してるんだ？
宇多丸　「夕立は俺も好き！」とか……ちょっと……これどうしようもないよ！　ダメだよぉ、この回。
古川　突然思い出したように時事ネタが始まってるね。
宇多丸　これはでも、チンコがね……裸で歩いてるのが犯罪っていうね。
古川　「百歩譲ってチンコ自体を猥褻に感じる人がいるとしてもさ」……。
宇多丸　フフフ……。
前原　別に捕まえなくてもいいと思うんだけどなぁ。
宇多丸　やっぱねぇ、特に人に迷惑をかけてるわけでもないっていうのが、どうしても解せないところなんだよね。体自体を猥褻と定義するってことがさ。行為を猥褻って言うならともかく、行為をしてないのにチンコ自体が猥褻物ってさ……凄い納得できない！
高橋　フフフ……三十路越えてもモテたい男の雑誌の表紙に相応しいのは立松和平と

か言ってるけど……全然違うよねぇ。

宇多丸　これは要するに『LEON』なんだよね。

古川　しかし……これは公論史上最もグダグダがドキュメントされた回かもしれない。

高橋　場所が悪い！

宇多丸　まあね……言ってやろうぜ！　担当の伊藤がセッティングした店が最悪だったんだよ。

古川　歌舞伎町のど真ん中にあるヤクザビルの寂れた居酒屋……インターネット世代だからさ、よく分からずに予約しちゃって。

高橋　あそこは変なビルだったなぁ。

古川　行かねぇぜ一生あんなとこ！

高橋　怖い怖い！

公論ラウンジ5

便利な街、幡ケ谷の巻

PLAYBACKの別テイク。

2006年公論クルーの「3枚のカード」（P301）は？

できれば下げたいな

高橋　5年前と比べてどう変わってきてるかみんなもやってみようよ……古川くんは？

前原　古川くんは「**既婚**」があるじゃん。

高橋　既婚ってカードになるの？

古川　使わせていただきますよ。

高橋　だってこのカード話ってモテようとしてるんだよ？

古川　そうだけど……まあでも……。

高橋　既婚はダメでしょ？

前原　でも結婚してる方がモテるらしいじゃん。

古川　「結婚してる方がモテる説」を利用させていただきます。

高橋　それはカッコイイ人がでしょ？

古川　だからそんぐらいしかカードがねぇんだって。

高橋　フフフ……キレやがった。

宇多丸　じゃあ**「既婚」「アニメ系ライター」**……あ、あと**「脚本家志望」！**

古川　一応お金もらったりしてるし……。

宇多丸　「脚本家の端くれ」……いや、お金もらってるならやっぱり「脚本家」だな。**「既婚」「アニメ系ライター」「脚本家」**。

古川　「アニメ系ライター」はできれば下げたいな。

宇多丸　下げたいなじゃないよ！　しょうがないんだから！

古川　他になんかないかな……。

宇多丸　僕もあんまり変わってないですからね……まずは**「メジャー・レコード会社所属アーティスト」**。後は**「早大卒」**と**「ラジオ、テレビ等レギュラー番組多数あり」**。

古川　『笑っていいとも！』出演とかも普通にキャッチーなカードになりますよね。

宇多丸　あ、**「『いいとも』出演」**！　これきてるよ！

高橋　しかもテレフォンショッキングだからね。

宇多丸　もうそれ自体ね、何者でもなきゃあ出られないからね。

高橋　「年の差コンテスト」とかじゃないからね。

宇多丸　「**『いいとも』テレフォンショッキング出演ミュージシャン**」「**早大卒**」「**レギュラー番組多数**」……グレードアップした！

古川　郷くんは一番変わってるんじゃないですか？　今年の後半ぐらいには社長になってるのかもしれないしさ。

郷原　「**実業家志望**」……ヤバい！

古川　フフフ……ヤバいね。ヨシくんは？

高橋　「**ライター／エディター**」……。

古川　コンピを編纂してるのは結構デカいんじゃないですか？

高橋　あ、選曲家！

宇多丸　じゃあ、「**コンパイラー**」「**ライター／エディター**」……あとひとつは？

高橋　なんか新しいのにしたいな……じゃあ「**プロデューサー志望**」は？

宇多丸　志望はマズいって！　いい歳こいてさ！

古川　「**実業家志望**」も結構くるよなあ。野心はありそうなんだけど。

郷原　起業はするんですけど……でもまあ、現時点では志望って言わないとダメですね。

宇多丸　でもほら、「志望」がとれたらねぇ。

古川　大変な逆転劇ですよ。

高橋　俺の場合免許すらないからな。

郷原　運転免許なんてダメでしょ。

古川　いや、でもこの回のとき俺入れてるのよ……**「原付バイク所有」**。

宇多丸　終わりだよ！　そんなもん挙げなきゃいけないなんてさ。

古川　「既婚」が入ってる段階で相当ギリギリなんだけどね……それがなきゃいまだに原付所有が入ってきてる。

高橋　**「便利な街、幡ヶ谷に住んでいる」**。

古川　それは幡ヶ谷のカードでしょ。

宇多丸　なんか人のふんどしが多いんだよなぁ……自分の属性の話をしてよ。ちゃんたけは変わってない？

前原　俺だけ変わってないんだよなぁ。

宇多丸　どんなんだっけ？

古川　**「フォトグラファー」**「**実家が世田谷区**」じゃなかったっけ。

宇多丸　あと**「車が外車」**……外車って古いよ！

高橋　前原さん、「**監督**」は？

宇多丸　あ、**「野球チーム監督」**！

郷原　「実家が世田谷」より「野球チーム監督」の方がよくない？

高橋　ね。その実績も書いたりしてさ。

郷原　この人、草野球界では結構知られてますからね。

宇多丸　ヨシくんはまだ一枚出てませんからねぇ……。

高橋　なんだろうね……なんかアイデアをくださいよ。

宇多丸　なんだろうね……客観的に見て。

古川　メガネかけるようになったよね。

高橋　メガネ……メガネ？

宇多丸　えー、**「音楽ジャーナリスト」「コンパイラー」**、あとは**「スポットの当たるなにか志望」**……最低だよそれ！

高橋　まだ生き方が定まってない感じがしちゃうよね。

宇多丸　最低だよ！　もう俳優志望以下！

古川　郷くんもあと一枚ぐらいは欲しいよね。

郷原　**「打率4割」**とか。

高橋　ただ「打率4割」って書いておけば「なんだろう？」って思われるかも。

古川　誤解の余地を残しておくと。

郷原　「低いねぇ」って言われたりして。

古川　しかし5人中2人が草野球の話を書いてるっていうのもどうなんだ。

宇多丸　そういえば古川さんさ、アルバム作ったりしてんじゃん。だから「**アニメ系ライター**」「**音楽プロデューサー**」「**脚本家**」だよ！

古川　あ、「既婚」出さなくて大丈夫だ！

宇多丸　胡散臭い感じはするけどね。

古川　メディアをサーフィンしてる感じはするよね。

宇多丸　は？

古川　マルチ・クリエイター感があるよね。

高橋　言い直さなくていいよ。

宇多丸　ヨシくんはちゃんと3枚目考えておいてね。

高橋　…………。

2004

オレオレ詐欺ブーム。イラク日本人人質事件で自己責任論ブーム。年金問題ブーム。NHK『冬のソナタ』がきっかけで韓流ブーム。『エンタの神様』『笑いの金メダル』でお笑いブーム。占いブーム。プロ野球再編ブーム。そして、「ブラスト公論」終了ブーム。

2004年といえば……

8月　アテネオリンピック開幕。日本人のメダル・ラッシュ。「チョー気持ちいい」が流行語に

10月　シアトル・マリナーズのイチロー選手がシーズン最多安打記録257本を更新。新潟県中越地震。新潟県で震度7の地震が発生。イラクで武装組織に拘束された日本人男性の遺体が発見される(イラク日本人人質事件)

12月　スマトラ島沖地震が発生。M9.3。津波などにより12カ国で15万人以上が死亡

あとがき公論

文:郷原紀幸

より高次の高等遊民を標榜し、経営者のリタイヤ願望強めにつき後継者大募集!

前回2010年版の収録は開校間もない僕の教室で行われたが、その時点では「早々に2校目を出し、今後は経営サイドに廻って…」的な展望を抱いていた。あれから8年。生徒数の増加に伴い、スタッフも当時の3名から現在では5名まで増員した。もはや1校で展開するには飽和状態だが、新校を立ち上げるための充分な人材確保ができないまま年月が過ぎてしまった。ところが2017年夏、公論読者の東大生から「講師をしたい」との連絡があったことで、「この場を借りて講師募集をすれば求めている人材に巡り会えるかもしれない」と考えたのだ。

というワケで、中学受験・高校受験・大学受験のうちいずれかの指導ができる方。就職したが組織に馴染めなかった方。子育てがひと段落ついた高学歴主婦の方。住みたい街ランキング上位常連の二子玉川エリアで働きませんか?　服装自由(カモフラ柄OK☆ニューエラOK☆)。残業や面倒くさい飲み会等一切なし(職場で何かオモロイことが起きたら逐一報告し合います)。見込みがあればすぐに新教室を立ち上げ一校お任せします。条件等詳細は面談にてお話しさせていただきます。まずは下記アドレスまでお気軽にご連絡ください。

<hal-has-come@post.email.ne.jp>

電気消して入れてみろ！ の巻

悩み相談第2弾。
くどいようですが、結構いい線いってると思います。
（「総統、立てました!」改題）

2004年
1月

今、高校でサッカーやってるんですけど、試合のときとかに写真を撮られまくるんです。で、本当に好きで写真を撮ってくれるっていうのとは違って「アイドル」みたいな騒がれ方っていうか……それがうざくてしょうがないんです。なんかバカにされているんじゃないかっていう不安に陥るときもあったりします。公論の皆さんはよくモテについて話したりしてるんで、こういう悩みもあるんだと思って書いてみました。

【神奈川県　T.A.】

いや、嬉しいでしょ！

古川　いきなりネタ感強いねぇ。

高橋　カノジョはいるのかな？

郷原　いないっぽいよね。

前原　**この悩みは分からなくもないな……。**

宇多丸　例えば俺はよく**郷原の本質的な女性蔑視はどこからくるのか**って話をするんだけど……郷原は思春期とかにモテてきたじゃん？　で、そのモテっていうのが表面的だっていうのが彼自身もよく分かってるわけよ。要はルックスだけっていうかさ、よく知りもしないのに寄ってくるような相手をどこか見下してて……で、そういう孤独って確実に存在するんだなぁと。あまりにも浅はかに寄ってくる女への鬱憤《うっぷん》が溜まりに溜まって、それが女性蔑視へと繋がっていくという……郷原を見ているとよく分かりますよ。

郷原　でも普通悩まないでしょ？　これ、要するにチヤホヤされてる状態ってことですよね。具体的に告白してこないとか、本当に好きになってるとは取れない感じ……つまりファン的な感じでしょ？　**全然いいじゃん！**

古川　でもさ、中学まで全然モテなくて、高校になっていきなりモテたりしたらわずらわしいと思うかもよ。慣れてなくて。

郷原　いや、嬉しいでしょ！

高橋　絶対嬉しいよ！

宇多丸　**中学までモテなくて高校でいきなりモテるなんて絶対ありえねぇよ！**

高橋　女の子では稀《まれ》にあるかもしれないけど。

宇多丸　**まあ、メガネを外した瞬間にねぇ……。**

高橋　なんで俺を凝視しながら言うのよ。

宇多丸　まぁでも、あるときぽつんと一人っきりの自分みたいなのに気付いて、っていう悩みはあるかもしれないな、確かに。

高橋　でもこういう男の子がさ、そのファンの女の子に惚れちゃって告ったりしても、**「私のことを好きになるあなたなんてイヤ！」**みたいなことになりかねないよね。

宇多丸　それは全然そうですよ。ファンだとか言って女の子がキャアキャアやってきて、チヤホヤされてると思って一人の男として行こうものなら**ギャーッ！**ですよ。好意自体はたくさんあるのに、それは全然自分を幸せにしてくれないっていうかさ。

郷原　こいつはでも童貞ですよね……これで悩んでる奴は。

宇多丸　今の人気が虚構なのは彼も分かってる……**要するにマトリックスの話をしてるわけじゃない？**　彼はこのキャアキャア騒がれるのをマトリックスだって言ってるわけじゃないですか。だからザイオンの生活をもっと充実させればいいんですよ……まあ、**ザイオンって言ってもダサいレイヴですけどね**（※）。

郷原　この状態を失ったときにもっと悩むことになるだろうと思うけどね。

宇多丸　そうだよね。**34歳ぐらいになってハゲちゃって**、結構みっともない感じになって……思春期にモテてた奴って歳とったら使い道なかったりするじゃん。

高橋　この状態を目一杯楽しんでおいた方がいいんじゃないかと思うけどなぁ。

郷原　手ぐらい振っとけよって感じですけどね。**少なからず可能性が残されているような**

態度を取ったりとか。

宇多丸　アイドルってそういうことだもんね。「**みんな大好き！**」とか嘘つくわけじゃん。「今日この会場に来てくれたみんなのことを忘れないよ！」とか言うけどさ、忘れるもなにも認識すらしてねぇだろって。

高橋　でもあなたもモー娘。のライヴでそうやって言われてるわけでしょ。

宇多丸　だからお互いさまなんだよ。「そっちが幻想ならこっちも幻想！　**ああ、フィフティ・フィフティだね！**」って。

高橋　誰に言ってんのよ。

古川　彼もその境地に辿り着けばいいのか。

宇多丸　そうだよ。**じゃあお前は幻想じゃなく誰かを愛してるのかよ！**っていうね。

郷原　悩みじゃないよ、こんなの。

※ここでは「マトリックス＝虚構世界」「ザイオン＝現実世界」ぐらいの意味。詳しくは映画見て下さい。

男の人って、どうしてチンチンがあんなに伸び縮みするんですか？　女の私からみるとちょっと気持ち悪いです。彼氏のチンチンを愛せるか不安です……。

入れてみりゃいいんだよ

【愛知県　kasumi】

古川　またこういう……。

宇多丸　いや、ちょっと待ってよ……これは大きな間違いですよ。**男だけが伸び縮みするんじゃないよ。**

古川　というと？

宇多丸　男のチンコっていうのは女の**クリット**と同じものじゃないですか。**クリット**だって当然伸び縮みはしてますからね。テメエの局部をよく見ろ！

前原　チンコの小さい男と付き合えば？

古川　でも、もう既にカレシがいるんだよ。

宇多丸　**テメエのマンコも愛されてるかどうか分からないのになに言ってるの！**って話だよね。

古川　やめなよ。

前原　入れてみりゃあいいんだよ、入れてみりゃあ！　入れりゃあ分かるんだよ！

高橋　確かにその通りだ。

前原　**電気消して入れてみろ！**

宇多丸　いや、そうなんだよ！　かつてセックスっていうのは大体そういうものだったし……オーラル・セックスから挿入なんてさ、ここ15年ぐらいの話なんだよ！　愛せるもなにも、夫のチンチンを見たことのない妻なんてのは昔はいっぱいいたんだよ！

古川　じゃあチンチンを愛する必要はないと？

宇多丸　そりゃ愛せるに越したことはないけど、こういう脅迫観念にかられるのはAVの見過ぎ！　セックスそのものが気持ち良くないなら別だけど、入れて気持ちいいんだったら、**自分の体の中に感じるカレシのカタチみたいなのがあるわけじゃない？**

古川　**それこそがリアル？**

宇多丸　目から入ってくるものだけが世界だと思っちゃいけないってことですよ。いろんな世界の感じ方があるんですよ……**リローデッドしろ！**

高橋　またマトリックスか。

宇多丸　ザイオンザイオン！

私はどうも人より顔が大きいみたいなんです。ただ悩んでるのは、明らかに大きいって分かってるはずなのに「そんなことないよ〜」って言う友達のことなんです。気を遣ってくれてるのは分かるんですけど、なんか本心を打ち明けられてないみたいで……。そーいう本音？　ともちょっと違うけど、あけっぴろげに指摘してくれたりする友達が欲しくて。そういうことってありませんか？　結構、男同士だと厳しい指摘とかも許されてるような気がしたので……。

【和歌山県　YaKu】

本心は打ち明けなくていい！

宇多丸　容姿のことを仲のいい友達同士で言い合うのはどうかと思いますよ。ツラのことなんて古川さんぐらいにしか言ったことないですよ。

古川　なぜ俺は言われるんだっていう別の問題はあるけどね。

前原　そもそもさ、自分が思ってるほど大きくない可能性もあるわけよ。そんなこと周りの人からすればどうでもいいことだからさ。

宇多丸　そうそう。あと、男にしたって一線は引いてるんだよ。これ以上やったら喧嘩になるみたいなラインがあって、そこまではやるみたいな感じなんじゃない？

古川　**俺からその一線を引いた憶えはないけどね。**

宇多丸　まぁでも、その一線が男子の方が高めっていうか、それできわどいところまで行けるっていうのはあるのかもね。女子の方が確かに偽善的なやり取りをしてる雰囲気はあるけど……どうだろ、分かんない。

郷原　俺も女は偽善的なやり取りが多いと思いますね……容姿の話題に関しては女子の方が敏感だからかな。

宇多丸　自分も言って欲しくないから言わないっていうのはあるかもね……でもさ、友達だからって腹割っていいっていうのは絶対違うでしょ。**腹割って話すイコール友達じゃないと思うんだよね。**そんなのは青春ドラマの見過ぎだよ！　それは友達の定義とは関係ないんじゃない？　弱みを見せない友達関係っていうのもあるだろうしさ……**本心なんて誰にも打ち明けなくていいよ！**

郷原　**顔がデカいって言ってもらってどうすんのって感じ。**

宇多丸　そう。みんな顔のデカさなんかよりもっと重要な問題があるんだよ！

こんにちは。神奈川に住む16歳フリーター女です。高校に行くよりも家の手伝いをして

いる方が自分のためになると思って、今は学校に行かないで家業の手伝いしてます。実は最近付き合ったばかりの彼氏がうちに遊びに来たいって言い出してきて困ってます。私は見た目は結構派手で、外では遊んでるフリをしてるんですけど、実は凄く真面目なんですよ。外にいるときの自分は偽者で、本当の自分は家にいるときの自分というか……。でも、彼氏っていうのがこれまた派手なんですよ。うちの親が見たら腰ぬかしちゃうんじゃないかと思うくらい。親にどういう風に紹介したらいいんだろうって悩んでます。なんかいい案ないですか？

【神奈川県　Nao】

親と合わないのは当たり前

宇多丸　そもそもさ、付き合ってる相手を親に気に入ってもらうっていうのは必要絶対条件ではないからね。

郷原　カレシが家に来ると困るっていうのは、別にやってる商売が恥ずかしいとかではないんだよね？

宇多丸　恥ずかしい商売ってなんだろ……**ロリータ・ポルノ製造とか？**

郷原　それは……かなり恥ずかしいなぁ。
高橋　そんなもん手伝わねぇよ。
古川　学校行ったほうがためになるでしょ。
宇多丸　でもねぇ、自分の付き合った相手が親の好みと一致するかどうかなんて別問題だよ！
郷原　あとアレじゃない？　カレシは外面の派手な自分を好きで付き合っている可能性があるから、それを見抜かれて嫌われるのがデカいんじゃないの？
古川　それもあるだろうし、その一方では対親問題もあるし……ちょっと質問が拡散しちゃってて、なにが本当の悩みなのか読みとれないんですよね。
宇多丸　あ、俺もね、付き合った相手で、コイツきっとウチの母親は気に入らないだろうなって思ったのもいたよ。
高橋　でも普通はあんまり考えないよねぇ。
宇多丸　でもファクターとしてさ、ヨシくんは気に入ってくれるかなぁとかは考えるよ。
高橋　あ、それはあるかも。友達は結構考えるよね。
前原　俺は考えないな。
宇多丸　でも、そのすべてを満足させるのは不可能だし、本来的には関係ないからさ……それよりもさ、「外にいるときの偽者の自分」と付き合ってるカレシは偽者ってことになっちゃうじゃんねぇ？　そのカレシは偽者のコミュニケーションの産物なわけだからさ、もしあなたが本物／偽物って線引きしているのであれば、それは本物の世界とは相容れないよね。

郷原　**なにも分かってねぇよ！**

宇多丸　オメエはよぉ！

郷原　でも好きであることは間違いないんだよね？

宇多丸　カレシを好きなのが嘘じゃないって言えるんだったら、なんで外の生活が偽者だなんて言えるの？　バカみたい！

郷原　でも16歳ですからね。目線を落として話さないと。

宇多丸　**外側で知り合ったカレシへの感情がリアルなんだったら、外側の自分もリアルなんだよ。**あとカレシを親に会わせるってことに関してはさ、確かに親との摺り合わせが悪いことってあるけど、そんなことはもともと当たり前ぐらいに考えないと。

郷原　やっぱ家にカレシを連れてくると自分と家族との関係性がカレシにばれるじゃん？それで「俺が付き合っているはずの派手なアイツ」じゃないみたいになるのがマズいっていうのはあるよね。

宇多丸　でもさ、凄いしょうもない話をすればさ、**外では派手で家では保守的っていうのは一般的に人気が高いタイプの女性**ではありますよね……逆よりはいいよ。

自分の鈍感さに悩んでます。例えば相手の言っている喩《たと》え話を言葉のままに受けてしまったり、その場の空気を読めずに的外れな発言をしてしまったりすることが多いんです。わたしも皆さんがしているような議論ができるようになりたくって、それはどういう特訓をすればいいですか？　なんかいい特訓法があれば教えてください。

【東京都　S.S.】

合いの手を極めろ

前原　**朝練だよ朝練。**

宇多丸　僕はねぇ、議論云々に関して言えば、**分からないことがあれば聞けばいいんだと思いますけどね。**空気は関係ないです。空気と議論の進みは関係ないです。自分が分からなかったらいつでも止めて聞けばいいんですよ。そうすると、意外と言ってる本人も分かってなかったりするからさ。頭の回転が早いイコール頭がいいってことではない……早く働きすぎてるがゆえにこぼれ落ちることもあるので。頭の良さってやっぱり一様じゃないと思うんだよね。

郷原 そういうキャラで押し通せば済むことなんじゃないかなぁ？

高橋 それを魅力に転換できそうだよね。

古川 でも喩え話を言葉のままに受け取るっていうのは、さすがにちょっと効率悪いよ。

宇多丸 「サッチャーは鉄の女」とか言ったら**「マ〜ジでぇ!?」**とか？

高橋 魅力だよ！　絶対魅力！

宇多丸 隠喩を全部文字通りに受け取る人がいたらそれはそれで凄い才能だけど。

古川 でも本当にいたらやっぱ疲れるよ。

郷原 実際は、アイツつまんないよねぇって言われてるかもしれないしね。

宇多丸 アイツつまんないって言われてる奴っていうのはさ、面白いことを言わない人じゃなくて、**面白いことを言おうとして失敗してる奴だよね**……だって口数が少ない人って別に印象悪くないじゃん？　そういう人だなって思うだけで。

古川 ネガティヴな感情は湧かないよね。

宇多丸 だから、分かった！　面白いことを言えない人は**いい笑い**をすればいいんだよ。そういう人って喜ばれるから。

郷原　合いの手を極めろってことか。

宇多丸　お喋りからするとそれは凄く大きいよ。

古川　でも空気読めないっていうのはそれはそれで深刻な問題じゃない？

宇多丸　でもさ、**空気ってなに？**　空気を読もうがなにしようが会話自体成立しない人っているじゃん。それって人間の問題だよ。空気なんて読むもんじゃなくない？　空気が合う人と一緒にいればいいだけでさ。お笑い番組みたく、いつも虎視眈々としてるのなんておかしくねぇ？　みんなお笑い芸人じゃないんだからさ。**空気を読むことイコール人間のコミュニケーション・スキル、みたいなのはおかしいよ。**普通はみんな気の合う人といるわけだからね。だから、このコは仲間が合ってないんですよ。

前原　大したダチはいねぇってことですよ。

宇多丸　**そう、オメエの友達はつまんねぇしオメエもつまんねぇからダメってことだよ。**

郷原　**みんなダメ！**

宇多丸　「面白さ」なんて関係性から出てくるものであってさ、その人単体から出てくるものじゃないいじゃん。だから、自分は面白い人間／つまらない人間とか、その定義自体が間違ってるんじゃないかな。特に最近は……例えば『踊る！さんま御殿』みたいなののやりとりが「面白いコミュニケーション」だとされちゃうようなところがあるけどさ。でもそれはとんでもない間違いであって、あんなもん普通の会話でもなんでもないよ！　**それに我々はさんまと会話する必要はまったくないわけだし**……気の合う友達とほとんど喋んないで過ごしてたって別にいいんだよ。逆に僕みたいな議論好きは少なからぬ場所でハッキリ嫌われたりしますからね……要するにこの人は、単に苦手なタイプに囲まれてるだけかもしんないよと。あと、「自分は鈍感なのでは？」って悩んでる人は、その時点でもう鈍感じゃないでしょ！　むしろその感覚を磨いていくのがここで言う「特訓」なのかも。㊇

PLAYBACK

空気なんか読まなくてもいい

郷原　アメリカに留学してたコから聞いたんだけど、向こうの美的感覚に「顔が小さいのがいい」っていうのはないんですって。

宇多丸　「顔が小さい」っていうのが褒め言葉になるのは、欧米人体型に対する信仰でしょ？　だから当然向こうではないんじゃないですか。

古川　あぁ、「欧米人っぽいね」っていうホメ言葉なんだ、あれ。

宇多丸　そうですよ！　まったく植民地根性が……このヤプーどもが！

古川　最後の「空気なんて読まなくてもいい」っていうのは今読んでも救われる人いるかもしれないね……当時に比べても「空気を読む」っていうのが支配的な価値観になってるから。

みんなが
ネプチューンズであり
ティンバランドであり の巻

公論を代表するテクニカル・ターム「ウヒヒ」。
その語源と本質に迫る!

2004年
2月

神社で昼寝と素振り

郷原　今の家に4〜5年住んでるんですけど、今年の夏に初めて近所の神社に行ったんですよ。物凄い急な階段を3分くらい上がらないといけない所なんですけど、ふと思い立って行ってみたら、人が誰もいなくて凄く感じのいいところで……これはいいなと。で、まあ別になにするってわけでもないんですけど、結構通うようになって……夏は大体そこに昼ぐらいに行って寝てたり。

宇多丸　え？　郷原が？

郷原　ええ。いや、僕はもともと河原で寝るのが好きで、休みの日とか多摩川で寝たりしてたんですよ。でも神社の方が近いし気持ちいいじゃんってことになって、休みの日とかそこで結構寝るようになったんですよ。

宇多丸　涼しい？

郷原　高台になってるから風はありますね。

高橋　**スピリチュアル感はあるんですか？**

郷原　あんま**甘酸《あまず》とかはないかな**……あと、僕は前原さんの草野球チームに入ってるんだけど、素振りをやる場所が近所になくて、だったら誰も来ないしここでやろうってことになって、最近は夜中にも行ってるんですよ。

宇多丸　怖いでしょ、普通に。

郷原　夜中はどういうことになってるんだろ？　と思って行ってみたら、暗闇の中に3つだけ電気が点いてるんですよ。だから基本的には真っ暗で、下は砂利《じゃり》……そういう環境で毎晩素振りをやってるんですよ。

古川　誰か来たらめちゃくちゃ怖いんじゃないかな……

郷原　最初はそう思ったけど……でも夜中に一人で素振りやってて、ジャリ！　ジャリ！って音だけが響いて……大会の前日とかだと、そのストイックな感じが結構集中できるんですよね。一心不乱に素振りしてる人がいて。

高橋　でも夏に寝てたら近くの高校の女子テニス部が階段でランニングとかしてたりして**「ファイト！　ファイト！」って声が近づいてきたり遠ざかったり**とかして……。

宇多丸　アホじゃねぇの？

郷原　そんなのは来ない……裏側にはマンションがあって、そこの住人にはもう気付かれてるっていうか、よくいる人ぐらいには思われてるんじゃないですかね。

宇多丸　そんなによくいるの？

郷原　**週3ぐらい。**

古川　多いね！

郷原　まぁね。**今年の俺はよく神社にいますよ。**

古川　坊主かよっていう……。

宇多丸　味わい深いな……つげ義春っぽいというか。

郷原　おしゃれ自意識も結構強いかな。

宇多丸　俺が思い描いてるのは完全に**『無能の人』的な世界観だけどね。**

ウヒヒはもう卒業したんですよ

古川　カップルとかもいないんですか？

郷原　カップルがいちゃついててもおかしくない場所なんですけどね。

宇多丸　**尾行とかは最近してないの？**

郷原　尾行とか……もうそういう……僕ねぇ、アレなんですよ、**ウヒヒはもう卒業したんですよ。**

宇多丸　えーっ⁉　**脱ウヒヒ？**　それは大きな節目じゃない？　少なくとも去年まではウヒヒだったわけだからさ。

郷原　今年の夏ぐらいから、もうウヒヒは卒業してるんですよ。
宇多丸　衝撃！
郷原　神社に通ってるっていうのもウヒヒからの脱却だったりするので……。
宇多丸　全然ウヒヒだよ！
郷原　いや、自分の中では全然ウヒヒじゃないので……**もっと甘美な行動なんですよ。**
前原　**俺も最近そうなってきたよ。**
郷原　前原さんに同調されても嫌だな。
前原　最近はエロ動画をダウンロードするのが面倒臭くなってきたんだよね。
高橋　そんなレベルの低い話かよ。
郷原　エロ動画をダウンロードすることがウヒヒだと思ってるんですか？
宇多丸　前原さんはそれ、昔の俺じゃないってこと？
前原　まあ、そういうこと。
郷原　草野球のホームページばっか見てるんでしょ？
宇多丸　そっちの方がダメな気がするな。
前原　エロ動画もダウンロードしてるんだけど……してるんだけどさ、サイトの数自体が凄く減っちゃったし……。

郷原　「俺はこの更新スピードについていけなくなった」って言ってましたよね。

前原　**だって20個ぐらいのサイトが毎日更新されてるんだよ？**

宇多丸　切実な話として伝わってこないな。

前原　セクシーも最近は全然やってないし……。

高橋　バカじゃないの。

宇多丸　大概の趣味って特殊なモチベーションがない限り、ただ受動的なだけだと2年ぐらいで飽きますよ、俺の理論では。草野球みたいに自分からやるようなものだと向上性もあるからまた違うと思うんだけど。

前原　野球がでかいのかもしれないな……。

宇多丸　でもさ、脱ウヒヒとか言ってウヒヒをやめられるぐらい簡単なことだったら、みんなとっくにやめてるんじゃないかな……大体、なにをもってしてウヒヒじゃないのかね？

郷原　そうなんですけど……。

宇多丸　昔はこういうリアクションをしていたけど今はしてないとか……人が不幸に陥ったとき喜ぶとか……。

郷原　**あぁ……他人の不幸は好きだったなぁ。**

宇多丸　今はあんまり好きじゃないんだ？

郷原　今はあんまりねぇ……女性蔑視とか言われてますけど、今は凄く女性に優しいですよ。**……ハンパない……ハンパなき優しさですよ。**

宇多丸　僕が言ってる女性蔑視っていうのは見た目のアクションを言ってるんじゃないんだよ……**本質的に潜む憎悪だよ。**

郷原　憎悪か……まぁ、まだちょっとウヒヒかもしれないけど。

古川　郷くんの中で脱ウヒヒっていうのはどういうことなの？

郷原　ていうか、よく考えると前からそんなにウヒヒじゃないような気がしてきたんだよね。

宇多丸　それは酷いよ！

郷原　分かった！　ウヒヒであることに対する憎悪が芽生えてきたんだよ。人の悪口とか言ってうひゃうひゃ笑って、あとから「**やっぱ俺はダメだ**」って。

宇多丸　そういう自己嫌悪もあるんだ。

郷原　昔はそんなことばっかやってたけど反省なんてしなかったから。「**僕らはウヒヒまっしぐらだからね**」って開き直ってた。今はそういうことを言いたくなくなってきたというか。

宇多丸　昔もそんなことは言ってなかったと思うよ。

古川　真人間になりたい？

郷原　**普通にいい人になりたい**。自分がそんなに特殊だとは思わないんですけど、特殊と言われてきたので……。

宇多丸　確かにだいぶまともになったと思いますよ……知り合ったころはそんなウヒヒって感じでもなかったし。**そのあとでどういうわけか酷くなって、今はかつてないほどの回復**って感じなんじゃない？

郷原　酷くなって回復かよ……。

古川　じゃあ今年は一大転換期なんだ？

郷原　そうですね。真人間を目指して……神社とかいきなり行っちゃうのもそういうのがあったのかもしれないし。そのころは寝る時間や起きる時間も全然変わってたんですよ。夜12時に寝て朝9時に起きるみたいな……今までからすれば考えられない感じ。

宇多丸　人がスピリチュアルな行動に走るときは、**大体狂気に陥ってるときだからね**。

郷原　上手くバランスは取れてるつもりなんですけど……**自分の中に架空の真っ当なサラリーマン・キャラとかを作ったり**。最近買い物もそういうのばっかりだし。

古川　例えば？

郷原　**着ないのにスーツとか。**

宇多丸　そういう設定してること自体が普通じゃないよ。

そもそもウヒヒとは何か？

古川　しかしこうやって考えてくと、ウヒヒっていうのもちゃんと定義できてないよね。

郷原　まあね、「どうウヒヒじゃないんだ？」って言われたときに今まで定義してこなかったことが明らかになったっていう。

古川　ウヒヒって言葉が間違って使われてる場面もいっぱいあるしね。

郷原　**「いやあ、俺もモテなくてウヒヒなんですよぉ」**とか言われたことあるし。

宇多丸　全然違うでしょ……郷原の例で言ったらさ、**スーツ着たジョックスでも全然ウヒヒ足り得るっていうかさ。**

古川　そもそもウヒヒってなんなんだろ？

郷原　スタンスじゃないですか？　物の見方っていうか。

宇多丸　**ウヒヒとは常に物事を相対化して見る視点ですよ。**だから、なにがウヒヒか分からなくなってくるっていうのは当然なんですよ。相対主義から離れようとすると「相対主義の相対主義」になっていくっていう……**相対主義の罠**って言われるようなアレですよ。

古川　で、それを笑っていこうっていうのもセットになってるんじゃない？

宇多丸　まぁ、ウヒヒっていうぐらいですから……名前が笑ってますからね。

郷原　普通笑わない状況を笑ってみたりとかね。

宇多丸　例えばですよ、戦場でもう死にそうっていうときだとしてもウヒヒなものを見つけてしまったら**「ウヒヒ」と**。

高橋　バカじゃないの……。

宇多丸　これがウヒヒの精神ですよね。

古川　モテとウヒヒは関係ない？

宇多丸　関係ないですよ……**関係あるけどね**。そういう態度を続けていった結果に全然モテなくなるっていうのは往々にして有り得るから。

高橋　ウヒヒのシンボリックな存在っていうのは誰になるのかな。

郷原　僕は士郎さんだと思うけどな。

宇多丸　僕はわりとマッチョなところもありますから……。

高橋　純ウヒヒみたいなのはいないのかな？

宇多丸　いないよ、もう昔の話だもん。

高橋　遺産？

宇多丸　**あのころのストリートの熱気を俺は忘れないみたいな、そういう話ですよ。**

高橋　ノスタルジーだ。

宇多丸　**そりゃあ今はないよ、ブロック・パーティは。**今はブロック・パーティはないけど、そこから受け継がれたものはちゃんとあるわけじゃない？　そういうことよ。

高橋　**じゃあ、みんながネプチューンズでありティンバランドであり……**。

郷原　ウヒヒってすげぇな。

成長か、劇的な狂気か

宇多丸　ちなみに**ガハハ**っていうのもあるんですけどね。

高橋　肉食？

宇多丸　まあ、そっち。

高橋　ウヒヒ女っていうのもいるのかな。

宇多丸　まぁ、いますね。

郷原　女ウヒヒはやばいよ。

宇多丸　**女ウヒヒはねえ、カースト制の中でもかなり……**世の中の生態系の中にウヒヒ女が生息する場所はあんまりないんだよね。

高橋　絶対嫌だもん！　ウヒヒ女は嫌だなぁ……甘い雰囲気とかになりづらいよねぇ？

宇多丸　確かに甘いムードとかは相対主義とか言ってたらどうにもならない場じゃないですか？　それはウヒヒの弱点だよね……**だから必然的にウヒヒに童貞が増えていくっていう**。

古川　童貞が先なのかウヒヒが先なのか……。

郷原　女の子と二人で接してるときに**怖いくらい客観的になってる自分**を自覚してるときとかあったしな。

宇多丸　あ、そう？　それはやっぱり病状重いよね……俺は二人っきりのときとかウヒヒのウの字もないよ……**ウフフだよ**。

郷原　でも、そうやって考えていくとはじめからウヒヒじゃなかったな。

高橋　**みんなウヒヒじゃないんだよ**。

郷原　うん。

宇多丸　なんだよ……。

郷原　**ウヒヒは凄いよ、なれないよ。**

宇多丸　**でも俺、郷原の生態からウヒヒって名付けたんだよ。**

高橋　ここから始まってるのか。

宇多丸　そのころに比べたら今は全然落ち着いたよ。

郷原　ウヒヒっていうのはジメジメした感じがあるじゃないですか？　もうちょっとカラッとしていきたいっていうか……そのぐらいのレベルの話ですよ。

宇多丸　郷原は劇的な成長をしたよな……いや、成長？　**劇的な狂気の中に入っていってるだけかもしれないけど。**

郷原　したいことをして、買いたいものを買って、食いたいものを食うことで成長できる部分もあると思うんですよね……欲望を満たしていくことで。**だから宝くじで3億円当たったら今より成長できるような気がするんですよ、その3億円を有効に使って。**

宇多丸　金と時間を有効に使える人はいいけどさ。俺はねぇ、必ずしもそれを有効に使ってる自信がないんだよね……例えばさ、この時間を使って本読んだり映画観たりすればいいものを、エロサイト見てたりとかさ。

前原　それも成長ですよ。

宇多丸　え〜っ？

郷原　ボクもそう思いますよ。**エロサイトから学ぶものはないかもしれないけど。**

宇多丸　ないよ！

郷原　でも、そのときにそうしたいと思ったのなら……。

宇多丸　それは成長とは別じゃん。それはさ、自分の限られた人生を使って楽しんだんだからいいじゃんってことでしょ。

前原　**なんかエロサイトを否定してるみたいだね。**

宇多丸　否定はしてないけど……成長って規準におくと、自分はそんな積極的じゃないってことになるなと。少なくとも、自分の欲望に打ち勝ってでも成長しようって努力はしてないじゃん。だから、今そうである限り、いくら時間や金があっても同じことだと思うんだよね。まあ、本を読めばイコール成長ってわけでもないけど……でもエロサイトをボーッと眺めているよりは成長する確率が高い、とは思うよ。

前原　じゃあ俺は全然成長してないな……。

宇多丸　エロサイト飽きたって言ってたじゃん。それは成長ですよ。あとはなんかもっと成長を計る基準を設けるとかね。

いろんなコのいいところ

古川　直った悪い癖とかは？

宇多丸　俺！　今年は家でビールを飲まなくなった！

郷原　それでワインを飲むようになったんですよね……それはいいことなんですか？

宇多丸　痛風を防ぐ！

古川　あぁ……。

宇多丸　**あとまぁ、ポリフェノール。**

古川　薄っぺらだなぁ。

前原　**俺は世の中がよく分かってきたな。**

古川　お！

宇多丸　でかいねぇ。

古川　それはめちゃめちゃ成長してますよ。

前原　分かってはきてるんだけど、それを実践できないんだよね。

宇多丸　昔、モテの理屈は分かったけど実践ができないって言ってた人、いたよね。公論に。

前原　あと、可愛いと思える女の子の範囲が広くなってきたかもしれない。

郷原　成長！

前原　このコも可愛いのかなっていう……。

宇多丸　でもそれは分かる気がする……いろんなコのいいところが見えてくるんだよ。

高橋　そうやって考えると成長だよね。

前原　可愛いと思えるようになったたって言った方が正しいかな……**今までは別にって思ってたんだけど、このコも可愛いところがあるのかなっていう**……。

高橋　成長じゃない気がしてきたな、やっぱり。

宇多丸　偉そうだし。

前原　まぁ、あばたもえくぼってことで。

郷原　そういうこと言っちゃダメですよ。

前原　**あばただったものがえくぼに見えてきたのかなっていう。**

古川　ことわざの説明してるだけじゃないですか。

高橋　女の子に関して、好きだったのにダメになったとかってある？

前原　**うーん……南野陽子はいまだに好きだしな……。**

宇多丸　前原さんはホントにどミーハーだよね……芸能人の話大好きじゃん。

前原　大好きっていうか……だって会うんだもん。

高橋　会ったことない人も「○○ちゃん」とか言って話したりするじゃん。

前原　**まぁ、伝え聞いたりしたところで……。**

宇多丸　伝え聞くと会うとでは全然違うよ。

前原　でも昔付き合ってた女の人はみんな幸せになってくれたらいいなぁって思ってるよ。

高橋　意味が全然分かんないよ。

宇多丸　そりゃあ思いますよ！　思ってない人なんているの？

前原　だからあんまりよくない話とかを聞くと……。

高橋　心が痛む？

前原　**やっぱり罪の意識を感じるよ。**

宇多丸　罪の意識？

高橋　自分のせいってこと？

古川　それ凄いよ！

高橋　ただの電波野郎だよ。

古川　本人が聞いたら怒るかもよ。

郷原　**まあ、ボクは自分の幸せより他人の不幸って時期がありましたけどね。**

高橋　時間が経《た》つといいことしか覚えてないよね。

郷原　お！

古川　格好いいねぇ。

宇多丸　でもそれは分かりますよ。

前原　**自分がした嫌なことは覚えてないけど……。**

高橋　地獄に堕ちろって思われてるかもね。 ㊷

PLAYBACK これは重要回

宇多丸　遂に郷原の裏切りが！　この回が公論のエンディングを決定付けたと言っても過言ではないね。

古川　「ウヒヒはもう卒業したんですよ」って宣言してますからね。

宇多丸　今、郷原的に読んでキツいところとかある？

郷原　うーん……。

古川　尋常じゃない発言いっぱいしてるよ……「今は凄く女性に優しいですよ。ハンパなき優しさですよ」……士郎さんに「人がスピリチュアルな行動に走るときは、大体狂気に陥ってるとき」って指摘されてる。

宇多丸　これやっぱ言ってることおかしいよ！「自分の中に架空の真っ当なサラリーマン・キャラとかを作ったり」ってさあ。意味が分かんないよ！

郷原　なんでしょうね、変わりたかったんですかね。

古川　変わりたい願望みたいなのは伝わってくるよね。

高橋　「もうちょっとカラッとしていきたい」とも言ってる。

郷原　フフフ……結局なんにも具体的なこと言ってないし。

高橋　「したいことをして、買いたいものを買って」とか……フフフ……これ凄い！

古川　完全に狂気ですよ！

郷原　フフフ……眠かったんじゃないのかな……マジで。

高橋　でも士郎くんは真面目に対応してる……飲まれてるな。

宇多丸　でもさ、最後に成長したって言ってるのはだんだん最終回が近付いてる感じですねぇ。

古川　これは重要回ですねぇ。

アルカイダ ここですよ！の巻

2003年のトピックス総まくり。
例年よりテレビ／芸能ネタ多めです。

2004年
3月

現実感を失った人の浮かない表情

高橋　**ヤワラの結婚式は凄かったね。**

宇多丸　あ、生中継見たんだ？　見た方がいいなと思いつつ見てなくて……。

高橋　再現ドラマとかケーキカットとか、なにからなにまで凄かった。

宇多丸　相手のアレ……谷か。かなり前の公論でさ、奴のモデルお持ち帰りスクープのこと話したじゃん。そのときは夢のない話だとか言ってたけど、実は俺、あんまり谷って人のこと具体的によく分かってなかったのね。で、最近改めてヤワラと一緒にいるところとかテレビで見てて分かったのはねぇ……元々ああいう顔の人なのかどうか知らないけど……**ホントに浮かない顔してるんだよね。**

古川　しょぼくれてんだ？

宇多丸　もう一から十まで浮かない顔してるんだよ……全然盛り上がってねぇの！　ヤワラはニコニコして楽しく喋ってるのに……。

古川　それは後悔しているように見えるってこと？

宇多丸　というより、もっと諦めのニュアンスが濃い感じ。

古川　**巨大な渦に巻き込まれたような。**

宇多丸　全然笑わないし喋らないし。

郷原　**谷は凄いものを背負い込んでしまったな。**

古川　俺はずっと本気じゃないと思ってたけどな……結納とかそういうのがあっても現実感がないっていうか。いまだにまだちょっと信じてないし。

宇多丸　そうそうそう。谷の浮かない顔っていうのはさ、**なんか現実感を失った人の表情みたいなんだよ**。これは本当に俺の人生に降りかかっていることなのだろうか？　的なさ。

郷原　アレはヤワラの方が押してたんだよねぇ。

前原　ヤワラが一方的に電話しまくって……帯に勝手に谷の背番号縫い込んだりとか。

宇多丸　ヘタすると谷がモデルお持ち帰りしてた時点では**まだ既成事実がなかったりしてね**。それがだんだん外堀が埋められてきちゃって、「**ヤワラちゃんと付き合ってるんでしょ？**」みたいな感じになって……「偉い！　男上げたな！」ぐらいのこと言われて引っ込みつかなくなって、とか。

郷原　**ティファニーのネックレスも贈った覚えがないかもしれないよね**……シドニー五輪の決勝、谷が贈ったとされているネックレスを付けて、帯には谷の背番号の刺繡を入れて戦ったわけですよ。

古川　完全武装だ。

郷原　アテネ五輪は多分二人で行くことになるんでしょうね。

高橋　あ、谷も出るからね。

郷原　**夫婦で行っても部屋は別々になるのかな？**

宇多丸　**いや、一緒の方がいいだろうね。**

古川　隣の部屋の人とか気が気じゃないだろうね。

宇多丸　当然JOCが夫婦部屋をがっちり作るでしょ。

古川　照明とかもなんとも言えん感じにして……内装考える仕事したいな。

宇多丸　ヤワラからの指定もあるだろうからね……アイツこだわりあるからね。特に寝室にはこだわりを持ってるでしょ。

古川　**畳とか敷くでしょ。**

宇多丸　ヤワラは女を見せるじゃない？

古川　まあね、フェミニンですからね。

宇多丸　しかし密室でそれと対峙《たいじ》しなくちゃいけない谷っていうのは……。

前原　俺は男らしいと思うよ……そこまでいけば本当に男だと思うよ。

宇多丸　**しかも、それでばっちり勃《た》つってことだよね？**　でもヤワラちゃんが凄いテクニックを持ってるとか……。

郷原 ヤワラちゃんのテクニックはヤバそうだよね。**素早そうだよね。**

宇多丸 **なんか脇の下とか使ったりして……。**

前原 素股的なね。

高橋 そんな話になっていくのかよ。

宇多丸 まあ、今後は谷の浮かない顔に注目ってことで。

「オレオレ詐欺」って曲作りたい

古川 「新語・流行語大賞」とか見てたらさ、「毒まんじゅう」とか「なんでだろう〜」「マニフェスト」に混ざって「**コメ泥棒**」っていうのがあってちょっと驚いたんだけど。江戸時代かよ！っていう。

郷原 なにそれ？　全然分かんないや。

宇多丸 まあ、作物泥棒系が流行ったってことなんだろうけど……それって流行語？

古川 コメント読んでたら、「ナシ、メロンなど農作物盗難が相次ぐなか、冷夏による不作で値上がりしたコメを狙う泥棒が多発。『**オレオレ詐欺**』と並んで、2003年珍妙犯罪の代表格となった」とか書いてあった。

宇多丸 おかしいよ！ 絶対「コメ泥棒」より「**オレオレ詐欺**」でしょ！ 「オレオレ詐欺」って言葉を作った人は本当に凄いと思うよ！

郷原 それだけでちゃんと意味が分かるしね。

宇多丸 いいなぁ、「オレオレ詐欺」……「**オレオレ詐欺」って曲を作りたいぐらいだからね**。ラップ自体「オレオレ詐欺」みたいなもんだよ！

前原 こないだ実家に電話して「あ、俺だけど」って言ったら「**俺って誰だ！**」って言われたよ。

宇多丸 流行に敏感ですねぇ。

前原 勘弁してよって思ったけど。

宇多丸 まあ、いい心掛けじゃないですか。

高橋 でも実際「オレオレ」って言うもんね。

宇多丸 言う言う……二回繰り返す感じとかねぇ、よくできてるよ。

古川 その後の「ワタシワタシ詐欺」は流行らなかったけどね。

宇多丸 しかしこれってさ、やっぱ年寄りは引っ掛かりやすいってことだよね？ はっきり言うと頭脳の衰えにつけ込んだ……。

古川　年寄り番組とか見ると基本的には幼児番組と一緒のつくりだもんね。

宇多丸　そうそう、あやすようなね。ボケまでは行かないレベルで、ちょっとだけ、でも確実に能力が落ちてるっていう感じがまた……リアルだなぁと。

郷原　肉体的に衰えるのは仕方ないんだけどさ、オレオレに引っ掛かるようになるのはちょっと嫌だよねぇ。

リビングに剝き出しのトイレ

古川　あと流行語では「**ビフォーアフター**」っていうのもありましたね。

宇多丸　要はリフォーム・ブームってことですね。

前原　俺、『大改造!! 劇的ビフォーアフター』は毎週見てるけどね……みんな酷いところ住んでるんだよね。**トイレが玄関の家とか**。

高橋　え？　どういうこと？

前原　玄関開けるとトイレなのよ。

高橋　絶対ウソだよ！

前原　ホントホント。

古川　俺はそれは見てないけどさ、そのぐらいの勢いの物件は全然あるよ……珍物件ばっかり作ってる有名な建築デザイナーの自宅拝見みたいなのがあって、**リビングにトイレが剝き出しでくっついてるのよ。**

高橋　それってオブジェじゃなくて？

古川　**いや、使えるし、使わせるのよ、娘たちに。**

宇多丸　それはもう全然……ずばり欲望ですよ。

古川　さすがに娘とかはそこではしないんだって。でもお父さんは普通にするらしくて。

宇多丸　見るだけじゃなくて見せるのも好きなのか。

高橋　ブリブリブリ～！　とかリビングでやってるんだよねぇ。

古川　ショックじゃない？

宇多丸　しかもさ、そうやってブリブリやってるとき**ビンビンになってたりして……。**

古川　最悪……。

高橋　でも女の子も小さいときから見せられてたら違和感なくなるのかな。

古川　絶対そうはならないと思うけどね。

宇多丸　完全に家庭内セクハラだよね。

古川　で、2階に風呂があるんだけど、風呂に行く廊下がガラス張りになってるのよ。

宇多丸　下から風呂に行く様子が見えるわけだね。

高橋　え～！

古川　**お父さんは家族なんだから隠し事はよくないって一点張りなんだけど……。**

高橋　友達とか来たらどうするんだろ。

宇多丸　ビンビンでこう……。

郷原　最悪……。

宇多丸　それはもう建築としてアグレッシヴっていうよりは暮らし方の提案だからな……**ウンコ見せながらビンビンっていう……。**

前原　こないだ自分が珍物件に住んでる夢見た……**ビルの屋上で井川遥と一緒に住んでるの。**

郷原　嬉しそうだな。

高橋　**嬉しそうでしかも照れてる。**

前原　ビルの屋上に木造の2階建ての家があって、家賃8万円でこんな家に住めるんだ！みたいな。

宇多丸　なんの話だよ、それ。

前原　井川遥と一緒に住んでるんじゃなくて、**そこに来るってだけなんだけど。**

古川　あぁ……。

高橋　どうかしてるね。

前原　醒めなきゃいいと思ったけど。

宇多丸　マトリックスだ。

前原　夢の方がいいな……こないだもキョンキョンとか早見優とか出てきたし。

高橋　早見優好きなんだ？

前原　こないだの公論で南野陽子がいまだに好きって言ったけど**実は早見優なんだよね**。

高橋　なんだよそれ。

前原　修正しようと思ったんだけど別に大したことじゃないからいいやと思って……早見優はいまだに凄い好き。

古川　いまだにか。

前原　**いまだに好き**。

宇多丸　突然そんなこと言われても困るけどね。

宮沢りえが暴いたふたつの巨悪

高橋　面白い人だなぁ。

古川　2003年の主な出来事だとね……貴乃花が引退したのも昨年ですね。

前原　小松千春が付き合っててボロボロにされたっていう……。

宇多丸　**アイツ最悪じゃん！**　宮沢りえといいさぁ。

前原　最悪ですよ！

高橋　2人とも好きなんだ？

宇多丸　**宮沢りえ好きなのは当時国民の義務でしたよ。**

前原　小松千春はもう……オールタイム……。

宇多丸　りえちゃんの一件、俺は許してないね……**相撲界を！**

高橋　そんなだ。

宇多丸　ひどい話だよ……りえちゃん……りえちゃんの人生を……そういえばねぇ、こないだ相原勇も曙との話をしてましたよ、テレビで。周知の通り彼女は曙と付き合ってたんだけど、ある日テレビの報道でいきなり二人の「破局」を知らされたんだって。

古川　すげぇ……。

宇多丸　ひどい！　横綱ならなにやってもいいのかよ！

前原　相撲と歌舞伎は国から保護されてるからね。

宇多丸　もうねぇ、いい加減特別扱いやめなよ！

古川　外の業界に手を出しておいてそっちの常識を通そうとするのは筋が通ってないよね。

宇多丸　とにかくねぇ、宮沢りえをあんな形で捨てた時点で相撲界は終わりましたよ……そのくせ、やれ横綱に相応しい人格がどうとかぬかしやがって、**お前らに人格を云々する資格などない！**　で、結局フジテレビ女子アナを選ぶっていう……どういう値段の付け方だよ！

郷原　りえちゃんをあそこまで追い込んで……責任取れ！　と思ったからな。

宇多丸　そうだ、りえちゃん激ヤセの直接的な戦犯がもう一人いるじゃんよ……中村勘九郎ですよ！

高橋　アイツなにしたの？

宇多丸　付き合ってたの……遊ばれたの。

高橋　え？　ホントに付き合ってたの？

宇多丸　そうですよ。

高橋　マジで？

宇多丸　だからねぇ、梨園と相撲界はねぇ……**アルカイダここですよ！　撃て！**

古川　宮沢りえは人生を賭してふたつの巨悪を暴いたわけだね。

宇多丸　恥ずかしいですよ、そんなんが日本の伝統だなんて……それがりえちゃんを捨てたんだったら、そんな伝統とやらはこっちから願い下げだよ！

古川　あと去年はね……「**アコムのCM娘、小野真弓に人気集中**」。

前原　全然好きじゃないんだよな。

宇多丸　俺分かりますよ、彼女は……すげぇ好きってわけじゃないけど人気が出る理由はよく分かる。

郷原　おじさんとかに人気ありそうだよね。

宇多丸　**エロい！**

高橋　エロい？

宇多丸　なんでグラビア・アイドルがエロいかっていうと、俺の理論で言えばそれは「欺瞞」ゆえだと。肌を露出してエロスなポーズをとって、明らかに「性」を売り物にしているにもかかわらず、「水着を着ているんですよ私は！」って言い張るこのウソ……**このウソがセクシーってことなんだよ**。小野真弓の場合は普段制服を着て仕事ってイメージがあるから、ウソが重なってさらにエロいわけよ。

高橋　ギャップ？

宇多丸　簡単に言えばそれなんだけどね。ウソに手が込んでるわけよ。あのCMには性の匂いが一切ないわけじゃない？　はっきり清純キャラだし。だからこそ、グラビアで見た途端「**あ、性が！**」っていうさ。性の立ち上がり具合が凄く生々しいわけだよ。しかも彼女はグラマラスな感じじゃないんだけど……体つきも**普通っぽいののエロい感じの上限**、みたいな。

高橋　うるせぇなぁ。

宇多丸　水着とかも小さいのじゃなくて、ちょっとたるんじゃってシワが寄っちゃってる感じ？

郷原　ちょっと野暮な感じだ。

宇多丸　そうそう。それで白い水着が水に濡れてたり……あからさまにエロい表情とかポーズしてね。それでもまだ、これはただの水着写真ですって言い張ってるこのいやらしさ……**いやらしい～！**

古川　「**日帰りでも大満足、都市型温泉が大人気**」。

前原　去年は結構オープンしたんだよね、お台場とか。

宇多丸　どこか行きました？

前原　お台場の大江戸温泉は行ったけど……別に……。

宇多丸　「別に」は困りますねぇ。

前原　でも観光バスで乗り付けてたよ……**ギンギン……ギンギンだもん、ギンギン。**

高橋　ギンギンで済ませてるよ。

前原　若いコとかいっぱい来てたしね……でもねぇ、俺は風呂問題でひとつ危惧してることがありますよ。

宇多丸　ほう。

前原　そんなに温泉ばっかり作ってると地盤沈下が起きるからさ。実際鶴巻温泉とかお湯が出なくなって地盤沈下してるし。日本なんてどこ掘ったって絶対温泉出るんだからさ……どこでも出るよ、マジで。

古川　あぁ、日本は基本的に1000メートル以上掘ればどこでも温泉が出るらしいですね。

宇多丸　ラクーアなんて物凄く深く掘ってるんだよね。

郷原　危ない！

宇多丸　俺んちの近所はやめてくれよ！

前原　ホントにどこでも出るからね。

宇多丸　じゃあ温泉ブームで日本沈没だ。

郷原　情けねぇなぁ。

宇多丸　バカな結末だねぇ。

前原　ちょっと俺はそれ危惧してるねぇ。

宇多丸　風呂好きとしては風呂が日本を滅ぼしたなんて不名誉な話になりますからね。

「ぶっちゃけベラ入れたい」

古川　「**大人気ドラマ『GOOD LUCK!!』最終回、視聴率はなんと37・6%**」。

宇多丸　キムタク人気衰えずっていうのはちょっと意外でしたけどねぇ。

郷原　最終回だけ見た……最終回だけ見て大体分かりましたけど。

前原　飛行機でしょ？

高橋　キムタクのアドリブ炸裂してんの？

宇多丸　「ぶっちゃけ」って言ってるんだ？

郷原　うん……でも凄く人気出そうなドラマだった。

高橋　柴咲コウが整備士かなんかなんだよね。

郷原 そうそう。

前原 あんな整備士いねぇよ！

高橋 絶対いないよね！

古川 俺もそう思ったよ！

郷原 最終回ではハワイに向かう飛行機内でちゃんとトラブルが起こって……それで柴咲が頑張って直して……。

宇多丸 整備士が飛んでる最中の飛行機直すの？ **『エアポート』シリーズじゃん！**

郷原 もしくはヌル～い『エグゼクティブ・ディシジョン』って感じ。最後はトラブルを乗り越えてキムタクがランディングを決めて、教官役の堤真一がようやくキムタクを認め、ラストいく前に堤と相手役の黒木瞳との決着があり……そしてキムタクと柴咲がハワイのビーチでキス・シーン！

宇多丸 **舌入れてた？**

郷原 一番最初は子供のチュウみたいな。

高橋 小鳥チュウだ。

郷原 そう、小鳥チュウ。で、柴咲に「下手クソ！」とか言われて**本気のキスで襲撃！**みたいな。

一同　あぁ……。

郷原　**そこで"Ride On Time"のヴォリュームがマックスに！**

宇多丸　なんか良さそうじゃん。

高橋　ホントかよ。

宇多丸　だって俺、『エアポート』シリーズ大好きだし。

高橋　楽しみ方が全然違うよ。

宇多丸　『エアポート75』とか最高だよ！　小型機がジャンボにぶつかってきてパイロット全員死んじゃって、スチュワーデスが操縦するっていう無茶苦茶な映画。

高橋　海に墜落する『エアポート77』もあったね。

宇多丸　話を戻すと、なんか柴咲はキムタクが自ら指名したらしいね……多分、「**ぶっちゃけベラ入れたい**」みたいなことを言ったと思うんですけどね。

古川　言ってないと思うよ。

高橋　今日はこれ以上喋ってもダメそうだね。

古川　そうだね。

宇多丸　ごめんね。

㊅

PLAYBACK

やめる必要なかったよね

宇多丸　「こないだの公論で南野陽子がいまだに好きだって言ったけど実は早見優なんだよね」……いいの？　早見優で。

前原　早見優はすげぇ好きだな。

高橋　1位？

前原　1位じゃないよ、1位はだって井川遥だもん。

宇多丸　あと小松千春？

前原　小松千春も好き。

宇多丸　そして『GOOD LUCK!!』か……キムタクって最近人気どうなの？　ちょっと微妙？

古川　だいぶ下がったでしょ？

郷原　でもCM好感度のアンケートとか見ると相変わらず根強いですよね。

高橋　『anan』の抱かれたい男もいまだに1位キープしてるし。

郷原　きっとSMAPのメンバーは全員トップテン内に入ってるんだろうな。

古川　しかし最後の方の会話はホントひどい。

宇多丸　でもね、このクライマックス・シーンはちょっと良さそうなんだよな。

古川　「本気のキスで襲撃！」を受けて「あぁ……」とか……これはホントにテレビで見聞きしたことを喋ってるだけですな。いい感じで煮くずれた感じがたまらないですよね。

郷原　最後「ごめんね」で終わってるからな。

古川　この調子でいけるんなら別にやめる必要なかったよね。

むしろ私の話を聞いて！の巻

渋谷某ビルにある占いスポットに潜入捜査。20分3000円。
タワレコの袋にテープレコーダーを隠したりもしました。

2004年
4月

最低限堂々としていて欲しい

（占い突入前、喫茶店にて）

古川　占い中、隠し録りします？　それとも最初に断ります？

郷原　言った方がいいよ……だって怖いじゃん。

高橋　見つかったら呪いかけられそうだよね。

郷原　言おうよ……一応こういうのに載りますって。

宇多丸　でも取材って申し込んで占ってもらっちゃうとさ、なんかよそ行きシットっていうか……。

古川　リアルじゃなくなるかもしれないねぇ。

宇多丸　やっぱ隠し録りのスリルがあるからウヒウヒっていうかさ。

高橋　うーん……。

前原　そもそもさ、占ってもらわない人はどうするの？　横で見てるの？

古川　見学は大丈夫らしいよ。

宇多丸　でも……ちょっと人数多くねぇ？

古川　確かに。

宇多丸　二手に分かれたほうがいいのかな。

古川　それと今日いる占いの先生のプロフィールを持ってきました。

宇多丸　（リストを眺めながら）**詐欺師どもが！**

古川　早いよ、決めつけるの。

宇多丸　全員詐欺師ですよ、こんなもん！

前原　俺と士郎が占ってもらうの？

古川　できればその2トップで。

宇多丸　なんで俺と前原さんなの？

古川　だって面白いじゃないですか。

　というわけで、前原は古川と郷原を引き連れてタロットで恋愛運を、宇多丸は高橋を引き連れて中国算命学で仕事運を占ってもらうことに。

（2時間後、居酒屋にて）

古川　さて……とりあえずこっちの報告からいきましょうか。

前原　結論からいくと、**3月と7月に出会いがあるって**。

高橋　いきなり……。

前原　相手は年のころは20代後半以降。仕事はバリバリやってる人で、お金は結構持ってるって言ってた。

宇多丸　結構詳しく出るもんだね。

古川　最初にまず占星術で占ってもらって、そのあとにタロットをやってもらったんですよ。それで出た結論です。

宇多丸　もっと細かく出すことも可能なのかな？

古川　前原さんは「**名前は分からないんですか？**」って聞いてたけど……それは無理だろ！って横で思ってた。

郷原　でも、年上か年下か聞いても結局なんにも言ってくれなかったよねぇ……あの人さ、人の話聞いてないよ！

古川　あのねぇ……まずそもそも占い師としてどうかって感じの人だった。

郷原　漠然と占いに対して懐疑的だった部分がまったく払拭されなかったよ……女の占い師だったんだけど、オドオドして、どうとでも取れるようなことしか言わないからさ。

宇多丸　最低限堂々としていて欲しいよね。

郷原　こっちが傷つかないようにしてるっていうか……顔色を窺《うかが》ったりして。

古川　それでズバッと凄いこと言ったりしたら面白いんだけど、どうとでも取れるようなことしか言わないからさ。

郷原　だってさ、最初に前原さんのデータとか聞いてたじゃん？　「何時ごろに生まれたか分かりますか？」とか言ってきたから、結構具体的なんだぁって思ったんだけど……「分かりません」って言ったら「**あ、そうですよねぇ**」って。

古川　それによって精度が落ちたりしねぇのかよっていう。

郷原　あとねぇ、カードめくってたら、**人が死んでる絵とか串刺しの絵とかが出てきて**……「これはマズい！」って笑いこらえてたら、「**穏やかな恋愛になりそうですね**」とか言い出してさ。ふざけんなっつーの！　串刺しになってるじゃねぇかよ！

古川　人が死んでるカードも「**癒しです**」って言い張ってたからな。あと、タロットってカードの向きでも意味が変わってくるんでしょ？　けどさ……。

郷原　**自分が見やすいようにガンガン向き変えてたから**。どの場所になにが出たらどういう意味があるっていうのも一切説明なし。恋愛の話が終わっちゃったから、残りの時間で「**野球やってるから勝負運を占ってください**」って頼んだらさ、何月ぐらいから勝負運が上がってきてますとか言ってたんだけど……いきなり「**試合の前はウォーミングアップをちゃんとやらないとケガに繋がるので**」とか言いやがって……

古川　そんなの占いじゃねぇよ！

郷原　少年野球のコーチが話すことだよね。

古川　ひでぇなって思ったよ。

高橋　アレにはがっかりしたね。

郷原　……なんか占いの話っぽくないな。

高橋　逆にちょっと面白かったのが、「車を持ってるならドライブに誘ったりするのはいいと思いますよ」とか言って、それで「でも、あなたのことを好きになる女性は奥手なんですよ。だからドライブに行っていい感じになったとしても、**いきなりキスはちょっと……**」とか言い始めてさ。「**キスとかその先は、私まだそんなつもりじゃないわよってことになると思うので……**」とか。

宇多丸　テメエの恋愛の話じゃねぇかよ……お前がそうして欲しいだけだろ！

高橋　それさぁ……**前原さんのこと好きなんじゃないの？**

郷原　「**私よ、私！**」ってことなのかな。

高橋　あの人自体が完全に袋小路に迷い込んでる感じだったもんね……「**むしろ私の話を聞いて！**」みたいな。

宇多丸　これは3月か7月に電話かかってくるね。

古川　とにかくねぇ、気の毒だった、俺は。

クンク〜ンって感じ

郷原　宇多丸さんが占ってもらってた人は、その点手練《てだ》れそうでしたよね。
古川　ちょっとそっちを聞かせてよ。
宇多丸　結論から言うとねぇ……あんまり面白いリアクションは取れなかった。**だっていいことしか言わないのよ！**
郷原　あ、そうなんですか？
宇多丸　席につくなり微妙にこっちの情報を引き出しつつ……俺がまたお喋りだから余計なことペラペラ喋っちゃってさ。「若者向けの音楽をやってて、歳とってからもこの調子でやっていけるんでしょうか？」みたいな。
古川　リアルだな。
宇多丸　そうしたらさ、「**でも今は歳とったからって演歌って時代でもないわよねぇ**」みたいなこと言われてさ。
高橋　茶飲み話だったよね。

宇多丸　俺も最初は「この人はなに世間話してるんだ？」って思ったんだけど、一応俺の名前や生年月日をもとにデータを書き出してるんだよね。で、そうこうしてたら突然**「なんだ、あなたちゃんと音楽の才能あるじゃない！」**とか言い出してさ。「音楽の才能があるって出てるわよ」って。

高橋　ノートに「**リズム**」とか書いてた。

宇多丸　「一生あんたお金困らないわよ」とかさ、「悪運がいいっていうのかなぁ、困ったことが起こっても必ず助かるのよねぇ」とかガンガン。文筆の才能もあるって言ってたよね？　「今の仕事で培った人脈を活かしてエッセイとか書くのもありなんじゃないの？」って言われたよ。

古川　あ、もうこっちとケタが違うわ。

宇多丸　こっちが喜ぶことばっかり……**もう、クンク〜ンって感じよ。**

高橋　本当に嬉しそうだったもんね。

宇多丸　宇多丸っていう名前も姓名判断してもらったんだけど、「**あ、結構いいわよ。みんなは16画がいいって言うけど私は15画がいいと思うのよね**」とか言っちゃって。

古川　それはちょっと苦しいんじゃないかな。

宇多丸　ともかく、いいことしか言わないのよ。で、ずっとそんな調子だったから、「14歳ぐらいまではあんまりいい思い出ないんですけどねぇ」みたいなことを言ったのね。それは冗談だったんだけど、そこを重く捉えちゃったみたいでさ、「**子供のころは親御さんにあまりかまってもらえなかったみたいね……**」とか言い始めちゃって。

古川　シリアスになっちゃったんだ。

高橋　あそこで今までのグルーヴが途切れちゃったよね。

宇多丸　そこまで重いもんじゃないんですけどっていう。でももう、歳取るまでお金には困らないわ女には困らないわで……。

古川　へえーっ……。

郷原　すげぇ……。

宇多丸　「そんなこと言われると働く気がなくなっちゃうなぁ」とか言ったら「**放っておくとなまける癖あり**」みたいなこと言われたりして。

古川　釘を刺すのも忘れないんだね。

宇多丸　とはいえ、こっちはすっかりいい気持ちですよ。あれは3000円払っちゃうよ……こんないい気持ちにさせてくれるんなら。だって俺、**自分が特別な人間なんじゃないかって気がしてきたもん。**

古川　安いね、3000円で!

宇多丸　こうなってくるとさ、僕はもう**あっち側の人間っていうかさ……**。

高橋　うわぁ……相当いい気分になれたんだね。

宇多丸　相当いいですよ！　みんなに自慢しちゃうもん！

言葉が精神に及ぼすエフェクト

高橋　確かに人が気持ちよがってるの見てるとやってもらいたくなるよね。

宇多丸　すっかりリピーターになっちゃって、「アレ言ってください！」とか「**あの話して！　俺が金困らないとか、あの話して！**」みたいにせがみ始めたりしてね。

古川　完全に中毒っていう……話聞いていると、俺もそれやられたらめちゃめちゃ気持ちいいだろうから、逆に絶対にやめとこうって思いますよ。

宇多丸　占いなんか詐欺だっていうのと実は表裏一体なんだけど、その言葉が精神に及ぼすエフェクトっていうのは人一倍認めてるから……あのぉ……強迫観念にとらわれたりさえしなければ**別にいいんじゃない？**　ただね、全体的にいいこと言う以外は大体そりゃそうだろ系っていうかね、**ウォーミングアップしないとケガしますレベル**だとは思ったよ。

郷原　でも、その言い方のスキルが違う。
宇多丸　勢いがあるからね。
郷原　こっちはなぁ……「キスからその先は」のときは**いい顔してたけどね**。
古川　俺はきつくて顔見れなかったな。
宇多丸　そんなこんなでねぇ……逆ギレ系のリアクションはちょっとできなかった。
古川　でも、逆ギレはやっぱできないと思う。ていうか、そこまでいかないようなことしか言わないからね。前原さんの場合、特に断言系があんまりなかったし。
宇多丸　予言的なのは3月か7月に出会いがあるっていうのだけか。
前原　まあ、井川遥かな……**明言はしてなかったけど暗に、ね**。
郷原　「相手は恋愛で過去に苦い体験もしてるけど、男性の愛に包まれたい願望がある」って言ってたよね。
宇多丸　ホントに井川なんじゃん？
前原　それか伊東美咲あたり……**あ、国分佐智子かな？**
古川　20代後半って言ってましたけどね。
前原　でも別に伊東美咲も26歳だし、国分佐智子も27歳ぐらいだし……熊田曜子はダメになっちゃうね。

宇多丸　熊田曜子なんて絶対前原さんに合わないよ。

前原　まあね……**なんで分かるんだよ、そんなこと!**

高橋　ホントにバカだね。

郷原　多分もう恋愛も野球もダメですよ。

前原　でも好きになる人が現われるってことですから。

高橋　既にもう心の拠り所になってるな。

郷原　**前原さんにできることはウォーミングアップしかないんですよ。**

恋愛はビジネスになるな

宇多丸　あと思ったのは、待合室の感じとかさ、雑居ビルでやってる営業ってせいもあるけど、やっぱ性風俗っぽいよね。リピーター確保していく感じとか、金払って気持ちよくさせてもらう商売、って考えるとさ。

古川　いや、実際風俗だと思いますよ。

宇多丸　風俗ですよ……だからそれをテレビでやるな!

古川　あとは、やっぱテレビとか雑誌の占いと違って、セラピー色が強いなっていう。コミュニケーションだからさ。

高橋　それこそ話す相手があんまりいない人とかはまっちゃうかもね。

古川　アメリカで心理カウンセリングを受けるのと同じ感覚なんだろうな……それを分かって利用しているうちは問題ないんだろうけどね。

前原　みんななにを悩んでるんだろうね。

郷原　ほとんどは恋愛だと思うよ。

高橋　恋愛はやっぱビジネスになるな。

郷原　恋愛はビジネスになるよ。

宇多丸　人間の弱みですよ……**精神的には最も常軌を逸してる状態なわけだし。**だから悪質なんですよ。

古川　意外と恋愛ヒエラルキーの頂点にいるのは占い師なのかもしれない。

宇多丸　しかも無からお金を生み出してるんだよ……凄くない？　占いってすげぇ！　占いやろうかな。

郷原　お金かからないだろうしな。

古川　もう自信だけでしょ。

高橋　あとはコミュニケーション術。

宇多丸　しかも女の子が信頼して色々話してくるからいずれ恋心が芽生えたり、なんてことも有り得ますよ。
郷原　絶対あるよ。
高橋　じゃあ占い師になればモテるのかな。
宇多丸　聞き上手じゃないとダメだな……ヨシくんとかベストじゃん。
高橋　聞いてるだけじゃダメでしょ、なんか言わないと。
古川　いつも言ってるようなことにもっともらしい根拠を付け足せばオッケーですよ。
宇多丸　なんかビー玉転がした後にでも言えば大丈夫だよ。
郷原　**「ビー玉のヨシ」**ですよ。
宇多丸　ガンガンやった方がいいんじゃない？　スケベ野郎としてさ。キミとか相談とか受けるわけだからさ。
古川　**おでこにキス占いとか。**
高橋　**俺がするの？　されるの？**
古川　どっちでもいいけど。
郷原　この感触は！　みたいなね。
前原　おっぱい占いとかね。

郷原　それはヨシくんっぽくないよ。
前原　**髪の匂い占いとか？**
古川　ちょっとそれはマニアックだね……それは別名シャンプー占いだよね。
前原　**ポッキーを両端から食べていく占いとか。**
高橋　コンパじゃやねぇかよ。

丸いものをプレゼントしなさい

宇多丸　あと、占いって初期段階カップルの話題として定番っていうのもあるよね。恋愛診断みたいなのがゲーセンにあるのってそういうことでしょ。
前原　**あれってでも結構シビアよ。**２回ぐらいゲーセンでやったことがあって、当時付き合ってる彼女とやったときは相性20％だったのね。もう1回は初デートのときにたまたまなんか……。
郷原　お、やったんだ？
前原　そしたら、そのときは相性75％って出たけどね。
郷原　そのときはどういう空気が流れたの？

前原　**あ〜って。**

高橋　ちなみにその相手は前原さん的に気に入ってたコなの？

前原　まあ……100%ではない。

郷原　そのコはなんて言ってた？

前原　そのコはへぇ〜って。

古川　**話としてつまんねぇよ！**

郷原　「俺が100%にしてやるよ」ぐらいのことは言ってないの？

前原　100%はないよ……**100%出すのは大変だよ。**

古川　カラオケの点じゃねぇんだよ。

前原　**家が凄く遠くてさ……。**

古川　そんな話聞いてねぇよ！

前原　いやね、柏まで送っていくのって結構大変なんだよ。

古川　食いつけねぇよ、そんな話。

前原　占いってでもあんま男一人で行かないよね。

郷原　男一人ではねぇ。

前原　俺は行ったことあるけどね。

古川　それはハーコーだね。

前原　**いや、男一人で行ったんじゃないんだよ、実は**。

高橋　たった今自分から一人で行ったって言ったばっかりじゃねぇかよ。

前原　女の人と一緒に。

古川　その話がしたいのか。

郷原　それで前原さんも占ってもらったと。

前原　そう、そんな感じ。

古川　それでなんて言われたんですか？

前原　**丸いものをプレゼントしなさいって**……実は彼女と別れた後だったんだけど。

郷原　別れた彼女にプレゼント？

宇多丸　ヨリを戻すってこと？

前原　そうそう。

郷原　で、それはプレゼントしなかったんですか？

前原　いや、実はその前にしてまして……なんか丸いものをあげてたんだよね。**丸いっちゃ丸いっていうか……**。

高橋　なにをあげたの？

前原　**忘れた。**
古川　丸いってことは覚えててそれはないでしょ！
前原　いや……マジで忘れた。
古川　どうやって頭にファイルされてるんだよ。
前原　球体じゃなくて……**上から見たら丸いものだったと思うんだけど……。**
古川　そんな記憶の仕方ないよ！
前原　それがなんだったかは忘れた。
高橋　すげぇ人だな、あんたは！
前原　そのときはヨリを戻せるって言われたんだけどね。
古川　やっぱ上から見たら丸いものじゃダメだったんだよ。
宇多丸　占い師に結果報告したら「**もっと正確に丸いものを！**」とか言われるんじゃないの。
前原　かもね。㊣

PLAYBACK
ホント思い出せなくて……

古川　公論史上最もトリッキーな試みに挑戦した回。そっち側は盛り上がってたよねぇ？　こっちは占い師の人がオドオドして大変だったよ。

郷原　でもまあ、貴重な体験をしたのは俺らの方かもしれない。

宇多丸　でもね、一回行ったことで占いというものの効果は分かりましたよ。だから……それゆえに細木は許せん！　いい気持ちにさせてくれるのならいいと思うんだよ。それは一種のカウンセリングだからさ。でもあの細木の恫喝は……恫喝したらやっぱり脅迫になっちゃうじゃん。福永法源が逮捕された名目だって、科学的根拠がない診断で金を巻き上げたってことなんだから……。

古川　それ言ったら全部そうじゃん！

宇多丸　そうなんだよ。いい気持ちにさせてるだけならともかく、心理的に圧迫をかけて金を取るなんてのは、本当に詐欺罪を適用してもいい級の話でしょ。

高橋　前原さんの「丸いっちゃ丸い」……これは相変わらず思い出せない？

前原　昨日思い出そうとしたんだけどねぇ……ホント思い出せなくて……上から見たら丸いものだったんだよなあ。

「もしも依存」の巻

趣味、道楽、依存、中毒……本来、生活に潤いを
もたらすモノが一線を越える瞬間とは?

2004年
5月

ちょっとコーラ中毒

古川　**酒も煙草もやらないって人、周りにいる？**　俺の周りには一人もいないんだけど。

宇多丸　酒か煙草、さもなきゃ非合法ドラッグ……その3つとも一切やらないなんて人は結構珍しいかもね。

古川　特に最初からやってない人、一度もやったことない人となると稀《まれ》だろうな……宗教上の理由とかじゃないと考えられない。

宇多丸　しょうもない話だけどね。違法合法問わずドラッグやらない人が滅多にいないっていうのは……いかに人間が弱いかって話ですよ。**「俺は独自の道を行ってる！」とか思っててもさ、さっき挙げた3つのうちのどれかにハマってるんだったら、その時点で既にありがちなんだよ。**ドラッグ経験豊富な奴より、なにもやったことない奴の方がレアっていう。さっきの3つとかさ、それぞれの角で他の角を眺めて、「俺はアレはやらないよ」とか言いがちじゃない？　同じ穴のムジナなのにさ。もちろん中毒になったときの迷惑度とか、国家に管理されてるかどうかっていう違いはあるとしても、本質的な依存構造はまったく変わらないのにね。

郷原　でも、なんにも依存してない人がいたらそれはそれで凄いね。

宇多丸　俺らの周りにはいないけど、やっぱどこかにはいるはずだよね。

郷原　素体がね……**空気派というか**。

宇多丸　酒や煙草、いわゆる分かりやすいドラッグ類だけじゃなくて、お茶的な刺激物もダメ。飲むとしたら水、みたいな。

前原　俺もちょっとコーラ中毒の気はあるからね。

宇多丸　コーラはそういうイメージ強いですよね。

前原　**ここ1週間ぐらい飲んでないけど**。

郷原　……たぶん大丈夫だよ、心配いらないよ。

宇多丸　ホント面倒臭い人だな。

前原　いや、基本的にコーラは1日1本必ず飲んでたからさ。

宇多丸　1日1本は飲まないで済むぐらいに減らしたと？

前原　いや、ちょっと胃が痛くなってきちゃってさ、炭酸はやめた。

古川　……最初から中毒じゃなかったんだと思うよ。

前原　だから中毒じゃなかったんだって。

高橋　中毒って言ったじゃねぇかよ！

前原　中毒かと思ったよ、正直。あとはチョコレートかな……ちょっと度を越してると思

古川　うよ。

前原　具体的にどのぐらいの頻度ですか？

郷原　**2～3日に1回。**

そんなもん依存じゃないよ！

1日1回「もしもさぁ」

古川　みんなは？

郷原　俺は煙草だけかなぁ。

高橋　俺も煙草かなぁ……酒は依存してるって感じではないし。

宇多丸　僕はアルコールは間違いなく依存してますね。毎日飲んでる。

古川　食事とか嗜好品以外の中毒的なものってないですか？　俺で言うと、インターネットは完全に中毒だしさ。

宇多丸　メールをチェックして、きてなかったら閉じるとかじゃないんだ？

古川　うん、俺はひどい。それこそ仕事に影響出てるのにやめられないみたいな。

高橋　あ、俺は音楽ないとダメだ。いい音楽が流れてそれが自分の知らない曲だったらもう大変。

古川　そわそわする？

郷原　それを知らないことが許されないとか。

高橋　いや、単純にこの曲を知りたいって、いてもたってもいられなくなる。

宇多丸　知ってどうするの？

高橋　いい曲を知った！って。

古川　だってさ、昔**「世界中にあるいい曲を全部知りたい」**って言ってたじゃん？　それを聞いたときに**「ああ、この人は病気なんだなぁ」**って思ったもん。

郷原　俺はそういう中毒性のあるものとかないなぁ。

宇多丸　いやいやいや、自分で気付いてないだけですよ。

高橋　**「もしも依存」**は？

郷原　あっ……死にたい……。

古川　もしも○○するとしたらいくら？ってやつだね。

宇多丸　「もしも依存」は安上がりだし全然いいじゃないですか。

郷原　まあ、人に迷惑はかけてないし。

高橋　おかしな言葉だなぁ、「もしも依存」。

郷原　でも確かに止められないよなぁ。

宇多丸　毎日必ずしてるでしょ。

古川　俺、「もしもなんとかだったら」なんて月に1回も考えないよ。

宇多丸　俺もほとんど考えない。

郷原　一番多い「もしも話」は基本的に、**気まずいシチュエーションを仮に作り出して……例えばファミレスに入ってメニューだけ見てやっぱやめますって店を出ていったりとか**……そこからどんどん高度な状況を考え出して、それをどこまで実行できるか、みたいな話をする。

古川　目的が外から見えないのってやっぱ中毒っぽいね。

郷原　依存ではないと思うんだけど……ただ、1日の中で「もしさぁ」って言う機会は多いと思う。1日1回は絶対言いますね。で、1回「もしさぁ」って言うと、その被せと被せで20往復ぐらいするから。

高橋　**世界観形成中毒は？**

古川　なに？

郷原　あぁ、妄想系ね。お話つくるのはメチャクチャやってるからな……架空の学校とかつくってるし。かなりナイスな学校なんですよ！　……やっぱ完全に「もしも依

宇多丸　存」ですね。誰もがやってることかと思ってましたけど。

郷原　「もしも……」はいつでもどこでもできるじゃん？

宇多丸　だからこそ危険なんですけどね。

古川　そうだよね。ある意味、**いちばん病気に近い**っていうかさ、それが止められなくなったら病気だよ。そういうもんでしょ？

宇多丸　寝ないで「もしも……」ってやり始めたらねぇ。

郷原　ダメだと思ってもやっちゃうんです。みたいな。

古川　寝る前に「もしも……」は基本ですけどね。ただ、「**空想してぇ〜！**」みたいな感じではないし。依存っていうよりは思考が自然とそっちにいっちゃうんですよ。

高橋　思考って外から禁じるものがないし、考え出すと一気にそっちにいっちゃうから危ないんだよね。

郷原　空想したいんだけど原稿書かなくちゃいけないから今はお預け、みたいなことはないの？

高橋　そういう風になったことはないから、コントロールは一応できてるんですよね。

郷原　**仕事が終わったからさぁ空想するぞぉ〜！**　みたいなのは？

　それはさすがにない……それはヤバいでしょ。空想してもいいときに、自然と思考に入ってくるんですよ。

テレビは家のスイッチ

古川　前原さんはなんかないの？
前原　テレビを絶対つけておくっていうのはあるね。
宇多丸　例えば家に一人でいて、シャワー浴びてたりしてても、それでもつけてる？
前原　うん……家に帰ったらまずテレビつけるもん。
宇多丸　俺と同じだ……怖いのもあるのかな？　シーンとした状態が寂しくて……俺にしても、1日の中でテレビをつけてない時間っていうのは基本的に出かけるときか寝るとき。テレビのついてない家っていうのは、俺の中で**OFFの家**なのよ。家全体がOFFになってる状態ね。テレビをつけることによって家の中が動き出すわけよ。
古川　家のスイッチだ。
宇多丸　そういう感じ。
古川　俺もとにかくつけてますね。音は消してても画面だけつけてたり、画面は見てなくても音だけ流してたり。

宇多丸　音楽を聴いてる時間だとしても、音を消してテレビはつけてる。
郷原　凄いな。
高橋　電気代もったいないね。
宇多丸　たぶん情報依存なんだと思いますよ。常になにかインプットしておかないとOFFな気がしちゃうっていう強迫観念。道を歩いてるときでも素の状態で歩いてるのがもったいない気がしちゃって、**用がないのに電話したりしてる**。
古川　あと士郎さん、活字は？
宇多丸　そうだ、活字だ！　これは完璧に依存だ！
古川　ないと恐怖を覚えるとしたら中毒ですよ。
宇多丸　完璧これは依存だ、酒以上だ！　切れることを考えると恐怖さえ覚える……電車の中で読む本がないと吊り広告を見ながら車内を練り歩いたりとかさ。
郷原　**電車の中なんて思い出し笑いしてるだけですぐに過ぎて行くけどな**。
古川　ぼーっとできないんだよな。
郷原　あ、ぼーっとできる。
宇多丸　ぼーっとするってなに？って感じ。
古川　寝るかなにか見てるか、だからな。

宇多丸　タクシーに乗るとさ、助手席の上のところに文字のニュースが出る機械あるじゃん？　あれねぇ、思い付いた奴は同じ人種だと思うよ。

古川　助かる！って感じだよね。

宇多丸　これですよ！って感じ。

高橋　景色眺めてる方が面白いな。

宇多丸　確かに情報量は景色見てた方が豊富なんだろうけど、そこが悲しきデジタル人間っていうかさ、一度活字とかの記号に変換した情報じゃないと咀嚼《そしゃく》できないんですよ。

前原　寝たりしないの？

宇多丸　だから寝るか読んでるか、ですよ。起きてる状態でなにもインプットなしっていうのはちょっと……自分がテレビのモニターだとすると、なにか映さないともったいないじゃんっていうかさ。**俺というモニターになにか映せと。スイッチだけ入れておくなんて！　だったらなにか映せよ！**

宇宙の奇跡がこんなに辛いとは

郷原　それは全然分からないな。僕の場合、例えば電車に乗ってるときとか、自分の席の向かいの端から端までを見ただけで**30分は確実にいけるんで**。見逃せないキャラ発見！ってなると、その人の性格とかをじっくり想像していくんですよ。それだけで面白い。なにも想像がつかない人を発見して、それをまた笑ったりとか。

宇多丸　本を読んだりするよりよっぽど知的作業だよな、頭を使うという意味では。

古川　子供だとどうだろう？　子供ってなにかに依存したりするかな？

前原　プレステとかじゃないの？

古川　それも古いな。

宇多丸　でも俺さ、子供のときに親のこと考えて、**「俺はこの人がいないと生きていけないんだ！」**って絶望したことあるよ。

古川　面白い子だな。

郷原　そうやって認識できてる時点でそんなに依存度は高くないと思うんですけど。

宇多丸　迷子になったときに思ったんだっけな……親がちょっといないだけで**俺はこのザマかと**。確かにこの状態で俺は一人で家にも帰れないし、生きていくこともできないし。

郷原　それだけ賢ければ帰れそうだけどな。

宇多丸　凄い情けないと思ったよ。いや、今は大人流に言い換えて言ってるけどさ、そういう心理が子供のときに働いたわけよ。情けなくて泣けてくるっていうか。

古川　**「不甲斐ない……」**。

郷原　**「まるで子供だ！」っていう**。

宇多丸　ホントホント。でも中毒ではないけど、それなしには生きていけないって意味では圧倒的に親なわけでしょ。

高橋　宇多丸　それはそうだけどさ……。

古川　あと、ヘヴィなコレクターとかさ、別にこのコレクションがいつ燃えてもいいんだとか、本当はやめたいんだけどついつい買ってしまうとかいうのを聞くとさ、アレも一種の病気なんだろうなって思うね。

要は趣味っていうのはさ、普通に生活してるだけだとそこに生きる目的なんて見つけづらいわけで、代わりに明日アレを買おうとか、そういう手近な目標を立てて……そうでもしないと生きていけないってことだと思うよ。

郷原　普通、そうですよね。

宇多丸　だからもうねぇ……辛い！　宇宙の奇跡がこんなに辛いものだとは。

高橋　なに？

古川　**「宇宙に知的生命ってなかなか生まれないらしいねぇ、そう考えるとどんなバカで**

も生きてるだけで宇宙の奇跡なんだよねぇ」っていう話をさっきしてたんですよ。

宇多丸 **俺たち宇宙の奇跡なのに、こんな情けないものに頼らないと生きていけないなんて……**。

古川 それが能動的な形で出たのが趣味で、最初は能動的だったのかもしれないけどいつか自分でコントロールできなくなってしまったのが依存なんじゃないですか。

宇多丸 **生きる楽しみを見つける手段にすぎなかったものが目的化してしまう……**。

古川 それが依存でしょうね。

煩悩＝生きる目的

郷原 あとさ、それが一般的に高尚とされるようなものだったらあまり依存とか言われないような感じはするよね。ほんとは量や頻度の度合いで中毒とか趣味とか判断されるべきなんだろうけど、でも実際はなにをやってるかで判断されがちというか。音楽や映画には趣味という言葉が合うけれど、パチンコや麻雀となると依存とか中毒という言葉が……僕は両方やりますけど。

古川 言い換えれば、宗教なんて最大の依存っちゃ依存なのにね。

宇多丸　だからみんな生きる目的が必要なんですよ。前にこの連載で「生きてるだけでいいじゃないいか」みたいなこと言ってたけど、アレはウソ！　**生きてるだけなんて無理！**

古川　それこそ神の境地かもしれない。

宇多丸　そうだよ、「生きてるだけでいいじゃないか」っていうのは悟り！　だからある意味、監獄でうんこブリブリやってる麻原も悟ったんですよ。**ウンコ汚い！　でもいいじゃない！　奇跡！**

郷原　アイツもやっと解脱したのかもしれない……前は日本をどうにかしたいっつって選挙出たり、女はべらかしたりしてたわけだからさ。

古川　煩悩の固まりですよ。

宇多丸　そうだよ、**煩悩とは〝生きる目的〟の同義語ですよ！**　みんなそのために頑張っちゃってるわけだからさ。煩悩を落とすってことは生きる目的を落として、それでも生きろってことじゃないですか。

古川　そうしたらうんこなんてブリブリですよね。

宇多丸　ブッダの要求はちょっと高度過ぎるな。キツいぞそれ！　無理！

郷原　しかも、みんなが解脱したら社会が成り立たなくなるからね。

宇多丸　宗教って本質的にそういうもんかもしれないけどね。社会という現実に対してどう折り合いをつけようとか、あるいはそれをどう変えてゆこうとかっていう前に、自分の内側で完結した解決策をひねり出すわけじゃない？　そうなると外側との矛盾が生じてきたときに、むりやり辻褄《つじつま》を合わせようとしてサリン撒《ま》いたりする奴も出てきたりすると。

古川　外側を自分の方に引き寄せようとしてるわけですよね。

宇多丸　〝社会全体の一員としての自分〟じゃないんだよね……いかんね。ボンクラが陥りがちな思考回路ですけどね。

古川　**ボンクラと宗教は近いな。**

宇多丸　近いよ、近い！　逆に賢明な人々は、**生きる目的っていうのは所詮手段だって思って、そこを割り切ってるわけよ。**洋服を買ったり異性をゲットしたりっていうのは生きる手段だと。それが生きる目的ってわけじゃない、人生のある時期を乗り切るためのツールだと。ところがボンクラは自分の打ち込んでるものが生きる目的だと思い込んじゃって、そんなのは社会一般の価値観とは合致しないこともしばしばなわけで……手段だったらやり過ごせるところを目的化しちゃってるからさ。

古川　だからそういう人達は集まって別の社会を形成しようとするんだよね。

宇多丸　そう。シーンと呼ばれるようなものは大体そういうとこから生まれてきたりするもんだからさ……ヤバいね！　今まで散々煩悩を捨てろみたいなことを言ってきたわけじゃない？　一個一個を悟ってシャット・アウトしていくんだ、みたいなさ。でもそんなことしてたら生きていけないんだよ！

古川　いや、それをどこかでコントロールできればって話でしょ。

宇多丸　それだ！　**コントロールしてみよう！**　俺は『デリー』のカレーが好きだ……でも、これはコントロールできてますよ。べつに毎日行ってるわけじゃないし。

古川　**依存か趣味かって、そこが分岐点じゃない？　コントロールできてるかできてないか。**欲望は存在するし、それ自体は善でも悪でもないけど、その欲望にブレーキがかからないと中毒になるし、社会的に不適合になる。

宇多丸　ドラッグもそうだよね。コントロールできる範囲で使用できればまったく問題ないわけじゃないですか。そこで例えば非合法なものはその時点で既に個人のコントロールを越えている、とか。あとハードなドラッグも肉体的にやっぱりコントロールできなくなってくる……まあ、酒もそうですけどね。

古川　精神的な依存なんて、まずそれ自体に気付いてない場合も多いですからね。自分がなにに依存してるかをちゃんと把握しておく作業は結構重要だと思いますよ。

宇多丸　ヨシ君が昔やってた「**フラれた理由をノートに書き出す**」ですよ。
古川　それは大体キツい作業が多いけどね。
宇多丸　自分が最も見たくないところだもんね。
郷原　そりゃあそうだよね。
高橋　でもやっといたほうがいいですよ、己を知るためにも。

PLAYBACK
奇跡的な苦痛

宇多丸　あ、これは重要な回ですよ。「生きてるだけでいいじゃない！」は嘘だって話ですよ。みんな生きる目的が必要なんだと。「煩悩を落とすってことは生きる目的を落として、それでも生きろってこと」……凄いな！　終わり方も真面目ですねぇ。
古川　真面目に終わってますねぇ……最初は郷くんの妄想話してますけど。
宇多丸　「気まずいシチュエーションを仮に作り出して」……。
高橋　これ読む限り……全然ウヒヒ卒業してないよねぇ？
古川　「電車の中なんて思い出し笑いしてるだけですぐに過ぎていくけどな」……全

然ウヒヒが治ってない。ちょっと前でウヒヒ卒業とか言ってたのはなんだったんだっていう……

宇多丸 フフフ……。

古川 士郎さんは相変わらずテレビつけっぱなしですか？

宇多丸 いや、もちろん普通の人よりはつけてると思いますけど、最近は気が付くとついてないことが多いですね。

古川 おっ、じゃあ変化ですね。

宇多丸 まあまあああまあ……テレビつけてインターネットやりながらパソコンで音楽を流して……。

前原 お湯も出しっぱなし？

宇多丸 別に無駄遣いしたいわけじゃないからさ……情報を同時に入れたい。

古川 俺も一緒だな。

宇多丸 でも結構キツい話もしてますね……。

古川 「宇宙の奇跡」ね。

宇多丸 ……宇宙に生き物が生まれる確率は、コップにハシを突き立てて分子と分子がたまたますれ違ってグサッと刺さるぐらいの確率なんだってメローイエローのキンちゃんが言ってて。まして知的生物なんて！　だから命は凄く尊いって論法もあるけど、逆に考えると俺らが感じてる苦痛は宇宙にかつて存在したことがない苦痛なんだよなっていう……人間の煩悩はちっぽけだって言うけど、人間の存在が宇宙の奇跡なんだったら、この苦痛も奇跡的な苦痛なんだしやっぱり耐えられねぇ！ってことになるんじゃないかと。

睡眠は死のいとこだ の巻

公論史上もっともビターな一本。
「心を守る準備」……してますか?

2004年
6月

アメリカマッチョ文化の抑圧

宇多丸　こないだテレビのニュースで観たんだけどさ、日本のどっかの刑務所に外国人だけ収容されてる区域みたいなのがあるらしくて、その模様を追った特集をやってたのね。彼らが隔離されてるのは、まず日本語が分からないっていうのと、刑務官のコメントをそのまま言うならば**「人格的に集団行動ができない」**って理由らしいんだけどさ……たぶん会話を含めた日本的コミュニケーションができないってことだと思うんだけど。で、いかに彼らが厄介な集団かっていうのを**おどろおどろしいBGM**と共に繰り返しやっててさ。「そのときナントカ房で問題が起こった！」みたいな。それで刑務官が大勢駆け付けるんだけど、あんまり大したことないのよ。覚醒剤のフラッシュバックでちょっと暴れたとか。それに対して、その外国人は俺は暴れてないってカメラに向かって抗議してたりして。「コイツらが言ってることは全部ウソだ！」って。でもそれは余裕でスルーして、**「この男は後日、何々罪で告訴された！」**ってナレーションが入ったりしてさ。

郷原　ホントに嫌な番組だな、それ。

宇多丸　もう相当だよ！　そもそもさ、ニュースにBGMを流すなんて……。

古川　ありえないですからねぇ。

郷原　明らかに恣意的なものを感じるよね。

宇多丸　でもさ、もうそんなことを疑問に思わないぐらいになっちゃってるでしょ、最近のニュース……酷いと思うよ！

古川　そういえばちょっと前にアメリカで結構な猟奇殺人がありましたねぇ。

郷原　自分の子供を9人殺したとかいう事件だっけ？

宇多丸　アメリカってさ、シリアル・キラーの発生率でいくとやっぱ群を抜いてる気がするんだけど……一人で数多く殺す奴はやっぱ多いよね？

高橋　そうね……なんでそんなにたくさん出るんだろ？

宇多丸　あのさ、変態的な行為が発現するときってやっぱり抑圧の反発じゃないかと……性に対する抑圧が強い地域だと性的な猟奇殺人が多いとかさ。これはギンティ小林さんに聞いたんだけど、アメリカに**グレイシーSM**っていう風俗があるんだって。実際に格闘技をやってる屈強な女の人がいて、格闘した挙げ句最終的にはお客を落とすっていうね。それって間違いなくアメリカのマッチョ文化の抑圧から出てきてるんじゃないかと思ってさ。だって日本でそんな風俗聞いたことないでしょ？　力で屈服させるSMプレイなんて、凄くアメリカっぽい風俗だと思うわけよ。シリアル・キラーにしてもSM的な性向が強いのが多いらしい。だから……そこには人を快楽殺人へと向かわせやすいなにかがあるのかなぁって思ったりして。

セックス・アピール強迫観念

古川　こないだの猟奇殺人のときもニュースで言ってたけど、アメリカには一夫多妻とか多夫多妻とかを独自にやってるコミュニティが結構あるらしくて、その中では近親相姦とかも平気で行なわれてるみたいですね。治外法権なコミュニティがアメリカにはまだ全然あるみたい。

宇多丸　基本的に**「俺ら勝手にやりますから！」**っていうのが強い風土なんだろうね。だって銃の所持を権利として主張するっていうのはそういうことだよねぇ。治安なんてものは人に守ってもらうもんじゃないって発想が強いからでしょ？　基本的に国家って単位は信じてなくてさ。

古川　州単位の意識の方が強いのかな……なんかアメリカって、宗教的なコミュニティが多いイメージがあるんですよね。許容範囲が広いぶん、特殊なコミュニティでも存続できちゃうっていうかさ。

宇多丸　でも独自のコミュニティがある国なんていっぱいあるわけじゃないですか。だから……やっぱマッチョ文化の抑圧みたいなのは結構大きいと思うよ。

古川　シリアル・キラーが敬虔《けいけん》なクリスチャンだったなんてことも珍しくないですからね。

宇多丸　『セブン』なんかはまさにそういう描写でしたよね……。このないだのジャネット・ジャクソンの一件にしてもさ、さっきのグレイシーSMがいかにもアメリカ的な風俗だっていうのと同じように、**おっぱいを出すのがエンターテインメント**だと錯誤するところまでいくというのは……。

古川　普段いかにおっぱいが隠されているかってこと？

宇多丸　それもそうだし、最近のMTVなんかを見てると、**そりゃあいずれおっぱい出すよなぁって**。はっきり言ってさ、それと似たようなことはいつも全然やってるじゃん。確かにスーパーボウルは紅白歌合戦みたいなものなのだろうし、そこでおっぱい出すのとは意味が全然違うのかもしれないけど、でもMTVを見てこれがアメリカ文化なのかって思ってる人間からすれば、あのバカどもがやりそうなことだよなって思うよね。結局彼女はTPOをわきまえていなかっただけで、普段はやってることなんだよね。それはやっぱりアメリカ文化のセックス・アピール強迫観念っていうか。その根っこには、なにか万人に共通な価値観を求めたいっていう潜在意識が働いてるような気がするんだけど。女のセックス・アピールはこういうものでしょ？男のセックス・アピールはこういうものでしょ？っていう雛形をみんな気が狂ったようになぞっているというか。

古川　それはエロくはない？

宇多丸　俺から見るとね。ブリトニー・スピアーズをアイドルとは認めがたいっていうかね、**萌えないもん**。ある特定の嗜好に訴えるつもりがないでしょ。**性的嗜好なんて本来パーソナルなものなのに、それを頑なに否定しようとしているように見える**。そのくせアンダーグラウンドではグレイシーSMみたいなのがあるっていう……なんかさ、女性が強いっていうことに対する憎悪みたいなのはあるんじゃないかな。だからアメリカの性犯罪は女を力で屈服させるようなのが多いはず！　とにかく病的なマチズモ文化、セックス文化ですよ……どうですか、アメリカ。あなたの好きなアメリカ……あなたなんか非マッチョで全然ダメじゃないですか。

高橋　**え……でもみんなも全然アメリカだと思うよ**。

古川　まあ、日本人である以上はね。

ドリュー・バリモアの叫び

宇多丸 でもアメリカに対する距離感はあるわけじゃないですか？　アメリカン・ハイスクール派としてはどうなの、そこんとこ。

郷原 あそこは問題ないと思うんですけどね。

宇多丸 でもまあ、ご存知の通り、アレこそアメリカの縮図なわけじゃないですか。

古川 あそこからイイ話も生まれてると思えばイヤな話も生まれてるわけで。

宇多丸 **イイ話っていうか、イヤな話が生まれがちなところだからこそ、その緊張感の中でイイ話が生まれるんだよ。**例えば運動部員がギークやナードをいじめるなんて最悪じゃないですか。でも、その最悪の絵面を安全圏から見てるから美しいものとして見えるだけなんじゃない？

高橋 でも学園映画っていっても甘酸っぱいのばっかりじゃなくて『**ヘザース**』みたいなのもあるじゃんよ。

宇多丸 『**ヘザース**』と『**ロミー&ミッシェル**』と……それぐらいじゃない？　他になんかある？

郷原 ほとんどの学園映画ではジョックスは痛い目に遭いますけどね。

宇多丸　でもカースト制そのものに対するアレはないよね。
郷原　**『25年目のキス』**とか。
宇多丸　一応映画はルサンチマン抱えた人のためのものだからね。
郷原　そもそも作ってる人が負け組出身だからな。
高橋　**「社会に出ればジョックスもナードも関係ないのよ！」**っていうドリュー・バリモアの叫びは監督の叫びだからね。
宇多丸　ただ、アメリカン・ハイスクールの現実そのものが美しいわけではないよね。
高橋　そうだね。
宇多丸　要するに、それが最後に打ち破られる結末が美しいだけなんじゃないですかね。だってトレンチコート・マフィアみたいなのも同じ背景から出てきてるわけだしさ……分かりやすい話だよね。酒鬼薔薇なんかに比べると凄く分かりやすい……「日本人はイジメなんかしていやあね」みたいなこと言う人いるけどさ、イジメなんて結局どこでもあるんだよねぇ？
古川　どこでもあるし、余所にはそれこそもっと酷い現実があるかもしれない。

イジメからは逃れられない

宇多丸　どうですか？　イジメ最先端シーンにいた前原さんは。

前原　**なんでも聞いてください。**

宇多丸　自分のイジメの過去をどう思いますか？

前原　どう思うか？

宇多丸　うん、例えば恥ずかしいと思うとかさ。

前原　恥ずかしいとは思わないね。

宇多丸　ほう……。

前原　誇らしいとも思わないけど。

宇多丸　なんとも思わない？

古川　謝りたいとかは？

前原　まあ、軽くはね……相手がいまだに根にもってたりしたらねぇ……。

宇多丸　根にもってる可能性の方が高いですよ。絶対忘れてないと思う。

前原　そうだよね。

宇多丸　自分が思春期に抱えたルサンチマンの深さを考えれば、それの数十倍の深みはあるだろうなって思うからさ。殺されてもおかしくないよなっていうかね。

前原　まあね……殺されるかも。

宇多丸　他の人に比べれば俺のは全然可愛いもんだったとかさ、そんな言い方しかできないよね。

前原　**でも骨折させたりとかはしてないからなぁ。**

宇多丸　そんなのしてないよ！　肉体的な暴力は一切振るったことないけどさ……小学校のときはまた無視ブームとかだったしさ。

古川　濃いコミュニティほど無視も起こるし効果的なんじゃないですか。

宇多丸　そうだよね、そこしかないからね……小学生のときは、無視はほとんど持ち回りだったね。いつ自分のところに回ってくるかっていう……もうノイローゼだよ！　で、ある日やっぱり自分に順番が回ってきて……もう遊びなんだよね。こっちがうろたえるのを見て面白がってるんだけど、こっちとしては「**ウソだよね？　ウソだよね？**」っていう。

古川　不安でしょうがないよね。

宇多丸　で、一日の終わりに「ウソだよ～ん！」みたいなのがあって。

古川　レクリエーション……タチの悪い。

宇多丸　これはもう、**「コミュニティに忠誠を誓え！」っていう名の人格矯正セミナー**っていうかさ。だって一日孤独になって、それで「ウソだよ〜ん、お前は俺たちの仲間だよ〜ん」ってやられたらさ、「良かった〜！」ってなっちゃうじゃん。「テメエらふざけんなよ！」とはならないじゃん。

郷原　子供って残酷だよなぁ。

古川　残酷だけどよく出来てるよなぁ。

宇多丸　ホントよく出来てるよ。

古川　でも……どうだろうね、『BLAST』読者の高校生とかでイジメられてるコになにか言うとしたら。

宇多丸　前にも言ったけど、**学校がすべてじゃないとしか言いようがないよね**。不登校でもなんでもなればいいんじゃないの？　嫌なんだったらさ、もうそうするしかないよ。ただね、学校がすべてじゃないとは言ったものの、社会に出ればイジメから解放されるかというと、人が集団でコミュニティを築いていく限り、イジメってものから根本的に逃げられないんだよね。例えばさ、こないだメシ食ってたら、おばさんが3人ぐらいで話してるわけ。で、どうやらパート先の奥さんの悪口をああだこうだ話してるのよ。それはやっぱり一人がボスで、他の2人が「ナントカさんには今度改めて話して分かってもらうしかないわね」みたいなこと言ってたらさ、ボスがきっぱり「**いや、辞めてもらう**」って。

古川　いい瞬間見たねぇ。

宇多丸　だからさ、やっぱりコミュニティに属している限りイジメからは逃れられない……会社に入っても、それこそ**老人ホームでもイジメはあるだろうからな**。

郷原　老人ホームでイジメか……うわ……。

宇多丸　老人ホームで老いらくの恋とかいってさ、そういうのがあるって聞くと……そこから弾かれる人も当然いるってことじゃん？　老人ホームでモテない奴の絶望って……。

高橋　うわ……。

宇多丸　思春期とかさ、俺らはまだいいよ。「でもいずれ！」って思えるからね。でも老人ホームでモテないのはねぇ……人生の終わりに近付いてきて、**結局自分は人から愛される能力が低いらしい**っていうことをさ、結論として受け入れざるを得ないって……それ、地獄だと思うよ！　地獄ってそこに存在するんじゃないの？

郷原　どうしよっかな……？

古川　死ぬかボケるか……。

別のチャンネルを持つ

宇多丸　例えば老人ホームで暮らさなきゃいけない。みんなは仲良くゲートボールでキャッキャキャッキャやってると。で、誰も自分を誘いに来ない……しかもさ、なまじ好意を抱いてるおばあちゃんとかいるわけよ。ところが好意を抱いてるおばあちゃんは誰それとうまくやっちゃってさ……これはどうですか！　今まで想像したことなかったけど！

古川　それに加えて、フィジカルな衰えっていうのも地味に効きそうだしね。

郷原　施設の中に「**もう死にたい**」と思ってる人が少なからずいるとしたらその場所は地獄だよね。人生の最後の最後で。

宇多丸　笑い事じゃないよなぁ……どうよ？

高橋　**それは免れます**。

宇多丸　どうやって免れるのよ。

高橋　**頑張って**。

宇多丸　なにを頑張るのよ！　そうはいかないって話をしてるんだから！

高橋　うーん……。

宇多丸　でも高橋くんはたぶん老人ホームでもモテますよ……いや、老人ホームでこそモテる！

古川　先長いな。

高橋　ヤバいな。

宇多丸　だってセックスが比重として比較的浅いじゃん。

郷原　**「ヨシさん」**の独壇場かもしれないよね。

宇多丸　若いときは重視されないある種の要素……例えば普通に優しいとかさ、聞き上手とかね。

郷原　そこから全快して奇跡的な長寿を記録するかもよ。

宇多丸　**そのくせ勃つときは勃つ！　みたいなね**……そういう能力が買われるときはありますよ。**老人ホームでラビッツ**とか言ってるのが目に浮かびますよ！

高橋　可愛いじゃん。

宇多丸　ムカつくわ……。

古川　今からムカつくって言われてもねぇ。

前原　**またイジメやろうかな。**

古川　やめなよ。

高橋　イジメをやるプランがあるの？

前原　いや、俺も会社に入ったりしたらまたイジメやったりするのかなぁと思ってさ。

高橋　自分がイジメられる側になるかもしれないよ。

宇多丸　でも仮に前原さんがイジメを受けてもあんまり問題にならないような気がするのは、たぶん前原さん自身が揺るがなそうな気がするからだよ。だからイジメそのものが問題というよりは、**自分の価値を疑わされるような状況が問題なわけであって、イジメ行為そのものは屁でもない人もいるし、そうじゃない人もいる**っていうさ。

古川　イジメってだから、イジメ側だけの問題じゃないってことかな。

宇多丸　やる側がよろしくないっていうのは当然としても……。

古川　イジメがなぜよくないかっていうと、究極的に言ってしまえばイジメられる側が辛いと感じるからでしょ？　で、そのイジメ的辛さは、イジメじゃなくても発動することがあるんですよね。

宇多丸　イジメ的な物理的な行為に対してどう対処するかっていうことと、**自分の心をどう守るか**っていうのは、ちょっとわけて考えた方がいいのかな？

古川　自分の心を周囲からどう守るかっていうのは、実はイジメとまったく無関係なところで育てといたほうがいいよ。

宇多丸　僕が普段よくいう、**「別のチャンネルを用意した方がいい」っていうのは自分の心を守るための手段**だからね。心を守る準備ですよ。それを今からしとかないと……老人ホームに入ったときに……。

古川　あと40年ぐらいか……。

宇多丸　どこが人生の勝利ポイントなのかなんて分からないからねぇ……老人ホームっていう凄い微妙なところを設定したけどさ。

古川　そもそもそこまでいけるかどうかも分からないからね。

宇多丸　うっかり長生きしてしまったときこそ難しいってことじゃないですか……今やその可能性の方が高いわけだし。夭折のカリスマと比べると……早めに死んだ方がいい人も多そうだね！

古川　いつ死ぬか分からないって大変だね。

郷原　早く死んだほうがいいって気もしてくるね。

前原　**寝るのでいいんじゃん？**

宇多丸　ま、寝るのが一番いいんですけどね。ネガティヴ方向に考えがいくときは普通に寝不足だったりするよね。ちゃんと8時間ぐらい寝てみたら「なんだったんだよありゃあ！」みたいなさ……**そうだ、寝ろ！**

古川　メッセージがどんどんシンプルになっていくな。
郷原　結論は「**寝ろ！**」**か**。
宇多丸　でも寝るのは擬似的な死ですからね。
高橋　Nasも「**睡眠は死のいとこだ**」ってラップしてるしね。
宇多丸　いい加減なもんだよ。

PLAYBACK
歳をとっても変化しない

宇多丸　「人が集団でコミュニティを築いていく限り、イジメってものから根本的に逃げられない」って言ってますね。「老人ホームでもイジメはある」……結構ヤバいですよ、これ。
古川　歳をとると変化をするっていうファクターが抜けてるような気もするんだけどね。
宇多丸　なるほど……いや、変化しないですよ。
古川　せめて、変化していこうという意志を持ってればどうにかなるって言いたいな……老人ホームでもイジメはあるっていうのはそりゃそうなんだけどさ、そこから逃げることはできるはず……。

宇多丸　老人ホーム自体から逃げられないんだから難しいですよ。もう別のチャンネルを用意しようがないじゃないですか。若いころなら「まだ別のチャンネルがこの後に！」とか思えたけど、もう選択肢がないところで絶望したらどうすんの？っていう。

古川　老人ホームっていう社会の中ではイジメられるかもしれないけど……。

宇多丸　だって老人ホームにいる人ってもう老人ホームの社会しかない人でしょ？

古川　例えば趣味の世界とか……外に世界を持つのも難しいよねぇ。老人ともなると。

宇多丸　老人ホームにいるってことは、なにかしらの介護が必要ってことじゃないですか。要するに、ただの歳とった人じゃないわけですよ……もうすぐ死ぬことが前提じゃないですか。だから、そんなにアクティヴな存在じゃないと思うんですよね。ここでも言ってますけど、自分の心を守る方法を考えとけってことですよ。

選挙に行こうJ! の巻

年金改革が争点となった2004年4月の衆院統一補欠選挙。
なぜか高橋が一言も発していません。

2004年
7月

「**現在**」**は……？**

宇多丸　衆院補選（4／25）の**自民党圧勝**には呆《あき》れ返ったよ！　埼玉と広島と鹿児島だっけ？

前原　アレはもともと自民党の議席だったんでしょ？

古川　そうですね。で、投票率自体が凄く低かったんですよねぇ。30％台とかそんな感じ。

前原　そりゃ行かねぇだろ。

宇多丸　そう？　でもそうしたらアホ自民党が調子に乗るだけなんですよ。

古川　ていうか、もう調子に乗ってましたよね。その後のコメントからなにから。

宇多丸　凄い調子に乗ってるよねぇ？　それでもうなんにもやる気が出ないんですよ……もう嫌だ！

古川　年金未払いに関してはどうですか？　あの分かりやすい失態ぶり。

宇多丸　最初威勢の良かった人がだんだんトーンダウンしていく感じとか良かった……どうですか、年金は。

前原　**年金なんていらねぇよ！**

郷原　べつにそこは聞いてないけど。

古川　小泉の応対にしてもねぇ……「うっかりしてたんでしょうねぇ」みたいなさ。

宇多丸　そうそうそう。あとさ、福田（元官房長官）が例のムカつく低いテンションで言ってたのは、「そういうことがあったんだからしょうがないじゃないですか」だよ！　「しょうがない」？

郷原　「起こってしまったものはしょうがない」だっけ。

宇多丸　もうツアー先でみんなでテレビ見ててさ、「そ、そんな……」って感じだったよ。大体さ、あんな答弁はしてはならないレベルだと思うんですよ。

古川　小泉のぶっちゃけ発言に慣らされてきちゃったのかな、世間が。

宇多丸　アラが多すぎて政治家の言葉を信用しない癖がついちゃったというか、言う側に重みがなくなってきちゃったし、もうその奥に非難すべきなにかもないからな……小泉は「過去のことですから」とも言ってたしな……「過去のことですから未来に向けて」ってさ、**「現在」がすっぽり抜けてるじゃねぇか！**

古川　あの辺はもうホントにグダグダでしたね。

宇多丸　そう考えていくと我々も脱力してくるわけだし、てことは補選の投票率の低さもやむなしなんですかねぇ……でもねぇ、イラクの問題もあるし自衛隊の問題もあるし年金の問題もあって、一番盛り上がってもおかしくないときになぜ投票率が30%台なんてことになるんですかねぇ？　投票率が低いってことは結局組織票が勝つんですよ！　結局僕らが脱力して喜ぶのはあの泥棒どもなんですよ！　読者で補選の地区の有権者で投票に行ってない奴は恥じた方がいい！　**もうお前はこの連載読まなくていい！**

「自己責任」にうんざり

古川　イラクの人質事件についてはどうですか？

郷原　人質になった体験よりも、むしろそのあとで日本に帰ってきてからの方が怖がってるような印象があるな。

宇多丸　あの人らを責めるのは本当に酷い話だよね。諸説あるとはいえ、一応「顔の見える人道支援」とやらをやっていたのは彼女たちだったわけで、ジャーナリストにしても常にリスク込みで取材する立場にあるわけで……我々はそこに感謝しなくちゃいけないぐらいなのに……正気かよおめえら！って感じだよね。**自己責任**って言葉が一人歩きしちゃってさ、そりゃあ自己責任はあるかもしれないけど……。

古川　国家が見殺しにしていいかはまったくの別問題ですからね。

宇多丸　ニュースの論説委員みたいな奴も「程度がありますから」みたいなこと言ってたけどさ、フリー・ジャーナリストの活動に寄生してイラク報道してきたくせしやがって恥を知らねぇのかなぁって……それに対して誰も突っ込みを入れないっていうのもねぇ？

郷原　助かったあとに残りたいとか言い出したときは小泉も**「金返せ」**ぐらいのこと言ってたもんね。

古川　**「反省して欲しい」**とか言ってたもんね。でも大体さ、いくら国が避難勧告を出してたってビザを発行してる以上は最終的には国の責任なわけだからね。危険地帯だろうがなんだろうが……ていうか要はさ、イラクに自衛隊を送るとなると危険地帯ってことにはできないから、ビザを発行せざるを得ないっていうことなんだよね。だからこれはもう明白に政府の責任だと思うんだけど。

宇多丸　矛盾だらけの自衛隊派遣だからね……安全だから自衛隊が行くっていうね。**安全だったら民間でいいだろ！**　今なんて自衛隊は宿営地から出てないからさ、水が欲しけりゃ取りに来いってことになってるからね。

古川　自己責任云々は本当にうんざりする。

宇多丸　なんかさ、**女の子が短いスカートはいて夜道歩いてたらそりゃあ強姦されますよっ**

ってことを言う人っているじゃない？　それと傾向としては似てるなぁと思ったんだよね。強姦されるリスクを考えることと実際に強姦される被害ってことはまったく別の話なのに……そんなこと言い始めたら生きることすべてが自己責任って話になってくるわけだしね。そんなこと言ったら警察いらないじゃん！　国家権力がなんのためにあるのかっていうと、国民の生命と安全を保証するためなわけだし。

古川　そのために税金払ってるんだと思ってるんだけどっていう。

郷原　そうだよね。

宇多丸　そういえばさ、小泉は人質の家族と会わなかったんだよねぇ？　それも凄くない？

しかもそれに対する非難があんまり集まらないのも不思議だよなぁっていうか。

古川　もう人質の方が悪いってムードが出来上がってたしね。もちろんそれを見越して家族に会わなかったわけじゃないだろうけど、結果的に奴の「毅然とした態度」の中に収まっちゃって支持率が上がるっていう。

郷原　最近の小泉はホントに凄いよね。

古川　ある意味、末期の森（前首相）にも匹敵するぐらいになってきてると思うよ。

宇多丸　なんか最近さ、俺がテレビで見ると**ネクタイしていないことが多いんだけど……**。

郷原　多い多い！　そう思ってた！

宇多丸　それがまたテンション上がってる感じを助長しちゃってさ。
郷原　**熱くなってきたなあ～**、みたいな。なんか髪筋とかも含めて乱れてますよね。絶対汗かいてる感じだもん。
古川　4月ぐらいからテンション高いですよ。
宇多丸　イラク派遣が決まってからはもうイケイケなんじゃないですか。
古川　あとはやっぱり補選の後からかな。
宇多丸　道路公団の一件にしてもさ、一部の識者が言っていた通り、はじめから小泉はやる気なんてなかったんですよ。テンションだけが上がってたんだよ。支持率の高さっていうのも国民がそのテンションに乗せられちゃっただけのことであってさ……フアッショですよ！

ハイテンション小泉

郷原　そういえばさ、人質問題でうやむやになっちゃったけど、その直前に靖国参拝が違憲ってことになりましたよね。でもアイツは「続けます」って言ってたけど……凄くない？　完全に三権分立が崩れてる……裁判所の言うことを聞く気がないってこ

宇多丸　とじゃないですか。靖国行くときは公用車とか使ってるわけでしょ？　タクシーで行けよって話なんだけど……まあそれでも、支持されてるってことになってるわけじゃないですか。

古川　支持率上がってますからね。今回の人質のゴタゴタで。

宇多丸　なんにもしてないのに？

古川　なんか迷いがないように見えたらしく。

郷原　しかも人質も死ななかったわけだしね。

古川　結果オーライだからさ。

宇多丸　本当に小泉は運がいいよな……毅然とした態度とタイミングの良さで……ていうかさ、なんなの？　**みんなバカなの？**

古川　バカなんだと思います。

宇多丸　やっぱねぇ、**日本で今テンションが高いのは小泉だけですよ。**

古川　こないだ小泉が地方行ったときとか、なんか塀みたいなのによじ登ってたよ……**40～50センチぐらいの高さのところに飛び乗っててさ、周りのSPとかちょっと困り顔だった。**閣僚とかそういう問題じゃなくて、もう大人が飛び乗るような高さじゃなかったからね。

宇多丸　**そのうちロック・コンサートとかやり始めるんじゃないかな。**

郷原　「**梅っ酒〜っ！**」とかやってる映像もあったよね……アレもヤバかったなあ。

宇多丸　もうさあ、テンションだけなんだもん……無意味にテンション高いだけだからさあ、周りはどんどん脱力していくわけじゃない？　本来ならここでさ、民主党には頑張ってもらわないと困るんだけど……。

古川　あの体たらくで……「未納三兄弟」って……。

三権分立崩壊

宇多丸　菅は**支持のない小泉**って感じだよね。テンションの高さは負けず劣らずだし、うっかり具合も引けを取ってないんだけど……人気ない小泉って感じだよな、ホントに。

古川　一番哀れだな。

宇多丸　菅がまたパフォーマンス好きじゃないですか？　こないだも狂牛病で吉野家が牛丼の取り扱いを中止する直前に食いに行ったりしてるわけだよ……**意味分かんなくねえ？**　なんでお前が牛丼食ってるの？　それはなに？ってことじゃない？

古川　牛丼ファンからすればね。

宇多丸　……最近基本的なことで疑問に思うんだけどさ、国会議員やりながら首相とかやるんだよね？　国会議員であると同時に首相なんだよね？　てことはさ、小学校でウソを教わったってことじゃないですか、三権分立とか言って。だって、コイツ国会議員なわけでしょ？　だからなんかを決めるときにはコイツも手を挙げたりしてるわけだよね？　それって立法する側と行政側が分立してなくねぇ？　「政府自民党」だよ？　だから……最近改めてウソじゃん！って思うわけよ。ウソ教えるなよ小学校で！　小学校でウソを教えすぎじゃない？　日本は三権分立ですとか日本は法治国家ですとか民主主義国家だとか資本主義国家だとかさ……全部ウソじゃん！　日本は完全に社会主義国家ですよ！　だから本当のことを教えた方がいいよ。「こういう経緯でずるずると軍隊的なものができてしまいました」とかさ。「軍隊とは言ってないけど外国から見ると軍隊に見えるようです」とかさ。そういうリアルを教えないといけないわけですよ、本当は。「最高裁判所の裁判官は首相が任命するわけでここでも三権分立の建て前は崩れています」とかさ……その時点でダメです！とかさ。それを教えた上で、君たちの時代にはもうちょっと良くしていきましょうねとかさ。まずコレでいいんですってことを教えちゃうわけだからさ、戦争が終わって日本は良くなりましたみたいな。財閥は解体され……って解体されてねぇじゃ

古川　んかよ！　ちゃんと教えないとダメですよ子供に！　だから選挙行かねぇんだよ！

宇多丸　最近はもう政治不信すら通り越してるような気がしますからねぇ。

古川　不信？　元々信じていての不信ではないじゃないですか。

宇多丸　だから無関心ですよね、完全に。

古川　政治的関心が高まった時期っていうのはあるんですかね……社会党が調子良かったころとか？　消費税導入が大きかったのかな？

宇多丸　自民党が一回ひっくり返ったキッカケって消費税だったですからね。やっぱり消費税を上げるっていうのは鬼門なんでしょう……けど、4月から内税になっちゃいましたからね。アレは将来消費税率上げるための布石だって見方もあるらしいけど。

郷原　つまりアレか、いちいち消費税が加算されている感を希薄にしようって魂胆か。

宇多丸　なるほどね……でもそうなっていくよ、きっと馴れちゃうもん。

古川　内税方式ダメだ！　ムカついてきた！

宇多丸　内税だと5％でも10％でも実感がなくなってきますからね。

だいたい景気が悪いとか言ってさ、でも財政も苦しいからって税金上げてさ……どうするんですかね。景気が益々悪くなるのは目に見えてますからねぇ。**またどっかのアホ政治家の孫が某クラブでカツアゲされたかなにかがきっかけらしくってさ、**

風営法を強化して東京のクラブを死滅させようとしてるわけですよ。だからさ、景気が悪いんだったらガンガン夜遊びさせるために風営法を甘くすればいいじゃんねぇ？　ガンガン夜遊びさせればいいんだよ！　そうすれば二毛作じゃないですか！　眠らない街東京ですよ！　メガシティ東京ですよ！　それなのにどんどん規制しちゃって夜は寝なさいみたいなさ。

古川　夜もちゃんと動かせば雇用も増えると思うんだけどなあ。

「公論版・選挙行かせ隊」

宇多丸　すべてにおいて規制は厳しくしておいて、それで恣意的にいつでも逮捕できるようにしておくっていう……公然猥褻罪とかそうだけどさ。**だから日本は法治国家じゃないって言ってるんだよ**。法律は普段必ずしもみんなが守らなくてもいいものって感じになっていて、でも時折気分によって捕まえますよってことが多すぎるからさ。その法律とやらも国会で決める以外に行政側がどんどん条例とか作っちゃうわけじゃない？　だからもうやりたい放題ですよ。日本が法治国家だとかウソつくのはやめろよっていうね。

古川　今回の輸入権の問題（輸入盤ＣＤ規制問題。同号で古川が特集記事を執筆）も一番ヤバいのはそこなんですよね。確かにあの法律が決まったことですぐに輸入盤が店頭から消えるってわけじゃないんだろうけど、いつでもその可能性を向こうに握られてるっていうのがヤバいんだよね。あとは舌先三寸で状況次第で発動してっていう……そういうのが多いんだよなあ。

宇多丸　前原さんが昔から日本は田舎者ばっかりで云々って言ってたのが最近ようやく分かってきましたよ。まずねぇ、自民党政権を支えてるのは圧倒的な票格差を利用した地方中心のばらまき政治ってことじゃない？　だから都会に住んでいて**輸入ＣＤをヘコヘコ聴いたり、ルノアールの地下室で話したりしてる人の声はやっぱ反映されづらいのよ、そもそも**。選挙に行っても反映されづらいのよ。だって格差が４〜５倍あるんだよねぇ？　それでなおかつ30％ちょっとの投票率なんてさ、それはもう選挙が行なわれているとは言わないだろって思うわけですよ。だから一部の得する人のアレに左右されてるんじゃん……たまったもんじゃないですよ。つまり投票の格差をなんとかしなくちゃいけないのと、ただでさえ少ないんだからちゃんと選挙に行かないといけないのに……。

古川　今回の補選はねぇ……キャッチーな政局だと思ったんだけどなあ。

宇多丸　『BLAST』は一応全国誌だから動かしていかないとな……**おい、そこの「村人」よ！　その赤いほっぺたを……。**

古川　その赤いほっぺたを？

宇多丸　**……まぁいいや。**でもとにかく、20歳以上の人間のせいで世の中が悪くなってると思った方がいいですよ……それは全部俺たちのせいですよ。

古川　いいこと言った。

宇多丸　あとはアレだなあ……最終的にはやっぱり……**留学かな！**

古川　国外に引っ越すのかと思ったら……留学……。

宇多丸　**まずは留学してその国の雰囲気を掴んでから……。**

前原　どこがいいかね？

宇多丸　うーん……**カナダじゃないっすかねぇ。**

古川　凄いテキトーだな。

郷原　カナダは公論でよく出てくるな……かなりいい所ってことになってる。

宇多丸　あとはタイ！

古川　なんでですか？　初めてじゃないですか、そんなこと言うの。

宇多丸　いやもう……ウシャウシャですよ。

古川　バカじゃねぇの。

宇多丸　いやでもやりますよ！　夏に向けて**「公論版・選挙に行こうJ！」**。

郷原　来た。

古川　じゃあさ、「公論版・選挙行かせ隊」としてはさ、「誰に入れていいか分からない」とか「誰に入れても一緒じゃん」みたいな声に対してはどう答えます？

宇多丸　それは単純に、現政権を握っている自民党を落とすために入れる、という考え方をすればいいわけですよ。**つまり有力な対抗候補に入れればいいわけです**……凄い簡単なことだと思うんですけどね。**あの泥棒どもがなにを嫌がるかっていうと、デモでもなくテロでもなく俺たちが投票に行くことなんだからさ。**それすら出来ずに「戦争反対」なんて絶対無理！

PLAYBACK
投票率が上がっても……

宇多丸　小泉の言うことはどんどんひどくなってきてるんですよ。

古川　そうですね……気付くとホントにビックリするようなこと言ってるからなぁ。

宇多丸　こっちも慣れちゃったっていうのもあるんだけど。

古川　そうなんですよ。慣れちゃうから怖いんですよね……「はじめから小泉はやる気なんてなかったんですよ。テンションに乗せられただけのことであってさ」って士郎さんが言ってるけど、なんかテンションっていうのはその後、キーワードな感じがするんですよね。

高橋　どういうこと？

古川　受け手が、言ってる内容じゃなくてテンションにだけ反応するようになってて……「空気を読む」ってことが支配的な価値観になってるって話にも繋がるんだけどさ。逆に言えば、テンションさえ伝えればニュアンスや論理性は問われないっていうか。

宇多丸　なるほどね。

高橋　あと輸入権の話もしてるけど、輸入盤の値段もこの当時に比べて確実に上がってるからねぇ。

宇多丸　あ、そう!?

高橋　アマゾンとかは比較的頑張ってると思うけど、一連の大型輸入盤店は軒並み上がってるんじゃないかな。新譜も入荷当初は安くしてるけど、ちょっと時間経ったらもう2000円は全然超えちゃうよね。

古川　やっぱ地味には影響あったんだよねぇ……これ、今でも全然通じる話だよなあ。

宇多丸　ここでは投票率が下がったことを取り上げて、それで「選挙に行こうJ！」っていうタイトルなんだけど……こないだの自民圧勝で、「とりあえず」選挙に行こうっていう言い方は正確じゃないってことを痛感しましたね。みんなが投票に行った結果……投票率が上がった結果がこれかよ！　俺が前から主張してるのはただ単に行けってことじゃなくて、現状に不満があるんなら有力な反対候補に入れろってことだったんだけど……だから基本的な考え方が変わったわけじゃないけど、投票率さえ上がればいいってことじゃないのはよく分かりましたよ！

焼き芋はないんだよなあ の巻

『BLAST』投稿コーナーの常連、
糸井さんからの投稿を発火点に狼煙。
世間に漂う不穏なムードに先制攻撃を一撃。

2004年
9月

（前略）今回、テーマをリクエストしたくてFaxさせて頂きました。リクエストは「テレビについて」です。私はテレビっ娘。なのでよく見てるんですケド、これってどーなん!?ってコトがあって。例えばスポーツ……昔ならありえなかった対外国戦でのアナウンサーのあからさまな「日本びいき」の実況。それ自体が悪いコトとは思わないけど、イラクへの自衛隊派遣とか考えると……しらぬまに「かなりの愛国心」を植えつけられてるようでイヤなんですよね。まあ、その辺をお話しして頂けたら嬉しーカナって思っとります。あ、あとアノ「子供に見せたくない番組」を公表する行為ってくだらないと思う。そんなの昔からあった訳で（ドリフとか……古い？）その番組名を出す事は、番組を見たい気持ち（見てみたくなる）を助長させるだけだと思う。

【群馬県　糸井美香】

思想じゃなくて情緒

宇多丸　昔ってどうだったんだろうね？　例えば東京オリンピックのころの実況ってあからさまに日本びいきだったりしないの？

古川　どうもそれほどじゃなかったらしいですよ。「**前畑頑張れ！**」が名実況とされてるのも、本来それがタブーとされてたから、ってなんかで読んだことある。

宇多丸　フジテレビのバレーボールのキャンペーン辺りがきっかけになってるんじゃないかなぁと思うんだけどね。80年代初めごろ？　「**がんばれニッポン！**」みたいなさ。あのモードが普通になっちゃった感じがするんだよね。バラエティ番組的な方法論で作られたスポーツ番組っていうか。

郷原　バレーボールのイメージ・ソングで嵐の"**Sunrise 日本**"ってあったでしょ。アレの歌詞とか結構凄かったもんな。

高橋　決定的なのは日韓ワールドカップじゃない？　ブラジルとかサッカーの強い国はテレビ中継なんかでも愛国心バリバリに出していくじゃん。それをそのまま持ち込んじゃったような印象があるんだけど。

古川　スポーツ中継のバラエティ化と「日本」って国とが結び付いたのはそうでしょうね。

郷原　サッカーの場合さ、サポーターの人たちにしても、サッカー先進国のスタイルを良かれと思って真似してたりするんでしょ。

古川　**他国の国歌にブーイングしたりとかね**。そんなメンタリティ、普通の日本人にはないはずなのに。

宇多丸　そんなことやってんの⁉　品の悪い連中だなあ。

古川　そんなとこまで真似する必要ないと思うんですけどね……あと、中田が「**日本のためにオリンピックに行くわけじゃない**」って言ったり国歌を歌わなかったりして右翼からドヤされたりさ。いまのプチ・ナショナリストの若い子とかはサッカー日本代表のユニフォームを着てるらしいですよ。

宇多丸　日本じゃMA-1の代わりにサッカーのユニフォームか……それはサッカーもいい迷惑ですねぇ。

郷原　でもね、メディアを通してだとそう見える所もあるかもしれないけど、実際ほとんどの人は特別に愛国精神が芽生えたりとかしてないんじゃないかな。ワールドカップで日本が勝ったときにセンター街とかで大変な騒ぎになってたじゃん？　でもあいつらは愛国心とかとはまた別で、ただ騒ぎたいだけでしょ。ワールドカップのパッケージングに扇動されて意識改革が起こったとか、そこまで危険な現象ではないと信じたいんだけど。

宇多丸　でも、それが無意識に刷り込まれていくのがヤバいってことなんじゃないの？　それが普通の光景になっちゃうのは気持ち悪いっていうかさ……この糸井さんが言ってるのは、日本人なら日本人を応援するのが普通になっちゃってるスポーツ報道が気持ち悪いってことでしょ。で、この危惧が外れてないと思うのはさ、**日本的なフ**

アシズムって思想じゃなくて情緒だと思うのよ。祭だワッショイ！ でいくのが日本のファシズムだとしたら、やっぱりこの光景は昔と似てるんじゃないかな……だから、彼女のこの危惧は間違ってないと思うよ。戦前のみなさんも別に思想的に盛り上がってたわけじゃないでしょ。

「海外ではこうだから」

高橋 日本人なら日本を応援して当たり前って人にはさ、こういうの不快だよねって言ってもなかなか伝わらないかもしれないじゃないですか……どうすればそれが分かってもらえるかな？

郷原 不快だと言われても分からないだろうし、そもそもなんで日本を応援してるのかも説明できないでしょ。「日本人だから」って答になっちゃうよね。そこに明確な理屈は存在しないんだろうね。

古川 もともと向こうが理屈じゃない以上、こっちが理屈で説き伏せるのは難しそうですね。

宇多丸 それがファシズムというものか……。

古川　それこそムード、情緒ってことなんじゃないですか。

宇多丸　言論が無力になってくるっていうのはこういうことなんだろうね。

古川　あとはむしろ報道する側の問題ですよね。バイアスがかかっちゃった人はしょうがないけど、バイアスをかけて報道するのはどうかっていう……最初から**「我々と一緒に応援しましょう！」**って姿勢で放送してるし。ピンポイントで言っちゃうと、この糸井さんが言ってるのはテレビ朝日のサッカー日本代表戦と、フジテレビのバレーボール中継のことを言ってるんだと思うんですけど。

宇多丸　そうなんだ？

郷原　テレ朝の角澤（アナウンサー）って奴は酷いよね。あとは松木（解説者）。

古川　あの実況聞いてると、サッカーなんてどうでもいいんだろうなって思うよ。スポーツである必要さえないというか、とにかくイベントとして盛り上がればいいやっていう。だからやっぱりスポーツ中継としては普通にストレスが溜まる。

宇多丸　こういう話になるとさ、**「でも韓国はもっと酷いよ！」**とか、すぐそういう話が出てくるじゃん。サポーターの姿勢にしても。

古川　けど本当に関係ないですからね。他国がこうだからっていうのは。

宇多丸　昔日本のサポーターの人が書いた本を読んだことがあるんだけどさ、もう嫌悪感しか残らなくてさ。海外のサポーターの在り方はこうだから、って言ってそれに近付けようとしてるんだけど、こっちからするとあまりに手前勝手な論理が多くて……論拠が「海外ではこうだから」以外にないわけよ。

郷原 周りの人間もそれくらいの意識を持たないと日本のサッカーは前進しないとか勝手なこと言ってるんだよな。

宇多丸 そんなことしなきゃ進歩しないんだったら進歩させなくていいよ！って思っちゃうんだよな。だから俺サッカー嫌いなんだよ！って最終的には言いたくなる。

「子供にはまず科学を教えろ」

古川 そういやいま、与党が教育基本改正法を進めてますけど、その中には愛国心って言葉が出てくるんですよね。**愛国心を育てる教育を強化するとかなんとか**……なんでこの時期にそんなもんが出てきたのか疑問だけど。

宇多丸 その理屈は多分、「**愛国心を教えてこなかったから日本の社会は荒れてるんだ！**」ってことなんでしょうね。

古川 そんなもの？

郷原　いや、結構メチャメチャなことになってるんじゃないの？　**最近の若者がキレやすいのは……**とかさ。

宇多丸　これはかなり遠大な話だと思うよ。少年犯罪が酷くなってるとか外国人が入り込んで治安が低下しているとか、そういうニュースの積み重ねの結果として愛国心が要求されるっていう流れね。でも、彼らが言ってるのは要するに**個人主義の対極としての「愛国心」でしょ**。国を愛してるなら個を殺しても従いなさいってことなんじゃない？　要は盛り込む側にしてみれば都合のいい国民を育てたいってことでしょ。**「もうちょっと言うことを聞く国民を育てたい」**っていう風に訳すことができるんじゃないかな。

古川　行き過ぎた個人主義が社会の荒廃を招いた、みたいなことは言われますよね。

宇多丸　日本に個人主義なんてものが根づいているとはまったく思えないんだけどね。

古川　とにかく義務教育で教えるものではないですよ、愛国心なんて。宗教教育と同じ……確かフロイトだったと思うけど、**「宗教教育は大人になってからした方がいい、子供にはまず科学を教えろ」**って言ってた。子供にはまず論理的な思考を与えるべきだって。

宇多丸　まったくその通りだけどね……しかし、具体的にどういう教育をするんだろうね？

やっぱ「新しい教科書をつくる会」的な方向かな？

古川　脱自虐史観みたいな……過去を肯定するような。

宇多丸　現状が良くないのは愛国心不足だからだ、って始まってるんだから、過去の肯定にいくしかないいか。日本人はこんなにいいことをしてきましたよって……20年ぐらい前までは経済力世界一でしたよ、貯蓄も世界一でしたよ、とかいろいろ世界一並べてさ。**結構寂しい絵面になると思いますよ。**

古川　キツいなあ。

宇多丸　いずれにしても近過去の反省にはいかないと思うよ。それは現実の否定にもつながるし、そんなところを直視する勇気があったらもっとまともな政策を立ててるだろうし……「**昔は良かった**」に逃げ込むんだと思いますよ。もし近過去の反省にいって、より前に進めるような改革ができる人材を育てていくというのであれば、それはいいんじゃないかと思うけど。でも、「愛国心」なんてもっさり盛り込んでるようだからな……そもそも、愛国心から植え付けるのっておかしいでしょ！　愛国心が生まれるような国づくりをする、そのための人材づくりをするっていうなら分かるけど、まず愛国心を植え付けるっていうのは……**ロボットをたくさん作りましょうってことでしょ。**

古川　それはやっぱり宗教教育ですよ。

テレビは巨大なブラック・ジョーク

郷原　最近はスポーツ選手とかが教科書に出てきたりするケースが増えてるんでしょ。世界で活躍する日本人が教材になったりしてるみたいだし。英語の教科書なんかで。

宇多丸　ポケモンとかもね。アメリカの子供たちもポケモンが大好き！　みたいな。絶対そのぐらいはやってくると思いますよ。

古川　日本が世界に誇れるコンテンツとか言ってね。

郷原　**ゴーゴータ張とか**。

宇多丸　ゴーゴータ張のコスプレしたオヤジの写真が教科書に載ったりしてね……**こんなバカなアメリカ人もいますよ**、みたいな。まぁとにかく、話を戻すと、地上波の民放のテレビなんかにしても、まず中立なものだと思わない方がいいよ。誰がどこでお金出してどんなメッセージ発してるか分からないからさ。このご時世にフジテレビだけなぜか、ゴールデン・タイム使って年金払いましょう番組みたいなのやってたでしょ、『あるある大辞典』みたいなスタイルでさ。あれは気持ち悪かったなあ……あんなの元を辿れば国から金が出てるとしか思えないし、だとしたらその金は税金だからね。テレビなんてまずは巨大なブラック・ジョークと思いながら観た方がいいよ。

高橋　夕方のニュースなんかはここ数年で随分酷くなったよね。ワイドショーっぽくなってきたっていうかさ。

古川　じゃあ、ついでに有害番組の方に話題を移しましょうか。

宇多丸　それで真っ先に思い浮かんだのはさ、いかりや長介が死んだときに『ザ・ワイド』で追悼特集みたいなのやってて、そこでコメンテーターの有田（芳生）が**ドリフターズの笑いを全肯定しててさ**。20年経って死んだりすれば、有害番組も「子供たちの元気な笑いがどうの」ってことになるのかよ！

古川　ロンブーの番組だって20年経って死ねば名番組扱いですよ。

宇多丸　**『ガサ入れ』は人間関係の真実が描かれていましたよねぇ、とか**。

古川　ほんと、そうなってる可能性あるからね。

宇多丸　まぁとにかく、いかりや長介の死をめぐる偽善的な美談化に凄い怒りを感じたんだよね。

高橋　**股間に白鳥付けてたりしたのにね**。

宇多丸　そうなんだよ。いまになってみれば親が嫌がるのも当たり前だよなって思うわけよ。「ちょっとだけよ」なんてストリップのギャグなわけじゃん。しかもおっさんがストリップの真似事をするなんてさ、完全に倒錯の世界なわけじゃない？　あんなの子供からしてみればワケ分かんないじゃん。あれは完全に親に対する嫌がらせだよね。まぁだからこういうリストに入るのは当たり前っちゃ当たり前だし、前にも話したけど「笑い」というもの自体がそもそも反社会的なものだからさ。**コメディアンでこのリストに入ってない人はむしろ焦った方がいいくらいですよ。**

前原　見せたくないんだったら見せなきゃいいじゃんね。

宇多丸　ホントだよ！

古川　いま、小学生の子供を持ってる親の世代って子供時代にドリフとかを親に否定されてた世代だと思うんだけど、それが親になるとやっぱり……。

宇多丸　やっぱり真似するんじゃない？　結局、このアンケートは模範解答をみんなして言ってるだけだと思うんだよね。だって本気で見せてないかっていうと、見てなきゃ番組名だって挙げようがないわけだからさ。やっぱ『怪しい××貸しちゃうのかよ!!』とかは入ってないわけですよ。

古川　確か、見せたい番組の1位は『**プロジェクトX**』だったのかな。

宇多丸　ホラ！　だから結局ね、弱った大人は過去肯定に向かいがちなんですよ。『プロジェクトX』なんてまさにそうだけど、『ラストサムライ』のコピーばりに、**「かつてこの国に、世界が羨む目映《まばゆ》い男たちがいた」**ですよ。このフレーズですよ！　高度成長を支えたおっさんたちみたいにお前らも頑張れよっていう……無責任な話だよなぁ。ふた昔前の話を持ち出してああいう風になれっていうさ、テメエはなんなんだよ！

犬は600語理解する

古川　他だと**『どうぶつ奇想天外！』**とかも見せたい番組に入ってたかな。

宇多丸　アレには言いたいことがあるんだよなぁ……。

古川　あるのか。

宇多丸　あの番組ってさ、**動物にセリフつけすぎ**だと思うんだよね。動物の行動の面白さを伝えるっていうのは結構だけど、そこに擬人化したセリフをつけるっていうのは動物を動物として感じさせないという意味で、非常に幼稚というか、歪めてる感じがするんだよね。一応科学番組的な体裁でアレっていうのはホントに良くないと思う。

例えばディスカヴァリー・チャンネルの動物ドキュメンタリーなんかは素晴らしいし凄い好きなんだけどさ……ディスカヴァリー・チャンネルを見て育った子供と『どうぶつ奇想天外！』を見て育った子供では、**確実に動物観や自然観に差が出ると思うよ。**自己中心的な世界観っていうか、確実にバカに育ちますよ！

古川　でもあの番組、驚くようなこととか普通にやってたりするよね。

宇多丸　そう言えば、犬はかなりの言語理解能力があるって話を聞きましたよ……600語ぐらいは理解するっていう。

前原　なんでも600語覚えるってこと？

宇多丸　なんでもって言われても……「ヒポポタマス」とかは覚えないかもしれないけど。

前原　「じゃあ焼き芋買ってこい！」って言ったら「**焼き芋はないんだよなあ……**」って困った顔するのかな。

宇多丸　抽象概念とかは覚えようがないから……いや、焼き芋は覚えられると思うけど。

古川　**表情はねえよ。**

高橋　見せたい番組でドラマとかは入ってないの？

古川　入ってなかったような気がするな。

宇多丸　やっぱ基本的にはバラエティが嫌われるんじゃない？

高橋　じゃあ嫌われるドラマとかは？

古川　推理もので安易に人が殺されたりするようなのは嫌われてるみたいですね。

宇多丸　そんな『火曜サスペンス劇場』なんて子供が好んで見ないでしょ。2時間も見ねぇよ。

古川　だから『名探偵コナン』とかも有害番組のリストに入ってたはず。

宇多丸　そんなこと言ったらねぇ、テレビなんて全部有害ですよ！

前原　**俺も『メルモちゃん』見て人間変わったからな……**。

宇多丸　**勃起でしょ？**

前原　いや、勃起じゃなくて。

高橋　有害CMとかはないのかな。

前原　あるねぇ～。

宇多丸　どの辺が有害CMになるの？

前原　**やっぱ井川遥のTEPCOのCMとか**……あれは有害だね。

郷原　でもここで言われてる有害ってさ、イデオロギーとしての有害ではなくて単にエログロ・ナンセンス系のものばかりだよね。

宇多丸　まあ、ナチスの**将校が主役のドラマ**とかないもんねぇ……メッサーシュミットに乗って大活躍！　みたいなさ。

古川　我々から見て本当に有害な番組ってどんなのになるんだろ？

宇多丸　やっぱある種のハリウッド映画とかね……**『ランボー2』『ランボー3』『トゥルー・ライズ』……なぜかジェイムズ・キャメロン絡みが多いな**。でも、いま観るんだったら『ランボー3』はメディア・リテラシー的にいいかもしんない。『3』でランボーが加勢するのはずばりタリバン的なゲリラだからさ。

前原　**あとは関口宏が出てる番組とか……**。㊫

高橋　それは自分が嫌いなだけでしょ。

PLAYBACK
おちおちバカ話もしてらんない

古川　これでラストですね……。

高橋　まさかこれで最後になろうとは夢にも思わなかったな……。

古川　この回は読者の方からテーマを頂いたんですよ。

宇多丸　これはさすがに近いだけあって今に通じる話だね。「このご時世にフジテレビだけなぜか、ゴールデン・タイム使って年金払いましょう番組みたいなのやってた」。

古川　これはいまだにやってますからね。あとねぇ、角澤！　テレビ朝日のアナウンサー。サッカー日本代表のワールドカップ予選を見ててね、生まれて初めて抗議のメールだしたもん。

高橋　それはなんで？

古川　いや、「絶対に負けられない戦いがそこにある！」とか煽るのはいいんだけどさ。なんかもう、勝ち点上は別に負けても大丈夫な試合まで、ずっと「後がないニッポン！」とか言ってて……それはもう完全にウソの情報だろ！っていう。

高橋　後半から急に柔らかくなってくるなあ。士郎くんの「『どうぶつ奇想天外！』は動物にセリフつけすぎ」とか……。

古川　細けえ……。

宇多丸　いや、でもこれは凄く言いたいことですよ。

古川　そしてそのまま犬の話に。

高橋　これは前原さん凄いなぁ……天才的だなあ。

古川　フフフ……しかしこれ、最後の方とかホントひどいね。

宇多丸　またナチスだ！

古川　でもまあ、基本的には真面目な話してるんですねぇ。

宇多丸　アレですよ、世の中がどんどん悪くなってるんですよ。だからバカ話もおちおちしてられなくなったんですよ。

公論同窓会2006

固体で出ればいいんだよねの巻

2006年1月、旧版単行本のために
連載終了から約2年振りに再会した公論クルー。
公論の魅力とは?　公論のメッセージとは?
久しぶりの会話に話も弾み……が、
結局最後はいつもの感じに。
——この時点では「ホントのホントにラスト」だと思ってました。

公論クルー近況報告、その1 ～郷原紀幸 編

社長になります

古川　今回は公論同窓会ということで。
高橋　みんなで集まるのは2年ぶりぐらい？
古川　え～っと、「Ultimate Love Song の巻」（『BLAST』2004年10月号掲載）以来ですね
　……みなさん、2年の間に環境とかって変わりましたか？
郷原　僕はもうすぐ凄い劇的に……。
宇多丸　え？　変わるの？
郷原　ちょっと……**事業を……**。
高橋　立ち上げるの？
郷原　そうなんですけど……まだちょっとですねぇ……。
古川　会社？
郷原　会社っすよ。
高橋　方向性は？　映画？

宇多丸　なんだよ方向性が映画って。

高橋　**いや、甘酸。**

古川　甘酸って事業じゃねぇよ。

郷原　映画とか甘酸方向は今のところ考えてません。ていうか、ウヒヒに戻ってきました。

宇多丸　探偵？

郷原　探偵はやりたいんですけどね。まぁ、とりあえず会社を作ることにしたんですよ。社長になります。

古川　強いカードできたねぇ。

郷原　カード作りですよ……10年後のカードとしてですねぇ、社長と**カフェ経営**を。

高橋　あぁ、カフェ経営はいいねぇ……なんかイベントやらしてよ。

古川　話が飛びすぎだよ。カフェやりたいって随分前から言ってたよね？

郷原　ええ、ええ。ただ、いきなりカフェ経営をやるのはかなり危険なので……とりあえずは事業を成功させてから。

宇多丸　そんなにやりたいんだ？

郷原　一生の夢ですね。でも自分の思い描いているカフェは恐らく儲からないですから、儲からないカフェのオーナーになるにはそれなりの余裕が必要かなと。

宇多丸　公論の終了近くにさ、もう**ウヒヒは卒業**だって言ってたよね。デートとかしてるんですよとか言って。

高橋　それがウヒヒ卒業なのかっていう。

宇多丸　いやでもさ、基本は郷原のキャラクターを中心にウヒヒっていうのができて……その郷原がウヒヒ卒業宣言をしたことによって、俺の中ではなにかひとつ終わったなぁっていうのがあったからさ。

郷原　前の職場を辞めてから、それまで接することがなかったような人たちとも接する機会が増えて、それでウヒヒは卒業しましたって言ってただけなんですけどね。でも面白いと思うものとか、人の見方とかが……やっぱ染み付いているものがあるじゃないですか。

宇多丸　そう簡単にはねぇ。

高橋　2年前に分かっていたことなんじゃないかって気もするけど。

郷原　一度は離れてたんで、その分ウヒヒは増大して帰ってきました。

宇多丸　あ、逆に溜まってる？　ウヒヒ溜まってるんだ？　それはよくないねぇ。

高橋　周りにウヒヒな人はいるの？

郷原　いや、いないんですよ最近……ていうかね、あんまり都心部に出てきてないんですよ。

高橋 郊外？　サバービア？

郷原 郊外型ウヒヒで。地元のギャルたちとも知り合いになりましたよ。でもアレね……**（小声で）カノジョはいないですけど。**

宇多丸 小声……なんで小声なの？

郷原 変わったと思われてるから……。

前原 そのカフェってやっぱ**犬オッケー？**

高橋 やっぱってなによ。

宇多丸 そのカフェは相武紗季は働いてるの？

郷原 あぁ……。

高橋 的な？

郷原 的な……そうそう。女の子5人ぐらい働いてたりして。

高橋 長澤まさみとかも働いてるんでしょ？

郷原 あとは猫を飼い始めましたよ。

古川 またいろんなことやってるな……それは飼おうと思って？

郷原 いや、ヨタ。**顔が結構良かったから……**まあ、そんな感じで遊んで暮らしてるんですよ。

宇多丸　高等遊民じゃん。

郷原　でも高等と言うほどゆとりはなく。

高橋　標榜してる世界観は以前とあんまり変わってないような印象がするけど。

郷原　好きなものとかはあまり変わってないですよ。環境は思いっきり変わったけど、根本的にはそんな変わんないっすよ。

宇多丸　じゃあこれからは完全に無敵なんだね。

郷原　まあ、うまくいけば。

高橋　郷くんにはヒュー・グラントみたいなフラフラしてる大人になって欲しいな。

郷原　『アバウト・ア・ボーイ』のね。あれ理想だよねぇ。

古川　ヒュー・グラント本人はフラフラしてないと思うけどね。

宇多丸　でも自分で会社を起こすなんてさ、まったくフラフラとは方向違うじゃないですか。

高橋　いや、例えば会社を築いて成功した後にでも。

郷原　それは願望としてありますけどね。適当なところで辞めちゃったりして。

宇多丸　名誉職になって月に一定のお金が入ってくるみたいな感じね。

郷原　それで引退したいっす。

高橋　それでケラケラ笑って過ごすと。

公論クルー近況報告、その2 〜前原猛 編／古川耕 編

もう一回頑張ろうかなって

郷原　前原さんとはよく健康ランド行ってますよ。
前原　郷くんとはこの2年間でほぼ2週間空けずに会ってるからね……野球やってるから。
宇多丸　すべてが野球中心だ？
郷原　そうそう。
前原　でも野球も毎週やってたりすると絶えずどっかをケガしてたりするんだよね。だから満足な状態でできる状態は1年のうちでそんなにない。
古川　そんなにしてまでやるもんなの？
宇多丸　凄い高いレベルの話してますね。
古川　仕事的には変わらず？　音楽雑誌やらなくなったって言ってましたよね。
高橋　それは結構前からだよね。

前原　音楽に興味ないから。

宇多丸　あら！　一時はレビューまで書いてたような人が。

前原　レビューもやりたくてやってたわけじゃないから……音楽はまあ好きですけど……周りにミュージシャンの友達も多いし。けど音楽は音楽だけじゃないじゃないですか……いろんなものも見てるし、荷担もしてるし。

宇多丸　純粋に音楽好きって感じでもなくなっちゃった？

前原　好きなのは好きなんだけど、それだけじゃないじゃん？　分かんないけど……好きな音楽もありますよ、マイルス・デイヴィスとか。

古川　なんの話だかいまいち分かりにくい。

前原　**ジャズが好きです**。

宇多丸　話の流れが狂ってるよ。

前原　仕事……仕事は今年ちょっと頑張ろうかと思って。もう一回。

古川　じゃあちょっとインターバルを置いて、また頑張ってみようかなって感じ？

前原　**（間髪入れずに強い口調で）置いてる場合じゃないんだけどね**。

古川　俺が責められてるような……。

宇多丸　次の夢を見つけなきゃって感じ？

前原　まあね……もう一回頑張ろうかなって。いやもう今年頑張ってダメだったらやめようかと思って。

宇多丸　すげぇなそれ……凄いわ。

高橋　それは凄いよ。

宇多丸　確かにそう思う人もいるし、そうすべきときもあるんだろうけど、なかなか言えないよ。凄い……かっこいい……。

前原　かっこよくないっすよ……今まで俺さ、頑張ったことなかったから。ちょっと頑張ろうかなって感じ……今年は。

宇多丸　その辺の学生が言ってるんじゃないからね……30歳半ばでそれなりの仕事をしてきたカメラマンが言ってるんだからね……重いですよ。

前原　それでさあ、**幸か不幸かノイローゼとかにならないからさ**。

古川　幸だよそれ。

高橋　追い詰められたりした方がいいってこと？

宇多丸　『サイドウェイ』じゃないけどさ、「**自殺するには無名すぎる**」っていう……そういう話じゃない？

前原　俺やっぱさぁ、鬱病になる人とかいいなぁって思うもん。

古川　……そうかな？

高橋　それはちょっと……。

前原　実際になったら大変なんだろうけど……だから、病気になったことにして。

宇多丸　それ仮病じゃん！

郷原　でもまあね……そんなこと言いつつ、前原さんはモテてますよ。

前原　全然面白くないけどね。

宇多丸　要するに、好かれてもない人に追っかけられるのはつまらんってこと？

前原　つまらんっていうか困ってる。

高橋　前原さんは追っかけたいタイプだもんね。

前原　いやいや……**すれ違いたい**って感じかな……。

古川　変わった願望だな。

前原　**ニアミス**したいんだよね。

やってはいます

宇多丸　古川さんはどんな感じなんですか？

前原　どうせマンガ喫茶ばっか行ってるんでしょ？

古川　いや、そうねぇ……アレなんですけど……**明日入籍を……**。

宇多丸　えぇーっ!!　マジで!?

前原　ちょっと……ちょっと待って……明日って1月15日？

宇多丸　古川さんの話を先に聞こう……なんで？

古川　10年なんですよ、付き合って。

宇多丸　あの**文通欄**で知り合ってから？

郷原　違うよ、**雨の中を走った日**が1月15日だよ。

古川　いろんなことになってるけど全部違います。

宇多丸　それはなんの日なの？

古川　付き合い始めた日です。

前原　付き合い始めたってなにを基準に付き合い始めてんの？

古川　「付き合いましょうか」「付き合いましょう」っていう合意。

高橋　なんか……あんまり古川くんらしくない。

古川　どっかのタイミングでしなきゃいけないよなぁっていうのがあって……そういう歳にもなってきたわけじゃないですか。

前原　分かる分かる……俺の友達も10年付き合って**別れたもん**。

古川　（無視して）まぁ、人生規模でどうするかみたいな話をボチボチ考えるようになって……親が喜ぶならしてもいいかっていうのはずっと思ってたんですよ。

前原　できちゃった婚？

古川　できてないっす。

前原　ていうか、やってないんでしょ？

古川　やってない婚……**やってはいます**。

宇多丸　そっかあ。

古川　俺、会社入ったことがないからさ。歳をとるきっかけを失うなぁっていうのがずっとあって……それはそれで楽しくやれればいいんですけど、そうしないままズルズルきちゃうと……フリーってほら、歳に応じて給料が上がっていくわけでもないでしょ。自分から積極的に変えていかないと収入も変わらないからさ。

宇多丸　結婚したからって収入上がるわけでもないですよね。

古川　うん。だからあくまで歳をとっていく段階のひとつとしてっていう。自分で責任を背負い込んでいくようなこともやっていかないとなぁって。

郷原　大人になるってこと？

古川　そういうこと。

宇多丸　ふーん……あ、おめでとうございます。

古川　ありがとうございます。

高橋　公論クルー第一号だね。

前原　パーティとかやんないの？

古川　春先ぐらいにやるかもしれないけど。

宇多丸　ラップしてくださいよ。

高橋　ラップは必須だね。

古川　**嫌です。**

公論クルー近況報告、その3
～高橋芳朗 編／宇多丸 編

ここにいちゃダメだよ

宇多丸　しっかしホント結婚ブームだなぁ……俺の周りはホント多いんだよ。

古川　30代ですからね。結婚も含めて色々考えてる人は周りにも結構多いですよ。

高橋　俺は全然転機じゃないな。

古川　シンコー辞めたでしょ？　もう転機終わったあとじゃん。

宇多丸　それで順調にレールに乗ってね……だってさ、完全に大成功じゃん。

古川　とにかく海外にやたら行ってるイメージがあるんだよな。

宇多丸　音楽ライターは金にならないっていうけど、まぁコレは金になってる例ですよね。仕事内容と音楽的興味も『BLAST』編集部時代より一致してる感じがするし……もう理想じゃん。

古川　ヒュー・グラント感もね。

宇多丸　**もうすぐ包茎手術をするぐらいの金も貯まって……。**

高橋　そんなに金がかかるのか……。

宇多丸　でもねぇ、もうヒップホップ／R＆B界のおすぎですよ。

前原　（物真似で）おすぎです！　泣きました！

宇多丸　まあ、そういうことだよね。

古川　今は日々どうなんですか？　将来の展望とかさ。

高橋　展望っていうか……最終的には今やってるジャンル以外のものもやりたいからさ。

宇多丸　制作とかは？

高橋　まあ、そういうのもいずれは経験としてやってみたい……もちろん基本的にはライターだけどね。でも、ライターやっていくにもさ、例えば『レコード・コレクターズ』とかで書いてるような大先輩の文章を読んだりするとやっぱ凄いなって……だから去年ぐらいから音楽的な知識をより身に付けていきたいと思って、今まで以上に本読んだりレコード買ったりしてる。中古盤屋に凄い行くようになったね。やっぱりアマゾンでCD頼むのと中古盤屋めぐってレコード掘るのとではまったく違うからさ……中古盤屋はアホみたいに行ってる。

宇多丸　真面目だなぁ……。

古川　音楽ライターっぽい。

宇多丸　凄い真面目だね、感心しちゃった。偉い……**もう公論とかやめなよ**……ここにいちゃダメだよ。

古川　もう終わるから。

宇多丸　終わるんだ？

古川　再結成にして最終回だから。

宇多丸　しかし公論らしくない真面目な話だね……。

一線を越えちゃった

古川　士郎さんはどうですか？

高橋　士郎くんはホント広がってるよね。

宇多丸　2000年ぐらいに『BUBKA』で連載を始めて、あとJ-POPのDJも始めて……これが公論のスタートとほぼ一緒ぐらいだね。で、公論が終わって……こういう言い方もあれだけど、友人の大半がロフトプラスワンの出演者になって……。

高橋　それ凄いな。

古川　完全にサブカル・スターになっちゃいましたね。

宇多丸　2000年から2004年にかけて蒔《ま》いた種が完全に定着してね。

古川　だって喋ってお金をもらう仕事って公論やってるころはまだそんなになかったですよね。

宇多丸　なかったですね……だから今までの流れで順調にきてるって感じ。みんなみたいに転機とかじゃないな。ライムスターも今までの流れで頑張ってるし。

高橋　なんか士郎くん、最近エアガンにハマってるって話を聞いたけど。

宇多丸　そうだ、その話もしなくちゃいけない……俺最近ねぇ、**一線を越えちゃったん**ですよ。

高橋　興味深い出だしだね。

宇多丸　小学校4年からずっとガンマニアではあったんだけど、そんなに金はかけないようにしてたのね。なのに、去年の暮れにちょっと一線越えちゃったんですよ……ハンドガン一丁に**6桁の金**を使っちゃったんですよ。あまりの制作のストレスで。そうしたらパンドラの箱が開いちゃって、続けて何丁か買っちゃったりして……。

高橋　最初に買ったクラスの？

宇多丸　そこまでは行かないけど、結構高いやつ。で、アクション映画とか観るときは手に持って、映画自体がいまいちだとガンいじりの方に夢中になっちゃって……。

古川　その絵面相当いいね。

宇多丸　ガチャガチャやって……磨いたりして……で、最近ちょっとある生活変化があって、完全に今は自分の好きなように生きてるわけですよ。好きなときに起きて好きなときに寝て……歌詞もめちゃくちゃな時間に起きて書き出したりね。それをねぇ……やっちゃったんですよ。今まではもっとしっかりしてたけど、今は完全に自分の自由に暮らしてて……マズい……。

高橋　なにがマズい？

宇多丸　**いい!!**

高橋　危機感とかないの？

宇多丸　いや凄くいいから、俺これでいいじゃん！って思ったんだよ。しかも、別に全然孤独ではないのよ。愛情生活は全然あるし、仕事もしやすいし、映画だって好きなときに好きなものが観れる……銃磨きもできる……とにかく、俺は完全に自由だと。遂にパンドラの箱を開けてしまった！　**俺はこれからが本番と言えるだろう！**

古川　これからだ。

宇多丸　自宅で暮らしてたときの方が孤独に苛《さいな》まれることは多かった。今は寂しいってよく分かんない……なんだそれ！　別に友達いるし、電話すりゃあ会えるし、いずれ仕事で会えるし……そんなもん孤独でもなんでもないでしょ。

古川　まぁね。

宇多丸　よく言うんだけどさ、みんな夜中の2～3時ぐらいのほんの数時間の孤独に耐えられずに結婚するわけでしょ？　そんなもんねぇ、**オナニーしろと**。オナニーして寝て、起きたらそんなもんキレイさっぱり忘れてるよ！

古川　凄い高いところ行ったね。

宇多丸　俺はねぇ、最終的には誰もがそうやって暮らすべきだと思うね。

高橋　この状態で一生いいやって感じ？

宇多丸　まぁ、とは言え俺も社会に毒されてるからね……例えば歳とったらどうするんだとかさ。でも、そう思うんだけど……歳とっても……ねぇ？　だって**持ってるDVD全部観きれないよ？**

高橋　相変わらず狼煙《のろし》をあげる男だな……狼煙を焚《た》く男！

宇多丸　なにをみんな寂しがってるんだろうね？　**多分兄弟とかがいるからなんだろうなぁ。**

古川　パンドラの蓋を開けてみたら快適な状態だったと。

宇多丸　正直僕はね、この2年間で**だいぶ強者《つわもの》になった！**　誰にも相手にされないなんてことは有り得ないし、俺は孤独じゃないって分かった。豪邸の話（「誰もが豪邸に住みたがっているわけじゃない！の巻」参照）で言えば、別に豪邸じゃないけど俺の家は招けば誰かが来てくれる家だっていうことが分かったし。俺んちなんか来たくない人は来たくないだろうけど、そこんとこは別にどうでもよくなったんだよね……なんかさぁ、みんな勝手にどん詰まってる気がするんだよね。みんな深刻ぶりたがるわけですよ、大したこともないのにさ、**ルワンダでなにが起こったか考えてみろよ！**　世の中のことを知ることのなにが役に立つかっていうと、ひとつの効果としては自分の生きてる世界がすべてじゃないっていうのがあるよね。アフリカでは隣人を殺してたりするんですよ！

古川　まぁね。

宇多丸　公論ってずっと自意識問題だったじゃないですか？　多分、そこを克服したわけではないと思うんですよね。ただ、多少は割り切りができるようになってきたっていうか、自分を身分相応に捉えることがだいぶできてきたんだと思う。必要以上の夢を見ることがなくなったんだよ。で、相応に見れば、そんなに上でもないけどそんなに下でもない。だから絶望する必要もないし浮かれる必要もないっていうことに気付いたんだよね。

秘蔵エピソード公開 ～合宿の夜、女風呂にて

「いるんでしょ？」

宇多丸　しかしみんな辛気《しんき》くさい話が多いなぁ……やっぱさ、ここは**郷原の風呂の話**とかを記録しておいた方がいいと思うんだよね。もう大丈夫でしょ？

郷原　まぁ大丈夫だと思いますけど……。

宇多丸　だって最高じゃん、あの話。

郷原　いまだにあれがマックスかな……動揺したって意味では。

宇多丸　だって俺、聞くたびに死ぬもん。

郷原　いまだに人生最大の衝撃……あのですね、大学のときクラスで合宿があって、栃木だか群馬だかのでかい温泉旅館みたいなところに泊まったんですよ。で、合宿と言っても別に勉強とかしないんですよ、飲んでるだけなんですよ。教授とかはとっとと寝ちゃうから、そうするともう誰かの部屋に集まってめちゃくちゃになるんですよ。王様ゲームとかやったり、そういうゲスな……。

宇多丸　結構エロいムードなの？

郷原　エロいムードっていうか、上級生の人もいたりするから**「お前らチュウしろ！」**とか普通に言われるんですよ。

宇多丸　それまでの過程で郷原はチュウとかしてたの？

郷原　ええまあ……やらざるを得ないんですよ。それで、普段すっごい真面目でコンサバなコほどああいうときに結構めちゃくちゃになるんですよね。

古川　マンガで出てきそうなシチュエーションだな。

郷原　**お嬢さんどうなさいましたか？**ってぐらいの乱れっぷりですよ。で、潰れて寝ちゃってる人とかもいるんですけど、俺もひどく飲まされて酔いがヤバくなってて……とにかく風呂に入りたかったんですよ。で、地下に大浴場があって、そこは一応12時になると消灯なんですね。でも、地下に下りていったら常夜灯みたいなのが薄くついていて……基本的には消灯してあるんですけど。

宇多丸　まあ、風呂には入れるわけだ。

郷原　そう。カギがかけられてるわけでもなくて、風呂としては全然機能してるんですね。もちろん誰もいなくて……で、ここがよく嘘でしょって言われるんですけど、俺、**女湯に入っちゃったんですよ**。間違いとかじゃなくて、女湯と認識したうえで入ってるんですよ。めちゃくちゃ酔っ払ってるときって、理屈では有り得ない行動とったりするじゃないですか？　なんでそんなことしたんだろうっていう……どう考えたって女湯に入る意味がないのに。

古川　記憶がないとかじゃなくて、ちゃんと意識があって分かった上で入ったわけだよね。

郷原　そうですそうです。どうせ誰もいないし、こっち入ったって分かんないだろみたいな感じで。

宇多丸　エロい感じでもないの？

郷原　違うんですよ。

宇多丸　**冒険？**

郷原　そうですね。冒険って表現が近いかもしれないですね。で、入っていったんですけど……。

宇多丸　そこがおかしいんだけどね。

郷原　それで入っていってお湯につかってたら……あの……**ガラガラガラって音がして**……。

宇多丸　人が入ってきた段階で「ヤバい！」ってなるでしょ。

郷原　そう、だからパニックになっちゃって、まず最初に隠れなきゃって思っちゃったんですよ。

宇多丸　そうでしょ、普通に考えたらそうでしょ。

郷原　だってねぇ、退学とか有り得るじゃないですか。

古川　新聞沙汰とかね。

郷原　マジでヤバいと思って、すっごい奥の暗闇の方に隠れたんですよ……そうしたら……入ってきた女の人の姿は見えないんですけど、「**郷原くん……**」っていきなり言われて……「**いるんでしょ？**」って。

古川　郷くんが入ってるのを知ってて入ってきた……？

郷原　ええ、多分**尾行してきた**んじゃないですかね。

宇多丸　郷原ともあろうものが！

古川　尾行する側の人間なのにねぇ。

高橋　大失態だ。

郷原　でも、尾行してる側からしてみれば男が女湯に入っていったわけで……。

高橋　不思議だよねぇ。

郷原　そのときにはそういう分析をする余裕もなく、「ヤバい！」って思ってたら「郷原くん、いるんでしょ？」ってなって……そこでちょっとホッとした部分もあったんですよ。犯罪者扱いは免れるかもしれないって。それで黙ってたら**ヒタッと入ってきて……**。

宇多丸　そのコは前から郷原にアプローチしてるコだったんだよね。

郷原　いや、それは分かんないです。

宇多丸　車の中でほら、**股間に……**。

郷原　ちょっとそれ……。

古川　なになに？　その話。

郷原　それも合宿中の話なんですよ。飲んでる過程で酒が足りないから買いに行こうってなって、酔っ払ってるんだけど車で買い出しに行って……俺は後部座席に座ってたんですけど、そうしたらそのコが横にいて……。

宇多丸　そのコが酔っ払って、郷原にしなだれかかるつもりが**股間に顔を埋めて**そのまま寝てたっていう……それだけだったら酔っ払ってただけって思うかもしれないけど、その風呂の件も考えると多分わざとだよ……**股間で深呼吸ですよ**。

前原　それで風呂はどうなったの？

郷原　そこで女の子が入ってきて……俺の記憶が定かなら、**タオルを巻いて……**で、体とか洗うところじゃなくて浴槽……それも結構バカでかいから、俺は奥の方に潜んでたんですよ。それで、その女の子は入り口から入ってきて自分と反対側のはじっこの方にまず入ったのね。だから距離はあるわけなんですよ。で……**だんだんこっちにきてるわけ**。

高橋　そのコは……可愛いんですか？

宇多丸　可愛いんだよね？

高橋　系で言うと？　ちょっとヴィジュアライズしたいから。

郷原　人気はありましたよ。

高橋　矢田ちゃん風？

郷原　女子大生っぽいっていうか……クラブとかにはいない感じですね。服とかもはっきり言ってダサいんだけど、あっちの世界のちゃんとした格好……コンサバの。

高橋　なるほどね。

前原　で？

郷原　それで、すーっと寄ってきたんですよ……俺はそこで……とにかくその場にいられなくなっちゃって……まず女風呂にいるっていうのと、一回ホントにヤバいってテンパったところからの安堵《あんど》感とか、全部含めて頭の中がめちゃくちゃになっちゃって。で、**ダーッと出てダーッと走って逃げたん**ですよ。

宇多丸　走って逃げたんだ？

郷原　そうですよ。

宇多丸　結構俺の記憶と違う……。

高橋　それ、こうだったらいいなって話でしょ。

古川　その女の子は郷くんにどのぐらいまで近付いてきたんですか？

郷原　いや、５メートルぐらいですかね。

宇多丸　ただささ、これ彼女的には決死ですよ。女の子からすれば、恥をかくのも覚悟でさ。

古川　そうかな……男風呂なら完全にそうだろうけどさ。女風呂だから……。

前原　**だって裸《ラ》だよ、裸《ラ》。**

宇多丸　一世一代だったと思いますよ。

郷原　俺は酔いもとっくに醒めてるし、走って逃げて……その日はそれ以降その女の子とは会ってないし。もう部屋に戻って寝ちゃったから。

宇多丸　ちょっとだけ会話してもよかったよね。

高橋　離れて会話してたら……ねぇ？　**キャメロン・クロウは親指立ててると思うな。**

郷原　そこからキャメロン・クロウ的展開にはもっていけないですよ。ちなみにそのコ、その後でその合宿にいた別の人と付き合ってましたね。

宇多丸　ええ？　風呂入ってきたくせに？

前原　**普通に風呂入りたかっただけ**ってことはないのかな？

郷原　かもしれないよね。

女は全部有罪だよ……

宇多丸　そのコがまず失敗してるのはさ、入ってくる前に「**郷原くん、なんで女風呂なんて入ってるの〜**」って安心させて、この異常な状況を一旦フラットにしないといけないわけよ。

郷原 そうなってたらどうしてたかな……どうもなってないか。

宇多丸 でも若いからさ、当然やるでしょって思ってるんだろうね、向こうは。

高橋 そうかな？

宇多丸 そうだよ。だから黙って寄っていくんじゃん。

前原 それはやるに決まってんじゃん。

高橋 違うよ。

宇多丸 絶対そう。

高橋 **だって風呂でなんてなかなかしないよ。**

宇多丸 するんだよ！

高橋 絶対しないよ！

宇多丸 するよ！

高橋 **バカ言ってんなよ！**

宇多丸 だったらどういう気持ちできてるのよ？

高橋 いや、単純にコミュニケーションをとりたいっていう。

宇多丸 違うよ！　それはあなたの中でセックスのプライオリティが低いってだけでさ……

高橋　**股間に顔を埋めてるんだよ？**

宇多丸　それは……たまたま股間だったんですよ。

高橋　**深呼吸してるんだよ？**

宇多丸　違う……。

高橋　違くない。

宇多丸　いや、彼女の目論見は絶対セックスじゃない。

高橋　絶対セックス。

宇多丸　違う……真っ二つ！

高橋　そうじゃなきゃ風呂なんて……そんな決死のアレはしない……決死すぎる！

宇多丸　それさ、郷くんが男風呂入ってたら女はいかなかったんじゃないかと思うんだよね。

前原　けどさ、男風呂に入って行って、風呂の湯をゴクゴクゴクゴク飲んでたりとか……**そば湯みたいな感じでね**。とにかく、ヨシくんは女の子が知らない男に体を曝《さら》すことの重みを考えてないんだよ。

宇多丸　とはいえ、セックスにまで発展するかっていったら……。

高橋　なんでそんな勝手なこと言ってんだよ。多分**アンケートとったら**圧倒的に俺の勝利だと思うよ。

古川　「アンケートとったら」が出た！

高橋　単に話したいだけなんだよ。

宇多丸　裸になって？

高橋　うん。**お風呂は裸で入るんだよ**。

前原　体と体で喋りたいんならまだ分かるけど。

高橋　なに言ってんのよ。

宇多丸　そんな「女に性欲なんてないよ！」みたいなさぁ……なにいい人ぶってんの？

高橋　そんなんじゃないよ。

宇多丸　やってもおかしくないっていうのは否定しようのない事実なわけだからさ。それも覚悟してきてるっていうのはさ……どう考えても論理的にこっちの方が正しいよ。ヨシくんのは自分の願望だよ。

高橋　でも郷くんが襲いかかったら「やめて！」ってことになったかもしれないよ。

宇多丸　でもそれはさ、さすがの裁判官も「**それはねぇべ！**」と。

前原　有罪……**女は全部有罪だよ……**。

郷原　でもホントどういう可能性があったかは……あの場では逃げ出すことしかできなかったですけどね。

前原　やるだけでしょ。
郷原　前原さんの中では絶対ね。
前原　だって郷くんが上がろうとしたらさ……（と、抱きつくふり）。
古川　みんな好きな話をしてるだけじゃねぇかよ。
宇多丸　性行為も射程に入れてるのは間違いないでしょ。
高橋　最終的にはね。
宇多丸　なんだよ最終的って……そこまでしてセックスを否定したいの？
高橋　セックスを否定したいわけじゃないの。
宇多丸　セックスとかしてんの？
高橋　してますよ。
宇多丸　嫌いでしょ、でも。
高橋　いや。
宇多丸　好きでもないんだよね？
高橋　いや、ちょうど最近友達と話してんだけどさ……**固体で出ればいいんだよね。**
宇多丸　は？
高橋　固体で。

宇多丸 全然意味が分かんないよ。
古川 つまり液じゃないと。
宇多丸 あ、液が嫌いなの？
高橋 つーかさ、大変じゃん？
宇多丸 は？
高橋 セックスをするっていうことはさ、ある程度……こう……。
宇多丸 体液の交換でしょ？
高橋 そう。その後、例えば寝るとするじゃないですか。それで朝起きて……。
宇多丸 シャワー浴びればいいじゃん。
高橋 まあ、そういうことなんだけど……**そのまま遊びに行ったりできないじゃん。**
宇多丸 ただの面倒臭がりじゃん。
高橋 セックスした後で風呂に入るっていうそのトータルの流れがあまりにも……。
古川 固体っていうのはなんなの？
高橋 固体で出て、拾って、それで捨てたりすれば……。
前原 **じゃあウンコすればいいじゃん。**
古川 ウンコはしてるから。

前原　まあ確かにね、そのまま寝たりするのもね……。

宇多丸　面倒臭いのは分かるけど……。

前原　確かに女はねぇ、すぐシャワー浴びようとすると嫌がりますよ。

宇多丸　確かにって……。

高橋　「確かに」ってさ、俺が言ったことに同意してるみたいだけど、そんなこと一言も言ってないから。

前原　あ、そう……俺はもうやったらすぐシャワーを……。

古川　ああ、久しぶりに「公論やってる」って実感が湧いてきた。

前原　でも「このまま寝たい」みたいに言われて……**それでチンコの周りが変な感じで**……。

高橋　まだ続けてるよ。

公論が葬られた理由

古川　昔の公論って読み返したりしたことある？

宇多丸　最近は減っちゃったけど、一時期はホントに……例えばライヴが終わって家に帰ってきて凄く疲れてて、それこそ自意識の危機に陥ってるときは読み返したりとかしましたよ。

前原 それで自意識が回復したりするの？

宇多丸 心の平穏を図ったりしてましたよ。あと、パソコンの中にまとめる前の原稿があったりするから、**それを眠れないときに読んだりして**。

前原 なんなのそれ。

宇多丸 いや、凄く面白いんだよ。普通に友達と話してた会話を後から見返すだけでも楽しいだろうしさ。

高橋 それはそう思う。

古川 内容がなくても全然面白く読めたりするからねぇ。

宇多丸 とにかく外部からの評価が高くてさ、『サイゾー』で一回だけやったりとかもしたし（2004年11月号）、これはもったいないからどこかで続けるべきだって声は結構あったんだよな……でもまあ、残念ながらねぇ。そもそもよく分かんない座談会ですからね、これは。

古川 公論の企画立てたのってヨシくんなんでしょ？

宇多丸 俺だと思う。日本のヒップホップの状況を俯瞰《ふかん》して見るような連載をやるべきだっつってね。

古川 最初から座談会の連載っていうイメージはあったの？

宇多丸 いや、座談会でも構わないからって感じ。メンツが変わっていいと思ってたし。その都度言いたいことのある人がやればいいって。

高橋 そうしたら……ねぇ？

宇多丸 自ら壊してしまいました。

古川 ヨシくんから電話がかかってきたのは覚えてるな。

高橋 その電話はもう古川くんに新しい連載のイニシアチブをとってくれないかって依頼だったと思うな。

宇多丸 ただ、新連載スタートにあたって載った告知に「時事ネタもやるかも」って書いてあるんだよね。

高橋 前原さんにも早い段階から白羽の矢が立てられてたと思うよ。

宇多丸 前原さんは当時、言いたいことがあるって言ってたんですよ。

高橋 だって「怒れる男」みたいなイメージがあったし。

前原 **怒ってた？**

高橋 いや、俺は知らないけど。

古川　俺は前原さんが入るって聞いて「どんな連載になるんだろ？」って分かんなくなっちゃったんだよね。ヒップホップに特化した連載だと思ってたからさ。前原さんも当時はもうヒップホップのこととか書かなくなってたし。で、1回目2回目はイメージに近いものだったんだけど、3回目（この本での1回目）でなんでいきなりあなったのかは全然覚えてない。

前原　インターネットの回だっけ？

高橋　ある意味、公論のすべてがあそこに集約されているような。

宇多丸　僕に関して言えばさ、『BLAST』でまず『B‐BOYイズム』を連載始めて、その後で『怪電波フロム神保町』になって、公論がイイ感じだからってそれもやめて。で、今『第三会議室』（スペースシャワーTV『BLOCKS』内の5分間トーク番組）が物凄く成功してて人気あるでしょ？　だから俺の中では公論から『第三会議室』に移行したって感じなんだよね。

高橋　あっちのが強いよねぇ。

宇多丸　そうなんだよ、より分かりやすい方が強いわけよ。

高橋　それは公論を葬るいい理由になるねぇ。

宇多丸　同じように社会問題とかを扱っても、そりゃ公論の方が深い話はできるんだけど、やっぱKダブ（シャイン：『第三会議室』で宇多丸とコンビを組むハードコア・ラッパー）が一言乱暴なことを言って終わる方が受けるんだもん……全然反応が違うよ！　公論何年やってたって**5人ぐらいの熱狂的なファン**がいるだけじゃないですか。結局ね、みんなテレビしか観てないんだよ。大体ライムスター15年もやってきてさ、一番よく言われるのは「『いいとも』観ました！」だもんね……しょうがないんだろうけどさ。

古川　まぁね。そもそも読み物としてあんなに圧迫感のある見開きをさ……。

宇多丸　だからわざわざこの単行本を買うような人は**日本に数少ない知的人種**ですよ。あなたたちは死にゆく人種ですよ！　今はもう『第三会議室』観て「**Kダブって天然だよねぇ～**」って、間違いなくKダブより天然だろって人も笑える時代なんですよ！　どんどん手軽になってる。

古川　次はなんですか？

宇多丸　**バブ～**（赤ん坊のマネ）でしょ！　バブブ～って。だから公論なんてもうすっかり過去の遺物だよ！

「なにが豚の背脂だっつーの！」

宇多丸　……フフフ……ヤバイね！　もっとエアガンの話とかしようよ！

前原　10万円台っていうのは高い方なの？

宇多丸　高い高い。市販品だったらどんなに高くても相場は2～3万ぐらいですよ。

高橋　衝動で買ったというよりは、どうしても欲しかったってものだったんでしょ？

宇多丸　まあ、いずれは開けなきゃいけない箱だったのかなぁって。ただまぁ。車が趣味の人のこととか考えたらねぇ。

前原　ポルシェ買うために四畳半一間のアパートに住んでる人とかいるからね。

高橋　そう考えるとラーメン・マニアとかっていいよね。単価が安いし、それが食事になるわけだし。

宇多丸　あんなの……**しょうもない！**　ラーメン・マニアなんていうのはさ、大半がブームに流されてるだけのバカだよ！　ラーメンって美味くねぇもん。

郷原　あ、でもそう思う。百選のトップ5に入るような店に行っても……。

宇多丸　要するにジャンクフードとして上か下かって話だよ。確かに美味いとは思うよ。ただ、そのレベルだよな。

古川　カジュアルなんですよね。安くて、街にあって、あれだけ種類があるからマニアが簡単に生まれる。

宇多丸　そんな出来合いの店とかに並んでさ……マニアじゃないでしょ！　選択肢が狭すぎるよ。レコードと比べてみぃ？

古川　海賊盤とかないしね。

宇多丸　よく言うんだよ、「世間の人の最も一般的な趣味はなにか」と。多分、K－1やPRIDEを観ていっぱしのことを言うとか、『M－1グランプリ』を観ていっぱしのことを言うとか……そんな感じなんじゃない？　要はさ、タダで手に入れられていっぱしの気分になれるみたいなね。ラーメンもそうですよ、一番安いアレでグルメ気取りですよ。あんなの化学調味料バカバカ入れてさ、**なにが豚の背脂だっつーの！**

古川　僕らの世代だと、オタクって言葉にネガティヴなイメージもあるけどさ、でもちょっと畏怖の念みたいなものもあるでしょ。ド級のマニアって意味も込めて。でも今のオタクは単に低きに流れてるにすぎないっていうか……与えられてるものを消費してるだけにすぎないっていうか。ひたすら受動的なんですよね。

宇多丸　それはね、インターネットがでかいんですよ、やっぱり。インターネットが出てきたことによってすべてがフラットになっちゃったっていうか。確かに有り得ないぐらい掘り下げてるところもあるけど……でも俺に言わせりゃ**インターネットの大半はクズですよ！**

古川　現実と同じ比率ですからね。

宇多丸　逆にホントに凄い人が埋もれがちになっちゃったり。例えば『トリビアの泉』って、まぁ面白いときもあるけど、基本的にはゴールデンタイムに流れてて視聴率も高い人気番組でしょ？　なのにあれを観て「マニアックだよね」って言ってるような話だよ。初めてインターネットやって「2ちゃんねるヤバい！」と思ってるようなさ、そこは今や一番人が集まってるところだっつーの！

古川　なるほどね。

宇多丸　特に『電車男』ブームで完全に飽和がいくところまでいったな、と。大体ねぇ、ヲタが胸を張り始めたらおしまいだからね。ちょっと自嘲《じちょう》を込めてのヲタだったのが、市民権を得たつもりになってしまうと……。

古川　そんなにイバるほど偉いのかって気がしちゃうんですよね。

宇多丸　ホントの意味でルサンチマンと戦ってないと思うんですよ。身内で輪を作って内側を向いて、世間の人を見下した気になってるだけでまったくなにも……それは自分を相対化できてないという意味でウヒヒ的には全然ダメ！　**性的弱者**だからって威張るなよ、見苦しいから！

公論で「ダメ」を肯定したことは一度もない

古川　公論はこれでホントのホントにラストなんですよ。

前原　まあでも……俺はいい思い出しかないね。

高橋　例えば？

前原　**分かんないけど……**。

古川　士郎さんはよく言ってるけど、公論から曲につながっていったりとかってホントに多いんですよね？

宇多丸　そうですね……もともと雑談から発想することが多いので。雑談で喋ってるうちに自分の考えがまとまってきてさ、ライムスターに限らず曲で反映されてることは多いですよね。

郷原　遅かれ早かれ引き出されていたんだろうけど、定期的にそういうのを活字化する機会があったのは、詞を書いたりする人にとっては良かったかもしれないですね。

古川　モヤモヤしていた概念をみんなで一緒に整理していく作業は楽しいですよね。
高橋　酒の席で話してたりすると、その話題は今まで公論で話したことのあるなにかだったりするのよ、絶対。
宇多丸　もうこの中に大体入ってると。
高橋　そうそう。特にね、男よりも女の子と飲んでるときの方が公論で話したようなことを話す機会が多い。
前原　**How To**じゃん！
高橋　**How To**ですよ。
宇多丸　How Toって言葉の使い方がおかしいよ。
前原　じゃあこれを全部読めば女の子と飲みに行けるってこと？
郷原　ここで話してるようなことって普通に飲んでるときに女の子と話しても全然受け入れられますよ。
宇多丸　読み直して気付いたんだけど、俺、普段の会話はもう、この中のヴァリエーションでしかないかもね。
前原　じゃあこれはネタ帳？
宇多丸　ていうか、もうこれ以上のパターンはないんじゃないかって感じ。前にmixi上でやっぱモテ話みたいなのが盛り上がったとき、「言っとくけど俺はもう、それについては随分なところまで**研究が進んでるから**」みたいな、そういう自負はあったね。

高橋 でもね、こういう話はホントにしておいて良かったと思う。

宇多丸 もしてなかったら……今でこそある程度見切りがついて俺は強者だなんて言ってるけど、もし公論がなかったら……ひょっとしたら、**自殺とかしてる**かもしれないよね。

古川 全員自殺……。

宇多丸 俺たち自身が公論に救われてました！　あとはそうね……今の『BLAST』を読むとねぇ、ここに公論が載ってたのかぁって思うとねぇ……。

古川 感慨深い……もう間違ったB・ボーイは生まれないのかなぁ。

宇多丸 間違ったB・ボーイを生む土壌が『BLAST』にあったからねぇ。

古川 そうそうそう。

前原 まあでも、今は読んでも分かんない人も多いと思うよ。

宇多丸 そりゃそうでしょ。

高橋 だからって、ダメ男賛歌みたいに捉えられたらたまったもんじゃないよね。

宇多丸 あ！　これは僕ね、声を大にして言っておきたいけど、**ダメ男バンザイ**的なものとはまったく違いますからね。むしろそういう、世に流通にしている「ダメかイケてるか」みたいなざっくりしたカテゴライズに対する反発なんだけどね。

宇多丸 「俺もウヒヒで全然モテないんですよぉ」とか言ってくる奴いますからね。

郷原 少なくとも現状がダメなままでいいとは言ってないはずですよ……そもそもウヒヒっていうのがそういう風に思われてたりする節があるよね。

宇多丸 それは強調しておいた方がいいな。

高橋 ウヒヒとモテは……**関係ないけど関係ある**。

宇多丸 「関係ある」っていうのと「関係ないけど関係ある」っていうのは違いますからね。

郷原 クラブで言われたことあるんだけどさ、「宇多丸さ〜ん、握手してください！ 俺もモテないんですよぉ〜、ウヒヒヒヒ」って……。

宇多丸 それは失礼だよ。

古川 そんなの握手できないでしょ。

郷原 「俺がいつモテないって言ったよ！」って……いつの間にそんなシンパシーの対象になっていたんだっていう。まぁ確かに誤解されがちな言動もしてきたかもしれないけどさ……いみじくも「死亡した宇宙飛行士さん」（P711）が指摘している

宇多丸 ようにね、身近にもっとハンパなきモテ方、それこそ「生理的なモテ」を体現して

るような人がいっぱいいるから俺もルサンチマン感じがちだけど、ぶっちゃけ普通の人よりはモテると思うよ！　**それはどうしたってごめんね！**　俺は人生超楽しんでるから！

古川　士郎さんは立場上、そういうノイズも含めた反応を受け取りやすいよね。

宇多丸　まあ、とはいっても公論に関してはおおむね知的な反応ですけどね。それこそ帯にコメントを寄せて頂いてる方々なんてね。

古川　最良の読者の方々ですね。

宇多丸　**公論、いいと思います！**

この本大丈夫かな？

古川　そういう感じだ……でもね、改めて読み直して毎月よくこんなにやってたなぁと思いますよ。

宇多丸　これはねぇ、テープ起こしが大変ですよね……あのね、これは声を大にして言っておきますよ。ヨシくんぐらい起こしが上手い人はいないね！

古川　それはいくら強調しておいてもいい。

宇多丸　ほら、僕なんかは喋ったことを活字に起こされることが多いじゃないですか？　もうね、上がってきた原稿読むと絶望的な気持ちになりますよ！　もうほとんど諦めてるね。そんな中でもヨシくんはね、同じことを言っててもこういう表記にした方が面白いっていうのも含めて、もう分かってらっしゃいますよ……嫌な表記がないもん。**変なところがカタカナ**になってたりしないもん……言ってないことを言ってるとかさ。前なんか「**俺らにとってコイツはマストなアイテムだぜ！**」みたいなのが勝手に入ってたりしたこともあるし。

高橋　それはひどい……。

宇多丸　世の中にはねぇ、言葉や文章をホントに軽く見てる人たちが多くてさ……まあ、そういう連中はこの本なんてハナから読まないと思いますけどね……この文字数がオーディションですよ！

古川　**視覚的なオーディション……**。

宇多丸　でもちょっと心配なんだよね……どれだけ売れるのかなって。ぶっちゃけさぁ……この本……**大丈夫かな？**

古川　ここにきて急に……。

宇多丸　改めて読んでみてめちゃくちゃ面白いのは確認しましたけど、一般的には2年前に

高橋　終わってる連載でしょ……傍目《はため》から見てどうよこれ？　マズくない？

宇多丸　**中止中止！**

古川　あ、だからこれは声を大にして言った方がいいね……**すぐなくなるぞ！**　と。

郷原　確かに2年前で終わった連載なんだけど、読み直してみて、そんなに古くなってねぇと思ったしさ。パッケージングとしてキャッチーではないかもしれないけど、クオリティの高さは自負できるね。

古川　普遍的なところまで行き着いてますよね。

宇多丸　公論ってふたつの魅力があってさ、会話のテンポとか言ってること自体が下らなくて面白いのと、言われてる内容がフレッシュで面白いっていう、そのバランスがとれてるからいいのかなって思ったんですよね。どっちかだけに偏ってもダメだった気がするんですよねぇ。

前原　頑張っていろんなこと言ってるよなぁ。もうこのころの熱気はない……俺も社会に対する怒りをなくしちゃいましたもん。

高橋　**あのころは輝いてたねぇ……。**

前原　輝いてた？　みんな？

日本全体がね……。

高橋　結構最近だよ。

郷原　前原さんは連載当時も同じこと言ってたよ。

前原　『ALWAYS 三丁目の夕日』みたいにまだ夢を持ってたよ。

古川　この本が売れるかどうかは分からないけど、手に取ってもらったら何年先でも読めるものになってると思うんですけどね……あと、ヒップホップ・ファン以外でこれを必要としている人はまだいるはず。

宇多丸　天声人語で扱われるといいですよね……あ、あと大学の入試？

古川　「このときのこの発言者の心理状態を述べよ」。

郷原　「**気が狂っていた**」とかね。

宇多丸　「この文章を読んであなたなりのモテの定義をせよ」とかね。

古川　「**あなたなりにモテをなにかにたとえなさい**」とか。

宇多丸　でもまあ、ちゃんと読んでみたら意外と古びてなかったですよね……良かった良かった……公論……惜しい連載をなくしたね。

前原　解散しちゃったものはもうしょうがないよ。

宇多丸　モンティ・パイソンだね。

古川　高いところに置いたな……あと、便利なネーミングもいっぱいしてるからね。「俺オーディション」とか。

高橋　そうそう。だから実生活で使いやすいのよ。

宇多丸　自意識方面の単語に関しては、もうこれ以上新しい単語が必要ないぐらいですよね。人間の自意識の在り方が変わらない限りはこれで十分ですよ……これであなたは生きていける!

古川　「孤独打ち」とかさ、行動としては前からあったけど名前は付けられてなかったから。

郷原　一個一個処理していったって感じするよね。

誰もが豪邸に住みたがってるわけじゃない

古川　じゃあそろそろまとめに入りますか……**「あなたにとって公論とは?」**。

前原　言いたくないね……。

宇多丸　えっ?

前原　これ言ったら終わると思うと……。

高橋　「でも言わなくちゃいけないんだよ!」みたいな……**泣きながら殴り合い。**

宇多丸　**「最後に一言だけ言い残すとしたら？」**は？　結構語り尽くしてきたように見えるけど、まだまだ言い残していたことが、みたいな。

郷原　言い残したことねぇ……。

宇多丸　**「ホリエモンの件はさあ……」**みたいなね。

高橋　長くなりそうだな。

古川　なんだろう……雑談した方がいいよって感じかな。

宇多丸　これからはね、どんどんこういうものがなくなっていくわけですよ。

古川　この本は泣けないからね。

宇多丸　泣けないし、アンチ・ナショナリズムみたいなところもあるし。これから日本はどんどん戦局に突き進んでいくっていうそんな時代にね、「あぁ、こんなころもあったなぁ」と。明治言論人の最後の抵抗がここにね……。

古川　もっとちゃんとまとめましょうよ。

宇多丸　やっぱ**「犬飼って寝ろ」**かな。犬飼って寝れば、市井《しせい》の人々の悩みは大抵そのぐらいで解決されると……どっちかじゃダメですよ。

高橋　犬飼うだけでもダメと。

宇多丸　犬飼うだけでもダメ……寝るだけでも……あ、寝るだけでもいいかもしれないけど。

前原　カップルで犬飼ってるの多いじゃん？　**あんなの不幸なカップルだよ。**

高橋　なんで？

前原　**そういう顔してるもん。**

高橋　最後の最後でまた面白いことを……でもあれだね、居酒屋とかでした面白い話が活字になってるって感じでいいよね。

郷原　ここまで決定的な形にまとめるってことはないかもしれないけど、でもまだ全然続いてますよね。こういうことはいまだに話してるし。

宇多丸　会話しててさ、**「これ公論で話してたことじゃん！」**っていうときが必ず来る！　みんなの心に公論は生きているってことですよ……**次は君たちの番だ！**

高橋　それで終わりでいいの？

宇多丸　公論みたいにね、ホントのことを言ってくれるところはなかなかないですよ。みんな君たちからお金を搾り取ろうとしている人たちばっかりですよ、耳障りのいい言葉でね……頭を撫でてもらってね。

高橋　**「犬飼って寝ろ」**とはなかなか言ってくれないよね。

宇多丸　**「老人ホームで絶望するかもよ」**とかね。

古川　でもそういう現実はあるからね。

宇多丸　「お前の未来は老人ホームで絶望だ！」ってホントのことを言ってあげてるんだから**感謝しろ！**

前原　でも老人ホームって数千万円いるよ。老人ホーム入る人ってホントに金がある人だから。

宇多丸　老人ホーム入った時点で勝者だ！　俺は分かってなかったね！

郷原　じゃあ老人ホームでモテてる人って凄いね。

前原　**もうパイプ持ってるよ**。家族に面倒見てもらうのもアレだから金あるし老人ホーム入るわって感じだからさ。

宇多丸　じゃあ超強者じゃん。

古川　思いっきり勝ち組ですよ。

宇多丸　じゃあ人生の幕切れの最悪の絵面はなんですかね。

郷原　死んでから何週間か経って発見されるとか？

宇多丸　孤独はなぁ……金もなくて孫も相手してくれなくて、公園行って仲間に入ろうと思ったらなんか嫌われちゃったっぽいみたいな……で、そのときにそういえば昔ブラスト公論って読んだなぁと。あの本では死に際に絶望するのが地獄って言ってたけど俺がまさかそうなるとはなぁ、って。

郷原　そこでその状況を自らウヒヒと笑う自信ありますけどね。

宇多丸　それでね、家に帰ればブラスト公論があったはずだと。それでボロボロになった公論を読んでるうちにね、**いつの間にかすべてを忘れて大笑い……**。

古川　やってて良かったなぁ……。

宇多丸　で、そこで息絶えるわけよ。だから最後は笑って死ぬ……**むちゃくちゃ笑って死ぬ**。しかも、現実も見据えてるんですよね……完璧じゃないですか。

古川　ノートになんか書いてるかもしれないよね。

宇多丸　だからね、この本はきっとあなたの死に際でも役に立ちますよ、と。

古川　お爺ちゃんお婆ちゃんになってもノートに書き出してくださいよ。

宇多丸　あとは公論で言ったことを最後に3つぐらいにまとめておけばいいんじゃないですかね……読み切れない人のために。

古川　まずは……「**本当の自分なんかない**」。

宇多丸　すべては関係性から生まれてるわけだから、なにか問題があったら関係性を立て直すべきってことですね。

古川　次はなんでしょう。

宇多丸　「**なんでも笑える！　この世に笑えないものはない！**」。

古川　最後は？

宇多丸　**「この世はすべて金だ！」**……いや、**「よく寝た方がいい」**かな。寝ろって要は落ち着けってことだからさ。

古川　そのまま考え続けるのはよくないぞ、と。

宇多丸　今の自分の考えを後の自分に相対化させてもらいなってことですよね。

古川　あぁ、結構きれいですね。

宇多丸　**「犬を飼う」**っていうのも、人間関係を相対化してくれるからであって。

古川　自己を客観視する存在ではあるよね、一応。

高橋　タイトルについては？

古川　豪邸的価値観っていうのはその時代その時代に形を変えてあるわけですから。**「誰もが豪邸に住みたがってるわけじゃない」**。

宇多丸　勝ち組負け組とかね。ただ、**「負け組でもいいじゃない！」**って言ってるわけじゃなくて、その二分法を拒否するって言ってるわけですからね……そこは言っておきたいですよ。

古川　そう、だから**「あばら屋でもいいじゃない！」**ではないんですよ、このタイトルは決して。「誰もが豪邸に住みたがってるわけじゃない」という現実の在り方について僕たちは喋ってるんだ、ってことですね。

宇多丸　豪邸に住んでるように見える人も、その人にとってはあばら屋かもしれないし。
古川　一元的な価値観、及び二項対立ですらもないっていうね。
宇多丸　あとは自分の現状がダメだと思うならね、なんにも努力してない奴にいいことなんてあるわけねぇだろっていう……しょうがねぇよ！
古川　その意味では我々、全員真面目ですからね。
宇多丸　では最後に……前原猛さんが締めてくれます。
前原　公論かぁ……まあ……**いいんじゃないかと思います**。
高橋　考え得る最悪のエンディングだ。
前原　あのぉ……買った人は何回でも読み返して欲しいね。便所でウンコするたびにでも。
宇多丸　まあね、若いコだったら後になって気付くこともあるかもしれないしね。
郷原　みんなも公論をやった方がいいですよ。
前原　十代には十代なりの公論があるんだよ。
古川　そうですね。更に10年後にやったらこの本のこと全否定してるかもしれない。
高橋　元に戻ってたりね。
宇多丸　若いコだったら「**あ、スピルバーグからの電話ってこれだ！**」とかさ、きっと気付くときがくるだろうからね。それで「**主役級って言ってたけどどんな役かちゃんと**

確認しておかなくちゃ！」とかね。

古川　自殺を救うぐらいにはなれるかもしれない。

宇多丸　もう救ってるかもよ。

㊤

公論同窓会 2010

階段タンタンタンターン！の巻

「一体ここは……?」

約4年ぶりに全員集合した公論クルー。

集合場所は都心から電車で15分ほど下った
某駅近くの学習塾。

「一体ここは……?」

塾にしてはおしゃれで、しかも妙に見慣れた趣きの内装。

ニヤつく郷原を、表紙撮影のエキストラとして来てくれた
学生たちが「先生」と呼んでいる。とまどう一同。

「一体ここは……?」

大きな謎に包まれたまま、公論同窓会2010、スタートです。

（実際集まったのは2009年12月27日だけど）

公論クルー近況報告、その1 ～激動の郷原紀幸 編

「たぶんいい先生だと思います」

宇多丸　（ひととおり挨拶を終え、表紙撮影も済ませて収録開始）まず郷原に聞きたいんだけど……あの、ここは……**塾だよね？**

郷原　**塾でーす。**

古川　このメンバー全員で会うのって、公論単行本が出た年が最後だから、大体4年ぶりくらい？　で、その時の座談会で郷くん、「事業を立ち上げる」（P974参照）って話はしてるんだよね。

高橋　そう、社長になるって。

宇多丸　でも軌道に乗るまで全貌は言わない、みたいな。

郷原　まあ、それでこういうことになったわけなんですけどね。塾をやるっていうのもその時点ですでに決まってたんですけど……4年前の秋に開業するつもりが、翌年の春に延びちゃったりはしましたけど。

宇多丸　そこから3年間、ここで塾をしてんの？

郷原　そうですね。

古川　あの……**なにから聞いていけばいいのかな？**

高橋　そうだね。

古川　塾……やりたかったの？

郷原　塾をつくりたいとは思ってましたよ。

古川　いつぐらいから？

郷原　前の会社を辞めてちょっとしてから……もともと前の仕事（ファッションブランド兼ショップ『bordermade』）は20代まで頑張ろうって思ってて、それで29歳のときに会社を辞めて。それで一年ぐらいプラプラしてて……そのプラプラしてる末期のころに公論の単行本化があったわけですよ。

高橋　なるほど。

郷原　そのときから、次は塾を立ち上げたいなと思ってて……で、とりあえず始めちゃえってのはさすがに無謀じゃないですか？　だから実はちょっとだけ勤めたんですよ。

古川　塾に？

郷原　そう、ちゃんとした大きな塾に。

宇多丸　それは講師として？

郷原　そうですね。一応ノウハウを知らないとと思って。勉強もかなり忘れてたし。それでちょっと勤めてみたら、**これならできるなー**と思って。

宇多丸　この塾は郷原ひとりでやってるの？

郷原　いや、共同経営です。

古川　塾やりたいって昔から思ってたの？　服屋やってるころから？　**カフェを経営したい**とはよく言ってたけど。

郷原　**カフェはいまだにやりたいですよ**、店の女の子が全員かわいいカフェね。

古川　あと、学校をやりたいとも言ってたよね。

宇多丸　それは妄想じゃねぇか。

高橋　**妄想スクール**ね。

古川　妄想スクールは聞いてたけど、塾は聞いてなかったので……。

宇多丸　そもそもなんで塾なの？　ヤボな質問かもしれないけど。

郷原　自分で会社を起こすとなったときに、まずは自分になにができるか考えたんです。で、一応受験は経験してきた人間なので勉強は教えられる。それでいて、誰にでもできることではない、という……それも含めて、まずはとにかく「自分にできる」ってことですよね。それから、事業を起こすにあたって塾はかなり楽なんですよね。

古川　あ、そうなの？

郷原　前はモノをつくる仕事だったから……在庫を管理しなくちゃいけない仕事ってすごく面倒くさいところがあって。でもこの仕事はモノがないんですよね。要は頭の中に入ってるモノを売ってるってことだから。

宇多丸　確かに。

郷原　だからフットワークも軽いし、経理的な管理も楽だし。それは前にああいう仕事を経験したからこそ強く思うんですけど。あと、初期投資もあんまりかからないんですよね。

高橋　なるほど。

郷原　モノをつくるための投資が不要じゃないですか。とりあえず場所があればできるんで。

古川　「教育」に興味があったってことでもあるの？

郷原　それよく言われるんですけど、「教育」はまったく関係ないですよ、塾経営には。ここはもっぱら勉強だけを教えるところで、人間性の育成みたいな側面は皆無です。それをやるべき場所ではないとも思ってるし。ただ、結果的にさっきの子たち（表紙撮影に協力してもらった生徒さん）はそうなんですけど、勉強することによってまともに育ってるっていうのはあるかもしれないですけどね。でも僕らがしつけをするとかそういうことは一切ないですね。

高橋 今は何人ぐらい生徒さんいるの？

郷原 ほぼ個別でやってるから計50人ぐらいが限界ですね。一対一ではないんですけど、同一時間帯にひとりで見られるのはせいぜい4人くらいなんで。

宇多丸 それは授業をするってこと？

郷原 6人ぐらいのグループで授業をすることもあります。でも、基本的には個々の志望校とか学力とか進度がバラバラだから、ひとりひとりにプログラムやテキストを用意して、それを進めながら解説していくって感じですかね。

宇多丸 そのプログラムみたいのは自分たちでつくったの？

郷原 そうですね。それこそ小2から高3まで来てるんで。

高橋 すげえなー……。

宇多丸 それはでも、単に自分が受験をやったからできるってもんでもないよね？　受験に受かった人が必ずしも自分のメソッドをうまく教えられるわけではないでしょ。

郷原 もちろんそう思います。だからアレですよ、どの会社の教材がいいかとか、生徒が受験する学校の情報とかも詳しく知ってなくちゃいけなくて。そういうことは大手の塾に勤めてるときにすごく勉強しましたね。独立するのを前提に働いてたから学べるノウハウは全部吸収して、教材会社や検定協会とのコネクションをつくったりとか。知り得る情報をすべて得てから独立しましたから。だから、始めたときには全然ちゃんとしてましたよ。

古川　撮影に来てくれた高校生の男の子いるじゃないですか？　さっきコンビニに一緒に買い出しに行ったんですけど……「郷くんっていい先生？」って聞いたら、「僕は中学のときは英語の偏差値が40台しかなかったんですけど、今は70台になってるから、**たぶんいい先生だと思います**」って。

郷原　ありがとうございます。

高橋　塾は何人ぐらいでやってるの？

郷原　3人ですよ。経営者が自分含めふたり、あと講師として知り合いの慶應の大学院生に来てもらってます。科目で担当をわけてるんで……僕は文系じゃないですか？　自分は高校数学とか物理とかは教えられないから。

宇多丸　基本はこの地域をベースに、そんなに大規模に宣伝するようなこともなくやってるんだ？

郷原　そうですね。駅のホームには看板出してますけど。

宇多丸　実績をつくるまで……軌道に乗せるまでが大変だよね。

郷原　とにかく歴史とか実績がないですからね。本当に口コミですよ。同じマンションに住んでる人が広めてくれたりとか。

古川　**「あの塾おしゃれだよ」**とか？

郷原　まぁ、そうかな。わかんないけど。でも、もうすぐ2校目も出そうかなと。

古川　マジで⁉

宇多丸　ちょっと……すごくない？

高橋　それはまたこの近所に？

郷原　そうですね。まだ最初のうちは比較的近いエリアで。区域によって受験システムも違うから、なるべく自分たちが詳しいところに出した方がいいんですよ。

高橋　当然また講師も新しく雇うわけだよね？

郷原　それが一番大変なんですよ……誰でもいいってわけにはいかないじゃないですか。店番とは違うんで。

高橋　そうだよねぇ。

古川　じゃあ郷くんは経営者寄りにシフトしていくってこと？

郷原　そうなるでしょうね。校舎が増えれば。

一同　……………………。

古川　……すげぇな……すげぇ!!

高橋　いや……本当にすごい!

古川　変わりっぷりハンパないね!

宇多丸　この……なんて言えばいいんだろうね……なんか「参った」って感じだね。

高橋　うん。参る参る。

古川　まぁ、考えてみれば塾を起業するっていう人は当然いるんだろうけど、それが身近にいたっていうのがなんか現実感がなくて……もともと教育熱心な人とか教育現場にいた人とかがやるんならまだしもさ。

郷原　ぶっちゃけ、僕、子供好きなたちではないです。**つうかむしろ**……すぐスネる子とか、不潔な子とか。

高橋　フフフ……。

郷原　トイレ行ったら手を洗えよ! みたいな子が結構いるじゃないですか。**食ったものの染み**とかいっぱい付けた服を平気で着てる子もいるし……全然そういう意味ではアレですけど。

ウヒヒが数倍になって帰ってきた

古川 今回、この座談会を収録するにあたって、郷くんと何度か電話で話したじゃない？そのとき、**「今の仕事、ハンパなく楽しい」**って言ってたよね。

郷原 めちゃくちゃ面白いですね。もちろんビジネス的に低リスクだからって始めた部分もあったんですけど、やってみるとめちゃくちゃ面白い。やっぱり根本的に勉強が嫌いじゃないんですよ。だから勉強教えるのも面白いなあっていう。で、特に**高等な受験勉強**になるほど面白い。

宇多丸 ゲーム的な、ってところ？

郷原 そうですね。偏差値とか倍率があって、そこに合格させるみたいな……それが面白いです。合否という結果が確実に出ることも含めて。

宇多丸 なんというか、こう……もともと頭のいい人だとは思ってたけど、このクレバーさっていうか……。

古川 このまくり上げっぷりというか……。

高橋 ちょっとビビるね。

古川 ちょっとこれはどうしたもんかっていう……。

宇多丸　なにかを突き付けられてる……この本の根本が揺らいでますよ、これ。

郷原　いやでも根本は揺らいでないと思いますよ。だってこれ、**ウヒヒ大復活**ですよ。ウヒヒが数倍になって帰ってきた……だって、**子供教えてるんですよ？**　中学生とかと毎日のように接してるんですよ？

宇多丸　それは別にウヒヒじゃないでしょ。

古川　電話で話した時も「**ウヒヒの極致**」って言ってたもんね。

高橋　ちょっと詳しく解説して！

郷原　ぶっちゃけ、**本当に毎日笑いこらえてますもん。**

古川　フフフ……。

高橋　タオル噛《か》んでる？

郷原　今年はインフルエンザが流行っててマスクしてるから、**マスクの下でいっつも笑ってますよ。**

古川　いっつも笑ってる……。

郷原　**新しい服とか買って着てくるたびにホント笑ってますよ。**

宇多丸　中学生ファッションのリアルなところが見れるってことだよね。

郷原　中学生ファッション、ヤバいですよ。

宇多丸　あぁ、それはすごいね。

郷原　死ねますよ。

宇多丸　それはいいねぇ。

古川　ここの生徒たち、おそろしい先生に教えられてるとも知らずに。

高橋　**ファッションの指導はしないの？**

郷原　それは一応しないことにしてますね……フフフ……。

古川　服の塾ではないからね。

宇多丸　もともとは先生ふたりとも服屋をやっていたわけだからね。

郷原　そういうことも一切言ってないですね。

宇多丸　パーソナリティ的にはどう捉えられてるの？

郷原　どうなんでしょうね……でも塾の先生って普通はスーツ着てるけど、僕らの場合は……。

宇多丸　ピアスとかしてるからね。

郷原　全然この服装で親と面談とかやってるし……保護者面談がまたすごいんですよ。僕は基本的に保護者面談がメインの仕事なんですけど。お母様たちといろいろ話したりして。

宇多丸　あー、実はそういう接客業的な要素もあるわけだ。

郷原　塾をビジネスと見るならば、**相手は子供じゃなくて親**ですからね。接してるのは子供だけど、お金を払ってるのは親なんで。親が「ここだったら子供を通わせられる」って納得させないとダメなんですよ。塾って他にもいっぱいあるから、適当にやってると生徒がいなくなっちゃうんで、そこは結構シビアですよ。

高橋　親って言っても郷くんと同じぐらいの年齢の人も結構いるでしょ？

郷原　うん、同じぐらいとかちょっと上ぐらいの人とかがメインですよね。

古川　そのへんはどういうスキルで親を籠絡《ろうらく》していくんですか？

郷原　偏差値がガーンって上がればなんの文句も出ないんですけどね。でも中にはそうはいかない子もいるので、いつも言い訳を用意しておくというか、「ちゃんとお子さんのことは気遣ってますよ」とわかってもらうというか……だからマメに電話で経過報告したりとか、そういうのはやりますね。営業じゃないですけど。前の仕事も経験上では活きてるんですよね。営業的な部分や接客的な部分もすごく大事だから。

古川　以前の仕事で言えば、客に「**お前にその服は似合わない**」ってフレーズを言わずに身の程をわからせていくスキルがここで……。

郷原　そういうことですね。あんまりやってることは変わんないですよ、ある意味。どうせなら自分たちの気持ちいい空間で働きたいってことでこういう感じの内装にしたりとか。

高橋 完全に『bordermade』の流れを汲んでるよね。

古川 塾としては破格におしゃれな空間でしょ。

郷原 そう言われますけどね。

宇多丸 中学生としては、**どうせだったらおしゃれな空間で勉強したいし**、と。

郷原 親の方も結構若いから……言われますね、恥ずかしいけど。**「ここは先生もおしゃれだし塾もおしゃれだから〜」**って。

宇多丸 いやあ……たいしたもんだって言葉しか出てこないなあ。

高橋 それに尽きるね。

古川 さっきのコンビニの子とね、「郷くんと会うのは4年ぶりなんだよ」って話をしてたら、「じゃあちょうど郷原先生が塾を立ち上げたときぐらいですね」って。彼、郷くんが勤めてた塾から、郷くんと一緒に付いてきたんでしょ？　だから同士感みたいなの感じてるっぽかったよ。しかもあれでしょ、郷くん独立するときに、勤めてた塾から**生徒が40人ぐらい付いてきたんでしょ？**

宇多丸 えーっ⁉

古川　**カリスマ講師なの？**

宇多丸　その大手の塾からすると、「あの野郎……！」って感じにならなかった？

郷原　あ、でもそこはちゃんとして辞めたから。結構人が流れてきたからトラブルになるかと思っちゃって、誓約書じゃないけど、「こちらからは一切勧誘してません」って生徒たちにサインしてもらったりして。なんかあったら困りますからね。

高橋　しかも郷くんが教えてた期間って……どのぐらいだっけ？

郷原　**半年とかですね。**

宇多丸　それすごいよ！

古川　やっぱり素質があったんじゃない？

宇多丸　ちょっと待ってよぉ……なんかそういう……なんかねぇ。

古川　まさかですよ、ホントに。

郷原　でも仕事自体は……業務的にはそんなに難しくないですよ。モノをつくってたころの方がよっぽど難しいし。こっちはとにかく教えるだけだから。あとはひとりひとりに合ったカリキュラムを組んで、それに合ったテキストを発注して……それだけですよね。やりやすいですよね、断然。とにかく**在庫がない**っていうのがいいですよ。

古川　そんなに在庫に苛《さいな》まれてたのかっていう。

宇多丸　そんな調子なら自宅もだいぶ**豪邸に近づいてきたん**じゃないの？

郷原　いや、そんなことないっすよ。

高橋　そのまま？

郷原　そのままです。

宇多丸　どのぐらいのところに住んでるのか……そして**どのぐらいのインテリアなのか……。**

古川　どのぐらいのディテールの詰め方をしてるのか……。

郷原　なんか……僕の時間が長いですね。

宇多丸　いやだってさ……よく考えたら、前の単行本の同窓会のときはネタふりのまま終わってるわけじゃん？　だから結末を知りたいっていうかさ、アレどうなったの？っていうのがないとすごく不親切なんだよね。

郷原　だから一応……ちゃんとやりましたよ。

宇多丸　結果出したねぇ。

高橋　素晴らしいよね。

郷原　この仕事をやってみて思ったのは、とりあえず**50歳ぐらいまではできる仕事**かなって。前の仕事は、やっぱり20代までの仕事だって思ってたんですよ。あれはあれで面白かったんですけどね。いろんなところに行けたし、あれやってなかったら士郎さん以外の人とは会えなかったかもしれないし。

宇多丸 ちなみに塾とか予備校の講師って、俺は学校の先生より好感持ってたな、常に。この本の中でも力説してるけど（P316参照）、要するに勉強を教えるということに関しては、ただの自己流で別にうまくもないっていう人も多い学校の教師より、こっちにとっては全然親身になってくれる存在なわけよ。

古川 お互いの利害が一致してる。

宇多丸 学ぶべきことをきっちり叩き込んでくれるという意味で、こっちのがよっぽど「先生」として尊敬できるじゃんと。

郷原 僕もそういうスタンスですよ。自分は教育者じゃないって思ってるから、勉強以外のことには一切口出ししないし。極論言えば、やる気のない子は無視して構わないんですよ。あくまで勉強のみを教えるところですから。でも学校の先生ってそれ以外の仕事がいろいろと出てくるじゃないですか？ そんなことは子供好きじゃないからとてもできないです。僕は先生にはなりたくないです。

古川 似てるようで全然別の仕事なんだね、塾の講師と学校の先生って。

郷原 そう思いますよ。

宇多丸 挙げ句それで、学校の先生より塾の先生の方が好かれちゃうっていう。

古川　たまったもんじゃないですねぇ。

宇多丸　たまったもんじゃないよ。

郷原　まあ、**笑える場面**は学校の先生の方が遭遇できると思いますけどね。

古川　フフフ……そういう観点もねぇ。

郷原　修学旅行とか一緒に行ったりしたら爆笑じゃないですか。だから塾でも合宿とかやりたいんですけどね……**笑うために**。特に一緒に仕事してるもうひとりの方が異常にやる気を出してて。

古川　**Kさんね**。

今明かされる「ココナッツ・ラウンジ」とは？

古川　**Kさん**、何気に重要人物ですよね。要注意人物っていうか。

宇多丸　大学のころさ、一時期ふたりで**架空のサークル**をやってたことがあったでしょ？

郷原　フフフ……「架空」？

宇多丸　いや、架空じゃないかもしんないけどさ……やってたでしょ。**キャンプ行ったりと**かさ。

郷原　それは士郎さんとかが卒業していなくなって、（所属していたブラックミュージック研究サークルの）一番上が今一緒に働いてるKさんになって……Kさんは留年してたんですよ。で、メンツ的にサークルがつまらなくなってたんですよね。で、「**これもうダメでしょ！**」とか言ってて。そうしたらそのうちKさんが「新しいサークルつくるでしょ！」って言い始めて、それでつくったんです。

古川　なんのサークル？

郷原　**オールラウンド・サークル。**

高橋　名前はなんていうの？

郷原　「**ココナッツ・ラウンジ**」……オールラウンド・サークルのココナッツ・ラウンジ。

古川　フフフ……調子乗ってんなあ。

郷原　**略してCLね。**ロゴもつくったんですよ。

古川　活動は具体的になにをしたんですか？

郷原　活動は……ディズニーランド、キャンプ、あとお台場行ったりとか……結構してましたよ。でも最初に立ち上げて勧誘するのが一番大変で……ほら、実績とかないじゃないですか？　なので、**それは架空のパンフレットをつくりました。**

高橋　フフフ……。

郷原　沖縄の写真とかを適当に使ったりして、大学の研究室のカラーコピーを使ってガンガンつくって。
宇多丸　結構、普通に女のコとか入ってきちゃったんだよね？
郷原　うん、入ってきました。
宇多丸　で、普通にオールラウンド的な盛り上がりをしてたんだよね？
郷原　コンセプト的には、**かわいい女のコしかいない**ってふうにしようとしてたんですよ。
古川　変わってねぇじゃん、やってること。
宇多丸　難しくない？　その選別するのって。
高橋　そうだよね、断れないでしょ？
郷原　これが結構大変なことがあって……あれなんですよ、そのサークルは入る前に面接しないといけないんですよ。で、いいコがいるからって紹介されて、新宿アルタにあった『ハイチ』ってレストランで会って、「こんなサークルです」って感じで話したんですね。そうしたらひとりすごくかわいいコがいたんですけど、もうひとりは**ちょっとコンセプトから外れてたんですよ。**
古川　その言い方はちょっと……。
郷原　そうしたら次の集会で集まったときに、その**かわいいコがもうひとりのコを連れて**

来なかったんですよね……つまり**戦術を理解した**っていう。

高橋　うわすげぇ……察したんだ？

郷原　戦術をそのコが察してたんですよ……フフフ。

古川　なにやってんのよ……。

宇多丸　そのサークルの活動もしばらくはウヒャウヒャやってたじゃんよ。蜜月はいつ終わったの？

郷原　結局、Kさんがつまんないよって言い出して……「**こいつら、かわいいけどつまんねぇ**」って。

宇多丸　ハハハハ。

古川　ホントひどいね。

郷原　結局アレなんですよね、かわいいコって面白いことしないんですよ。

宇多丸　それだけで成り立っちゃってるからね。

郷原　もうチヤホヤされるのに馴れちゃってて。で、夏休みにそのうちのひとりのコからKさんの家に電話がかかってきたんですって。「相談したいことがあるので今から会えますか？」って。それで「**なぬー！**」って言って家から出てったら、「○○さん（サークルの別の男）ってカノジョいますかね？」って言われたらしいんですよ。

古川　おお。

郷原　けど、要するにそのサークルはみんなかわいいコで、「**全員と恋愛に発展する可能性が等しくゼロではない**」っていうのを目指してたんですよ。

宇多丸　フフフ……だから、俺が架空だって言ってるのはここなんだよ！　あくまでこいつらのために呼ばれてるだけなの！　やっぱ架空なんだよ！

古川　ギャルゲーみたいじゃんね、全員と恋愛の可能性があるなんて。

郷原　発展はしないけど可能性はゼロではないっていうふうにしたかったんですけど、それがそこで崩れたんでしょうね。

宇多丸　ちゃんとこっちのコンセプトを理解しきってなかったんだね……全部**お前らの都合じゃねえか！**

高橋　理解するわけないよね。

郷原　だから呼び出されて行って、そうしたら「あいつらつまんねぇよ」って言い始めて。

古川　勝手すぎるよそれ！　最初から最後まで勝手すぎるよ。

宇多丸　ハハハハハ……嫉妬じゃねぇかよ！

古川　でもそれさ、畳むときってどうするものなの？

郷原　**フェイドアウトですね。**

古川　フェイドアウトできるもの？

宇多丸　要するに集いを開かなければいいんでしょ？

郷原　そうです。例会みたいなのがないから、常にこっちで企画してたわけですよ。こっちで企画しなかったら向こうから企画することもないし。

古川　まあ、つまんない奴らだからね。

郷原　それでブレーンだったKさんがやる気をなくして……。

宇多丸　フフフ……勝手だなぁ。

郷原　士郎さんおぼえてますか？　そのキャンプに行ったやつを**8ミリで撮影してたん**ですよ。

高橋　さすが！　ぬかりねぇ！

郷原　で、その上映会を開いたときに**士郎さんがゲストとして招かれたん**ですよ。

古川　バカすぎる！

宇多丸　フフフフフ……あったあったあった。今こうやって話しながらさ、確かビデオ観たはずなんだけど、**あれって現実だったたっけ？**って考えてたんだよ。話聞いてるうちに映像が浮かんでその気になっちゃってるのかと思ったんだけど、やっぱ俺観てるんだね。

郷原　そう、観てますよ。

宇多丸　なにやってんのって話だよね……でも楽しそうだったよ、普通に。

高橋　それはウヒャウヒャ笑いながら観賞してるの？

宇多丸　どうだったっけ？　怒ったりしてなかった？

郷原　いや、結構**スピリチュアルな状態**になってましたよ。だって士郎さん褒めてましたもん。

高橋　飲まれたんだ？

郷原　全然笑ってなくて、**普通に「いい」って言ってて**……スピリチュアルな状態になってました。

宇多丸　フフフフフ……。

古川　スピリチュアルな状態っておかしいんだけどね。

宇多丸　言葉の使い方がおかしいよ。いやでもね、ヴァーチャルな楽園状態みたいなのが少なくともその場では完成度が高くなってたから、その映像自体には別に突っ込みどころはないのよ。本当に普通に楽しそうだったしさ。

郷原　女のコは少なくともそれに気付いてないですからね、**その企てを。**

古川　今でも気付いてないでしょ。

宇多丸　いやだからね、俺も呼ばれたときはそういうのがあると思ってたわけ。**郷原がタオル噛んで笑いこらえてるシーン**とかさ。でも全然なくてね。

郷原　昔から空想を現実化するようなことはやってたわけです。

古川　変わってないと言えば変わってないわけか。

宇多丸　公論のどっかで話してたけど、**架空のサラリーマンキャラになってスーツを買ってたっていうのにも通じるよね**（P846参照）……でもそれがビジネスにつながったわけでしょ？　人間関係を俯瞰《ふかん》した状態で掌握するっていうのはCLで確立したんだから。

郷原　**CL仕込みの**、ね。

高橋　ココナッツ・ラウンジって絶妙なネーミングだよなあ。

宇多丸　**すでに嘘臭いでしょ？**　ヴァーチャルっぽいんだよ。

郷原　一年は続かないっていうのが前提になってる名前ですよね。

宇多丸　そのコたちの中でココナッツ・ラウンジの思い出はどうなってるんだろうね。

古川　どう消化されてるのか……薄々感づいてたコとかもいるのかな。

郷原　**後遺症**が残ったコもたぶんふたりぐらいはいますよ。

宇多丸　そのKに相談した途端にサークルが終わったって事実に気付いてる人はどんだけい

るんだろう……フフフ……。

郷原 Kさん、あの人は本当にヤバいですよ。今も相当ですよ、あの人。女性だけでなく**子供への厳しさ**も。

古川 しかしアレだね、郷くんのあとはちょっと他の人が話しづらくなっちゃったね。

宇多丸 ウヒヒの本質は曲げずに……**セルアウトせずに商業的に成功してる**わけですからね。

郷原 ウヒヒですよ、これも完全な。

古川 **ウヒヒでここまで行けるんだね。**

宇多丸 ウヒヒでここまで行ける……まあ、いいことですね。

公論クルー近況報告、その2 ～相変わらずの前原猛 編

超他人事だな

宇多丸 前原さんは、草野球チームで郷原とほぼ毎週会ってたんだよね。こういう諸々は知ってたの？

前原 うん。でもこの教室を見たのは先週だね。

宇多丸　あのー、前回の同窓会のとき、前原さんも「今年で手応えがなければカメラマンを辞める」って宣言で終わってるんですよ（P981参照）。

前原　**そんなこと言ってたっけ？**

宇多丸　え？　適当？

郷原　ノリで言うからな。

前原　辞めてはいないけど、みたいな感じよ。

宇多丸　でもカメラマンとしての仕事の方向はだいぶ変わりましたよね。

前原　**あんま変わってないけどね。**

高橋　あれ？　音楽関係の仕事ってほとんどやってないんじゃないの？

前原　永ちゃん（矢沢永吉）はまだ撮ってるけど……ただ、もう雑誌とかはほとんどやってないからさ。世間にあんまり名前が出てないんだよね。

高橋　音楽雑誌も経費削減で撮り下ろしが減ってるもんね。

前原　そうだね。だから音楽系よりはタレントみたいなのが多いかな。

宇多丸　それはでもアレとして、風景写真とかは？

前原　そういうのは仕事の合間に撮ってるだけだから。

宇多丸　で、どうだったんですか？　4年前に言ってた「今年一年がんばって云々」ってい

前原　うのは。**別にあんま変わんないよね。**
古川　フフフ……。
前原　2006年の話なの？
高橋　超他人事だな。
宇多丸　軽いなあ……あの同窓会で一番重たい言葉だったのに。だって、みんな「すごい！」って言ってるんですよ。
前原　（公論単行本をめくりながら）今年一年やってダメだったら辞めるって話だっけ？
古川　そうそう。
高橋　いやいや、そのページに載ってるんじゃないよ……**それは「ブラ透けテンプテーション2」のページだよ**（P793参照）。
宇多丸　フフフフフ……。
古川　転機の年というか、いろいろ思うところがあったのかな〜って思ってたんだけど……。
前原　**あぁそう。**
古川　あぁそうってなんだよ。

高橋　ほら、ここ、ここ。この部分（と単行本の該当箇所を指す）。
前原　（じっくり読み始める）
古川　なんで無言なんだよ。
前原　これはいつの話なの？
古川　２００６年。
高橋　何回同じ話してんのよ。
宇多丸　フフフフフ……。
郷原　**毎週これなんで**。
前原　結局ね、辞めるタイミングなんてそんなないわけ。
古川　フフフ……郷くんとの**コントラストがきつい**。
郷原　前原さんに馴れてない野球の人とか、**噛み合ってない**ことがいっぱいありますよ。
俺も説明するのが面倒くさいから。
宇多丸　チームメイトもこのキャラクターを理解してるわけじゃないんだ。
郷原　そんなに普段から接してるわけじゃないですからね。
宇多丸　野球……むちゃくちゃ強いわけだよね？
郷原　わりかしな感じになってます。

宇多丸　わりかしっていうか相当なんでしょ？

郷原　名前はかなり売れてると思いますけど……**関東中の草野球チームの上位1%**に入ってるとは思います。

高橋　それ、すごいじゃん。

宇多丸　野球も**昔はファミスタの成績をノートにつけてただけなのに……**。

古川　どんどん**妄想を現実化する**方向にきてるわけだね。

郷原　前原監督のもとで、ね。

高橋　前原さん、野球のときはキャラが違ったりしないの？　監督だから厳しい感じだったり。

郷原　いや、全然一緒ですよ。そこがいいところなんですよ、ウチのチームの。

宇多丸　でも敵のチームからしたら不気味だろうね。

郷原　**不気味もいいとこだと思いますよ。**

高橋　監督だから試合は出ないんだよね？

前原　試合は出ないよ。

郷原　結構あのレベルになるとイニングごとのミーティングとか徹底してるんですよ。その点、前原さんは**イエーイ！**って感じだから。「今日は大会だからよろしくー」みたいな。

前原　ウチのチームは言われるのが好きじゃない人が結構多いのよ。

郷原　いつのまにかそういう感じになっちゃいましたね。

宇多丸　前に話したときも人間関係の調整が大変で胃が痛くなるって言ってたよね。

前原　野球観が違ったりすることがあるからね。

高橋　勝つための野球と楽しむ野球、みたいな？

前原　そうそうそう。

宇多丸　こっちは勝つための野球？

前原　そうそう。

郷原　でもそれが楽しいんですけどね。河原でやってるのとあまりにも異質すぎてて……完全に競技野球のレベルなんで。

宇多丸　いやあ、すごいっすね……でもこないだギャラリーに写真観に行ったらさ、**前原さんは写真がいい**って事実に改めて気付かされましたよ。

郷原　ギャラリー運営してますからね。

前原　まあ、手伝いなんだけどね。

高橋　手伝いと運営じゃ全然違うな。

宇多丸　でもまあ、城ができたわけですよね、言っちゃえば。

高橋　じゃあ基本的にいつもそのギャラリーにいるんだ？

前原　結構いるよ。撮影がないときはだいたい行ってるから。店みたいなものだからさ、どっちかがいないといけないんだよ。

宇多丸　でも表参道の裏原のあんな素敵なところに……ねぇ？

前原　人はまったくいないけどね。

宇多丸　でもときどきフラリと女のコが入ってきたりするわけですよね？

前原　女のコ……**まあ、女の人だね。**

高橋　フフフ……。

宇多丸　女の人が入ってきて写真見て……「素敵な写真ね」みたいなことはない？

前原　あんまり素敵な写真って言われたことないんだよね。

宇多丸　でも素敵な写真でしたよ、マジで。俺、買っちゃったもん。

前原　俺の写真飾ってるときねぇ、あんまり人が来なかったんだよ。

宇多丸　あそこのギャラリーに辿り着くまでにものすごい苦労したもん、人出がすごすぎて。

郷原　12月はヤバいですよね。

宇多丸　ほら、イルミネーションが復活したんだよ。公論の中でも言ってるけどさ

（P440参照）、あれが10年ぶりに復活したわけ。それでクリスマス前の日曜日に行ったからもう……確かにこりゃゲロとオシッコだらけになるわってぐらい、本当にロマンティックもクソもない。ひどいわけですよ。俯瞰して見ないとあれは意味ないね。離れないと意味がない。

古川　中に入っちゃうとダメだ？

宇多丸　だってまともに歩けないぐらいだからね。

郷原　でも前原さんのギャラリーまで行くと全然違うよね。本当に裏って感じだから。

宇多丸　わかってる人しか通らない道って感じだった。

前原　わかってる人もあんまいないけどね、もう。

宇多丸　若干投げやりムードですよね、さっきから。

前原　だってクリスマスイブの日とか、客がほとんど来なかったんだよ。

宇多丸　でも宣伝とかしない限りはさ。いきなりやっても知らないから。

前原　たまに雑誌に出るんだけど……俺、Twitterとかmixiとか嫌いだからさ。

宇多丸　ホームページ見つけてライムスターのブログにリンク貼りましたけどね……あ、この本で宣伝すればいいじゃん。前原さんに会える店。

古川　お店の名前なんでしたっけ？

前原　『PARK』だね（現在は閉店）。

郷原　ほぼ毎日いるんですよね？

前原　撮影がなければ。

郷原　いま、何曜日になにやってるって決まった生活してる人ってあんまりいないんでしたっけ？　士郎さんって今はもうカチッとしてるんですか？

宇多丸　レギュラーは決まってるけどカチッとはしてないかな。同じ週はないって感じ。郷原以外はみんなそうじゃない？

郷原　僕はばっちり決まってますからね……塾なんて学校終わってから始まるから、店やってたときより朝は遅いぐらいなんですよ。しかも実働時間がめちゃくちゃ短い。一日6時間しか働いてない……4時～10時でやってるだけで。まあ、事務的なことはあるけど。

古川　でも作業はあるでしょ。

郷原　まあ、あるけど……週で30時間しか働いてないです。

宇多丸　へぇ。結構環境はいいんだね、やっぱ。

郷原　そうですね。だから午前中はジム行ってますもん。週4でジム行って、週5で塾で仕事して、それで週末に野球やったりしてる感じですね。

古川　なんか……わりと**高等遊民感**が出てきてるんじゃないの？
郷原　あ、高等遊民って久しぶりに聞いたな。
高橋　大事なフレーズだよね。
郷原　まぁ、でも遊民ではないです。
宇多丸　遊民まではいってないけど、でもかなり……ねぇ。**ヒュー・グラントっぽくない？**
自分の人生をコントロールしてる感じ。
郷原　40代になったらヒュー・グラントいきたいですからね、やっぱり。

マネージャーが欲しい

古川　前原さんはさ、他に生活上の変化はないの？　例えば引っ越したとか。
前原　家も変わってない。
宇多丸　女性関係は？
前原　女性関係もまあ、ないですよね。
宇多丸　最近は**暴れたり**してないんですか？
前原　暴れたりはしてないよ、もう。**人が暴れてるのを止めたりはしてるけど。**

古川　フフフ……。

郷原　なんか毎日お酒飲んでるんでしょ？　ギャラリーに通うようになってから。

高橋　それはギャラリー内で飲んでるの？

前原　あ、それは忘年会でもう終わった。だいたいねぇ、**1週間単位で変わるから。**

古川　フフフ……。

郷原　なんなんだよ……。

高橋　あぁ、前原さんを身体いっぱいに浴びてる感じがするね。

前原　毎日お酒飲んでたのは……そういうタイミングだったから。

宇多丸　別に渋いやさぐれとかじゃなかったわけだ。

古川　まさにここ1～2週の話だったんだね。

前原　先週とかもすごく飲みたくて、飲みに行こうかと思ってたんだけど結局行けなくて。それで家でひとりで飲んだんだけど、面白くなくて。もう酒もそれ以来飲んでない。

古川　うん。

郷原　**これ、やっぱ伝わんないですよね？**

古川　フフフ……他人のブログ読んでるみたい。

宇多丸　でも監督なんだからさ、人を率いるカリスマ性はあるわけでしょ？

郷原　結局、普通の求心力とは違うアレなんですよね。でもチームはまとまってるんですよ、ちゃんと。
高橋　郷くんがサブリーダーみたいな感じなの？
郷原　そう、一応一緒にやってる期間が長いので、右腕的な感じで。前原さんが言った抽象的な言葉をみんなに翻訳したりだとか。
宇多丸　いいね、名将と参謀。
郷原　**「今のはこういうことだから」**っていう。でもやっぱり前原さんは変わってないですよ。
宇多丸　まあそうなんだよな……俺もこないだ結構久しぶりに会って、あまりに変わってなくてびっくりしたもん。
高橋　古川くんもこないだ同じようなこと言ってたよね。「なんも変わっちゃいない」って。
前原　変わってた方がいいのかな？
高橋　いやそういうことじゃないんだけど、ネタとして。
宇多丸　**1週間単位で変わってる**と、離れてみると結局変わってないみたいなことになるんじゃない？

高橋　1週間単位で変わってるっていうのもすごいけどね。

宇多丸　しかもただ単に忘年会シーズンだっただけじゃねぇかっていう……最近はこのへんで遊んでるとかもないんですか？

前原　三茶か下北とか、だいたいそのへん……でも、もうそういうところに行って飲みたくないし。

高橋　飲みに行きましょうよ。

前原　行く？

宇多丸　あれ？　ギャラリーって何時まででしたっけ？

前原　7時。

宇多丸　じゃあちょうど終わり際とかでタイミング合ったら一緒にメシがてら……フフフ……**普通の約束。**

高橋　**どんなお酒を飲んでるんですか？**

古川　そんなに聞くことねぇのかよ。

前原　**まぁ、だいたいビールだね**（笑顔）。

高橋　なんか嬉しそうなんだけど。

宇多丸　すげぇ面倒臭そうに答えてるんだけど嬉しそうっていう。

郷原　前原さん、最近はマネージャーが欲しいってずっと言ってますね。
高橋　それは仕事の？　野球の？
郷原　野球の。マネージャー、いるにはいるんだけど、ウチにいるのってただの女のコなんですよ。
高橋　あ、スコアをつけられないとか？
郷原　いや、スコアはスコアでつけてるんですけど、前原さんがやってる雑務をやってくれる人。
前原　要するに俺って雑用やってるのよ、現場では。
高橋　雑用？
前原　**なんかものを並べたり、ものを動かしたり……。**
古川　フフフ……。
前原　ボールを拭いて渡したりとかね。そういうの全部俺がやってるんだよ、やる人がいないから。
高橋　じゃあマネージャーの人はなにやってるの？
前原　マネージャーは試合中スコアを書いてるからさ、そういうことはできないの。
郷原　雑用に使えて、なおかつかわいい女のコが欲しいんでしたっけ？

宇多丸　それってダメじゃん、勝利至上主義なんだからさ。でもあれか、士気が上がるのかな……いや、そのコを中心に崩壊しかねないと思うなあ。

高橋　そうだよ。

前原　いやでもみんな結婚してるし……大丈夫っしょ。

宇多丸　監督自らがさ、さっきのKじゃないけど突然「**やる気がなくなった**」って言い出したりとか。

前原　まあ、やる気はあるんで。

宇多丸　じゃあちゃんたけは引き続きマネージャー募集中、と。

公論クルー近況報告、その3 ～身を固めた高橋芳朗 編

なんとなく寝技に

古川　じゃあ次はヨシくんですか。

高橋　俺が一番変わってないんじゃない？　仕事はそのままだし……。

宇多丸　あれ、前の同窓会のときって**結婚してなかったよね？**

高橋　まだしてなかった。

古川　それ、普通に大変化じゃん。

高橋　あのときは古川くんが入籍する前日だったんだよね。

前原　**マジで？**

宇多丸　なんだよ今ごろ。

古川　本当にその次の日に区役所に行って入籍したからね。

宇多丸　じゃあヨシくんは結婚が大きいじゃん。

高橋　そうだね……でもそのぐらいかな。

郷原　**タバコ吸ってる？**

高橋　あ、やめた。

前原　マジで？

郷原　じゃあこれで公論クルー喫煙者ゼロだ。

前原　いつやめたの？

高橋　新居に越すタイミングでやめた……2年ちょっと前かな。

宇多丸　辛かったの？

高橋　いや、それがすごいあっさりやめられちゃって……一度も引きずらなかった。

宇多丸　**吸ってなかったんじゃないの?**

高橋　全部吹かしだったとかね。

宇多丸　**「え、あれ肺まで吸い込むもんだったの?」**みたいな。

古川　でもヨシくんさ、最初結婚してからしばらく一緒に住んでなかったでしょ。

高橋　なかなか家が見つからなくてね。

古川　じゃあなんでそのタイミングで結婚したの?　普通はそういうのが整ってから結婚ってケースが多いと思うんだけど。

高橋　あー、そう言えばそうだね。

宇多丸　あとほら、いわゆるプロポーズ的な話とかさ。タイミングとかはどうだったの?

高橋　どうだったかな……。

宇多丸　公論の中でさ、感動するプロポーズの言葉みたいな話してたじゃないですか(P427参照)。**「今日から俺がお前のバイブや!」**とかね……**「子供つくろうや」「コンドームは着けとうない……なぜならお前と少しでも近づきたいから」「もうオナニーとかせんでもええんやで!」**

郷原　ウチの生徒に絶対読ませらんないな。

前原　相手の人とどこで知り合ったの?

高橋　初めて会ったのはクラブだね。

古川　年下だっけ？

高橋　そう、年下。ていうか古川くんは会ったことあるはずだけどね。

宇多丸　**結婚に至るアレは**……なんとなく？

高橋　うん、なんとなくとしか言いようがないなあ。

郷原　なんかさ、バシッと言わない方がヨシくんっぽくない？

宇多丸　**なんとなく寝技に持ち込む**みたいな？

高橋　フフフ……それは結婚じゃねぇし。

郷原　言うシチュエーションをセッティングしてとか、そういう感じではなさそう。

高橋　事務的ってこともないけど、じゃあもう結婚しますかって流れに自然となっていったよ。

宇多丸　じゃあ本当にまあまあまあ……**まあまあまあ〜**、みたいな感じで？

高橋　うん。

古川　そんなんでホントに結婚できるのかっていう。

宇多丸　ちなみに郷原はプライベート・ライフ的な方向はどうなの？

郷原　まだないっすね……結婚はまだちょっと。

宇多丸　まだってことはいずれしてもいいと思ってんの？　相手もいないうちに想像できないだろうけど。

郷原　何歳になったらどうとかは別に考えてないですけどね……子供が欲しかったら育てていく上で年齢とか考えるんでしょうけど、でもほら、子供がありえないから。

宇多丸　なるほどね……いやね、ちょっと清々しいですよ。ほら、俺の周りだともう、子供がいる方が多数派だったりするじゃん。その中で、まして結婚してないとかになるとさ、みんなそのつもりはないんだろうけど、なんだか責められてるような気分になってくるんだよ。俺が間違ってるのかなぁ……的な弱気が首をもたげてきたりもするわけ。だから、そういうのと迎合する気配がまったくない郷原と前原さんは、すげえカッコいいなぁと思って。清々しい！

前原　でも俺は別に子供は欲しいよ。

郷原　前原さんは結婚したいとか言ってるもんね。

前原　まあまあまあ……相手、相手……**明日かもよ？**　明日に会うかもしれないよ？

宇多丸　フフフ……まあそうですね。

ハリウッドいきまくったよ

古川　ヨシくんは仕事の方向は変わらず？
高橋　そうだね。
宇多丸　**よりビガーに？**　ビガーになってます？
高橋　なってると思います……今はライターをやろうって人が少ないっていうのもあるんだけど。
宇多丸　もともとの比率がさ、ライターが10人いたとして、本当に使える人はひとりくらいしかいないって感じだからさ。客観的に見て明らかに向いてないのに、よくまだやれてるねって人もいて……どういうことなんだろうねって思うけどね。
古川　楽しくもなさそうだし……って人もいますからね。
郷原　じゃあ相変わらずヨシくんが暴れ回ってるわけですね。
宇多丸　まあね、人柄が良くて仕事がきっちりしてればそれはね。
高橋　ありがとうございます。
宇多丸　**そりゃあ、カーディガンにハットもかぶりますよ。**
郷原　ヨシくんはポジショニングがやっぱ抜群ですから。**前原さんのギャラリーにはまだ**

古川　**行かなくていい**とか、そういう計算も全部できてるからね。
宇多丸　ずりぃー！
古川　でもあれですね、風景写真って本当に差が出ますよね。あ、プロだ！って思いましたよ。
宇多丸　撮るだけだからね……逆に差が出るんだよ。
前原　被写体がいるとその力もあるからね……前原さんの写真、なんてことはない風景を撮っていても完全に前原さん視点なんですよ。この態度が浮かんできますもん。あの写真を部屋に置くっていうことは**前原さんを置くようなもの**ですから。
宇多丸　前原さんを部屋に置く……。
古川　俺が買ったやつは、一番前原さんっぽいと思ったやつなんだよね。なんかどんよりした感じっていうか……**どういうつもりなんだって言いたくなるような。**
宇多丸　古川くんが言ってたけど、ニューヨークで撮った写真があるんでしょ？
高橋　それ、すごくかっこよかったよ。
宇多丸　路地裏のやつですよね。「ロバート・デ・ニーロが出てきそうな感じ」って前原さんが説明してくれて、俺はそのたとえがよくわかんないから「はあ」って答えたら、
古川　「古川くんはニューヨーク行ったことないんだ？　そっかあ、ニューヨーク行った

ことないんだー……」って言われて……**それで4年間の前原不在が一気に埋まりましたね。**

宇多丸　そういえば古川さんって外国行ったことないんだっけ？

古川　いや、あるある。新婚旅行代わりにボストンに行ったりしたし、あと普通にハワイとか。

宇多丸　そっか……**バカにすんなって感じだよね。**この中だとヨシくんなんて散々もうねぇ？

高橋　そうだね……ハリウッド行きまくったよ、郷くん。

宇多丸　向こう行ってセレブと会ってきてるわけでしょ？　そのセレブに**君の好きなフックアップ**はされないの？

高橋　**そういう機会はなかったね。**

宇多丸　もっと頑張ってよ。

初結婚に初子供

郷原　じゃあ今度は古川さんの話聞かせてくださいよ。
宇多丸　古川さんは仕事のシフトチェンジがうまくいきましたよね。
古川　4年前ってなにやってたかな……音楽ライターもわりとフェイドアウト気味だったのかな。今となってはいよいよやってないけど。
高橋　編集の人とかにたまに、「誰かいないですかね？」って言われて古川くんがパッと浮かぶときがあるんだけど……絶対やらないだろうなって思って。
古川　何ヵ月かに一回はやっぱり依頼がきますけどね。CDの帯とかはたまにやったりするけど。
宇多丸　確か4年前は、結婚することで無理くりでも人生のステージを変えていかないと、みたいなことを言ってましたよね（P984参照）。
古川　歳をとりそびれちゃう、みたいなことを言ってましたね、そう言えば。
宇多丸　で、前回は翌日入籍って言ってたのが、**今度は明日にでも子供が生まれるかもしれ**

ないっていう……。

前原　あ、まだ生まれてないの？

古川　まだ生まれてないっすね。予定日は一昨日だったんですけど（古川註：その後2010年元日に無事女児が生まれました）。

宇多丸　初結婚、初子供……。

古川　公論で集まるたびに大イベントですよ。

前原　次はいつやるの？

古川　それは連絡します。

宇多丸　しかしねぇ……子供ですよ。

前原　（小さい声で）**子供の次ってなんだろう……**。

高橋　女の子なんだよね？

古川　はい。

前原　もう名前は決まってるの？

古川　候補はいくつかあるけど、まだ確定はしてない。

宇多丸　おっ！

郷原　じゃあ決めちゃいましょうか、今！

古川　それが今日一番おそれていたこと。
宇多丸　え、女の子女の子？
古川　女の子です。
前原　**だって名字は古川でしょ？**
古川　そうだよ。
宇多丸　いやでも確かに……ほら、変なの付けてもアレだから。
高橋　そうだね、バランスバランス。
郷原　**寝てるところ違ったじゃないですか。**
古川　え？
郷原　奥さんと。上の階と下の階だったじゃないですか。
前原　あんなに距離があるのに……。
宇多丸　え？　ということは、**よいしょ**ってやるわけですよね？
前原　階段**タンタンターン！**って降りてって？
宇多丸　階段……。
前原　**タンタンタンタンタンタンタンタンターン！**って。
郷原　だってまだあのメゾネットに住んでるんですよね？

古川　そうですよ。

郷原　**お決めになられたんですね？**

前原　それが怖いよ、一番……**そんなことはしないようなこと言ってたのに。**

宇多丸　言ってないよ。

古川　**全ページ引っくり返しても言ってないと思うよ。**

宇多丸　うーん……名前はなにがいいんですかねぇ。古風系と今風系とあるじゃないですか。もともと親の自意識があらわれるところだけど、今はひと回りしてさらにややこしいことになってるよね。

古川　最近ニュースとかで見るような変な名前、キラネームって言うらしいんだけど、あれすごいね。こないだ本屋で名付け辞典みたいなのを読んでたんだけど、いろんな章にわかれててさ。そこに「**外国人風のおしゃれな名前**」って章があるんだよ。「ドイツ人風の名前」とか「アメリカ人風の名前」とか。それで、ミューラとかミハエルとか普通に載ってて、もうひどいことになってる。

宇多丸　すげぇな、**ヤプーどもは。**

古川　こないだ読んでた小説に、「そういう名前が増えてきたら性同一性障害ならぬ**氏名同一性障害**っていうのが出てくるんじゃないか」って話が出てきて。そういうこともあるかもねって奥さんと話してたら、実際ホントにそういうことが起こってるらしくて。要は、かつてそういう名前を付けられた子供が思春期になってきて、あまりに自分のルックスとかけ離れてるのがコンプレックスになってるらしくて。

宇多丸 それはそうでしょうね。

古川 ザ・日本人みたいなルックスなのに「**ルキア**」みたいな名前だったりすると……ねぇ？

宇多丸 女の子は特にマズいね。

古川 本人がそのギャップを自覚しちゃってるから本当に辛いみたい。あと、当て字がひどすぎて先生が生徒の名前を読めないらしいんだよね。で、生徒にしても、名前がちゃんと読まれないっていうのはすごくストレスになるらしくて。自分の名前が必ず読まれなくて、会う人会う人に自分の名前を説明するっていうのはすごくストレスが溜まるんだって。

郷原 ルキアでかわいくなかったらかわいそうだよね。

宇多丸 なんだよそれ……ポケモンかよ。

郷原 ルキアで**学園の四天王**とかだったらヤバいけど……。

宇多丸 ひとりだけ**白い学ラン**でもいいぐらいだよね。

古川　で、今そういう風潮があるのを踏まえて逆の名前もあるんだよね。あえて古風な名前を付けるっていう。

郷原　いますよね、旧仮名使いで「かほり」って書いて「かおり」って読ませるとか。

古川　それも結局同じことだって感じがしてて……。

宇多丸　じゃあ超シンプルに「ほにゃらら子」みたいな？

古川　そう、それで考えてるうちに、**エアポケット・ネーム**っていうのがあるはずだと。**あらゆる意味で「ない」**っていう名前が存在すると思って、こないだずっと考えてて。

郷原　それにしようと思ってるんですか？

古川　いや、そういうことでもないんだけどね。

前原　**古川新《あらた》**って名前にしてみれば？

古川　女の子なんだよね。

高橋　全然聞いてないでしょ。

宇多丸　文房具の文をとって文子《あやこ》とかさ。で、ぶんこちゃんって呼ばれるんですよ……ぶんこちゃんだったら**多少ブスでも全然納得できるし。**

古川　さっきからちょいちょい失礼ですよ。

前原　どうするの教育は？　新宿のあそこらへんの学校に行かせるの？　**北新宿の汚いと**

ころに行かせるの？

古川　いや、住環境としてはそんなに悪くないんですよ。とは言え、家賃が高いからいずれは引っ越したいと思ってるんだけど。

前原　横浜に？

古川　横浜とは言ってないけどね。

前原　**二子玉川に？**

古川　二子玉川でもないけど。

宇多丸　でも遠くなると……仕事がねぇ。

前原　いいじゃん、原付あるんだからいいじゃん。

古川　原付だからこそ遠くに行けないんだよ。あとは今住んでる物件が掘り出しものすぎるところがあるので……次を探すのが難しいなあと思って。

高橋　あの場所であの広さからすると相当安いんだ？

古川　めちゃくちゃ安い。

宇多丸　階段**タンタンタンターン**って降りてきてっていうのもあるしね。

高橋　でも急な階段だよ。

前原　そうなんだよな、急なんだよな……頭に懐中電灯つけて、意を決して**タンタンタンタン**

郷原　**ターン！**って。

古川　八つ墓村かよ。

宇多丸　そこから子づくりは無理でしょ。

古川　でも、古川さんは俺フィギュアが欲しかったわけですもんね……俺フィギュアに子供が付くって話してましたもんね。

宇多丸　俺はでも、子供に関してはそんなに能動的ではなかったんですよ。

古川　あ、そうですか。**じゃあこうやってもう**……（と下からなにかを揉む手つき）。

前原　セックスの話じゃねーよ。

郷原　じゃあ彼女が**タンタンタンターン！**って上がってくる感じだ？

前原　フフフフ……。

古川　彼女っていくつなの？

郷原　同い歳、36ですね。だから実はまだ時間的には余裕はあったんだけどね。でも、つくろうと思ったなら早い方がいいって話もよく聞くので。

古川　この先の仕事の展望とかはないんですか？

高橋　ここ10年ぐらいは小説書こうかなって感じ。

今もう書いてるんでしょ？

古川　うん。2010年中にはオリジナルを書こうかと思ってます。

郷原　すげー。

宇多丸　小説家には前からなりたかったんですか？

古川　そうでもないんだけどね。

宇多丸　ていうか、もう小説家なんだよね。処女作は出てるわけですから。

前原　マジで？

古川　ノベライズで、3冊ほど。

宇多丸　でもほとんどオリジナルですよね……もとになるストーリーがあってさ、日清のカップヌードルのCMのやつ。『AKIRA』っぽいのがあったじゃん。

古川　『FREEDOM』ってアニメなんですけどね。あれがDVDで7巻ぐらい出ていて、それのノベライズを書いたんですよ（『FREEDOMフットマークデイズ』シリーズ）。

郷原　なぬー！　知ってますよ。

宇多丸　それの主人公の親友キャラがいるんだけど、そいつサイドから語り直した話。正直、オリジナルはなんじゃそりゃって設定もあるんだけど、でもその「なんじゃそりゃ」もがんばって引き受けつつ、すごくいい小説になってるんだよ。素晴らしい青春小説。

古川　そのときに初めて小説って書いたんだけど、3巻分を2年半ぐらいかけて書いてて、3巻目の途中を書いてるときぐらいに「あ、俺小説書きたいかも」って思ったんですよね。

郷原　えー、それ普通に読みたい……どうすればいいの？

宇多丸　ガガガ文庫から普通に出てるよ。

郷原　せっかくだからそのアニメも一応観ておいた方がいいよね。

宇多丸　でもやっぱ小説の方から読んだ方がいいと思うな。本当によくできてるから。

古川　あーざっす。

高橋　新しく書く小説はどういう方向性になるんですか？

古川　仕込み自体は2008年ぐらいからずっとやってたんだけど、いろいろ頓挫したり紆余曲折があって……結局、自分の体験をベースにした話になると思います。

郷原　すごいじゃないですか……大変な可能性が。だって売れる人ってものすごいっすもんね。数年前とはまるで別世界みたいなことになるじゃないですか、小説って。

高橋　古川くんはタマフル（TBSラジオ『ライムスター宇多丸のウィークエンド・シャッフル』の通称）の構成作家やってる実績もあるからさ、結構注目されるっていうか、すごくいい環境下で出せるんじゃないかな。

古川　それはまぁ、あるかもしれないですね。ありがたいことに。
宇多丸　収入はどんどん増えてる？
古川　いや、そうでも。小説はともかく、脚本系の仕事をやった年はものすごく上がったりとか、そういう変動はありますけどね。ただ、まだ全然ですよ。
高橋　小説が映画化されればばっちりだよ。
古川　でも原作になっても実はあんまり儲からないって話らしいね。一番儲かるのは監督とか原作じゃなくて、脚本だって。
宇多丸　へえ、そうなんだ。
古川　アニメとかだと、テレビシリーズが一本あって、それがヒットしたときに家が建つのは脚本家らしいですよ。
宇多丸　**よし、書こう！**
郷原　名作を生み出してくださいよ。
高橋　でもさ、将来的には原作とかも視野に入れてるんでしょ？
古川　そうだねぇ。まぁ小説専業になるかどうかは自分でもわからないんだけど。
宇多丸　次世代のクドカンですよ……あ、フックアップ！
高橋　**きた！**

郷原　俳優として？
宇多丸　**「古川耕・役、高橋芳朗」！**
古川　フフフフフ……「ヨシくん、俺の役やってくれないかな？」
高橋　**主役かあ。**
郷原　もう学生はきついよね。
高橋　学生服はきついな……あ、でも『25年目のキス』みたいに潜入入学するような感じの役だったらね。
宇多丸　**それは『25年目のキス』じゃねぇか。**
郷原　いやでも『時をかける少女』クラスのクラシックを生み出してくださいよ。
高橋　青春物やってほしいなあ。
宇多丸　『時をかける少女』のリメイク脚本とかね。
古川　またやんのかよっていう。
高橋　フックアップの可能性が出てきたな。
郷原　でも、もう学園映画に出演するのは無理だよ。
宇多丸　先生役ってのがあるよ。
郷原　マシュー・ブロデリックで。

宇多丸　そうだよ、『ハイスクール白書』みたいな。

高橋　ハチに刺されてね。

宇多丸　いいんじゃない？　ちょっと似てきてるし。

高橋　あ、そういえば古川くんは音楽プロデューサーとしても活動してるじゃないですか。

郷原　なにそれ？　どういうこと？

古川　インディなんですけどね。プロデュースというよりはディレクターって感じだけど、**小林大吾**っていう詩人を手掛けていて。俺が審査員やってたポエトリーリーディングのイベント（「新宿スポークン・ワーズ・スラム」）で知り合ったんですよ。で、CDをつくるのをすすめて、ちょうど渋谷の古本屋さんがレーベル始めたっていうからそこと一緒になって……それで今のところアルバムを2枚出してる。今度3枚目を出すんだけどね。

高橋　あれ、すごくいいですよ。

古川　ありがとうございます。

郷原　その大吾さんっていうのはもとはラッパーなの？

古川　まあ、聴き面としてはラップに聴こえるかもしれない。本人の意識としては最初から完全に詩人だけどね。で、ジャケットのデザインもイラストも全部自分でやってるんだけど。
高橋　あのCDのパッケージも全部自分でやってるんだ？
古川　うん、全部自分でやってる……紙選びから全部やってる。
高橋　パッケージがおしゃれだし、音も含めたものとして魅力あるよね。
郷原　へえ、今度見てみよう。
古川　ぜひ。

公論クルー近況報告、その5
~相変わらずランクアップの宇多丸 編

カードが溢れちゃってるね

高橋　ということで……最後はいよいよ士郎くん。
宇多丸　えー、俺はもういいよ。
高橋　士郎くんもまたすごいことになってるよね。
古川　まずはやっぱりラジオ（TBSラジオ『ライムスター宇多丸のウィークエンド・シャッフル』）かな……2007年の1月が独演会でしたっけ？

宇多丸　そっか、じゃあ前の公論の本が出て1年後か。
郷原　独演会ってなんですか？
宇多丸　TBSラジオで番組を持つにあたってのお試し番組みたいのがあってさ（TBSラジオ『ライムスター宇多丸・独演会』）。そこに古川さんを誘って、みたいな。**「俺の高田文夫になってくれ！」**っていう有名なプロポーズがあってね。
古川　2007年の1月に一度だけ日曜日の夜のお試し枠みたいなところでやったんですよ。
郷原　でもまあ、士郎さんは絶対向いてますもんね。
高橋　間違いない。だってかなり前からやりたいって言ってたわけだしさ。
古川　それがこんな瞬く間に証明されようとは……。
高橋　すごいよねぇ。
古川　証明されるスピードが思ったより全然速かった。
宇多丸　でもほら、数字は全然付いてこなかったじゃないですか。
古川　まあね。
高橋　あ、そうなんだ？
宇多丸　数字は最初の一年ぐらいは全然ダメで、このままだと番組終わっちゃうって騒ぎ出

郷原 したぐらいから調子よくなってきたんだよな。

古川 ギャラクシー賞っていうのはパーソナリティ賞的なものなんですか？

宇多丸 そう。番組じゃなくて士郎さん個人に与えられたの。

古川 でも番組ってことだと思うけどね、言うても。でもまあ、順調に。

郷原 今はレギュラーが週2ですからね。

宇多丸 もうひとつはなんですか？

TBSラジオの『小島慶子キラ☆キラ』っていう昼の帯番組の水曜レギュラーもやってるんだよ。今では当たり前になっちゃってるんだけど……このころから比べると確かに……なんて言うんですかね？ **ランクアップっていうんですか？**

古川 この単行本が出た時点でも「喋ってお金をもらう仕事ができてますよね」みたいな話をしてたんだけど（P988参照）、もうそれどころじゃないもんね。

高橋 ライムスターとして武道館公演を成功させたのもこのあとだからさ。

古川 あ、そうかそうか。

宇多丸 きましたねぇ……カードもだいぶ変わってきたな（P301／P812参照）。

高橋 いやだからね、もうカードの話ができないんだよね。

宇多丸 もうカード超えちゃった？

古川　カードが溢れちゃってるね。

高橋　Perfumeのビデオに出たとかもあるし……。

宇多丸　そんなのカードに入れないよ！　まぁでもね、「昼のラジオのパーソナリティ」ってさ、結婚相手の親御さんに見せるカードとしては最高じゃないかと思うんだよ。つまり、**人格的に安定してないとできないから。**なにかあったからおかしくなっちゃうような人は絶対に昼の生放送のパーソナリティはできないからさ。なにがあろうとある程度の平常心を保てる……それを他の人が認めたってことだからね。

古川　**「俺をお婿にどうです？」**と。

宇多丸　そうそう。「相当いい人なはずですよ！」っていうね。深夜だとまたちょっと話が変わってくるけどさ。これはかなりのことですよ。

高橋　お婿……。

宇多丸　まあ、ライムスターも順調で、この本が出るころにはアルバムもリリースされて……いいんじゃないですかねぇ。

高橋　ばっちりでしょ。

宇多丸　郷原みたいにちゃんと計画に沿って生きてる感じではないんですけど。

古川　変わったっていうよりは順調に広がってるって感じですよね。

宇多丸　そうですよー。

郷原　すごい！

宇多丸　あれですよ、明け方に俺の家に**ピエール瀧と水道橋博士と西寺郷太が押し掛けてくる**っていう、夢のような迷惑が起こるレベルですからね。

郷原　なにそれ？

宇多丸　ついこないだ、ラジオの忘年会で明け方までずっと飲んでて、瀧さんとはそれまでほどんど話したことなかったんだけど、いろいろあって「宇多丸くんの家に行こう！」とか言い出して……絶対に人は入れませんよって言ったんだけど、タクシーにみんなどかどか乗り込んできちゃってね。もうとにかくどうにも止められなくなって、じゃあちょっとだけ待ってくださいって部屋を片付けようとしてるんだけど、家の前で瀧さんが「**宇多丸く〜ん！　宇多丸く〜ん！**」って叫び始めてさ。で、俺の部屋にガーッと上がり込んで、ＤＶＤの山にわざと倒れ込んで崩しまくったりして……。

高橋　うわ……。

宇多丸　それを水道橋博士が写真撮っておならして帰っていくというね……まあ、**俺も遂にそこまでできました**っていうか。

古川　すげぇなあ。あと、そういや『マブ論』の単行本もありましたね。

宇多丸　これが出るころにはラジオの本（『TAMAFLE BOOK ザ・シネマハスラー』）も出たあとだし……いやいやいやいや、これはいいですねぇ。

チーム萌え

古川　なんか順調にみんな歳を重ねてるってことなのかな？

宇多丸　いいんじゃないですか……**でもつまんねぇ。**ひとりぐらいはホームレスになってるとか、そういうのないの？

前原　あれ？　**もうひとりいなかったっけ？**

古川　（無視して）あとさ、単行本が出てからみんなで集まるのはこれが初めてだから聞きたいんだけど、単行本のリアクションってみなさんどうでした？　例えば郷くんは、この本の存在って生徒たちには知られていないわけでしょ？　知られたらマズいのやっぱ？

郷原　読まれたら微妙だよね。**大学に受かってからでいいと思いますよ。**もうめちゃくちゃまともな人を演じてるんで……いや、演じてるっていうか属性ですけど。

宇多丸　公論の単行本に関してはさ、今でこそ、入手しづらくなったことでアマゾンのマーケットプレイスやヤフオクで7000〜9000円とかで売られたり、いろんなとこで名著って評価してもらったりしてるけど、当初はどうせ連載を読んでた人しか買わないだろうってことでこの判型にしたわけじゃん？　**それが失敗だったよね。**おかげで書店で変な場所に置かれてたり、ひどい場合はビニ本状態で売られてたりとかさ。

古川　ビニールにかけられて中が読めないっていうね。

宇多丸　この本なんか、中が読まれなかったらアウトだからさ。

古川　字も相当小さいですからね……親に読めねぇって言われたし。

郷原　親に読ませてるの？

古川　読ませてますよ、ガンガン。

宇多丸　だから、思ったよりは評判が良かったってことだよね。

古川　まったく知らない人でも、最初は誰が誰だかわからないけど、しばらく読み進むと完全に5人のキャラがわかるって。

高橋　最初は辛いだろうね。

古川　でもすぐにキャラはつかめるらしいですよ。もしやと思って知り合いになった腐女子の人に送ってみたんだけど、そうしたらやっぱ**全然萌える**って言ってた。

宇多丸　チーム萌えですか？

古川　うん。中でもヨシくんに萌えるらしいです。

高橋　**きた！**

古川　やっぱね、みんなにいじられてる感じが萌えるんじゃないですか。

宇多丸　無力な……されるがままみたいな感じのところだよね。

古川　あとは**得意のポジショニング？**

前原　これはもう本当に在庫ないの？

古川　ないみたいですよ。

前原　俺、いまだに「なんか本出してるんですねぇ」とか言われるよ。最近は初対面の仕事先の人とかはGoogleで名前調べてきたりするらしくてさ。「**なんとかのなんとかかやってるんですね**」とか、与かり知らないこと言われてさ。

宇多丸　まあ、確かに**なんとかのなんとか**としか言いようがないからね。

高橋　アマゾンのレビューとかも高評価だったし、出た当時ブログで取り上げてる人とかもうれしい評価が多かったね。

宇多丸　てことは今度は**前よりも売れるってことなのかな？**

古川　士郎さんの知名度が飛躍的に上がってるから、今回は帯とかも完全に士郎さん押しでいこうかと思ってて。

前原　まあ、ぶらさがっててね。

まとめ〜歴史的資料として読んで欲しい

古川　そろそろまとめましょうか……次にこのメンバーで集まるとしたらいつになるんでしょうね？

宇多丸　これが売り切れたらですよね。すごい長いスパンの雑誌みたいなさ、**全部売り切れたら次のが出てくる**っていう。

高橋　4年に一回のオリンピック・スタイルでね。

郷原　**公論イヤー？**

前原　じゃあ次は2014年？

高橋　本当にこのサイクルでいくならね。

古川　士郎さんの注目度が高まってることもあるし、どっかから連載のオファーがないとも限らないと思うんですよ。このメンバーでやりませんか、みたいな。でも実際さ、

高橋　毎月この5人でまたやるのってそれはそれで難しいと思うんですよね。

宇多丸　そうだね。会うタイミングをつくるのも難しいだろうし。

郷原　もうあのころのノリは出ないね……**マジックは消えちゃってるね。**

宇多丸　でもいいんじゃないですか、売れたらまたやりますってことで。

古川　まあ、それしかないよね。今回だって売れて評判いいみたいだからやったわけだからさ。どっちかが欠けてもやらないけどね。**売れても評判が悪かったらやらない。**

郷原　ここにきて急に評判が悪くなったら落ち込むなぁ。

古川　あのころのノリはもうない、とか。

高橋　まぁ、最低限手に入れられなかった人に届くようになればいいなって。

宇多丸　いやホントに。

前原　しかし2010年に本買って開いたらさ、「**最近インターネット始めたんですよね**」（P110参照）ってどうよ？

高橋　士郎ってちょっと遅かったんだっけ？

宇多丸　ちょっと遅かったね。

「インターネット初心者の発言として聞いて欲しいんだけど」……これすごいですよ、やっぱり。

古川　歴史的資料として読んで欲しいですね、もはや。

㊣

2010年の公論クルー「3枚のカード」最新報告

底しれねえ！

宇多丸　**3枚のカード**……これは今回、相当みんなランク上がってるでしょ。

高橋　いや、俺とかそんなに変わってないよ。

古川　枚数を揃えなくちゃいけないからなぁ……そもそも3枚揃えるのが大変だし。

郷原　1枚が超デカくてもダメなんですよね。

高橋　でも郷くんはいい感じになりそうな気がするな。

宇多丸　郷原は……まず「**学習塾経営**」。

郷原　学歴とかはもうそこに含まれる感じですかね。それでやってるようなものだから。

古川　あとは、「**元ファッション・ディレクター**」とか？

郷原　「**おしゃれには絶対の自信あり**」とかも……。

古川　主観的なカードはダメですよ。

高橋　士郎くんは？

宇多丸　俺はもう**「早大卒」**はとってもいいですね。えーっと……**「武道館アーティスト」****「ギャラクシー賞受賞」**……あとは「レギュラー番組多数」とか、かな？　違うかな？　そこに**「早大卒」**かな？

高橋　どんな対象に向けてるかにもよるよね。

宇多丸　やっぱ**「レギュラー番組多数」**は**「ギャラクシー賞受賞」**に含まれるから、**「武道館アーティスト」「ギャラクシー賞受賞」「早大卒」**ですね……かなりきてます。

郷原　**「武道館アーティスト」**ってちょっとすごいよね。

宇多丸　ただ**「汚部屋在住」**っていうマイナスカードがありますけどね。

古川　俺はどうしよう……**「放送作家」「小説家」**……。

宇多丸　**「小説家」**ですよ！　これはかなりの前進でしょ！

古川　でも**「年収200万」**って可能性も全然あるからね。

宇多丸　**「放送作家」「小説家」**……あと**「音楽プロデューサー」**だ。

郷原　なにそれ！

古川　ねぇ？　すごい戦闘力じゃない？

高橋　なにか底知れない感じがあるよね。

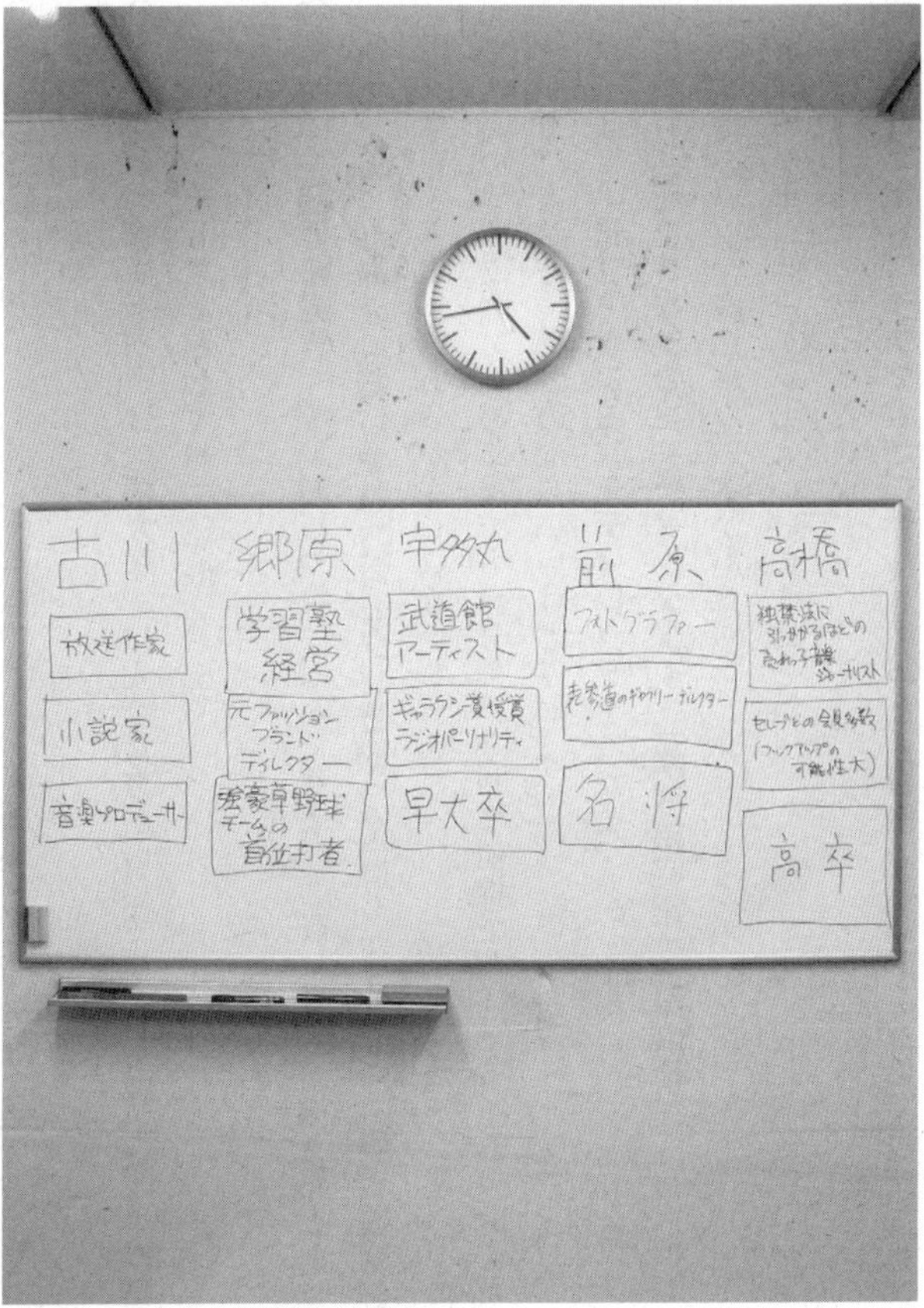

古川
郷原
宇多丸
前原
高橋
放送作家
小説家
音楽プロデューサー
学習塾経営
元ファッションブランドディレクター
強豪草野球チームの首位打者
武道館アーティスト
ギャラクシー賞受賞ラジオパーソナリティ
早大卒
フォトグラファー
表参道のギャラリーディレクター
名将
独禁法に引っかかるほどの
ジャーナリスト
セレブとの会見多数
(フックアップの可能性大)
高卒

宇多丸　きましたねぇ。

郷原　すごいじゃん！

宇多丸　だからね、郷原もやっぱ**「早大卒」**は入れた方がいいですよ。**「早大卒」「学習塾経営」**……そして**「おしゃれ」**。

郷原　フフフフフ。

宇多丸　だって**「学習塾経営」**で**「おしゃれ」**なんですよ。これはほら、揃えたときに際立つじゃん。ただの**「おしゃれ」**だと**クソ野郎**って感じがするし、**「学習塾経営」**だとダサいイメージがあるかもしれないし。

郷原　でもこのカードって、あくまでも自分で言うって前提でしょ？　それマズくないですか？　人が言ってるのならいいけどさ。

高橋　やっぱし**「元ファッション・ディレクター」**だよ。

宇多丸　じゃあ**「元ファッション・ディレクター」「学習塾経営」「早大卒」**……。

古川　コレはいい！　底知れない感がある。

宇多丸　野球のチーム的なアレでもいいですけどね。

前原　俺はなんにも変わってないな。

宇多丸　でも**「フォトグラファー」**じゃん？　あと**「超強い野球チームの監督」**なわけでし

よ？

郷原　あ、僕はその超強い野球チームで4年連続で首位打者なんですよ。

宇多丸　あー、いいじゃないですか！　3枚目のカード**「首位打者」**。

高橋　底知れねぇ！

宇多丸　**「元ファッション・ディレクター」「学習塾経営」「強豪野球チームの首位打者」**……郷原はこれで決まりだね。前原さんは**「フォトグラファー」「強豪野球チームの監督」**……。

高橋　あと**「ギャラリー経営」**は？

宇多丸　お！　**「フォトグラファー」「ギャラリー経営」**……。

前原　**「ギャラリー・ディレクター」**とかにしてくれる？　ちょっと曖昧な感じで。

宇多丸　じゃあ**「フォトグラファー」「ギャラリー・ディレクター」「強豪野球チーム監督」**

郷原　……。

宇多丸　でも草野球チームの間で前原さんは普通に名前通ってるんですよ。

郷原　それなら**「名将」**にしよう！　すごいね、**「フォトグラファー」「ギャラリー・ディレクター」「名将」**……はっきり言って**「名将」**ってどんなカードよりも強くない？

高橋　川上哲治みたいだもんね。

古川　30歳とか40歳じゃ名将って呼ばれないよ、普通。

宇多丸　すごいですよ。

郷原　曖昧だけどね……フフフ……数値化できないし。

古川　信用できない感じもちょっとする。

宇多丸　自称だからね。

高橋　でもフォトグラファーとして有名ミュージシャンやアイドルも撮ってますからね。

宇多丸　じゃあヨシくんは……まあ**「超売れっ子音楽ライター」**ですよね。**「超売れっ子音楽ジャーナリスト」**。

郷原　**「独禁法に引っ掛かる級の」**とか入れておきましょうか。

宇多丸　なんかさ、3枚のカードのアレが完全にセルフボーストみたいになってきてるよね。

郷原　だって一番最初にやったときなんて**「金髪」**とか**「俳優志望」**だったんだよ？

高橋　**「金髪」**ってカードとして有効なの？

宇多丸　だから大進歩なんだってば。えーっと、**「独禁法に引っ掛かる級の超売れっ子音楽ジャーナリスト」**……ちょっと若干うるさくなってるんだけど……次は？

高橋　どうしよう……。

古川　結婚したから「**妻アリ**」は？

宇多丸　じゃあ「**美人の妻**」。

前原　「**美人妻**」？

宇多丸　自分のことじゃねぇっていう……。

古川　カードとしておかしいよね。

宇多丸　ちょっと自分で出してよ！

高橋　「**エディター**」とか「**コンパイラー**」とか？

前原　「**帽子はステューシー**」とかは？　「**カーディガンはギャルソン**」とか。

郷原　「帽子はステューシー」……。

宇多丸　「**エディター**」とか「**コンパイラー**」は確かにそうなんだけどさ、それってよく考えると「**音楽ジャーナリスト**」に含まれる感じもするからなあ。

高橋　そう言われると困っちゃうんだけど……うーん。

宇多丸　ないなら「**コンパイラー**」入れてもいいよ。

古川　屈辱！

宇多丸　「**コンパイラー**」「**音楽ジャーナリスト**」……ただほら、「**独禁法に引っ掛かる級**」はかなりのものですからね。これは相当強いです。

郷原　公安から目をつけられるぐらいのね。

宇多丸　もうさ、こうなったら年収言うしかないんじゃない？

高橋　でも**「独禁法に引っ掛かる級」**だったらそこそこありそうな感じがしない？

宇多丸　そこそこあるんですか、やっぱ。

高橋　わかんない……どうだろう。

宇多丸　**わかんないだと？**

古川　あとは性的な魅力とか、そういうところしかなくなってきますよ。

宇多丸　仕事以外にはなにやってんの？　その部分から見つけるしかないじゃん。

高橋　趣味にしても音楽とあと映画ぐらいしかないからなー。

宇多丸　だっておととい、ぐらいにコーヘイ・ジャパンと渋谷で飲んでたんでしょ？　それはもう**私生活のなんもなさ**をあらわしてますよ。

高橋　そんなことないよ。そんなもんだよ、世の中の人って。

宇多丸　じゃあ**「業界人に顔が広い」**とかは？　あ、**「アメリカに仕事で超よく行く」**。

高橋　じゃあそれで！

宇多丸　でもそれもなあ……あ、**「セレブとの会見多数」**は？　**「セレブとの会見多数（フックアップの可能性大）」**は？

高橋　今後に期待だ。

宇多丸　じゃあこうしよう……カードの並べ方でいくと、「**独禁法に引っ掛かる級の超売れっ子音楽ジャーナリスト**」「**セレブとの会見多数**」「**高卒**」……こうすると「**高卒**」が効いてこない？

古川　のしあがってきた感？

宇多丸　ストリート仕込みの……ストリート・ワイズみたいな感じがするじゃん。

郷原　でもさ、こうやって改めて見てみると古川さんすごくないですか？

宇多丸　「**放送作家**」「**小説家**」「**音楽プロデューサー**」……。

郷原　なんか**嘘みたい**じゃないですか？

古川　総合的な戦闘力はハンパないね。

宇多丸　最初のときは「**ヒップホップ&アニメ系ライター**」とか「**原付所有**」とか入ってたんだからさ。2枚目がもう原付なんだもん。

郷原　普通に長者番付とかに入りそうな並びですよね。

古川　カードだけだったらね。

高橋　なんか**メディア王**みたいじゃん。

郷原　マードックだ。

古川　フフフフフ……。

宇多丸　ホントだよ、すごいよ。

古川　まあ、嘘はついてないしね一応。

郷原　4年後に一番激変してる可能性があるのは古川さんじゃないですか？

古川　それは士郎さんと同じでさ、やってる仕事が拡大するかどうかで変わってくるからさ。激変という意味ではやっぱり郷くんだと思うよ。だって教室をどんどん増やしていく可能性もこの先あるわけでしょ？

郷原　そうっすね。

古川　そうなったら**「学習塾を多数経営」**ってことになりますからね。

宇多丸　『カンブリア宮殿』出演ですよ。

古川　爆笑するけどね、あの番組で郷くんが喋ってたら。

宇多丸　ありえない話じゃないよ！

古川　革新的な塾経営者……。

宇多丸　ホントホント。でもまあ、みんなちゃんと出世してますよね。

特別付録1
「ブラスト公論」のできるまで

文:古川 耕

「ブラスト公論」はヒップホップ/R&B専門誌『BLAST』で
2000年から4年間にわたって毎月連載されていたもの。
文字も内容もみっしり詰まって、まぁよくも毎月これを……
と我ながら呆れたりもするんですが、
増補新装版をつくるにあたってふと、公論の「しゃべり手」ではなく、
「原稿のつくり手」が一体どういったことを考えていたのか、
記しておくのもいいんじゃないかと思いまして。言うなれば、
「ブラスト公論」はいかなるプロセス/思考を経て
「ブラスト公論」たり得たのか?
それでは記憶をたぐりつつ書いていきます。
(この文章は「ブログ公論」http://kouron.blog48.fc2.comに掲載した
「ブラスト公論のつくりかた」を大幅に加筆修正したものです)

1　テーマを決める

まず一番最初にテーマを決めます。担当編集の高橋芳朗（連載初期、彼はまだ『BLAST』編集部員でした）と電話で相談しながら、最近の事件やブーム、ゴシップ、怒ってること、笑えること、身近で気になった話題や人物……などを出し合っていきます。ひととおりアイデアが出揃ったところでメーリングリストに流し、他のクルーの意見も募りつつ、だいたい毎回2つ～3つのテーマを用意します。あとは収録に備えて必要な資料をネットや本屋で探したり。

実際に収録を始めるとテーマと関係ないところで盛り上がることもしばしばだったため、保険の意味でも毎回テーマは複数用意しておきました。実を言えば4年間の連載期間中、どんなテーマなら盛り上がるのか、最後まで掴めないままでした。

2　しゃべる

収録場所は、初期だとシンコーミュージック社内の会議室か喫茶スペース。後期だと新宿、渋谷近辺のファミレス、居酒屋、貸会議室。公論の感想としてよく「居酒屋での会話を聞いてるみたい」なんて言われたりもしましたが、意外と酒が入ってることってほとんどなかったような……オレたちはいつだって冷静なんですよ！

開始時間はだいたい夕方～夜の早い時間。スケジュールがどうしても合わないときは午後早いうちから集まることもありました。ちなみに遅刻者はほとんど出ません（優秀）。進行役は古川と高橋で、用意したテーマから出発しつつ、会話の流れに任せて自由に進めていきます。キーとなるのはもちろん、宇多丸と前原の公論ツートップ。このふたりがいかに食いつくか、いかにパンチラインを繰り出せるかが成否を分ける鍵となる……とは言え、それをどうやって引き出すかは毎回、出たとこ勝負ではあったのですが。

時間がどのくらいかかるかもまちまちで、平均するとだいたい6時間くらい？　連載初期は12時間以上しゃべっていたこともあり、あんなのは二度とごめんだと今でも強く思います。

収録が無事終わったらそのまま解散。その後、日を改めて高橋と電話で相談し、どこの部分を抽出するか、どういう構成にするかを大まかに決めていきます。

ちなみに、公論の収録を終えて「超盛り上がったし中身もバッチリ！」みたいなテンションで解散したことって、ほとんどありません。むしろ、「これで大丈夫……かな？」「なんとかなる……よね？」といった微妙な空気で終わることが多かったような。もちろん、現場の盛り上がりとそれを文章化したときの面白さは別物なので、そこはあまり心配していなかったのですが、なにせ毎回しゃべっている量が膨大なので、どこをどう使って構成するか、その目安がつきにくいことが多く、その意味で古川と高橋は毎回わりと不安に苛《さいな》まれていた、ということはあります。

ともあれ、どうにか方向性を決めたら高橋が文字起こしに着手。1~2日もすると古川宛てに文字起こしが届きます。

3 テープ起こし

ここで、高橋芳朗の卓越したテープ起こしスキルについて、間近で見ていた立場から解説してみましょう。

まずはなんと言っても、スピードが速く、しかも正確。どれだけ長くしゃべっていてもだいたい中1~2日で上がってくるし、ミスや誤字が少ない。月刊連載のサイクルだと、こうした正確性とスピードは非常に助かるし、原稿のクオリティにも直結するので大変ありがたかったです。

で、それだけでも素晴らしいのに、公論にとってとても重要だったのは、高橋の起こしは「会話のニュアンス」の再現性が極めて高いこと。それが公論を公論たらしめる大きな要因とも言えるんです。

ここで、「公論なんて、ただしゃべったことを文字にしただけでしょ？」と思ってる人に一言いいたい……

そのとおり！

そのとおりだけど、それがいかに大変なことかおわかりか。なぜなら一口に会話と言っても、我々は言葉以外に表情、手振りや身振り、間、声の強弱、発声の明瞭不明瞭、イントネーション等、さまざまなツールを駆使し、まさに「声にならない」ニュアンスの積み重ねでコミュニケーションをはかっているわけです。

こうした会話を仮に三次元的な立体物とするなら、それを文字化する作業はいわば会話を二次元的に平面化していく作業。絵画技法に遠近法があるように、テープ起こしにも無数の細かいテクニックがあり、それらを駆使しながら「座談会」という建築物を「座談会文」という図面に写し変えていく。そうした作業の土台に高橋のテープ起こしがあるわけです。

ここで具体的にそのテクニックを開陳するのは控えますが（実際に書くと、わりとしょーもなかったりする）、高橋の起こしは会話や空気のニュアンスの拾い方が絶妙かつ的確で、彼の起こしをベースにしていたからこそ公論はあのクオリティを保てたと言ってしまっていいと思います。

ただし……これと一見矛盾するようなことを言うと、この起こしの段階から、公論では「(笑)」という表記は一切使われていなかった。会話のニュアンスを表現するのに大変便利な「(笑)」を、なぜ公論ではタブーとしていたのでしょうか?

4 「(笑)」問題

多くのインタビューや座談会記事で使われている「(笑)」。なぜ公論では一切使わなかったのか?

その理由に行く前に、まず「(笑)」とはなんなのか考えてみましょう。

やれ、二十数年前の『りぼん』の読者コーナーが最初だとか、80年代のパソコン通信から市民権を得たとか、その浸透経路には諸説ある「(笑)」。もちろん初めて使われたのはもっと古いようです。

その目的は、「〝ここで笑いが起こった〟と現場の様子を描写する」「その発言が冗談の意図を含んでいること示す」といったところでしょうか。いずれにせよ、どちらも「文章だけでは表現しきれないニュアンスを補強する」記号であり、高橋芳朗のテープ起こしの魅力——ニュアンスの緻密な再現力——からすれば、本来「(笑)」ほど便利な道具もないはずなのです。

しかし高橋はテープ起こしの段階から「(笑)」を使わなかった。なぜか？

第一に、書き手と読み手が「(笑)」という記号を共有する空気を——言ってしまえば馴れ合い的な空気を——避けたかった、というのがあるのでしょう。高橋芳朗はもともとスマートな文体を好むライターです。「ここが笑うところですよ」という目配せでもある「(笑)」を入れることで、そのスマートさが損なわれるのを避けたかったのかもしれません。

また、公論自体が「笑える発言」(つーのもどうかと思うけど)で多く占められているため、そのすべてに「(笑)」を付けていたらとても煩わしいものになっていたでしょう。さらに言えば、トボけた発言のあとに自ら「(笑)」と付けるのは、「笑わせる文章」の観点から見てもあまりうまい手とは思えません。

以上のような理由から「(笑)」は使われなかった……と、最初は思っていました。

しかし、実はより本質的な意味で、「(笑)」を避ける意味があったのです。

それは簡単に言えば、「公論は現場の空気を正しく伝えることだけを目的としていない」ということです。

5「内容重視」vs「ニュアンス重視」？

具体的に、実際の公論の制作の流れを追いながら説明していきましょう。

高橋から届いた文字起こし、この時点での文字数は平均で1万字ほど。あらかじめ起こす場所が特定できている場合でもこのくらいで、「とりあえず全部起こしてみないとわかんねーなー」みたいな回では平気で3万字を超えることもありました。対して、公論一回の文字数はおおよそ4500〜6000字。つまり少なくとも半分、下手をすると1／5ほどにそぎ落とす必要が出てくるわけです。

そこで、まず取りかかる作業が「チョップ」。音楽用語で「サンプリングしたフレーズを細かく分割する作業のこと」なのですが、同じように起こし文を、ある程度のカタマリごとに細かく切り分けていきます（ちなみに記憶しているなかで一番細かくチョップしたのは、P711「今日はセク風が吹いたの巻」。死亡した宇宙飛行士さんのフリーキー過ぎる発言のため、全体を40ブロックぐらいに分割してもまだ支離滅裂で、あのときは本当に途方にくれました）。

そして分割されたブロックをチェックしながら、不要な部分をカットしたり、内容が重複している部分をまとめたりして全体を短くしていきます。

が、この作業も始めてしばらくすると、「もうこれ以上ムリ……（でもまだ全然文字数オーバー）」という壁にぶち当たります。

で、ここからが問題。

どれを削って、どれを残すのか？

なされた会話をすべて忠実に文字化するなら、中身は確実に薄くなります。

例えば、こんな部分。P443「なんだよ安室ぉ〜！の巻」より。

郷原　してんじゃないですか。

古川　してんじゃないですか。

高橋　でもダベってただけだよ。

宇多丸　フフフフフフフフフフフフフフフフフフフフフフフフ。

高橋　フフフフフフフフフフフフフフフフフフフフフフフフ。

郷原　フフフフフフフフフフフフフフフフフフフフフフフフ。

宇多丸　ハハハハハハハハハハハハハハハハハハハハハハハハ。

高橋　ハハハハハハハハハハハハハハハハハハハハハハハハ。

郷原　ハハハハハハハハハハハハハハハハハハハハハハハハ。

宇多丸　恥ずかしいなぁ。

高橋　俺も恥ずかしいなぁ。
宇多丸　恥ずかしいよぉ〜。
高橋　きゃあー。

バカっぽい！

でもそれがいい。

なぜなら現場のノリは実際にこんな感じだったし、このシークエンスで伝えたかったのはまさにこうした「バカな会話感」そのものだったわけで。そのニュアンスの再現のためには、これだけ贅沢に——一見、無駄とも思えるほどの——文字数を費やす意味があると判断したわけです。

しかし、ご覧のとおり、それを優先するとどうしても情報量は減ってしまう。そして我々としては、笑える会話ばかりでなく、毎回なにかしらのオピニオンも提示したい。そこで、同じ回から以下の部分を見てください。

宇多丸　修学旅行とか職場とか……任意に集まった集団で起こる事件っていうかね、そこがやっぱ緊張感を生むしね。

古川　なんでもない人同士が非日常的な空間に置かれることによって、いきなりお互いの気持ちが通じ合ったような錯覚に陥る……。

宇多丸　そう、だから相互理解の手前で終わらないとダメなんですよ。深く理解してる関係はときめきとは言わないだろ、と。この人とコミュニケーションがとれるかも？　の感じがときめきなんですよ。

古川　手に入れちゃったらいけない……。

宇多丸　コミュニケーションの入り口に立ったときがときめきなんですよ……深いなぁ……。

古川　あと、非日常っていうのもデカいよ。デパートの話だって、日常空間が非日常になる瞬間自体が……ねぇ。

郷原　ヤバいっすね……行きたいっすね。

これ、確かに現場でこういった意味のことをしゃべりましたが、かと言って実際こんなスムーズに会話していたわけじゃありません。起こしの段階でももっとガタガタしていて言葉数が多かったところを、ブラッシュアップしていく段階で整え、圧縮し、書き足し、その繰り返しを経て、このシークエンスができあがったわけです。

こうしてみると、各ブロックには情報を圧縮した「内容重視」パーツと、くだけた会話のノリを楽しむ「ニュアンス重視」パーツの2種類があることに気付くでしょう。

この2種類のパーツを、全体のバランスを見ながら取捨選択し、それを「フリップ（並び替え）」して流れを整え、さらにはパーツ同士を繋げる発言を加筆するなどして、原稿を少しずつ完成形に近づけていきます。一行一行、すべての発言に意味や役目を担ってもらい、これ以上付け加えることも間引くこともできない——というところまで達したら、あとは太字を指定して（これも発言のニュアンスを伝える大切な手法です）第一稿の完成。あとはすぐさま他のメンバーにもチェックしてもらい、全員の加筆や訂正を加え、これでようやく決定稿の完成！　です。ふ〜……。

いずれにせよ、チョップしたカタマリを取捨選択する段階で、今回は内容重視にするのか、それともニュアンス重視でいくのか、その判断で毎回いつも悩んでいました。会話を文章化する際には必ずこうしたジレンマがつきまとうのでしょうし、公論はこのせめぎ合いが非常に高いレベルで行なわれる……そして、それが「ブラスト公論」というものの面白さの核になったのでしょう。言い方を変えれば、内容とニュアンスのベストなバランスを試行錯誤しながら探っていく……そのトライ&エラーこそ、公論という連載の生命力だったと言えるでしょう。

（余談：しかし公論全体でただひとつ、ほとんどまったく手を加えていない、どころか手を加えるとすべて死ぬ！　と文字起こしをそのまま使った場所があります。それはやはりP437「なんだよ安室ぉ〜！の巻」の「安室奈美恵の夢」のくだり。あれはまさに奇跡のヴァースなんです）

6　あくまでひとつの読み物として

さて、ここで再び「公論は現場の空気を伝えることが目的ではない」という地点に立ち返りましょう。

ここまででおわかりのとおり、公論は実際に話した現場が文章の形になるまで、かなりの加工が施されています。あるパーツでは「現場の空気を再現するため」に細心の注意を払い、逆にあるパーツでは現場の空気を犠牲にしてまで、主張や情報を圧縮して編集する。それもすべては、「読み物としてストレスなく読めるように」するためなんですね。それこそ公論が目指していたものであり、現場の空気を残すも消すも、読み物としての完成度を高めるためのひとつの選択肢に過ぎなかったわけです。

以前、仕事でコントの台本を書いていたとき、「これって公論と似てるな」と思ったことがあります。コント台本ではセリフに「ははは」「フフフ」は使っても「(笑)」は使いません（……と、思う）。

台本は読み手がアクションするための、言わば未来に開かれたテキストです。「かつてあった会話」の再現である「(笑)」とは、そもそも機能的に相容れません。逆に言えば、「(笑)」と書かれた発言を読むとき、読み手はすでになされた過去の会話を傍観者的な立場で眺めるほかないのです。

だがしかし、公論という読み物は、我々の会話の輪の中に(擬似的にでも)加わってもらい、一緒に笑ったり、呆れたり、考えたりして欲しい……と、我々はどうやらそのように考えていたようなんです。だから実際、公論の感想として「この会話に加わりたい!」と言ってもらえるのは、我が意を得たり! だったりするわけです。……もちろん、最初からこんなこと考えてたわけじゃないけどね。

公論は「会話のドキュメンタリー」ではなく、あくまで「ひとつの読み物として」楽しく読めるように編集された「会話文のエンターテインメント」。だから結論としては……公論を生でやることは絶対にない!ってことです。

以上!

これが失敗公論だ！

「公論メンバーのファッションチェック（仮）」

ここで特別に「文字起こししたものの、結局使わなかったパーツ」を紹介。
収録したのは公論同窓会2010と同じ日。
「もう1テーマぐらいしゃべっとく？」と軽いノリで始めたものの、案の定さして盛り上がりもせず、
古川のみが屈辱を味わっただけでなんとなく終了。
公論はこうした瓦礫の山の上に成り立っているのです。

宇多丸 最近とみにおしゃれになったと評判の古川さんのファッションチェックです。

古川 最近おしゃれにめざめたと評判のね。

宇多丸 じゃあ順番に見ていきましょうか。

郷原 まずはちょっとユーズド感のある帽子から。

高橋 フフフ……そんなこと言われるのか。

宇多丸 霜降りだけどユーズド感がある……こういうのはなんていうんだっけ？

郷原　キャスケットですね。

古川　どこで買ったかまったくおぼえてないなぁ。

郷原　すごいね、どこで買ったかおぼえてないっていうのは本当にふらっと買ったってことですよ。

宇多丸　またそういう自意識がさぁ……。

古川　いやいや、ホントホント。帽子はねぇ、俺結構買うのよ。でも帽子を買いにいくんじゃなくて、なんかの買い物のついでに良さそうなのがあったらとりあえず買っちゃうっていう……これもたぶんそれで買ったのかな。

郷原　このツバ部分のダメージとかはわざとつくってるんですよね。

古川　そうですね……そうですね。

宇多丸　ツバのダメージ？

古川　フフフ……この企画本当に辛いな……。

前原　別に原付に乗ってて転んだわけじゃないんだ？

古川　違います。

高橋　挑発するなぁ。

宇多丸　で、それでこの帽子の灰色と合わせていると思わしき上着……フフフ……。

古川　辛いな。
宇多丸　これはなにチェックっていうんですか？
郷原　グレンチェックですね。
古川　これは2週間ぐらい前に買ったのかな、確か。
郷原　お！
宇多丸　最新アイテムだね。
古川　どこで買ったんだっけかなあ……新宿のあの……。
郷原　伊勢丹？
古川　いや、南口のFlagsのビルに入ってる……SHIPS？　ユナイテッド・アローズ？
郷原　そこで買ったたってことですか？
古川　そう。
前原　さすが！
郷原　それはもう表紙撮影を完全に見越して買ってるってことじゃないですか。
宇多丸　フフフフフ……。
古川　それは半分正解……この前あるDVDの取材でちょっと映るかもしれなかったから……で、さすがに服の一着二着は用意しておかないといけないだろって思って……。

郷原　それはSHIPSのオリジナルですか？　それともセレクトものですか？

古川　たぶんオリジナルだと思うけど……。

郷原　首のタグにSHIPSって書いてありますか？

古川　うん、と思う。ちょっと見てないんだけど。

宇多丸　いくらぐらいしたんですか、これ。

郷原　SHIPSだったらだいだい1万円台じゃないですか？

古川　1万円台ぐらいです……1万円ちょいだと思う。

前原　やっぱ帽子との灰色は合わせて着てるの？

古川　そうっすね。

宇多丸　あ、この中に着てるのは？

古川　ユニクロのヒートテックです。普通に。

宇多丸　あ、ヒートテックなんだ？

高橋　あ、それってヒートテックなの？

一同　へえー。

郷原　サイズは？

古川　Lかな……去年ぐらいに買ったやつ。

宇多丸　さらにこの上になにか着てるんですか？

古川　そうです、Pコートを着てます。

前原　おっ！

郷原　やっぱね、Pコートなんだ？

宇多丸　Pコートちょっと持ってきてよ。

古川　これ本当にきついね……（といいながらコートを取りに行く）。

前原　（その後ろ姿を見ながら）パンツもなかなかラインがいいねぇ。

古川　パンツはジャーナル・スタンダードかな。

前原　おおっ！　フーッ!!

郷原　手堅いところで買ってるじゃないですか。

宇多丸　Pコートは？

古川　これは確か通販。1万円ぐらいかな。

前原　おっ!?

宇多丸　なんでまた通販で？

古川　これはネット見てたら通販のバナー広告が出てきて、それでそこに飛んで買ったんだと思います。

郷原　全然気を遣ってますよね。だってそのパンツだって1万2000円ぐらいしますよね？

古川　うん、確かそのくらい。

宇多丸　あとは靴だね……って、でもこれ、面白いのかな？

高橋　そうだね……写真がないとよくわからないかも。

郷原　とりあえずやめておきましょうか。

宇多丸　うん、もういいんじゃないかな。

古川　うん……うん……。

特別付録2

パンチライン索引

〝あなたのこと嫌いだけど、でも好き〟 【宇多丸】156

〝俺、よく家にいるときなにしてるんですかって聞かれるよ。その問いに答えられないけどね、俺自身〟 【前原】160

〝「俺、このままでセックスとかできるのかなぁ」〟 【宇多丸】163

〝「おかしいな、俺んちの鏡ではバッチリだったのに」〟 【宇多丸】170

〝「着信あり：後藤真希」〟 【前原】172

〝『サイゾー』の表紙のコがかわいくてムカつく〟 【前原】196

〝校庭が土だからかなぁ〟 【高橋】224

〝俺たちの六本木物語〟 【宇多丸】239

〝「マイケルも辛いのよぉ！」〟 【高橋】264

〝「佐々木あれだぞ、パンツを下ろして3秒数えろ」〟 【宇多丸】269

〝「良かれと思って金髪にしてるの？」〟 【高橋】278

〝「自分が今してる格好がダサいって書いてないかなぁ」〟 【宇多丸】281

〝税金払ってるからいいか〟 【郷原】282

〝俳優になりたい〟 【高橋】296

〝収入が高くて、なおかつサーファー〟 【宇多丸】299

〝あの広末にコクられたんだから人間的魅力は半端じゃない〟 【宇多丸】309

〝中曽根のビッグシャリラー〟 【宇多丸】357

〝結論、ペンションを開け！〟 【宇多丸】371

〝「朝から晩まで洋服のズボンの丈《たけ》のこととか考えるのやめて！」〟 【宇多丸】376

〝画像っていってもあれはドットの集まりだからさ〟 【前原】387

〝遊びクンニ〟 【宇多丸】400

〝「さっき睨んでたみたいにもう一回睨んでみろよ！」〟 【前原】401

〝東京でのし上がるのは大変ですかねぇ〟 【郷原】402

〝「大変だと思いますよ」〟 【郷原】402

〝要するにリュック・ベッソンみたいな奴ってことでしょ？〟 【前原】409

〝普通のコ……普通の凄くいいコ〟 【前原】417

〝結論、お見合いをしろ！〟 【宇多丸】664

〝「難しい話をなさって……童貞どもが！」〟 【宇多丸】670

〝俺は最早精神的に母親に依存はしていないのだ感〟 【宇多丸】700

〝みんな平等に愛してあげるよ〟 【死亡】723

〝うん。でもみんな好きだよ〟 【前原】723

〝セクフ？ セクフ？〟 【死亡】726

〝俺が生き物の中で一番格好いいなって思うのがサメ〟 【宇多丸】741

〝「この人は美しい少女に育っていろんな男が恋をするんだろう……僕も恋をしてしまうかもな」〟 【宇多丸】760

〝ヨシくんをただの聖霊と思ってませんか？〟 【郷原】767

〝「はっきり言って全員抱いてます！」〟 【郷原】780

〝俺は高校1年のときになんかのツテでイケてる女子校の学園祭に行ってしまい、ウハウハどころかトラウマを受けて帰ってきたけどね〟 【宇多丸】785

〝今は猥褻な用途として使ってないです〟 【宇多丸】809

〝あのころのストリートの熱気を俺は忘れない〟 【宇多丸】849

〝だから宝くじで3億円当たったら今より成長できるような気がするんですよ〟 【郷原】851

〝なんかエロサイトを否定してるみたいだね〟 【前原】852

〝ウンコ見せながらビンビン〟 【宇多丸】867

〝普通っぽいののエロい感じの上限〟 【宇多丸】872

〝「ぶっちゃけベラ入れたい」〟 【宇多丸】876

〝おでこにキス占い〟 【古川】892

〝ポッキーを両端から食べていく占い〟 【前原】893

〝仕事が終わったからさぁ空想するぞぉ〜！〟 【高橋】905

〝ウンコ汚い！ でもいいじゃない！ 奇跡！〟 【宇多丸】912

〝そのくせ勃つときは勃つ！ みたいなね〟 【宇多丸】932

〝俺も『メルモちゃん』見て人間変わったからな〟 【前原】969

この作品は2010年4月シンコーミュージックより刊行された『ブラスト公論　～誰もが豪邸に住みたがってるわけじゃない［増補新装版］』を改題し、大幅に加筆修正したものです。

徳間文庫

ブラスト公論《こうろん》 増補文庫版

誰もが豪邸に住みたがってるわけじゃない

2018年1月15日 初刷

著者 宇《う》多《た》丸《まる》
前《まえ》原《はら》猛《たけし》
高《たか》橋《はし》芳《よし》朗《あき》
古《ふる》川《かわ》耕《こう》
郷《ごう》原《はら》紀《のり》幸《ゆき》

発行者 平野健一

発行所 株式会社 徳間書店
東京都港区芝大門二―二―二 〒105―8055

電話 編集〇三(五四〇三)四三四九
販売〇四八(四五一)五九六〇

振替 〇〇一四〇―〇―四四三九二

印刷 製本 株式会社 廣済堂

ISBN978-4-19-894297-7 (乱丁、落丁本はお取りかえいたします)